Twee moedige vrouwen

Van Diney Costeloe verschenen:
*De verloren kinderen*
*Het meisje zonder naam*
*Familie op de vlucht*
*De verloren vader*

DINEY COSTELOE

# Twee moedige vrouwen

De Fontein

Vijfde druk, derde in deze uitgave, januari 2021

Oorspronkelijke titel *The Sisters of St Croix*
First published in the UK as *Death's Dark Vale* in 2004 by Castelhaven books
First published by Head of Zeus in the UK in 2016

Vertaling Lia Belt
Omslagontwerp Baqup naar een ontwerp van Head of Zeus
Omslagillustratie © Shutterstock
Opmaak binnenwerk ZetSpiegel, Best
ISBN 978 90 261 5224 5
ISBN e-book 978 90 261 5225 2
ISBN luisterboek 978 90 261 5300 6
NUR 302

www.uitgeverijdefontein.nl

Uitgeverij De Fontein vindt het belangrijk om op milieuvriendelijke en verantwoorde wijze met natuurlijke bronnen om te gaan. Bij de productie van het papieren boek van deze titel is daarom gebruikgemaakt van papier waarvan het zeker is dat de productie niet tot bosvernietiging heeft geleid.

*Ter nagedachtenis aan alle vindingrijke, moedige lieden*
*die zijn gesneuveld achter de linies*

# 1

*9 september 1937*

Terwijl Adelaide Anson-Gravetty langzaam wakker werd, herinnerde ze zich dat vandaag een bijzondere dag was. Ze was eenentwintig geworden. Vanaf nu was ze volwassen en kon ze haar eigen beslissingen nemen. Dit was het begin van de rest van haar leven. Vandaag, al wist ze dat nog niet, zou haar leven op z'n kop worden gezet.

Ze zwaaide haar benen uit bed, liep naar het raam en trok de gordijnen open. De zon scheen, en haar hart maakte een sprongetje van blijdschap. Ze opende het raam, leunde naar buiten en keek op het plein beneden. Er waren al veel mensen op pad, met hun eigen dingen bezig, en ze keek naar hen zoals ze zo vaak deed. Maar om de een of andere reden was het alsof ze hen vandaag allemaal voor het eerst zag.

Huisknechten lieten honden uit in de tuinen, een jongen verkocht kranten bij een kiosk aan het eind van het plein, de oude mevrouw Harriman zat al op haar favoriete bankje. Het was allemaal hetzelfde, en toch was vandaag alles anders, want Adelaide bekeek het nu met volwassen ogen.

Er werd op haar slaapkamerdeur geklopt. Florrie, de huisbediende, kwam binnen met haar ochtendthee. 'O, juffrouw Adelaide, u bent al op,' zei ze, terwijl ze het dienblad neerzette en Adelaides peignoir van een stoel griste. 'Hier, juffrouw Adelaide, trek deze aan. U vat nog kou daar bij het open raam.'

'Maak je geen zorgen, Florrie,' zei Adelaide lachend. 'Het is niet koud, het is een prachtige morgen.'

'Dat kan wel zijn, juffrouw, maar dan nog moet u niet uit het raam gaan hangen in alleen uw nachtpon. Wat zou meneer daarvan zeggen?'

'Hij hoeft het niet te weten,' zei Adelaide, en ze voegde er samenzweerderig aan toe: 'Als jij het hem niet vertelt.'

Florrie snoof. Ze kende juffrouw Adelaide al sinds haar derde, en nooit had ze over haar geklikt bij haar vader. 'Kom uw thee opdrinken nu het nog heet is,' droeg ze haar op, 'dan zal ik het bad voor u laten vollopen.'

'Dank je, Florrie,' zei Adelaide ingetogen, al glansden haar ogen nog ondeugend.

'En dan mag ik de eerste zijn die u nog vele jaren toewenst, juffrouw,' voegde Florrie eraan toe, terwijl ze zich omdraaide om de kamer te verlaten.

'Dank je, Florrie.' Adelaide glimlachte met oprechte genegenheid naar de huisbediende. Ze nam haar kopje mee naar een stoel bij het raam en bleef naar de bedrijvigheid op het plein kijken, terwijl ze plichtsgetrouw haar thee opdronk.

Eenentwintig! dacht ze. Nu kan vader me niet meer in de weg staan!

Dat was natuurlijk niet helemaal waar. Haar vader, Richard Anson-Gravetty, kon haar altijd in de weg staan, zolang hij over de financiën beschikte. Maar nu ze volwassen was, kon ze wel zelf beslissen of ze een baan wilde zoeken, en als ze dat deed, dan kon ze misschien zichzelf onderhouden. Ze hoefde niet langer van hem afhankelijk te zijn. Dat was een versterkende gedachte. Ze borduurde nog even voort op dat idee toen ze even later in bad lag. Ze hield van haar vader, natuurlijk, maar hij nam graag alle beslissingen, en als hij eenmaal iets besloten had, liet hij zich daar niet meer van afbrengen. Hij was gauw aangebrand en tegenstand maakte hem razend. Haar moeder en zij hadden al snel geleerd dat hun leven het gemakkelijkst was als ze Richard tevreden hielden; door te doen wat hij wilde en toestemming te vragen voordat ze iets deden wat ook maar een klein beetje ongewoon was.

Mama. Die lieve mama. Adelaides moeder was zo mooi geweest, zo bedeesd, zo... Weifelachtig? Gedwee? Zwak? Heather Anson-Gravetty had heel haar huwelijk in de schaduw van haar man geleefd, inschikkelijk en altijd proberend het hem naar de zin te maken. Na haar overlijden, toen Adelaide zestien was, leek Richard haar nauwelijks te missen. Adelaide miste haar verschrikkelijk. Ze was op school geweest en pas op het laatste moment bij haar moeder geroepen. Bij thuiskomst had ze haar moeder in bed aangetroffen, haar ooit zo glanzende kastanjebruine haar vaal en slordig rondom het ingevallen perkament van haar gezicht. Adelaide wist dat haar moeder al een tijdje ziek was, maar niemand had haar gewaarschuwd hoe snel Heather wegkwijnde. Toen Adelaide de slaapkamer in kwam en haar daar zag liggen, als een broze schim tegen het witte kussen, had ze een kreet van wanhoop geslaakt, die ze had afgekapt toen haar vader met een ijzeren vuist haar schouder vastgreep. Ze waren bij elkaar geweest, alle drie, voor de laatste keer, maar het was Adelaide – niet Richard – die bij Heather zat en haar hand vasthield. Toen haar moeders greep uiteindelijk verslapte, was het Adelaide die haar hoofd op de sprei legde en huilde. Richard draaide zich alleen maar om, liep de kamer uit en liet zijn rouwende dochter snikkend bij het bed achter.

Maar, dacht Adelaide nu terwijl ze zich ontspande in het warme badwater, zo is mijn vader nu eenmaal. Hij toont zijn emoties niet... Behalve wanneer hij boos is, natuurlijk! In de dagen na haar moeders dood had Adelaide steeds het gevoel gehad dat Richard er niet zozeer door bedroefd was, maar eerder boos omdat ze het had gewaagd zonder zijn toestemming te sterven. Hij sprak zelden over haar, en wanneer hij dat al deed was het nooit – tenminste, zo kwam het op zijn dochter over – met genegenheid.

'Het lijkt wel alsof hij haar in een kast heeft gestopt en is vergeten,' had Adelaide haar *grand-mère* op een dag toevertrouwd.

'Dat is zijn manier om met het verlies om te gaan,' antwoordde Adelaides grootmoeder vriendelijk. 'Sommige mensen kunnen er gemakkelijker mee omgaan door hun dierbare te verstoppen, door niet aan diegene te denken of nooit over die persoon te praten. Dat vinden ze gewoon te pijnlijk.' Ze glimlachte naar haar kleindochter. 'Ik mis haar ook, weet je, dus wij kunnen wel over haar praten, jij en ik, toch?'

Vanaf dat moment was het leven niet gemakkelijk geweest voor Adelaide. Hoewel haar moeder nooit openlijk stelling voor haar had genomen tegenover haar vader, had Adelaide wel geweten dat ze soms medelijden met haar dochter had en had gedaan wat ze kon om Richards ferme hand te compenseren. Na de begrafenis was Adelaide teruggestuurd naar school, en in de vakanties had ze de meeste tijd doorgebracht bij *grand-mère*, Heathers Franse moeder. Richards ouders leefden allebei nog, maar Adelaide vond hen minder aardig. Ze had altijd een hechtere band gehad met haar moeders moeder, en zij was ook degene die Adelaide door de moeilijke tijd na Heathers dood heen hielp. *Grand-mère* kwam voor Adelaide op, ging tegen haar schoonzoon in wanneer ze vond dat hij te streng was en gaf haar de warmte en liefde die haar vader niet leek te kunnen uiten.

Toen Adelaide naar de universiteit wilde, had Richard gezegd dat dat een verspilling van tijd en geld was, ook al was er een plekje voor haar op King's College in Londen. Adelaide had nooit ontdekt wat *grand-mère* had gezegd om hem van gedachten te doen veranderen, maar uiteindelijk had haar vader simpelweg zijn schouders opgehaald en gezegd: 'Doe wat je wilt, al snap ik niet wat een vrouw met een graad moet.'

Adelaide had Frans gestudeerd, een vak dat haar gemakkelijk afging omdat ze al nagenoeg geheel tweetalig was. *Grand-mère* had er altijd op gestaan om Frans met haar te spreken, ook al toen ze nog klein was, en Adelaide had daar enthousiast op gereageerd. Ze had ook Frans gesproken met haar moeder, maar nooit wanneer Richard erbij was. Hij had hun verboden om in zijn bijzijn Frans te spreken, aangezien hij er geen woord van verstond en zich niet van hun gesprekken buitengesloten wilde voelen.

Geen colleges meer, dacht Adelaide toen ze uit bad kwam en zich begon aan te kleden. Ze was eerder dat jaar afgestudeerd en was nu, ongewenst, weer een dame met niets omhanden. Ze had geen moeder om haar 'haar debuut te laten maken', en ze had trouwens toch een verschrikkelijke afkeer van het debutantenwereldje. Adelaide hield meer van actie. Ze wilde bezig blijven. Ze wilde de wijde wereld in, haar eigen kostje verdienen en verantwoordelijk zijn voor zichzelf.

Richard Anson-Gravetty was niet thuis op de ochtend dat zijn dochter de volwassen leeftijd bereikte. Hij was weg voor zaken en zou pas die avond terugkeren. Dus toen ze eindelijk in de eetkamer aankwam, was dat om in haar eentje te ontbijten, om in haar eentje de kaarten van haar grootouders en haar neef Andrew open te maken, plus de onverwachte brief die naast haar bord lag.

De envelop was getypt, aan haar geadresseerd, met een postzegel uit Belcaster, maar ze had geen idee van wie hij kwam. Ze bewaarde hem voor het laatst. Toen ze eindelijk de envelop opensneed en de brief eruit haalde, bleek hij van een notariskantoor te komen: Brewer, Harben & Brewer, gevestigd aan Cathedral Road in Belcaster. Adelaide las hem vluchtig door, maar toen het belang ervan tot haar doordrong, begon ze van voren af aan.

*Geachte juffrouw Anson-Gravetty,*

*Sta me toe u te feliciteren met het bereiken van de volwassen leeftijd. Ik schrijf u naar aanleiding van de wensen in het testament van uw verscheiden grootvader, Sir George Hurst. Zoals u mogelijk weet, heeft hij u bij zijn overlijden in 1920 een aanzienlijke erfenis nagelaten, die uw eigendom zou worden op uw eenentwintigste verjaardag. Als zijn enige kleinkind had Sir George u benoemd tot begunstigde, en het geld moest worden geïnvesteerd en in een fonds bewaard tot u de volwassen leeftijd bereikte.*

*Die heuglijke dag is nu aangebroken, en ik stel respectvol voor dat u bij me langskomt om het testament door te nemen. Ik ben ervan overtuigd dat uw stiefvader een financieel adviseur heeft die het van me kan overnemen nu ik niet langer uw gevolmachtigde ben, maar ik wil u graag ontmoeten om mijn rentmeesterschap tot op heden uiteen te zetten. Ik hoop dat u er tevreden over zult zijn.*

*Als u contact opneemt met mijn kantoor om een datum te kiezen die u schikt, kijk ik ernaar uit om u eindelijk te ontmoeten.*

*Met de meeste hoogachting,*
*Arthur Brewer*

Adelaide staarde naar de brief, en toen bekeek ze de envelop nog een keer om zeker te weten dat hij echt aan haar gericht was. Dat was zo. Ze las de brief nog eens. Haar grootvader, George Hurst? Ze had geen grootvader die George Hurst heette. Haar grootvaders heetten Gilbert Anson-Gravetty en Norman Driver. Norman Driver, *grand-mères* echtgenoot, was nu al meer dan tien jaar dood, maar haar vaders vader leefde gewoon nog en woonde in Winchester. Wie was dan die George Hurst? En waarom verwees de brief naar haar vader als haar stiefvader? Ze snapte er niets van. Was ze geadopteerd? Waren mama en papa – ze noemde hem nog maar zelden papa, maar als ze aan allebei haar ouders dacht, glipte het er soms tussendoor – dan niet haar echte ouders?

Adelaide liet de rest van haar ontbijt staan en liep naar de gang om *grand-mère* te bellen.

'Adelaide, lieverd,' riep *grand-mère* toen ze aan de lijn kwam. 'Nog vele jaren!'

'Dank je, *grand-mère,*' zei Adelaide. Ze zweeg even en vroeg toen: 'Mag ik bij je langskomen? We moeten praten.'

'Natuurlijk. Maar we zien elkaar vanavond ook al voor je verjaardagsetentje.'

'Weet ik, maar ik moet je voor die tijd spreken. Voordat vader thuiskomt. Ik heb een brief gekregen.'

'Ach, ik begrijp het.' Antoinette Driver klonk plotseling ernstig. 'Nou, in dat geval kun je beter vanochtend even langskomen, dan kunnen we onder vier ogen kletsen. Ik heb een lunchafspraak, maar die is pas om halféén.'

'Kan ik nu meteen komen?' vroeg Adelaide.

'Natuurlijk. Ik zal Davies zeggen dat je komt.'

Binnen een halfuur klopte Adelaide op de voordeur van haar grootmoeders huis vlak bij Eaton Square.

Davies begroette haar met een glimlach. 'Goedemorgen, juffrouw Adelaide. Mag ik u nog vele jaren wensen?'

'Dank je, Davies.' Adelaide glimlachte terug. 'Is mijn grootmoeder nog boven?'

'Ja, juffrouw, ze is boven, maar ze zei dat u meteen mocht doorlopen.'

Adelaide bedankte hem en haastte zich de brede eiken trap op en naar de slaapkamer van de oude dame. Ze klopte aan en wachtte tot ze binnen werd geroepen. Haar grootmoeder zat rechtop in bed, met een ontbijtblad op het nachtkastje en de geopende post over de lakens verspreid.

'Adelaide, lieverd, gefeliciteerd met je verjaardag!' Antoinette Driver stak haar armen uit en sprak haar kleindochter zoals altijd aan in het Frans.

Adelaide liep naar haar toe voor een verjaardagsknuffel en een zoen, en trok een stoel bij het bed.

*Grand-mère* zette met een glimlach haar pince-nez af. 'Dus je bent nu helemaal volwassen. Voelt het anders?'

Adelaide schudde haar hoofd. 'Nee, niet echt.'

'Nee, bij mij ook niet,' zei de oude dame gelijkmoedig. 'Ik voel me nog steeds niet anders dan op de dag dat ik van school ging.'

'Ik heb je verjaardagskaart gekregen.' Adelaide wist niet goed waar ze moest beginnen. 'En ook een van opa en oma. En Andrew heeft er ook aan gedacht.'

'Wat goed van Andrew,' zei haar grootmoeder. 'Maar ik geloof dat je ook nog andere post hebt gehad, toch? Een brief?'

Adelaide haalde de envelop uit haar tas en gaf hem aan haar. Mevrouw Driver zette de pince-nez weer op haar neus, haalde de brief uit de envelop en las hem langzaam. Adelaide keek naar haar gezicht terwijl ze las, maar de oude dame vertoonde geen tekenen van verbazing of ongeloof. Toen ze klaar was, gaf ze de brief aan Adelaide terug. 'Dus...' zei ze, en toen wachtte ze af.

'Dus wat is dit allemaal?' wilde Adelaide weten. 'Is die brief echt voor mij bestemd, en zo ja, wie is George Hurst in vredesnaam?'

'Ja, hij is beslist voor jou bestemd,' bevestigde mevrouw Driver, 'en Sir George Hurst was je grootvader. Je grootvader van vaderskant.'

'Maar...' begon Adelaide.

'Je moeder, mijn Heather, was al eerder getrouwd geweest. Ze trouwde eind 1915 met ene Frederick Hurst. Hij sneuvelde in juli 1916 bij de Somme. Jij bent daarna geboren.'

Adelaide staarde haar aan. 'Wil je zeggen dat mijn moeder eerder getrouwd was geweest... en ze me dat nooit heeft verteld?'

'Richard wilde het niet hebben.'

'Hoe bedoel je, hij wilde het niet hebben?' vroeg Adelaide boos.

'Lieverd, je kent je vader toch? Mensen doen wat hij zegt. Hij wilde niet dat ze je iets vertelde, dus deed ze dat niet.'

'Maar ze was negen maanden met die Frederick Hurst getrouwd?'

Mevrouw Driver zuchtte. 'Niet echt, nee.'

Adelaide keek geschokt. 'Bedoel je dat ik buitenechtelijk ben?'

Mevrouw Driver schudde lachend haar hoofd. 'Nee, natuurlijk niet, lieverd. Ik bedoel dat ze nooit hebben samengeleefd als getrouwd stel. Freddie was een vriend van oom Johnny. Freddie en Heather maakten kennis met elkaar in Londen en correspondeerden toen hij in Frankrijk zat.'

'Freddie? Noemden ze hem zo?' onderbrak Adelaide haar. 'Dat vind ik leuker dan Frederick. Maar wat gebeurde er dan?'

'Freddie kwam met verlof thuis en ze besloten te gaan trouwen.'

'Zomaar?'

'Zomaar,' beaamde haar grootmoeder. 'We probeerden ze nog over te halen om te wachten, maar het had geen zin. Het waren moeilijke tijden, die oorlogsjaren. Mensen grepen hun geluk waar en wanneer ze maar konden.

'Met kerst had hij tien dagen verlof. Ze trouwden met speciale toestemming op 29 december en gingen vier dagen op huwelijksreis in Londen voordat hij terug moest.' Mevrouw Driver zuchtte droevig. 'Ze zag hem nooit meer. Hij sneuvelde op de eerste dag van de Somme. Jij werd tweeënhalve maand later geboren.'

Er viel een stilte, terwijl Adelaide worstelde om dit allemaal te verwerken. *Grand-mère* pakte haar hand.

'Wanneer is ze met vader getrouwd? Met Richard, bedoel ik.'

'Tweeënhalf jaar later. We steunden haar zo veel mogelijk, maar je moeder, God hebbe haar ziel, was het soort vrouw dat een man nodig had. Het zou ook niet goed zijn geweest als ze een nieuwe kans op geluk had afgeslagen. En ze moest ook aan jou denken. Richard had er geen bezwaar tegen om jou erbij te nemen en je groot te brengen als zijn eigen kind. Het enige wat hij vroeg, was dat het officieel gemaakt zou worden, dus toen ze gingen trouwen, adopteerde hij jou ook wettelijk en kreeg je zijn naam. Hij zei dat dat beter was, voor het geval ze nog meer kinderen kregen: dat iedereen in het gezin dezelfde naam had en samen opgroeide zonder dat er nog geesten op de achtergrond rondwaarden.'

'Maar mama wilde me vast over Freddie vertellen. Toen ik wat ouder werd, bedoel ik. Oud genoeg om het te begrijpen.'

'Dat denk ik wel, maar Richard had het haar laten beloven.'

Adelaide schudde verward haar hoofd. 'Wat ontzettend vreemd, om plotseling te ontdekken dat je heel iemand anders bent dan je altijd hebt gedacht!'

'Jij bent jij,' merkte *grand-mère* vriendelijk op. 'Je bent nog dezelfde als voorheen. Je biologische vader was Freddie Hurst, maar in praktische zin is Richard Anson-Gravetty je vader. Hij is degene die je heeft grootgebracht als zijn eigen kind, van je heeft gehouden als van een dochter, je alles heeft gegeven. Het is geen sinecure om het kind van een ander op te voeden, en hij heeft zijn best gedaan. Het enige wat hij wilde, was dat jij hem beschouwde als je echte vader... En dat doe je toch ook?'

'Natuurlijk, maar... Nou ja, het is gewoon zo'n schok om te ontdekken dat hij dat niet is. Vooral als iedereen behalve ik het al die tijd al wist.'

'Helemaal niet iedereen,' zei haar grootmoeder. 'Alleen Norman en ik, Richards ouders en Johnny. Misschien waren er nog anderen die het wisten, maar in de chaos aan het eind van de oorlog was iedereen veel te veel met zijn eigen zorgen bezig om aan die van andere mensen te denken.'

Adelaide hield nog steeds de brief vast, en nu keek ze er weer naar. 'Die notaris, die Arthur Brewer, zegt dat ik geld geërfd heb van mijn echte grootvader, Sir George. Hij moet dus ook van mij hebben geweten.'

'Ja, natuurlijk, maar toen hij overleed was er niemand meer over aan die kant van de familie om enige aanspraak op jou te maken.'

'Was Freddie dan enig kind? Had hij geen broers of zussen?'

'Er was wel een zus. Ik geloof dat ze Sarah heette. Ze ging in de oorlog naar Frankrijk. Nam haar bediende mee en vertrok om gewonden te gaan verplegen in een klooster of zoiets. Hoe dan ook, die bediende kwam later zwanger thuis, maar de zus bleef daar en werd non, geloof het of niet.'

'Een non?' Adelaide schrok daarvan.

'Nou, we zijn een vrome katholieke familie, weet je nog wel,' zei mevrouw Driver met een uitgestreken gezicht.

Adelaide barstte in lachen uit. 'O, *grand-mère*, hoe kun je zoiets zeggen? Wanneer ben jij voor het laatst naar de kerk geweest?'

'Dat kan wel zijn,' antwoordde haar grootmoeder kalm, 'maar Freddie is katholiek opgevoed, en je moeder ook. En jij ook, trouwens. Die strijd won Heather dan in elk geval nog!'

'Dus die Sarah is mijn tante. Waar is ze nu?'

'Nog steeds in dat klooster, neem ik aan,' antwoordde haar grootmoeder, die haar lakens van zich af gooide. 'Ze laten ze er namelijk niet uit.'

'*Grand-mère*, waarom heb je me dit niet eerder verteld?' vroeg Adelaide zachtjes.

Haar grootmoeder glimlachte weemoedig. 'Het was niet mijn geheim, lieverd. Heather vroeg ons om haar belofte te respecteren en dus deden we dat, ondanks de vele twijfels.'

'Weet Andrew het?' Adelaide was heel hecht met haar neef, en het idee dat hij zoiets belangrijks had geweten terwijl zij van niets wist, zou pijn doen.

*Grand-mère* schudde haar hoofd. 'Dat weet ik niet zeker, maar ik betwijfel het. Ik stel me zo voor dat Johnny ook geheimhoudingsplicht had. En nu wegwezen, ik moet mijn bed uit.'

'*Grand-mère*, wat moet ik met die brief aan?' vroeg Adelaide.

'Ik zou maar doen wat er gevraagd wordt,' was het antwoord. 'Ga naar die man toe en laat je informeren over je erfenis. Ik vermoed dat je een behoorlijk rijke vrouw bent geworden.'

'En vader dan? Wat moet ik tegen hem zeggen?'

'Je hoeft niets tegen hem te zeggen. Hij weet het al. Hij heeft altijd geweten dat alles zou uitkomen op de dag dat je eenentwintig werd. Hij heeft het alleen maar voor zich uit geschoven.' Ze keek peinzend naar haar kleindochter. 'Waarom denk je dat hij uitgerekend vanochtend weg was? Hij wilde er niet bij zijn als je erachter kwam. Vergeet nooit, lieverd, dat hij op zijn eigen manier van je houdt. Hij is bang dat hij je kwijtraakt aan een of andere spookvader uit de oorlog. Je moet hem geruststellen dat hij echt je vader is en dat jij echt zijn dochter bent.' De oude dame pakte haar peignoir. 'En nu, lieverd, moet ik me klaarmaken. Je mag beneden op me wachten, als je wilt. Vraag Davies maar om koffie. We praten verder als ik klaar ben.'

De rest van haar verjaardag verstreek een beetje in een waas. Adelaide had afgesproken om met haar vriendin Sophie te gaan lunchen, en ze moest zich vreselijk inhouden om haar niet alles over de onvoorstelbare ontdekkingen van die ochtend te vertellen. Maar ze wist dat ze het haar vader verschuldigd was – haar adoptievader – om dit eerst met hem te bespreken. Dat maakte de lunch een beetje opgelaten, want Adelaide kon aan weinig anders denken.

'Addie, je bent heel ergens anders met je gedachten,' zei Sophie lachend nadat ze twee keer iets had gevraagd en geen reactie had gekregen.

Adelaide glimlachte verontschuldigend. 'Sorry. Ik zat na te denken over het etentje dat mijn vader vanavond voor me geeft. Wat zei je?'

'Ik vroeg of je zin had om vanmiddag mee te gaan winkelen. Ik wil schoenen kopen.'

'O, Sophie, vind je het erg als ik oversla? Ik moet echt naar huis. Mijn grootouders komen met de auto helemaal uit Winchester, en ik moet thuis zijn om ze te begroeten als ze aankomen.' Ze glimlachte naar Sophie en voegde eraan toe: 'Andrew komt ook. Hij blijft slapen. Wil je morgenochtend koffie komen drinken?' Adelaide was zich ervan bewust wat Sophie van haar neef vond en probeerde die twee altijd te koppelen als ze de kans kreeg.

Sophie keek haar met genegenheid aan. 'Bedankt,' zei ze. 'Misschien doe ik dat wel.' Ze lachten allebei, wetend dat niets Sophie zou kunnen weghouden.

Richard Anson-Gravetty kwam pas een uur voordat de dinergasten zouden arriveren thuis. Adelaide klopte op zijn kleedkamerdeur en toen hij haar binnen had geroepen, sloeg ze haar armen om hem heen in een ongewoon gebaar van genegenheid.

'Welkom thuis, papa,' zei ze. 'Opa en oma zijn er al en kleden zich even om. Verder is alles klaar voor het etentje.'

Hij omhelsde haar terug, en toen hield hij haar op armlengte en keek haar aan. 'Gefeliciteerd met je verjaardag, Adelaide. En met dat andere!'

Ze keek hem vragend aan. 'Met welk andere?'

'Je volwassenheid, natuurlijk.'

'De jaren des onderscheids... waarin men me alles kan vertellen.'

'Ik neem aan dat je het al gehoord hebt, als ik je grootmoeder een beetje ken.' Hij trok vragend zijn wenkbrauwen op.

Adelaide lachte. 'Je hebt gelijk, natuurlijk. Vandaag ontdekte ik dat ik het geluk heb om twee vaders te hebben. Maar je bent niet eerlijk ten opzichte van *grand-mère*, papa. Ze had het geheim bewaard tot ik erover hoorde uit een andere bron.'

Haar vader gromde. 'Je hebt van die ouwe Brewer gehoord, neem ik aan.'

'Ja, dus natuurlijk ging ik naar *grand-mère* toe om te vragen hoe het zat.'

'Heb je niet overwogen om tot vanavond te wachten en het dan aan mij te vragen?'

Adelaide had daar niet aan gedacht, maar nu draaide ze eromheen. 'Ik dacht niet dat jij het me wilde vertellen, anders had je dat al wel eerder gedaan... Of mama het laten vertellen,' zei ze. 'Was dat niet waarom je vanochtend weg was?' Dat was immers waar *grand-mère* op had gezinspeeld.

Richard haalde zijn schouders op. 'Misschien.' Zijn handen zakten van haar schouders en hij draaide zich om naar de spiegel om zijn das te strikken.

Adelaide liep naar de deur, waar ze zich omdraaide en zachtjes zei: 'Dank je, papa, voor alles wat je voor me hebt gedaan.'

'Het was mijn plicht,' antwoordde hij zonder zich om te draaien. 'Ik ben je vader.'

Na die ietwat tegenvallende woorden verliet Adelaide de kamer om de laatste details van haar avondkleding in orde te brengen.

Voor het eten verzamelde iedereen zich in de zitkamer voor een drankje en kreeg Adelaide haar verjaardagscadeautjes. Van haar vader kreeg ze een mooie gouden armband, breed en zwaar, met een wervelend patroon erin gegraveerd. Er klonken kreten van bewondering toen Adelaide hem omhooghield om te laten zien voordat ze hem omdeed. De armband zat comfortabel, paste perfect en vestigde de aandacht op de slanke vorm van haar arm.

'Hij is echt mooi, papa.' Ze kuste hem op de wang. 'Heel erg bedankt. Ik vind hem prachtig. En dat je mijn initialen en de datum erin hebt laten zetten, maakt hem nog specialer.' Tegelijkertijd vroeg ze zich af of dat '*A A-G, 9 september 1937*' een soort verklaring was: wie er ook was geboren op 9 september 1916, ze was nu Adelaide Anson-Gravetty.

Toen ze *grand-mères* blik ving, zag ze haar goedkeuring en ze glimlachte terug.

Haar vader stond op en hief het glas voor een toost. 'We wensen je alle geluk, Adelaide. Ik wou alleen dat je moeder er vanavond bij was om te zien wat een mooie dochter we hebben. We wensen je gezondheid en geluk voor de rest van je leven.'

Iedereen stond op en herhaalde plichtsgetrouw: 'Gezondheid en geluk!' terwijl ze de glazen tegen elkaar tikten, maar Adelaide was geroerd door Richards woorden. Niet alleen was dit de eerste keer in maanden dat hij iets over haar moeder zei, maar hij had ook nog nooit met zulke duidelijke bewoordingen gezegd dat hij trots op haar was. Misschien had *grand-mère* gelijk: misschien was hij gewoon bang geweest dat hij het zou verliezen van het spook van een heldhaftige vader over wie ze zou kunnen fantaseren.

Het etentje was ook zeer geslaagd. Haar lievelingskostjes werden opgediend, er werd een verjaardagstaart met eenentwintig kaarsjes erop binnengebracht en de hele familie zong voor haar. *Grand-mère*, elegant gekleed in een zwarte avondjurk van chiffon met een corsage van piepkleine witte roosjes, gaf met nog niet de kleinste blik aan dat zij en Adelaide aan iets anders dachten dan het feestje. Er kwam geen teken van Richard dat er iets ongewoons tussen hen was voorgevallen.

Iedereen bleef slapen, dus was er geen haast om te vertrekken, en het werd laat. Ze bleven in de zitkamer en kletsten gezellig met elkaar, nog net zo ontspannen als altijd. Niemand bracht het onderwerp ter sprake dat door Adelaides hoofd maalde, al moesten ze allemaal weten dat zij het nu ook wist.

Het was vreemd, dacht Adelaide. Was zij de enige die geraakt werd door deze onthulling?

Ze had even naar Andrew gekeken, die met *grand-mère* zat te kletsen, maar ze had niet de kans gehad om hem onder vier ogen te spreken. Als hij echt niet weet dat ik niet Richards dochter ben, wat zal hij dan zeggen als hij erachter komt, vroeg ze zich af. Kon ik maar met hem praten.

Later die avond, toen ze in bed lag, dacht ze terug aan de ongelooflijke onthullingen van die dag. Ze had haar gordijnen open gelaten, waardoor het licht van de straat beneden een spookachtig groene gloed in haar kamer verspreidde. De bekende omtrekken van haar meubels waren geruststellend terwijl ze aan haar overhoop gehaalde wereld dacht. Haar vader was niet haar vader en haar moeder had haar dat nooit verteld. Heel ineens was ze iemand anders. *Grand-mère* kon gemakkelijk zeggen dat ze nog steeds dezelfde persoon was, maar zo voelde het niet. Ze was niet meer dezelfde persoon die die ochtend wakker was geworden, zeker van wie ze was en waar ze vandaan kwam. Nu had ze het gevoel dat een deel van haar uit iemand anders bestond. Delen van haar, lichamelijk en geestelijk, had ze geërfd van iemand over wie ze niets wist. En ze wilde het weten: wie hij was, hoe hij was, waar hij vandaan kwam.

Tegen de tijd dat ze de volgende morgen beneden kwam voor het ontbijt, stond haar vader net op het punt om van tafel te gaan.

'Ik heb iets voor je,' zei hij. 'Kom maar naar mijn werkkamer als je ontbeten hebt.'

'Ja, natuurlijk, ik kom er zo aan,' antwoordde Adelaide. Tijdens het eten vroeg ze zich af wat het in vredesnaam kon zijn. Ze had haar cadeau immers al gekregen.

Toen ze twintig minuten later op zijn deur klopte, zat haar vader achter zijn bureau. Hij keek op toen ze binnenkwam. 'Ach, daar ben je. Ik heb wat voor je opgezocht. Je moeder wilde dat je deze kreeg als je eenentwintig was.'

Hij wees naar een envelop op zijn bureau, maar Adelaide pakte hem niet. Zachtjes zei ze: 'Ik weet dat ik niet je echte dochter ben, biologisch bedoel ik. Maar ik bén wel je dochter, hoor. Jíj bent mijn vader, niet de man die in 1916 is overleden.'

Richard keek op van zijn schrijfwerk, maar hij zei niets, dus ging Adelaide door. 'Jij bent degene die al die jaren voor me heeft gezorgd. Jij zat met mama bij mijn bed toen mijn blindedarm was verwijderd. Jij rende mee in de vaderrace bij mijn eerste sportdag op school.' Ze zweeg even, en toen hij nog altijd niets zei, voegde ze eraan toe: 'Ik wou alleen dat je het me verteld had, dat is alles.'

Richard haalde zijn schouders op. 'Het leek me beter van niet. Je moeder vond dat ook. Maar we wisten allebei dat je het uiteindelijk zou ontdekken, als je de erfenis van Sir George kreeg.'

'Ik had toch liever gehad dat je het me zelf had verteld, dat ik het niet hoefde te horen van een volslagen vreemde.' Adelaide zuchtte. 'Ik neem aan dat ik maar contact moet opnemen met die meneer Brewer.'

'Je moet doen wat jou juist lijkt,' antwoordde Richard rustig. 'Je bent nu volwassen.' Hij ging verder met het schrijfwerk dat voor hem lag en zei alleen nog: 'Vergeet je envelop niet.'

Adelaide wist dat ze moest gaan en pakte de envelop. 'Dank je, vader.'

Stilletjes draaide ze zich om, en ze verliet de kamer; hij wilde duidelijk geen uitingen van genegenheid. Hij vond dat hij zijn plicht ten opzichte van haar had gedaan, en nu stond ze er alleen voor.

Adelaide nam de envelop mee naar haar kamer, deed de deur op slot en ging in de stoel bij het raam zitten. Even keek ze omlaag naar het plein. Nog maar vierentwintig uur geleden had ze er met zo veel hoop op uitgekeken, de eerste dag van haar volwassen leven, maar dat leek nu een eeuwigheid geleden.

Ze stak haar vinger onder de flap van de envelop en scheurde hem open. Er zaten twee documenten en een kleinere, dichte envelop in. Het eerste document was haar geboorteakte, waarop ze Adelaide Sarah werd genoemd, dochter van Heather Hurst en kapitein Frederick Charles Hurst (overleden). Geboren op 9 september 1916 in Greyling House, Chalfont St Giles. Het tweede was het adoptiecertificaat waarin Adelaide Sarah Hurst de wettige dochter werd van Richard David Anson-Gravetty en ook zijn achternaam kreeg. Het document was gedateerd op 12 juni 1919. Ze had nooit gevraagd in welk jaar haar ouders waren getrouwd. Hoewel ze wist dat hun huwelijksdag 21 april was, was dat nooit uitbundig gevierd, en het was nooit bij haar opgekomen dat haar ouders pas waren getrouwd toen zij al bijna drie was.

Adelaide legde de twee certificaten opzij en opende de andere envelop. Er zat een brief in, geschreven in het nette handschrift van haar moeder. Bij die aanblik sprongen Adelaide meteen de tranen in de ogen. Ze veegde ze snel weg en begon te lezen.

*Mijn lieve Adelaide,*

*Ik weet dat ik niet lang meer te leven heb. Deze vreselijke ziekte is me de baas geworden en mijn tijd zit er bijna op. Het enige wat me echt spijt, is dat ik jou niet zal zien opgroeien tot de mooie jonge vrouw van wie ik zeker weet dat je die zult worden. Je zult inmiddels weten dat Richard mijn tweede echtgenoot is en niet je biologische vader, al is hij voor jou toch een echte vader geweest, voor zover dat in zijn aard ligt.*

*Hij liet me beloven dat ik je niet over Freddie zou vertellen. Ik weet dat hij altijd jaloers was op het plekje dat Freddie mogelijk in mijn hart bezette, al was dat niet nodig, en dat hij bang was dat Freddie ook zijn plekje in jouw hart zou innemen. Hij hoopte nog eigen kinderen te krijgen en dacht dat het gemakkelijker zou zijn, voor jou en voor hen, als werd aangenomen dat hij je biologische vader was.*

*Toen Freddie sneuvelde, stond ik er alleen voor. Zelfs met de hulp van mijn ouders was het leven een strijd. Ik was nog heel jong, ik had de zorg voor jou, dus toen Richard me ten huwelijk vroeg, was dat een kans op zekerheid voor ons allebei en greep ik de gelegenheid aan. Hij is een lieve man en hoewel hij zijn emoties niet toont, houdt hij van ons. Wij hebben ook van hem leren houden, nietwaar, en dankzij hem hebben we een gelukkig en tevreden leven gehad.*

*Freddie was een geweldige man, eervol en moedig. Hij had een prachtige glimlach, die ik al vele keren op jouw gezicht heb gezien, en een heel aanstekelijke lach, net als de jouwe. Je lijkt in zo veel opzichten op hem, en niet alleen in uiterlijk, maar ook in gedragingen en karakter.*

*Maar als ik nu terugkijk, besef ik dat ik hem als echtgenoot amper kende. We hadden een stormachtige romance gevolgd door drie dagen huwelijks leven, en dat was alles. Voor mij was hij een enorm romantische figuur, regelrecht uit meisjesdromen. Hij was knap en charmant en stal mijn hart... Een dappere soldaat die vertrok om zijn steentje bij te dragen voor koning en vaderland. Ik hield van hem en hij hield van mij, twijfel daar nooit aan, maar we hebben nooit een eigen huis gehad, elkaar nooit beter leren kennen dan die paar dagen samen ons toestonden. Richard is mijn ware echtgenoot, en geloof me wanneer ik zeg dat hij een gevoelige man is, ondanks alle uiterlijke tekenen van het tegendeel.*

*Op je eenentwintigste verjaardag zul je het geld erven dat voor je in een fonds is gestort door je grootvader, Freddies vader Sir George Hurst. Dan zul je ook horen over Freddie, maar als je de behoefte hebt om meer over hem te weten, pak dat dan alsjeblieft voorzichtig aan.*

*Denk eraan, Freddie heeft je het leven geschonken, maar Richard is degene die over je gewaakt heeft terwijl je dat leven leidde. Pas op hem voor me.*

*God zegene je, mijn lieve schat.*

*Met alle liefde,*
*Mama*

De letters vervaagden voor haar ogen terwijl Adelaide las. Ze bleef met de brief op schoot zitten en dacht aan haar moeder.

Die lieve mama. Ze wist dat ze stervende was en schreef me een brief, ook al wist ze dat ik hem pas vijf jaar later zou lezen.

Adelaide vroeg zich even af of Richard de brief had gelezen voordat hij hem aan haar had gegeven, maar toen sprak ze zichzelf vermanend toe. Het lag niet in haar vaders aard om zoiets oneerbaars te doen.

Adelaide dacht een paar dagen na voordat ze eindelijk meneer Arthur Brewer in Belcaster belde.

'Mijn beste juffrouw Anson-Gravetty,' zei de stem via de krakende telefoonlijn. 'Ik zou u dolgraag aanstaande donderdag ontvangen. Als u op Paddington Station de trein van halfelf neemt, kunnen we misschien nog samen lunchen als onze zakelijke bespreking achter de rug is.'

Adelaide nam een taxi van het station naar het kantoor van Brewer, Harben & Brewer en werd begroet door een dame van middelbare leeftijd, keurig gekleed in een grijze rok en lichtblauwe twinset.

'Hoe maakt u het, juffrouw Anson-Gravetty? Ik ben juffrouw Davenport, meneer Brewers secretaresse. Hij verwacht u en heeft me gevraagd u meteen door te leiden.' Ze nam Adelaide mee over een paar smalle trappen naar een kamer op de eerste verdieping. Daar klopte ze kort aan, opende de deur en liet Adelaide binnen. 'Juffrouw Anson-Gravetty, meneer Brewer.'

Een man op leeftijd stond op van achter een bureau en kwam met uitgestoken hand naar haar toe. 'Juffrouw Anson-Gravetty,' zei hij stralend, 'wat fijn om u eindelijk te ontmoeten!'

Adelaide drukte hem de hand en werd naar een comfortabele stoel bij een smeulend haardvuur geleid. Toen hij juffrouw Davenport had gevraagd om koffie te brengen, nam meneer Brewer de stoel tegenover haar.

'Ik heb graag een haardvuurtje, ook al is het nog niet eens zo koud,' zei hij. 'Op mijn leeftijd voel je de kou zo veel beter, weet u.' Hij keek haar aan. 'Mag ik u iets vragen, juffrouw Anson-Gravetty? Wist u al van uw erfenis voordat ik u schreef?'

'Nee, meneer Brewer. Het was een totale verrassing,' antwoordde Adelaide. 'Ik ontdekte pas toen ik uw brief kreeg dat mijn vader niet mijn vader was, als u snapt wat ik bedoel. Ik wist niets van Freddie Hurst.'

'Aha.' Meneer Brewer zoog lucht tussen zijn tanden door. 'Ik vreesde al dat dat het geval kon zijn, al had ik gehoopt dat meneer Anson-Gravetty het u misschien al zelf had verteld. Het moet beslist een schok voor u zijn geweest.'

'Dat is zacht uitgedrukt,' beaamde Adelaide. 'Ik had hier allemaal geen idee van.'

'Het was zijn wens dat we niet rechtstreeks met u communiceerden, en aangezien hij uw wettige voogd is... wás, moesten we zijn wensen respecteren. Maar nu bent u eenentwintig en verantwoordelijk voor uw eigen zaken.'

'Aha,' zei Adelaide. 'En wat zijn die zaken?'

'Nou, los van een aantal kleine legaten heeft uw verscheiden grootvader Sir George Hurst u als enige erfgenaam aangewezen. Ik moet u vertellen, juffrouw Anson-Gravetty, dat u een extreem rijke jonge vrouw bent. Het kapitaal is voor u in een fonds geïnvesteerd en de cumulatieve rente is weer opnieuw geïnvesteerd. Het is al met al tot een aardige som opgelopen.'

Adelaide staarde hem aan. 'Hoeveel?' vroeg ze zachtjes.

'Nou, even kijken.' Meneer Brewer pakte een dossier van zijn bureau en sloeg het open. Hij haalde er een vel papier met getallen uit. 'Bij de laatste evaluatie was uw portfolio zo'n vijfenzeventigduizend pond waard.' Hij keek haar aan en zag dat de kleur uit haar wangen was weggelopen. 'Mijn beste juffrouw Anson-Gravetty, gaat het wel?'

'Hóéveel?' fluisterde Adelaide.

'Zoals ik al zei,' ging meneer Brewer door, 'u bent een extreem rijke jonge vrouw. Het geld is nu van u, om mee te doen wat u wilt. Momenteel wordt het vrij behoudend geïnvesteerd, en ik stel voor, als ik die vrijheid mag nemen, dat u alles zo laat als het is totdat u professioneel advies hebt kunnen inwinnen.'

'Ja, natuurlijk. Sorry, meneer Brewer, maar ik kan het nog niet helemaal bevatten.' Adelaide glimlachte zwakjes naar hem.

'Maakt u zich geen zorgen, lieve juffrouw, we geven u alle papieren, zodat u die rustig kunt doornemen. Ik neem aan dat u dingen wilt bespreken met uw vader, hè?'

'Voordat we dat doen...' zei Adelaide. 'Mag ik het eigenlijke testament zien?'

Meneer Brewer spitte weer in het dossier en haalde er een document uit dat hij aan haar gaf.

Adelaide las het langzaam en probeerde betekenis te ontfutselen aan al het juridische jargon.

Er was een klein legaat van tweehonderd pond voor zijn huishoudster, ene mevrouw Norton, en een ander van honderd pond voor de hoofdtuinier, en van vijftig pond voor alle anderen die voor hem werkten ten tijde van zijn overlijden.

De dorpsweide van Charlton Ambrose, het dorp waar de Hursts woonden, was onderdeel van het landgoed, en dat plus nog een stuk land erachter werd aan de parochie nagelaten om te gebruiken ten gunste van het dorp.

*De rest van mijn vermogen laat ik na aan mijn kleindochter Adelaide Sarah Hurst (nu Anson-Gravetty) en dit zal in een fonds worden gehouden totdat ze de leeftijd van eenentwintig jaar bereikt, waarop het geheel naar haar zal overgaan. Mijn trustees, de partners bij Messrs Brewer, Harben & Brewer, zullen het fonds beheren zoals zij goedachten zolang mijn kleindochter minderjarig is, inclusief de verkoop van eventuele eigendommen, roerend of onroerend, die ik ten tijde van mijn overlijden bezit.*

Adelaide keek meneer Brewer aan. 'Ik zie hier niets over zijn dochter staan. Sarah, heette ze geloof ik. Waarom heeft hij haar geen geld nagelaten? Ze had toch vast recht op de helft, ook al kreeg ik Freddies helft?'

'Ik geloof dat Sir George inderdaad een dochter had die Sarah heette, maar zoals u ziet wordt zij in het testament niet genoemd. Mijn vader heeft het ooit opgesteld. Hij weet misschien waarom. Hij kende Sir George uiteraard behoorlijk goed, aangezien ons notariskantoor al drie generaties voor zijn familie werkt.'

'Ik begrijp het,' zei Adelaide, al was dat niet helemaal waar. Waarom zou Sir George zijn enige dochter onverzorgd achterlaten? 'Maar het lijkt me niet eerlijk,' zei ze hoofdschuddend. 'Er is zo veel geld, zij had er ook iets van moeten krijgen.'

'Er was vast een goede reden voor,' zei meneer Brewer vriendelijk. 'Sir George wist wat hij deed.' Toen Adelaide daar niets op zei, ging hij door. 'Ik hoop dat u tevreden bent met ons beheer. We hebben in de loop der jaren af en toe contact gehad met uw stiefvader, maar zodra het landhuis bij Charlton Ambrose was verkocht, liet hij ons verder alles regelen.

'U wilt vast niet al die documenten mee terug nemen in de trein,' zei meneer Brewer toen hij ze met haar had doorgenomen. 'Ik kan ze bij u thuis of bij uw notaris in Londen laten afleveren. Onze man Dickens kan ze voor het einde van de week komen brengen. Zou dat schikken?'

'Ik heb geen notaris,' antwoordde Adelaide. 'Het lijkt me beter als u alles voor me blijft regelen. U weet precies wat er is. Het enige wat ik nu zou willen is een regelmatig inkomen, als dat mogelijk is.'

Meneer Brewer keek opgetogen en verzekerde haar dat dat mogelijk was.

In de trein op weg naar huis probeerde Adelaide zich voor te stellen dat ze vijfenzeventigduizend pond had. Het was een astronomisch bedrag.

Vader weet dat ik een erfenis heb gekregen, dacht ze, maar weet hij ook hoeveel?

# 2

Moeder Marie-Pierre zat achter het bureau in haar werkkamer en staarde naar de brief die ze had ontvangen. Zuster Celestine had hem net binnengebracht, samen met de andere post voor het klooster. Hij was geadresseerd aan juffrouw Sarah Hurst, een naam die moeder Marie-Pierre twintig jaar geleden had opgegeven. Toen ze die op de envelop zag staan, schrok ze ervan. Ze herkende het handschrift niet.

De postzegels waren Engels, maar ze had al achttien jaar geen contact meer met iemand in Engeland. *Juffrouw Sarah Hurst.* Wie er ook naar haar had geschreven, die persoon kende blijkbaar niet haar kloosternaam, of wist misschien niet eens dat ze er een had.

De moeder-overste pakte de brief, hield hem tussen twee vingers vast en draaide hem om. Er stond geen naam of adres van een afzender achterop. Het was gewoon een witte envelop, geadresseerd in een net handschrift. *Juffrouw Sarah Hurst. Klooster van Onze Lieve Vrouwe van Genade. Sainte-Croix.* Het poststempel was van Londen en de datum al vele dagen geleden. Waarschijnlijk omdat het adres incompleet was, dacht moeder Marie-Pierre terwijl ze naar de envelop staarde. Ik heb al zo lang geen persoonlijke brief meer gekregen, ik durf hem nauwelijks te openen.

De rest van de post, allemaal gericht aan de moeder-overste, draaide om kloosteraangelegenheden, en ze had de intrigerende brief aan juffrouw Hurst opzijgelegd en zich eerst op die zaken geconcentreerd. Nu was alleen deze brief nog ongeopend. Moeder Marie-Pierre sloot haar ogen en bad even stilletjes, en toen pakte ze haar briefopener, sneed de envelop open en haalde de inhoud eruit.

Het ene vel papier was voorzien van een adres in Londen en zwierig ondertekend met de naam *Adelaide Anson-Gravetty*.

Goeie hemel, dacht moeder Marie-Pierre, dat is Freddies dochter.

Ze ging terug naar het begin van de brief.

*34 Northumberland Square*
*Kensington*
*12 oktober 1937*

*Beste tante Sarah,*

*Ik hoop dat u het niet erg vindt dat ik u zo aanspreek, ook al hebben we elkaar nog nooit ontmoet. Ik ben de dochter van uw broer Frederick, dus u bent echt mijn tante. Het zal u wel verbazen om zo heel ineens van me te horen, maar tot aan mijn verjaardag in september wist ik niet dat u bestond. Op 9 september werd ik eenentwintig, en toen pas ontdekte ik dat ik een erfenis had waar ik niets van wist, van een grootvader van wie ik zelfs nog nooit had gehoord. Ik ontdekte ook tot mijn grote verbazing dat mijn vader, of eigenlijk de man van wie ik heel mijn leven geloofde dat hij dat was, niet echt mijn vader is. Mijn moeder, die overleed toen ik zestien was, had me nooit verteld dat ze al eerder getrouwd was geweest. Haar tweede echtgenoot adopteerde me toen ik twee jaar oud was, maar tot ik volwassen werd wist ik dat ook niet. Ik heb mijn grootmoeder behoorlijk aan de tand gevoeld, maar ze weet weinig over mijn vaders familie. Grand-mère meende zich alleen te herinneren dat hij een zus in Frankrijk had die non was. Meneer Arthur Brewer, de notaris die mijn erfenis afhandelde, wist niets over u, maar zei dat ik het zijn vader kon vragen, die vroeger de familiezaken behartigde. Hij was inmiddels met pensioen, maar ik ben naar hem toe gegaan, en hij dacht zich te herinneren waar het klooster stond en gaf me dit adres. Ik hoop dat hij gelijk had en dat deze brief bij u aankomt.*

*Wat ik graag zou willen, tante, is bij u op bezoek komen. Zeg alstublieft dat het mag. Tot vorige maand had ik nog nooit van u of mijn biologische vader Frederick gehoord. Ik zou u dolgraag ontmoeten en meer over hem te weten komen.*

*Ik wacht uw antwoord af in de hoop dat we elkaar snel kunnen zien.*

*Met vriendelijke groet,*
*Adelaide Anson-Gravetty*

Moeder Marie-Pierre las de brief een paar keer. De tranen sprongen haar in de ogen. Freddies dochter.

Ze dacht terug aan de laatste keer dat ze Freddie had gezien, vlak voordat hij in 1915 met kerstverlof naar Engeland vertrok. Hij was zo jong en knap, en hoewel zijn gezicht afgetobd stond, en zijn ogen vermoeid van zijn tijd aan het front, was het die dag weer net zoals toen ze nog kinderen waren. Ze hadden samen in het door de oorlog geteisterde stadje Albert geluncht en kerstcadeaus voor elkaar gekocht. Ze had nog steeds de hanger aan het zilveren kettinkje dat hij voor haar had uitgekozen terwijl ze door de stad dwaalden. Ze had het gedragen tot ze haar eerste geloften aflegde, de dag dat ze ophield Sarah Hurst te zijn en zuster Marie-Pierre werd. Nu lag het hangertje in een kistje met haar enige andere privébezittingen: twee foto's, een van haar ouders op hun huwelijksdag en de andere van Freddie.

Freddie was van dat verlof teruggekeerd als gehuwd man. Hij was getrouwd met de zus van John Driver, een mede-officier. Zijn bruid heette Heather, maar Sarah had haar nooit ontmoet.

'Ik kom bij je op bezoek zodra ik kort verlof heb,' had Freddie beloofd. 'Ik wil je mijn trouwfoto laten zien. Als je Heather ziet... Ik weet zeker dat jij ook dol op haar zult zijn.'

Freddie was nooit gekomen. Hij kreeg geen verlof meer in de weken vlak voor het grote offensief, de slag om de Somme, en zij zag hem nooit meer. Freddie had zijn mannen de chaos van 1 juli 1916 in geleid en was niet meer teruggekeerd. Sarah had geweten dat Heather in verwachting was van Freddies kind, en het was een bitterzoete boodschap toen ze in september over de geboorte van haar nichtje Adelaide hoorde. 'Een klein stukje van Freddie leeft door,' had ze naar haar vader geschreven.

In de laatste maanden van de oorlog had Sarahs vader haar gevraagd of ze misschien wilde terugkomen op haar besluit om tot het klooster toe te treden en weer thuis wilde komen wonen.

'Ik heb mijn zoon verloren,' schreef hij, 'en ik verlies mijn kleindochter ook, nu haar moeder gaat hertrouwen en die man van plan is haar te adopteren. Ik heb je nodig, Sarah. Jij bent alles wat ik nog heb. Kom in elk geval een poosje naar huis.'

Toen de oorlog eindelijk ten einde liep en ze kon worden gemist in het kloosterziekenhuis, had Sarah besloten dat ze haar vader nog één keer wilde opzoeken. Ze ging naar haar tante, zuster Sint-Bruno, en legde de situatie aan haar voor. Tante Anne leefde met haar mee. Zij was ook van huis weggegaan om haar roeping te volgen terwijl haar familie dat afkeurde.

'Ik vind dat je nog één keer naar hem toe moet gaan,' adviseerde ze. 'Hij heeft alles verloren wat hem lief was en zal zich wel heel eenzaam voelen. Ik weet dat je sterk genoeg bent om hem te weerstaan als hij vraagt of je weer thuiskomt, maar zo niet, dan zij het zo. Misschien wil de Heer dat je een poosje bij hem blijft. Ga met moeder praten. Overleg met haar. Ze is heel wijs. Ze zal het begrijpen en weten wat je het best kunt doen. Je bent immers nog maar een novice. Als je besluit het klooster te verlaten, zal ze je laten gaan.'

Sarah volgde haar advies op en legde de situatie aan de moederoverste voor.

'Ik weet dat God me hier bij u in het klooster wil hebben,' zei Sarah, 'maar ik moet nog één keer mijn vader zien en hem in eigen persoon uitleggen waarom ik niet naar huis kan komen zoals hij wil.'

'Ja, doe dat maar,' antwoordde de moeder-overste. 'Als je overtuigd bent van je roeping, zal een tochtje naar Engeland daar niets aan veranderen, en zo wel, dan klopte je roeping niet. Je mag één week uit het klooster weg. Indien nodig bekijken we de situatie opnieuw wanneer je terug bent.'

Sir George wilde dat ze naar Charlton Ambrose kwam, maar Sarah had daar een stokje voor gestoken. Ze wist dat ze ondanks haar roeping meer moeite zou hebben om nee tegen haar vader te zeggen als ze weer terug was in haar ouderlijk huis. En dus werd afgesproken dat ze elkaar zouden treffen in het huis van de zus van Sir George, Lady Horner, aan Carver Square.

De laatste keer dat Sarah bij haar tante had gelogeerd, was op weg naar Frankrijk in 1915.

Toen ze deze keer bij het huis aankwam, was er niets veranderd. Ze bleef op de winderige stoep staan en bekeek het nogal verlopen pleintje. Het zag er allemaal nog hetzelfde uit, en toch leek haar laatste bezoek een eeuwigheid geleden.

Roberts, de butler, begroette haar. Hij sprak haar aan als 'juffrouw Sarah' en bracht haar naar Lady Horners zitkamer, zonder enige zichtbare verbazing om haar ongebruikelijke uitdossing.

Haar vader zat alleen op haar te wachten. Toen ze werd aangekondigd, stond hij wankel op en keek naar zijn dochter, zijn geliefde Sarah, gehuld in een zwart habijt dat tot op de vloer kwam en met haar gezicht omlijst door een gesteven nonnenkap en hoofdtooi met vleugels.

Ze bleef onzeker glimlachend op de drempel staan. 'Paps...' Ze stak haar handen uit, en toen hij niet in beweging kwam liep ze naar hem toe en pakte zijn handen. Even bekeek ze hem onderzoekend. Hij zag er ouder uit, een stuk ouder. Zijn ogen waren verzonken in hun kassen, zijn huid leek wel perkament en zijn grijze haar was droog en dun.

'Paps,' zei ze nog een keer. 'Liefste paps, bent u niet blij om me te zien?'

'Sarah.' Zijn stem klonk hees en hij schraapte zijn keel. 'Sarah, ik kan het niet verdragen om je in die kleren te zien.'

'Vanbinnen ben ik nog steeds dezelfde, paps,' zei ze vriendelijk, en ze ging op haar tenen staan en kuste hem op de wang.

Haar kap zat in de weg, waarop haar vader een ongeduldig geluid maakte. 'In godsnaam, Sarah, kun je die verrekte kap niet afzetten, zodat ik je fatsoenlijk kan zien?'

Sarah had geweten dat dit moeilijk voor hem zou zijn, maar ze had niet echt beseft hóé moeilijk. Met trillende handen knoopte ze haar kraag los, zette de gesteven hoofdtooi af en onthulde haar korte haar: een warrig rattenkapsel, kort gehouden met een achteloos gehanteerde schaar.

'O, Sarah, wat hebben ze je met je mooie haar gedaan?' riep hij uit.

'Het is handiger om het kort te houden, paps,' zei ze beverig, 'en niemand ziet het.' Het had Sarah zelf ook wat tijd gekost om zich bij het verlies van haar haar neer te leggen. Toen ze pas in het klooster was, was het lang en dik en moest ze het met veel spelden opsteken onder haar verpleegsterskapje.

Ze sloeg opgelaten haar armen om hem heen, totdat hij haar plotseling in een verpletterende omhelzing drukte.

'Als u wilt dat ik me omkleed, vader,' zei Sarah zachtjes, 'dan heb ik toestemming om binnenshuis mijn oude rok en blouse te dragen.'

'Toestemming!' Sir George schreeuwde het woord bijna, en toen zakten even plotseling zijn schouders omlaag en zei hij zachtjes: 'Ik zou het fijn vinden om je nog één keer te zien zoals je was toen je wegging... Op dat na, dan...' hij wuifde met zijn hand in de richting van haar haar.

Sarah ging naar haar kamer en verruilde haar lange zwarte habijt voor de witte blouse en grijze rok die ze had gedragen tijdens het verpleegwerk in het kloosterziekenhuis. Ze staarde naar zichzelf in de spiegel. Ze had sinds ze de sluier van novice had opgenomen haar gezicht niet meer gezien.

Ze zag er nog min of meer hetzelfde uit, besloot ze, hoewel dat korte kapsel haar gezicht een andere vorm gaf dan toen het nog was gekroond met een bos donkere krullen. Voor de oorlog kon ze er heel chic uitzien, met haar haar opgestoken om haar slanke hals te benadrukken. Nu zag ze eruit als een schoongeboend liefdadigheidskind.

Hoewel ze zich bijna naakt voelde in haar eenvoudige rok en blouse, keerde ze terug naar de zitkamer, waar haar vader op haar wachtte met de thee die Roberts had geserveerd.

Ze gingen zitten en praatten elkaar bij, al ging het vooral over Freddie en de vrouw en dochter die hij had achtergelaten.

'Heather gaat hertrouwen,' vertelde Sir George. 'Een of andere vent in de stad. Ik begrijp dat hij van plan is de kleine Adelaide te adopteren.'

'Misschien is dat het beste voor hen allebei,' antwoordde Sarah. 'Freddie zou toch niet hebben gewild dat Heather de rest van haar leven alleen bleef?'

Sir George zuchtte. 'Misschien niet, maar het valt niet mee om te zien dat je zoon zo snel wordt vervangen.'

'Zo snel is het niet, paps,' corrigeerde Sarah hem vriendelijk. 'Hij is al bijna drie jaar dood. Adelaide wordt in september drie, en ze heeft een vader nodig. Freddie zou haar dat niet hebben willen ontzeggen.'

'Ze heeft ook een grootvader nodig,' zei de oude man verbitterd, 'maar ze komen nooit bij me op bezoek in Charlton Ambrose. De enige keren dat ik mijn kleindochter zie, is wanneer ik er zelf speciaal voor naar Londen ga. Ik mag haar een halfuur bezoeken in het huis van haar grootouders van moederskant, altijd waar zij bij zijn. Het lijkt wel alsof ze denken dat ik er met haar vandoor zal gaan.'

'Kan ik Heather en Adelaide ook ontmoeten nu ik hier ben?' vroeg Sarah gretig.

Sir George schudde zijn hoofd. 'Nee, ik vrees van niet. Ze logeren bij vrienden in Derbyshire.'

'Had u ze niet laten weten dat ik kwam?' vroeg Sarah ontdaan. 'U had toch kunnen weten dat ik Adelaide zou willen zien...'

'Dat heb ik ze inderdaad verteld,' antwoordde Sir George zwaarmoedig, 'maar zij zeiden dat ze hadden afgesproken deze week naar Derbyshire te gaan en vonden het onbeleefd om dat af te zeggen.'

'Uitgerekend in de week dat ik naar huis kan komen?' vroeg Sarah ongelovig.

'Precies,' bromde Sir George. 'Dat bedoel ik nou. Ze willen ons uit het leven van dat kind buitensluiten. Die Richard Anson-Gravetty wordt nu haar vader, en Freddie moet worden vergeten.'

Zijn stem brak en hij wendde zijn blik af. Sarah wilde hem dolgraag omhelzen en troosten, maar ze wist dat hij dan misschien zou breken en zich voor zo veel zwakte zou schamen, dus wachtte ze zwijgend tot hij zich had herpakt.

Sarah bleef vijf dagen aan Carver Square. Ze verliet het huis niet, want dan zou ze haar habijt weer moeten aantrekken, en ze wist dat haar vader het vreselijk vond om haar daarin te zien. Ze besteedden die dagen aan praten zoals ze in al hun jaren nooit hadden gedaan. Allebei beseften ze dat dit de laatste keer was dat ze elkaar in deze wereld zouden zien, en ze maakten gebruik van elke minuut.

Op haar laatste avond in Londen vatte Sir George eindelijk de koe bij de hoorns. 'Je komt niet meer naar huis, hè, Sarah?'

Ze zaten aan weerskanten van de open haard, en Sarah keek hem met tranen in haar ogen aan. 'Nee, lieve paps, ik kom niet meer naar huis.'

Het brak hem bijna, maar hij wist zich te beheersen. 'Dan moeten we bespreken wat er gebeurt als ik doodga.'

Sarah staarde hem niet-begrijpend aan. Deze wending in het gesprek had ze totaal niet voorzien.

'Er is niemand om de titel te erven. Ik vermoed dat als Adelaide een jongen was geweest, ze haar naam niet zo snel zouden hebben veranderd. Maar hoe dan ook, ik ben van plan haar in al het andere als mijn erfgename aan te wijzen. Jij krijgt je aandeel nu. Ik geef je een bruidsschat voor je klooster, maar dat doe ik nu al, en niet pas in mijn testament. Al het andere zal ik in een fonds storten voor de jonge Adelaide, en dat krijgt ze dan op haar eenentwintigste verjaardag. Maar ik wijs zelf de trustees aan. Die man krijgt hoe dan ook haar geld niet in handen.'

'Is hij echt zo erg als u hem doet voorkomen?' vroeg Sarah.

'Waarschijnlijk niet,' gaf haar vader toe, 'maar hij is een verrekt ijskoude. Ik weet zeker dat hij degene is die Heather ervan weerhoudt om met het kind bij mij langs te komen. Hij wil niets met de familie van haar voormalige echtgenoot te maken hebben. Hij had Heather waarschijnlijk liever zonder het kind gehad, maar zelfs zij wilde daar niets van weten, hoe klein en bedeesd ze ook is. Ik kan me niet voorstellen wat Freddie in haar zag!'

'Paps,' zei Sarah, 'u moet doen wat u denkt dat juist is voor Adelaide. Het is heel grootmoedig van u dat u me een bruidsschat voor het klooster geeft. Ik weet dat u niet wilt dat ik terugga, maar dat is waar ik thuishoor.'

Sir George wendde zijn blik af en mompelde: 'Daarover zullen we het nooit eens worden, mijn kind.'

Omdat ze van onderwerp wilde veranderen vroeg Sarah: 'Weet u hoe het met Molly gaat? Molly Day en haar baby?'

'Geen idee,' antwoordde Sir George bruusk. 'Ze is zwanger thuisgekomen, en voor zover ik weet woont ze nu weer bij haar ouders. Ze had geluk dat ze haar niet op straat zetten. Niet alleen was ze in verwachting, maar het bleek ook nog dat de vader een lafaard en een deserteur was. Wist je dat, Sarah? Die man is doodgeschoten omdat hij wegrende terwijl de vijand voor de deur stond. Wat voor soort man is dat? Wat voor vader is dat voor een kind?'

Sarah wist dat die lezing niet klopte, maar besefte ook dat het geen zin had om uit te leggen wat er echt met de vader van Molly's kind was gebeurd. Ze had Sir George willen vragen of hij Molly niet een beetje geld kon geven, maar aan zijn gezicht zag ze duidelijk dat hij er niet over zou peinzen. Het was een ongelukkige keus van gespreksonderwerp geweest en Sarah probeerde hem op iets anders te brengen.

'Hoe gaat het verder in het dorp?' vroeg ze. Ze wist dat hij zijn plichten als landjonker heel serieus nam en dat hij om de mensen van Charlton Ambrose gaf.

'Ik richt een herdenkingsteken op, voor Freddie en de andere mannen uit het dorp die niet meer van de oorlog terugkwamen,' vertelde hij. 'Ik ga een paar bomen planten op het grasveld bij het dorpsplein. Een voor elke man die is gesneuveld. Zo worden ze nooit vergeten. Het wordt een levend herdenkingsteken. Wat vind je van dat idee?'

Er sprongen tranen in Sarahs ogen. 'Ik vind het een prachtig idee, paps.'

Sarah vertrok de volgende dag, weer gekleed in haar nonnenhabijt. Sir George ging niet met haar mee naar het station; ze namen afscheid in de zitkamer van Lady Horners huis. Hun laatste omhelzing was een onhandige, doordat ze haar kap en hoofdtooi weer droeg, maar toen ze uiteindelijk achteruit stapte zei Sir George nors: 'Je bent net zo verrekte koppig als je moeder, maar ze zou trots op je zijn geweest, Sarah, net zo trots als ik.' En met die woorden beende hij de kamer uit en liet Sarah zelf met haar koffertje naar de taxi lopen die haar naar Victoria Station zou brengen. Ze wist dat ze haar vader nooit meer zou zien, en de tranen bleven de hele weg naar het station over haar wangen stromen.

Ze had gelijk gehad. Binnen anderhalf jaar was Sir George overleden, en had zij haar laatste geloften afgelegd. Toen het nieuws over haar vaders dood kwam, schreef Sarah naar Adelaide, maar ze kreeg geen antwoord. Ze had sinds die dag van niemand in Engeland meer iets gehoord.

En nu had ze deze brief van Adelaide zelf, die vroeg of ze mocht langskomen, die vroeg naar Freddie.

Sarah trok een vel papier naar zich toe en begon te schrijven: 'Lieve Adelaide...'

# 3

De trein pufte lawaaiig door het vlakke Franse landschap en stopte onderweg bij kleine stations. Adelaide keek uit het raam. Dit was de eerste keer dat ze alleen naar het buitenland ging en ze vond het nogal een avontuur. Ze had overwogen een auto met chauffeur te huren toen ze van de boot kwam, want dat kon ze zich nu immers gemakkelijk veroorloven, maar ze besloot dat het leuker zou zijn om de plaatselijke trein te nemen en zich in de atmosfeer van het land en de mensen onder te dompelen.

Terwijl de akkers en dorpjes langsgleden, een levend wandtapijt van het Franse leven, dacht ze aan haar tante in het klooster in Sainte-Croix. Waar ze de moeder-overste was, zelfs! Zou ze heel religieus zijn? Zou ze begrijpen waarom Adelaide haar wilde ontmoeten, zo geïsoleerd als ze al meer dan twintig jaar van de wereld leefde?

Adelaide keek ernaar uit om de zus van haar vader te ontmoeten, maar het verlangen ging gepaard met een zekere mate van angst.

Eindelijk stopte de trein op het station van Albert, en met haar koffer in haar hand stapte Adelaide uit. Op het stationsplein wist ze een taxi te vinden om haar naar Sainte-Croix te brengen. Het was een oude Citroën, bestuurd door een gedrongen man. Zijn jas zat strak om zijn buik gespannen en hij had een zwarte baret op zijn hoofd. Hij legde haar koffertje in de achterbak en hield het portier voor haar open. 'Sainte-Croix, zei u?' vroeg hij, terwijl hij zichzelf achter het stuur perste.

'Ja, alstublieft,' zei Adelaide vanaf de gehavende achterbank. 'Naar het klooster.'

De chauffeur bekeek haar nieuwsgierig via de spiegel. 'Wilt u zich bij de zusters aansluiten?' vroeg hij.

Adelaide lachte. 'Nee, monsieur. Ik ga alleen maar op bezoek!'

De taxi reed Sainte-Croix in, over het plein en daarna via een kronkellaan naar het klooster, een gebouw van vier verdiepingen dat uitkeek over het dorp beneden.

Wat een grimmige plek, dacht Adelaide, terwijl ze de sombere grijze stenen muren bekeek die boven haar uittorenden. Het leek wel een fort.

De taxi zette haar af bij de hoofdingang en ze liep de treden op naar de oude eiken voordeur. Met zijn ijzeren scharnieren en rooster leek die meer op een kasteelpoort dan op de ingang van een klooster. Adelaide bleef nog even staan, maar toen haalde ze diep adem en trok aan het ijzeren schellekoord. In de verte hoorde ze een bel rinkelen, maar bijna meteen ging het roostertje in de deur open en tuurde er een gezicht naar buiten.

'Kan ik u helpen?' Die vraag werd uiteraard in het Frans gesteld, en Adelaide antwoordde monter in dezelfde taal.

'O, ja alstublieft. Ik ben Adelaide Anson-Gravetty, en ik kom voor de moeder-overste.'

Er klonk geschraap van grendels, de deur zwaaide open en Adelaide werd begroet door een kleine non die nerveus naar haar tuurde. 'Mademoiselle Adelaide? Ik ben zuster Celestine. Ja, moeder verwacht u. Deze kant op, alstublieft.'

Adelaide liep achter zuster Celestine aan door een hal met stenen tegels en vervolgens door een gang. Er hingen geen versieringen aan de stenen muren, en ondanks haar warme overjas had Adelaide het nog kouder dan buiten.

De non leidde haar een trap op en opende de deur naar een kleine kamer aan het eind van een lange gang. 'Hier is uw kamer, mademoiselle. Ik heb een kan water klaargezet, zodat u zich kunt opfrissen na uw reis. Aan het eind van de gang is een toiletruimte. Ik kom over een kwartiertje terug om u naar moeder te brengen. Intussen zal ik haar vertellen dat u bent gearriveerd.' Met die woorden stapte zuster Celestine opzij om Adelaide in het celachtige slaapkamertje binnen te laten, en toen sloot ze de deur achter haar.

Adelaide gooide haar koffertje op het smalle bed. Toen ze zich van haar jas en hoed had ontdaan, stapte ze naar het raam om naar buiten te kijken. Beneden lag een plein met een hoge stenen muur eromheen en daarachter een veld en bossen. Aan de zijkant was nog een ommuurd gedeelte met een hoog stenen kruis bij de poort; een begraafplaats misschien. De lucht was grijs en bewolkt en het uitzicht nogal deprimerend. Huiverend draaide Adelaide zich weer om, speurend naar de kan water die zuster Celestine had beloofd. Hij stond boven op een ladekast, met een kleine witte handdoek opgevouwen ernaast.

Adelaide waste haar handen en gezicht, borstelde haar haar en ging snel naar het toilet aan het eind van de gang. Er hing nergens een spiegel, maar ze tuurde in het spiegeltje van haar poederdoos en glimlachte zichzelf bemoedigend toe.

Het is belachelijk om nerveus te zijn, hield ze zichzelf streng voor. Ze is je vaders zus, en zelfs al blijkt ze dan de moeder-overste te zijn, ze is ook gewoon je tante Sarah.

Adelaide kauwde op haar lippen om ze iets meer kleur te geven, omdat ze liever geen lippenstift droeg in een klooster, en wachtte tot haar gids terugkeerde.

Ze hoefde niet lang te wachten. Er klonk een klop op de deur en toen ze 'Binnen!' riep, stak zuster Celestine haar hoofd om de hoek.

'Moeder is nu klaar om u te ontvangen,' zei de non, en ze ging weer voor door het grote grijze gebouw.

Uiteindelijk bleef ze voor een deur staan en klopte zachtjes aan. Binnen klonk een belletje, waarop ze de deur opende. 'Mademoiselle Adelaide is hier, moeder,' zei ze, en ze stapte opzij zodat Adelaide kon binnenkomen.

'Dank je, zuster.' De stem was zacht, met een interessante, zangerige klank. 'Zou je ons wat thee willen brengen, alsjeblieft?'

Adelaide ging naar binnen en zag een non van middelbare leeftijd, die opstond van achter een bureau en naar haar glimlachte. 'Adelaide,' zei de vrouw met stralende ogen. 'Je bent er echt.'

'Tante Sarah?' begon Adelaide, maar toen aarzelde ze. 'Sorry, misschien moet ik moeder-overste zeggen?' Haar stem ging vragend omhoog, terwijl ze net voorbij de deur bleef staan.

'Gewoon tante Sarah, denk ik,' antwoordde de non vrolijk. 'Jij bent zo'n beetje de enige op de wereld die me zo mag noemen. Kom binnen, kom binnen en ga zitten. Ik heb de zusters het vuur laten opstoken zodat het hier behaaglijk is.' Ze gebaarde naar twee stoelen aan weerskanten van een piepklein open haardje waarin een klein blok hout smeulde. Ondanks het vuurtje was het kil in de kamer, maar Sarah leek het niet te merken. 'Ik hoop dat zuster Celestine je je kamer heeft gewezen en het je comfortabel heeft gemaakt.' Met een lach voegde ze eraan toe: 'Het is een piepklein kamertje, vrees ik, maar jij hebt meer geluk dan ik toen ik hier pas aankwam, want ik moest het nog met iemand delen!'

'Het is prima, dank u,' antwoordde Adelaide, terwijl ze nog steeds een beetje opgelaten bij de deur stond.

'Kom hier, lieverd. Laat me eens naar je kijken.' Sarah pakte Adelaides handen en draaide haar gezicht naar het raam. 'Mijn lieve meisje,' zei ze met een hapering in haar stem, 'je bent sprekend je vader.'

Ze staarden elkaar even aan, Sarah met tranen in haar ogen, maar toen leek ze zich plotseling te herpakken. 'Het spijt me, Adelaide, kom toch bij het vuur zitten. Zuster Celestine komt zo meteen met thee, want je lust vast wel iets warms na je lange reis. Thee is de enige traktatie die ik mezelf nog toesta sinds ik moeder-overste ben geworden. De zusters geven me mijn zin en ik denk dat ze achter mijn rug lachen om mijn Engelse gewoonten.'

Adelaide besefte plotseling dat ze heel natuurlijk Frans met elkaar hadden gesproken. Ze vroeg: 'Tante Sarah, hoe bent u non geworden in een Frans klooster?'

'Dat, mijn kind, is een lang verhaal, en het is verbonden met het verhaal van je vader. Ik zal het je natuurlijk vertellen, maar laten we eerst theedrinken. Ik geloof dat ik zuster Celestine al bij de deur hoor.'

En inderdaad, er werd zachtjes op de deur geklopt, die openzwaaide. Zuster Celestine elleboogde zich naar binnen met een dienblad, dat ze op het bureau zette. Er stonden een theepot en twee kopjes op.

'Dank je, zuster,' zei de moeder-overste, en met een knik verliet de non de kamer. 'Ik hoop dat je thee zonder melk lust,' zei Sarah, terwijl ze voor hen inschonk. 'Als de Fransen al thee drinken, dan is het bijna altijd zonder melk!'

Toen ze bij de haard zaten, staarde Sarah naar haar nichtje, dronk haar in alsof ze geen genoeg kon krijgen van haar aanblik. Adelaide nipte van haar thee, zei niets en liet haar kijken.

'Adelaide, ik ben zo blij dat je me schreef,' zei Sarah uiteindelijk. 'Ik heb al geen nieuws meer uit Engeland gekregen sinds mijn vader overleed, in 1920. Dat is een heel lange tijd. Ik heb destijds wel naar je geschreven, maar je was toen natuurlijk nog erg klein, dus zul je je die brief wel niet meer herinneren.'

Adelaide glimlachte weemoedig. 'Ik betwijfel of ik hem ooit heb gekregen, tante Sarah. Ik denk dat mijn vader... mijn adoptievader... voor me verborgen wilde houden dat hij mijn biologische vader niet was. Zoals ik in mijn brief al vertelde, hoorde ik pas over Freddie en u op mijn eenentwintigste verjaardag.'

'Ik kan wel begrijpen dat hij wilde dat je hem als je echte vader beschouwde,' zei Sarah. 'Maar ik ben het er niet mee eens. Een mens moet weten waar hij of zij vandaan komt.'

'Dat vind ik ook,' beaamde Adelaide, 'en daarom ben ik nu hier. Ik wil meer weten over Freddies familie. Ik vrees dat ik in de afgelopen paar weken aan hem ben gaan denken als Freddie. "Vader" betekent nog steeds de vader bij wie ik ben opgegroeid.'

'Natuurlijk,' zei Sarah, 'en zo hoort het ook. Hij is je hele leven je vader geweest. Maar Freddie is er ook.' Ze glimlachte weer naar Adelaide. 'Je lijkt echt heel veel op hem, vooral als je lacht. Zag je moeder dat ook?'

'Ze zei van wel,' antwoordde Adelaide, 'in de brief die ik op mijn verjaardag kreeg. Ik heb hem meegebracht, voor het geval u hem zou willen lezen.'

Sarah schudde haar hoofd. 'Nee, Adelaide, dat lijkt me veel te persoonlijk, maar ik ben heel blij dat er zo veel van Freddie in jou doorleeft.'

Het late middaglicht begon te vervagen terwijl ze van hun thee dronken, en Sarah stak de lamp aan die achter haar bureau stond. In de verte begon een klok te luiden. Sarah stond op. 'Ik moet naar de kapel voor vespers. Als je mee wilt, graag. Zo niet, dan kun je hier wachten en kom ik je straks ophalen voor het avondeten. Daarna kunnen we in het recreatie-uur nog een poosje kletsen.'

'Ik denk dat ik met u mee wil naar de kapel, als dat goed is. Mijn moeder was ook katholiek, en hoewel ik niet zo vaak naar de mis ga als zou moeten, ben ik wel gelovig opgevoed.'

De moeder-overste glimlachte. 'Daar ben ik blij om,' zei ze eenvoudig. 'Kom maar mee.'

Ze ging haar voor door de doolhof van kloostergangen, waar ze zich aansloten bij een rij zusters op weg naar de kapel. Adelaide kreeg een zitplaats achterin toegewezen, en ze keek met belangstelling toe terwijl de zusters hun nissen in gingen. Voordat de nonnen hun gebeden begonnen te zingen, klonk er geschuifel en werden er door een verhit ogende novice vijf kinderen de kapel in geleid. Ze gingen op een rij stoelen voor Adelaide zitten. Vier van hen waren meisjes. Ze waren allemaal gekleed in grijze rokken, witte blouses en schortjes en hun haar was opgestoken onder witte kapjes. De vijfde was een jongen van een jaar of zeven, met kortgeknipt haar dat achter op zijn hoofd in een plukje omhoog stond.

'Dat zijn onze wezen,' vertelde Sarah toen ze na een maaltijd van soep, brood en kaas weer terug waren in haar werkkamer. 'Na de oorlog waren er verschillende kinderen in het dorp die geen vader meer hadden. Eén arme moeder vroeg of wij haar negenjarige dochter als novice wilden toelaten. Ze had nog vijf kinderen en kon ze niet voeden.

'De moeder-overste destijds weigerde het kind als novice te aanvaarden, want ze was veel te jong, maar ze gaf haar wel een thuis totdat ze oud genoeg was om voor zichzelf te beslissen. Daardoor wilden andere families hetzelfde. Drie van onze kinderen waren echte wezen, bij ons gebracht door een tante die het niet aankon. Sinds bekend raakte dat we kinderen accepteerden, zijn er al verschillende op onze stoep achtergelaten... Mijn vader zou dat "schandkinderen" noemen!'

'En jullie namen ze allemaal op?'

'Natuurlijk. Waar moesten die arme stakkers anders naartoe? Moeder vroeg mij om me over ze te ontfermen, om voor hun dagelijkse onderhoud te zorgen en ze te onderwijzen zodat ze op een dag, als ze besloten het klooster te verlaten, de kost zouden kunnen verdienen in de buitenwereld.'

'Wilde u dat?' vroeg Adelaide belangstellend. 'Ik dacht dat u verpleegster was.'

Sarah lachte. 'Dat was ik ook, min of meer, maar nooit een goeie. O, ik kon wel po's schuren en bedden opmaken, maar het echte verpleegwerk werd overgelaten aan zusters die veel vaardiger waren dan ik. Hoe dan ook, toen de gewonde soldaten eindelijk naar huis gingen, was ons kleine ziekenhuis minder hard nodig. Ja, ik vond het heerlijk om de zorg voor de kinderen op me te nemen. Ons moederhuis in Parijs heeft ook een weeshuis, en dus viel het ruim binnen het werk van onze orde.'

'En sinds die tijd hebben jullie hier wezen gehad?' vroeg Adelaide.

Sarah zuchtte. 'Ze worden nog steeds af en toe voor onze deur achtergelaten. We hebben er nog nooit een geweigerd. Ik heb nu niet meer de dagelijkse zorg voor ze. Dat is de taak van zuster Danielle, samen met een van de novices, zuster Marie-Joseph. De kinderen gaan gewoon naar de dorpsschool, zodat ze deel blijven uitmaken van de plaatselijke gemeenschap.'

'En het ziekenhuis? Is dat gesloten? Zijn jullie niet langer een verplegende orde?' vroeg Adelaide.

'Na de oorlog, toen de laatste gewonden naar huis waren, is er vlak buiten de muren een nieuw, kleiner ziekenhuis gebouwd. Slechts twee zalen, een voor mannen en een voor vrouwen. Daar verplegen we nog steeds de plaatselijke bewoners en voorzien we in stervensbegeleiding. Tijdens de oorlog stonden er hutten buiten op het plein; verschrikkelijke, gammele dingen, maar we hadden de ruimte toen nodig en het was beter dan niets. Die zijn gelukkig weg. Ze werden afgebroken zodra het nieuwe ziekenhuis was gebouwd.' Ze zuchtte. 'We hebben het druk genoeg, maar het is niets vergeleken met de instroom van gewonden die destijds terugkwamen van het front.'

'Vertel eens iets over mijn vader,' zei Adelaide. 'Vertel me over Freddie.'

Sarah glimlachte mijmerend. 'Die lieve Freddie. Hij was de allerbeste broer. Onze moeder overleed bij de geboorte van ons jongste broertje James. Hij overleefde het ook niet, dus bleven alleen mijn vader en wij tweeën over. We waren heel hecht. Toen Freddie in 1914 bij het leger ging, miste ik hem verschrikkelijk. Hij schreef ons over de erbarmelijke toestand in de ziekenhuizen achter de linies, dus haalde ik mijn vader over om me hierheen te laten komen, samen met mijn dienstmeisje Molly, om te helpen bij het verplegen van de gewonden.'

'Maar waarom hier?' vroeg Adelaide.

'Omdat ze me nergens anders wilden hebben! Ik was te jong om bij de milva's te gaan, en het zou nog jaren hebben geduurd voordat ze me naar Frankrijk hadden laten komen. Maar ik wilde er metéén naartoe. Ik had een training van het Rode Kruis gedaan en dacht dat ik me nuttig kon maken.' Ze lachte kort. 'Mijn dienstmeisje Molly bleek veel nuttiger te zijn dan ik. Zij kon bedden opmaken, de was doen, vloeren schrobben. En daarnaast bleek ze ook nog een geboren verpleegster.'

'Maar waarom hier?' drong Adelaide aan. 'Waarom dit klooster?'

'Omdat mijn tante hier al was. De jongere zus van mijn moeder was het klooster in gegaan toen ik nog een kind was. Zij was degene die de moeder-overste overhaalde om me te laten komen. Mijn vader overtuigen was het moeilijkste, maar uiteindelijk lukte het me.

En dus kwamen Molly en ik hierheen, en ik ben hier altijd gebleven.'

'En wat is er met Molly gebeurd? Is zij ook non geworden?'

Sarah lachte. 'Nee, Molly niet! Zij was zeer protestants en keurde al dat papisme juist af. Ze ging alleen maar met me mee omdat ik haar onder druk zette. Mijn vader had me nooit in mijn eentje laten gaan.' Sarah zuchtte. 'Nee, die arme Molly werd verliefd op een van haar patiënten, en toen hij... overleed... werd ze oneervol naar huis gestuurd omdat ze in verwachting was.'

'Wat sneu!' zei Adelaide. 'Hoe is het haar vergaan?'

'Ze ging terug naar haar ouders en kreeg daar de baby. Het was geen gelukkig huis. Toen ik mijn geloften had afgelegd, stuurde ik haar al het geld dat ik nog overhad. Het was niet veel, maar ik hoopte dat het haar de kans zou geven om zichzelf te bevrijden en haar eigen leven te leiden.'

'Maar waar is ze dan nu?' vroeg Adelaide, die gefascineerd was door het verhaal.

Sarah schudde haar hoofd. 'Weet ik niet. Ik heb niets meer van haar gehoord sinds mijn vader overleed. Ik heb haar natuurlijk wel geschreven, maar nooit antwoord gekregen. Ik denk niet dat ze mijn brieven heeft ontvangen, anders had ze vast teruggeschreven.' Ze schudde haar hoofd weer. 'Maar ik heb je nog iets anders te vertellen, en ik hoop dat je er blij mee zult zijn. Je oudtante, de zus van mijn moeder, leeft nog en is nog steeds hier in het klooster. Ze is nu bijna geheel aan haar bed gekluisterd, die arme lieverd, maar haar geest is nog zo scherp als altijd. Ik heb haar verteld dat je kwam, en ze vroeg of ik je bij haar langs wilde brengen voor het avondgebed.'

Adelaide staarde haar aan. 'Bedoelt u dat ik nóg een levende tante heb waar ik niets van wist?'

Sarah knikte en stond op. 'Zuster Sint-Bruno. Je oudtante Anne. Kom, dan kun je haar ontmoeten.'

Samen liepen ze door het klooster, langs de gemeenschappelijke ruimte waar een paar nonnen zich hadden verzameld voor hun uurtje recreatie, naar een kleine kamer op de bovenverdieping.

Sarah klopte aan en deed open, en ze gluurde om de deur voordat ze naar binnen stapte. 'Ben je wakker, zuster?' vroeg ze zachtjes.

'Natuurlijk, moeder, kom toch binnen.'

Sarah opende de deur verder en dirigeerde Adelaide naar binnen. In het bed zat een oude vrouw, met een sjaal om haar hoofd en een andere sjaal om haar magere schouders. Er stond een bril op haar neus en ze had een geopende bijbel naast zich op het bed liggen.

'Ik heb Adelaide bij me, zuster. Je weet wel, Freddies dochter. Adelaide, dit is je oudtante Anne.'

'Freddies dochter... Charlottes kleindochter.' De stem was zo zacht dat Adelaide haar amper kon verstaan, maar ze stapte naar het bed van de oude vrouw en pakte haar handen. Hoewel ze mager en zo droog als papier waren, grepen ze de hare stevig vast en tuurde de non in haar gezicht. 'Je lijkt op Charlotte,' zei ze.

'Sarah... de moeder-overste... zegt dat ik op Freddie lijk,' antwoordde Adelaide.

'Dat kan best,' beaamde haar tante, 'maar hem kende ik nauwelijks. Nee, je hebt Charlottes ogen.' Ze klopte op het bed. 'Kom je bij me zitten? Moeder, u kunt haar vast wel even missen.'

'Natuurlijk,' zei Sarah. 'Ik kom je vlak voor het avondgebed halen, Adelaide.' Ze glimlachte naar haar tante. 'Vermoei jezelf niet te veel, zuster, Adelaide komt morgen nog wel een keer bij je langs, ik beloof het. Ze blijft drie dagen bij ons logeren.'

Adelaide ging op het bed zitten en glimlachte naar de oude dame. 'Het moet heel vreemd zijn om je eigen nicht "moeder" te noemen,' zei ze.

'Niet echt,' antwoordde zuster Sint-Bruno. 'Er is altijd een moeder-overste, alleen is dat nu toevallig mijn nicht. Ze is nog maar pas verkozen, maar ik denk dat ze het heel goed zal doen. Ze wordt erg gerespecteerd door de zusters, ondanks het feit dat ze Engels is. De meesten van hen zijn dat inmiddels trouwens al vergeten. Ze is sterk en komt op voor de dingen waarin ze gelooft.' De oude vrouw lachte. 'Ze zou hier helemaal niet zijn als ze niet meer dan eens tegen haar vader in opstand was gekomen. Nee, ik denk dat het klooster in goede handen is met haar als moeder-overste, en zo spreek ik haar ook aan... in het openbaar.'

Adelaide glimlachte. 'En zij noemt u zuster.'

'Dat doet ze al sinds ze de sluier heeft opgenomen. En zo hoort het ook.' De oude dame glimlachte samenzweerderig. 'Behalve als we alleen zijn, want dan zijn we gewoon Sarah en tante Anne.'

'Kunt u me vertellen over mijn grootmoeder, uw zus Charlotte?'

'Ach, Charlotte, die had ook een eigen willetje...'

Toen Sarah haar weer kwam ophalen, kon Adelaide amper geloven dat ze al bijna een halfuur bij de oude non zat.

'Ze komt morgen weer bij je langs, beloofd,' zei Sarah, terwijl ze de hand van haar tante pakte en die onder de dekens stopte. 'God zegene je, zuster.'

Die nacht lag Adelaide in het smalle bed in het kamertje dat haar tante al die jaren geleden met haar dienstmeisje Molly had gedeeld, en ze dacht na over alles wat ze die dag had ontdekt. Wat een dag! Twee nieuwe onthullingen, allebei vol verhalen over hun familie... háár familie. Ze hadden verteld over Freddie, haar vader, de man met het donkere haar en de donkere ogen die zo op die van haar leken; met een glimlach net als die van haar.

Tante Sarah had haar een verkleurde foto van Freddie laten zien, niet in zijn uniform maar in comfortabele plattelandskleding in de tuin van zijn eigen huis, met zijn hand op de kop van een hond en grijnzend naar de camera. Zelfs Adelaide zag de gelijkenis tussen hen, en ze voelde een steek in haar hart omdat ze die lachende man, die haar vader was, nooit had gekend.

Ze had gehoord over een man die zijn hele leven nog voor zich had, die zijn mannen de loopgraven in had geleid. Over de oorlog, over de moed van twee jonge vrouwen die naar een buitenlands ziekenhuis waren vertrokken om 'hun steentje bij te dragen' voor koning en vaderland, over de verschrikkingen die ze daar hadden aangetroffen en de gewonden die ze hadden verpleegd. Adelaide stond versteld van hun moed, hun uithoudingsvermogen en toewijding. Terwijl ze indommelde vroeg ze zich af: had zij ooit zoiets kunnen doen?

De twee daaropvolgende dagen verkende Adelaide het dorp en de omgeving. Hoewel het november was en de dagen kort waren, was het relatief mild en drong de winterzon nog door de verspreide wolken. Ze liep langs de rivieroever en dronk koffie op het dorpsplein, in een cafeetje dat Le Chat Noir heette. Ze woonde een aantal diensten bij in de kloosterkapel. Ze praatte met de weeskinderen als die thuiskwamen van de dorpsschool, deed bordspelletjes met hen en las voor. Na het middagmaal ging ze nog even langs bij zuster Sint-Bruno, haar oudtante Anne, en hoorde ze verhalen uit haar grootmoeders jeugd. Tijdens het recreatie-uur vertelde Sarah over haar vader, zijn capriolen als jongen, zijn ervaringen in de loopgraven en zijn korte hofmakerij met haar moeder. Adelaide wenste dat ze de kans had gehad om hen allemaal te leren kennen.

Het was op zo'n avond dat ze de kwestie van het geld dat ze had geërfd ter sprake bracht.

'Ik heb het testament gezien,' vertelde ze aan Sarah, 'en dat baart me zorgen. U staat er helemaal niet in. Uw vader had toch de helft van alles wat hij had aan u moeten nalaten?'

Sarah pakte haar hand. 'Dat is lief van je,' zei ze, 'maar je hoeft je daar geen zorgen om te maken. Mijn vader zorgde voor mij toen hij nog leefde.' Ze vertelde Adelaide over haar tocht naar Londen aan het eind van de oorlog. 'Hij was vastbesloten dat het geld naar jou moest gaan en dat niemand anders er de controle over mocht hebben totdat jij volwassen was. Dus, lieverd, neem het aan, geniet ervan, gebruik het voor goede dingen. Dat is wat hij echt voor je wilde. Vergeet niet dat hij een vrijgevig man was. Volg in zijn voetsporen en hij zou trots op je zijn.'

Op de laatste ochtend voordat ze het klooster zou verlaten, zat Adelaide nog een laatste keer bij Sarah.

Sarah opende een la in haar bureau en haalde er een kistje uit. Het bevatte de foto van Freddie die Adelaide al had gezien. Sarah bood hem aan haar nichtje aan. 'Je moet deze aannemen,' zei ze. 'Het is belangrijk dat je een foto van je vader hebt.'

Adelaide schudde haar hoofd. 'Nee, dank u. U moet hem houden. Hij is van u.'

'Nee,' drong Sarah aan. 'Ik weet nog heel goed hoe hij eruitzag. Jij moet hem hebben... En dit ook.' Ze pakte nog iets anders uit het kistje en overhandigde het aan Adelaide. Het was een zilveren hanger aan een kettinkje. Sarah legde het op Adelaides hand en sloot haar vingers eromheen.

'Freddie gaf me deze op de laatste dag dat ik hem zag,' zei ze. 'Ik wil graag dat jij hem nu krijgt.' Toen Adelaide begon te protesteren, ging ze door. 'Ik kan hem hier niet dragen, Adelaide, en het is zonde als hij maar in een kistje ligt. Ik was er heel blij mee toen ik hem kreeg en droeg hem altijd, maar aangezien dat nu niet meer kan, wil ik graag dat jij hem voor me draagt. Die hanger is namelijk een Sint-Christoffel... om je te beschermen.'

'Tante Sarah... Wat kan ik zeggen?' Adelaide keek naar de foto en de hanger, het enige wat ze nog over had van haar vader, het enige wat Sarah nog over had van haar broer.

'Ze zijn van jou,' zei Sarah ferm. 'En maak je geen zorgen,' voegde ze er met fonkelende ogen aan toe, 'ik heb de foto van mijn ouders nog... En zo hoort het ook.'

Het laatste wat de moeder-overste zei was: 'Denk eraan, mijn lieve meisje, dat hoewel we elkaar dan misschien heel weinig zullen zien, je me erg dierbaar bent en in mijn gebeden zult zijn. Schrijf me, Adelaide, en vertel me over je leven. Laat het me weten als Freddie kleinkinderen krijgt.'

Adelaide lachte daarom. 'Dat is nog heel ver weg, vrees ik.'

'Maar toch, hou contact zodat ik nieuws over je heb en het kan doorgeven aan zuster Sint-Bruno.'

Terwijl Adelaide de treden af liep naar de wachtende taxi, draaide ze zich om en zag ze dat haar tante, de moeder-overste van het klooster van Onze Lieve Vrouwe van Genade, haar nakeek. Toen de taxi wegreed, merkte Adelaide dat ze tranen in haar ogen had. Ze veegde ze snel weg. Wat stom om te huilen, dacht ze. Ik heb een nieuwe familie gevonden. Dat is toch niets om over te huilen!

# 4

Al de hele dag was in de verte het gedreun van vliegtuigen, het gedonder van artillerie en het geknetter van machinegeweren te horen. De legers van het Reich rukten op en de geallieerden deden laatste wanhoopspogingen om ze op afstand te houden.

Het geluid van geweervuur weerkaatste over het platteland, en op elke weg sjokten zich terugtrekkende soldaten mee naast ambulances vol gewonden. Burgervluchtelingen maakten de verwarring van de aftocht nog groter. Die laatsten liepen verspreid langs de wegen, een traag bewegende mensenstroom op weg naar het westen, met hun aardse bezittingen op kinderwagens, kruiwagens en handkarren geladen. Moeders lieten kleine kinderen op de zadels en stangen van oude fietsen rijden, oudere kinderen droegen baby's of leidden hun jongere broertjes en zusjes aan de hand mee. De heel oude en heel jonge mensen, de meest kwetsbare, dromden samen in de hoop de binnenvallende Duitsers voor te blijven. Het barstte in de lucht van de Heinkels die de aftocht bestookten, waardoor de terugkerende soldaten en vluchtelingen om de haverklap in paniek moesten wegduiken in de schamele dekking van een heg of greppel. Zonder oppositie daalden de vliegtuigen krijsend uit de lucht neer en bestookten met hun machinegeweren de langzaam bewegende rijen, en hun kogels maakten geen onderscheid tussen burgers en militairen.

Overal lagen doden en gewonden langs de weg. De doden bleven liggen waar ze waren gevallen, de gewonden ploeterden zo goed en zo kwaad als het ging verder, ondersteund door hun kameraden of familie. Weinig mensen hadden twijfels over de uitkomst van de opmars van de Duitsers; velen hadden al kennisgemaakt met hun genadeloosheid toen ze door stadjes en dorpen waren getrokken, met de Panzers voorop om met lukraak afgeschoten mortieren de weg vrij te maken.

Onder de vluchtelingen bevond zich ook de familie Leon. Ze waren op weg naar Bordeaux, waar Mathilde Leon familie had. Haar man Marc was soldaat, maar ze had al weken niets meer van hem gehoord en wist niet eens of hij nog wel leefde. Toen de Duitsers de grens over stroomden, had ze besloten dat ze hun huis moesten verlaten. Ze hadden alleen meegenomen wat ze in de kinderwagen konden stapelen en zouden proberen naar de veiligheid te komen, hoopte ze, van het huis van haar neef Jacques. Ze had gehoord wat er met de Joden in Duitsland was gebeurd en wist dat als ze in hun eigen huis bleven, ze groot gevaar zouden lopen wanneer de Duitsers aankwamen. Nu al waren de ruiten van hun winkeltje ingegooid en besmeurd met verf, en dat was niet eens gedaan door Duitsers, maar door een van hun Franse buren. Mathilde wist niet wie het gedaan had, want voorheen zat geen van haar buren ermee dat ze Joods waren, maar nu? Ze besloot dat het een teken was van deze tijd en van de tijden die zouden komen, en omwille van de kinderen vond ze dat ze moesten proberen zichzelf in veiligheid te brengen. Ze kon alleen maar hopen dat het bij Jacques veiliger zou zijn, maar ze kon ook geen andere plek bedenken om naartoe te gaan.

Ze hadden geprobeerd de hoofdwegen te vermijden. Mathilde wilde niet met haar kleine gezin tussen de rijen soldaten terechtkomen die zich terugtrokken voor de naderende Duitse tanks. Ze zou liever 's nachts reizen, maar de tocht was overdag al zwaar genoeg, over wegen die ze niet kenden, door dorpen waar ze werden begroet met vijandig starende blikken. David, haar oudste, deed zijn best om de man van het gezin te zijn, maar hij was pas negen en kon weinig meer hulp bieden dan de hand van zijn zusje Catherine vasthouden en liedjes voor haar zingen. Mathilde zelf droeg baby Hannah in een doek op haar heup en duwde de kinderwagen met hun karige voorraadje eten, water en wat extra kleding voor zich uit.

Toen ze het stadje Albert bereikten, wemelde het er al van de vluchtelingen, en Mathilde besloot dat het misschien beter was om mee te reizen met een grotere groep. Er waren nog andere Joodse families, en zelfs in de drukte was er wederzijdse herkenning. Ze zochten elkaar op, zich ervan bewust dat er argwanend naar hen werd gekeken. Die nacht sliepen ze allemaal samen in het busstation. Er reden geen bussen meer, maar ze hadden er in elk geval onderdak tegen de motregen die hen al de hele dag doorweekte.

Mathilde gaf haar kinderen elk een stukje brood en kaas en probeerde wat melk te bedelen voor de baby. Het kleine beetje dat ze had kunnen meebrengen was snel op geraakt, want Hannah had een gezonde eetlust.

Eén vrouw, die alleen leek te reizen, had medelijden met haar en schonk wat melk in een bekertje. 'Alstublieft,' zei ze toen ze het overhandigde. 'Meer kan ik niet missen, maar zo heeft dat arme schaap tenminste iets in haar buikje.'

'Dank u, dat is heel vriendelijk. Laat me u in ruil dit geven.' Mathilde gaf haar de broodkorst die als haar eigen avondeten bedoeld was.

De vrouw bedankte haar. 'Hopelijk kunnen we morgen wat meer te eten vinden. Albert is behoorlijk groot. Er moeten winkels zijn die nog voedsel verkopen.'

Heel vroeg in de ochtend, rammelend van de honger, nam Mathilde de kinderen mee naar een klein park. Ze droeg David op om bij zijn zusje te blijven, terwijl zij op zoek ging naar iets te eten.

De kleine jongen knikte ernstig en ging op de grond zitten, met zijn rug tegen een muur en Catherine op het gras naast hem. Mathilde durfde de kinderwagen niet bij een negenjarige jongen achter te laten, want iedereen kon die van hem afpakken. Met enige twijfel zette ze Hannah boven op hun aardse bezittingen in de kinderwagen en nam hem zelf mee.

'Wat er ook gebeurt, ga hier niet weg,' zei Mathilde tegen haar zoon. 'Blijf hier tot ik terug ben. Dat moet je me beloven. Ik ben snel weer terug.'

David beloofde dat, en met een ongeruste blik over haar schouder liep Mathilde naar de stad. Ze bleef bijna een uur weg, maar haar tocht had een brood opgeleverd. Ze scheurde het aan stukken en gaf die aan de twee oudere kinderen. Voor Hannah scheurde ze de korst eraf en doopte het verse brood in een beetje van hun kostbare water, om er een zachte brij van te maken die Hannah van haar vingers kon zuigen. De korst at ze zelf op.

De stad was inmiddels ontwaakt en mensen waren met hun eigen dingen bezig. Veel andere vluchtelingen waren al verder getrokken, en Mathilde wilde ook graag weg. Bij het zoeken naar voedsel had ze de zijdelingse blikken gezien waarmee mensen naar haar keken; niet openlijk vijandig, maar wel met overduidelijk wantrouwen. Het werd tijd om uit deze doodsbange stad weg te gaan. Ze wist dat ze naar het westen moesten, dus met de zon in haar rug verlieten ze de stad. Het ging langzaam, want de weg was oneffen en hobbelig.

Met Hannah op haar heup liet ze de andere kinderen om beurten op de kinderwagen rijden, en zo gingen ze iets sneller dan de vorige dag. Toch wist Mathilde dat ze af en toe een rustpauze moest inlassen, anders zouden haar kinderen het nooit volhouden.

Eén keer hoorden ze vliegtuigen boven zich. Mathilde speurde wild om zich heen op zoek naar dekking, maar die was er niet. Het land strekte zich in alle richtingen vlak en bijna zonder onderbreking uit, op een rij populieren in de verte en af en toe wat boerengebouwen na. Maar de vliegtuigen vlogen behoorlijk hoog en verdwenen dreunend in de wolken ten noorden van hen. Ze hoorde ook af en toe geweervuur uit die richting, en één keer een enorme knal alsof er iets werd opgeblazen, maar het leek ver weg en ze probeerde er niet over te piekeren.

Gedurende de ochtend begonnen ze andere vluchtelingen in te halen die eerder waren vertrokken dan zij. Oude mannen en vrouwen, jonge moeders met kinderen net als zij, allemaal ploeterend langs dezelfde rechte weg. Ver vooruit zagen ze de daken van een dorp. Er stak een hoog, grijs stenen gebouw met een torentje bovenuit; misschien een chateau.

Daar stoppen we voor een fatsoenlijke rustpauze, nam Mathilde zich voor, en proberen we nog iets te eten te krijgen. Misschien is er een boer die ons wat melk kan verkopen voor Hannah. Maar het zou duur zijn, wist ze, en haar kleine voorraadje geld slonk alarmerend snel. Alles kostte zo veel... En de prijs ging vaak nog verder omhoog wanneer de verkopende partij wist dat je wanhopig was.

Ze reisden nu in een veel grotere groep, van ongeveer veertig of vijftig mensen. Langs de weg lagen ondiepe afvoergreppels, met aan weerskanten lage heggen om het vee op de weiden te houden.

Godzijdank, dacht Mathilde. Als er vee in de wei staat, moet er melk te koop zijn.

Plotseling leek de lucht om hen heen te ontploffen. Vanuit het niets kwamen er twee krijsende vliegtuigen naar beneden, met knetterend geschut. Ze daalden in een duikvlucht af en beschoten de meanderende rij vluchtelingen. Met een schreeuw tilde Mathilde Catherine van de kinderwagen, gilde Davids naam, dook op de grond en rolde naar de nietige beschutting van de heg. Vurig rode lichtspoorkogels stuiterden over de weg en raakten de paniekerige mensen. De vliegtuigen stegen brullend weer op, in een spiraalvlucht omhoog, maar alleen om te keren en nog zo'n moordende duikvlucht te maken. Het geknetter van de geweren en het gejank van de motoren vormde een angstaanjagend kabaal dat het gegil en geschreeuw van de slachtoffers beneden overstemde.

Mathilde was boven op Hannah gerold, die op haar heup had gezeten. De baby lag krijsend onder in de greppel. Catherine viel uit haar moeders armen en belandde voorover in de heg. David, die een stukje voor hen uit had gelopen, had zich eerst omgedraaid om naar de vliegtuigen te staren, maar had na de gekwelde gil van zijn moeder ook snel dekking gezocht. De vliegtuigen kwamen nog eens laag over om de hulpeloze slachtoffers met geweervuur te bestoken, en het gekrijs van de motoren was bijna nog angstaanjagender dan de barrage van kogels. Ditmaal keerden ze niet meer terug toen ze waren overgekomen, maar vlogen ze dreunend weg en lieten chaos op de grond achter. Binnen twee minuten hadden ze de rij vluchtelingen gereduceerd tot een verwarde massa doden, stervenden en gewonden. Mensen schreeuwden, huilden en kermden.

David hoorde Hannah huilen, en jammerend kroop hij naar zijn moeder in de heg. Ze bewoog zich niet en deed ook geen pogingen om de brullende baby stil te krijgen. Ze lag op haar zij, boven op Hannah, en naast haar lag Catherine, met één arm uitgestoken alsof ze iets wilde pakken.

'*Maman, maman,*' jammerde David, terwijl hij aan zijn moeders arm trok. Ze rolde om en keek naar hem op, maar haar ogen stonden raar. Ze staarden naar hem, maar ze glimlachten niet en huilden zelfs niet van schrik of pijn. Het gehuil kwam van Hannah, nog steeds verdrukt onder het lichaam van haar moeder; het lichaam dat haar leven had gered ten koste van zichzelf. Nog steeds niet begrijpend wat er was gebeurd, bleef David aan zijn moeder schudden zodat ze normaal naar hem zou kijken in plaats van op die starende manier. Maar ze bewoog zich niet en haar ogen bleven staren.

'*Maman*, je moet opzij, je plet Hannah,' zei hij tegen haar. 'Je maakt haar aan het huilen!' Toen zijn moeder zich nog steeds niet bewoog, begon hij te trekken. Hij wist haar schouders te verschuiven, waardoor ze opzij kantelde en hij Hannah uit de doek om zijn moeders heup kon lostrekken. Hannah bleef krijsen. Haar kleine gezichtje was rood en verwrongen van woede en er liepen sporen van tranen door het vuil van de greppel op haar wangen.

David probeerde haar te sussen, maar dat lukte niet, dus legde hij haar voorzichtig op de grond en bukte zich om bij Catherine te kijken. Zijn andere zusje lag half in de greppel, half in de heg, en er liep bloed over haar gezicht. Ze kermde zachtjes, maar haar ogen bleven gesloten. Hij schudde nog eens aan zijn moeder, maar dat had ook geen zin: ze kwam niet overeind. Haar hoofd was nu afgewend en ze keek niet meer naar hem. Toen pas zag David het bloed dat uit een gat in haar nek kwam. Terwijl hij ernaar staarde, begon hij te beseffen wat het betekende. Het betekende dat *maman* niet meer op zou staan... Nooit meer…

David slaakte een luide jammerkreet, nam de nog altijd krijsende baby in zijn armen en ging op de grond zitten wiegen, heen en weer, heen en weer, heen en weer.

Geleidelijk loste de puinhoop die de Heinkels hadden achtergelaten zich op in mensen die wonder boven wonder ongedeerd waren gebleven, gewonden en doden. De ongedeerde mensen en lichtgewonden werkten zich overeind en liepen door, weg bij deze plek van sterven. Mensen met dode metgezellen knielden huilend naast hen neer, en toen sleepten ze hen langs de weg, telkens omhoogkijkend, speurend naar vliegtuigen, hun oren gespitst op het dreunen van motoren dat hun terugkeer zou aankondigen. Maar de hemel was leeg, het was stil op het gekerm van gewonden en het gehuil van kinderen na. De jagers, die verwoesting hadden gezaaid bij dit kleine groepje vluchtelingen, zochten alweer elders naar prooi.

Langzaam begonnen de mensen die dat nog konden naar het dorp te lopen dat zo dichtbij lag. Degenen die te ernstig gewond waren om te lopen, werden op handkarren getild, gedragen of ondersteund door vrienden... of simpelweg achtergelaten.

Mensen raapten hun gevallen bezittingen op en droegen ze mee of stapelden hun eigen en andermans spullen op hun handkarren of kruiwagens, als die de aanval hadden doorstaan, en duwden ze voort. Een oude man schuifelde naar de omgekieperde kinderwagen bij de drie kinderen toe, maar David schreeuwde tegen hem.

‘Ga weg! Dat is onze kinderwagen! Ga weg! Ga weg!’ David dumpte zonder plichtplegingen de nog steeds schreeuwende Hannah op de grond naast zich, raapte een steen op en smeet die naar de man toe. Hij raakte hem tegen het middenrif. De man aarzelde, turend naar de kleine jongen die al naar een volgende steen graaide. David bleef tegen hem tekeergaan en met stenen gooien totdat de oude man zich omdraaide en op zoek ging naar gemakkelijkere buit.

David liet zich hijgend van angst op de grond vallen. Hij keek nog een keer naar zijn moeder en besefte dat het nu aan hem was. Papa had toen hij naar de oorlog ging gezegd dat David nu voor hem op *maman* moest passen, dat hij de man des huizes moest zijn en zijn moeder moest helpen met de meisjes.

Zodra David aan papa dacht, sprongen de tranen hem in de ogen. Hij wist niet waar papa was, en nu was *maman* dood... dus moest hij zelf iets doen.

Hij kroop naar Catherine toe, die nog altijd roerloos op de grond lag. Ze leek niet meer te bloeden, maar ze kermde nog angstaanjagend. Hij wist dat hij hulp moest halen, dat ze hier weg moesten voordat de vliegtuigen terugkwamen.

Wankel stond hij op en hij liep naar de omgekieperde kinderwagen. De meeste spullen waren eruit geslingerd en hij zag dat er gaten in de bodem zaten, maar hij wist het ding met wat moeite weer rechtop te krijgen. Hij keek om zich heen en vond een aantal van hun kleren verspreid over de weg. Onder een trui vond hij de trouwfoto van zijn vader en moeder. *Maman* had hem in wat kleding gewikkeld en meegenomen. Zorgvuldig stopte hij hem samen met de andere spullen weer in de kinderwagen, en toen maakte hij een soort nest in de kleren voor Hannah. Ze was opgehouden met brullen en maakte alleen nog een soort jammergeluidjes, met haar vuist tegen haar mondje gedrukt. Voorzichtig tilde hij haar op, legde haar in de kinderwagen en dekte haar toe met een handdoek. Toen richtte hij zijn aandacht op Catherine. Hij vroeg zich net af hoe hij haar mee moest krijgen, toen er achter hem iemand sprak.

'Is ze dood?'

David draaide zich met een ruk om en greep de duwstang van de kinderwagen. Er stond een vrouw langs de weg. Ze kwam David enigszins bekend voor, maar hij wist niet waarvan. Hij hield de kinderwagen stevig vast, zodat ze hem niet kon pikken.

‘Is ze dood?’ herhaalde de vrouw, en ze knikte naar Catherine.

‘Nee.’ Davids stem kwam naar buiten als een hese fluistering die helemaal niet als zijn normale stem klonk. ‘Maar *maman* beweegt zich niet en haar ogen staren me aan. Ik denk dat zij wel dood is. Catherine niet. Er komt bloed uit haar hoofd en ze maakt rare geluiden.’

‘Wat ga je nu doen?’ vroeg de vrouw. ‘Wil je met mij mee? Ik trek nu verder.’

‘Nee. Ik moet Catherine meenemen. Ze is gewond. Ze bloedt. Ik moet een dokter zoeken.’

De vrouw gaf een scherpe lach die helemaal niet als een echte lach klonk, en David deed een stapje achteruit. ‘Die kans lijkt me vrij klein,’ zei de vrouw, ‘maar ik kan je wel helpen om je zusje naar dat dorp daar te brengen.’ Toen David niet antwoordde, vroeg ze: ‘Nou, wil je dat? We kunnen hier niet blijven staan tot die rotzakken terugkomen.’

David knikte zwijgend. Hij wist niet wat hij moest doen, maar misschien was er iemand in het dorp die zou helpen, als ze daar maar konden komen.

‘Goed dan.’ De vrouw bukte zich, tilde de bewusteloze Catherine op en legde haar boven op de kinderwagen. Toen Hannah een protesterende gil gaf, zei de vrouw: ‘Til de baby eruit. Als jij haar draagt, duw ik de kinderwagen met die kleine meid erbovenop.’

‘En *maman* dan?’ David keek ongerust naar zijn moeder, die nog op haar zij lag met haar gezicht in de heg.

‘Haar zul je moeten achterlaten,’ antwoordde de vrouw bruusk, ‘net als iedereen.’ Toen vroeg ze: ‘Had ze geld bij zich? Je kunt beter even kijken. Wat er verder ook gebeurt, jullie zullen geld nodig hebben.’

David wist dat zijn moeder geld had meegenomen, in een leren tasje dat ze onder haar rok om haar middel droeg. Moest hij dat pakken? Stel dat die vreemde vrouw het dan inpikte? Hij wilde zijn moeder niet meer aanraken. Hij wilde niet onder haar kleren rommelen op zoek naar het geldtasje, maar ze hadden het inderdaad nodig.

De vrouw verloor haar geduld. 'Hier, hou jij de kinderwagen even vast. Ik kijk wel. Weet je waar ze het verstopte?'

David vertelde het haar, en even later gaf ze hem het leren tasje. 'Stop het op een veilige plek. Niet iedereen is zo eerlijk als ik.'

David hees Hannah op zijn heup zoals hij zijn moeder had zien doen en propte het tasje in zijn zak. Toen hij weer naar de vrouw keek, herinnerde hij zich ineens waar hij haar eerder had gezien. 'U had Hannah melk gegeven,' zei hij. 'Gisteravond.'

Ze antwoordde daar niet op, maar zei alleen: 'Kom, we gaan hier weg.'

David draaide zich om en keek nog één keer naar zijn moeder, en toen liep hij met een huiverende snik achter de vrouw aan, die al wegliep met de kinderwagen met Catherine erbovenop.

Het dorp lag nog ongeveer anderhalve kilometer verder, maar ze schoten goed op en een halfuur later waren ze bij het dorpsplein. Het wemelde daar al van de vluchtelingen op zoek naar onderdak voor de gewonden en eten en drinken voor zichzelf. De vrouw liep met ferme pas door, en David was nu bang om zijn nieuwe vriendin kwijt te raken.

Hannah was eindelijk in slaap gevallen in zijn armen en leunde zwaar tegen zijn schouder, maar hoewel zijn armen pijn deden, drukte hij haar met één arm tegen zich aan en hield hij met de andere hand de rokken van de vrouw vast zodat ze elkaar niet zouden kwijtraken.

De vrouw werkte zich door de drukte naar een klein café aan het plein. Achter het raam zat een oude dame naar buiten te kijken. De cafédeur was gesloten, en toen Davids redster ertegenaan duwde, net als vele anderen voor haar hadden gedaan, ontdekte ze dat hij op slot zat. Ze liet zich niet afschrikken en klopte op het raam. 'Laat ons binnen,' riep ze. 'Ik heb hier een gewond kind.'

De oude dame binnen bleef staren, maar maakte geen aanstalten om open te doen. Op dat moment kwam er een jong meisje om de hoek van het café lopen. 'Jullie kunnen niet binnenkomen,' zei ze. 'We hebben geen extra eten.'

'We hebben een dokter nodig,' snauwde de vrouw. 'Waar woont de dokter?'

'Die is hier niet, hij is in het ziekenhuis.'

'Ziekenhuis! Waar is dat dan?'

'Bij het klooster.' Het meisje wees vaag ergens voorbij het plein.

'Kom mee,' zei de vrouw, en ze plukte Hannah uit Davids pijnlijke armen en hield haar zelf vast. Ze legde haar andere hand op de duwstang van de kinderwagen. 'Je zult me moeten helpen duwen.'

Samen liepen ze het plein af, in de richting van het hoge stenen gebouw dat het dorp domineerde.

In haar kantoortje, met de boekhouding van het klooster op het bureau voor zich, had moeder Marie-Pierre het lawaaiige geweervuur ook gehoord. Het had eerst ver weg geleken, maar nu klonk het veel dichterbij, en twee keer waren er vliegtuigen laag over het klooster geraasd voordat ze weer waren opgestegen.

Het gebeurt weer, dacht ze verbitterd. De Duitsers komen, en deze keer is er geen veld met loopgraven om hen tegen te houden.

Ze had gelijk. Zelfs in de betrekkelijke afzondering van het klooster gingen nieuws en geruchten rond, vaak verstrengeld en niet van elkaar te onderscheiden. Een gestage stroom vluchtelingen trok door Sainte-Croix, elk met een eigen verhaal. De Duitsers kwamen eraan. De geallieerden sloegen op de vlucht. De opmars was tegengehouden. De Engelsen bogen af naar het zuiden om Parijs te redden. De Engelsen vluchtten terug over het Kanaal om zichzelf te redden en lieten Frankrijk aan de genade van hun vijanden over. Trouweloos Engeland!

In een poging speculatie te beperken, liet moeder Marie-Pierre de nonnen die dat wilden elke dag een uur naar de radio luisteren, en wat ze daar hoorden was wanhopig nieuws. De Duitse Panzerdivisies snelden door het land met een vaart van soms wel vijfenzestig kilometer per dag. Ze dwongen de geallieerde legers zich terug te trekken, duwden ze terug naar de Pas de Calais. Veel van de terugkerende soldaten, zowel Frans als Engels, waren ingehaald en neergeschoten door de tanks, met machinegeweren neergemaaid vanuit de lucht, gevangengenomen, of gewond of dood achtergelaten langs de weg. Bruggen werden opgeblazen en wegen verwoest terwijl de geallieerden zich terugtrokken, maar nog steeds bleven de Duitsers komen, vlogen de granaten in het rond en knetterden de geweren onafgebroken.

Het klinkt vandaag wel heel dichtbij, dacht moeder Marie-Pierre. Te dichtbij. Ik moet iemand naar het dorp sturen om uit te zoeken wat er is gebeurd.

Ze stond op en ging op zoek naar zuster Henriette, een van de zusters die regelmatig naar het dorp gingen. Ze was nooit bang om een huis met een zieke binnen te gaan, altijd met een mand eten aan haar arm. Ze was er bekend en geliefd, en de mensen zouden met haar praten.

'Kijk of je kunt uitzoeken wat er is gebeurd,' droeg moeder Marie-Pierre haar op. 'Dat geweervuur klonk heel dichtbij. Misschien zijn de Duitsers in het dorp aangekomen. Als dat zo is, dan zijn er misschien mensen die onze hulp nodig hebben. Kom meteen terug zodra je weet hoe de situatie ervoor staat. Intussen zal ik alle zusters bij elkaar roepen, zodat we het kunnen bespreken zodra je terug bent.'

'Ja, moeder.' Zuster Henriette sloeg haar mantel om haar habijt en ging via de keukendeur naar buiten. Ze nam het voetpad naar het dorp, door een bosje naar de kronkellaan die uitkwam op het dorpsplein. Toen ze de laan bereikte, zag ze een vreemd groepje mensen aan komen lopen: een vrouw die een kinderwagen duwde waar een kind overheen lag, een kleine jongen die haar hielp duwen, en onder de arm van de vrouw een wurmende, huilende baby.

Zuster Henriette haastte zich naar hen toe. 'Goeie hemel!' riep ze. 'Wat is er gebeurd? Wat is er met dat kleine meisje? Hier, geef mij die baby maar.'

De vrouw overhandigde de baby graag aan de non en peuterde de vingers van de jongen van haar rok. 'Er was een luchtaanval op de weg hierheen. Deze kinderen zijn hun moeder kwijt. Ik weet niet hoe het kleine meisje eraan toe is, maar ik laat ze nu bij u achter.' Ze liet de kinderwagen los en draaide zich al om.

'Wacht! U kunt niet...' begon zuster Henriette.

'Luister, zuster, of hoe u ook genoemd wordt. Ik heb niets met ze te maken, oké? De moeder ligt dood in een greppel, samen met nog een paar anderen. Ik heb die kinderen alleen maar geholpen hierheen te komen. Nu zijn ze uw zorg. Ze zijn veiliger bij jullie dan ze bij mij ooit zouden zijn. Ik ben op de vlucht... en ik ben een Jood. Zij zijn ook Joden, trouwens, maar dat zou je niet zeggen als je naar ze kijkt... Niet als je die jongen zijn broek laat aanhouden, tenminste.' Ze staarde in zuster Henriettes stomverbaasde gezicht. 'Als de Duitsers die kinderen bij mij vinden, zijn ze nog veel slechter af. En mijn kansen zijn ook beter als ik alleen reis.'

'Maar wacht, misschien kunnen we u helpen...' protesteerde zuster Henriette.

'Niemand kan me helpen als ik gepakt word door de Duitsers,' zei de vrouw vlak. 'Joden verdwijnen, en ik ben niet van plan er daar een van te zijn.'

'Kom in elk geval een poosje naar het klooster om uit te rusten,' drong zuster Henriette aan.

'Als ik uitrust voordat ik in veiligheid ben, ben ik dood,' antwoordde de vrouw. 'Als u mensen wilt helpen, op het dorpsplein zijn er meer dan genoeg die hulp nodig hebben.' Ze gebaarde in de richting van het dorp. 'Ga die mensen helpen. Ik ga ervandoor.' Ze draaide zich abrupt om en beende de laan uit.

David, die haar nastaarde, zag de laatste verbinding met zijn moeder verdwijnen, en zijn gezicht verwrong terwijl de tranen over zijn wangen stroomden.

Zuster Henriette, nog steeds met Hannah in haar armen, stak een hand naar hem uit. 'Niet huilen, kleintje. Je bent nu veilig. Laten we iets te eten voor je gaan opzoeken. Je hebt vast honger, toch? En we kunnen een verpleegster naar je zusje laten kijken. Ze is toch je zusje?

Kom nu maar, ik heb je hulp nodig om de kinderwagen te duwen, zoals je net ook deed.'

Ze pakte de duwstang van de kinderwagen en begon hem over de laan naar het klooster te duwen. David trok aan haar habijt en zei fel, manhaftig strijdend tegen zijn tranen: 'Geef mij Hannah.'

De non gaf hem de baby en ze liepen met de kinderwagen over de laan naar het klooster.

# 5

Toen moeder Marie-Pierre zuster Henriette naar het klooster zag terugkomen met drie kleine kinderen en een kinderwagen, haastte ze zich naar buiten.

'Er was een bombardement van de Duitsers,' vertelde zuster Henriette haar in het kort. 'Ik heb gehoord dat de moeder van deze kinderen dood langs de weg ligt. Het kleine meisje' – ze gebaarde naar Catherine, die nog over de kinderwagen heen lag – 'is gewond geraakt, al weet ik niet hoe ernstig.' Hannah maakte inmiddels haar aanwezigheid bij moeder Marie-Pierre bekend met een oorverdovend gekrijs. Zuster Henriette nam de kleine weer van David over, legde haar tegen haar schouder en klopte haar sussend op de rug.

Moeder Marie-Pierre keek naar de kleine jongen met het vuile gezicht met sporen van tranen erop en hurkte bij hem neer. 'Hoe heet jij, *mon brave*?' vroeg ze zachtjes.

David staarde haar een poosje aan, zijn ogen enorm groot en donker in zijn bleke gezicht. 'David,' fluisterde hij uiteindelijk.

'Nou, David, ik vind het heel dapper van je dat je op je zusjes past. Lust je iets te eten, terwijl ik een dokter roep om naar je zusje te kijken?'

David knikte, maar toen moeder Marie-Pierre de kinderwagen wilde pakken, greep hij die snel vast en riep: 'Nee! U krijgt Catherine niet!'

De moeder-overste stapte achteruit en liet haar hand zakken. 'Het is al goed, David. Jij mag de kinderwagen duwen, maar we moeten die arme Catherine wel naar de dokter brengen, hoor. En die kleine wil vast wel wat melk, denk ik. Hoe heet zij?'

David, nog altijd bezitterig met zijn hand op de duwstang van de kinderwagen, mompelde: 'Hannah.'

'Nou, laten we naar binnen gaan en een dokter zoeken voor Catherine, een beetje melk voor Hannah en misschien wat brood en kaas voor jou.' David knikte weer.

'Kom dan maar mee.' Moeder Marie-Pierre ging voorop naar de voordeur, waar zuster Celestine ongerust om de deurpost gluurde. Moeder Marie-Pierre stuurde haar naar de ziekenzaal om de dokter te waarschuwen en vroeg of ze onderweg ook zuster Danielle kon vragen om te komen.

Zuster Danielle arriveerde bijna meteen, en zuster Henriette vertrouwde Hannah met enige opluchting aan haar zorgen toe. Hannah had erge honger en maakte haar ongenoegen daarover heel duidelijk.

'Geef haar wat melk en verschoon haar alsjeblieft, terwijl zuster Henriette iets te eten regelt voor David. Dan kijken we wel wat er verder nog moet gebeuren. Vraag zuster Marie-Joseph ook om naar me toe te komen, alsjeblieft.' Moeder Marie-Pierre keek weer naar de kleine jongen, nog altijd vasthoudend aan de duwstang van de kinderwagen. Ze sprak vriendelijk tegen hem. 'Als de dokter komt, stoppen we Catherine in bed en maken het haar gemakkelijk. Ga jij met Henriette mee naar de keuken?'

David schudde zijn hoofd. Het was duidelijk dat hij Catherine niet wilde verlaten. 'Papa zei dat ik op de meisjes moest passen,' fluisterde hij.

'Was papa ook bij jullie?' vroeg moeder Marie-Pierre.

De jongen schudde zijn hoofd weer. 'Alleen *maman*...' Zijn gezicht vertrok, en zuster Henriette liet zich op haar knieën zakken en sloeg haar armen om hem heen.

Een hele poos leunde hij tegen haar aan, zijn snikken gedempt door haar habijt. Zuster Henriette keek over zijn hoofd naar de moeder-overste. Die knikte ferm, tilde voorzichtig het kleine meisje van de kinderwagen en liep met haar naar binnen om de dokter op te zoeken.

Eindelijk begonnen Davids tranen op te drogen, en hij maakte zich los uit de armen van de non. '*Maman* is dood,' zei hij met een snik. 'De vliegtuigen schoten haar neer. Ze ligt in de greppel. We moesten haar daar achterlaten, want ik kon haar niet dragen. Straks krijgt ze het nog koud,' voegde hij er droevig aan toe.

'Ik weet het, ik weet het,' zei zuster Henriette sussend. 'We vinden haar wel. We laten haar niet in de greppel achter, dat beloof ik je. Je bent heel dapper geweest, David, maar nu helpen wij je. Jij hebt gedaan wat je papa had gezegd. Je bent heel sterk geweest. Hij zal trots op je zijn.'

Aarzelend reikte zuster Henriette naar de hand van de jongen, en toen hij niet achteruit deinsde, leidde ze hem mee de treden op. Toen hij ongerust naar de kinderwagen omkeek, zei ze: 'Maak je maar geen zorgen om je spullen. Er gebeurt niets mee, dat beloof ik je.' Hij verzette zich nog steeds een beetje, dus zei ze monter: 'Weet je wat we doen, David? We gaan naar binnen door de keukendeur, dan kun je de kinderwagen veilig op de binnenplaats neerzetten.'

Samen duwden ze de kinderwagen om het gebouw heen, en zuster Henriette hielp hem de wagen in het schuurtje te zetten voordat ze naar binnen gingen.

Zuster Marie-Joseph kwam de keuken in toen David overduidelijk uitgehongerd met een bordje brood en kaas en een glas melk aan tafel zat. 'Moeder vraagt of je naar de recreatieruimte kunt komen,' zei ze tegen zuster Henriette. 'Ik moet met David naar de ziekenzaal, zodat hij zijn zusjes kan zien en dokter Felix hem ook even kan nakijken.' Ze glimlachte naar de jongen aan tafel. 'Kom maar met mij mee, David. Catherine is weer wakker. Ze heeft een buil op haar hoofd, maar de dokter zegt dat ze heel snel weer in orde zal zijn.'

Ze stak haar hand uit, en David liet zich van zijn kruk glijden en pakte hem vast. Hij vond haar minder intimiderend, want hoewel zij ook rare kleren droeg, was haar hoed niet zo groot als die van de andere dames en tuurde ze niet van onder zo'n kap naar hem.

Toen zuster Henriette bij de recreatieruimte aankwam, hadden veel van de zusters zich daar al verzameld. Op verzoek van de moeder-overste bracht ze hen snel op de hoogte.

'Al dat geweervuur en de vliegtuigen die we eerder hoorden, dat waren de Duitsers die op een groep vluchtelingen schoten,' vertelde ze. 'Vliegtuigen die duikvluchten maakten en hen bombardeerden. Op weg naar het dorp kwam ik een vrouw tegen die met drie kinderen hierheen kwam. Ze vertelde dat hun moeder dood langs de weg lag. Er zijn gewonden in het dorp. We moeten meteen hulp sturen en bedden in de ziekenzaal opmaken voor de ernstige gevallen.' Ze keek naar haar verzamelde zusters en zag dat de meesten die in de ziekenzaal werkten hier niet waren.

'Zuster Jeanne-Marie is al naar het dorp op weg met drie anderen. Zuster Eloise maakt het ziekenhuis gereed,' vertelde moeder Marie-Pierre. 'We moeten ons voorbereiden op een instroom van gewonde en bange mensen. Net zoals de vorige keer,' voegde ze er met een schim van een glimlach aan toe.

Moeder Marie-Pierre was blij dat enkele van de pleegzusters die zo hard hadden gewerkt in de vorige oorlog, door te zorgen voor gewonden die terugkeerden uit de loopgraven, nog steeds in de ziekenzaal konden werken. Ze zou moeten bouwen op hun ervaring en expertise om hen allemaal door deze crisis heen te helpen, en de vele andere die ze met de komst van de Duitsers nog verwachtte.

Moeder Marie-Pierre was een jonge moeder-overste, maar een van haar sterke punten was dat ze gebruikmaakte van de talenten van de vrouwen om zich heen. Toen moeder Marie-Georges een paar jaar na de oorlog was overleden, was ze vervangen door zuster Magdalene, de zuster die het kloosterziekenhuis zo efficiënt had geleid tijdens de oorlog. De nieuwe moeder-overste had meteen het potentieel gezien in de pas toegetreden zuster Marie-Pierre en had haar aan het werk gezet in het groeiende weeshuis. Ze werd niet teleurgesteld. Al snel had zuster Marie-Pierre de leiding gekregen over de weeskinderen, en in de loop der jaren was moeder Magdalene op haar gaan bouwen, haar oordeel gaan respecteren en haar mening gaan vragen omtrent allerlei kwesties. Moeder Magdalene was ook een betrekkelijk jonge moeder-overste geweest, en ze had bijna veertien jaar het reilen en zeilen in het klooster geleid voordat ze naar het moederhuis van de orde in Parijs was geroepen. Ondanks haar jonge leeftijd en het feit dat veel van de andere zusters strikt genomen oudere rechten hadden dan zij, was zuster Marie-Pierre degene aan wie ze de leiding overgaf toen ze wegging. Wederom was haar vertrouwen niet misplaatst. Het vreemde Engelse meisje, dat uit eigen beweging was gekomen om de gewonden te verplegen tijdens de Grote Oorlog, had haar waarde bewezen als lid van de orde, en moeder Magdalene wist dat ze op een dag in staat zou zijn het van haar over te nemen.

Moeder Magdalene, nu halverwege de zestig, was permanent naar het klooster in Parijs verhuisd als algeheel moeder-overste van de orde, en er had in de gemeenschap van Sainte-Croix weinig twijfel over bestaan wie ze hoopte dat de zusters zouden kiezen als haar opvolgster. Een paar nonnen hadden wel getwijfeld aan de wijsheid van haar keus, en een of twee waren wrokkig omdat zo'n jonge zuster – zuster Marie-Pierre was niet veel ouder dan veertig – boven hen was geplaatst en hun onvoorwaardelijke gehoorzaamheid eiste. Maar over het algemeen werd de keus als een goede beschouwd. Ze was altijd bereid te luisteren naar wat iedereen te zeggen had, verwelkomde discussie, en als ze uiteindelijk een keus maakte, legde ze haar redenen uit zodat iedereen ze begreep. Zo had ze al snel de loyaliteit van de meeste van haar zusters gekregen.

In deze crisis betaalde haar onbetwistbare gezag zich uit. Snel organiseerde ze de zusters om de noodtoestand het hoofd te bieden. Zuster Danielle, die nu samen met zuster Marie-Joseph voor de wezen zorgde, nam de Leon-kinderen in haar domein op en probeerde het hun naar de zin te maken. Catherine was in de ziekenzaal gehouden onder het waakzame oog van zuster Eloise, David en Hannah waren gewassen en hadden schone kleren gekregen. Hun weinige bezittingen waren uit de kinderwagen gehaald. David had Catherine bezocht in de zaal, waar ze rechtop in bed zat met een groot wit verband om haar hoofd. Marthe, een van de lekenhulpen, voerde haar warme soep.

Catherine glimlachte toen ze hem zag. 'David!' riep ze. 'David, ik heb mijn hoofd gestoten en ze hebben er verband omheen gedaan!' Marthe gaf haar nog een hap soep, en toen vroeg Catherine: 'Waar is *maman*? Waarom is zij er niet? Mijn hoofd doet pijn.'

'Kom, Catherine,' zei Marthe snel, 'wees braaf en eet je soep op.' Ze keek David aan. 'Die arme Catherine kan zich niet herinneren hoe ze haar hoofd heeft gestoten.'

'We vertellen het haar allemaal wel als ze wat is opgeknapt,' zei zuster Danielle zachtjes. Ze had nog steeds de hand van de kleine jongen vast. 'We willen dat ze probeert te slapen zodra ze heeft gegeten.'

David begreep wat ze bedoelden: Catherine wist nog niet dat *maman* dood was. Bij een plotseling beeld van zijn moeder die op de grond lag, naar hem opstarend met lege ogen terwijl er bloed uit een gat in haar nek sijpelde, slaakte hij een kreet van wanhoop; een hartverscheurend oergeluid. Zuster Danielle tilde hem op en ging met hem op een stoel zitten, en ze wiegde hem als een baby terwijl hij huilde.

Later, toen David was nagekeken door dokter Felix en eindelijk lag te slapen in een van de kamertjes voor bezoekers, kwam zuster Danielle naar moeder Marie-Pierre toe.

'We moeten hun moeder ophalen voor een christelijke begrafenis,' zei ze. 'Het is voor kinderen zo jong als David en Catherine heel moeilijk om te bevatten wat er is gebeurd. De baby zal zich hier natuurlijk niets van herinneren. Zolang ze eten krijgt en een droge luier heeft, zal ze het prima doen, maar die kleine jongen...' De non schudde weemoedig haar hoofd.

'Dat van die christelijke begrafenis weet ik zo net nog niet,' antwoordde moeder Marie-Pierre. 'Zuster Henriette heeft de vrouw die de kinderen hierheen bracht gesproken, en die zei dat ze Joden zijn. Daarom waren ze op de vlucht, neem ik aan.' Ze keek zuster Danielle aan. 'Het lijkt me verstandiger om dat beetje informatie voor ons te houden. Zuster Henriette weet het ook, natuurlijk, maar het zou heel gevaarlijk voor die kinderen kunnen zijn als het uitlekte.'

'Bedoelt u de Duitsers?' Zuster Danielle keek haar met grote ogen aan. 'Wat zouden ze dan doen?'

Moeder Marie-Pierre haalde haar schouders op. 'Waarschijnlijk niets, met zulke jonge kinderen. Daar hebben ze immers niets aan in hun werkkampen. Maar het is niet nodig om aandacht te vestigen op het feit dat ze Joods zijn.'

'Zou iemand het kunnen raden?' vroeg zuster Danielle zich hardop af.

'Dat denk ik niet, maar de vrouw die ze bracht herinnerde zuster Henriette er wel aan dat er bij de jongen fysieke bewijzen te vinden zijn.'

'Fysieke bewijzen?' Zuster Danielle keek haar niet-begrijpend aan.

'Joodse jongens worden besneden,' legde moeder Marie-Pierre uit, en ze voegde er met een flauwe glimlach aan toe: 'Je herinnert je onze Heer toch nog wel in de tempel, toen hij een baby was?'

'O!' Zuster Danielles wangen kleurden. Ze kende dat verhaal natuurlijk, iedereen kende het, maar de realiteit ervan, de fysieke kant ervan, was nooit bij haar opgekomen, en bij de gedachte dat er zoiets bij haar Here Jezus was gedaan, verscheen er een blos op haar wangen.

Toen moeder Marie-Pierre haar verwarring zag, zei ze vriendelijk: 'Maak je er niet druk om, zuster. We hoeven er alleen maar op toe te zien dat jij degene bent die hem in bad doet. Hij is nog maar een klein jochie, hoor.' Ze ging door met een onderwerp dat minder gênant was. 'Maar hun moeder, en alle andere doden, moeten naar het dorp worden gehaald. Vader Michel zal een dienst voor hen houden en dan worden ze begraven op het kerkhof. Ik zal met hem overleggen over de moeder van de kinderen.'

Het waren niet alleen de Duitsers waar moeder Marie-Pierre zich zorgen om maakte, al kon ze dat moeilijk tegen zuster Danielle zeggen. Marthe, een van de lekenhulpen bij het klooster, was ook Joods. Haar familie woonde al sinds voor de eerste oorlog in Sainte-Croix en maakte deel uit van de dorpsgemeenschap. Haar vader Claude was boerenarbeider en haar moeder Rochelle had een winkeltje waar ze alles van knopen en kant tot snoeimessen en lampolie verkocht.

Marthe was naar het klooster gekomen op zoek naar werk om te helpen het gezin te onderhouden – met nog vier jongere kinderen – en moeder Marie-Pierre had haar het zwaardere werk in de ziekenzaal laten doen. Zuster Marie-Paul, de novicemeesteres, was verontwaardigd bij haar gekomen.

'Hoe kunt u een Jood het klooster binnenlaten?' had ze boos en met een rood aangelopen gezicht gevraagd. 'Dit is geen plek voor Joden. Wij zijn een christelijke gemeenschap!' Haar woede had haar remmingen weggenomen, maar moeder Marie-Pierre berispte haar er niet om.

Ze zei eenvoudigweg: 'Maar zuster, er is al een Jood die permanent bij ons woont.'

Zuster Marie-Paul staarde haar aan. 'Wie dan?' vroeg ze met wanhoop op haar gezicht. 'Wie hier is een Jood?'

'Onze Heer, zuster,' antwoordde moeder Marie-Pierre vriendelijk.

Dat had zuster Marie-Paul het zwijgen opgelegd, maar ze had zich er niet mee verzoend dat Marthe elke dag naar het ziekenhuis kwam, en moeder Marie-Pierre vermoedde dat ze het dat meisje moeilijk maakte. Gelukkig leidde zuster Eloise het ziekenhuis nu. Zij zag dat Marthe niet alleen een harde werkster was, maar ook een intuïtieve flair voor verpleegwerk had, dus was ze blij met het meisje en beschermde ze haar vaak tegen zuster Marie-Pauls wrok.

De rest van de dag en een groot deel van de nacht ontfermden de zusters van het klooster zich over de anderen die gewond waren geraakt tijdens de Duitse luchtaanval, voedden ze de overlevenden en zorgden ze voor een overnachtingsplek.

Mathilde Leon werd langs de weg gevonden, samen met tien anderen die ook waren omgekomen. Op provisorische draagbaren werden ze naar de dorpsschool gebracht om te worden geïdentificeerd.

De priester, vader Michel, zou een dienst aan hen opdragen en dan zouden ze worden begraven op een hoek van het kerkhof die bestemd was voor buitenstaanders. Toen vrienden en familieleden de lichamen hadden geïdentificeerd, bleek dat nog twee slachtoffers, een man en een kleine jongen, ook Joden waren. Hun families wilden niet dat ze werden meegenomen in de requiemmis of op een christelijk kerkhof werden begraven. Een huilende vrouw had de overleden man opgeëist als haar echtgenoot, en een man met sombere ogen zei dat de kleine jongen zijn zoon was. Ze smeekten of de twee elders begraven konden worden.

De priester had gezegd dat ze ook beslist niet op het kerkterrein konden worden begraven, aangezien ze niet gedoopt waren, en dat ze het met de burgemeester moesten opnemen, monsieur Dubois, die de vluchtelingen probeerde te organiseren op het dorpsplein.

De burgemeester had hulpeloos zijn schouders opgehaald toen ze hem benaderden, maar moeder Marie-Pierre had met hem gesproken en geopperd dat het bosje buiten de kerkhofmuur, een rustig en afgelegen plekje, misschien een geschikte rustplaats was. De burgemeester, die graag van de hele toestand verlost wilde zijn, ging akkoord en stuurde er een grafdelver naartoe.

Met behulp van de foto die bij de spullen in Davids kinderwagen had gelegen, had moeder Marie-Pierre de moeder van de kinderen geïdentificeerd.

'Deze vrouw is ook Joods,' vertelde ze de priester. 'Ik denk dat ze bij de andere Joden moet worden begraven.'

'Hoe weet u dat?' vroeg vader Michel argwanend. 'Niemand heeft haar geclaimd.'

'Nee, maar haar kinderen zijn bij ons in het klooster. Een ervan ligt gewond in het ziekenhuis en een ervan is een baby.' Ze pakte de foto en liet hem die zien. 'Deze foto hadden ze bij zich. U ziet wel dat dat de vrouw is die hier ligt.' Ze zei niets over David, en naderhand vroeg ze zich af waarom. Ze was blij dat ze dat niet had gedaan en had er eigenlijk spijt van dat ze iets over de meisjes had gezegd, maar nu was het te laat, en bovendien vormde de priester niet echt een risico.

Ze liep naar de families van de Joodse overledenen toe. 'Er is hier nog een Joodse vrouw. Ze zou begraven moeten worden bij haar eigen mensen. Wilt u zich ook om haar bekommeren? Ze heeft niemand anders om voor haar te bidden.'

Met een sombere knik liep de vader van de overleden jongen met haar mee naar Mathilde, tilde haar op en droeg haar naar zijn zoon en de andere man die klaarlagen voor de begrafenis.

Moeder Marie-Pierre overwoog hun Mathildes trouwfoto te geven om bij haar in het graf te leggen, maar besloot dat het beter zou zijn om hem voor haar kinderen te bewaren, en voor haar man als hij ooit thuiskwam.

In de twee weken erna keerde geleidelijk de normale routine in het klooster terug. Het nieuws ging van kwaad tot erger. Wanhoop en woede overspoelden het gedemoraliseerde Franse leger, terwijl het zich verslagen bleef terugtrekken. Angst en smart bedrukten de burgers die ze niet hadden kunnen beschermen. Iedereen wist dat als er geen wonder gebeurde, de Duitsers binnen afzienbare tijd voor de poorten van Parijs zouden staan en de hoofdstad zou vallen.

België was al gevallen, en koning Leopold had gecapituleerd en om vrede gesmeekt. De geallieerden hadden nu te maken met een onbeschermde flank, terwijl ze steeds verder achteruit werden gedreven, naar de zee. Aangezien de Panzers hen nu beschouwden als een verslagen leger, dat geen trek meer had in een gevecht en zonder mogelijkheid tot ontsnappen, gingen zij nu zuidwaarts, naar Parijs. Met hun blik gericht op de roemrijke inname van de Franse hoofdstad zaten ze er niet mee dat de Britse marine probeerde om het Britse expeditieleger en veel van hun Franse bondgenoten te redden, met de hulp van een armada van scheepjes die het Kanaal overstaken en de ingesloten mannen onder de Duitse artillerie en luchtaanvallen vandaan gristen.

Geruchten over de rampspoed rondom Calais en Duinkerken verspreidden zich als een lopend vuurtje. Iedereen had gehoord over de ontsnapping van het Engelse leger, maar in de cafés en op dorpspleinen werd somber gezegd dat de Engelsen hun bondgenoten in de steek lieten, dat ze niet genoeg vliegtuigen stuurden. Toen op 14 juni Parijs viel, wist iedereen dat het slechts een kwestie van dagen was voordat Frankrijk formeel zou capituleren en de nazi's er de baas zouden zijn.

Maar de nonnen hielden het bij de troostrijke routine van dagelijkse gebeden en voerden hun normale taken uit alsof de rampspoed niet voor de deur stond. Het ziekenhuis bleef de gewonde vluchtelingen verzorgen die na de luchtaanval waren binnengebracht. Een aantal waren er al vertrokken om verder te vluchten naar plekken waar ze dachten veilig te zijn voor de Duitsers, twee anderen waren overleden, en de taak begon beheersbaarder te worden.

De Leon-kinderen waren opgenomen in de weeshuisvleugel, en hoewel Catherine om haar moeder bleef vragen, sprak David nooit over haar. Baby Hannah werd omgedoopt tot Anne.

'De namen van de andere kinderen zijn vrij doorsnee,' zei moeder Marie-Pierre tegen zuster Danielle, 'en als we de baby van nu af aan Anne noemen, zal iedereen snel vergeten dat ze ooit een andere naam had.'

De andere wezen, Paulette, Monique en Jean-Pierre, accepteerden de komst van nog meer kinderen zonder te klagen. Ze waren allemaal op verschillende momenten in de wezenfamilie in het klooster opgenomen en wisten dat kinderen kwamen en gingen. Jean-Pierre was opgetogen, omdat David een jongen was en hij zich een beetje een minderheid had gevoeld. Hij was elf en besloot dat het zijn taak was om zijn jongere vriendje te leren hoe alles hier werkte, en zuster Danielle was blij te zien dat hij de nieuwe jongen zo'n beetje had geadopteerd. Paulette was bijna veertien en zou zeer binnenkort het klooster verlaten, maar ze vond het heerlijk om te mogen helpen met baby Anne, terwijl Monique, een nogal in zichzelf gekeerd kind, de jonge Catherine onder haar hoede nam.

In deze onzekere tijden gingen de kinderen niet naar school zoals vroeger, maar kregen ze les van zuster Marie-Joseph en hielpen ze met klusjes in de keuken en de tuin.

In de derde week na de luchtaanval werden de privégebeden van moeder Marie-Pierre onderbroken door zuster Celestine, die met ongebruikelijk veel kracht op haar kantoordeur bonsde. Moeder Marie-Pierre sloot haar missaal en rinkelde met haar belletje om de non te laten binnenkomen.

'O, moeder, kom snel,' riep ze aangedaan. 'De Duitsers zijn er. Er komt een auto aan. Ze komen hierheen.'

'Rustig, zuster,' zei moeder Marie-Pierre ferm. 'Ik kom wel kijken wat ze willen. Zeg jij intussen tegen zuster Danielle dat ze de kinderen binnen houdt en vraag zuster Clothilde om de haard hier aan te steken.'

Zuster Celestine haalde diep adem. 'Ja, moeder,' mompelde ze, voordat ze zich omdraaide en wegrende om die opdrachten uit te voeren.

Moeder Marie-Pierre sloot haar ogen en prevelde een gebedje om te vragen om wijsheid en moed, en toen sloot ze de deur van haar kantoor achter zich en liep naar de hal om de onwelkome gasten te begroeten.

# 6

Adelaide Anson-Gravetty bleef onder aan het bordes staan van het hotel in Londen waar ze naartoe was geroepen. Ze streek haar uniformrok glad en zette haar pet recht. Haar schoenen glansden en de naden van haar laddervrije kousen, speciaal voor de gelegenheid geleend van een collega, zaten recht. Ze haalde diep adem, liep naar de voordeur en gaf haar naam op bij de bewaker.

Hij droeg een RAF-uniform, grijnsde goedkeurend naar haar en keek op een klembord. 'Ja, je wordt verwacht,' zei hij. 'Ga maar naar de balie' – hij knikte over zijn schouder – 'dan vertellen ze je welke kamer.'

Adelaide bedankte hem en liep naar de balie. Daar controleerde een andere jonge vrouw haar naam en wees naar een stoel. 'Wacht daar, alsjeblieft. Iemand komt je halen als ze klaar voor je zijn.'

Ze ging op de aangewezen stoel zitten wachten. Ze wist niet echt waarom ze hierheen was geroepen. Toen de oorlog uitbrak had Adelaide graag bij het leger gewild, maar haar vader vond dat ze meer kon bijdragen door een baan in Londen te nemen.

'Zo ben je net zo nuttig,' vond hij, 'en je geeft een man de handen vrij om te vechten. Wat heb jij het leger nou te bieden?'

Adelaide was woedend geweest om die houding. 'Een paar handen,' had ze gesnauwd. 'Ze trainen je voor wat ze willen dat je gaat doen, hoor.'

'Natuurlijk trainen ze je,' had Richard Anson-Gravetty sussend geantwoord, 'maar waarschijnlijk niet in werk waarvoor je geschikt bent. Er is toch wel vrijwilligerswerk te doen hier in Londen, voor het Rode Kruis of zo? Maar als dat je niet aanspreekt, waarom kom je dan niet op mijn kantoor werken? We kunnen daar ongetwijfeld iets voor je vinden.'

Adelaide had hem bedankt en gezegd dat ze erover na zou denken... Wat ze ook deed... En toen stapte ze een rekruteringskantoor binnen en ging bij de Women's Auxiliary Air Force.

'Je wordt niet eens officier!' Haar vader was verbijsterd om wat ze had gedaan, maar Adelaide antwoordde simpelweg: 'Nee, vader, maar zo doe ik wel mee aan de oorlog.'

Na haar basistraining was ze gestationeerd op een luchtmachtbasis in de buurt van Southampton waar ze, aangezien ze al goed kon autorijden, te werk werd gesteld als chauffeur. Verrassend genoeg merkte ze dat ze best genoot van het leven met de andere meisjes op de basis, en hoewel het in veel opzichten een hard leven was, had ze er nooit spijt van dat ze bij het leger was gegaan in plaats van een burgerbaan te nemen.

Haar werk was vrij routinematig, want ze reed officiers heen en weer, maar ze ontmoette een paar interessante mensen en leerde op lange ritten een paar van haar vaste klanten behoorlijk goed kennen. Maar toen ze het werk zag dat de plotters en telegrafisten deden, besloot ze dat ze zich wilde laten omscholen om een belangrijkere bijdrage aan de oorlogsinspanning te kunnen leveren. Ze vertelde dat aan een van de officiers die ze naar een vergadering bij het Air Ministry reed.

'Ik heb het gevoel dat ik iets belangrijkers zou kunnen doen dan alleen maar mensen rondrijden,' legde ze uit. 'Iedereen kan leren autorijden. Ik wil me laten omscholen tot plotter of telegrafist.'

Groepskapitein Williamson, haar passagier, reageerde belangstellend. 'Je hebt me een keer verteld dat je Frans spreekt,' zei hij.

'Ja, dat klopt,' bevestigde Adelaide. 'Maar ik zou niet de hele tijd alleen maar documenten willen vertalen. Ik wil op een actievere manier iets bijdragen.'

'Dan moet je omscholing aanvragen,' zei de groepskapitein ontspannen, 'maar ik zou je wel missen als chauffeur!'

Toen ze thuiskwam voor achtenveertig uur verlof, zag ze haar neef Andrew weer. Hij kwam op haar eerste ochtend bij haar langs.

'Andrew!' riep ze verbaasd en blij, terwijl ze hem begroette met een knuffel.

'Ik hoorde van *grand-mère* dat je thuis was,' zei hij. 'Ik heb ook achtenveertig uur. Heb je zin om naar een voorstelling te gaan, of wil je liever ergens eten en dansen?'

'Allebei?' opperde Adelaide hoopvol, en toen hij lachte voegde ze eraan toe: 'Nou, twee dagen in Londen is te mooi om er niet het beste van te maken, toch?'

Dat vond hij ook, dus gingen ze vanuit het theater door naar het Savoy. Ze hadden een heerlijke avond samen, en toen hij haar uiteindelijk thuisbracht, was dat in de kleine uurtjes. Toch nodigde ze hem nog binnen uit voor een slaapmutsje.

'Mijn trein gaat heel vroeg,' zei hij met een glas van Richards beste cognac in zijn hand, 'dus het heeft weinig zin om nu nog naar bed te gaan.'

'Zal *grand-mère* zich dan niet afvragen waar je uithangt?' plaagde Adelaide hem, wetend dat hij eigenlijk bij hun grootmoeder zou logeren.

Hij grijnsde. 'Zij ligt allang in bed, dus ze zal niet eens merken dat ik niet thuis ben gekomen. En trouwens, ik moet toch terug om mijn spullen te halen, dus dan zie ik haar nog even.'

'Waar ga je heen?' vroeg Adelaide belangstellend. 'Dat heb je niet gezegd.'

'Nee, dat klopt,' beaamde Andrew. 'Ergens in het noorden.'

'Ben je dan klaar op het Air Ministry?'

'Voorlopig.'

'En je kunt me niet vertellen...'

'Nee.'

Andrew was lid van een of andere speciale eenheid van de RAF; hij bestuurde geen vliegtuigen of zoiets. Toen Adelaide hem had gevraagd wat hij dan deed, had hij gegrijnsd. 'Niets heel opwindends, alleen maar een baantje bij de luchtmacht. Ze gebruiken mijn Frans behoorlijk veel.' Dat was kort na het begin van de oorlog geweest, en ze had hem sindsdien amper gezien.

Adelaide haalde goedgeluimd haar schouders op. 'Oké. Al ben ik heus geen Duitse spion.'

'O nee?' vroeg Andrew grijnzend. 'Nou, je weet het nooit! "Loslippigheid kost mensenlevens!"' Ze moesten allebei om die veelgebruikte slogan lachen.

Ze praatten over haar werk op de luchtmachtbasis, en Adelaide vertelde hem dat ze zich wilde laten omscholen. 'Ik moet iets beters doen dan autorijden. Dat kan iedereen!'

'Je doet belangrijk werk,' vond Andrew. 'Maar inderdaad, iedereen kan na een gedegen opleiding jouw werk doen. Ik geef je gelijk dat je iets anders zoekt, maar niet als plotter of telegrafist. Begrijp me niet verkeerd, ik kleineer niet wat je wilt doen,' voegde hij er snel aan toe toen ze wilde protesteren. 'Verre van. Maar jij hebt talenten en vaardigheden die niet zo veel voorkomen en die goed van pas zouden komen.'

Adelaide keek hem verbaasd aan. 'Zoals wat dan?' vroeg ze.

'Zoals dat je Frans spreekt als een geboren Française,' zei hij. 'Dankzij *grand-mère* is je Frans perfect.'

'En dankzij de universiteit. Ik heb een graad behaald, hoor,' merkte Adelaide op.

Andrew lachte. 'Dat is allemaal Franse literatuur. Dat je Molière kunt citeren, daar heb je niet zo veel aan als er een oorlog woedt en Frankrijk bezet is!'

'Maar wat voor iets dan?' vroeg Adelaide geïntrigeerd.

Andrew haalde zijn schouders op. 'Nou, documenten vertalen en dat soort dingen,' zei hij vaag. 'Als tolk optreden voor hoge heren van de Vrije Fransen, zoiets. Ik kan wel eens informeren, als je wilt.'

Adelaide was niet bijzonder happig op dat idee, maar dat zei ze niet.

Ze dacht toch niet dat hij invloed zou hebben in dat soort zaken. Zij was in elk geval niet van plan zelf naar zo'n baan te solliciteren. Als de tijd daar was, had ze besloten, zou ze zich opgeven voor radiotraining.

Maar Andrew had kennelijk toch iemands oor, want hier zat ze nu te wachten om te ontdekken wat ze haar wilden laten doen. Het moet met mijn Frans te maken hebben, dacht ze. Ik kan niets anders bedenken.

Een deur ging open en er stapte een man naar buiten. Hij was begin veertig, lang en mager, gekleed in het uniform van een legerkapitein. Hij kwam naar Adelaide toe. '*Aircraftswoman* Anson-Gravetty?'

Adelaide sprong overeind en salueerde. 'Ja, meneer. Goedemorgen, meneer.'

'Mijn naam is Jenner. Deze kant op, alstublieft.' Hij nam haar mee door de deur waar hij uit was gekomen en sloot hem zorgvuldig weer achter hen.

De kamer was groot en kaal, met alleen een eikenhouten bureau en een paar rechte stoelen. Er was nog een tweede deur, maar die zat dicht.

Kapitein Jenner liep om het bureau heen en gebaarde naar een van de stoelen. 'Ga toch zitten,' zei hij, terwijl hij zelf ook plaatsnam.

Adelaide ging opgelaten op het puntje van de stoel zitten en wachtte af.

'Ik begrijp dat u vloeiend Frans spreekt,' begon de kapitein in het Frans.

Adelaide antwoordde dus ook in die taal. 'Ja, meneer. Mijn grootmoeder is Française en heeft altijd Frans met me gesproken. Ik was vaak bij haar als kind, dus ik spreek het vrij vloeiend.'

'Ik geloof dat u ook Frans hebt gestudeerd op de universiteit.'

'Ja, meneer.' Terugdenkend aan Andrews opmerking over Molière wijdde ze daar verder niet over uit.

Een uur lang ondervroeg kapitein Jenner haar over haar familie, haar vrienden en waar ze naar school was gegaan. Hij leek al een heleboel over haar te weten, want hij stelde ook vragen over haar biologische vader, Freddie Hurst, en over haar adoptievader. Hij vroeg waarom ze bij het leger was gegaan in plaats van een burgerbaan te zoeken. Waarom ze gewoon soldaat was geworden en zich niet had opgegeven voor de officierstraining.

Adelaide antwoordde zo goed mogelijk, terwijl ze probeerde te achterhalen waar hij naartoe wilde, wat hij wilde weten en waarom; en het hele gesprek werd gevoerd in het Frans. Kapitein Jenners Frans was vloeiend en idiomatisch en zijn vocabulaire groot, waardoor Adelaide af en toe moest zoeken naar een woord dat haar ontging. Hoewel ze verbaasd was over het bereik en de diepte van zijn vragen, antwoordde ze zo eerlijk mogelijk en probeerde ze niets voor hem achter te houden, al vermoedde ze dat hij op de een of andere manier alle antwoorden al wist.

Uiteindelijk zei hij: 'Dank u voor uw komst, juffrouw Anson-Gravetty. Het kan zijn dat we u naar een speciale training moeten sturen. Ik neem aan dat u daar geen problemen mee hebt?'

Hij liet het klinken als een vraag, maar Adelaide wist dat het dat niet was, niet echt. Er werd van haar verwacht dat ze nee zei, en dus deed ze dat.

'Keer voorlopig terug naar uw huidige functie,' zei kapitein Jenner, terwijl hij opstond om aan te geven dat de bespreking voorbij was, 'en meld u zoals aangegeven als het zover is. Ik hoef u amper te vertellen dat u dit met niemand moet bespreken. Loslippigheid kost mensenlevens.'

Deze keer maakte de slogan Adelaide niet aan het lachen, zoals toen Andrew ermee was gekomen, want ze wist dat het nu dodelijke ernst was. 'Nee, meneer. Ik zal er niets over zeggen. Mag ik vragen, meneer, waar die training precies voor zal zijn?'

Kapitein Jenner glimlachte flauwtjes. 'Dat mag u vragen, *aircraftswoman*, maar totdat er een besluit is genomen, krijgt u nog geen antwoord. Goedemorgen.'

'Goedemorgen, meneer.' Adelaide salueerde ferm, draaide zich om en verliet de kamer.

Zodra ze weg was, ging de deur in de hoek open en kwam er een man in het uniform van een majoor binnen. Hij keek kapitein Jenner aan. 'Nou, Jenner, wat vond je van haar? Voldoet ze?' Hij ging op de stoel zitten waar Adelaide had gezeten.

Jenner keerde terug naar zijn plek achter het bureau. 'Haar Frans is waarschijnlijk goed genoeg,' zei hij, terwijl hij een sigaret opstak, 'met een beetje opfrissen. Accent onopvallend. Meer dan genoeg gezond verstand, zo te horen. Beslist officiersmateriaal, al is ze als soldaat toegetreden.'

'Ja, interessante verklaring had ze daarvoor,' zei de andere man. 'Geloofde je die?'

'Wat, dat ze een vak wilde leren en wilde weten hoe het voelt om een gewone soldaat te zijn, voordat ze de verantwoordelijkheid nam om andere meisjes te vertellen wat ze moesten doen?' Jenner nam peinzend een trek van zijn sigaret. 'Ja, ik denk het wel. Het leek me een eerlijk antwoord. Ze is overduidelijk intelligent.'

'Ja, maar kan ze improviseren?'

'Daar komen we wel achter als we haar aanbevelen voor de training.'

'Ze is erg aristocratisch,' merkte de majoor op. 'Zal ze alles aankunnen wat ze moet leren? Het is een heel taaie training. Er zijn er veel die het niet redden.'

Jenner haalde zijn schouders op. 'Dat kan ik niet met zekerheid zeggen, natuurlijk, maar al met al denk ik van wel. Ze is dan misschien aristocratisch en zeer gegoed, financieel onafhankelijk zelfs, voor zover ik heb begrepen, maar dat heeft ze niet als excuus gebruikt om de dienst te ontlopen, wat ze wel had kunnen doen. Ze zei dat haar vader haar een baan had aangeboden in zijn bedrijf, weet je nog, maar dat ze die heeft afgeslagen. Ik kreeg het idee dat ze niet alleen zelfredzaam is, maar ze heeft ook vastberaden trekjes.'

De majoor, die had meegeluisterd met Adelaides interview via een microfoon, knikte. Jenner stond goed bekend als talentspotter en de majoor had groot vertrouwen in zijn oordeel. 'Wie had je over haar getipt?' vroeg hij.

'Twee bronnen, en daarom heb ik haar zo snel laten komen,' antwoordde Jenner. 'Een groepskapitein voor wie ze vrij regelmatig chauffeert, en daarna haar neef, luitenant Driver. Hij is er een van ons. Allebei zagen ze haar potentieel.'

'Juist,' zei de majoor. 'Ze is een poging waard. We zullen haar oproepen voor een voorlopige training en kijken hoe het gaat. Als ze voldoet, zou ze bijzonder nuttig kunnen zijn met dat vloeiende Frans.'

Al een week later kreeg Adelaide het bevel om zich te melden bij een landhuis in de buurt van Guildford, en toen ze daar eenmaal was, veranderde haar leven onherkenbaar. De training was intensief. Samen met drie andere meisjes werkte ze van zonsopkomst tot zonsondergang, en soms zelfs 's nachts. Elke minuut van hun dag was gevuld. Er waren zware lichamelijke oefeningen, waardoor ze zo uitgeput waren dat ze meteen in slaap vielen wanneer ze eindelijk naar bed konden. Om vervolgens enkele minuten later alweer te worden gewekt, of zo scheen het Adelaide toe, om nog voor het ontbijt acht kilometer te gaan hardlopen. Een legersergeant leerde hun omgaan met verschillende wapens, een andere onderwees hen in de ongewapende strijd. Een derde drilde hen in kaartlezen, terwijl een vierde hen introduceerde tot het seinen. Er leek zo veel te leren, en de druk die op hen lag was onophoudelijk. Na tien dagen waren twee van de meisjes verdwenen en was Adelaide alleen overgebleven met het vierde meisje, Cora.

'Waar denk je dat ze naartoe zijn?' vroeg Adelaide vermoeid toen ze die avond in bed stapten.

'Geen idee,' zei Cora schouderophalend, te moe om erom te geven. 'Waarschijnlijk gezakt.'

'En eruit gezet?'

'Dat, of ze hebben zelf gevraagd of ze weg mochten.' Cora zuchtte. 'Misschien waren ze niet blij met de dingen waarvoor we worden getraind.'

'Maar daar hebben ze ons nog niet veel over verteld,' zei Adelaide, terwijl ze de dekens tot onder haar kin optrok. 'Brr, wat is het hier koud.'

'Nee, niet uitvoerig, maar het is toch vrij duidelijk?'

'Een soort undercoverwerk?' opperde Adelaide.

'Ik durf het te wedden,' zei Cora, en na een zucht sliep ze al.

Hoewel ze moe was, volgde Adelaide niet meteen het voorbeeld van haar vriendin. Ze lag in bed en dacht na over de dingen waarmee ze waren overspoeld. Je hoefde geen genie te zijn om te snappen dat ze werden voorbereid voor iets heel bijzonders. Hun leermeesters waren taai en tolereerden geen slordigheid of luiheid.

'Als je het niet meteen de eerste keer goed doet,' had sergeant Garner Adelaide toegebruld toen ze een geruisloze nadering had verklungeld, 'dan ben je dood, oké? Geen tweede kansen in dit spel. Dus loop niet te stampen als een verrekte olifant en probeer het nog een keer!'

'Gebruik je hersens!' had sergeant Allen gesnauwd. 'Je moet slimmer en sneller zijn dan je vijand. Als de omstandigheden veranderen, moet je klaar zijn om je koers aan te passen.'

Cora en Adelaide werkten zich vastberaden door alles heen wat hun voor de voeten werd gegooid, al waren er momenten dat Adelaide bijna werd overmand door tranen van frustratie en uitputting. Hun fitheid werd honderd keer beter, hun hersenen bleven furieus werken terwijl ze geleidelijk competenter werden. Hun reactiesnelheid verbeterde, wapens werden instinctiever gebruikt. Ze leerden hoe ze explosieven moesten inzetten, oefenden met het gebruik van de radio en besteedden uren aan zenden en ontvangen in morsecode.

Aan het eind van de drie weken werden ze afzonderlijk bij majoor Harper geroepen, de officier die ze bij aankomst hadden ontmoet maar sindsdien amper hadden gezien.

'*Aircraftswoman* Anson-Gravetty,' zei hij toen ze bij hem was. 'Ga zitten.'

Adelaide deed dat en wachtte ongerust op het puntje van haar stoel, bang dat hij zou zeggen dat ze niet naar verwachting had gepresteerd.

'Je tijd bij ons zit erop,' zei majoor Harper. 'Dit was alleen maar een voorlopige training om je potentieel in het veld te beoordelen.'

'In het veld?'

'We hebben grote behoefte aan agenten die in Frankrijk kunnen worden gedropt,' legde hij uit. 'Mensen die kunnen doorgaan voor Fransen, zodat ze zich ondanks de checkpoints en controles van de Duitsers betrekkelijk veilig kunnen verplaatsen. Maar dat is nog maar het begin. Eenmaal daar moeten agenten contact onderhouden met een eventuele verzetsbeweging in dat gebied. We moeten ontsnappingsroutes organiseren voor piloten die zijn neergeschoten en gevangenen die weten te ontsnappen. We moeten Duitse installaties saboteren, het leven voor de bezetter zo moeilijk mogelijk maken. Er zijn al een paar sterke verzetsgroepen; we moeten uitzoeken wat ze nodig hebben, ze alle hulp geven om dat verzet te sterken. We hebben agenten nodig die alle mogelijke informatie aan ons doorgeven over troepenbewegingen, brandstofopslagplaatsen, wapenvoorraden en fabrieken. We hebben ogen en oren op de grond nodig om ons op de hoogte te houden van wat er in elk gebied gebeurt. Details die we nergens anders vandaan kunnen halen. En we moeten het moreel opvijzelen van de Franse burgers, ze laten weten dat ze niet vergeten of in de steek gelaten zijn.'

Majoor Harper zweeg even. Zijn ogen waren de hele tijd dat hij aan het woord was strak op Adelaide gericht geweest, maar nu wachtte hij. Toen ze niets zei, ging hij door. 'We denken dat jij de noodzakelijke kwaliteiten bezit om zo'n agent te zijn. Je Frans is vloeiend, je zou kunnen doorgaan voor een Française, en je hebt het tot nu toe goed gedaan in de training. Maar wat wij van je vragen, vereist moed en koelbloedigheid. Je zult voortdurend gevaar lopen. En niet alleen doordat je zelf een fout maakt, maar ook door lieden die een wit voetje willen halen bij de Duitsers. We moeten onder ogen zien dat er maar al te veel Fransen zijn die zich verslagen voelen en hebben besloten de kant van de Duitsers te kiezen. Als ze vermoeden wie je bent en wat je doet, zullen ze je verlinken en word je opgepakt. Zet dat af tegen het belang van wat je mogelijk kunt ontdekken of doen in de gebieden waar ik het over had, dan zul je zien dat het niet onredelijk is dat we je vragen om erheen te gaan. Maar' – de majoor zweeg even om zeker te weten dat hij haar aandacht had – 'we nemen alleen vrijwilligers aan voor dit soort missies. Niemand wordt tegen zijn wil gestuurd, want zo iemand zou gedoemd zijn om te falen.' Hij zweeg weer even en Adelaide wachtte, niet wetend wat ze moest zeggen.

'Morgenochtend vertrek je. Als je akkoord gaat met een vervolgtraining, wetend waar die je op moet voorbereiden, dan sturen we je daarnaartoe. Zo niet, dan blijf je een paar weken op een tussenpost voordat je op een nieuwe plek wordt gestationeerd, waar je kunt blijven werken in de functie die je had voordat je hierheen kwam. Hoe dan ook ben je gebonden aan zwijgplicht. Is dat duidelijk?'

'Ja, meneer.' Adelaide kreeg de woorden amper naar buiten; haar mond was droog en haar hart ging tekeer.

'Juist, nou, dan zie ik je morgenochtend voor je antwoord.'

Adelaide keerde terug naar haar barak en dook op haar bed.

Spion! dacht ze. Ze willen dat ik een spion word.

Haar hart ging tekeer bij de gedachte. Had ze de moed om zo'n missie aan te nemen en door te zetten, ongeacht de gevolgen? Was dit het soort werk waar Andrew aan dacht toen hij zei dat ze bijzondere talenten had? Dat haar zou worden gevraagd om haar Frans op deze manier te gebruiken? 'Is dat ook wat je zelf doet?' mompelde ze tegen haar afwezige neef. 'Ik durf te wedden van wel! Ik wed dat je daarom bent verdwenen!'

Cora kwam die avond niet terug en haar bed bleef onbeslapen, al stond haar tas nog in het kluisje achter in de kamer. Ze moet ergens anders heen zijn gestuurd om haar beslissing te overdenken, dacht Adelaide, zodat we het niet onderling kunnen bespreken.

Adelaide sliep die nacht niet. Ze bleef woelen en draaien, en majoor Harpers woorden maalden door haar hoofd. Het idee om in een land te worden gedropt dat werd bezet door de vijand maakte haar doodsbang. Hoe moest ze in vredesnaam alles doen wat ze van haar vroegen? Ze herinnerde zich de bulderende sergeant. *Als je het niet meteen de eerste keer goed doet, dan ben je dood!*

Als ze het nou niet goed deed? Als er nou vanwege haar andere mensen risico liepen? En als ze gevangen werd genomen, hoe zou ze daar dan mee omgaan? Zou ze sterk genoeg zijn om geen informatie prijs te geven... als ze werd gemarteld? Het koude zweet brak haar uit en ze lag huiverend onder de dekens. Ik kan dit niet! dacht ze in paniek. Ik ben niet dapper genoeg! Ik zou doorlopend doodsbang zijn! Ze zouden niets aan me hebben.

Ze herinnerde zich wat Andrew een keer had gezegd: dat iedereen weleens bang was, maar dat het belangrijkste was hoe je met die angst omging. Hoe zou ik ermee omgaan? De majoor zei dat ik koelbloedig moest zijn. Ben ik dat? Als ik ga, hoe kom ik daar dan? Majoor Harper zei iets over gedropt worden achter de vijandelijke linies. Gedropt? Met een parachute? Goeie hemel, ik zou nooit uit een vliegtuig durven springen!

'We moeten het moreel van de Franse burgers opvijzelen,' had de majoor gezegd.

Adelaide dacht aan haar laatste reisje naar Frankrijk, toen ze op bezoek was gegaan bij tante Sarah in het klooster. Ze vroeg zich af hoe het de nonnen verging onder de bezetting, en de weeskinderen die door hen werden verzorgd. En waar was Andrew? Was hij ook daar?

De chaos in haar hoofd hield de slaap op afstand, en uiteindelijk gaf ze het op. Ze deed het licht uit, liep naar het raam en opende het verduisteringsgordijn. Het was nog donker buiten, maar ze ging op een stoel zitten en staarde de nacht in totdat de grijze vingers van het ochtendgloren door de hemel kropen. Ze zag een opvallende zonnestraal, uitschietend van een zon die nog niet te zien was, maar hij drong door het grijs van de hemel als een glanzend zwaard. Terwijl ze ernaar keek, sloot een andere zich erbij aan en werden de wolken heloranje gekleurd, met een randje van goud. Een nieuwe dag gloorde, een nieuw begin bloeide op met nieuwe hoop.

Terwijl de zon boven de horizon uit steeg, eerst een halve schijf van blinkend goud en toen een ronde munt die glansde tegen de hemel, besefte Adelaide iets. Om de hoop in leven te houden in een wereld in oorlog moesten mensen soms dingen doen die ze voorheen nooit zouden hebben overwogen. Ze moesten hun moed beproeven en vechten tegen het kwaad dat dreigde hen te overspoelen. Ze dronk de zonsopkomst in met haar ogen, prentte hem zich in. Het zou een talisman zijn die ze in de toekomst kon oproepen als ze somber was en de moed haar in de steek liet. De ochtend van de hoop, en zij moest er deel van uitmaken.

Drie uur later zaten Cora en zij in een trein naar Schotland om hun echte training te beginnen.

# 7

De zwarte auto was voor de kloosterdeur tot stilstand gekomen. De chauffeur sprong eruit, liep om naar de passagierskant en opende met een zwaai het portier. Er stapte een Duitse officier uit.

Hij was een lange man, een jaar of vijfendertig, en zijn uniform was onberispelijk. Hij bleef even met zijn hand op het autoportier staan en bekeek het platteland beneden voordat hij zich omdraaide om het kloostergebouw te bekijken. Moeder Marie-Pierre keek naar hem vanuit een raam. Ze vroeg zich af wat hij wilde en hoe ze met hem om moest gaan. Ze zag hem naar de deur kijken alsof hij verwachtte dat die open zou gaan, maar toen dat niet gebeurde, sprak hij zijn chauffeur aan. De man rende de treden op en trok aan het schellekoord. De bel klingelde luid door de gang. Zuster Celestine, terug op haar gebruikelijke plek in het portiersterkantoortje bij de voordeur, keek ongerust naar moeder Marie-Pierre, die nog steeds onopvallend bij het raam stond.

De moeder-overste zag de angst in de ogen van de kleine non toen die weer naar de deur schoten. 'Ga je gang, zuster,' zei ze rustig. Ze probeerde de steek van angst te onderdrukken die ze zelf ook voelde. 'Laat ze binnen en breng ze naar de salon. Kom daarna mij halen. Ik ben in mijn kantoor.' Terwijl ze zich omdraaide en door de gang terugliep, hoorde ze zuster Celestine het luikje in de grote voordeur openen.

Even later werd er zachtjes op de deur van haar kantoor geklopt. Moeder Marie-Pierre stond op van haar bidstoel en ging achter haar bureau zitten voordat ze met haar belletje rinkelde. Toen de deur openging, stond niet alleen zuster Celestine daar, maar ook de lange Duitse officier.

'Moeder...' begon de kleine non nerveus.

Maar de Duitser beende langs haar heen en onderbrak haar in redelijk Frans. 'Goedemorgen, moeder-overste. Ik ben majoor Horst Thielen, commandant van het bezettingsleger in Sainte-Croix.'

Moeder Marie-Pierre stond op, maar ze bleef achter haar bureau staan terwijl ze koel antwoordde: 'Goedemorgen, majoor. Als u had gewacht, was ik naar u toe gekomen in de salon.'

'Ik wilde niet wachten,' zei de majoor, terwijl hij ongenood door haar kamer liep om het tuintje in te kijken.

Moeder Marie-Pierre glimlachte geruststellend naar zuster Celestine, die met een bleek gezicht bij de deur stond. 'Dank je, zuster. Wil je zuster Clothilde vragen of ze ons wat koffie brengt?' Ze richtte haar aandacht weer op de majoor terwijl zuster Celestine weg drentelde. 'Wilt u wel een kopje koffie, majoor?'

'Dank u.' De majoor glimlachte niet, maar keek om zich heen en nam haar sobere meubels in zich op: het bureau, de bidstoel met het crucifix erboven. De enige tekenen van comfort waren de twee leunstoelen aan weerskanten van de open haard.

'Neemt u toch plaats en vertel me hoe ik u kan helpen.' Moeder Marie-Pierre wees naar een van de stoelen. Ze had besloten dat kalme beleefdheid de beste aanpak was, alsof deze bezoeker niet meer of minder belangrijk was dan elke andere gast die ze ontving. Ze wist niet waar hij voor kwam en had het gevoel dat ze op haar hoede moest zijn. Ze hield niet van de koele zelfverzekerdheid waarmee hij haar kantoor in was komen benen, maar ze was niet van plan een man tegen de haren in te strijken die mogelijk de macht over leven en dood had voor hen allen. Maar ze was ook niet van plan angst te tonen. Ze zou teruggrijpen op haar vroegste training als juffrouw Sarah Hurst, en hem behandelen met de koele beleefdheid die je voorbehield aan mensen met wie je liever niet had kennisgemaakt.

'We zijn net in het dorp aangekomen, moeder-overste,' zei hij. 'Ik maak me vertrouwd met de omgeving.' Terwijl hij sprak, keek ze naar hem. Knap, dacht ze, met donkere ogen en een rechte neus, maar nogal dunne lippen; een wrede mond, besloot ze, en toen gaf ze zichzelf een mentale berisping. Hoe kon zij nou weten of hij wreed was of niet, alleen maar door naar zijn mond te kijken? Of kwam het door zijn ogen? Niet het warme fluweelbruin van een grootmoedig man, maar de kille, koolzwarte ogen van een jager.

Hij was nog steeds aan het woord. 'Ik heb begrepen dat u hier een ziekenhuis leidt.'

Moeder Marie-Pierre sleurde haar gedachten terug naar het gesprek en knikte. 'Ja, majoor, we hebben een klein ziekenhuis voor de lokale bevolking. Maar twee zalen.'

'En dat u een weeshuis hebt.' Hij had overduidelijk zijn huiswerk gedaan voordat hij hierheen kwam.

'Niet echt een weeshuis, niet zoals vroeger...' Ze voegde er bijna 'na de oorlog' aan toe, maar hield dat nog net op tijd in. 'Ja, we zorgen nog steeds voor kinderen,' beaamde ze, 'al zijn het er momenteel maar zes.' Toen er aan de deur werd geklopt, riep ze met enige opluchting: 'Binnen.'

Zuster Clothilde, een van de novices, kwam binnen met een dienblad met een pot koffie en een kannetje melk erop. Ze zette het op tafel, knikte nerveus en verliet de kamer weer.

Moeder Marie-Pierre nam de tijd bij het inschenken van de koffie en gaf de majoor een kopje. 'Ik vrees dat we geen suiker hebben, en maar een klein beetje melk. We hebben wel een koe, maar haar melk bewaren we voor de kinderen.'

De majoor pakte zijn koffie aan, maar sloeg de melk af. Hij nam een slokje en had er zo te zien meteen spijt van. Het goedje smaakte bitter, en er waren beslist geen koffiebonen aan te pas gekomen. Hij zette het kopje naast zich neer. 'Heeft het klooster ook een eigen boerderij?' vroeg hij.

Moeder Marie-Pierre schudde haar hoofd. 'Nee, niet echt. We kweken zelf wat groenten, en onze koe staat bij de kudde van monsieur Danot. Hij stuurt ons elke dag de melk die ze geeft, maar veel is het niet.' Ze besloot maar niets te zeggen over de paar kippen die in de tuin achter de keuken scharrelden; de trots van zuster Marie-Marc. Ze had geen illusies over wat daarmee zou gebeuren als de Duitsers besloten dat ze eieren of een vogel voor de pan nodig hadden. De koe zou het erop moeten wagen bij de rest van monsieur Danots kudde.

'Ik wil graag uw klooster en uw ziekenhuis zien,' zei majoor Thielen, die de koffie na een tweede voorzichtige slok voor gezien hield. Het was geen verzoek, maar een eis. Hij zette zijn kopje neer en stond op. 'Misschien zou u zo vriendelijk willen zijn om me rond te leiden.'

Moeder Marie-Pierre zette haar kopje ook neer. 'Natuurlijk, majoor.'

Ze bracht hem eerst naar het ziekenhuis. Alle bedden waren bezet, want ondanks de verstreken tijd sinds de luchtaanval werden een paar zwaargewonden er nog verzorgd en waren er altijd patiënten uit de omgeving. Ze stelde de majoor voor aan zuster Eloise, die hem ferm begroette en zich toen excuseerde, schijnbaar totaal niet onder de indruk van zijn Duitse uniform.

'Ja, ga alsjeblieft door met waar je mee bezig was, zuster,' zei moeder Marie-Pierre, blij dat de oudere maar efficiënte zuster geen angst had getoond voor hun ongenode gast. 'Ik leid de majoor wel rond.'

Ze gingen naar de eerste zaal, waar tien bedden stonden: vijf aan elke kant. Het was duidelijk dat veel patiënten herstellende waren van wonden in plaats van ziekten. Een paar waren nog in verband gewikkeld en er was meer dan één amputatie nodig geweest.

Majoor Thielen keek om zich heen. Twee nonnen bereidden zich voor om het verband te verschonen van een oude man van wie de rechterarm bij de elleboog eindigde. Een zuster kwam de zaal in drentelen met een kar vol verband, zalfjes en een kom warm water, en een andere trok een scherm voor het bed van de patiënt.

'Wat is er met ze gebeurd?' vroeg de majoor.

'Gebeurd?' Moeder Marie-Pierre keek ook om zich heen, alsof ze de patiënten nu pas voor het eerst zag. 'O, dit waren vluchtelingen. Ze zijn gebombardeerd op de weg.'

'Dan moeten ze in een militaire colonne hebben gelopen,' reageerde de majoor stijfjes.

'We hebben niemand in uniform gevonden,' zei moeder Marie-Pierre kalm. Er lag geen beschuldigende klank in haar stem, maar de majoor draaide zich abrupt om en beende de zaal uit.

Moeder Marie-Pierre bleef nog even om met zuster Eloise te overleggen. 'Waar is Marthe?' vroeg ze zachtjes.

'Ik heb haar naar de kamers van de kinderen gestuurd, zoals u had gevraagd.'

Moeder Marie-Pierre knikte en liep achter de majoor aan naar buiten.

Hij stond uit te staren over de tuin bij de keuken, waar drie nonnen met opgestroopte mouwen in een groentetuintje werkten. 'Verkoopt u die producten in het dorp?' vroeg hij, en hij gebaarde naar de rijen aardappelen die de nonnen omspitten.

'Nee, zeker niet,' antwoordde moeder Marie-Pierre. 'We hebben nauwelijks genoeg om onszelf en de patiënten in het ziekenhuis mee te voeden.'

De majoor knikte en bleef nog even kijken, alsof hij de opbrengst van de tuin inschatte, voordat hij zich weer omdraaide. 'Goed, dan gaan we door.'

'De operatiezaal en de vrouwenzaal zijn aan de andere kant van het gebouw,' vertelde ze. Ze wilde graag weg bij plekken met voedsel, die de majoor zouden kunnen aanmoedigen om terug te keren met een vrachtwagen. 'Wilt u die zien?'

'Nee, ik wil graag in het hoofdgebouw kijken.'

'Dat is waar de zusters wonen,' zei moeder Marie-Pierre zachtjes.

'Ja, ik wil de woonverblijven graag zien.' Majoor Thielen leek van zijn stuk gebracht door het zien van de patiënten in de zaal en de reden waarom ze hier lagen, en was vastbesloten de touwtjes weer in handen te nemen.

Moeder Marie-Pierre haalde haar schouders op alsof het niet veel uitmaakte en ging hem voor naar binnen. Ze liet hem de keuken en de bijkeuken zien, waar zuster Elisabeth en zuster Marie-Marc voorbereidingen troffen voor het middageten. Ze leidde hem door de refter, waar de lange tafels al waren gedekt. Eén blik was daar voor hem voldoende en ze liepen door, de trap op naar de gang waar elke zuster een eigen cel had.

Zonder uitnodiging opende hij de deur van een van de cellen en keek naar binnen. Hij bekeek het smalle bed, het kastje ernaast en de bidstoel met crucifix. Meer meubels stonden er niet.

'Ze zijn allemaal hetzelfde,' merkte de moeder-overste zachtjes op. 'Niemand hier heeft meer dan een ander.' Ze legde haar hand op de deurklink van het volgende kamertje alsof ze hem wilde opendoen, maar de majoor schudde zijn hoofd. Die kamers, kil en somber zelfs in de warme zomer, waren blijkbaar niet wat hij zocht. Hij staarde even door de gang. Moeder Marie-Pierre dacht aan haar tante, de oude zuster Sint-Bruno, aan haar bed gekluisterd in de kamer aan het eind, en hoopte dat hij genoeg had gezien. Het zou de oude non overstuur maken als er een man de kamer in kwam waar zij in bed lag, alleen gekleed in een nachthemd en sjaal.

Maar hij leek zijn belangstelling voor de rest van de kamers langs deze gang te hebben verloren. 'En de kapel?' vroeg hij abrupt. 'Waar is die?'

'Deze kant op, alstublieft.' Moeder Marie-Pierre leidde hem door het klooster terug naar de kapel. Er was op dit uur van de dag geen dienst, maar ze opende zachtjes de grote deur en stapte opzij. De majoor ging naar binnen, maar bleef toen abrupt staan, met een verbaasde blik.

De kapel was warm en stil, met een zware wierookgeur in de lucht. De godslamp gloeide rood op in de hangende lamphouder. Het zonlicht dat naar binnen scheen door het gebrandschilderde glas in de zuidelijke muur wierp patronen over de vloer en fonkelde goudkleurig op het druk bewerkte gouden altaarstuk. Maar de reden waarom hij was blijven staan, was de aanblik van een non die in de kruisigingshouding op de grond voor het altaar lag: haar armen uitgestoken, haar benen kaarsrecht, haar voorhoofd op de stenen vloer en haar gezicht verborgen onder haar kap. De majoor staarde een hele poos naar haar, en toen sloeg hij een kruisje en stapte weer naar buiten.

'Wat doet ze daar?' vroeg hij opgelaten toen de moeder-overste de deur achter hen sloot.

'Boete,' antwoordde de non.

Hij keek geschrokken. 'Boete? Boete waarvoor?'

'Geen idee,' antwoordde moeder Marie-Pierre. 'Dat is tussen haar, haar biechtvader en God.'

'En doen jullie dat allemaal?' De vragen van de majoor hadden een ander karakter aangenomen. Hij leek geïntrigeerd.

'Er houdt altijd iemand de wacht in de kapel,' legde moeder Marie-Pierre uit. 'Onze Heer is nooit alleen. De boete is niet altijd hetzelfde.' Ze glimlachte naar hem. 'U begrijpt het wel, majoor. U bent zelf katholiek.' Ze had hem een kruisje zien slaan en wist dat het zo was. Zijn handeling was automatisch geweest, van een man die het gebaar als kind al had geleerd.

De majoor antwoordde daar niet op, maar vroeg scherp: 'Waar is uw weeshuis?'

Moeder Marie-Pierre zuchtte. Ze had gehoopt te kunnen vermijden dat de majoor de kinderen zag, maar ze wist dat het zinloos was om te weigeren en dat het gevaarlijk kon zijn om onwillig over te komen. Hoe redelijk deze Duitse officier ook leek, hij bleef een Duitse officier.

'In de achterste vleugel,' zei ze, 'zodat ze de zusters niet storen bij hun gebeden.' Ze leidde hem terug door het hoofddeel van het gebouw en toen door een andere gang naar een stevige deur.

Zodra ze die opende, werden ze begroet door het gehuil van een baby. Zuster Danielle zat aan tafel en moedigde een klein meisje aan om haar middagmaal op te eten, terwijl een meisje van een jaar of achttien met een huilende baby heen en weer liep in een poging haar te sussen.

Zuster Danielle kwam meteen overeind. 'Moeder,' zei ze. Ze zette grote ogen op bij het zien van de Duitser. 'Kunnen we iets voor u doen?'

'Helemaal niet, zuster,' antwoordde de moeder-overste. 'Majoor Thielen wilde graag het werk zien dat we met de weeskinderen doen.' Ze wendde zich tot de majoor. 'We hebben momenteel nog vier andere kinderen, maar die volgen nu lessen bij zuster Marie-Joseph, in de kamer hiernaast.'

Op dat moment boerde de baby luid en ze gaf over op de schouder van het meisje dat haar droeg.

'Marthe, neem Anne mee naar de kinderkamer en verschoon haar,' droeg zuster Danielle het meisje op, 'en leg haar dan neer voor een dutje en knap jezelf op.'

Het jonge meisje maakte een lichte buiging, mompelde 'ja, zuster' en haastte zich met de baby op haar arm de kamer uit.

'Wie is dat?' vroeg de majoor toen de deur achter haar dichtging.

'Dat meisje?' Moeder Marie-Pierre glimlachte. 'Dat is Marthe. Ze komt hier elke dag naartoe vanuit het dorp. We proberen haar op te leiden tot kinderverzorgster.'

'Ik wil de andere kinderen ook graag zien,' verklaarde de majoor plotseling. 'Laat ze hierheen brengen.'

'Ze zijn aan het werk met zuster Marie-Joseph...' begon moeder Marie-Pierre, maar hij kapte haar af.

'Ik wil ze nu zien.' Hij gebaarde naar Catherine, die met grote ogen naar hem keek van de tafel waar zuster Danielle nog steeds probeerde haar een bordje stoofpot te laten leegeten. 'Het zal wel tijd zijn voor hun middageten. Ze zullen blij zijn als de les wat eerder afgelopen is.'

Zuster Danielle stond al half op, maar de moeder-overste wuifde haar terug. 'Zorg jij maar dat Catherine haar bord leegeet, zuster,' zei ze. 'Ik ga de anderen wel halen.' Ze opende de deur aan de andere kant van de kamer en bleef even weg.

Niet lang daarna kwam moeder Marie-Pierre terug met de vier andere kinderen. Paulette liep voorop, hand in hand met David, gevolgd door Jean-Pierre en Monique.

'Kinderen,' zei moeder Marie-Pierre zachtjes, 'dit is majoor Thielen. Zeg maar bonjour.'

In het korte moment in de kamer ernaast had de moeder-overste de kinderen gewaarschuwd dat er een Duitse soldaat was die hen wilde ontmoeten. 'Zeg gewoon bonjour tegen hem en antwoord beleefd als hij je iets vraagt.' Eén blik op David had haar verteld dat hij doodsbang was, want alle kleur was uit gezicht verdwenen en zijn mond hing open in een stille schreeuw.

'Paulette, pak Davids hand,' had de moeder-overste gezegd. 'Wees een brave jongen, David, en hou Paulettes hand vast.' Ze durfde David niet in de andere kamer achter te laten. De majoor wist al dat er nog vier kinderen waren, en ze wilde niet dat hij zich afvroeg waarom hij er maar drie te zien kreeg.

Er klonk een gemompeld refrein van 'bonjour, monsieur' van de drie andere kinderen, maar David zei niets en keek met overduidelijke angst naar de Duitse soldaat. Ineens rukte hij met een jammerkreet zijn hand los uit Paulettes greep en rende gillend de kamer uit. De drie oudere kinderen staarden hem na en Catherine begon te huilen. Zuster Marie-Joseph, die was binnengekomen toen David zich langs haar heen naar buiten perste, draaide zich meteen om en ging achter hem aan.

Moeder Marie-Pierre stapte naar voren en sloot de deur ferm achter hen. Toen draaide ze zich om en zei tegen de geschrokken majoor: 'Het spijt me, majoor, maar hij heeft net zijn vader verloren in de oorlog en is bang.' Ze keek naar de drie kinderen, die als aan de grond genageld waren blijven staan. 'Ga jullie handen wassen voor het middageten,' droeg ze hun op. 'Paulette, jij mag straks na haar dutje even met Catherine buiten gaan spelen.'

Zuster Danielle vatte het op als teken om te vertrekken. Ze tilde de nog steeds huilende Catherine op en dirigeerde de oudere kinderen voor zich uit.

De moeder-overste opende de deur naar het hoofdgedeelte van het klooster en stapte opzij voor de majoor. Hij leek niet te kunnen wachten om de schoolruimte te verlaten en beende voor haar uit. Hij zei niets over Davids uitbarsting, en moeder Marie-Pierre prevelde daar een hartgrondig dankgebedje voor. Ze wilde geen lastige vragen over David. Ze had natuurlijk een verhaal voorbereid, maar ze wist niet zeker of het overeind zou blijven als hij doorvroeg.

Maar terwijl ze de kindervleugel verlieten en teruggingen naar de hal, vroeg de Duitser: 'Waarom zitten die kinderen niet op school?'

'Het is zomervakantie,' antwoordde moeder Marie-Pierre ontspannen. 'Ze gaan in de herfst weer, maar intussen oefenen ze elke dag het lezen en rekenen met zuster Marie-Joseph. Zij was lerares voordat ze bij ons kwam en het doet haar goed om het bij te houden.' Ze keek haar onwelkome gast aan. 'Is er verder nog iets wat u wilt zien, majoor?'

'Nee, ik heb genoeg gezien. Ik moet u vertellen, moeder-overste, dat ik op zoek ben naar een geschikt onderkomen voor mezelf. De mannen zijn voorlopig allemaal ondergebracht in het dorp, en de meeste van mijn officiers zullen het landhuis betrekken, maar ik wilde iets anders.'

'Hier?' Moeder Marie-Pierre keek hem met onverhulde verbazing aan. 'In het klooster?'

'Ik overwoog het,' bekende hij, 'maar nu ik het gezien heb, denk ik niet dat het me past. Ik vorder het huis van de burgemeester als hoofdkwartier en ga daar zelf ook wonen.'

'Maar de burgemeester...' begon moeder Marie-Pierre, geschrokken van de achteloze manier waarop de man andermans huis inpikte.

'... gaat ergens anders wonen,' kapte de majoor haar af. 'Ik begrijp dat zijn zoon een boerderij in de buurt heeft. Daar kan hij heen.' Hij leek zijn besluit te hebben genomen. 'En nu, moeder-overste, heb ik al te veel van uw tijd in beslag genomen. Als u zo vriendelijk zou willen zijn om me door deze doolhof heen te helpen, terug naar de voordeur en mijn auto, zal ik u voor vandaag verlaten. Ik heb, zoals u zich kunt voorstellen, veel te doen op een plek als deze.'

'Dat geloof ik best,' mompelde moeder Marie-Pierre, en wat luider voegde ze eraan toe: 'Zeker, majoor, als u mij maar wilt volgen.'

De auto reed weg, en moeder Marie-Pierre staarde hem nog lang na nadat hij de hoek van de laan om was. Ze had het bezoek van de majoor erg verontrustend gevonden en wilde er graag met iemand over praten, maar in haar positie als moeder-overste was het bijna onmogelijk om een van de zusters in vertrouwen te nemen. Er was echter één uitzondering, en dat was zuster Sint-Bruno, haar tante Anne. De oude non was dan wel bedlegerig, maar ze was mentaal nog alert. Al maakte dat haar lichamelijke afhankelijkheid van anderen een nog zwaardere last voor haar dan het zou zijn voor iemand die minder kien was. Moeder Marie-Pierre bezocht haar tante elke dag wel even, meestal in het recreatie-uur voor het avondgebed, maar het bezoek van de Duitse majoor was te zorgwekkend om tot vanavond te wachten. Ze wilde dit nu met tante Anne bespreken.

Ze liep naar de keuken. 'Ik eet vandaag bij zuster Sint-Bruno,' liet ze zuster Elisabeth weten. 'Als jij alles op een dienblad wilt zetten, neem ik het wel mee naar boven.' Zuster Elisabeth deed wat haar gevraagd werd. Terwijl moeder Marie-Pierre met het dienblad naar de deur liep, draaide ze zich weer om. 'Vraag zuster Marie-Paul alsjeblieft of ze me vandaag wil vervangen bij de lunch.'

Zuster Sint-Bruno zat rechtop in bed, met haar bijbel geopend op haar knieën. Ze zag er oud en frêle uit met die kussens in haar rug, maar toen ze zag wie haar bezoekster was, klaarde haar gezicht op en glansden haar ogen van blijdschap. 'Moeder!' zei ze. 'Wat leuk!'

'Ik heb onze lunch meegebracht,' zei moeder Marie-Pierre, terwijl ze het dienblad op het kastje bij het bed neerzette. Ze schudde de kussens op, zodat de oude dame comfortabeler kon zitten. 'Ik dacht dat we wel even samen konden eten. Zuster Marie-Paul zal maar al te graag toezicht houden in de refter.'

Zuster Sint-Bruno glimlachte droogjes en legde de bijbel opzij om het bord aan te pakken dat haar nicht haar gaf. Terwijl ze aten, vertelde moeder Marie-Pierre over majoor Thielens bezoek.

'Hij was heel beleefd... correct, weet je wel. Maar ik had de hele tijd het gevoel dat hij inschatte wat we hier hadden en wat hij kon gebruiken. Hij keek beslist heel goed naar wat we in de groentetuin kweken,' ging ze weemoedig door. 'Er groeit niet veel om de kinderen en de patiënten te voeden, maar ik heb zo'n idee dat zijn mannen binnenkort zullen komen om het in te pikken.'

'Dat is het privilege van een bezettingsmacht, Sarah,' antwoordde zuster Sint-Bruno met een zucht. Zoals gewoonlijk wanneer ze alleen waren, waren ze tijdelijk niet de moeder-overste en de oude zuster Sint-Bruno, maar werden ze gewoon weer tante Anne en Sarah. Sarah was degene die op die ontspannen relatie had gestaan. Ze hield van haar moeders zus en liet zich door haar alleen als moeder-overste behandelen in het openbare leven van de gemeenschap. Moeder Marie-Pierre voelde zich niet schuldig over hun dubbele relatie. Geen van de nonnen was geheel afgesneden van haar familie, want het was geen gesloten orde. Zuster Sint-Bruno en moeder Marie-Pierre waren voor elkaar de enige familie die ze hadden, en ze genoten allebei van de ontspannenheid tussen hen.

'Het punt is, ik heb je advies nodig, tante Anne. Ik maak me zorgen om de kinderen.'

'Wat is daar dan mee?' vroeg haar tante toen Sarah niet doorging. 'Ze zijn toch veilig?'

Sarah vertelde haar over het bezoek van de majoor aan de schoolruimte. 'Zodra David hem zag, begon hij te krijsen. Hij rende de kamer uit en ik moest zuster Marie-Joseph achter hem aan laten gaan, terwijl ik me bezighield met de andere kinderen... en met de majoor natuurlijk. Ik heb snel uitgelegd dat Davids vader was gesneuveld en dat die jongen bang was.'

'En accepteerde de Duitser dat?'

Sarah haalde haar schouders op. 'Het leek er wel op. Ik heb de andere kinderen weggestuurd om te gaan lunchen en we verlieten de kindervleugel weer.'

'En hij vroeg verder niet naar David?'

'Nee, godzijdank,' zei Sarah vurig.

'Dan zouden de kinderen toch wel veilig moeten zijn?'

'Ik weet het niet.' Sarah klonk ongerust. 'Ik maak me niet zo druk om Paulette, Monique en Jean-Pierre, maar David en zijn zusjes zouden risico kunnen lopen omdat ze Joden zijn. Er is geen reden waarom de Duitsers dat zouden weten, natuurlijk, alleen zijn er wel andere mensen die het weten. Dat soort geheimen blijven nooit lang geheim.'

'Nee, dat ben ik met je eens,' zei haar tante. 'Maar wat heeft hij aan kinderen, Joods of anderszins? Ze zijn niet oud genoeg om naar die werkkampen te sturen, toch? En ze kunnen ook niet in Duitse fabrieken werken, want ze zijn veel te jong.'

'Nee, natuurlijk niet.' Sarah keek wat vrolijker. 'Maar toch ben ik van plan ze zo veel mogelijk uit het zicht te houden, totdat iedereen is vergeten waar ze vandaan komen. We zien hier misschien weinig van de Duitsers, maar we weten niet hoe deze bezetting zal verlopen, hè? Ik bedoel, hoeveel eisen de Duitsers gaan stellen.' Ze vertelde haar tante over het besluit van de majoor om de burgemeester zijn huis uit te zetten zodat hij het zelf kon gebruiken. 'Hij heeft zijn mannen in het dorp ondergebracht, maar hij zal ze op de een of andere manier moeten onderhouden.'

'En zelf overwoog hij om het klooster te betrekken?' vroeg haar tante.

'Dat zei hij, maar gelukkig besefte hij hoe onmogelijk dat zou zijn. Ik denk dat als we ons gedeisd houden, hij zich waarschijnlijk niet al te veel met ons zal bemoeien... Behalve dat hij zijn mannen onze moestuin zal laten plunderen.' Ze glimlachte weemoedig. 'Ik wilde het alleen maar even met jou bespreken, kijken wat jij ervan vond.'

'Ik denk dat we in handen zijn van de Heer, zoals altijd,' antwoordde haar tante met een serene glimlach. 'Het enige wat je kunt doen, Sarah, is vertrouwen houden. Je legt Hem je problemen voor in een gebed, en Hij zal je helpen de juiste beslissingen te nemen als en wanneer het zover is.' Ze pakte Sarahs hand vast. 'Kom op, Sarah. Momenteel zijn de kinderen veilig, allemaal. Ik denk dat je gelijk hebt, dat ons werk in het dorp misschien een beetje verandert door de komst van de Duitse soldaten, maar ik verwacht niet dat ze ons in het klooster veel zullen lastigvallen.' Ze keek haar nicht aan met een twinkeling in haar vale ogen. 'Maar het is misschien beter als ze niet ontdekken dat jij en ik Engels zijn, hè?'

Sarah staarde haar verbaasd aan. 'Je zult me wel niet geloven,' zei ze langzaam, 'maar die gedachte was nog niet eens bij me opgekomen! Ik neem aan dat we vijandige vreemdelingen zijn of zo.' Ze schudde ongelovig haar hoofd. 'Ik woon hier al zo lang dat ik er nooit meer aan denk dat ik Engels ben.'

'Ik ook niet, maar er zijn een paar mensen die zich daar maar al te zeer van bewust zijn, en niet alleen de zusters.'

'Nou, over hen hoeven we ons geen zorgen te maken,' zei Sarah lachend. 'Niet de zusters. Maar ik neem aan dat sommige mensen in het dorp weten dat ik Engels ben. Ik betwijfel of er nog veel zijn die zich herinneren dat jij dat ook bent. Jij woont hier al meer dan veertig jaar!'

'Misschien,' beaamde de oude dame rustig, 'maar we moeten het feit onder ogen zien dat er mensen zijn die zich bij de winnende kant zullen willen scharen. Kleine flardjes informatie zouden hun weg kunnen vinden naar de Duitse inlichtingendienst. Dus hou je hoofd erbij.'

# 8

De bezetting duurde nu al meer dan een jaar, maar het klooster werd grotendeels genegeerd door de Duitsers. Af en toe kwamen er soldaten die zich een paar zakken aardappelen of strengen uien toe-eigenden, maar majoor Thielen leek te begrijpen dat de nonnen hun groenten nodig hadden om de patiënten in het ziekenhuis te voeden en ze vorderden aanvankelijk niet overdreven veel. De zusters hielden vast aan hun dagelijkse routine van gebed en werk binnen de muren, en in het ziekenhuis was het nog net zo druk als altijd. De nonnen die de oude bewoners van Sainte-Croix en het omliggende gebied verzorgden, konden ongehinderd reizen. De kinderen werden verzorgd in het weeshuis en gingen naar de plaatselijke school. Niemand leek belangstelling voor hen te tonen, en moeder Marie-Pierre ontspande een beetje.

'Niet te geloven hoe weinig ons leven onder de bezetting is veranderd,' zei ze tegen zuster Sint-Bruno toen ze haar voor het avondgebed bezocht. 'Op de tekorten na, natuurlijk, maar daar heeft iedereen last van. De rantsoenen zijn alweer verkleind. Die arme zuster Danielle heeft vandaag vijf uur in de rij moeten staan op het voedselkantoortje in Albert om de rantsoenkaarten van de kinderen gestempeld te krijgen, en volgende week zal er weer iemand heen moeten om al onze kaarten te laten goedkeuren.'

'Ik denk dat het eerst nog wel erger wordt voordat het beter zal worden,' zei haar tante. 'Weet je nog hoe schaars alles was aan het eind van de vorige oorlog?'

Moeder Marie-Pierre herinnerde zich dat inderdaad, en ze zuchtte. 'Je zult wel gelijk hebben, maar deze keer ziet het er niet naar uit dat we gaan winnen.'

'Kom op, Sarah!' Haar tante sprak bemoedigend. 'Natuurlijk gaan we winnen! Waar is je vertrouwen?'

Sainte-Croix raakte geleidelijk gewend aan de mannen in Duitse uniformen die zich daar hadden gevestigd. Als grootste dorp in de omgeving was het een centraal punt van waaruit de spaken van de plaatselijke bezetting uitstaken. Vanuit het dorpshuis, nu het Duitse hoofdkwartier, patrouilleerden soldaten in het omliggende gebied. Er werden lijsten aangelegd van de plaatselijke bewoners en hun families. Franse soldaten, die verslagen en gedemoraliseerd terugkeerden om het land te bewerken of de bedrijven weer over te nemen die hun echtgenotes in hun afwezigheid draaiende hadden gehouden, werden geregistreerd. Als het werk waarvoor ze waren thuisgekomen niet belangrijk genoeg werd geacht, liepen gezonde mannen de kans om als dwangarbeider naar de fabrieken in Duitsland gestuurd te worden. Naarmate dit vaker gebeurde, begonnen zulke mannen weer te verdwijnen; zonen van plaatselijke families glipten weg voordat de efficiënte machinerie van de Duitse bezetting hen kon opslokken.

De Duitse soldaten die steekproefsgewijs papieren controleerden, in de treinen reisden en huizen en schuren doorzochten naar neergehaalde piloten, wapenvoorraden en ander werk van een stilletjes groeiende verzetsbeweging, werden nog steeds begroet door sombere gezichten. Maar de kille walging werd voorbehouden aan Fransen die collaboreerden met de Duitsers; opportunisten die hun diensten aanboden, die informatie doorspeelden aan de bezettingsmacht. Vastbesloten om aan de winnende kant te staan als deze oorlog eindelijk voorbij was, verstrekten die lieden blijmoedig informatie over plaatselijke families, meldden ze alles wat ze verdacht vonden en verraadden ze zonder scrupules hun eigen landgenoten.

Alain Fernand was er zo een. Hij woonde langs de laan achter het dorpshuis, in het huis van de oude vrijster mademoiselle Martine Reynaud. Ze had een kostganger moeten nemen om de eindjes aan elkaar te kunnen knopen, en zodra Fernand bij haar in huis zat, kreeg ze hem niet meer weg. Hij maakte haar doodsbang met het dreigement dat hij de Duitsers zou vertellen dat haar grootmoeder Joods was geweest.

'Maar dat was ze helemaal niet!' protesteerde die arme mademoiselle Reynaud.

'O nee?' vroeg Fernand onschuldig. 'Nou, dat weten de Duitsers niet, hè?' Hij grijnsde wolfachtig. 'Als ze jou meenamen, zou ik het hele huis voor mezelf hebben. Dus je kunt me maar beter niet kwaad maken, hè?'

En dus was hij gebleven. Hij verwees mademoiselle Reynaud naar de kamer die hij oorspronkelijk had gehuurd en nam zelf de rest van het huis in. Hij eiste warme maaltijden, ze moest zijn was doen, zijn kleding herstellen en zijn laarzen poetsen.

Hij was loodgieter van beroep, wat betekende dat hij niet zou worden opgeroepen voor de Service du Travail Obligatoire. Als vakman was zijn werk te belangrijk, dus zou hij niet naar Duitsland gestuurd worden, en terwijl hij in de omgeving werkte verzamelde hij informatie over zijn klanten, die hij in zijn eigen voordeel gebruikte.

Fernand had al een jonge knul aangegeven die hij ondergedoken in een boerenschuur in het buitengebied had gevonden. De jongen was eindelijk teruggekeerd van de oorlog, alleen om te horen dat hij naar Duitsland zou worden gestuurd om daar in een fabriek te werken. Fernands tip over de verblijfplaats van de jongen had hem een contante beloning opgeleverd, en sindsdien stond hij bij de Duitsers op de loonlijst.

'Hou je ogen en oren open,' had majoor Thielen hem verteld. 'We zijn altijd bereid om te betalen voor goede informatie.'

En dus was Fernand terwijl hij zijn beroep uitoefende informatie gaan verzamelen over zijn klanten: wie niet-aangegeven voedsel hamsterde in de schuur, wie groenten verkocht op de zwarte markt, welke winkels goederen achterhielden voor trouwe klanten, de namen van de kinderen die koeienmest naar majoor Thielens auto hadden gegooid. Het was allemaal vrij onbeduidend, maar hij verdiende er wat extra geld mee en bleef vriendjes met de Duitsers. En dat was wat Fernand het liefst wilde. Het zou niet lang meer duren, schatte hij, voordat de oorlog voorbij was, en dan zouden degenen die de overwinnaars hadden geholpen er het best uit komen.

Hij hield er ook een chantagepraktijkje op na. Als Fernand zinspeelde op zijn ontdekkingen over hen, waren plaatselijke bewoners vaak bereid hem te betalen om die informatie voor zich te houden. Hij nam een paar maanden geld van hen aan en verlinkte hen dan alsnog. Hij wist dat hij gehaat werd in het dorp, maar daar zat hij niet mee. Hij was zijn hele leven afgewezen. Onpopulair op school, gepest omdat hij geen vader had, omdat hij te klein was om iets terug te doen, geslagen door de vele minnaars van zijn moeder. En dus werd Fernand een overlever. Hij leerde al vroeg om voor zichzelf te zorgen, want als hij het niet deed, deed niemand het.

De haat jegens zulke *collabo's* smeulde onder het oppervlak van de hele gemeenschap en kon zonder waarschuwing uitbarsten als een sluimerende vulkaan. Zulke uitbarstingen haalden weinig uit, want de Duitsers konden snel en wreed straffen, maar de herinnering zou standhouden en wraak werd beloofd als de tijd daar was.

Er werd accommodatie gevorderd voor de Duitse soldaten. Madame Berniers, een dame van negentig, werd verbannen naar de bediendevertrekken van haar eigen landhuis. Haar bediende Ninette, bijna even oud als haar bazin, moest voor haar zorgen terwijl zeven Duitse officiers het huis overnamen en zichzelf aan de wijn hielpen die madames echtgenoot zo'n veertig jaar lang in de kelder had verzameld. Majoor Thielen installeerde zich tevreden in het huis van de burgemeester, en de andere soldaten werden comfortabel ondergebracht in de schuren van twee boerderijen aan weerskanten van het dorp.

Het bleef niet beperkt tot accommodatie; ook auto's en paarden werden achteloos gevorderd door de Duitse autoriteiten, en de troepen vulden hun rantsoenen aan door te gaan 'winkelen' bij plaatselijke boerderijen, soms met en soms zonder officiële toestemming.

Zuster Marie-Marcs geliefde kippen bleven ongemoeid, totdat ze werden opgemerkt door sergeant Franz Schultz, die met zakken aardappelen liep te zeulen die hij en zijn maten van de kwartiermeester hadden moeten ophalen uit de kloostertuin. Die avond, toen het donker werd en de nonnen volgens hun eigenaardige dagindeling naar bed waren gegaan, keerde sergeant Schultz terug over het pad vanuit het dorp en liet zich door zijn vrienden over de achterste kloostermuur helpen. Hij opende de poort om zijn trawanten binnen te laten en samen slopen ze naar het kippenhok. Hij pakte de houten grendel waarmee het deurtje dichtzat, knielde neer en tuurde naar binnen. De vogels zaten rustig op hun roest, maar zodra hij een graai naar binnen deed, de eerste nietsvermoedende kip bij de nek greep en haar snel achterwaarts doorgaf aan een van zijn vrienden om in de meegebrachte zak te stoppen, begon het gekakel. Hij rukte zo snel mogelijk vogels uit de veiligheid van hun hok en gaf ze door aan zijn maten.

Het gekakel en gekrijs werd steeds luider. De soldaat die op de uitkijk stond, hoorde dat de achterdeur van het klooster openging en er iemand naar buiten kwam met een lantaarn. 'Zo is het genoeg,' siste hij toen het licht schommelend naar hen toe kwam over het pleintje. 'Kom op, we gaan!'

Met een mengeling van gedempt gelach en gevloek renden de kippendieven het poortje uit en verdwenen in de nacht. Die arme zuster Marie-Marc bleef op het donkere pleintje achter, zoekend naar haar geliefde kippen. Ze trof er slechts vijf in het kippenhok en eentje, die moest zijn gevallen terwijl de dieven wegvluchtten, rustig scharrelend tussen het onkruid vlak buiten de kloosterpoort.

Het gejammer van zuster Marie-Marc was nog luider dan het gekakel van de kippen, en toen moeder Marie-Pierre naar buiten kwam in een ochtendjas en met een sjaal over haar hoofd, kostte het wat tijd om de ziedende non te kalmeren.

'Maak je geen zorgen, zuster,' zei ze sussend, terwijl ze haar mee naar binnen troonde via de keukendeur, 'ik ga morgenochtend bij majoor Thielen langs.'

'Dan is het te laat, moeder,' kermde zuster Marie-Marc. 'Dan hebben *les sales Boches* ze de nek al omgedraaid!'

'Zuster!' riep haar superieur vermanend, op hetzelfde moment dat de kleine non een hand voor haar mond sloeg van schrik om haar eigen woorden.

'O, moeder!' riep ze wanhopig. 'Moge God me vergeven voor zulke taal. Het spijt me, het spijt me zo.'

'Dat lijkt me ook, zuster,' berispte de moeder haar, maar ze had moeite om haar gezicht in de plooi te houden. 'En nu terug naar bed. Vanavond kunnen we niets meer doen.'

De volgende morgen ging moeder Marie-Pierre naar het dorpshuis, waar majoor Thielen zijn kantoor had.

Ze moest bijna een halfuur wachten voor ze eindelijk naar de majoor werd gebracht. Hij stond op toen ze binnenkwam en stak zijn hand uit. 'Moeder-overste, wat een onverwacht genoegen. Wat kan ik voor u doen? Ik hoop dat u niet te lang hebt gewacht.'

'Maar een halfuur,' zei moeder Marie-Pierre droogjes, terwijl ze plaatsnam op de stoel die hij aanwees. 'U hebt het vast druk, dus ik zal niet veel van uw tijd in beslag nemen.'

'Dat klopt,' beaamde hij. 'Maar goed, hoe kan ik u helpen?'

'Gisteravond zijn op zes na al onze kippen gestolen uit het kippenhok,' vertelde moeder Marie-Pierre zonder er doekjes om te winden. 'Ik denk dat het uw mannen waren. Ze klommen over de muur en ontsnapten via de achterste poort.'

De verwelkomende glimlach van de majoor vervaagde terwijl ze vertelde, en de harde blik die ze al eerder had gezien verscheen weer in zijn ogen. 'Waarom denkt u dat het mijn mannen waren, moeder-overste?' vroeg hij koel. 'De kans is veel groter dat het uw eigen landgenoten waren. Er zijn er al een paar betrapt door mijn mannen, stelend van het Duitse leger.'

Moeder Marie-Pierre hield zijn blik vast toen ze antwoordde. 'De zuster die gewekt werd door het lawaai van de kippen, ging naar de tuin en hoorde hen Duits spreken. Majoor,' ging ze door, 'we hebben die kippen nodig voor extra voedsel voor onze patiënten in het ziekenhuis. Er liggen daar momenteel ook drie van uw mannen, zoals u weet, en allemaal hebben ze goed voedsel nodig om snel te herstellen. U hebt al veel van onze aardappeloogst gevorderd, wat er over was van onze wortels, en de laatste uien die we van vorig jaar hadden.'

'Daarvoor zult u worden betaald,' kapte de majoor haar scherp af.

'Dat kan wel zijn,' ging moeder Marie-Pierre op ferme toon door, er vrij zeker van dat ze er nooit een cent voor zouden zien, 'maar we hebben de eieren van onze kippen nodig voor het ziekenhuis, en die had u niet gevorderd. Kunt u op de een of andere manier uitzoeken wie de dieven zijn en misschien onze kippen terughalen?'

De majoor blafte een lach. 'Dat betwijfel ik zeer, moeder-overste. Ik vermoed dat de kippendief er al korte metten mee heeft gemaakt.'

'En u kunt er niets aan doen,' zei moeder Marie-Pierre vlak.

'Nee.' De majoor stond op om aan te geven dat het gesprek afgelopen was. 'Ik heb heel veel belangrijke dingen te regelen, en uw kippen horen daar niet bij.'

Moeder Marie-Pierre stond ook op en zei zachtjes: 'Het spijt me dat uw soldaten in het ziekenhuis niet de voedzame kost zullen krijgen die ze nodig hebben, majoor.'

'Waagt u het me te bedreigen, moeder-overste?' vroeg majoor Thielen. Als hij voorheen al koel was geweest, klonk hij nu ijzig.

'Nee, majoor,' antwoordde moeder Marie-Pierre kalm, 'het is alleen maar een feit. De rantsoenen die we voor onze patiënten krijgen zijn onvoldoende. Zonder kippen en met maar een klein deel van onze groenteoogst kunnen we die niet langer adequaat aanvullen.'

Net toen ze zich omdraaide om te vertrekken, zwaaide de deur wijd open en beende er een andere officier de kamer in. Tot haar verbazing sprong majoor Thielen in de houding en salueerde hij. 'Heil Hitler!'

De nieuwkomer salueerde terug, keek naar moeder Marie-Pierre en vroeg in het Duits: 'En wie is dit?'

Verkild besefte moeder Marie-Pierre dat het uniform van deze man anders was dan dat van de majoor: ze zag het inmiddels beruchte doodskopinsigne op zijn kraag. Zelfs in het klooster was er gefluisterd over Himmlers Waffen SS en wat die deed; geruchten die almaar angstaanjagender werden. Tot nu toe had de moeder-overste de meeste roddels van de hand gewezen, maar nu, terwijl die man haar bekeek alsof hij overpeinsde wat ze op de markt zou kunnen opleveren, voelde ze een uitwaseming van kwaadaardigheid.

Onwillekeurig strekte ze zich tot haar volle lengte uit en keek rustig terug. De man was lang, en zijn kortgeknipte haar onthulde de langgerektheid van zijn hoofd. Zijn ogen, grijs en koud, keken hooghartig en arrogant de wereld in van onder zijn lichte wenkbrauwen.

En ik vond al dat majoor Thielen er wreed uitzag! dacht moeder Marie-Pierre.

'Dit is de moeder-overste van het klooster boven het dorp, kolonel,' antwoordde de majoor, en toen wendde hij zich tot moeder Marie-Pierre en stelde haar in het Frans aan de nieuwkomer voor. 'Moeder Marie-Pierre, dit is kolonel Hoch van de SS.'

Hoch keek naar de non die zo fier rechtop voor hem stond, knikte kort en zei in het Frans met een vet accent: 'Goedemorgen. Ik vrees dat ik u moet vragen te vertrekken. Ik heb dingen te bespreken met majoor Thielen.'

'Wij waren al klaar,' zei moeder Marie-Pierre. 'Goedendag, heren.'

Ze verliet snel het gebouw. Als maar de helft van wat ze over de SS en de Gestapo had gehoord waar was, dan was kolonel Hoch een man die ze moesten vrezen. Ze hoopte dat hij niet lang in Sainte-Croix zou blijven.

Daarin werd ze teleurgesteld. Nog maar een paar dagen later keerde zuster Henriette terug van een bezoekje aan een oude, bedlegerige vrouw in het dorp met het nieuws dat majoor Thielen naar het landhuis was verhuisd waar zijn officiers al waren ondergebracht. Kolonel Hoch had het huis van de burgemeester betrokken.

Moeder Marie-Pierre glimlachte bitter toen ze dat nieuws hoorde. Een koekje van eigen deeg, dacht ze onbarmhartig, en ze dacht terug aan hoe Thielen monsieur Dubois zijn huis uit had gezet. Ze zei dat ook tegen zuster Sint-Bruno toen ze haar die avond bezocht.

'Hij had er geen moeite mee om monsieur Dubois weg te sturen,' zei ze, 'en nu is hem hetzelfde overkomen.'

'Dat toont aan hoe belangrijk die kolonel Hoch is, Sarah,' merkte haar tante op.

'Er is een verschil in rang,' beaamde Sarah. 'Hoch is een hogere officier.'

'Meer nog, denk ik. Je majoor is een eenvoudige soldaat. Een SS-officier, of Gestapo of wat hij dan ook is, is veel belangrijker.'

'Wat heb jij over ze gehoord?' vroeg Sarah. Ze stond er altijd weer versteld van hoe goed haar tante op de hoogte was, ook al had ze al meer dan een jaar amper haar kamer verlaten.

'O, alleen maar wat flarden, hoor.' Ze glimlachte. 'De jonge Marthe is behoorlijk spraakzaam als ze hier 's morgens komt. Ze vertelt me wat er gebeurt in het dorp, wie wat zegt, wie wat doet. Ze is een echte roddeltante en ik zou haar eigenlijk moeten ontmoedigen, maar als je altijd maar binnen zit, nou ja, dan is ze eigenlijk een frisse wind.'

Sarah glimlachte ook. Marthe was een zonnig meisje, en ze was goed met de kinderen en met de patiënten in het ziekenhuis. 'Ik ben blij dat ze je opvrolijkt,' zei ze, 'en jij kunt mij weer op de hoogte houden van dingen waar ik anders nooit iets over zou horen!'

Het was echter niet zuster Sint-Bruno die moeder Marie-Pierre een paar weken later vertelde wat er was gebeurd, maar Marthe zelf. Zuster Danielle bracht haar naar het kantoortje.

'Sorry dat ik stoor, moeder,' zei zuster Danielle, 'maar Marthe is in alle staten. Ik denk dat u ook moet horen wat ze mij heeft verteld.'

'Kom binnen, Marthe,' zei moeder Marie-Pierre. 'Ga even zitten. Blijf alsjeblieft ook, zuster Danielle, voor het geval ik je nodig heb.'

Ze zetten Marthe op een van de stoelen, maar het meisje kon niet blijven zitten. Bijna meteen stond ze met een wit gezicht van angst en bijna niet in staat te praten weer op om door het kamertje te ijsberen.

'Marthe, probeer eens even rustig te worden,' zei zuster Danielle, 'en vertel moeder wat je mij hebt verteld.'

'Ze nemen ze mee!' riep Marthe. 'Mijn familie. Ze halen ze hier weg. *Maman*, papa, François, Étienne, Jeanne, en zelfs de kleine Margot. Ze stoppen ze in vrachtwagens!'

'Wie?' vroeg moeder Marie-Pierre. 'Wie neemt ze mee?'

'De Duitsers,' jammerde Marthe. 'Ze kwamen vanochtend naar ons huis en haalden iedereen uit bed. Duwden ze naar buiten. Ze staan op het plein, moeder, een hele grote groep, en er komen vrachtwagens om ze mee te nemen.' De stem van het meisje werd paniekerig. 'Ik moet naar ze toe, moeder, ik moet, maar zuster Danielle zegt dat dat niet kan.' Ze draaide zich om naar de deur, waar zuster Danielle voor stond alsof ze bereid was haar fysiek tegen te houden.

'Rustig nu maar, Marthe,' zei moeder Marie-Pierre zachtjes. 'We bedenken wel iets. Vertel eerst eens hoe je dit allemaal weet.'

'Van Francine, ons buurmeisje. *Maman* had haar toegefluisterd dat ze tegen mij moest zeggen dat ik weg moet blijven. Ik was hier vannacht gebleven omdat zuster Eloise had gevraagd of ik kon helpen bij de nachtdienst. Ik wilde net met de kinderen gaan ontbijten toen Francine me dit kwam vertellen, maar zuster Danielle wilde me niet laten gaan!'

'En daar had ze gelijk in,' zei moeder Marie-Pierre ferm. 'Je moeder heeft niet gezegd dat jij ook naar het plein moest komen, toch? Nee, ze wilde juist dat je hier bleef, waar je veilig zou zijn.'

'Maar ik wil niet veilig zijn,' jammerde Marthe. 'Ik wil naar mijn familie toe. Waar brengen ze ze naartoe? Francine zegt dat zij niet de enigen zijn, dat er een hele menigte op het plein staat.'

'Marthe, luister.' Moeder Marie-Pierre pakte het hysterische meisje bij de schouders en schudde haar even door elkaar. 'Je moet niet naar het plein gaan. Niemand heeft er iets aan als jij ook wordt opgepakt.

Je moeder weet dat, daarom stuurde ze je die boodschap. Ze wil dat je veilig hier blijft.' Ze wendde zich tot zuster Danielle. 'Ik laat Marthe bij jou, zuster. Neem haar mee naar de kindervleugel. Ik ga nu meteen naar het dorp om uit te zoeken wat er aan de hand is. Ik heb majoor Thielen een paar keer ontmoet, dus ik zal proberen met hem te praten. Er is vast een vergissing in het spel.'

Ze glimlachte naar Marthe om haar gerust te stellen. 'Ik weet dat ze gezonde mannen hebben afgevoerd om in de fabrieken in Duitsland te werken, maar er kan geen reden zijn om je moeder of de jongere kinderen mee te nemen. Je vader en François misschien, maar niet de rest. Jij blijft hier bij zuster Danielle tot ik terug ben, begrepen? Straks weten we meer.'

Zuster Danielle nam de huilende Marthe onder haar hoede en leidde haar naar de kindervleugel. Moeder Marie-Pierre pakte haar mantel en vroeg zuster Celestine om zuster Marie-Paul te vertellen dat ze even weg moest vanwege een extreem dringende zaak, en toen haastte ze zich via het bospad naar het dorp.

Toen ze het dorpsplein bereikte, bonsde haar hart van inspanning en van angst voor wat ze zou aantreffen. Midden op het plein stonden ongeveer vijfentwintig mensen, bleek en bang onder de waakzame ogen van drie gewapende soldaten. De meesten waren volwassenen met getergde gezichten, maar er waren ook kinderen bij. Moeder Marie-Pierre zag Marthes familie opeengepakt staan, een groepje binnen een groep. Ze hadden één koffer bij zich, die aan Claude Lenoirs voeten stond.

Marthes moeder Rochelle hield een zak vast, misschien met eten, en de jongere kinderen verdrongen zich om haar heen als kuikens om een kloek. François, de oudste zoon, stond bij zijn vader, met een bleek gezicht starend naar de soldaten met hun geweren.

Behalve dat troosteloze groepje was er niemand te zien. De ramen rondom het plein waren afgesloten met luiken, de stoepen verlaten, de deuren gesloten en waarschijnlijk vergrendeld. De tafeltjes voor Le Chat Noir stonden er nog, maar er waren geen klanten en het zonnescherm voor het raam was omlaaggetrokken. De mensen van Sainte-Croix hadden gezien wat er gebeurde en bleven uit de buurt. Je wist nooit wie de volgende zou zijn, dus je kon je maar beter niet laten zien. Je kon je beter verstoppen achter luiken en zonneschermen tot het gevaar was geweken.

Moeder Marie-Pierre liep naar een van de bewakers toe. 'Kunt u me alstublieft vertellen wat hier gebeurt? Wat hebben die mensen gedaan?'

De man haalde zijn schouders op. '*Parle pas Français.*' Maar toen ze met Marthes familie wilde gaan praten, versperde hij haar met een uitgestoken geweer de weg. '*Verboten!*' grauwde hij, en moeder Marie-Pierre had geen vertaling nodig en ging achteruit. Toen ze weer naar Marthes familie keek, zag ze het bijna onzichtbare schudden van Rochelle Lenoirs hoofd. *Praat niet met ons*, waarschuwden haar ogen, *richt de aandacht niet op ons of op het feit dat Marthe ontbreekt.*

Moeder Marie-Pierre knikte kort, zogenaamd naar de soldaat, maar eigenlijk naar de Lenoirs. 'Waar is majoor Thielen?' vroeg ze aan de bewaker.

De man gebaarde bruusk met zijn hoofd naar het dorpshuis.

Moeder Marie-Pierre stak het plein over naar het Duitse hoofdkwartier. Weer werd ze tegengehouden door een wachter, maar toen ze naar majoor Thielen vroeg, antwoordde hij in gebroken Frans dat de majoor binnen was en het te druk had om bezoek te ontvangen; hij bleef de deur versperren.

Moeder Marie-Pierre liet zich niet afschrikken, maar schonk hem een glimlach en zei heel rustig en nuchter dat de majoor de moeder-overste van het klooster vast wel zou willen ontvangen. De man leek onzeker, maar toen zei hij: 'Wacht hier,' en hij verdween naar binnen. Hij keerde bijna meteen terug. 'U kunt binnen wachten.'

En wachten deed ze, meer dan een uur in een zijkamertje langs de gang. Door de ramen zag ze het troosteloze groepje mensen nog altijd onder bewaking midden op het plein staan. Het plein zelf bleef verder verlaten. Niemand anders kwam in de buurt, alsof zij een groep lepralijders waren, en alle anderen – bang voor besmetting – snel waren terug gescharreld naar de veiligheid van hun eigen huis.

Moeder Marie-Pierre zag de kleine Margot Lenoir iets tegen haar moeder fluisteren. Madame Lenoir keek ongerust naar een van de bewakers, verzamelde moed en schuifelde naar hem toe. Meteen hief de man zijn geweer en richtte het dreigend op haar. Ze bleef staan, maar riep iets naar hem. De man hield zijn geweer op haar gericht en antwoordde met een hoofdschudden, en toen ze weer sprak, keerde hij haar simpelweg de rug toe.

Ze ging terug naar het kleine meisje, dat nu van de ene voet op de andere stond te springen. Moeder Marie-Pierre keek toe terwijl de familie om haar heen ging staan om haar zo goed mogelijk af te schermen van andere ogen, en binnen in dat kringetje hielp de moeder het vijfjarige kind haar jurk op te tillen en neer te hurken om te plassen. De jeugd en onschuld van het kind maakten die handeling onbelangrijk, maar toen binnen in de beschermende cirkel van de familie alle meisjes en madame Lenoir hetzelfde deden, ging moeder Marie-Pierres hart naar hen uit... Het was zoiets kleins, maar het nam al hun waardigheid weg.

Ze stond op en liep door de gang naar de gesloten kantoordeur van de majoor. Ze haalde diep adem en klopte aan. Er kwam geen reactie, en toen ze nog eens had geklopt draaide ze behoedzaam aan de klink en deed zachtjes de deur open. De kamer was zonnig, met ramen die ook uitkeken op het plein.

Majoor Thielen zat achter zijn bureau en keek boos op bij de verstoring. Toen hij zag wie er was stond hij op, nog altijd met een duister gezicht. 'Ja, moeder-overste, wat is er? Wat doet u hier?'

'Goedemorgen, majoor,' zei moeder Marie-Pierre met een kalmte die ze totaal niet voelde. 'Ik wil weten wat er op het plein gebeurt.'

De majoor keek even uit het raam en toen weer naar haar. 'Dat is onze zaak,' antwoordde hij stijfjes. 'Ik zie niet in wat u dat aangaat.'

'Ik kwam over het plein op weg naar zieken in het dorp,' zei moeder Marie-Pierre gelijkmoedig, 'en zag die mensen daar staan, omringd door soldaten met geweren. Ze zijn overduidelijk om de een of andere reden gearresteerd, en ik vroeg me af wat de aanklacht is.'

'Zoals ik al zei,' kaatste de majoor terug, 'het lijkt me niet dat u dat aangaat. Bemoei u alstublieft niet met dingen die u niet begrijpt.'

'Maar ik vraag het zodat ik het kán begrijpen,' hield de moeder-overste vol. 'Ik ken die mensen. Waarom staan ze daar urenlang met een bewapende garde?'

'Ze wachten op transport. En nu, als u het niet erg vindt...'

'Transport? Transport waarheen? Waar gaan ze naartoe, majoor?'

'Naar Duitsland,' antwoordde hij. 'Ze gaan werken in de fabrieken om te helpen bij de oorlogsinspanning. En als dat alles is, moeder-overste, wens ik u goedendag.' Hij ging abrupt zitten, pakte een stapel papieren van zijn bureau en begon te lezen.

'In de fabrieken werken?' Moeder Marie-Pierre liet zich niet zomaar wegsturen. 'Majoor Thielen, er staan kinderen van vijf jaar oud bij. Wat hebben uw fabrieken daaraan?'

'Hun ouders zullen werken ten gunste van het Vaderland,' zei een gladde stem achter haar, 'en u wilt toch geen gezinnen uit elkaar halen, moeder-overste? Natuurlijk gaan de kinderen mee.'

Moeder Marie-Pierre draaide zich om en stond oog in oog met kolonel Hoch. Hij was achter haar de kamer binnengekomen en stond vlak bij haar, en zijn hooghartig opgetrokken wenkbrauwen en gekrulde lip waren bedoeld om te laten zien hoe hij haar minachtte.

'Als u dan nu klaar bent met het verspillen van de tijd van de majoor,' ging Hoch door, 'dan hebben hij en ik wat dingen te bespreken.'

Hij ging iets achteruit, maar niet voldoende, zodat ze langs hem moest strijken om bij de deur te komen. Toen ze daar stond, draaide moeder Marie-Pierre zich weer om en vroeg met zachte stem: 'Mag ik met ze praten, met de mensen buiten?'

'Nee, dat mag u niet,' zei Hoch, en hij keerde haar de rug toe.

Trillend van angst en woede bleef moeder Marie-Pierre nog even in de gang staan voordat ze het dorpshuis verliet. Terwijl ze haar gedachten op een rijtje zette en overpeinsde wat ze eventueel kon doen, hoorde ze de kolonel weer tegen de majoor spreken, met een strenge en gezagvolle stem.

'Er is nog een ander gezin dat moet worden opgepakt. De Auclons,' zei hij. 'Maar de vrachtwagens komen binnen het uur. Als je mannen ze dan nog niet hebben gevonden, zullen ze met het volgende stel mee moeten.'

Moeder Marie-Pierre verstond niet alles wat hij zei, maar haar schoolduits was voldoende om de strekking te begrijpen en haar bloed te verkillen. De Auclons waren een ander Joods gezin dat al zo lang als ze zich kon herinneren in Sainte-Croix woonde. Joseph Auclon was kapper en zijn vrouw Janine hielp af en toe in het landhuis, waar ze voor haar huwelijk ook had gewerkt. Hun twee zoontjes, Jacques en Julien, waren een eeneiige tweeling en pas een jaar of drie oud.

Ze vroeg zich af waar de Auclons waren. Hadden ze lucht gekregen van de arrestaties en waren ze ondergedoken? Waarom waren die gezinnen uitgekozen om naar Duitsland te gaan? Was het omdat ze Joden waren? Waarschijnlijk, dacht ze. Joden zouden als eerste worden uitgekozen voor dwangarbeid. Maar hoe zat het dan met de kinderen? Waarom zouden ze naast gezonde volwassenen ook de kinderen meenemen? Wat hadden ze daaraan in een werkkamp? Wat hadden ze aan hun moeder als die voor de kinderen moest zorgen?

Moeder Marie-Pierre liep de zonneschijn weer in en keek naar de wachtende gevangenen, want dat waren ze, en probeerde te zien wie er nog meer was opgepakt. De meesten waren jonge mannen die waren teruggekeerd van de oorlog, maar er waren ook een paar oudere mannen bij, en drie vrouwen. De vrouwen stonden bij elkaar en keken met grote, angstige ogen om zich heen. Toen ze zagen dat moeder Marie-Pierre naar hen keek, rende een van de vrouwen naar haar toe, met haar armen smekend uitgestoken. Meteen vuurde de bewaker die het dichtstbij stond in de grond aan haar voeten, waarop ze gillend van angst achteruitdeinsde en snikkend in de armen van haar vriendinnen viel.

Gealarmeerd door het schot kwamen de kolonel en de majoor het dorpshuis uit rennen, en toen de kolonel zag dat moeder Marie-Pierre nog steeds buiten stond, grauwde hij: 'Als u niet ook voor het Reich wilt gaan werken, non, dan raad ik u aan terug te gaan naar uw klooster, waar u hoort.'

Beseffend dat ze hier niet meer kon doen, draaide moeder Marie-Pierre zich om en liep rustig het plein af.

Aan de laan langs de kerk stond het huis van vader Michel, de priester. De houten luiken zaten dicht, alsof het huis verlaten was. Moeder Marie-Pierre liet zich niet afschrikken, beende naar de voordeur en tilde de zware koperen klopper op, maar voor ze hem kon laten vallen, zwaaide de deur al open.

Mademoiselle Picarde, de huishoudster, was een kleine, verweerde vrouw met ogen als van een slang, hard en starend, maar nu vertoonden die ogen angst, terwijl ze ongerust over de schouder van de non keek. 'Moeder-overste,' siste ze, 'wat wilt u?'

Moeder Marie-Pierre was enigszins verbaasd om die ontvangst. 'Ik wil vader Michel graag spreken.'

Een stem in het huis riep: 'Wie is dat, Rose?'

'Kom maar gauw binnen,' zei de huishoudster, en ze stapte opzij en liet moeder Marie-Pierre het huis in.

De priester verscheen bij een deur verderop langs de gang. 'Ach, moeder-overste,' zei hij een beetje nerveus toen hij zag wie zijn bezoekster was. 'Goedemorgen.'

'Goedemorgen, vader,' antwoordde ze. 'Ik heb uw hulp nodig.'

'O ja?' De priester keek ongerust en wenkte haar. Moeder Marie-Pierre was nooit eerder bij de priester langs geweest. Zijn werkkamer, waar het donker was doordat de luiken gesloten waren, werd verlicht met kaarsen.

Moeder Marie-Pierre kwam direct ter zake. 'De Duitsers nemen een paar plaatselijke bewoners mee,' zei ze. 'Ze hebben ze op het plein verzameld en wachten alleen nog op transport.'

Vader Michel knikte. 'Dat heb ik gehoord. Rose had ze gezien toen ze vanochtend brood ging kopen. Ik neem aan dat ze alle jonge mannen zullen meenemen die ze nodig hebben,' voegde hij er gelaten aan toe.

'Maar het zijn hele gezinnen, vader,' zei moeder Marie-Pierre zachtjes, 'niet alleen gezonde volwassenen. Er zijn ook kinderen bij. De kleine Margot Lenoir is pas vijf. Waarom nemen ze haar mee? Ze hebben niets aan haar.'

De priester haalde zijn schouders op. 'Dat zou ik niet weten, moeder.'

'Het is omdat ze Joden zijn,' zei moeder Marie-Pierre vlak.

'Dat zou kunnen,' antwoordde vader Michel onbehaaglijk. 'Maar als dat zo is, dan kunnen wij daar toch niets tegen doen? Ik bedoel, als ze de Joden hebben uitgekozen om in hun fabrieken te werken, redt dat misschien een paar van onze eigen jongens. Die hoeven dan niet.'

Moeder Marie-Pierre staarde hem aan. 'Een paar van onze eigen jongens? Vader, die mensen zijn net zo Frans als u. Ze wonen al hun hele leven in dit land, in dit dorp.'

'Maar dan nog, als de Duitsers hebben besloten ze weg te halen, dan kunnen wij daar niets tegen doen,' hield de priester vol. 'En het is toch vast beter voor de familie Lenoir, en anderen zoals zij, om bij elkaar te blijven?'

'Anderen zoals zij?' De blik van de moeder-overste boorde zich in hem. 'Welke anderen?'

Hij ontweek haar blik. 'Nou, ik weet niet... Ik bedoel, er zijn toch nog anderen? De Auclons bijvoorbeeld.' Hij keek haar weer aan en voegde er sluw aan toe: 'U hebt immers toch ook Joodse kinderen in het klooster?'

De wanhoop verscheen al op moeder Marie-Pierres gezicht voordat ze het weer in de plooi kon trekken, en hij ging door: 'Ik zou geen aandacht op mezelf willen vestigen als ik Joden voor de Duitsers verborg. Het is veel beter als ze degenen meenemen die ze al hebben gevonden, en hopen dat ze die van u niet vinden.'

Moeder Marie-Pierre hield haar hoofd schuin om hem in het kaarslicht beter te kunnen zien. Ze sprak zachtjes. 'Dank u voor uw advies, vader. Ik wist wel dat u me zou kunnen helpen.'

Snel trok ze de brede deur open, die op een kiertje was blijven staan, waarop mademoiselle Picarde bijna de kamer in viel.

'Ik kwam net kijken of u of de moeder-overste iets nodig had, vader,' zei de vrouw deugdzaam, terwijl ze zichzelf ondersteunde tegen de deurpost.

Moeder Marie-Pierre antwoordde voordat de priester dat kon doen, met kille beleefdheid. 'Nee dank u, mademoiselle, ik ga alweer. Ik heb dingen te doen. Goedemorgen, beiden.'

Toen ze de voordeur opende en de frisse zomerlucht in stapte, was moeder Marie-Pierres opluchting om dat huis uit te zijn bijna lichamelijk voelbaar.

# 9

Moeder Marie-Pierre liep terug in de richting van het plein. Toen ze de laan naar het plein bereikte, hoorde ze het geronk van motoren en zag ze twee vrachtwagens tot stilstand komen voor het dorpshuis. Onwillekeurig stapte ze terug achter de dekking van de cafémuur, en gelukkig maar, want Hoch en Thielen kwamen allebei het Duitse hoofdkwartier uit. Op een bevel van de kolonel dirigeerden de bewakers de wachtende gezinnen naar de met canvas bedekte trucks. Toen de achterkleppen omlaaggingen, zag moeder Marie-Pierre dat de wagens al propvol zaten. Er leek geen plek te zijn voor nog meer mensen.

Op dat moment sprongen er vier jonge mannen en een vrouw uit een van de vrachtwagens. Ze renden weg in een poging te ontsnappen, zich ergens te verstoppen. Ze gingen elk een andere kant op, zigzaggend naar de denkbeeldige veiligheid van de stegen rondom het plein. Meteen brak er chaos uit. Zowel de soldaten op de vrachtwagens als de wachters die de mensen op het plein bewaakten, openden het vuur op de voortvluchtigen. Eén man werd ogenblikkelijk gedood door een kogel in zijn rug, en hij vloog door de lucht voordat hij als een lappenpop op de grond belandde. De mensen in de vrachtwagens begonnen te schreeuwen toen geweervuur over het plein knetterde en de soldaten lukraak in de richting schoten waarin de vluchtelingen waren gerend. De mensen die stonden te wachten om in de vrachtwagens geladen te worden, gilden het uit van angst en doken plat op de grond toen de kogels over hun hoofd vlogen.

Er klonk een brul van woede van kolonel Hoch. De officier riep allerhande bevelen – 'Achter ze aan! Schiet ze dood! Bewaak de rest!' – terwijl hij met zijn pistool in de hand in een van de stegen verdween.

Er brak verwarring uit onder de soldaten. Sommigen volgden de kolonel en renden halsoverkop het plein af met hun geweren in de aanslag, anderen richtten hun wapens op de gevangenen in de vrachtwagens om verdere ontsnappingspogingen te ontmoedigen. Majoor Thielen haastte zich het dorpshuis weer in en riep bevelen tegen iemand binnen. De groep die op het plein had staan wachten, lag nog plat op de grond terwijl een Duitse soldaat bevelen tegen hen blafte en dreigend met zijn geweer zwaaide. Ergens verderop klonk knetterend geweervuur en nog een schreeuw.

Vanaf haar plek achter de cafémuur zag moeder Marie-Pierre dat een paar mensen dekking voor de rondvliegende kogels hadden gezocht onder een van de vrachtwagens. Madame Lenoir was daar ook en schermde met haar lichaam Margot af, haar jongste kind. Even kruisten hun blikken: er lag een wanhopige smeekbede in madame Lenoirs ogen, en mededogen in die van de non. Moeder Marie-Pierre stak haar armen uit, en de vrouw onder de vrachtwagen mompelde iets tegen haar dochter en duwde haar onder de wagen vandaan. Het kind liep struikelend naar haar toe en viel in moeder Marie-Pierres armen.

De non trok het kind tegen zich aan en stapte terug in de beschutting van het laantje. Terwijl ze het kleine meisje achter de muur trok, zodat de bewakers haar niet meer konden zien, zag een soldaat de moeder onder de wagen liggen. Hij brulde een bevel tegen haar en porde haar met de loop van zijn geweer. Madame Lenoir kroop aan de andere kant onder de vrachtwagen vandaan, met haar rug naar moeder Marie-Pierre en Margot in het laantje gekeerd, en ging terug naar de rest van haar gezin. Iedereen werd naar de wachtende vrachtwagens gedirigeerd. Ze hield haar blik vastberaden afgewend van haar dochter en moeder Marie-Pierre, vechtend met alles wat ze in zich had om niet nog een laatste blik op haar kleine meisje te werpen.

De moeder-overste tilde het kind op en liep om het café heen. Ze hoorde de soldaten nog steeds tegen elkaar schreeuwen terwijl ze naar de ontsnapte gevangenen zochten. Er klonk weer een uitbarsting van geweervuur, zo dichtbij dat ze ervan schrok, en ze drukte het kind nog steviger tegen zich aan.

'Hierheen, zuster,' siste een stem, en een deur in de muur naast haar ging net ver genoeg open om haar binnen te laten. Ze perste zich erdoorheen, waarop de deur meteen weer werd gesloten en vergrendeld. Een oude vrouw pakte haar hand en trok haar door de achterdeur van het café naar binnen. 'Hier beneden!' instrueerde de vrouw, en moeder Marie-Pierre zag dat er een luik openstond in de stenen vloer van de keuken, waar een trap omlaag leidde. Margot, die tot nu toe van angst muisstil was gebleven, begon te huilen.

'Sst, *ma petite*,' suste de oude dame. 'Je bent nu veilig. Naar beneden, zuster, totdat ze weg zijn.' Ze glimlachte bemoedigend. 'Sorry, moeder. Ik had niet gezien dat u het was. Jullie kunnen beter uit het zicht blijven totdat ze zijn weggereden.'

Moeder Marie-Pierre knikte en ging met Margot nog in haar armen op de rand van het gat in de vloer zitten, tastend naar de treden met haar voeten. Het luik werd boven hen gesloten en ze zaten in een kelder waar door een smal raampje hoog in de muur alleen wat grijs licht binnenkwam.

Margot huilde nog steeds. 'Ik wil *maman*,' jammerde ze. 'Waar is *maman*?'

'Dat weet ik, *chérie*,' zei moeder Marie-Pierre sussend, en ze ging met het kind op haar knie op een kist zitten en pakte een zakdoek om haar tranen te drogen. 'Maar *maman* kan nu niet komen. Ze wil dat je een poosje bij mij blijft. Straks neem ik je mee naar Marthe. Dat wil je toch wel?' Ze bleef het kleine meisje wiegen tot ze geleidelijk kalmeerde en met haar duim in haar mond begon in te dommelen. Moeder Marie-Pierre wilde dolgraag naar het raampje lopen om te kijken of ze buiten iets kon zien, maar ze wilde het slapende kind niet storen. Ze kon beter afwachten, besloot ze, tot haar gastvrouw en redster aangaf dat het veilig was. Daarna zou ze op de een of andere manier Margot mee moeten zien te krijgen naar de betrekkelijke veiligheid van het klooster.

Het was zeker een uur later toen ze het schrapen van het luik boven zich hoorde en er licht het ondergrondse kamertje in scheen.

'U kunt nu naar boven komen, moeder,' zei de oude vrouw.

Voorzichtig tilde moeder Marie-Pierre het slapende kind in de wachtende armen boven haar en volgde haar naar de keuken. 'Madame Juliette,' zei ze zachtjes, 'dat was heel dapper van u.'

De oude vrouw tuurde naar haar en glimlachte. 'Ach, moeder, we kunnen al zo weinig doen in deze droevige tijden. Wat kan de Boche willen met kleine kinderen, *hein*?'

'Dat weet ik niet, madame.' Moeder Marie-Pierre keek naar de oude dame, een vrouw die ze al die jaren geleden had ontmoet, toen ze pas in het klooster was om gewonden te verplegen in de vorige oorlog. 'Wat is daar nu uiteindelijk gebeurd?' Ze knikte in de richting van het plein.

'De vrachtwagens zijn vertrokken,' antwoordde madame Juliette vlak. 'Ze hebben de mensen ingeladen die op het plein stonden te wachten en zijn weggereden.'

'En de mensen die wegvluchtten?'

'Een ervan hebben ze doodgeschoten, twee anderen hebben ze teruggehaald, allebei gewond en bloedend, en twee...' Ze haalde haar schouders op. 'Ik neem aan dat ze die nog steeds zoeken.'

'En de kleine?' Moeder Marie-Pierre keek naar Margot, die nu tegen madame Juliettes ampele boezem lag. 'Hadden ze in de gaten dat ze weg was?'

Madame Juliette haalde haar schouders weer op. 'Wie zal het zeggen? Waarschijnlijk niet. Het was zo'n chaos toen die mensen probeerden te ontsnappen. Ik heb boven uit het raam gekeken, en ik denk niet dat ze de gevangenen die de wagens in gingen hebben geteld. De rest is gewoon in de wagens geduwd en toen gingen de kleppen dicht. De laatste die ze vingen, was in zijn been geschoten en bloedde hevig.

Ze smeten hem gewoon boven op de anderen.' Ze zuchtte. 'Ik denk niet dat hij het overleeft.'

Moeder Marie-Pierre sloeg een kruisje. 'Moge de Heer zich over zijn ziel ontfermen.'

'Amen.' Toen vermande de oude dame zich plotseling. 'Nu moeten we besluiten wat we met u en Margot aan moeten.'

'Nou, ik kan komen en gaan in het dorp zoals ik altijd doe, dus ik loop geen gevaar,' begon moeder Marie-Pierre.

'Totdat het iemand te binnen schiet dat u Engels bent,' zei madame Juliette bot. Het was de eerste aanwijzing dat ze zich nog herinnerde dat moeder Marie-Pierre een van de Engelse meisjes was geweest die naar haar café waren gekomen om *gateaux* te eten toen ze hier in 1915 waren aangekomen. 'U moet niemand vertrouwen, moeder. Er zijn er hier te veel die hun eigen grootmoeder nog zouden verkopen als ze dachten er beter van te worden.'

'Vast niet, madame,' begon moeder Marie-Pierre.

'Geloof me, moeder. Ik weet nog waar u vandaan komt... Anderen zullen het ook nog weten. Wees heel voorzichtig.'

'Wat stelt u dan voor?' vroeg de non.

'Voorlopig zou u wel veilig moeten zijn, en die majoor is waarschijnlijk niet zo gevaarlijk. Hij is maar een soldaat.' Madame Juliette sprak achteloos. 'Nee, die kolonel Hoch is de gevaarlijke. Probeer geen aandacht van hem te trekken. Hij is een kwaadaardige man.'

'Ja, ik heb hem een paar keer ontmoet, en ik geloof wel dat ik het daarmee eens ben,' zei moeder Marie-Pierre. 'Ik zal hem zeker ontlopen als het kan. Maar ik denk dat het nu wel veilig is om met Margot terug te lopen naar het klooster. De Duitsers weten niet dat ze eigenlijk in de vrachtwagen had moeten zitten. Ze zullen denken dat ze gewoon een van de dorpskinderen is.'

'Ja, doe het maar openlijk,' beaamde madame Juliette. 'Als ze denken dat u zich voor hen probeert te verstoppen, is dat veel gevaarlijker. U moet bij daglicht gaan, maar wees voorzichtig, want ze zijn vast nog steeds op zoek naar de twee die zijn ontkomen. Uw habijt zou u moeten beschermen, en als een patrouille u staande houdt, zegt u gewoon dat u het kind naar het ziekenhuis brengt.'

Moeder Marie-Pierre knikte. 'Dat lijkt me het beste, voordat we u en uw familie problemen bezorgen.'

De oude vrouw knikte en wekte zachtjes het kind. 'Wakker worden, Margot,' zei ze. 'Je gaat met moeder Marie-Pierre mee. Wees braaf en hou de hele weg haar hand vast. Ik laat u wel de achterdeur uit, moeder,' voegde ze eraan toe. 'Als u de laan uit loopt, komt u op het jaagpad en kunt u van daaraf terug naar het klooster.'

Moeder Marie-Pierre glimlachte. 'Ja, ik weet de weg. Kom mee, Margot.'

Ze stak haar hand naar het kleine meisje uit, die hem gehoorzaam vastpakte.

'Gaan we nu naar *maman* en papa?' vroeg Margot.

Voordat de non kon antwoorden, zei madame Juliette: 'Dat duurt nog even. Maak je geen zorgen om hen, Margot. Ze komen binnenkort terug. Ga jij nu maar braaf met moeder Marie-Pierre mee, en over een dag of twee kom ik je een taartje brengen, helemaal voor jou alleen, goed?'

Het kind knikte en de twee volwassenen keken elkaar even aan. De leugens moesten worden verteld, want Margot mocht zich niet opvallend gedragen terwijl ze in veiligheid werd gebracht. Een huilend kind zou onwelkome aandacht trekken. Ze konden haar over haar ouders vertellen als ze buiten gevaar was.

'Is Marthe nog in het klooster?' mompelde madame Juliette zachtjes.

'Ja, of dat hoop ik tenminste,' antwoordde de non. 'Ik heb haar achtergelaten bij zuster Danielle en gezegd dat ze daar moest blijven tot ik terug was.'

'Laten we hopen dat ze dat heeft gedaan,' antwoordde de oude dame, terwijl ze vooropging naar de poort aan de achterkant. Ze opende hem behoedzaam en keek het steegje in. 'Niemand te zien,' meldde ze.

Moeder Marie-Pierre glipte de poort uit, met Margot stevig bij de hand. 'God zegene u, madame,' zei ze.

'En u, moeder. U bent nu degene die de risico's neemt.' Met die woorden sloot ze de poort en moeder Marie-Pierre hoorde de grendels er weer voor schuiven.

'Kom, Margot,' zei ze, en ze ging de laan naar de rivier in. 'We gaan naar het klooster om iets te eten.'

Het laantje leidde naar het jaagpad langs de rivieroever. De rivier stroomde rustig langs de rand van het dorp voordat hij zich verbreedde naar een plas, en van daaruit kronkelde hij verder naar de Somme. Het jaagpad was een veelgebruikte route naar sommige van de verder weg gelegen huisjes, een kortere weg naar het centrum van het dorp of naar de weg die verder oostwaarts liep. Vandaag was het echter verlaten. De rivier stroomde hier langzaam, en het bruine water gleed traag onder de wilgen op de oever door.

Moeder Marie-Pierre haastte zich over het pad, speurend over de velden aan de overkant en ongerust kijkend naar de achterkant van de huizen die her en der verspreid aan de rand van het dorp stonden. Ze hield Margots hand stevig vast en sleepte het kind zowat mee.

'Halt!' riep een stem. Moeder Marie-Pierre bleef abrupt staan toen een potige soldaat met een geweer uit een van de andere laantjes naar het centrum kwam. Hij keek van haar naar het kleine meisje dat haar habijt vasthield en vroeg in afgrijselijk Frans: 'Waar ga je heen?'

'Naar het ziekenhuis,' antwoordde moeder Marie-Pierre eenvoudig. 'Dit kind moet naar een dokter.'

De man zette argwanend een stap naar hen toe en hield zijn geweer op hen gericht. Margot gilde van angst en drukte haar gezichtje in het habijt. Meteen tilde moeder Marie-Pierre haar op en zei streng tegen de soldaat: 'Doe dat geweer omlaag. Ziet u niet dat u die kleine doodsbang maakt?' Ze gebaarde naar het geweer om zich duidelijk te maken en drukte Margot dichter tegen zich aan. Het kleine meisje huilde, met haar gezicht tegen moeder Marie-Pierres schouder gedrukt.

De man liet zijn wapen zakken en keek om zich heen. 'Een vrouw. Ik zoek een vrouw. Misschien neergeschoten. U hebt gezien?'

Moeder Marie-Pierre schudde haar hoofd. 'Ik heb niemand gezien,' zei ze, en ze wilde doorlopen. Even bleef de soldaat nog in de weg staan, maar toen stapte hij opzij en liep het pad af in de richting waar zij vandaan waren gekomen.

'Nee,' mompelde moeder Marie-Pierre tegen zijn rug toen hij wegliep. 'Ik heb niemand gezien, man of vrouw, maar zou ik het je vertellen als het wel zo was?' Dit was geen tijd om te denken over het goed en fout van liegen om een leven te redden, want ze had hier en nu nog een leven te redden. Margot moest in veiligheid worden gebracht. Ze bleef het kind dragen en haastte zich naar het pad door de velden en het bosje naar het klooster. Ze zag de hoge grijze muren al boven de bomen uit, en nog nooit had ze er zo naar verlangd om daar weer te zijn. Toen ze eindelijk het bosje bereikte, terwijl Margot steeds zwaarder werd in haar armen, keek ze over het veld en zag twee mannen in grijze tenues tussen de wilgen langs de rivieroever zoeken. Ze hadden overduidelijk de ontsnapte gevangenen nog niet gevonden.

Zodra ze de kloosterpoort bereikte, rende een bijna hysterische zuster Celestine haar tegemoet. 'O, moeder,' riep ze. 'Godzijdank bent u veilig! We hoorden schoten in het dorp en toen u niet terugkwam, heeft zuster Marie-Paul zuster Henriette erheen gestuurd om te kijken wat er gebeurd was, en zij is nog niet teruggekomen. En er raasden soldaten op motorfietsen over de weg heen en weer, en...' Haar woorden tuimelden over haar lippen in een waterval van smart en opluchting, maar haar superieur kapte haar af.

'Nou, zoals je ziet ben ik veilig. Ga alsjeblieft naar de keuken en breng wat brood en melk naar de kindervleugel. Ik ben bij zuster Danielle. Zeg alsjeblieft ook tegen zuster Marie-Paul dat ik terug ben en vraag of ze over een halfuur alle zusters die van hun werk gemist kunnen worden bij elkaar roept in de recreatieruimte.' Nog terwijl ze dat allemaal zei, beende moeder Marie-Pierre door in de richting van de kinderkamers.

'Ja, moeder, natuurlijk, moeder, meteen.' Zuster Celestine haastte zich weg op zoek naar de novicemeesteres, zuster Marie-Paul.

Toen de moeder-overste de dagruimte van de kinderen binnenkwam, werd ze begroet met een gil van Marthe, die opvloog van haar stoel bij het zien van haar kleine zusje. Margot, die eindelijk op de vloer werd gezet, werd zo stevig door haar zus omhelsd dat ze al snel begon te wurmen. Zuster Danielle kwam uit de naastgelegen kamer en trok vragend haar wenkbrauwen op. Moeder Marie-Pierre schudde lichtjes haar hoofd, waarop de jongere non verbleekte.

'Goed, Marthe,' zei moeder Marie-Pierre ferm, 'laten we Margot onderbrengen. Zuster Danielle kan met haar naar het toilet gaan voordat zuster Celestine met haar eten komt. Ik wil dat jij even met mij meegaat.'

Marthe, nog altijd met Margot in haar armen, keek op en zag het medeleven op het gezicht van de moeder-overste. Ze zette haar zusje voorzichtig neer. Er was sombere beheersing in haar stem te horen. 'Ga maar met zuster Danielle mee, Margot. Ik kom zo terug en dan krijg je iets te eten.'

Het kleine meisje wilde de hand van haar grote zus pakken, en haar onderlip trilde, maar Marthe stopte haar reikende handje in die van zuster Danielle. 'Braaf zijn, Margot,' zei ze. 'Ik ben zo terug, ik beloof het.' Ze keerde Margot, bij wie de tranen over de wangen begonnen te stromen, resoluut de rug toe en liep achter moeder Marie-Pierre aan de kamer uit.

'We gaan wel even naar mijn kantoor,' zei de non terwijl ze voorging, en met lood in haar schoenen volgde Marthe haar.

Eenmaal in de privacy van haar kantoor draaide moeder Marie-Pierre zich om. Het was hartverscheurend om aan dat meisje, zelf weinig meer dan een kind, te moeten vertellen wat er op het dorpsplein was gebeurd. Even keek ze haar alleen maar aan, afwegend welke woorden ze moest gebruiken, maar Marthe wachtte daar niet op.

'Ze zijn weg, hè?' vroeg ze zachtjes. 'Zijn ze dood?'

'Nee, natuurlijk niet...' begon moeder Marie-Pierre, maar Marthe ging door alsof ze haar niet had gehoord. 'We hoorden de geweren, snapt u. Schoten. Een heleboel schoten. Ik dacht...'

Moeder Marie-Pierre pakte de handen van het meisje vast. Ze waren ijskoud en de non wreef ze zachtjes terwijl ze sprak. 'Er is geschoten,' beaamde ze, 'maar niet op jouw familie. Zij zijn met een vrachtwagen naar Duitsland onderweg om daar in een fabriek te werken.' Ze hoefde de verschrikkelijke omstandigheden in die overvolle vrachtwagen niet uiteen te zetten, hoefde dat dappere meisje niet te vertellen dat haar familieleden nog slechter werden behandeld dan vee op weg naar het slachthuis.

'Je moeder gaf Margot aan mij mee, zodat we hier voor haar kunnen zorgen totdat zij weer thuiskomen,' ging ze door. 'Ze weet dat jij veilig bij ons bent en dat je voor haar op Margot zult passen.' Ze hoefde niet te vertellen dat de moeder haar eigen leven had gewaagd om de kleine Margot te redden. Laat Marthe maar denken dat de Duitsers zo'n jong kind niet hadden kunnen gebruiken en de non haar hadden laten meenemen. 'Ze zegt dat ze van je houdt. Zij allemaal.' Niet hardop, dacht moeder Marie-Pierre toen ze voor de derde keer die dag vrij omging met de waarheid, maar ze had daar geen moeite mee, want ze wist zeker dat het zo was.

Marthes gezicht was verstard van vastberadenheid om niet te gaan huilen, al zag moeder Marie-Pierre de tranen in haar ogen glanzen. Het was alsof ze de jeugd van het meisje zag wegvallen, afgeworpen als een slangenhuid, en de mantel van de volwassenheid over haar zag neerdalen.

'Ze zijn weg,' zei Marthe vlak. 'Margot en ik hebben nu alleen nog elkaar.'

'Ja, jullie moeten voorlopig op elkaar passen,' zei de moeder-overste vriendelijk, 'maar er is geen reden om te denken dat je familie aan het eind van de oorlog niet zal terugkeren.'

'O nee?' Marthe keek de non medelijdend aan. 'U begrijpt het niet, hè, moeder? We zijn Joden. Er zullen geen Joden meer over zijn aan het eind van deze oorlog. De Joden in Duitsland verdwijnen al jaren.

Nu is het onze beurt.' Ze lachte scherp, bitter. 'Denkt u dat we hier in het klooster veilig zijn? Margot en ik zijn nergens veilig, hier in de omgeving waar bekend is dat we Joods zijn. Het zal niet lang duren voordat iemand de Duitsers hierheen stuurt, wacht maar af. Ze zullen mij en Margot komen halen, en waarschijnlijk ook de Leon-kinderen, en u kunt ze niet tegenhouden. Dan worden wij ook in een vrachtwagen geladen, net zoals *maman*, papa en de anderen... En dan verdwijnen we. Voor ons komt er geen einde aan de oorlog.' Ze had met ijzige beheersing gesproken, maar bij die laatste woorden brak haar stem op een snik.

Moeder Marie-Pierre wilde haar omhelzen, maar Marthe stapte achteruit en sprak bijna fel. 'Nee, moeder. Ik ben geen klein kind zoals Margot, dat zich laat troosten met een knuffel en sussende woordjes. Ik weet wat ons te wachten staat, en ik weet dat u ons niet zult kunnen beschermen als het zover is.' Ze veegde met de rug van haar hand haar tranen weg en ging door. 'Ik moet nu weer naar Margot. Ze zal bang zijn als er niemand is die ze kent. Dank u dat u haar bij me hebt gebracht.' Haar stem klonk zo emotieloos en beleefd dat ze de moeder-overste ook had kunnen bedanken voor een kopje thee.

Moeder Marie-Pierre stapte opzij. 'Ja, ga maar naar haar toe. Ik zal overdenken wat we moeten doen. Voorlopig zijn jullie veilig, maar misschien duurt dat niet lang, dus we moeten plannen maken.' Ze glimlachte naar het jonge meisje. 'Moge God je moed geven, Marthe.'

Marthe, die bij de deur was aangekomen, draaide zich weer om en keek de moeder-overste in de ogen. 'Er is geen God, moeder. Niet die van u, niet die van mij.' En daarmee verliet ze de kamer en deed zachtjes de deur achter zich dicht.

Een paar minuten later sloot moeder Marie-Pierre zich bij de rest van haar orde aan in de recreatieruimte. Er klonk geroezemoes van gesprekken, maar dat stierf weg toen ze binnenkwam en alle nonnen keken verwachtingsvol naar hun superieur.

'Zusters,' begon moeder Marie-Pierre, 'vandaag zijn de Duitsers begonnen om mensen uit het dorp op te pakken en naar Duitsland te transporteren. Ze zeggen dat die mensen voor de Duitse oorlogsinspanning gaan werken in hun fabrieken, en misschien is dat ook zo. Maar ze nemen hele gezinnen mee, inclusief jonge kinderen, aan wie ze in de fabrieken weinig kunnen hebben. De gezinnen die ze meenemen zijn van Joodse afkomst. We hebben allemaal geruchten gehoord over kampen waar de Joden worden vastgehouden, en of we die geloven of niet, feit blijft dat Marthe Lenoirs familieleden vandaag allemaal in een vrachtwagen zijn afgevoerd. Haar moeder wist de jongste dochter, Margot, nog aan mij toe te vertrouwen voordat ze vertrokken, maar volgens wat ik in het dorp heb gehoord' – ze zei niets over de houding van de priester, aangezien de meeste nonnen zijn gezag eerbiedigden en zijn denktrant zouden volgen – 'is het alleen maar een kwestie van tijd voordat iemand de Duitsers vertelt dat ze hier zijn.'

Zuster Marie-Paul stak haar hand op, en moeder Marie-Pierre knikte.

'Moeder, zal hun aanwezigheid hier niet de hele kloostergemeenschap in gevaar brengen?'

Er werd instemmend gemompeld door anderen, maar moeder Marie-Pierre kapte dat af. 'Wat stel jij dan voor dat we doen, zuster? Twee onschuldige jonge meisjes gewoon maar overdragen aan kolonel Hoch?' vroeg ze scherp.

'Nee, moeder, natuurlijk niet,' zei zuster Marie-Paul haastig. 'Ik wilde alleen voorstellen dat we een gezin zoeken dat voor hen kan zorgen totdat hun eigen familie uit Duitsland terugkeert.'

'Zal dat het pleeggezin niet aan hetzelfde risico blootstellen waarvan je vindt dat wij het niet moeten nemen?' vroeg de moeder-overste gelijkmatig. Er klonk geen beschuldiging in haar stem, maar de andere non bloosde. 'We hebben een weeshuis, zuster, en in zekere zin zijn deze kinderen wezen. Ze zijn onze verantwoordelijkheid en die moeten we niet ontlopen.

'Alsjeblieft, zusters, bespreek dit onderling, en als iemand een manier weet om de kinderen die aan onze zorg zijn toevertrouwd te beschermen, kom dan naar me toe zodat we het kunnen bespreken. Ga intussen alsjeblieft gewoon door zoals altijd en gedenk de gezinnen die zijn meegenomen in je gebeden, vooral dat van Marthe en Margot.'

Terwijl ze de kamer verliet, begon het opgewonden geroezemoes weer. De nonnen hadden nooit eerder het verzoek gekregen om iets onderling te bespreken. Meestal werden besluiten genomen door de oudere leden van de gemeenschap – de moeder-overste, zuster Marie-Paul als novicemeesteres, zuster Eloise als matrone – en dan van bovenaf doorgegeven om zonder protesten te worden uitgevoerd. Deze nieuwe moeder-overste leidde het klooster op een heel andere manier dan haar voorgangsters, en dat was op zich al het bespreken waard.

Moeder Marie-Pierre verliet hen en ging naar boven om wat dingen te bespreken met zuster Sint-Bruno. Ze had een sprankje van een idee, maar wilde het zorgvuldig beoordelen samen met iemand die ze volledig kon vertrouwen.

# 10

Zuster Sint-Bruno lag in haar bed te dommelen, met haar missaal ondersteboven op haar schoot, haar hoofd opzij gezakt en haar bril scheef op haar neus. Maar toen ze de deur hoorde opengaan, was ze meteen wakker.

Moeder Marie-Pierre glimlachte verontschuldigend naar haar. 'Sorry dat ik je wakker maak, tante Anne,' zei ze, terwijl ze binnenkwam, 'maar ik moet je dringend spreken.'

'Ik sliep niet, Sarah,' antwoordde haar tante, 'ik liet alleen mijn ogen even rusten.'

Sarah lachte. 'Goed, dan stoor ik niet.' Ze pakte het rechte bezoekersstoeltje, schoof het bij het bed en ging zitten, meteen weer serieus. 'Tante, we hebben een probleem dat ik graag met jou wil doorspreken.'

Haar tante zette haar bril recht en keek haar ernstig aan. 'Wat is er gebeurd?'

'De Duitsers zijn begonnen om mensen weg te halen uit het dorp.' Sarah vertelde haar het verhaal en besloot met: 'De gezinnen die ze hebben meegenomen zijn allemaal Joden, en onder hen is ook Marthes familie.'

Haar tante staarde haar vol afgrijzen aan. 'Allemaal?' vroeg ze ongelovig. 'Zelfs de kinderen?'

'Allemaal behalve Marthe, die vannacht hier in het ziekenhuis was, en de kleine Margot, de jongste.' Sarah beschreef hoe Marthe die ochtend in alle staten bij haar was gebracht en wat er was gebeurd toen ze op onderzoek uit was gegaan in het dorp. Tante Anne luisterde zonder haar te onderbreken. Sarah vertelde haar ook over de vergadering die ze had gehouden in de recreatieruimte.

'Ik weet niet wat ik moet doen,' zei ze tot besluit. 'Een paar zusters vinden dat we de kinderen niet hier moeten houden, omdat we dan het hele klooster in gevaar brengen.'

'Zuster Marie-Paul sprak voor hen?' Het was amper een vraag.

Sarah haalde haar schouders op. 'Ze liet beslist van zich horen,' beaamde ze. 'Niemand anders deed het, maar ik had het gevoel dat er nog anderen zijn die net zo denken als zij. Ons belangrijkste werk is het ziekenhuis, en zij vinden dat we niet betrokken moeten raken bij dingen die de toorn van de Duitsers over ons zouden kunnen afroepen.'

'Dat is wel logisch, lijkt me,' verzuchtte tante Anne.

Sarah staarde haar geschokt aan. 'Maar de kinderen dan? Tante, ik kan niet geloven dat je dat zegt!'

Haar tante stak een hand naar haar uit. 'Sarah, ik zei dat het logisch was, niet dat ik het ermee eens was. Natuurlijk moeten we een manier vinden om voor de kinderen te zorgen, maar je moet de lelijke waarheid onder ogen zien. Het zal niet lang duren voordat de Duitsers weten dat wij ze hier hebben en dat ze Joden zijn. Er zullen altijd mensen zijn die hen willen verklikken als ze denken dat dat in hun voordeel is... En diezelfde mensen zullen hun nieuwe meesters waarschijnlijk ook vertellen dat jij Engels bent. Dat is ook iets om over na te denken.'

'Dat levert geen risico op voor het klooster,' merkte Sarah ferm op, 'alleen voor mij.'

Haar tante neigde instemmend haar hoofd. 'En mij,' zei ze zachtjes.

Sarah had meteen berouw. 'O, tante Anne, natuurlijk, het spijt me.'

'Hoeft niet,' zei haar tante sussend. 'Ik ben niet van belang. Ik ben over de zeventig en door artritis aan mijn bed gekluisterd. Er is niet veel meer wat ik kan doen ten dienste van de Heer, en ik ben er meer dan klaar voor als mijn tijd komt. Veel belangrijker is wat we met die kinderen gaan doen. Ik neem aan dat we naast Marthe en Margot ook aan de drie Leon-kinderen moeten denken.'

'Zeker,' beaamde Sarah, 'en ik heb alle zusters gevraagd na te denken over hoe we ze kunnen beschermen.'

'Was het wel verstandig om daar een discussieonderwerp van te maken?' vroeg de oude dame. 'Wie weet wie er meeluistert...'

'Ik heb nooit bij de hele gemeenschap bekendgemaakt dat de Leonkinderen Joods zijn,' antwoordde Sarah. 'Alleen degenen die zich met hun dagelijkse zorg bezighouden weten het, al wordt er in een gemeenschap zoals de onze vast over hen gefluisterd.' Ze sloot haar ogen en masseerde haar voorhoofd, alsof ze haar zorgen wilde wegwrijven. 'Ik heb wel een ideetje,' zei ze, 'maar het zal zorgvuldig gepland moeten worden en zo veel mogelijk geheim moeten blijven.'

'Ga door.'

'Nou, als Marthe gelijk heeft en ze pakken alle Joden op, dan zijn de kinderen nergens veilig waar bekend is dát ze Joden zijn.'

Tante Anne knikte instemmend. 'En dus?'

'En dus moeten we ze ergens naartoe brengen waar niemand iets van ze afweet. Het heeft geen zin om ze onder te brengen bij plaatselijke gezinnen, zoals zuster Marie-Paul voorstelde. We moeten ze hier helemaal weghalen.'

'Waar wil je ze dan heen sturen?'

'Ik stuur ze niet, ik breng ze zelf. Naar moeder Magdalene. Niemand in het Parijse huis hoeft te weten waarom ze daar zijn. We kunnen zeggen dat we extra ruimte nodig hebben om het ziekenhuis uit te breiden. Niemand hoeft te weten hoe ze bij ons zijn gekomen, en ze kunnen daar gewoon worden verzorgd als oorlogswezen. Laten we eerlijk zijn: daar zullen er meer dan genoeg van zijn.'

'Maar hoe wil je ze in Parijs krijgen?' vroeg haar tante.

'Met de trein,' antwoordde Sarah. 'Als we staande worden gehouden, zeg ik dat wij ons nu aan verpleegwerk gaan wijden en dat de wezen daarom worden verplaatst naar het moederhuis.'

'Dat zou kunnen lukken,' gaf de oude non toe, 'maar Marthe dan?

Zij is duidelijk te oud om door te gaan voor een weeskind dat verzorging nodig heeft.'

'Daar heb ik ook aan gedacht,' zei Sarah, 'en ik denk dat als we haar een novicehabijt aantrekken, ze met ons mee kan om te helpen de kinderen te verzorgen. Ik verwacht niet dat iemand vragen zal stellen aan een jonge non die met haar moeder-overste meereist.'

Zuster Sint-Bruno dacht even na. 'En papieren? Die heb je niet voor de kinderen... En trouwens ook niet voor Marthe. Haar eigen papieren kan ze niet gebruiken.'

'Nou,' zei Sarah, 'Margot is de enige voor wie we geen papieren hebben. Onze eigen kinderen hebben ze natuurlijk wel, en ik heb nieuwe kunnen regelen voor de Leon-kinderen nadat ze hun moeder verloren bij de luchtaanval. Natuurlijk zijn ze nu niet geregistreerd als Joden, als dat voorheen al zo was.'

'En Margot?'

Sarah haalde haar schouders op. 'Ik hoop dat als ik staande word gehouden, ik me eruit kan kletsen door te zeggen dat ze pas zo kort verweesd is dat we nog niet de kans hebben gehad om haar papieren te vervangen. Moeder Magdalene zal dat moeten regelen als we eenmaal in Parijs zijn. Ik kan beslist niet het risico nemen om ze hier aan te vragen!'

'En Marthe?'

'Marthe zal het erop moeten wagen en zonder papieren moeten reizen. Ik heb mijn eigen papieren, natuurlijk.' Ze zweeg even. 'Wat denk je ervan?'

Haar tante schudde haar hoofd. 'Het is erg riskant. Het zou kunnen lukken als je stoutmoedig genoeg bent om het uit te voeren, maar als je gepakt wordt...' Haar stem stierf weg.

'Ik weet het, dan is alles verloren. Maar ik kan geen andere manier bedenken om die kinderen te beschermen. Ze moeten hier weg, en hoe eerder hoe beter.'

'Dan stel ik voor dat zo min mogelijk mensen van dit plan afweten,' zei tante Anne. 'Als je dit wilt doorzetten, moet je de risico's minimaliseren. Heb je toestemming van de Duitsers nodig om met de trein naar Parijs te gaan?'

'Ik denk het niet,' antwoordde Sarah. 'Het lijkt erop dat mensen nog vrij kunnen reizen, maar ik geloof wel dat er onverwachte controles worden gehouden in de treinen, op de stations en zelfs op straat. Die controles zullen we niet kunnen ontlopen als we met een groep kinderen reizen. We zullen moeten vertrouwen op de Heer.'

Toen zuster Sint-Bruno weer wilde spreken, werd er op de deur geklopt en stak zuster Marie-Marc haar hoofd om de hoek. 'O, moeder, hier bent u,' zei ze opgelucht.

'Ja, zuster, wat is er?' vroeg moeder Marie-Pierre. Zuster Marie-Marc was duidelijk over haar toeren. 'Wat is er aan de hand?'

'Ik denk dat u moet komen, moeder,' antwoordde de non. 'Er is iemand... Ik heb iemand gevonden... Ik bedoel... Toen ik naar het kippenhok ging...'

'Even opnieuw, zuster,' kapte moeder Marie-Pierre haar rustig af, 'en begin bij het begin.'

'Ik ging naar het kippenhok om de beesten in te sluiten voor de nacht en vond daar een vrouw. In het kippenhok. Verstopt.'

Moeder Marie-Pierre keek haar scherp aan. 'Waar is ze nu, zuster? Wat heb je met haar gedaan?'

'Ik wist niet wat ik moest doen, moeder. Ze bloedde, ziet u.'

'Nou, waar is ze dan?' Het kostte moeder Marie-Pierre moeite om niet ongeduldig te klinken.

'Ik heb haar meegenomen naar de keuken, moeder, en in de voorraadkast opgesloten.'

De moeder-overste kwam meteen overeind en liep naar de deur. 'Ik kom straks nog even terug, zuster,' zei ze over haar schouder tegen haar tante, en ze dirigeerde zuster Marie-Marc voor zich uit naar de keuken. 'Heb je dit nog aan iemand anders verteld?' vroeg ze, terwijl ze zich de trap af haastten.

'Nee, moeder. Ik heb alleen aan zuster Celestine gevraagd of ze wist waar u was.'

'Mooi.' Ze kon beter gaan kijken wat er allemaal aan de hand was zonder de andere zusters te alarmeren.

In de keuken opende zuster Marie-Marc de grendel op de deur van de voorraadkast. Ze keken allebei naar binnen. De vrouw, wie ze ook was, lag op de vloer. Ze had een asgrauw gezicht en een wond in haar schouder waar nog bloed uit sijpelde, en haar kleren waren ook donker van het bloed. Haar ogen gingen open en ze zette zich af tegen de stenen tegelvloer in een poging overeind te komen, maar de inspanning was te groot en ze zakte weer neer en sloot haar ogen.

'Het is al goed,' zei moeder Marie-Pierre vriendelijk. 'We komen u helpen.'

De vrouw kermde zachtjes, en moeder Marie-Pierre knielde bij haar neer om de wond te bekijken.

'Zuster, wil jij zuster Eloise halen? Ik weet dat ze het druk heeft in het ziekenhuis, maar als je gewoon wilt zeggen dat ik haar direct nodig heb.' Ze keek naar de wachtende non. 'Je hoeft niet uit te leggen waarom, maar vraag of ze opschiet.'

Binnen enkele minuten was zuster Eloise bij haar. 'Wat hebben we hier, moeder?' vroeg ze zachtjes, en ze keek omlaag naar de gewonde vrouw.

'Ik denk dat dit een van de mensen is die vanochtend zijn ontsnapt uit de Duitse vrachtwagens op het plein,' antwoordde moeder Marie-Pierre. 'Ze is neergeschoten.'

Zuster Eloise knielde neer en betastte heel voorzichtig de wond. De vrouw slaakte een kreet van pijn.

'Handdoeken, alsjeblieft,' zei zuster Eloise, en zuster Marie-Marc gaf haar een handdoek van het keukenrek. Zuster Eloise haalde een schaar uit haar zak en knipte heel zorgvuldig de kleding van de vrouw weg om de wond te onthullen, waar meteen weer bloed uit begon te stromen. Snel scheurde ze de handdoek doormidden, en ze legde het ene deel onder de schouder voordat ze met de andere helft zachtjes op de gapende wond drukte.

'We moeten haar ergens naartoe brengen waar we haar kunnen behandelen,' zei zuster Eloise ferm. 'Kunnen we haar naar het ziekenhuis dragen?'

'Nee, zuster, dat denk ik niet,' antwoordde moeder Marie-Pierre. 'Te openbaar. Hoe minder mensen van haar afweten, hoe beter het is.' Ze dacht even na en wendde zich toen tot zuster Marie-Marc. 'Ga zuster Henriette halen, alsjeblieft... Maar zo onopvallend mogelijk.'

Terwijl zuster Marie-Marc wegliep, wendde moeder Marie-Pierre zich weer tot zuster Eloise. 'We brengen haar naar mijn cel,' besloot ze.

'Ze zou beter af zijn in het ziekenhuis, moeder,' protesteerde zuster Eloise, 'waar ik de benodigde spullen heb om haar te verzorgen.'

'Dat weet ik, zuster, maar de Duitsers zoeken haar waarschijnlijk nog steeds. Ze moet verborgen blijven, voor het geval ze hierheen komen.' Ze knielde weer bij de gewonde vrouw neer. 'We gaan u naar een veilige plek brengen om uw wond te verzorgen. Als we u met z'n tweeën ondersteunen, kunt u dan lopen, denkt u?'

'Ja.' Dat ene woord werd met opeengeklemde kiezen uitgesproken, en moeder Marie-Pierre zag dat een vastberaden blik in de ogen die naar haar opkeken.

Zuster Eloise zuchtte. 'Als dat echt het beste is.' Ze scheurde nog een handdoek doormidden en bond het provisorische verband op zijn plek.

Zuster Henriette en zuster Marie-Marc kwamen de keuken in, en met vereende krachten wisten ze de gevluchte vrouw overeind te krijgen en langzaam mee te nemen.

'Maak de vloer van de voorraadkast schoon, zuster,' zei moeder Marie-Pierre tegen zuster Marie-Marc, terwijl ze de gewonde vrouw mee naar buiten namen. 'Zorg ervoor dat er niets meer te zien is.'

Voordat ze de hal in gingen, liep zuster Eloise vooruit en trof zuster Celestine op haar gebruikelijke post bij de voordeur. Ze stuurde haar naar de zaalkeuken met instructies om verband te halen en het naar de cel van de moeder-overste te brengen. 'Maak niemand ongerust,' zei ze erbij. 'Het stelt niet veel voor.'

Nu de portierster veilig uit het zicht was, liepen ze zo snel mogelijk de trap op naar de hoofdgang boven, waar de slaapcellen van de zusters waren. Even later waren ze in de cel van de moeder-overste, waar ze de vrouw voorzichtig op het bed lieten zakken. Zuster Eloise begon de wond schoon te maken en liet zuster Henriette heet water halen, terwijl moeder Marie-Pierre nog een stapel handdoeken ophaalde uit de linnenkast op de gang.

Op de weg terug keek ze uit het raam op de overloop en zag tot haar afgrijzen majoor Thielens auto de laan naar de kloosterpoort op komen, gevolgd door een wagen vol soldaten.

'De Duitsers komen eraan,' siste ze toen ze de handdoeken op de stoel bij het bed legde. 'Majoor Thielen is erbij.'

Zuster Eloise keek op. 'Er zit bloed op uw habijt, moeder,' zei ze zachtjes. 'Doe een verpleegstersschort voor voordat u de majoor gaat begroeten. Ga nu maar,' zei ze toen moeder Marie-Pierre aarzelde. 'Ik red het hier wel. Zeg tegen zuster Henriette dat ze moet opschieten met dat water.' Ze sprak met het gemak van iemand die gewend was de lakens uit te delen, en moeder Marie-Pierre knikte en haastte zich weg. Ze bleef alleen nog even bij de linnenkast staan om een van de enorme witte schorten te pakken die de pleegzusters in het ziekenhuis droegen. Het was groot genoeg om het grootste deel van haar habijt te bedekken, inclusief de bloedvlekken op de voorkant, waar de vrouw tegen haar aan had geleund. Op de trap kwam ze zuster Henriette tegen, die terugkeerde met een kan heet water uit de keuken, en zuster Celestine die verband uit het ziekenhuis kwam brengen.

'Geef dat verband aan zuster Henriette,' zei ze tegen zuster Celestine. De kleine non deed dat, en de moeder-overste gaf snel bevelen aan zuster Henriette. 'Breng dat allemaal zo snel mogelijk naar zuster Eloise, en ga dan meteen naar de kindervleugel en waarschuw zuster Danielle dat de Duitsers hier zijn. Zeg tegen haar dat ze alle kinderen moet meenemen naar de kapel en met ze moet gaan bidden, hardop. Als de Duitsers het klooster doorzoeken, moeten ze alle kinderen biddend op hun knieën in de kapel aantreffen. Marthe ook. Begrepen?'

Zuster Henriette knikte. 'Ja, moeder.' Ze haastte zich de trap op met het water.

Nog terwijl ze verdween, hoorde moeder Marie-Pierre een autoportier dichtslaan. 'Als ze aanbellen,' zei ze tegen zuster Celestine, 'doe dan gewoon open en breng de majoor naar mijn kantoor.'

De portierster keek bang, maar ze knikte. 'Ja, moeder.'

Terwijl ze diep ademhaalde en een schietgebedje deed, wendde de moeder-overste zich af van de voordeur en liep naar haar kantoortje om op majoor Thielen te wachten. Ze kwam echter abrupt tot stilstand toen ze zuster Celestine een schrille kreet hoorde slaken, die abrupt werd afgekapt. Moeder Marie-Pierre draaide zich om en haastte zich terug naar de hal, waar zuster Celestine doodsbang stond, met een Duits geweer op zich gericht, terwijl majoor Thielen en een groep soldaten naar binnen dromden.

'Majoor Thielen!' riep moeder Marie-Pierre uit. 'Wat is hier de bedoeling van? Wat doen die mannen in het klooster?' Zonder op zijn antwoord te wachten, wendde ze zich tot de doodsbange non. 'Het is al goed, zuster, ga alsjeblieft vragen of zuster Marie-Paul hierheen komt.'

'Blijf daar staan!' blafte de majoor, waarop de soldaat zijn geweer nog dreigender hief en de portierster, die net had willen weglopen, weer verstijfde.

'Majoor,' protesteerde moeder Marie-Pierre, 'ik begrijp echt niet wat er aan de hand is. Waarom bent u hier en waarom bedreigt u mijn zusters met uw geweren? Als u het klooster binnen wilt komen, hoeft u dat alleen maar te vragen, zoals de vorige keren.'

De majoor negeerde haar totaal en gaf een bevel aan zijn mannen. 'Doorzoek de boel,' snauwde hij. 'Kijk in alle kamers, inclusief het ziekenhuis... Vooral het ziekenhuis. Taube, Hesse, blijf bij mij.'

'Majoor, alstublieft,' probeerde moeder Marie-Pierre nog een keer. 'Als u me gewoon vertelt wat u zoekt, kan ik u misschien helpen.'

De mannen stroomden de hal uit en verspreidden zich door de gangen naar de refter, de keuken en de recreatieruimte. Er bleven maar twee mannen over, de ene die zuster Celestine onder schot hield en een andere die zijn geweer op de moeder-overste had gericht.

Nu schonk de majoor haar eindelijk zijn aandacht. 'Er zijn gevangenen ontsnapt uit het dorp,' zei hij kortaf. 'Ze verstoppen zich mogelijk hier... Misschien zelfs zonder uw medeweten, moeder.'

'Vraag uw mannen alstublieft om hun geweren te laten zakken,' zei moeder Marie-Pierre. Haar stem klonk kalm, maar haar hart ging tekeer. 'Ze maken zuster Celestine doodsbang en dat is nergens voor nodig. We gaan er geen van beiden vandoor.'

De majoor wapperde achteloos met zijn hand naar de soldaten, die hun geweren lieten zakken. 'Jij,' zei hij met een hoofdgebaar naar een van hen, 'gaat met mij mee. Wij gaan boven zoeken.' Hij keek weer naar de twee nonnen. 'U wacht hier op ons.'

'Ik ga met u mee,' zei moeder Marie-Pierre. Ze vocht om kalm te klinken, maar haar gedachten tolden. Had zuster Marie-Marc tijd gehad om de vloer van de voorraadkast te schrobben voordat de Duitsers de keuken in kwamen? Bloedvlekken op de vloer zouden de soldaten alarmeren, en dan zouden ze de oude non misschien zodanig onder druk zetten dat ze informatie prijsgaf. Ze moesten de schijn van het normale kloosterleven ophouden.

De moeder-overste keek naar zuster Celestine, die met een bleek gezicht tegen de muur leunde. 'Ga zuster Marie-Marc helpen in de keuken. Zeg dat ze koffie zet en breng het naar mijn kantoor voor de majoor als hij klaar is met zijn doorzoeking.'

De kleine non keek ongerust naar het geweer, maar voordat ze in beweging kon komen, blafte majoor Thielen een bevel. 'Nee! Zij blijft hier.' Het geweer kwam meteen weer omhoog en de non deinsde achteruit tegen de muur. 'U,' zei hij tegen de moeder-overste, 'mag met ons meekomen als u erop staat.'

'Ik sta er inderdaad op,' antwoordde moeder Marie-Pierre rustig. 'Het is mijn klooster dat u doorzoekt; ik ben verantwoordelijk voor de gemeenschap die hier woont. Als er iets of iemand gevonden wordt die hier niet zou moeten zijn, dan wil ik daar ook van afweten.'

Ze had gehoopt hen lang genoeg op te houden zodat de kinderen de betrekkelijke veiligheid van de kapel konden bereiken, maar terwijl de soldaten zich door het klooster verspreidden, had ze nu liever dat de majoor hen zelf biddend op hun knieën aantrof. Ze had de eerbied gezien waarmee hij tijdens zijn eerste bezoek de kapel had betreden en kon alleen maar hopen dat hij dezelfde remmingen nu weer zou voelen en de kinderen niet zou storen bij hun gebeden. Zijn mannen hadden zulke remmingen mogelijk niet. Ze hoopte dat zuster Henriette de boodschap heel snel bij zuster Danielle had gebracht en dat die onmiddellijk in actie was gekomen.

'En is hier iemand die er niet zou moeten zijn?' vroeg de majoor, terwijl hij aandachtig naar haar keek.

Moeder Marie-Pierre hield zijn blik vast. 'Nee.'

Zonder nog een woord te zeggen draaide hij zich om en liep de trap op, gevolgd door de soldaat en de moeder-overste. Bovenaan wendde hij zich tot de man. 'Alle deuren, Taube.'

Taube liep naar de eerste deur, trapte hem open en sprong met zijn geweer vooruit naar binnen. Het was een van de slaapcellen van de zusters, dezelfde waar majoor Thielen al eerder in had gekeken. Er was nergens in de kamer een plek om iets te verstoppen en na een snelle blik bracht de soldaat verslag uit. 'Hier is niets, meneer.'

'De deuren hebben klinken,' merkte moeder Marie-Pierre mild op, 'en ze zijn geen van alle op slot.'

De majoor sprak weer tegen de man, die de volgende deur op een wat ingetogener manier opende, maar wederom vond hij niets. Terwijl ze door de gang naar haar eigen slaapcel liepen, vroeg moeder Marie-Pierre zich af hoe ze moest voorkomen dat ze daar naar binnen gingen. Toen ze de cel naast die van haar bereikten, ging haar eigen deur open en kwam zuster Eloise naar buiten met een armvol lakens.

Ze sprak meteen tegen haar superieur, kennelijk zonder zich bewust te zijn van wat er gebeurde. 'O, moeder' zei ze. 'Ik vrees dat die arme zuster Sint-Bruno weer een ongelukje heeft gehad. Ik heb de lakens verschoond en haar een schoon nachthemd aangetrokken, dus ze ligt nu weer comfortabel.' Ze zuchtte. 'Ik vrees dat ze nogal overstuur is, maar ik hoop dat ze nu een beetje kan slapen.'

'Maak je geen zorgen, zuster, ik kijk wel even bij haar,' antwoordde moeder Marie-Pierre, die zich afvroeg wie ze in het kamertje zou aantreffen als ze de deur opende. 'Breng die lakens maar naar zuster Sint-Jacques in de wasruimte.'

Moeder Marie-Pierre bleef nog even tussen de majoor en de deur in staan. 'Betreed deze kamer stilletjes, alstublieft,' mompelde ze. 'Hier ligt een bedlegerige zuster. Ze is oud en frêle en zal heel bang worden als u naar binnen dendert.' Toen fluisterde ze op vertrouwelijke toon, voor het geval de majoor haar gesprek met zuster Eloise niet had meegekregen: 'Ik vrees dat ze... Nou, zoals u ziet hebben we haar lakens moeten verschonen. Ze kan het niet altijd meer ophouden, die arme lieverd.'

De lip van de majoor krulde op van afkeer, en toen Taube de deur had geopend, beende moeder Marie-Pierre monter als eerste naar binnen. 'Hallo, zuster, hoe voel je je vandaag?'

Zuster Sint-Bruno zat rechtop in bed en plukte met haar handen aan de grote deken die over haar magere lichaam lag. Er hing een sterke geur van ontsmettingsmiddelen in de kamer, waarbij majoor Thielen, die achter de moeder-overste aan kwam, zijn neus optrok.

'Niet zo goed, moeder,' antwoordde de oude non met een klaaglijk stemmetje. 'Zuster Eloise zegt dat ik weer een ongelukje heb gehad.' Ze brak haar zin af toen ze de Duitse officier zag staan en slaakte een gilletje. 'Moeder, er staat een man in mijn kamer!' Ze trok haar sjaal over haar gezicht alsof ze zich voor de majoor wilde verstoppen. 'Laat hem weggaan, moeder,' zei ze bevend. 'Ik wil geen man in mijn kamer. Laat hem weggaan. O, o, de schande!'

'Stil maar, zuster,' zei moeder Marie-Pierre sussend. 'Hij kwam alleen maar even kijken hoe het met je gaat.'

'Is hij een dokter?' vroeg de oude non. 'Ben je een dokter, jongeman?' Zuster Sint-Bruno tuurde naar majoor Thielen van onder haar sjaal.

'Nee,' antwoordde hij, en met nog een snuif van walging beende hij de kamer uit en wachtte tot Taube de volgende deur opende.

'Ga maar lekker liggen en doe even een dutje, zuster,' zei de moeder-overste met duidelijke stem. 'Zuster Clothilde komt straks met je avondeten, en ik kom voordat ik naar bed ga nog even bij je langs.' Terwijl ze sprak, trok ze vragend haar wenkbrauwen op, en zuster Sint-Bruno wees onopvallend met haar wijsvinger omlaag. Moeder Marie-Pierre durfde niet te kijken, maar nam aan dat de gewonde vrouw onder het ijzeren ledikant lag, alleen verhuld door de grote deken die aan weerskanten tot op de vloer hing.

De zoektocht ging verder langs de gang en omvatte zelfs de linnenkast, die Taube met drie snelle halen leeghaalde door lakens en handdoeken, kussenslopen en schorten op de grond te gooien, maar waar hij niemand aantrof. De badkamers waren verlaten, de deur van de toiletruimte stond open. Majoor Thielen leek niet te verwachten dat zich daar iemand verstopte, en toen alle deuren waren geopend en de kale kamertjes geïnspecteerd, had hij al bedacht wat het volgende moest zijn. 'En nu de kapel, moeder-overste.'

Moeder Marie-Pierre keek op alsof ze verbaasd was, maar ze ging akkoord. 'Zeker, majoor. Deze kant op.' Zoals de vorige keer leidde ze hem door het klooster naar de deur van de kapel. Na dat langdurige doorzoeken van de cellen, dacht ze, is er vast tijd genoeg geweest om de kinderen veilig hierheen te krijgen.

Ze bleef voor de deur staan, versperde de weg en sprak op ferme toon. 'Ik heb liever dat uw soldaat zijn geweer buiten laat. Dit is immers het huis van God.'

De majoor sprak tegen Taube, en de man stapte achteruit en hield de wacht in de gang, met zijn geweer in de aanslag.

'Dank u, majoor.' Moeder Marie-Pierre opende de deur en stapte opzij om de Duitser voor te laten. De warmte in de kapel, met zijn rijke wierookgeur, omhulde hen toen ze naar binnen gingen. Kaarsen flakkerden voor het standbeeld van de maagd Maria en de godslamp in de messing houder gloeide rood op voor het altaar. De majoor bleef op de drempel staan toen hij zag dat de kapel in gebruik was. Daar, knielend voor het standbeeld van de Maagd, zat een rij kinderen met een van de zusters aan het eind. Ze ging hun voor in het gebed. 'Wees gegroet Maria, moeder van God, bid voor ons zondaars, nu en in het uur van onze dood.'

Moeder Marie-Pierre raakte zijn arm aan en sprak zachtjes. 'Zuster Danielle neemt de kinderen altijd mee hiernaartoe voor hun avondgebed voordat ze gaan eten.'

De kinderen bleven het gebed opzeggen. 'Wees gegroet, Maria, vol van genade, gij zijt de gezegende onder de vrouwen, en gezegend is Jezus, de vrucht van uw schoot...'

Majoor Thielen knikte, maar hij liep deze keer niet achteruit de kapel uit, maar stapte snel naar het altaar toe, en toen erachter. Het bidden stokte een beetje toen de kinderen zich van hem bewust werden en keken wat hij deed. Hij keerde terug naar de voorkant van het altaar, tilde een hoek van het geborduurde altaarkleed op en tuurde eronder. Toen liet hij het kleed weer op zijn plek vallen en liep naar de zijkapel waar de kinderen voor het standbeeld knielden, maar tot moeder Marie-Pierres opluchting keek hij naar het met een gordijn afgesloten nisje aan de zijkant. Hij tilde het gordijn op en bekeek de schappen met votiefkaarsen en gebedenboeken. Hij liet het los, en zonder aandacht te besteden aan de rij kinderen liep hij door naar de sacristie aan de andere kant van het hoge altaar.

Na een gebaar van moeder Marie-Pierre begon zuster Danielle het gebed opnieuw, met een heldere, ferme stem, en geleidelijk aan deden de kinderen weer mee, zodat het koor van 'Wees gegroet' alweer klonk toen de majoor uit de sacristie terugkwam. Hij keek nog een keer om zich heen in de kapel alsof hij zeker wilde weten dat hij geen mogelijke schuilplaatsen over het hoofd had gezien, en toen liep hij terug naar de deur waar de moeder-overste wachtte. Hij stopte alleen even om zijn hand in de wijwaterbak te steken en een kruisje te slaan en stapte langs haar heen, de gang in waar Taube met zijn geweer op de kapeldeur gericht wachtte.

Op dat moment ontstond er commotie aan het eind van de gang en klonk het geluid van laarzen op de tegelvloer. Moeder Marie-Pierre sloot de deur achter zich en bleef ervoor staan. Ze keek toe toen een sergeant naar de majoor beende en salueerde met een galmend 'Heil Hitler'. Hij bracht verslag uit, en het was duidelijk dat hij en zijn mannen niemand hadden gevonden.

Majoor Thielen wendde zich tot moeder Marie-Pierre. 'Mijn mannen hebben het klooster en het ziekenhuis doorzocht en geen spoor gevonden van de ontsnapte gevangenen. We zullen u niet langer storen.'

'Ik begrijp het,' zei moeder Marie-Pierre. 'Nou, daar ben ik blij om. Verlaten uw mannen het klooster nu, majoor? Het is bijna tijd voor vespers en ons avondmaal, en we willen graag verder met onze normale routine. Al bent u natuurlijk zeer welkom als u nog een kopje koffie wilt komen drinken in mijn kantoor.'

Majoor Thielen trok een gezicht alsof hij zich de koffie van zijn eerste bezoek nog goed herinnerde, sloeg haar aanbod af en zei dat hij terug moest naar het hoofdkwartier om de zoektocht naar de ontsnapte gevangenen elders te overzien. 'Kolonel Hoch en zijn mannen doorzoeken de omliggende boerderijen en huizen, dus ik moet terug om te kijken of hij iemand gevonden heeft.'

Ze liepen naar de hal, waar de rest van de mannen stond te wachten. Majoor Thielen stuurde hen weg en bevrijdde zuster Celestine eindelijk van de dreiging van Hesses geweer. Terwijl ze naar buiten liepen, prevelde moeder Marie-Pierre een dankgebedje voor hun vertrek en de verlossing van het klooster. Ze was zich er maar al te zeer van bewust dat als kolonel Hoch degene was geweest die het klooster had doorzocht, hij zich vast niet had laten bedotten door een schijnbaar incontinente oude dame en een rij biddende kinderen.

Zodra ze zeker wist dat de soldaten in de truck en de majoor in zijn auto echt waren weggereden, deed ze de voordeur op slot en haastte zich weer naar haar slaapcel boven. Zuster Sint-Bruno zat in een stoel, terwijl zuster Eloise de gewonde vrouw verzorgde die weer op moeder Marie-Pierres bed lag.

'Zuster, dat was geweldig,' zei moeder Marie-Pierre toen ze de kamer in kwam. 'Hoe heb je dat allemaal in zo korte tijd kunnen regelen?'

Zuster Eloise keek niet op van haar werk. 'Zuster Henriette heeft me geholpen. Moeder, ik zou heel dankbaar zijn als u zuster Sint-Bruno kunt terugbrengen naar haar eigen bed. Daarna heb ik hier wat hulp nodig.'

Moeder Marie-Pierre volgde zonder aarzeling de instructies van de ziekenhuismatrone op. In de Grote Oorlog had zuster Eloise Sarah Hurst, zoals ze toen nog heette, ook altijd bevelen gegeven die ze zonder protesten uitvoerde. Hoewel hun rollen nu omgekeerd waren en moeder Marie-Pierre het hoogste lid van de gemeenschap was, wist ze dat zuster Eloise het in situaties zoals deze het best wist.

'Kom, zuster,' zei ze tegen haar tante, 'we brengen je terug naar bed.' Ze moest toch even onder vier ogen met tante Anne praten. Zorgvuldig hielp ze de oude non van de stoel, nam bijna al haar fragiele gewicht over en hielp haar door de gang terug naar haar eigen cel.

Zuster Sint-Bruno zakte met een zucht op haar bed. 'Zijn de kinderen veilig?' vroeg ze.

'Ja, voorlopig wel, maar als de inval was gedaan door kolonel Hoch, denk ik dat het een ander verhaal zou zijn geweest. Ik geloof niet dat de majoor er veel zin in had. Ik bedoel...' Ze zweeg even om te overpeinzen wat ze eigenlijk bedoelde. 'Hij leek er niet blij mee dat hij het klooster moest doorzoeken. Hij liet het meeste werk aan zijn mannen over en nam alleen het voortouw op plekken waarvan hij vrij zeker wist dat hij er niets zou vinden.' Ze grijnsde naar haar tante. 'Je was geweldig. Over lastige oude vrouwtjes gesproken!' Toen werd ze weer serieus. 'Maar je hebt een groot risico genomen, hoor.'

'Onzin,' antwoordde haar tante. 'Niet meer dan jij of zuster Eloise. En wat konden we anders? Dat arme kind aan je majoor overhandigen?'

'Nee, natuurlijk niet,' zei Sarah, 'en hij is niet mijn majoor.'

‘Misschien niet, maar hij lijkt je te vertrouwen, en het zou nuttig kunnen zijn als hij in de toekomst aan onze kant staat.’

‘Ik betwijfel of dat ooit zal gebeuren,’ antwoordde Sarah ernstig, ‘maar hij is misschien een minder grote dreiging dan kolonel Hoch.’

# 11

Het bezoek van de Duitsers overtuigde moeder Marie-Pierre ervan dat ze haar plan om de kinderen naar Parijs te verhuizen meteen in gang moest zetten. Terwijl zuster Eloise doorging met het verzorgen van de patiënt op haar bed, keerde de moeder-overste zelf snel terug naar de kapel. Zuster Danielle was er nog met de kinderen, al had ze hen nu op stoelen gezet om een verhaal uit de Bijbel voor te lezen. Marthe had Margot op haar knie en wiegde haar zachtjes, terwijl het hoofd van het slapende kind tegen haar schouder rustte.

'De kinderen kunnen nu wel terug voor hun avondeten, zuster,' zei moeder Marie-Pierre, 'en misschien kun jij dan in de tussentijd naar mijn kantoor komen. Ik moet je even spreken.'

'Ja, moeder, natuurlijk,' antwoordde de non. 'Ik kom er zo aan.' Ze leidde de kinderen de kapel uit en sloot de deur achter hen.

Moeder Marie-Pierre zakte op haar knieën voor het altaar. 'O, Heer,' bad ze, 'help me om die kinderen in veiligheid te brengen, weg bij de verschrikkingen en gevaren van deze oorlog.' Ze bleef nog vijf minuten in de kapel en liet zich zoals altijd kalmeren door de vredige stilte. Toen ze weer opstond om naar haar kantoor te gaan, wist ze dat ze kracht had geput uit die paar minuten alleen met haar God.

'We moeten die kinderen hier weghalen,' zei ze meteen toen zuster Danielle bij haar was. 'De SS is in het dorp. Het is nu niet meer alleen het Duitse leger. Vandaag deed majoor Thielen de doorzoeking van het klooster, en hij heeft nog wat respect voor onze roeping en onze habijten, maar SS-kolonel Hoch is een heel andere man. Hij zoekt Joden. Als hij ontdekt dat de Leon-kinderen, Marthe en Margot Joods zijn, worden ze opgepakt en afgevoerd net als de rest van Marthes familie vandaag.'

'Maar waar moeten ze dan heen, moeder?' vroeg zuster Danielle ongerust. 'Waar zijn ze veilig voor zo'n man?'

'In Parijs,' antwoordde moeder Marie-Pierre ferm. 'Bij moeder Magdalene. Niemand daar hoeft te weten waar de kinderen vandaan komen, alleen maar dat ze verweesd zijn door de oorlog.'

'Maar hoe krijgen we ze daar?'

'Ik breng ze zelf,' zei haar superieur. 'We gaan gewoon met de trein. We hoeven ze alleen maar naar het station in Albert zien te krijgen, en dan nemen we de trein naar Amiens en vervolgens Parijs.'

'Ga ik dan met u mee?' vroeg zuster Danielle.

'Ik heb wel iemand nodig. En het lijkt me het beste als jij dat bent, aangezien de kinderen je kennen en van je houden. Maar het kan gevaarlijk zijn. Wil je mee?'

'Ja, moeder, natuurlijk,' antwoordde zuster Danielle meteen. 'Het zijn mijn kinderen.'

'In dat geval zal ik je mijn plan vertellen en hoor ik graag wat je ervan vindt.'

De moeder-overste zette het plan uiteen dat ze eerder met zuster Sint-Bruno had besproken. 'Ik denk dat het het veiligst is om openlijk te reizen,' zei ze. 'Het zal veel verdachter overkomen als we proberen te verbergen wat we doen. De enige om wie ik me echt zorgen maak is Marthe. Zij is overduidelijk geen kind meer, en bovendien heeft ze Joodse gelaatstrekken. Ik heb besloten haar in een novicehabijt te laten meereizen, alsof ze een zuster is die een bezoekje gaat brengen aan de gemeenschap in Parijs.'

'En laat u haar dan daar achter, als novice?' Zuster Danielle klonk twijfelend.

'Ik laat haar bij moeder Magdalene achter, ja,' antwoordde moeder Marie-Pierre. 'Zij moet maar beslissen wat het beste voor het meisje is als ze eenmaal daar woont. Kolonel Hoch zal niet tevreden zijn als hij hoort dat er nog meer Joden in de omgeving waren die bij de arrestatieronde zijn overgeslagen. En twijfel er maar niet aan,' voegde ze er bitter aan toe, 'hij zal het te horen krijgen.'

Ze zei niets over de gewonde vrouw die boven op haar bed lag. Hoe minder mensen van haar afwisten, hoe beter. Niet dat ze zuster Danielle niet vertrouwde, of de andere zusters, maar een foutje was snel gemaakt. Eén achteloos woordje kon niet alleen de vrouw zelf in gevaar brengen, maar ook de nonnen die haar onderdak hadden geboden.

'We vertrekken zodra het geregeld kan worden,' zei de moeder-overste, 'dus zorg er alsjeblieft voor dat de spullen van de kinderen ingepakt zijn en ze elk moment weg kunnen.'

Toen zuster Danielle opstond om terug te keren naar de kinderen, vroeg moeder Marie-Pierre haar om zuster Marie-Marc naar haar toe te sturen. Ze zweeg even ernstig en besloot met: 'En zuster, die kinderen lopen echt risico, dus hoe minder we dit bespreken, hoe beter het is.'

Zuster Danielle glimlachte. 'Ik zeg niets, moeder. Wilt u dat ik een novicehabijt voor Marthe haal?'

De moeder-overste schudde haar hoofd. 'Nee, ik overleg zelf wel met zuster Marie-Paul.'

Terwijl ze op zuster Marie-Marc wachtte, staarde moeder Marie-Pierre naar het ommuurde tuintje buiten en overwoog hoeveel ze tegen de oude non kon zeggen. Toen ze in de Grote Oorlog als Sarah Hurst naar het klooster was gekomen, had zuster Marie-Marc de leiding gehad over de keuken. Nu was dat werk te veel voor haar en hielp ze zuster Elisabeth alleen nog met wat lichte taken en zorgde ze voor haar geliefde kippen.

Zuster Marie-Marc is dan misschien oud, met krakende gewrichten, dacht de moeder-overste, maar ze is geenszins seniel. Toen ze die gewonde vrouw vond, hield ze het hoofd koel, bracht haar naar een veilige plek en kwam mij halen. Ze moet ook het bloed op de vloer hebben weggeschrobd voordat majoor Thielens soldaten in de keuken aankwamen, want ze hebben niets gevonden. Ik hoop vurig dat we de kinderen weg kunnen krijgen voordat er een volgende doorzoeking komt, en ook dat we een manier kunnen vinden om die arme gewonde vrouw te beschermen; al is dat weer een heel ander probleem.

Er werd op haar deur geklopt; zuster Marie-Marc was er.

'Kom binnen, zuster.' Moeder Marie-Pierre draaide een stoel bij, zodat ze tegenover elkaar konden zitten om te overleggen. 'Vertel eens, waren er nog problemen toen de soldaten de keuken kwamen doorzoeken?'

De oude non lachte kakelend. 'Nee, moeder. Ik had de vloer al schoongemaakt, maar toen *les sales Boches* binnenkwamen, had ik nog geen tijd gehad om de emmer leeg te gooien. Ik hoorde ze aankomen, dus goot ik de emmer leeg in een pan en zette die op het fornuis. En toen roerde ik erin alsof het soep was.'

In weerwil van zichzelf lachte moeder Marie-Pierre. 'Soep?'

'O ja, moeder. En als ze het hadden willen proeven, had ik het ze gegeven.'

'Godzijdank dan maar dat ze daar niet om vroegen,' antwoordde haar superieur, die probeerde haar gezicht in de plooi te houden. 'Goed, zuster, we hebben een probleem. De vrouw die je hebt gevonden is ernstig gewond, maar ze wordt ook gezocht door de Duitsers. We moeten haar veilig verborgen houden totdat ze fit genoeg is om verder te trekken.'

Zuster Marie-Marc knikte.

'Hoe minder mensen in het klooster weten dat ze hier ooit was,' ging moeder Marie-Pierre door, 'hoe beter het is.'

'Dus u gaat het de andere zusters niet vertellen.'

'Nee,' antwoordde moeder Marie-Pierre. 'Het lijkt me het veiligst voor ons allemaal als zo weinig mogelijk mensen dit geheim kennen. Jij weet het, natuurlijk, en zuster Eloise. En zuster Henriette, want die heeft zuster Eloise geholpen. Maar het is niet nodig dat nog iemand anders weet dat we een ontsnapte gevangene herbergen.'

'In de Grote Oorlog,' zei zuster Marie-Marc langzaam, 'vochten we ook tegen de Duitsers. Ons leger stond tegenover dat van hen, maar ze waren niet hier in Frankrijk. Ze woonden niet in onze dorpen, namen de huizen van onze mensen niet in, stuurden geen burgers naar Duitsland. Schoten geen mensen neer. Het kan niet goed zijn, moeder, wat ze doen met de gewone mensen van Frankrijk.'

'Er is altijd wreedheid in een oorlog,' zei moeder Marie-Pierre. 'Dat hebben we de vorige keer ook vaak genoeg gezien. Maar ik ben het met je eens dat het nu anders is, en we moeten er dus ook anders op reageren.' Ze glimlachte. 'Ik weet dat ik op je kan rekenen als ik je nodig heb.'

Toen moeder Marie-Pierre zuster Marie-Paul benaderde voor een novicehabijt, was de novicemeesteres van afgrijzen vervuld. 'Het is godslastering om een Jood het habijt van een christelijke zuster te laten dragen,' riep ze uit. 'Ik kan niet geloven dat u die heilige kledingstukken zo wilt bezoedelen.'

Moeder Marie-Pierre onderdrukte haar woede. 'Die kledingstukken zijn niet heilig, zuster,' zei ze. 'Het zijn gewoon kleren. Maar met Gods hulp zullen ze Marthe beschermen tegen de Duitsers.'

Toen zuster Marie-Paul niets zei, maar met een strak gezicht naar haar bleef staren, ging moeder Marie-Pierre door. 'Hoe eerder ze veilig in Parijs is, hoe beter, zuster. Dan kan moeder Magdalene de verantwoordelijkheid voor haar overnemen.'

'We zouden niet betrokken moeten raken bij wat er buiten de kloostermuren gebeurt, moeder,' vond zuster Marie-Paul. 'Onze taak is het verplegen van de zieken in het ziekenhuis en het volgen van een leven van gebed.'

'Zeker, zuster,' zei moeder Marie-Pierre gelijkmoedig. 'Maar we moeten ook strijden tegen het kwaad waar het de kop opsteekt. Het kan niet juist zijn om kinderen zoals Margot naar een kamp ergens in Duitsland te sturen.'

'Ze had met haar moeder mee moeten gaan,' hield zuster Marie-Paul vol. 'Bij haar familie moeten blijven. Het was niet nodig om haar hierheen te halen.'

Geconfronteerd met zuster Marie-Pauls onverzettelijke houding kon moeder Marie-Pierre alleen maar opgelucht zijn dat de novicemeesteres niet besefte dat drie van de andere kinderen ook Joods waren. Innerlijk zuchtte ze. 'Nou, ze zijn hier niet lang meer, zuster, en dan kun je je weer ontspannen.'

Later die avond zocht ze tante Anne op. 'Het is heel moeilijk wanneer een hooggeplaatste zuster, zoals je novicemeesteres, het niet eens is met je denkwijze,' vertrouwde Sarah haar toe. 'Ik vraag me af hoe moeder Magdalene met deze situatie zou zijn omgegaan.'

'Misschien met meer dwang dan jij,' bekende haar tante, 'maar niet noodzakelijkerwijs beter.'

'Ik heb zuster Marie-Josephs papieren geleend voor Marthe,' vertelde Sarah haar. 'Vluchtig bekeken voldoen ze wel, want voor een leek zien alle nonnen er hetzelfde uit, maar als ze grondig worden bekeken, valt ze door de mand. Voor de kleine Margot heb ik niets. We zullen maar moeten bidden dat we niet staande worden gehouden.'

'Ik zal doorlopend voor jullie allemaal bidden,' verzekerde haar tante haar, terwijl ze ten afscheid in Sarahs handen kneep.

Moeder Marie-Pierre en de kinderen vertrokken de volgende dag naar Parijs. Jean Danot, de boer, zou hen naar Albert brengen met zijn boerenkar, en ze hadden daar alle kinderen en hun bagage al in geladen. De kinderen waren opgewonden en angstig tegelijk. De oudere kinderen verlieten het enige thuis dat ze ooit hadden gekend, maar met stijgende opwinding bij de gedachte aan Parijs. De Leonkinderen bleven dicht bij zuster Danielle, de nieuwe rots in hun kolkende branding van verandering en angst. Marthe, gekleed in het wijde habijt en de kleine hoofdtooi van een novice van de orde, hield stevig Margots hand vast; zij waren voor elkaar de laatste link met hun verloren familie.

De boerenkar hobbelde weg bij de kloosterpoort, getrokken door een enorm karrenpaard. Er was geen brandstof voor de truck van de boerderij, en zelfs al was dat er wel, dan zou monsieur Danot het niet hebben verspild om een groep nonnen en kinderen naar het station in Albert te brengen.

Om de hoofdweg naar Albert te bereiken, moesten ze over het dorpsplein. Dit was het deel van de tocht dat moeder Marie-Pierre het gevaarlijkst leek. Als ze eenmaal Sainte-Croix uit waren, zou er waarschijnlijk weinig belangstelling zijn voor een groep nonnen en kinderen die van het ene klooster naar het andere reisde, maar als kolonel Hoch hen zag, of zelfs majoor Thielen, zouden er zeker vragen worden gesteld. Maar ze moesten het risico nemen, want er was geen andere praktische manier om naar Albert te komen.

Moeder Marie-Pierre zat op de bok naast monsieur Danot en de rest van de groep zat opeengepakt achterin. Toen ze het dorpsplein op reden, kwam kolonel Hoch net het Duitse hoofdkwartier uit. Het was bijna, dacht moeder Marie-Pierre, alsof hij in hinderlaag had gelegen.

Een scherp bevel van hem bracht hen tot stilstand, onder dekking van de geweren van drie van zijn mannen. De SS-officier beende naar hen toe. 'Wat is dit?' vroeg Hoch. 'Waar gaan jullie heen?'

Moeder Marie-Pierres hart ging tekeer nu haar angst bewaarheid was, maar ze wist rustig te antwoorden. 'Ik breng de kinderen naar ons moederhuis in Parijs, kolonel. Het ziekenhuis raakt overvol, en dus verhuizen we de kinderen om meer ruimte te maken.'

De kolonel tuurde naar de kinderen en de twee nonnen achter in de wagen. 'Eruit!' beval hij. 'Allemaal!'

Niemand aarzelde. Moeder Marie-Pierre klom van de bok en alle anderen klommen van de wagen. Marthe, opgelaten in haar onwennige kleding, struikelde en zou zijn gevallen als zuster Danielle haar niet had beetgepakt.

De kolonel staarde even naar haar. Zij sloeg haar ogen neer zoals moeder Marie-Pierre haar had opgedragen, maar de moeder-overste kon zien dat haar handen trilden terwijl ze die in de wijde mouwen van haar habijt verstrengelde. Margot rende meteen naar haar toe, en Marthe bukte zich, legde een arm om haar heen en trok haar beschermend tegen zich aan.

Kolonel Hochs blik ging over de andere kinderen heen die bij zuster Danielle stonden, terwijl zij baby Anne Leon op haar arm had. 'En wie zijn dit?' vroeg hij streng.

Moeder Marie-Pierre antwoordde voor hen. 'Dat zijn onze wezen, kolonel. Ons klooster heeft ook een weeshuis. Ze wonen al bij ons sinds hun ouders zijn overleden. Ik heb hun papieren hier als u die wilt zien.' Ze maakte al aanstalten om de papieren tevoorschijn te halen.

Maar de kolonel negeerde haar totaal. 'Jij,' zei hij wijzend. 'Hoe heet je?'

Jean-Pierre staarde hem met grote ogen van angst aan.

'Kom op, jongen.' Hoch deed een stap naar hem toe. 'Hoe heet je?'

'Jean-Pierre,' mompelde de jongen, terwijl hij achteruitdeinsde.

'Jean-Pierre hoe?'

'Jean-Pierre Malpas.'

'Nou, Jean-Pierre Malpas, leer te antwoorden als iemand je wat vraagt.' Hoch draaide zich om en riep met een ruk van zijn hoofd een van zijn mannen naar zich toe. 'Doorzoek die kar.'

De man klom op de wagen en tilde alle bagage eruit. 'Er is verder niemand, meneer,' zei hij toen alle bagage op de grond lag en de wagen overduidelijk leeg was.

'Kijk eronder,' beval Hoch, waarop de soldaat plichtsgetrouw onder de wagen kroop.

'Niets, meneer,' meldde hij toen hij er weer onder vandaan kwam.

Hoch loerde naar hen allemaal voordat hij zich abrupt omdraaide en terug beende naar het dorpshuis. De soldaat slenterde achter hem aan.

'Kom, kinderen, we leggen alle spullen weer op de wagen,' zei moeder Marie-Pierre monter. 'We willen de trein niet missen, toch?'

Alles werd opgeraapt en op de wagen teruggezet, en de kinderen en zusters klommen weer aan boord.

'Ze zoeken iemand,' zei moeder Marie-Pierre zachtjes tegen Jean Danot toen hij het paard weer in beweging had gezet en ze het dorp uit reden.

'Ze hebben nog steeds die twee niet gevonden die uit de vrachtwagens waren ontsnapt,' gromde Jean. 'Ze zijn al drie keer bij mijn boerderij geweest. Bajonetten in de hooibalen steken was niet genoeg. Ze trokken de hele zwik het erf op. Kostte me een hele dag om alles weer veilig onder dak te op te stapelen.'

'Ze hebben het klooster ook doorzocht,' zei de moeder-overste. Maar slechts één keer, dacht ze, dus misschien komen ze nog terug, en wat zou er dan gebeuren? Ze had de gewonde vrouw onder de hoede van zuster Eloise achtergelaten, en voorlopig was er niets meer wat moeder Marie-Pierre voor haar kon doen. Zij moest zich er nu op concentreren om de kinderen veilig naar Parijs te krijgen.

Er viel een stilte tussen hen. Jean Danot was een man van weinig woorden, die geen tijd had voor zinloos geklets... Gevaarlijk geklets. De rest van de weg legden ze zwijgend af.

De trein naar Amiens kwam dampend en puffend het station in en moeder Marie-Pierre en zuster Danielle kregen hun kleine kudde aan boord. Marthe, die nog steeds opgelaten leek in haar habijt, had de leiding gekregen over Margot, zodat ze zich daarop kon concentreren tijdens de tocht.

Het was druk in de trein. Het groepje perste zichzelf in een coupé, waar de kleinere kinderen bij de nonnen op schoot moesten zitten.

De trein reed langzaam en stopte verschillende keren, zodat het al laat was toen ze eindelijk in Amiens aankwamen en ze de trein naar Parijs hadden gemist.

'Wat moeten we nu, moeder?' vroeg zuster Danielle ongerust. Ze droeg Anne nog op haar arm, terwijl Catherine haar rokken vasthield.

De moeder-overste bekeek het drukke station en troonde haar groep mee naar de wachtruimte. 'Wacht hier,' zei ze, 'dan ga ik navragen of er vandaag nog een andere trein rijdt.'

Dat was niet zo, en toen ze de stationsmeester vroeg of ze dan die nacht in de wachtruimte mochten blijven, was zijn antwoord niet bemoedigend. 'Sorry, zuster, maar dan zou u de avondklok overtreden.'

Moeder Marie-Pierre was vergeten dat de Duitsers een avondklok hadden ingesteld. Dat was niet relevant voor het klooster, aangezien de nonnen nooit 's avonds op pad gingen. 'Hoe laat is dat?' vroeg ze, en de man vertelde haar dat de avondklok om elf uur inging.

'Ik begrijp het,' zei ze. 'Dan zullen we een andere plek moeten zoeken. Weet u een pension of hotel dat ruimte zou kunnen hebben voor ons allemaal?'

'U zou het bij de Lion d'Or kunnen proberen,' opperde de man twijfelend. 'Daar hebben ze misschien plek.'

Hij wees de moeder-overste de weg, en met haar groepje achter zich aan ging ze de straten op. Bij de Lion d'Or wierp de eigenaar één blik op het groepje voor zijn deur en haalde overdreven zijn schouders op. Het speet hem, maar hij had geen plaats voor zo'n grote groep.

'Kunt u dan misschien iets anders aanbevelen?' Moeder Marie-Pierre moest moeite doen om beleefd te blijven. Maar de man haalde zijn schouders weer op, en ze draaide zich gefrustreerd om. Terwijl ze dat deed, zag ze op de hoek van de volgende straat een kerk. Daar zouden ze vast onderdak kunnen vinden.

'Kom mee,' zei ze kordaat, en ze ging voorop naar de kerk. Eenmaal binnen liet ze iedereen gaan zitten. 'Jullie wachten hier,' droeg ze hun op. 'Ik ga naar de priester en leg hem onze situatie uit.'

Het huis van de priester was niet moeilijk te vinden, en toen ze aanklopte werd ze verwelkomd door de huishoudster.

'Ach, zuster, kom binnen,' zei de vrouw toen moeder Marie-Pierre had gezegd dat ze de priester wilde spreken. 'Vader Bernard is in zijn werkkamer. Ik zal hem gaan halen.' Ze liet de non een zitkamer in.

Toen vader Bernard aankwam, legde moeder Marie-Pierre uit dat ze een groep wezen naar het moederhuis in Parijs bracht, maar dat ze hun trein gemist hadden en nu gestrand waren in Amiens. Ze stapte achteloos over de reden voor hun reis heen. Hoe minder informatie ze gaf, hoe beter het was voor iedereen.

De priester begreep de situatie meteen. 'Jullie moeten allemaal hierheen komen,' zei hij. 'Het zal een beetje vol worden, maar we redden ons wel. Ga ze halen, dan waarschuw ik madame Papritz dat we gasten hebben.'

Met grote opluchting haalde moeder Marie-Pierre haar groep uit de kerk naar het huis van de priester.

Madame Papritz was al even hartelijk als vader Bernard en zette de kinderen om haar keukentafel. Terwijl zij hun brood met honing gaf, nam vader Bernard de drie nonnen mee naar een slaapkamer boven, waar een doorgezakt tweepersoonsbed stond.

'De kinderen kunnen hier slapen,' zei hij. 'Het is een beetje klein, vrees ik, en meer bedden zijn er niet, maar ik heb een heleboel dekens. Jullie kunnen in de kamer hiernaast slapen, zusters.'

Hij opende een andere deur. In deze kamer stond alleen een smal eenpersoonsbed. Vader Bernard zuchtte. 'Vroeger waren we met z'n tweeën in de parochie, maar vader Gilbert is bij het leger gegaan als kapelaan. Hij is niet meer teruggekomen, God hebbe zijn ziel.'

'Als u het niet erg vindt, vader,' zei moeder Marie-Pierre, 'dan lijkt het me beter als we ons opsplitsen, met in elke kamer een paar kinderen. Als ze dan vannacht wakker worden, is er iemand bij ze die ze kennen.'

'Regel het maar helemaal zoals u wilt, moeder,' zei de priester vriendelijk. 'Ik zal wat dekens voor u halen, en als de kinderen dan in bed liggen, kunt u een hapje met ons mee-eten.'

Hoe anders reageerde deze man dan vader Michel in Sainte-Croix, dacht moeder Marie-Pierre later toen ze op een deken op de vloer lag, met Jean-Pierre en David slapend in het eenpersoonsbed naast haar. Die zou zich nooit zo veel moeite hebben getroost.

Madame Papritz voorzag iedereen de volgende ochtend van een ontbijt voordat ze vertrokken om de trein naar Parijs te nemen, zodat ze gevoed en comfortabel aan de rest van hun reis konden beginnen.

Vader Bernard zei een kort gebed met hen en zegende hen, maar toen ze de deur uit liepen hield hij moeder Marie-Pierre nog even tegen. 'Moeder,' zei hij zachtjes. 'U moet de jonge zuster eraan herinneren... Zuster Marie-Joseph heet ze toch? U moet haar eraan herinneren dat ze reageert op haar naam... En leer haar het Onzevader, op z'n minst. Anders verraadt ze jullie allemaal.'

Moeder Marie-Pierre hield even zijn blik vast. 'Dank u, vader. Ik zal met haar praten.'

'Ga met God, moeder, en moge Hij jullie allemaal beschermen. Als u ooit een logeeradres in Amiens nodig hebt,' voegde hij er zachtjes aan toe, 'bent u hier altijd welkom, samen met wie er dan ook met u meereist.'

Moeder Marie-Pierre pakte zijn hand. 'Dank u, vader. Ik zal het onthouden.'

De nonnen tilden de kinderen aan boord van de trein naar Parijs en zochten een lege coupé op. Aangezien ze die met hun groep helemaal vulden, probeerde er niemand anders bij hen in te stappen. Een paar mensen tuurden naar binnen, maar liepen door toen ze de opeengepakte nonnen en kinderen zagen zitten.

Eindelijk vertrok de trein, en moeder Marie-Pierre voelde dat ze zich ontspande. Dit was het laatste deel van de reis. Vanaf het Gare du Nord hoefden ze nog maar een klein stukje te lopen naar het klooster, naar de veiligheid en de nuchterheid van moeder Magdalene. Zuster Danielle zong psalmen met Monique, Catherine en Margot, Anne zat rustig op Marthes knie en speelde met het crucifix dat ze om haar hals droeg, en de jongens keken uit het raam naar het landschap dat voorbijgleed. Moeder Marie-Pierre sloot haar ogen, gesust door het ritme van de trein.

Ze schrok wakker toen met een ruk de deur openging en er twee mannen binnenkwamen. Ze droegen geen uniform, maar er bestond geen twijfel over dat ze Duitsers waren, en in officiële hoedanigheid.

'Papieren,' blafte de eerste, en hij stak zijn hand naar moeder Marie-Pierre uit.

Het zingen stopte abrupt en de drie kleine meisjes staarden angstig naar de mannen. Paulette keek ongerust naar Marthe en toen naar moeder Marie-Pierre, en de jongens wendden zich van het raam af.

De kleur liep uit Davids gezicht weg. Marthe boog haar hoofd en begon de kleine Anne te wiegen. Het kind kraaide opgetogen bij het zien van de twee mannen en stak een mollig handje naar hen uit.

Moeder Marie-Pierre pakte kalm de papieren die ze voor iedereen bij zich had en overhandigde ze. Lieve God, bad ze in stilte toen de mannen ze inspecteerden, laat me alstublieft de juiste woorden zeggen wanneer ze naar Marthe en Margot vragen.

Ze zag de man eerst haar papieren bekijken, en toen die van zuster Danielle en zuster Marie-Joseph. Zijn belangstelling leek aanvankelijk oppervlakkig, maar toen keek hij moeder Marie-Pierre aan. 'U bent de moeder-overste, ja?'

Moeder Marie-Pierre beaamde dat.

'En waar gaan jullie heen?'

'Ik breng deze kinderen naar het moederhuis van onze orde in Parijs,' antwoordde ze.

'Waarom?' wilde hij weten.

'Het zijn wezen, monsieur. We hebben daar een weeshuis.'

De man gromde. 'Wie van jullie is zuster Danielle?' vroeg hij, kijkend naar de twee andere nonnen.

'Ik.' Zuster Danielle hief haar hand.

'Dus dan ben jij zuster Marie-Joseph,' zei hij tegen Marthe.

Marthe hield haar gezicht dicht bij de wurmende baby in haar armen. 'Ja, monsieur,' fluisterde ze.

'Wacht eens even.' De tweede man had de papieren van de kinderen staan bekijken. Moeder Marie-Pierres hart sloeg een slag over. 'We komen één stel papieren tekort.' Hij keek naar de kinderen. 'Zeg jullie namen,' zei hij nors.

Moeder Marie-Pierre besloot dat ze iets moest zeggen. 'U hebt inderdaad gelijk, monsieur, we hebben geen papieren voor de kleine Margot Lenoir.' Ze gebaarde naar het kind dat tegen zuster Danielle aan zat. 'Ze is nog maar pas bij ons. Haar vader is vorig jaar gesneuveld in de aftocht naar Duinkerken, haar moeder vorige week bij een brand. Haar papieren zijn samen met het huis in vlammen opgegaan en we hebben nog geen nieuwe voor haar. We zullen die aanvragen zodra ze in het klooster woont.'

'U had niet zonder papieren moeten reizen,' zei de man, die haar argwanend bekeek. 'Een brand? Wat toevallig. Hoe weet ik dat het de waarheid is?'

Moeder Marie-Pierre keek hem in de ogen. 'Omdat ik u dat vertel.'

Op dat moment klonk er lawaai verderop in de gang – geroep en een schot – en begon de trein krijsend af te remmen. Hoewel ze niet bijzonder hard hadden gereden, deinden de wagons wild heen en weer toen de remmen aangrepen. De twee jongens, die nog bij het raam hadden gestaan, werden door de coupé gelanceerd en stootten Margot van zuster Danielles knie. Het kleine meisje begon te huilen, maar haar nood was vergeten toen er verderop in de trein nog een schot klonk.

De twee mannen draaiden zich met een ruk om en stapten het gangpad in, waar een magere man met een bloedend gezicht probeerde zich langs hen heen te dringen. Er klonken nog meer kreten achter hem, en met een doodsbange blik over zijn schouder gaf hij de twee mannen een zet en gooide de deur van de nog rijdende trein open. De twee Duitsers wankelden even, maar toen gingen ze achter hem aan. Een van hen probeerde de vluchtende man vast te grijpen om te voorkomen dat hij uit de trein sprong, de ander haalde een pistool uit zijn zak.

De vluchteling dook zonder nog om te kijken naar buiten toen de tweede man zijn pistool afvuurde. Zodra de trein knarsend tot stilstand kwam, gingen de twee Duitsers – Gestapo, had moeder Marie-Pierre inmiddels in de gaten – achter de vluchtende man aan. Nog meer mannen dromden door de gang, sprongen naar buiten en verspreidden zich op zoek naar de voortvluchtige. Er klonken weer schoten.

Moeder Marie-Pierre schoof de deur van hun coupé dicht en richtte zich tot haar bleke metgezellen. 'Wie die arme ziel ook was, hij heeft ons gered van de Gestapo,' mompelde ze.

'Was dat de Gestapo, moeder?' vroeg zuster Danielle zachtjes.

'Bijna zeker, zuster.' Ze glimlachte naar de kinderen. 'Nou, jongens, raad eens wat die lieve madame Papritz me heeft gegeven voordat we vertrokken.'

Paulette, oud genoeg om te beseffen hoeveel gevaar ze hadden gelopen, probeerde belangstellend te klinken. 'Ik weet het niet, moeder. Wat dan?'

'*Pain d'épice*!' Ze haalde het gemberbrood uit haar tas en brak het in vijf stukken. De kinderen pakten ze hongerig aan en zaten er tevreden van te eten toen de trein weer in beweging kwam. Een uur later dan gepland reed hij puffend het Gare du Nord in.

Toen ze eindelijk aankwamen bij het moederhuis, werden ze meteen naar moeder Magdalene gebracht. Eén blik op moeder Marie-Pierres gezicht was voor haar voldoende om te weten dat de situatie ernstig was. Ze stuurde zuster Danielle – en ook Marthe, van wie ze aannam dat ze een novice was – weg om de kinderen in de gastenvertrekken onder te brengen en nam moeder Marie-Pierre mee naar haar werkkamer. Ze hoorde haar aan zonder haar te onderbreken.

'Het is goed dat je ze bij mij hebt gebracht,' zei ze uiteindelijk. 'Hier zullen ze veilig zijn. Ik zal papieren regelen voor de kleine Margot, en ze kunnen zo lang blijven als nodig is. We hebben al tien andere kinderen hier bij ons in het weeshuis. Ze zullen zich snel thuis voelen.'

'En Marthe?' vroeg moeder Marie-Pierre. 'Ze kan niet verkleed als novice blijven rondlopen. Vader Bernard in Amiens zag meteen dat ze geen non was, en zelf is ze er ook niet gelukkig mee. Ik had grote moeite om haar dat habijt te laten aantrekken, zelfs al was het maar als vermomming.'

'Je zei dat ze als lekenhulp in het ziekenhuis werkte?' vroeg moeder Magdalene.

'Ja. Zuster Eloise zegt dat ze aanleg heeft om een goede verpleegster te worden.'

'Dan is er geen probleem,' zei moeder Magdalene kalm. 'Ze kan bij ons aan de slag als lekenzuster, en ik zal proberen haar fatsoenlijk tot verpleegster te laten opleiden zodat ze zichzelf buiten het klooster ook kan onderhouden.'

Moeder Marie-Pierre sloot zich bij de zusters aan in hun kapel die avond, en de volgende morgen voor het ochtendgebed weer, en toen vertrok ze naar het station om naar huis te reizen.

'Kun je niet een paar dagen blijven?' vroeg moeder Magdalene nog. 'Gewoon totdat de kinderen een beetje gewend zijn?'

'Nee, moeder, dat kan niet. De zusters in Sainte-Croix hebben me nodig. Maar als u zuster Danielle nog een week of twee hier kunt houden, zal dat de overgang voor de kleinere kinderen wat gemakkelijker maken.'

Het werd zo afgesproken, al was zuster Danielle ongerust omdat moeder Marie-Pierre nu helemaal alleen naar Sainte-Croix terug zou reizen.

'Doe niet zo gek, zuster,' zei moeder Marie-Pierre ferm. 'Als de treinen op tijd rijden, ben ik voor het donker thuis.'

Ze had geluk, want er waren geen vertragingen en een boerenwagen gaf haar een lift van Albert naar het dorp, dus ze hoefde niet eens de lange wandeling terug naar Sainte-Croix te maken. Laat in de middag was ze weer in het klooster.

Daar werd ze begroet door zuster Celestine, die bij het openen van de deur een opgeluchte kreet slaakte. 'O, moeder, godzijdank bent u thuis.'

Moeder Marie-Pierre schrok van haar toon. 'Waarom, zuster, wat is er aan de hand?'

Zuster Celestine leek haar iets te willen vertellen, maar ze aarzelde en antwoordde uiteindelijk nogal zwakjes: 'Niets, moeder. Ik bedoel, zuster Marie-Paul zei dat ze u moest spreken zodra u thuis was.'

'Aha.' Moeder Marie-Pierre trok één wenkbrauw op. 'Ga haar dan maar snel vertellen dat ik terug ben. Ik ben in mijn kantoor.'

# 12

Zodra de moeder-overste en de kinderen op Jean Danots boerenkar het dorpsplein af reden, beende kolonel Hoch het Gestapo-hoofdkwartier weer in en riep zijn assistent, luitenant Weber. 'Ik vertrouw die non niet,' snauwde hij toen de man zijn kantoor binnenkwam. 'Ze voert iets in haar schild.'

Weber kende zijn meerdere goed genoeg om daar niets op te zeggen, al betwijfelde hij stiekem of de moeder-overste iets in haar schild voerde. Wat kon een non immers doen?

'Zoek majoor Thielen op,' zei Hoch, 'en kom dan weer hierheen.'

Toen majoor Thielen binnenkwam, liep de kolonel te ijsberen.

'Die non, die hier laatst heen kwam over die Joden,' zei Hoch. 'Ik vertrouw haar niet. Ze is net naar Parijs vertrokken met een hele karrenvracht kinderen.'

'Maar u hebt vast de wagen laten doorzoeken voordat ze het dorp verlieten, kolonel,' zei Thielen aarzelend. Hij had alles gezien vanuit zijn raam en was erg opgelucht geweest toen er niets in de kar verborgen bleek te zijn. Hij mocht kolonel Hoch niet en was het niet eens met zijn aanpak. Alles wat Hoch deed, joeg de plaatselijke bevolking in het harnas. Een bezetting was niet gemakkelijk en majoor Thielen, hoewel hij zelf ook autoritair was, had tot op zekere hoogte geprobeerd met de plaatselijke burgers samen te werken. Samenwerking, ondersteund met informatie van wie er ook maar bereid was het te verstrekken, dat was zijn voorkeursmethode. Hij was zich ervan bewust dat er verzetsgroepjes in de omgeving waren, en vrijwillig aangeleverde en betaalde informatie was veel nuttiger dan Hochs arrogante benadering. Dat zou het verzet juist eerder versterken.

Hoch was, had Thielen verbitterd gedacht toen hij hem de kar zag doorzoeken, de ergste soort parvenu en bullebak. Geen echte legerofficier, maar een lid van Himmlers kliekje, zoals Thielen hen stiekem noemde. Hij merkte nu ze oog in oog stonden dat hij zijn gezicht in de plooi moest houden om zijn weerzin voor de man te verbergen.

'Ik vertrouw haar niet,' herhaalde de kolonel. 'Wie heeft het klooster doorzocht?'

'Ik, meneer. Ik had tien man bij me en we hebben de boel van boven tot onder doorzocht.'

'En wat heb je gevonden?' vroeg Hoch.

'Niets, meneer. Er was niets ongewoons. We hebben het ziekenhuis doorzocht, de kapel, de kelders, alles.'

'En die non, die moeder-overste? Hoe gedroeg zij zich?'

'Een paar zusters waren bang toen we aankwamen, maar zij kalmeerde ze en leidde me rond in het klooster.'

'O, is dat zo?' Hoch dacht even na en wendde zich toen tot Weber. 'Franz, ik denk dat we nog een bezoekje moeten brengen aan dat klooster: een verrassingsbezoekje terwijl de moeder-overste weg is. Verzamel twintig mannen en haal mijn auto.' Hij draaide zich weer naar majoor Thielen om. 'Jij, Thielen, vertel eens over dat gebouw. Hoeveel ingangen? Hoe ziet de achterkant eruit?'

Majoor Thielen dacht even na. 'Er is een pleintje achter het hoofdgebouw, met een hoge muur eromheen. Daar is het ziekenhuis aan vast gebouwd. Op het buitenterrein staan een paar bijgebouwtjes, een schuur, een kippenhok, dat soort dingen, en er is een deur naar de keuken. Er is ook een ommuurd tuintje.'

Hoch knikte. 'Ik neem aan dat je mannen ook die bijgebouwen hebben doorzocht.'

Thielen staarde strak voor zich uit. 'Natuurlijk, meneer.'

'Goed, nou, we doorzoeken ze nog een keer. Ze zullen ons niet al zo snel terug verwachten, en zonder die moeder-overste gaat het vast gemakkelijker. Thielen, jij blijft hier om rapporten te ontvangen van de mannen die de omliggende boerderijen nog doorzoeken.'

Hoch beende naar buiten en liet majoor Thielen briesend in zijn kantoor achter.

De mannen die Hoch had laten halen, stonden op een rij te wachten.

'We gaan het klooster nog een keer doorzoeken,' blafte hij. 'Ik meld me bij de voordeur, en zodra die open is, gaan tien van jullie meteen naar binnen en doorzoeken het hoofdgebouw. Jullie weten hoe het gaat. Zoek naar alle mogelijke schuilplaatsen, let vooral op de kelders. De rest van jullie benadert het gebouw van de achterkant. Als jullie het teken krijgen, gaan jullie daar naar binnen. Er is een poort in de muur om het pleintje. Trap hem in als het moet. Doorzoek ook de bijgebouwen, want dat zijn precies de plekken waar een Jood zich zou kunnen verstoppen. Ga het ziekenhuis in en controleer elke patiënt.

'Denk eraan, dit klooster is een oud gebouw, dus het kan er wemelen van de geheime plekken waar iemand zich zou kunnen verstoppen. Die twee Joden zijn nog steeds op vrije voeten en ik wil dat ze gevonden worden. Ik tolereer geen ontsnapte Joden in mijn district.'

Hij bekeek de mannen die voor hem stonden. 'Jullie' – hij wees naar de linker groep – 'gaan via de achterkant naar binnen met luitenant Weber. Denk eraan, het verrassingseffect is essentieel. We moeten ze niet de tijd geven om iemand te verbergen. En denk er ook aan dat als ze nu leren bang voor ons te zijn, we later minder problemen met ze zullen hebben. Heil Hitler!'

Hij wendde zich tot de luitenant. 'Ik geef je twintig minuten om je mannen in stelling te brengen, Weber, en dan rij ik met de mijne naar de voordeur. Ik zal in de lucht schieten, en dat is jouw teken om naar binnen te gaan.' Bijna als bijgedachte voegde hij eraan toe: 'Als die nonnen bang voor ons zijn, des te beter. Begrepen, Franz?'

Weber knikte en salueerde.

'Twintig minuten, Franz, en wacht op mijn teken.'

Weber leidde zijn mannen over het plein, naar het bospaadje dat uitkwam aan de achterkant van het klooster. Hoch stuurde een van de wachtende mannen om een vrachtwagen te halen, en de rest van de groep klom erin. Het zou lastig worden om met een groep mannen te voet ongezien de voorzijde van het klooster te naderen, dus besloot Hoch dat ze allemaal tegelijk moesten aankomen, met zo min mogelijk waarschuwing.

Deze inval moest een succes worden. Hoch was in Berlijn gestationeerd geweest, bij de persoonlijke staf van Heinrich Himmler, toen hij ineens deze onwelkome post in dit landelijke deel van bezet Frankrijk had gekregen. Zijn grote angst was dat iemand in Berlijn zijn duisterste geheim had ontdekt: dat zijn grootmoeder van vaderskant Joods was geweest. Zij was nu natuurlijk veilig dood, maar iemand die jaloers was op zijn snelle opklimmen door de rangen van de SS kon dat feit in de oren hebben gefluisterd van hoge leden van de nazipartij, of zelfs van Himmler zelf. Hochs promoties waren voorheen altijd snel gekomen, maar deze plotselinge demotie vertelde hem dat hij met argwaan werd bekeken. Waarom zou een potentiële hoogvlieger anders naar zo'n negorij worden gestuurd? Hoch wist met dodelijke zekerheid dat hij zichzelf moest bewijzen als genadeloze roofvogel. Er waren ook wat problemen geweest met verzetsgroepen in de omgeving, en hij was vastberaden die te ontwortelen en te vernietigen, maar zijn voornaamste prooi waren de Joden, want als hij die niet vernietigde, leidde dat misschien tot zijn eigen ondergang.

Hoch stapte in de zwarte Citroën die hij van de burgemeester had geconfisqueerd en zijn chauffeur reed weg, gevolgd door de hobbelende vrachtwagen. Zodra ze voor het klooster stopten, sprong Hoch eruit, draafde de treden naar grote voordeur op en bonsde erop terwijl achter hem de vrachtwagen zijn lading uitspuugde. Toen het luikje in de deur werd geopend en er een non naar buiten tuurde, stond ze oog in oog met de loop van een pistool.

'Doe open,' grauwde Hoch tegen haar, en tot zijn tevredenheid hoorde hij meteen de grendels verschuiven. Hij hief zijn pistool en vuurde één keer in de lucht, en terwijl de deur openzwaaide stapte hij naar binnen en drong zich ruw langs de angstige non die had opengedaan.

'Ga aan het werk,' blafte hij tegen de mannen die achter hem naar binnen zwermden. Ze verspreidden zich door het klooster, de trap op en door de gangen naar de keukens en de kindervleugel, hun laarzen galmend op de stenen vloeren.

'Alstublieft...' begon de non, maar ze zweeg toen Hoch zijn pistool op haar richtte.

'Wie heeft hier de leiding?' vroeg hij.

'De moeder-overste is weg,' zei de non, bleek en aangedaan.

'Daar ben ik me van bewust,' zei Hoch. 'Dus wie heeft er dan nu de leiding?'

'Zuster Marie-Paul?' Ze klonk onzeker.

'Dan kun je me maar beter naar haar toe brengen.'

Hij stopte zijn pistool terug in de holster en liep achter de bange non aan door een gang naar het kleine kantoortje van de novicemeesteres. Toen ze de deur bereikten, beende Hoch langs de non heen en gooide hem open.

Zuster Marie-Paul zat geknield op haar bidstoel en keek geschrokken op. Toen ze Hoch op de drempel zag staan, sprong ze overeind en deinsde achteruit tegen de muur. Dat vertoon van angst bezorgde Hoch weer een steek van tevredenheid. Hij had er goed aan gedaan om naar het klooster te komen terwijl de moeder-overste weg was. Het was duidelijk dat deze vrouw, ook al was ze dan de tweede in rang, niet de sterke persoonlijkheid had om dingen van hem te eisen zoals die andere had gedaan.

'Goedendag, zuster,' zei Hoch. 'Ik ben kolonel Hoch van de SS. Mijn mannen zijn op zoek naar twee ontsnapte gevangenen. U hebt er vast niets op tegen dat ze het klooster doorzoeken.'

Nu de schok van zijn onverwachte aankomst een beetje was weggeëbd, rechtte zuster Marie-Paul haar rug. 'Natuurlijk niet, al vrees ik dat de moeder-overste hier niet is om u te begeleiden.'

'Dat maakt niet uit,' antwoordde hij kalm. 'Ik heb geen begeleiding nodig. Mijn mannen gaan zoeken, en dan wil ik u nog een keer spreken. Deze zuster,' hij keek over zijn schouder naar de non die ineengekrompen achter hem stond, 'vertelt me dat u de leiding hebt over het klooster terwijl uw moeder-overste weg is.'

'Samen met een andere non,' zei zuster Marie-Paul. Ze vatte weer wat moed en haar gezicht verloor de bleekheid van angst. 'Zuster Eloise, die de leiding heeft over het ziekenhuis.'

'Ik wil u allebei spreken. Laat die zuster Eloise halen... Nu meteen.'

'Zoals u wilt,' zei zuster Marie-Paul. 'Misschien kunnen we naar de zitkamer gaan, waar het comfortabeler is.' Ze wendde zich tot de andere non. 'Vraag zuster Eloise alsjeblieft om naar de salon te komen, zuster Celestine.'

De kleine non boog haar hoofd en verdween bijna hollend de gang in, op een rustiger tempo gevolgd door kolonel Hoch en zuster Marie-Paul. Ze leidde hem naar de salon bij de voordeur. De deur stond open en het was duidelijk dat de kamer al was doorzocht. De deurtjes van het kastje stonden open, stoelen waren omgegooid en het schilderij van Jezus met het Heilig Hart was van de muur gehaald alsof iemand erachter had gekeken.

Even bekeek zuster Marie-Paul het tafereel, en Hoch peilde haar reactie. Ze zei niets, maar zette de stoelen weer overeind en hing het schilderij terug aan het haakje boven de bidstoel.

'Ik ben ervan overtuigd dat niemand in uw gemeenschap zo stom is om betrokken te raken bij zaken die hen niet aangaan,' merkte Hoch op, terwijl hij naar het raam liep. Zoals hij had opgedragen was één man buiten blijven staan, met zijn geweer op de voordeur gericht voor het geval iemand die de soldaten wilde ontlopen ervandoor probeerde te gaan. Op het pleintje aan de achterkant zou nog een man staan.

Hij draaide zich weer om naar zuster Marie-Paul. 'Zo,' zei hij, 'en waar is uw moeder-overste naartoe?'

'Naar Parijs,' antwoordde ze. 'Er komen nu zo veel patiënten naar het ziekenhuis dat we het moeten uitbreiden naar de kindervleugel. Moeder heeft de kinderen meegenomen naar ons klooster in Parijs. Daar is ook een weeshuis, en daar is ruimte voor ze.'

'Aha.' Het was hetzelfde verhaal dat de moeder-overste had verteld, maar dat verbaasde Hoch niet. Dat was kennelijk het verhaal dat was afgesproken. 'Hoeveel kinderen waren er?' vroeg hij achteloos.

'Zes. Nee, zeven,' corrigeerde zuster Marie-Paul zichzelf haastig.

'Weet u dat niet?' Hoch was meteen argwanend.

'Zeven,' herhaalde zuster Marie-Paul op fermere toon.

Hij wilde net vragen wie die kinderen waren en hoe ze in het klooster terecht waren gekomen toen er commotie ontstond op de gang en zijn mannen de trap af kwamen rennen. Hoch beende de salon uit om te kijken wat er aan de hand was. 'Ja, Schwarz?'

'U kunt beter even naar boven komen, meneer,' zei Schwarz, en hij draaide zich weer om naar de trap. Hoch drong zich langs hem heen en beklom de trap met twee treden tegelijk. Schwarz volgde, en zuster Marie-Paul ook.

Op de overloop stonden twee mannen voor de deur van een van de slaapcellen. Een van hen hield een non onder schot, die in de gang tegen de muur stond, en de ander richtte zijn geweer de kamer in.

'Nou?' blafte Hoch. 'Wat hebben jullie gevonden?'

'Een vrouw, meneer. In het bed hier... met een verbonden schouder,' antwoordde een van de mannen. 'Schotwonden, zo te zien.'

Hoch duwde hem met zijn elleboog opzij, beende naar binnen en staarde neer op de gedaante op het bed. Zijn lip krulde op toen hij het bleke gezicht zag van de vrouw die daar lag, en er verscheen een fonkeling van triomf in zijn ogen. 'Naam?' blafte hij tegen de doodsbange vrouw.

'Simone,' was het gefluisterde antwoord.

'Simone? En uw achternaam, mádemoiselle?' De vrouw kromp ineen bij die sarcastische nadruk. 'Simone wie?' Zijn toon duldde geen tegenspraak.

'Isaacs,' mompelde ze.

'Zoals ik al dacht. Een Jood.' Hij wendde zich af alsof haar aanblik hem misselijk maakte. 'Hartmann, voer haar af,' zei hij achteloos. 'Ik praat op het hoofdkwartier wel met haar.'

De twee mannen lieten hun geweren zakken en een van hen sleepte de gewonde Simone uit het bed. Ze zakte door haar benen toen ze probeerde te staan, en zonder plichtplegingen gooide hij haar in een brandweergreep over zijn schouder. Ze gilde het uit van pijn. De non stapte met uitgestoken handen naar voren alsof ze hem wilde tegenhouden, maar de tweede soldaat duwde haar hardhandig tegen de muur.

'Achteruit,' beval hij, en hij hief zijn geweer.

Hartmann droeg Simone zonder vaart te minderen door de gang. Haar nachthemd was omhooggeschoven, en terwijl ze de trap af gingen was de bleke ronding van haar billen voor iedereen te zien.

'Neem die non ook mee,' droeg Hoch de andere man op. 'Zij verborg een crimineel.'

'Ik zorgde voor een gewonde vrouw,' zei de non mild. 'Dat is mijn roeping.'

'Die vrouw is een vijand van het Reich,' antwoordde Hoch soepel. 'Als je haar verbergt, ben jij ook een vijand van het Reich. Voer haar af, Schmidt.'

Schmidt pakte de non ruw bij de arm en wilde haar meetronen, achter zijn kameraad aan, maar ze schudde zijn hand af. 'Dat is niet nodig. Ik zal meekomen.' Ze keek even naar Hoch. 'Simone zal mijn verzorging weer nodig hebben als u klaar bent met uw ondervraging.'

Hoch hief een hand en gaf haar een klets in haar gezicht. Haar hoofd klapte naar achteren en de afdrukken van zijn vingers gloeiden rood op op haar wang, maar ze maakte geen geluid toen ze hem de rug toekeerde. Met rustige waardigheid liep ze over de overloop, en ze bleef alleen even staan om met zuster Marie-Paul te praten, die met stomheid geslagen boven aan de trap stond. 'Maak je geen zorgen, zuster. Alles is in handen van onze Heer. Vertel de moeder-overste wat er gebeurd is wanneer ze terugkomt.' Toen, met Schmidt achter haar, zijn geweer nog steeds geheven voor het geval ze ervandoor zou gaan, liep ze de trap af.

Hoch, bleek van woede, sprak zachtjes tegen zuster Marie-Paul. 'Jij! Non! Roep al je nonnen bij elkaar. Ik wil ze spreken.'

'Ik zal ze naar de recreatieruimte roepen.'

'Doe het nu,' beval Hoch. Hij wendde zich tot de laatste soldaat die nog op de overloop stond. 'Jij en ik, Schwarz, ronden hierboven de doorzoeking af.' Hij beende naar de volgende cel en trapte de deur open.

Een oude non zat rechtop in bed en staarde glazig naar de muur. Hoch keek om zich heen in het kamertje, en hij nam wel de moeite om de deken over het bed opzij te trekken. Er lag niets onder. Hij loerde naar de seniele non in bed, die blij naar hem lachte en met bevende stem vroeg: 'Hallo, jongeman. Kom je bij me op bezoek?'

Hoch draaide zich abrupt weer om en sloeg de deur achter zich dicht.

'Is iedereen hier?' vroeg hij toen hij de volle recreatieruimte betrad.

'Iedereen behalve zuster Sint-Bruno, die bedlegerig is,' antwoordde zuster Marie-Paul. 'En er is één zuster op elk van de ziekenzalen gebleven.'

Hoch knikte. Hij herinnerde zich de kindse oude non die hij boven had gezien; zij was niet belangrijk. De nonnen die nog in het ziekenhuis waren, zouden wel van hun zusters horen wat hij had gezegd. 'Mijn naam is kolonel Hoch,' begon hij, en hij keek naar de verzamelde vrouwen. 'Ik heb de leiding over de veiligheid in dit gebied. Ik spoor spionnen, verraders en Joden op. Alle vijanden van het Reich. Ik doe dat met of zonder medewerking van de mensen die hier wonen. Als het zonder hun medewerking gebeurt en er wordt iemand gevonden die zulk tuig herbergt, tja, dan loopt het slecht met hen af.'

Zijn blik dwaalde door de kamer en hij koos een bleke novice uit en wees naar haar. Dat was een tactiek die hij al eerder had toegepast, waarvan hij wist dat het de hele groep bang maakte, niet alleen degene die hij eruit pikte. 'Jij,' zei hij kil, 'hoe heet je?'

'Zuster Clothilde,' was het gefluisterde antwoord.

'Nou, zuster Clothilde, onthoud dit.' Zijn blik ging weer door de kamer om zeker te weten dat hij hun volledige aandacht had. 'Onthoud dit allemáál. Ik hou jullie in de gaten. We hebben hier al één ontsnapte Joodse gevangene gevonden. Ik heb haar afgevoerd, en ook de non die bij haar was. Van nu af aan neem ik twee zusters mee voor elke voortvluchtige die ik hier vind... in het ziekenhuis of in het klooster.'

Er klonken kreten, en Hoch lachte grimmig. 'Precies. Twee nonnen voor iedereen die ik vind. Dit, zúster,' hij benadrukte dat woord, 'is geen loos dreigement. Ik meen elk woord. Mensen die het Reich tegenwerken, doen dat op eigen risico.' Hij glimlachte in de verdoofde stilte die na zijn woorden was gevallen. 'Goed, dan verlaten we jullie nu. Maar denk eraan wat ik heb gezegd.' Hij draaide zich om en beende de deur uit.

Er volgde een uitbarsting van geroezemoes op zijn vertrek, maar zuster Marie-Paul onderdrukte dat niet zoals ze normaal gesproken zou hebben gedaan. Zij haastte zich ook de kamer uit. Ze was van afgrijzen vervuld door wat de kolonel had gezegd en wilde met hem praten voordat hij vertrok. Ze ziedde van woede, en niet om de gewelddadige indringing van de Gestapo-officier en zijn mannen, maar omdat er iemand verstopt was geweest in het klooster zonder dat zij dat wist. Niemand had haar over de Jood verteld.

Als een van de drie hoogstgeplaatste zusters had ik op de hoogte moeten zijn, brieste ze in zichzelf. Ik had moeten horen dat we alweer een ontsnapte Jood onderdak gaven binnen de kloostermuren. Het was al erg genoeg dat we het klooster in gevaar brachten door die Lenoir-kinderen hier te hebben, maar zo'n ontsnapte Joodse gevangene verstoppen...

Wat het nog erger maakte, was dat de moeder-overste zuster Eloise duidelijk wél dat geheim had toevertrouwd, en wie nog meer? Er moesten nog andere zusters zijn die het wisten.

Zuster Marie-Paul beefde van woede bij die gedachten. De hele gemeenschap was door de moeder-overste in gevaar gebracht, en nu was ze hier zelf niet eens om de gevolgen onder ogen te zien. Zuster Marie-Paul was blij geweest toen de moeder-overste had besloten de twee Joodse kinderen mee te nemen naar Parijs. Ze wenste hun geen kwaad toe, maar vond dat ze niet hier in het weeshuis thuishoorden; en Marthe was immers niet eens een kind.

Nou, besloot ze, aangezien de moeder-overste niet hier was, en zuster Eloise zojuist was gearresteerd als direct gevolg van het herbergen van een ontsnapte gevangene, was het nu aan haar, aan zuster Marie-Paul, om de situatie te redden.

Toen hij voetstappen achter zich hoorde, bleef Hoch in de hal staan. 'Ja?'

'Ik wilde u alleen even verzekeren, kolonel, dat ik geen idee had dat we een ontsnapte gevangene herbergden.' Hij keek haar koel aan, dus ze ging snel door. 'Het is niet aan ons om betrokken te raken bij de wereld buiten onze deuren. Dit is een huis van gebed. Dit is waar we God dienen door zieken te genezen en te bidden voor hun ziel.' Hoch zei nog steeds niets, dus ging zuster Marie-Paul door om zeker te weten dat haar bedoelingen duidelijk waren. 'U kunt ervan overtuigd zijn dat zoiets nooit meer zal gebeuren.'

Hochs lip krulde op. 'O ja, zuster? En wat gebeurt er wanneer uw moeder-overste terugkeert van haar uitstapje naar Parijs? Zal zij het met u eens zijn? Dat vraag ik me af.'

'Natuurlijk,' antwoordde zuster Marie-Paul dapper. 'Zij heeft alleen het belang van de orde voor ogen.'

'En zo niet? Zal ik er dan over horen?' Zijn ogen boorden in de hare. 'Van iemand die wél het belang van de orde voor ogen heeft? Ik zou het beslist onthouden als iemand me op die manier zou helpen.'

Zuster Marie-Paul antwoordde niet, maar ze wisselden een blik van verstandhouding voordat hij zich omdraaide.

Ze waagde het om nog één vraag te stellen. 'En zuster Eloise?'

'Ik zal met zuster Eloise spreken,' antwoordde hij bruusk, en toen beende hij naar zijn wachtende auto.

Zuster Marie-Paul keek hem na. Staand in de verlaten hal keek ze uit over het platteland. Ze woonde al hier in het klooster sinds ze op haar achttiende was toegetreden. Haar familie had haar aangemoedigd, wetend dat het onwaarschijnlijk was dat zo'n onaantrekkelijk meisje zonder bruidsschat een echtgenoot zou vinden, en ze was nooit meer teruggekeerd naar haar vaders huis. Het klooster was haar thuis en haar leven geworden; en nu, dankzij de nieuwe moeder-overste, werd dat allemaal bedreigd. Maar kolonel Hoch had haar een aanbod gedaan: de veiligheid van het klooster in ruil voor informatie. Terwijl ze daarover nadacht, besefte ze dat hij haar meer had aangeboden dan alleen een kans om de orde te beschermen tegen nog meer Duitse aandacht. Hij had haar een manier aangereikt om die omhooggevallen Engelse uit de weg te werken, die haar had gepasseerd in senioriteit en moeder-overste was geworden, waardoor zuster Marie-Paul alleen maar de verantwoording had gekregen over de novices. Ze was daar destijds al wrokkig om geweest, en haar wrok was alleen maar toegenomen toen de nieuwe moeder-overste haar gezag uitoefende op de minst dictatoriale en confronterende manier die ooit in het klooster was gezien. Democratisch regeren was niet de aanpak die zuster Marie-Paul zou kiezen. Zij zou haar gezag op niet mis te verstane wijze aan de orde opleggen, en niemand zou durven twijfelen aan haar beslissingen. Er zouden geen vergaderingen worden gehouden zoals die over het lot van Margot en Marthe Lenoir. Zuster Marie-Paul zou hen hebben overgedragen aan de Duitse autoriteiten en het klooster hebben beschermd. Nu, met dreigementen van de SS boven hun hoofd, kon het perfecte moment zijn om de achteloze houding van de moeder-overste te ondermijnen en haar uit haar positie te ontzetten.

Haar kans om het klooster te redden en moeder-overste te worden naderde, en zuster Marie-Paul was vastbesloten hem aan te grijpen. Ze draaide zich om en keerde terug naar de recreatieruimte, waar de andere nonnen nog steeds op haar wachtten.

'Zusters,' zei ze, 'dit is voor ons allemaal een angstige middag geweest. De Duitsers zijn nu weg, maar ze hebben zuster Eloise meegenomen. Ik heb natuurlijk met de kolonel gesproken, maar hij zegt dat hij alleen wil onderhandelen met de moeder-overste. We kunnen dus verder niets meer doen totdat zij terug is. Intussen moeten we allemaal op de normale manier onze taken hervatten. Zodra de moeder-overste terugkeert, ben ik degene die haar vertelt wat hier is gebeurd.' Zuster Marie-Paul richtte haar blik op zuster Celestine. 'Vertel haar dat ik haar moet spreken zodra ze thuiskomt. Maar zeg niet waarom. Is dat begrepen?'

'Ja, zuster.' Zuster Celestine klonk nerveus. 'Begrepen.'

Zuster Marie-Paul glimlachte gespannen. Zuster Celestine had al eerder opgetreden als haar ogen en oren in het klooster en was betrouwbaar. 'Mooi.' Ze stuurde iedereen weg. 'Ga dan weer aan het werk, allemaal. We hebben een ziekenhuis te leiden.'

# 13

Moeder Marie-Pierre leek onverstoord toen ze naar haar kantoortje liep, maar ze voelde aan dat er in haar afwezigheid iets ernstigs was gebeurd, iets wat zuster Celestine overduidelijk van haar stuk had gebracht, en ze vroeg zich af wat het in vredesnaam kon zijn. Ze wenste dat ze tijd had om even bij tante Anne langs te gaan en meer te horen voordat ze zuster Marie-Paul sprak, maar ze wist dat dat de novicemeesteres heel boos zou maken. Ze vroeg zich ook af, als er iets was gebeurd, waarom zuster Marie-Paul degene was die haar wilde spreken, en niet zuster Eloise, haar officiële plaatsvervangster. Het duurde niet lang voor ze daarachter kwam.

'Gearresteerd! Zuster Eloise?'

'Ja moeder,' antwoordde zuster Marie-Paul met een grimmig gezicht. 'De Duitsers namen haar mee, samen met een Joodse vrouw die verstopt was in het klooster. In úw cel, moeder.' Ze klonk beschuldigend. 'U moet hebben geweten dat ze daar was.'

'Natuurlijk wist ik dat,' snauwde moeder Marie-Pierre. Ze was opgestaan en ijsbeerde door de kamer, met haar handpalmen tegen elkaar alsof ze bad. 'Maar dat maakt nu niet uit. Begin bij het begin,' beval ze toen zuster Marie-Paul haar leek te willen onderbreken. 'Vertel me precies wat er is gebeurd.'

Zuster Marie-Paul beschreef de aankomst van de Duitsers, hun gelijktijdige nadering van de voor- en achterzijde van het klooster, de meedogenloosheid van hun doorzoeking, de hardheid van hun officier.

'Niet majoor Thielen?'

'Nee, ene kolonel Hoch. Toen ze de ontsnapte Jood vonden, en zuster Eloise bij haar, liet hij hen allebei afvoeren naar zijn hoofdkwartier in het dorp. Daarna riep hij ons allemaal bij elkaar en dreigde met wat er zou gebeuren als we nog meer weglopers zouden herbergen.' Zuster Marie-Paul herhaalde de dreigementen die Hoch had geuit. 'Het hele klooster liep hierdoor gevaar. We wisten niets over die vrouw, misschien was ze wel een crimineel. Ik heb de kolonel bezworen dat het niet nog eens zou gebeuren.' Ze staarde opstandig naar haar superieur, alsof ze haar uitdaagde om ertegenin te gaan.

Moeder Marie-Pierre nam die uitdaging niet aan. 'Zuster Eloise?' vroeg ze eenvoudig.

'Ik heb naar haar gevraagd, natuurlijk,' antwoordde zuster Marie-Paul. 'De kolonel zei dat hij haar zou verhoren op het hoofdkwartier.'

'En dit was allemaal eergisteren?'

Zuster Marie-Paul knikte.

'En je hebt niets meer gehoord?' Moeder Marie-Pierre probeerde het ongeloof uit haar stem te weren. 'Heb je niets gedaan?'

Een blos kroop van zuster Marie-Pauls hals naar haar wangen. 'Wat kon ik doen?' vroeg ze fel. 'Wat valt eraan te doen?'

'Ik ga bij kolonel Hoch langs,' zei moeder Marie-Pierre gespannen. Haar woede op de novicemeesteres kookte bijna over. Hoe had deze vrouw haar zuster zomaar aan haar lot kunnen overlaten? 'Ik ga uitzoeken waar ze is.'

'En de zusters hier?' vroeg zuster Marie-Paul. 'Moet u niet eerst met hen spreken? Ze waren heel bang toen de Duitsers het klooster doorzochten. Ze hebben uw geruststelling nodig dat het niet nog eens zal gebeuren.'

'De zusters zijn voorlopig veilig,' antwoordde moeder Marie-Pierre, 'en zullen begrijpen dat ik meteen moet gaan om zuster Eloise op te zoeken.'

'Als ik maar had geweten dat ze een ontsnapte gevangene verpleegde, dan had ik haar misschien kunnen redden,' zei zuster Marie-

Paul nadrukkelijk. 'Hoe is die vrouw het klooster binnengekomen? Waarom hadden wij niet gehoord dat ze er was?'

'Ik vond haar in de tuin en nam haar mee naar binnen,' antwoordde de moeder-overste rustig. 'Zuster Eloise kwam voor haar zorgen toen ik haar dat vroeg. Het was niet nodig om er nog iemand anders bij te betrekken.' Ze zei niets over het aandeel van zuster Marie-Marc of zuster Henriette, want dan zou zuster Marie-Paul alleen maar nog bozer worden.

'Als ik het zeggen mag, moeder...' Zuster Marie-Pauls ogen gloeiden van verontwaardiging. 'Zuster Eloise is nu in gevaar omdat u besloot zich te mengen in zaken die ons niet aangaan. Dat de Duitsers hier zijn, daar hebben wij niks mee te maken.'

'Dat kun je wel zeggen,' antwoordde haar superieur met meer kalmte dan ze voelde, 'maar ik wil je eraan herinneren, zuster, dat het onze roeping is om zieken te genezen en mensen in nood te helpen, en de vrouw die ik vond was dat overduidelijk allebei.' Ze opende de deur ten teken dat het gesprek afgelopen was. 'Ik ga nu meteen naar het dorp om dit uit te zoeken. Ga jij intussen alsjeblieft gewoon door zoals normaal. Bij het avondeten kun je onze zusters geruststellen en vertellen waar ik ben en wat ik doe. Ik spreek ze wel toe als ik terugkom, als het niet te laat is geworden, en anders morgenochtend.'

Terwijl ze zich over het pad naar het dorp haastte, overpeinsde moeder Marie-Pierre wat ze had gehoord. Ze maakte zich geen illusies over de inval. Zodra Hoch had gezien dat zij veilig uit de weg was, had hij het klooster nog een keer doorzocht, en niet omdat hij verwachtte daar iemand aan te treffen, dacht ze, maar als machtsvertoon. Het vinden van die vrouw moest een extra bonus zijn geweest, die hij had gebruikt om de nonnen bang te maken; zo bang dat ze nooit meer een gezochte persoon zouden herbergen. Bij zuster Marie-Paul was hij daar in elk geval in geslaagd. Zij had hem bezworen dat ze in de toekomst geen voortvluchtigen meer zouden helpen. Moeder Marie-Pierre voelde zich niet gebonden aan die belofte, maar ze wist nu dat ze zuster Marie-Paul niet langer kon vertrouwen. De eerdere verdeeldheid onder de zusters over het lot van de Lenoir-meisjes zou zich nu verdiepen, en zij die vonden dat zuster Marie-Paul gelijk had zouden een groepje vormen. Er was altijd groepsvorming geweest binnen de orde, dat was onvermijdelijk, maar moeder Marie-Pierre had geprobeerd de frictie tussen hen te verminderen door een open bespreking van zaken die hen allemaal aangingen, en ze had het gevoel gehad dat ze vooruitgang begon te boeken. Nu zou dat allemaal weer gevaar lopen. Maar dat soort problemen waren secundair. Het belangrijkste was nu om te proberen zuster Eloise vrij te krijgen. Ze dacht aan de gewonde Simone en zuchtte. Ze wist dat zij niet uit de klauwen van de Gestapo te redden was.

Het werd al avond toen ze het dorp bereikte, maar ze liep rechtstreeks door naar het Duitse hoofdkwartier, waar een paar streepjes licht ontsnapten langs slecht verduisterde ramen. Een van de wachters buiten wilde weten wat ze kwam doen, en toen ze vroeg of ze kolonel Hoch kon spreken, liet hij haar buiten wachten terwijl hij navraag ging doen.

Moeder Marie-Pierre werd weer naar het kamertje geleid dat ooit het kantoor was geweest van een lage klerk op het dorpshuis. Ze bleef geduldig zitten, met haar rozenkrans in haar vingers terwijl ze bad voor zuster Eloise en voor zichzelf, opdat ze de juiste woorden kon vinden als ze eindelijk bij kolonel Hoch mocht komen. Ze begreep maar al te goed waarom ze hier moest blijven zitten – dat het zijn manier was om haar angst en ongerustheid te verergeren, zodat hij al de bovenhand had voordat het gesprek begon – en was vastbesloten die tactiek niet te laten slagen. Het bekende ritueel van de rozenkrans troostte haar terwijl ze wachtte.

Het duurde twee uur voordat ze Hochs kantoor in werd gelaten, en tegen die tijd was ze verkild en stram en moest ze naar het toilet.

Hoch bood haar geen stoel aan, maar bekeek haar met kille ogen van achter zijn bureau. Moeder Marie-Pierre bleef volkomen stil staan en sprak niet. Eindelijk nam Hoch het woord. 'Nou?'

'Ik ben hier voor zuster Eloise.'

'Dat nam ik al aan. Ze zit in een cel op de gendarmerie... en wordt verhoord.' Hochs gezicht was vrijwel uitdrukkingsloos. 'Ze herbergde een vijand van het Reich.'

'Ze verpleegde een gewonde vrouw,' zei moeder Marie-Pierre zachtjes. 'Dat is haar roeping.'

'Dan zal ze haar roeping van nu af aan elders uitvoeren,' reageerde Hoch kil. 'Als ze zo graag voor zulke mensen wil zorgen, kan dat geregeld worden. Ze gaat met haar patiënt mee naar een gevangenenkamp.'

Moeder Marie-Pierre kon haar kalme façade niet in stand houden en staarde hem vol afgrijzen aan. 'Naar een gevangenenkamp? Maar kolonel, hebt u geen respect voor haar habijt?'

'Mijn respect voor haar habijt, zoals u het stelt, is de reden dat ik haar niet laat fusilleren,' antwoordde hij koel.

'Fusilleren? Voor het verplegen van een gewonde vrouw?'

'Een vijand van het Reich,' herhaalde hij. 'En aangezien ik ervan overtuigd ben dat u al hebt gesproken met de non die tijdens uw afwezigheid de leiding had over het klooster, weet u ook dat ik haar heb gewaarschuwd, jullie allemaal, wat er zal gebeuren als dat soort dingen nog eens voorkomen. U bent de moeder-overste, het is uw keus.' Hij stond op om aan te geven dat de bespreking voorbij was, maar moeder Marie-Pierre bleef staan.

'Mag ik haar zien?' vroeg ze zachtjes.

Hoch haalde zijn schouders op. 'Als u wilt. Ze vertrekt morgenochtend. Schwarz! Kom hier!' Hij blafte het bevel door de geopende deur, en de man kwam binnenrennen. 'Neem deze non mee naar de gendarmerie en laat haar bij die andere. Ze krijgt tien minuten.' Hij keek moeder Marie-Pierre aan. 'Ik verwacht u hier niet nog eens te zien, moeder-overste, om wat voor reden dan ook. Dit land is nog steeds in oorlog, en ik zal doen wat ik noodzakelijk acht om de burgers te beschermen tegen saboteurs, spionnen... en iedere andere vijand van het Reich. Is dat begrepen?' Zijn ogen boorden in de hare.

Ze sloeg haar ogen neer en mompelde: 'Zeker, kolonel. Ik begrijp het.'

'Neem haar mee,' snauwde hij nog een keer, en ze kon gaan.

Schwarz leidde haar naar de gendarmerie, waar twee plaatselijke gendarmes zaten te roken. Hij maakte een hoofdgebaar naar moeder Marie-Pierre en zei bruusk: 'Ze mag die andere non zien. Tien minuten.'

Kapitein Gregoire stond op, met zijn sigaret nog bungelend aan zijn lip, en pakte een sleutelring van zijn bureau. 'Hier binnen,' gromde hij, en moeder Marie-Pierre liep achter hem aan door een deur naar een gang. In die gang waren een paar deuren. Gregoire bleef voor een ervan staan, tilde het lapje voor een kijkgat op en keek naar binnen. Toen draaide hij een sleutel om in het slot en liet moeder Marie-Pierre de cel in. Die bevatte niets anders dan een laag stenen platform dat dienst moest doen als bed en een open afvoer in de hoek.

Zuster Eloise zat op het bed, maar toen moeder Marie-Pierre binnenkwam stond ze wankelend op. Haar habijt was gescheurd en vuil en haar kap was verdwenen. Haar grijze, kortgeknipte haar was te zien zoals niet meer was gebeurd sinds ze tot de orde was toegetreden. Haar gezicht zat onder de blauwe plekken, haar lip was gespleten en haar ene oog zat bijna dicht. Zonder de waardigheid van haar kap had ze er verzwakt uit kunnen zien, gereduceerd tot een kleine oude dame, maar het licht in haar ogen was niet gedimd.

'Moeder!' riep ze. 'Ik wist dat u zou komen!' Ze stak haar handen uit, maar moeder Marie-Pierre sloeg haar armen om haar heen.

'Mijn arme zuster,' riep moeder Marie-Pierre. 'Eloise, wat hebben ze met je gedaan?'

Zuster Eloise wist te glimlachen, terwijl ze haar blauwe wang even tegen die van de moeder-overste drukte. 'Niets wat niet zal genezen, moeder.' Ze stapte achteruit en zonk terug op het stenen bed.

De moeder-overste ging naast haar zitten en pakte haar handen. 'Vertel me wat er is gebeurd.'

Zuster Eloise vertelde haar over de doorzoeking van de Gestapo en dat Simone was gevonden. 'We dachten dat het wel veilig was om haar in uw bed te laten liggen terwijl u weg was. We hadden niet verwacht dat de Duitsers zo snel zouden terugkomen, en zuster Sint-Bruno had voorgesteld dat als Simone beter was, we haar konden aanhouden als lekenhulp in plaats van Marthe. We dachten dat ze in het klooster veilig zou zijn.' Ze zuchtte. 'Maar ze kwamen zonder waarschuwing, zwermden uit over het hele gebouw. Ik was net het verband om Simones schouder aan het verwisselen. Het was onmogelijk om haar te verstoppen.'

'Waar is ze nu?' vroeg moeder Marie-Pierre zachtjes.

'Dat weet ik niet,' antwoordde zuster Eloise. 'Ik heb haar niet meer gezien sinds we hierheen zijn gebracht. Die Gestapo-kolonel dacht dat ik hem meer kon vertellen over de andere voortvluchtige gevangene, weet u wel, die ontsnapt was uit die vrachtwagen. Hij scheen te denken dat we hem ook in het klooster verborgen hadden. Ik hield vol dat we alleen Simone hadden gezien, en ik denk dat hij me nu eindelijk gelooft. Hij zegt dat ik naar een of ander kamp word gestuurd, zodat ik geen problemen meer veroorzaak.'

'Ik weet het, dat heeft hij me verteld.' Moeder Marie-Pierre zuchtte. 'O, zuster, het spijt me zo. Het is mijn schuld dat je hier zit. Ik had nooit –'

'O jawel,' kapte zuster Eloise haar af, met veel van haar oude vastberadenheid en energie. 'Wat de Gestapo doet is het werk van de duivel, en wij moeten vechten tegen het kwaad overal waar we dat vinden.' Ze greep de hand van haar superieur stevig vast. 'Moeder... U bent altijd een vrouw geweest met grote moed en vastberadenheid. Vanaf het moment dat u in het klooster arriveerde als Sarah, een onervaren meisje dat graag haar steentje wilde bijdragen, hebt u zich gewijd aan wat u dacht dat juist was, wat God van u vroeg. Nee, laat me doorgaan,' zei ze toen moeder Marie-Pierre haar in de rede wilde vallen. 'U was een ongebruikelijke keus als moeder-overste, zo jong en nog vrij kort bij de orde, maar ik twijfel er niet aan dat u Gods keus was en dat Hij zijn redenen had. Ik ga morgen weg... Ergens heen... Maar waar het ook is, Hij zal daar ook werk voor me hebben.'

'Zuster, je hebt zo veel vertrouwen,' fluisterde moeder Marie-Pierre, die zich er nederig door voelde.

'U ook,' antwoordde zuster Eloise. 'Als het God behaagt dat ik aan het eind van de oorlog naar het klooster terugkeer, dan weet ik dat het nog fier overeind zal staan, veilig onder uw hoede. En zo niet, dan ontmoeten we elkaar weer als God het daarvoor tijd vindt.'

Een sleutel schraapte in het slot, en zuster Eloise trok moeder Marie-Pierre nog een keer naar zich toe en mompelde doordringend in haar oor. 'Vecht tegen dit kwaad, moeder, waar het ook vandaan komt.'

'De tijd is om,' gromde Gregoire toen de twee nonnen elkaar voor de laatste keer omhelsden.

'God zegene u, moeder,' zei zuster Eloise toen ze haar losliet.

'En jou, zuster. Je zult in onze gebeden zijn, dag en nacht.'

'Eruit!' blafte Gregoire, die hen uit elkaar duwde. 'Eruit! De tijd is om.'

Moeder Marie-Pierre verliet de cel en hoorde de klap van de deur die zuster Eloise voor de laatste keer van haar orde scheidde.

Gregoire duwde moeder Marie-Pierre zo ongeveer de gendarmerie uit, en ineens stond ze buiten op de donkere straat. De kou in de herfstlucht was niets vergeleken met de somberheid in haar hart. Ze stond op het punt om terug te lopen naar het klooster, maar met plotselinge vastberadenheid draaide ze zich om naar de kerk en het huis van de priester. Misschien kon vader Michel met kolonel Hoch praten en hem laten terugkomen op zijn besluit om zuster Eloise naar het gevangenenkamp te sturen.

Er waren geen lichten te zien achter de ramen, maar ze klopte toch aan. Eerst deed er niemand open, maar toen ze de klopper nog een keer optilde, hoorde ze het geschraap van grendels en ging de deur op een kiertje open.

Mademoiselle Picarde tuurde naar buiten. 'Moeder-overste, wat wilt u zo laat nog?'

'Ik wil vader Michel spreken,' antwoordde moeder Marie-Pierre. Ze weerde haar woede uit haar stem en stapte naar de halfgesloten deur toe.

'Hij heeft het heel druk,' zei mademoiselle Picarde, maar toen ze de vastberaden blik in de ogen van haar bezoekster zag, deed ze een stap achteruit en liet ze moeder Marie-Pierre de deur verder openduwen en de schemerig verlichte gang in stappen. 'Wacht hier, alstublieft,' zei de huishoudster. Ze opende een deur, deed het licht aan en liet moeder Marie-Pierre een zitkamer in. 'Ik zal vader Michel vertellen dat u er bent.'

De oude priester kwam meteen en nam de non mee naar zijn werkkamer achter in het huis. Er brandde een klein vuurtje in de haard; het was duidelijk dat vader Michel hier de meeste tijd doorbracht.

'Dank je, Rose,' zei hij tegen zijn huishoudster, en de vrouw liep de kamer uit en sloot de deur achter zich. Met een gebaar dat ze de stoel tegenover zijn bureau kon nemen, nam de priester er zelf weer achter plaats. 'Zo, moeder, wat kan ik voor u doen?'

Moeder Marie-Pierre legde de situatie met zuster Eloise uit. 'Ze verpleegde alleen maar een gewonde vrouw, vader,' zei ze. 'Dat is geen reden voor de Gestapo om haar te deporteren naar een kamp in Duitsland.'

'Het probleem is' – vader Michel keek haar over zijn verstrengelde vingers heen aan – 'dat ze betrokken raakte bij seculiere aangelegenheden, dingen die jullie in het klooster niet zouden moeten aangaan. U kunt niet weten wie er een crimineel is en wie niet. Mensen die met schotwonden naar het ziekenhuis komen, moeten worden gemeld bij de autoriteiten.'

Zuster Marie-Pauls eerdere woorden galmden door moeder Marie-Pierres hoofd en ze besefte waar die vandaan waren gekomen. 'Is zuster Marie-Paul bij u gekomen voor advies, vader?' vroeg ze, al wist ze het antwoord al.

'Ja, moeder. In uw afwezigheid kon ze nergens anders naartoe.'

'Ik begrijp het, natuurlijk.' Moeder Marie-Pierres toon bleef verzoenend, al brandde de woede binnen in haar. Ze kon de priester beter laten geloven dat ze het eens was met wat hij zei, hem zeker laten blijven van zijn gezag zodat hij niet aan het hare zou twijfelen. Ze glimlachte droevig. 'Ik dacht alleen dat u mogelijk wat invloed had bij de kolonel, dat hij misschien uw positie zou respecteren en zuster Eloise zou vrijlaten.'

'Ik vrees van niet, moeder. Ik denk echt dat het verkeerd zou zijn als ik me in zulke seculiere kwesties mengde. "Geef wat van de keizer is aan de keizer", moeder. Denk aan wat onze Heer ons leert, en momenteel is "de keizer" het Duitse gezag.'

Moeder Marie-Pierre stond op en boog zogenaamd onderwerpend haar hoofd. 'Ik begrijp het heel goed, vader. Dank u dat u me hebt ontvangen. Ik moet nu gaan, anders ben ik niet thuis voordat de avondklok ingaat.' Ze draaide zich om en liep naar de voordeur, gevolgd door de priester. Hij hief zegenend zijn hand en sloot snel de deur achter haar.

# 14

Het klooster was donker toen moeder Marie-Pierre zichzelf een kwartier later binnenliet. De zusters waren allemaal naar bed en de Grote Stilte was over het huis neergedaald, maar toch had ze half verwacht dat zuster Marie-Paul haar zou opwachten. Met grote opluchting liep ze door naar de kapel, waarbij ze niemand tegenkwam. Zoals altijd hield een van de zusters in de kapel de wacht, knielend in gebed voor het altaar, maar ze draaide zich niet om toen de moeder-overste binnenkwam en stilletjes achterin knielde. In de zoetgeurende stilte die haar omhulde, legde moeder Marie-Pierre al haar problemen aan de Heer voor. Toen ze een kleine drie kwartier later opstond, voelde ze zich gesterkt en had ze een zekere mate van rust gevonden. Ze verliet de kapel net zo geluidloos als ze was gekomen en ging naar haar eigen cel. Ze wilde dolgraag alles bespreken met haar tante, maar de Grote Stilte verbood dat en ze moest tot de volgende morgen wachten. Ze had net haar kap afgezet toen er zachtjes op haar deur werd geklopt.

Ze sloeg een sjaal om haar hoofd, deed open en zag zuster Marie-Marc buiten staan, volledig gekleed. Geremd door de Stilte staarde zuster Marie-Marc haar alleen maar met intense en doordringende ogen aan. Er was overduidelijk een of ander noodgeval, dus verbrak de moeder-overste de Stilte. 'Zuster! Wat is er nu weer gebeurd?'

Zuster Marie-Marc legde haar vinger op haar lippen en stapte wat dichterbij. Moeder Marie-Pierre liet de non binnenkomen en sloot zachtjes de deur achter haar.

'Je mag de Stilte verbreken, zuster.'

'Moeder, godzijdank dat u thuis bent.'

'Wat is er in vredesnaam nu weer gebeurd?' vroeg moeder Marie-Pierre geschrokken.

'Ik heb iemand gevonden,' fluisterde zuster Marie-Marc theatraal. 'In de schuur.'

'Wie? Wie heb je gevonden, zuster?' Moeder Marie-Pierres gedachten gingen onmiddellijk naar de andere Jood die uit de vrachtwagen was ontsnapt.

Zuster Marie-Marc keek een beetje schuldig toen ze mompelde: 'Het is een man, moeder.'

'Een man? Wat voor man? Wie is hij?'

'Hij is vlieger, moeder, een Engelse piloot. Zijn vliegtuig is neergestort, en hij is eruit gesprongen met een parachute.' Zuster Marie-Marcs ogen waren groot van het wonder van zoiets.

Moeder Marie-Pierre liet zich op haar bed zakken en keek op naar de verwachtingsvolle zuster. Ze haalde diep adem. 'Waar is hij nu?'

'In de kelder, moeder.'

Moeder Marie-Pierre zuchtte. 'Begin maar te vertellen,' zei ze, en ze pakte haar kap en begon hem weer op haar hoofd vast te zetten.

Zuster Marie-Marc haalde diep adem en stak van wal. 'Ik was vanavond eieren aan het rapen toen ik achter me in de schuur iets hoorde. Ik dacht dat het een rat was, want die pikken steeds het kippenvoer. Ik rende naar binnen en greep een hooivork om hem dood te maken. Het begon donker te worden en ik kon niet veel zien, maar ik stak de hooivork in de berg stro die Jean Danot daar voor me had neergelegd...'

'Een wervelwind met een hooivork,' zo beschreef sergeant-majoor-vlieger Terry Ham het later aan moeder Marie-Pierre in de duisternis van de kloosterkelder. Toen hij eenmaal ontdekte dat ze Engels sprak, was hij zijn verhaal begonnen. 'Ik dacht dat ik een schuilplaats had gevonden, in elk geval voor die ene nacht, maar toen kwam zij binnen en begon te porren. Ik had geluk dat ze me niet raakte, en dat is een feit. Ik wilde geen geluid maken, maar ik moest zorgen dat ze ophield met dat geprik.' Hij grijnsde weemoedig. 'Ze zegt dat ik haar geen pijn deed toen ik haar die hooivork afpakte... Tenminste, ik geloof dat ze dat zei. Ik versta dat taaltje niet, maar ze gilde niet of zo, en toen ze mijn uniform zag duwde ze me weer onder het stro en deed de deur dicht.' Hij keek naar zuster Marie-Marc, die bij de kelderdeur was blijven staan. 'Ze is een kranig oud wijffie, als ik het zeggen mag, mevrouw. Ze kwam me wat brood en water brengen, en toen het donker was bracht ze me hierheen' – hij gebaarde om zich heen – 'en kreeg ik een kom soep.'

Hij vertelde dat zijn vliegtuig was geraakt toen hij na een luchtaanval terugkeerde naar Engeland. 'De kapitein zei springen, dus ben ik gesprongen. Ik weet niet of de rest het heeft gered. Ik zag nog andere parachutes opengaan, maar het waaide hard en we raakten elkaar kwijt. Dus ik heb ze lopen zoeken, de anderen. Kijken of we terug konden komen naar Engeland.'

Moeder Marie-Pierre luisterde zorgvuldig naar zijn verhaal, terwijl ze probeerde te bedenken wat ze voor deze man konden doen. Hij was klein en pezig, met licht, krullend haar en een jongensachtig gezicht. Het was het soort gezicht dat ze zich nog zo goed herinnerde van de vorige oorlog: het gezicht van een jongeman die bang was, maar vastbesloten dat onder bravoure te verbergen.

'Nee, dat weet ik nog niet precies,' bekende hij toen moeder Marie-Pierre vroeg of hij concrete ontsnappingsplannen had. 'Ik neem aan dat ik moet proberen naar de zee te komen, een boot zoeken of zo. Misschien naar Spanje gaan. Ik heb gehoord dat andere jongens via die route zijn thuisgekomen.'

'Nou, het eerste wat we moeten doen is je veilig verstoppen,' zei moeder Marie-Pierre. 'Het is geen goed idee als het hele klooster weet dat je hier bent. Zuster,' zei ze en ze wendde zich tot de kleine non die nog op de achtergrond wachtte, 'waar kunnen we hem verder nog verstoppen?'

'Nergens,' antwoordde zuster Marie-Marc. 'De kelder is de beste plek. Alleen zuster Elisabeth en ik komen hier voor de groenten. En het is een grote ruimte. Niemand gaat ooit voorbij de kolenkelder.'

Moeder Marie-Pierre had de kelders maar één keer bekeken, toen ze moeder-overste was geworden. Ze wist dat ze onder het hoofdgebouw van het klooster lagen, overgebleven uit de tijd dat de nonnen hun wintervoorraden in de koele ruimten bewaarden. Sommige gedeelten waren zo klein als slaapcellen, andere ruim en vol schappen en rekken. Slechts een klein deel van de capaciteit werd nu nog gebruikt. Er stond wat oud tuingereedschap, een paar afgedankte meubels en lege kratten, maar er was weinig voedsel om op te slaan en bijna geen kolen. Zuster Marie-Marc had gelijk. Weinig zusters zouden reden hebben om die oude stenen treden af te dalen, en als ze dat al deden, zouden ze waarschijnlijk niet de duisternis voorbij de eerste kelder in gaan.

'Maar de Duitsers beslist wel,' merkte moeder Marie-Pierre op. 'De kelders zullen de eerste plek zijn die ze doorzoeken als ze weer binnenvallen.' Ze schudde haar hoofd naar de jongeman. 'Het spijt me, maar je kunt hier niet lang blijven. Als je wordt gesnapt, lijdt het hele klooster eronder.'

'Dat begrijp ik,' zei hij. 'Dan kan ik beter gaan zolang het nog donker is.'

Zuster Marie-Marc keek naar hun gezichten terwijl ze met elkaar spraken. Ze kon hun gesprek in het Engels niet volgen, maar toen ze de vlieger zag opstaan, duwde ze hem weer neer. Ze keek haar superieur aan. 'U stuurt hem toch niet weg, moeder? We moeten hem helpen te ontkomen.'

De moeder-overste herhaalde in het Frans wat ze had gezegd over de Duitsers en hun doorzoekingen, waarop de kleine non knikte. 'Maar de Boche komt niet meer,' zei ze. 'Die Gestapo-man denkt dat hij ons zo bang heeft gemaakt dat we niemand meer zullen helpen.'

'Ik hoop dat je gelijk hebt, zuster,' zei de moeder-overste, 'maar daar kunnen we niet van uitgaan.'

'Die knaap is hier wel een paar dagen veilig terwijl we een plan bedenken,' hield zuster Marie-Marc vol. 'Als ze hem vinden, moeder, schieten ze hem dood.'

'Als ze hem hier vinden, schieten ze ons misschien wel allemaal dood,' kaatste haar superieur droogjes terug. 'Een aantal van onze zusters zou heel ongelukkig zijn als ze wisten dat hij hier was.'

'Dan vertellen we het ze niet,' antwoordde zuster Marie-Marc schouderophalend.

'Laten we de rest van de kelder even bekijken.' Moeder Marie-Pierre pakte de olielamp die ze mee naar beneden hadden genomen en ging voorop. Samen verkenden ze de ondergrondse ruimte. Het was er donker en muf en het rook vochtig. Sommige delen waren weinig meer dan uit de rotsen gehouwen grotten, terwijl andere oude houten deuren hadden en meer op grote kasten leken. Aan het eind van de kelder kwamen ze bij zo'n ruimte aan. De lamp bescheen stenen muren en een tegelvloer, en er hingen een paar schappen waarin misschien ooit appels waren bewaard. Verder was de kamer leeg, maar hij had een stevige deur.

'Deze is misschien geschikt,' opperde zuster Marie-Marc hoopvol.

'Hij is het verst van de deur,' zei de vlieger, turend in de donkere hoek, 'maar toch ruikt het hier om de een of andere reden niet zo muf.'

De moeder-overste snoof. Het was koel en het rook inderdaad frisser. Ze hield de lamp hoger om het licht verder te verspreiden, en de vlam flakkerde in het glas.

'Het tocht hier,' zei de vlieger. 'Geef me die lamp eens.'

Hij pakte hem van haar aan en hield hem boven zijn hoofd. De vlam bleef flakkeren, maar in het licht zagen ze een ijzeren rooster in het plafond.

'Zeker voor ventilatie in de kelder,' zei Terry Ham, terwijl hij ernaar tuurde. Het rooster was duidelijk overwoekerd en er kwam geen licht doorheen, maar wel frisse lucht, waardoor het hierbeneden minder muf was. 'Ik denk dat ik het wel los zou krijgen met een breekijzer, en als iemand hier dan komt rondneuzen, ben ik daardoor zo buiten.'

'Dat hangt ervan af waar het uitkomt,' merkte moeder Marie-Pierre op. 'Je kunt ook rechtstreeks in de armen belanden van wie er dan ook boven staat te wachten.'

Zuster Marie-Marc dacht even na en probeerde zich te oriënteren. 'Hij moet buiten de muren van het gebouw uitkomen, aangezien er frisse lucht door binnenkomt,' zei ze. 'Misschien komt hij op het binnenpleintje uit.'

'Nou, we kunnen nu niet gaan kijken,' zei de moeder-overste. 'Morgen kun je zoeken, zuster, terwijl je de kippen verzorgt. Intussen' – ze wendde zich weer tot de vlieger – 'moet jij hier blijven.' Ze keek de jongeman in de ogen. 'Je komt onder geen beding uit deze uiterste hoek van de kelder, begrepen?'

Hij hield haar blik vast terwijl hij antwoordde. 'Ja, dat begrijp ik.'

'Zuster Marie-Marc zal je eten en water brengen, en een emmer voor... je behoeften.'

De moeder-overste wendde een beetje beschaamd haar blik af terwijl ze dat zei, net als de jongeman.

'Goed,' mompelde hij. 'Bedankt.'

'Ik kom morgenavond terug, en dan besluiten we of we iets voor je kunnen doen en zo ja, wat.' Ze wendde zich tot zuster Marie-Marc en legde uit wat er nodig was. 'Zorg ervoor dat je niet wordt gezien, zuster. Hoe minder mensen op de hoogte zijn van sergeant-majoor-vlieger Ham, hoe beter het is.'

'De naam is Terry,' zei hij.

Moeder Marie-Pierre glimlachte. 'Nou, Terry, we zullen ons best voor je doen.'

Toen ze terug was in de privacy van haar eigen cel, ging moeder Marie-Pierre op haar bed liggen en overpeinsde wat ze kon doen. Het was duidelijk dat Terry Ham niet langer dan een dag in het klooster kon blijven, want dat was te gevaarlijk voor iedereen, maar waar kon hij naartoe? Hoe moest hij terugkomen naar Engeland? Zou het niet beter zijn als hij zich overgaf aan de Duitsers? Dan zou hij immers een krijgsgevangene zijn, geen spion. Krijgsgevangenen schoten ze niet dood, maar stuurden ze naar een gevangenenkamp, toch? Als hij zich overgaf aan majoor Thielen zou hij het toch wel redden? Maar toen dacht ze aan kolonel Hoch en ze huiverde.

Díé man was overal toe in staat.

Had ik maar iemand om dit mee te bespreken, dacht ze terwijl haar hoofd omliep van ongerustheid en besluiteloosheid. Tante Anne misschien, maar zij was een oude dame en zou waarschijnlijk zeggen dat ze moest doen wat haar het beste leek. Ze had iemand buiten het klooster nodig, maar er was niemand, of tenminste niemand die ze kon vertrouwen. Als vader Michel nu maar een sterkere man was geweest, had ze naar hem toe kunnen gaan, maar na haar bezoekje van vanavond wist ze dat dat zinloos was.

Leek hij maar meer op vader Bernard in Amiens, dacht ze. Dat was tenminste iemand die je kon vertrouwen. Moeder Marie-Pierre vrolijkte een beetje op. Als ik Terry bij vader Bernard kon krijgen, dacht ze, dan zou die wel weten wat hij moest doen.

Ze bleef nog een uur plannen voor Terry Hams ontsnapping bedenken en verwerpen, en ze viel pas in een onrustige slaap toen de ochtendbel al door het klooster galmde om de zusters naar het ochtendgebed te roepen.

'Ik wil graag iedereen toespreken na het ontbijt,' vertelde ze zuster Marie-Paul om eventuele opmerkingen voor te zijn. 'Ga eten, dan zie ik jullie daarna in de recreatieruimte.'

Zuster Marie-Paul boog haar hoofd. 'Ja, moeder, natuurlijk.'

Moeder Marie-Pierre liet de zusters naar de refter gaan en liep zelf naar de keuken, waar ze zuster Sint-Bruno's dienblad ophaalde en naar haar kamer bracht. Terwijl de oude dame haar ontbijt opat, vertelde ze haar wat er allemaal was gebeurd sinds ze drie dagen eerder het klooster had verlaten met de Joodse kinderen. Toen vertelde ze over de ontdekking van de Engelse vlieger in de kelder. 'Natuurlijk deed zuster Marie-Marc er goed aan om hem te verstoppen, of dat vind ík tenminste, maar wat moet ik nu met hem? Kon ik hem maar ergens heen sturen, net als de kinderen.'

'Nou, volgens mij heb je zo'n plek,' zei haar tante. 'Waarom stuur je hem niet naar die vader Bernard in Amiens? Hij heeft je al eerder geholpen, terwijl hij overduidelijk besefte waar je mee bezig was. Misschien is hij bereid nog een keer te helpen.'

'Misschien.' Sarah twijfelde. 'Ik heb wel aan hem gedacht, maar hoe moet ik Terry in vredesnaam bij hem krijgen? Hoe kan hij reizen zonder papieren? Hij wordt meteen opgepakt. En stel dat vader Bernard hem wegstuurt?'

'Denk je dat hij dat zal doen?'

Sarah dacht even na. 'Nee, dat denk ik niet, maar het zou vader Bernard ook in gevaar brengen. Ik weet niet of dat gerechtvaardigd is, alleen maar omdat hij mij en de kinderen de vorige keer niet verraadde. En dan nog, ik weet nog steeds niet hoe ik Terry daar zou moeten krijgen.'

'Net zoals je met Marthe deed,' antwoordde haar tante.

'Marthe?' Sarah staarde haar aan. 'Maar Marthe ging vermomd als een van ons.'

'Dat klopt. En dat zou hij ook kunnen doen.'

'Maar hij is een man.'

'Daar heb je gelijk in,' antwoordde tante Anne geduldig, 'maar trek hem een habijt aan, en wie zal het weten? Hoe groot is hij? Heeft hij een snor? Een baard?'

Sarah lachte onwillekeurig. 'Nee, geen van beide.'

'Is hij lang?'

'Nee, best klein eigenlijk.' Sarah dacht even na en zag dat hier misschien een mogelijkheid lag. 'Maar waar haal ik een habijt vandaan? Zuster Marie-Paul zal me er niet nog een geven. Ze vond het de vorige keer al erg genoeg, toen het voor een meisje was, en iemand die we kenden. Ze zou het heiligschennis vinden als een man een habijt droeg. En trouwens,' Sarah keek haar tante een beetje schuldbewust aan, 'ik vertrouw haar eigenlijk niet echt. Ze zegt dat we ons niet met seculiere dingen moeten inlaten. Ik denk niet dat ik er nog op kan rekenen dat ze geheimen zal bewaren.'

'Ik heb de mijne nog,' zei tante Anne.

Sarah staarde haar aan. 'Wat zeg je nou?'

'Mijn habijt. Ik kom tegenwoordig toch bijna niet meer buiten, dus ik kan hem wel een poosje missen. Ik blijf gewoon in bed, of in elk geval in mijn kamer.'

Sarahs ogen schoten naar het habijt dat aan een haak aan de celdeur hing. Zuster Sint-Bruno was lang geweest, en hoewel ze de laatste jaren was gekrompen, was haar habijt behoorlijk lang. Aangezien Terry Ham geen heel grote man was, paste hij het misschien.

'Hij kan niet in zijn eentje reizen,' zei Sarah peinzend. 'Iemand zal met hem mee moeten gaan om het woord te doen, want hij spreekt geen Frans. En hij zou papieren nodig hebben.'

'Hoe heb je dat met de papieren voor Marthe gedaan?'

'Ik heb die van zuster Marie-Joseph gebruikt.'

'Gebruik ze dan nog een keer.'

'Hij lijkt geen spat op zuster Marie-Joseph,' zei Sarah lachend.

'Er zal heel weinig van hem te zien zijn,' merkte haar tante op. 'En met een beetje geluk zien andere mensen alleen een non.'

Sarah overpeinsde het idee. Het leek op het eerste gezicht behoorlijk buitenissig, een volwassen man vermommen als jonge non. Tegelijkertijd was het plan zo absurd dat het misschien best eens kon lukken. Mensen zagen wat ze verwachtten te zien. Maar toch.

'Ik zal erover nadenken,' zei ze uiteindelijk, terwijl ze opstond. 'We kunnen niets doen tot ik vanavond weer met hem kan praten.' Ze zuchtte. 'Intussen moet ik de zusters gaan toespreken. Ik moet ze over zuster Eloise vertellen.'

'Denk eraan wat ze tegen je zei toen je haar achterliet,' zei haar tante zachtjes. 'Je moet tegen het kwaad vechten overal waar je het vindt.'

'Wil je suggereren dat zuster Marie-Paul kwaadaardig is?' vroeg Sarah geschrokken.

'Nee,' antwoordde haar tante droevig, 'alleen misleid, maar de gevolgen kunnen hetzelfde zijn.'

De hele dag overpeinsde moeder Marie-Pierre zuster Sint-Bruno's suggestie. Soms leek het bijna haalbaar, en dan weer volslagen onmogelijk. Voor het middagmaal had ze even een kans om onder vier ogen met zuster Marie-Marc te praten, die haar geruststelde dat hun bezoeker van alles was voorzien wat hij die dag nodig had.

'Ik kom nog even bij hem kijken als iedereen naar bed is,' beloofde de moeder-overste. 'Dan kunnen we zijn ontsnapping bespreken.'

Tegen de tijd dat het stil werd in het klooster was moeder Marie-Pierre tot een besluit gekomen. Ze nam zuster Sint-Bruno's habijt mee, rolde het op onder haar arm en glipte stilletjes de trap af om naar zuster Marie-Marc in de keuken te gaan. Samen liepen ze met een olielamp en een bord stoofpot voor hun gast naar de kelder.

'Het spijt me dat je de hele dag in het donker hebt moeten zitten,' zei moeder Marie-Pierre, terwijl ze de lamp op de vloer zette en zuster Marie-Marc hem het eten overhandigde. 'We konden het gewoon niet riskeren dat iemand hier licht zou zien.'

'Dat geef niet, zuster,' zei Terry, en hij stortte zich op zijn eten. Toen hij klaar was, veegde hij met de rug van zijn hand zijn mond af. 'En wat nu?'

'Ik heb een idee om je hier weg te krijgen,' antwoordde moeder Marie-Pierre, 'maar of het zal lukken, hangt van een paar dingen af.'

'Oké. Vertel maar!'

En dus zette moeder Marie-Pierre haar plan uiteen. 'Een van de zusters zal met je meegaan, aangezien jij geen Frans spreekt. Het verhaal zal zijn dat je naar het moederhuis in Parijs gaat.'

'Met de trein?' Terry keek twijfelend. 'En hoe moet het met papieren en zo?'

'Je krijgt de papieren van een van onze zusters mee,' zei moeder Marie-Pierre. 'Maar het hele plan zal mislukken als je deze niet past.' Ze stak het opgevouwen habijt naar hem uit.

Terry staarde er met open mond naar. 'Ik? Dáárin?'

'Pas hem nu maar even,' droeg moeder Marie-Pierre hem op. 'Zuster Marie-Marc en ik geven je wat tijd om je om te kleden, en dan komen we terug om je te helpen met de kap.' Voordat hij nog verder kon protesteren, trok de moeder-overste zuster Marie-Marc mee het kamertje uit naar het hoofdgedeelte van de kelder.

'Heb je al ontdekt waar het rooster op uitkomt, zuster?' vroeg ze terwijl ze wachtten.

'Niet op het pleintje, moeder. Daar is het nergens zo overwoekerd. Ik denk dat het buiten de muur moet zijn. Ik heb het nog niet kunnen vinden, maar ik blijf zoeken.'

'Jullie kunnen weer terugkomen,' zei Terry op een verstikte fluistertoon, en de twee nonnen gingen terug naar zijn deel van de kelder. Hij stond opgelaten in het lamplicht, met een rood gezicht van schaamte. Moeder Marie-Pierre hield haar lachen in, maar zuster Marie-Marc had zulke remmingen niet en lachte hardop, waarop Terry's jonge gezicht ook in een grijns spleet. Haar superieur suste haar meteen en samen zetten ze de jonge vlieger de kap en hoofdtooi op, die meer voor zijn vermomming zouden doen dan het habijt zelf.

Toen ze klaar waren, stapten ze achteruit om hun werk te bekijken. Zuster Marie-Marc slaakte een kreetje. 'Dit gaat lukken, moeder,' zei ze ademloos, en moeder Marie-Pierre, die kritisch naar de jongeman keek, begon het ook te geloven.

Terry Ham was jong en als ze hem een scheermes konden bezorgen, zou zijn gezicht glad zijn. De kap bedekte zijn haar, zijn voorhoofd en zijn oren en zat strak onder zijn kin, en de vorm accentueerde de rondheid van zijn jongensachtige gezicht. Met die hoofdtooi met gesteven punten op zag hij eruit als een nogal slungelige non, maar op het eerste gezicht toch gewoon een non.

'Ik zal een scheermes meenemen uit het ziekenhuis,' zei moeder Marie-Pierre, 'en dan denk ik dat je er wel mee wegkomt.' Ze glimlachte bij de uitdrukking van ontzetting die nog op zijn gezicht lag. 'Maak je geen zorgen, we krijgen je wel veilig naar Amiens. En dat is een begin.'

Terry keek naar zijn voeten. 'En mijn laarzen?'

De moeder-overste keek ernaar; ze staken onder zijn habijt uit. Dat kon een probleem zijn. De nonnen droegen allemaal zwarte veterschoenen, maar lang niet zo zwaar als Terry's pilotenlaarzen.

'We hebben geen gewone schoenen die groot genoeg voor je zijn,' zei ze. 'Je zult het habijt gewoon zo ver mogelijk omlaag moeten trekken om ze verborgen te houden. Hou je handen ook in je mouwen. Je hebt geen vrouwenhanden.'

Terry stopte plichtsgetrouw zijn handen in de wijde mouwen en probeerde een stukje te lopen zonder meer dan de neuzen van zijn laarzen te laten zien. Zuster Marie-Marc giechelde, en hij grijnsde weer.

'Wie gaat er met me mee?' vroeg hij ongerust. 'Diegene loopt ook gevaar.'

De moeder-overste had daar al over nagedacht. Ze wilde dat zo weinig mogelijk mensen wisten dat hij in het klooster was geweest. Het plan was dat hij en degene die ze met hem mee stuurde bij zonsopkomst naar Albert zouden lopen en dan de trein naar Amiens zouden nemen. Ze wilde hen zo ver mogelijk buiten het dorp hebben voordat er mensen buiten rondliepen. Ze bad dat ze niet staande gehouden zouden worden, in elk geval niet voordat ze de stad hadden bereikt, maar ze moest iemand met hem meesturen die onderweg eventuele problemen kon oplossen.

Het was jammer dat zuster Danielle nog niet terug was. Ze keek naar zuster Marie-Marc, maar verwierp dat idee meteen. Zij was te oud voor zo'n tocht, en ze sprak geen Engels, dus ze zou niet met hem kunnen communiceren. En trouwens, de moeder-overste kon ook geen reden bedenken waarom ze zuster Marie-Marc naar Parijs zou sturen.

'Dat weet ik nog niet,' bekende ze.

'Mag zij mee?' vroeg hij, knikkend in de richting van zuster Marie-Marc. 'Haar ken ik.'

'Ik denk van niet,' begon moeder Marie-Pierre, maar ze was verbaasd toen zuster Marie-Marc op hetzelfde moment sprak.

'Wie gaat er met hem mee, moeder?' vroeg ze. 'Ik?'

'Nee, zuster, niet jij.' De non wilde protesteren. 'Jij kunt niet dat hele stuk naar Albert lopen en je spreekt geen Engels, en bovendien,' voegde ze er op ferme toon aan toe om verdere discussie voor te zijn, 'ik heb jou hier nodig als mijn ogen en oren terwijl ik weg ben.'

'Gaat u dan zelf?' Zuster Marie-Marc klonk ongelovig.

'Dat is de enige oplossing,' antwoordde de moeder-overste. En inderdaad, op dat moment wist ze dat het zo was. 'Ik neem Terry mee in de trein naar Amiens en laat hem bij vader Bernard achter. We willen niet dat iemand anders weet dat hij hier was. Als de Duitsers dan nog een keer hier komen, zijn de zusters allemaal precies zo onschuldig als ze lijken.'

'Allemaal behalve ik,' merkte zuster Marie-Marc op.

'Ik weet dat ik erop kan rekenen dat jij het toonbeeld van onschuld bent,' zei haar superieur glimlachend. Ze draaide zich weer om naar Terry en sprak Engels. 'Ik ga zelf met je mee naar Amiens. Maar we zullen nog een dag moeten wachten, zodat ik de reis kan organiseren zonder dat iemand hier argwaan krijgt.

'Ik zeg wel tegen zuster Marie-Paul dat ik weer naar Parijs ga om zuster Danielle op te halen,' legde ze aan zuster Marie-Marc uit, 'omdat ik niet wil dat ze alleen reist in zulke onzekere tijden... En dat is ook echt zo. Ik vertrek heel vroeg in de ochtend, alleen. Jij en Terry vertrekken al voordat het licht wordt en wachten aan de andere kant van het dorp op me. Daarna lopen wij door en ga jij terug.'

'Maar moeder...'

'Het is besloten, zuster.' Moeder Marie-Pierre sprak op een toon die geen tegenspraak duldde. 'Ik ben zuster Eloise al kwijt, en ik wil niemand anders riskeren.' Ze wendde zich weer tot Terry Ham. 'We regelen een scheermes en wat warm water voor je, zodat je je kunt scheren.' Ze glimlachte kort naar hem. 'Zorg dat je je goed glad scheert, want je leven kan ervan afhangen.'

Zesendertig uur later stapte de moeder-overste de voordeur uit en het kille grijs van een vroege novemberochtend tegemoet. In haar zak had ze haar eigen papieren en die van zuster Marie-Joseph, die ze nooit aan de jonge non had teruggegeven.

'God ga met u,' mompelde zuster Celestine toen moeder Marie-Pierre op de drempel bleef staan. 'Breng zuster Danielle veilig bij ons terug.'

'Dank je, zuster, dat zal ik doen.'

Zuster Marie-Paul had het verhaal geaccepteerd dat de moeder-overste zuster Danielle ging ophalen omdat ze niet wilde dat die alleen reisde.

'Maar ú reist wel alleen, moeder,' had ze opgemerkt.

'Dat is mijn risico,' zei moeder Marie-Pierre, 'maar ik wil niet dat zuster Danielle dat risico onnodig neemt.'

'Ik begrijp het,' had zuster Marie-Paul glimlachend gezegd. Ze dacht waarschijnlijk dat de moeder-overste zich schuldig voelde om het lot van zuster Eloise. En dat was ook zo. 'Ik zal de zaken hier regelen terwijl u weg bent, moeder.'

Met haar mantel om haar schouders haastte moeder Marie-Pierre zich over het bospad en langs de rivier om het dorp heen. Toen ze achter de buitenste huizen langsliep, waarvan de luiken nog gesloten waren voor de nacht, speurde ze de lanen en tuinen af naar enig teken van een vroege Duitse patrouille. Ze zag niemand en kon alleen maar bidden dat niemand haar zag.

Waar het pad de weg kruiste, trof ze zuster Marie-Marc en Terry, zorgvuldig uitgedost in habijt en kap, wachtend in de beschutting van een heg. Van een afstand kon moeder Marie-Pierre beslist niet zien dat de langste van de twee nonnen een man was, en zelfs toen ze dichterbij kwam was het niet meteen duidelijk.

Toen ze bij hen was, vroeg ze op gedempte toon: 'Alles goed gegaan?'

'Makkie,' antwoordde zuster Marie-Marc, wier ogen fonkelden van opwinding. 'We zijn via de achterpoort naar buiten geglipt. Niemand heeft ons zien vertrekken, want het was nog donker en er waren geen lichten aan in huis.'

'En jullie hebben onderweg ook niemand gezien?'

'Nee, moeder. Niemand.'

'Mooi,' antwoordde de moeder-overste. 'Nu moet jij snel teruggaan, en probeer ervoor te zorgen dat niemand je door de poort ziet binnenkomen.'

Zuster Marie-Marc haalde haar schouders op. 'Ik ga eieren rapen,' zei ze. 'Mijn ondeugende kippen leggen ze wel vaker buiten het hek, langs de rand van het veld.'

'Wees voorzichtig,' waarschuwde haar superieur met een hand op haar arm. 'Dit is geen spelletje, zuster.'

Zuster Marie-Marc boog lichtjes haar hoofd. 'Nee, moeder. Ik zal voorzichtig zijn,' beloofde ze.

De moeder-overste glimlachte kort. 'Dat weet ik wel, zuster. Als God het wil, ben ik overmorgen terug met zuster Danielle.'

Toen zuster Marie-Marc zich omdraaide, pakte Terry haar hand. 'Merci, zuster, merci voor alles.' Voordat ze kon wegstappen, drukte hij een kus op haar hand. De oude non griste haar hand terug, maar ze glimlachte naar hem voordat ze terugliep over het voetpad.

'Ik zou haar een fatsoenlijke zoen op de wang hebben gegeven als dat ding op mijn kop niet zo in de weg had gezeten,' zei Terry, terwijl hij haar nakeek.

'Maar goed ook dat je dat niet hebt gedaan,' merkte moeder Marie-Pierre bijtend op. 'Nonnen zoenen elkaar niet, en je had gezien kunnen worden. Goed, zuster, basisregels. Van nu af aan niet meer praten. Om wat voor reden dan ook. Je weet nooit wie het hoort. Als we iemand tegenkomen, laat je mij het woord doen. Hou je ogen neergeslagen, maak geen oogcontact, en als we ergens stilstaan, hou dan je handen in je mouwen. Je kunt jezelf maar al te gemakkelijk verraden, dus concentreer je er de hele tijd op dat je een non bent, of er nu iemand bij is of niet. En niet praten. Begrepen?'

Terry Ham grijnsde ondeugend. 'Ja, moeder,' zei hij timide.

'Mooi,' antwoordde moeder Marie-Pierre nors, 'want ons leven kan ervan afhangen.' Toen voegde ze eraan toe: 'Als ik je aanspreek als *ma soeur*, dan knik je alleen gehoorzaam, oké?'

'Masseur?' Terry grijnsde om dat woord.

'Het betekent "mijn zuster". Oké?'

'Masseur,' herhaalde Terry gehoorzaam. 'Ik zal het onthouden.'

Het kostte hun twee uur om via de kronkellaantjes en voetpaden Albert te bereiken. Op het station kocht moeder Marie-Pierre twee kaartjes naar Parijs, maar niemand kon zeggen wanneer de trein zou komen, dus gingen ze het drukke perron maar op. Er waren veel Duitse uniformen tussen de burgers te zien. Terry deed wat hem gezegd werd en bleef zwijgend staan, met zijn hoofd gebogen, zijn ogen op de grond gericht en zijn handen in zijn mouwen.

'Pardon, zuster,' klonk een mannenstem achter hen. Moeder Marie-Pierre draaide zich scherp om en stond oog in oog met een Duitse officier. 'Alstublieft, neem mijn zitplaats maar.' De Duitser, die vloeiend Frans had gesproken, zij het dan met een accent, gebaarde naar het houten bankje waarop hij had gezeten.

Hoewel haar hart tekeerging, wist moeder Marie-Pierre haar stem gelijkmatig te houden. 'Ach, dank u, meneer. Wat aardig.' Ze raakte Terry's arm aan en duwde hem naar het bankje. 'Kom, *ma soeur*, we laten onze voeten even rusten zolang het kan.' Aangezien ze Frans had gesproken, had Terry geen idee wat ze had gezegd, maar omdat hij het woord hoorde waarop hij had gewacht, knikte hij, volgde haar voorbeeld en ging naast haar zitten.

De Duitse majoor leek wel in voor een praatje en vroeg waar ze heen gingen. Moeder Marie-Pierre hing het verhaal op dat ze had geoefend: dat ze naar het moederhuis in Parijs gingen omdat zuster Marie-Joseph was gevraagd daar te helpen bij het verplegen. De Duitser wendde zich beleefd tot zuster Marie-Joseph, maar zag toen dat ze haar hoofd gebogen had en met haar rozenkrans in haar vingers zachtjes gebeden prevelde. Opgelaten wendde hij zijn blik af en keek langs het perron of er al een trein aankwam. Op datzelfde moment verscheen er een rookpluim in de verte en drong de menigte op het perron zich naar voren. Moeder Marie-Pierre legde een waarschuwende hand op Terry's arm om te wachten tot de majoor was ingestapt. Ze wilde niet de hele weg naar Amiens een coupé met een Duitse officier hoeven delen.

Ze had zich geen zorgen hoeven maken. De majoor had zich waarschijnlijk verschrikkelijk opgelaten gevoeld toen een van de nonnen daadwerkelijk zat te bidden, in het openbaar, op een station, en wilde ook geen coupé met hen delen.

De twee nonnen stapten in de trein, maar aangezien ze even waren opgehouden, waren er geen zitplaatsen meer en moesten ze in de gang staan. Tussen een grote vrouw met een mand aan haar arm en een dikke man in een glanzend pak geperst, wiebelden ze mee met de trein toen die langzaam het station uit reed. De reis duurde lang, maar er gebeurde niets bijzonders. Er waren geen onverwachte controles, waar moeder Marie-Pierre dankbaar voor was, want van zo dichtbij zou zelfs de meest kippige controleur zien dat er weinig gelijkenis was tussen de foto op de papieren van de jonge non en de persoon die voor hem stond.

Met grote opluchting verlieten ze de trein toen die eindelijk in Amiens aankwam. Ook hier was het druk, want er stond al een menigte ongeduldig te wachten om aan boord te gaan terwijl de trein zijn passagiers nog uitspuugde.

'Blijf dicht bij me,' mompelde moeder Marie-Pierre, terwijl ze zich door de drukte een weg zochten naar de uitgang. Terry knikte en schuifelde achter haar aan in een poging zijn laarzen verstopt te houden onder zijn habijt. Er stond een lange rij bij het hek, waar twee Duitse officiers documenten controleerden. Moeder Marie-Pierre bleef staan en liet een paar andere mensen voorgaan. Terry wachtte ook. De mensen voor hen mochten verder en de twee nonnen liepen door. Toen ze bij de poort waren en moeder Marie-Pierre de twee setjes papieren liet zien, bleef Terry ingetogen achter haar staan, met zijn ogen neergeslagen en zijn handen in zijn mouwen.

'Ik dacht dat u op weg was naar Parijs, zuster,' zei een luide stem achter hen.

Moeder Marie-Pierre keek om en zag de Duitse majoor staan.

'Dat klopt, majoor, maar ik moet onderweg nog even iets voor de moeder-overste doen in Amiens.' Moeder Marie-Pierres hoofd liep om. Haar smoes klonk zelfs in haar eigen oren zwak, maar iets waarschuwde haar dat ze zo weinig mogelijk moest zeggen.

'O, hebt u een klooster hier in Amiens?' vroeg de majoor.

'Nee, maar we hebben wel banden met enkele parochies hier.' Moeder Marie-Pierre forceerde een glimlach en draaide zich weer om naar de soldaat die hun papieren bekeek.

Hij stak ze al ongeduldig uit naar de twee nonnen, die overduidelijk bekenden van de majoor waren en dus amper een veiligheidsrisico vormden. De moeder-overste pakte ze met een zacht 'dank u' aan en stopte ze terug in de zak van haar habijt. Ze schonk de majoor nog een wat spontanere glimlach en wendde zich tot Terry. 'Kom mee, *ma soeur*.'

Masseur! Weer hoorde Terry het woord waarop hij had gewacht, dus hij knikte gehoorzaam en liep achter haar aan toen ze naar de straat beende.

Wetend hoezeer ze zouden opvallen, zelfs op de drukke straten in het centrum van de stad, ging moeder Marie-Pierre zo snel het kon een zijstraat in, in de hoop dat de Duitse majoor, die na hen het station had verlaten, niet zou zien waar ze heen gingen.

Twintig minuten later stonden ze voor de Kerk van het Heilige Kruis. De straat was rustig en niemand besteedde aandacht aan de twee nonnen toen ze de deur naar de lege kerk openduwden. Het afnemende licht van de winterdag drong amper door de sierramen naar binnen en in de schemering gloeide de rode godslamp voor het altaar. In de kapel flakkerden een paar votiefkaarsen door de tochtvlaag van de deur, maar er was verder niemand in de kerk.

Moeder Marie-Pierre ging voor naar een bankje achterin en knielde daar even in stilte neer. Terry deed hetzelfde. 'Je hebt het heel goed gedaan, Terry,' zei ze zachtjes. 'Vooral toen die Duitser naar ons toe kwam op het perron. Doen alsof je zat te bidden met je rozenkrans was een slimme zet.'

Terry lachte. 'Ik deed niet alsof, moeder, ik bad vurig als de hel!'

Moeder Marie-Pierre kon een glimlachje om zijn openhartige antwoord niet onderdrukken. 'Blijf dat dan maar doen,' zei ze. 'Wacht jij hier. Blijf op je knieën zitten, met je hoofd omlaag. Zelfs als er dan iemand binnenkomt, zullen ze jou niet lastigvallen. Ik ga op zoek naar vader Bernard. We zijn nu in zijn handen. Als hij niet wil helpen, weet ik niet hoe het verder moet.'

'Dan gaat u naar Parijs en haalt uw zuster Danielle op,' antwoordde Terry meteen. 'En ik verdwijn wel.'

'Ik kom zo gauw mogelijk terug.'

Terry knikte en bleef op zijn knieën zitten, terwijl zij de kerk verliet en de weg overstak naar het huis van de priester.

Madame Papritz opende net als voorheen de deur, herkende de bezoekster meteen en leidde haar rechtstreeks door naar vader Bernard, die in zijn werkkamer bezig was.

'Moeder Marie-Pierre!' riep hij toen ze werd binnengelaten. 'Wat een leuke verrassing!'

Moeder Marie-Pierre glimlachte. 'Dank u, vader. Ik hoop dat u dat nog steeds vindt als u hebt gehoord waarom ik hier ben.'

De glimlach van de priester vervaagde. 'Aha. Nou, vertel dan maar.'

Moeder Marie-Pierre wist dat ze, nu ze eenmaal hier was, vader Bernard ook echt in vertrouwen moest nemen. Hij kon drie dingen doen: hij kon de Duitse autoriteiten over hen vertellen, hij kon blijven zwijgen maar hen wegsturen, of hij kon op wat voor manier dan ook zijn hulp aanbieden. Moeder Marie-Pierre had gegokt op dat laatste, maar als haar vertrouwen misplaatst was, dan zaten Terry en zij in de problemen.

'Het zit zo, vader,' begon ze, en ze vertelde hem het hele verhaal, van zuster Marie-Marcs ontdekking van Terry Ham in de schuur tot hun aankomst in Amiens.

Hij luisterde zonder haar te onderbreken. 'En die jongeman zit nu in mijn kerk te wachten?' vroeg hij uiteindelijk.

Moeder Marie-Pierre bevestigde dat.

'Dan denk ik dat u hem beter meteen kunt gaan halen.'

Toen Terry veilig bij het kolenkacheltje in vader Bernards werkkamer zat, bekeek zijn gastheer hem belangstellend voordat hij zich tot moeder Marie-Pierre wendde. Hij sprak glimlachend. 'Ik snap hoe dit is gelukt... Deze keer. U had geluk dat hij geen grote man is. Toch denk ik dat we hem maar meteen weer in een man moeten terugveranderen... Van dichtbij is hij niet zo overtuigend, namelijk.'

Moeder Marie-Pierre vertaalde snel voor Terry, en de jongeman keek opgelucht. 'Hij heeft gelijk,' zei hij vurig. 'Ik kan niet wachten om dat ding van mijn kop te halen.'

Vader Bernard nam Terry mee naar boven en keerde even later zonder hem terug. 'Ik heb hem wat van vader Gilberts kleren gegeven.'

'Zal madame Papritz zich niet afvragen –' begon moeder Marie-Pierre.

Maar vader Bernard schudde zijn hoofd. 'Madame Papritz ziet alles en zegt niets. Ze is de perfecte huishoudster voor een priester. Ik vertrouw haar volkomen.'

Eindelijk stelde moeder Marie-Pierre die zo belangrijke vraag. 'Wat gaan we nu met Terry doen, vader?'

'Maakt u zich maar geen zorgen om hem,' antwoordde vader Bernard kalm. 'Het komt wel goed met hem. Ik heb connecties. Het is beter als u niet meer weet dan dat. Is het Joodse meisje veilig?'

'Ja, ze is veilig.' Moeder Marie-Pierre glimlachte naar hem. 'U trapte er toen ook niet in, hè?'

'Nee,' beaamde hij, 'maar ik had dan ook de tijd om haar te bekijken. Iemand die haar op straat tegenkwam, zou haar waarschijnlijk gewoon accepteren voor wat ze leek.'

'Het is vanwege haar dat ik weer bij u ben,' zei moeder Marie-Pierre. 'Ik kon nergens anders naartoe.'

De deur ging open en Terry kwam binnen. Hij droeg het kraagje en de soutane van een katholieke priester. ‘Het is een opluchting om van die kap verlost te zijn,’ zei hij. ‘Maar nu loop ik nog steeds in een verrekte jurk!’

# 15

Adelaide had eindelijk haar speciale training afgerond. De afgelopen acht maanden had ze vele vaardigheden geleerd, dingen die in de begindagen van de oorlog ondenkbaar zouden zijn geweest voor een vrouw. Onophoudelijke lichamelijke oefeningen hadden ervoor gezorgd dat ze nu uiterst fit was. In Schotland had ze geleerd in weer en wind te overleven op open terrein met wat het land te bieden had. Ze had seinen en codes geleerd, explosieven leren gebruiken, was getraind in de ongewapende strijd en had zich vertrouwd gemaakt met een verscheidenheid aan wapens. Ze had geleerd geruisloos te doden en te verdwijnen. Ze had leren luisteren, haar geheugen getraind en haar basiskennis van het Duits bijgeschaafd, zodat ze nu in elk geval een gesprek kon volgen. Ze had zo veel mogelijk Frans gesproken, zich in die taal ondergedompeld, opdat haar automatische reactie zou zijn om te roepen in het Frans, te antwoorden in het Frans, iemand aan te spreken in het Frans.

Er waren tijden geweest dat ze bijna het bijltje erbij neer had gegooid, toen het allemaal te veel leek en ze niet kon omgaan met de vereiste meedogenloosheid, de eeuwige angst, de concentratie die nodig was om een leugenachtig leven te leiden. Maar dan dacht ze aan Andrew en hernieuwde ze haar besluit met bittere vastberadenheid. Andrew, haar geliefde neef – meer broer dan neef eigenlijk – was dood. *Grand-mère* had haar dat geschreven, en Adelaide was verdoofd geweest van verdriet. Elke vezel van haar wezen verzette zich ertegen. Andrew? Waarom Andrew? Er waren geen details over zijn dood bekend; de familie had alleen gehoord dat hij was gesneuveld in de strijd. Adelaide zelf wist niet meer dan zij, maar aangezien ze vermoedde dat hij betrokken was geweest bij een of andere clandestiene taak, gokte ze dat hij ergens in bezet gebied was gedropt, waarschijnlijk in Frankrijk omdat zijn Frans net zo vloeiend was als dat van haar, en niet meer was teruggekeerd. Hij had zijn leven gewaagd in de oorlog achter de linies, en Adelaide wist dat zij hetzelfde moest doen.

En dus zette ze door. Ze had twee dagen doorgebracht op Ringway in de buurt van Manchester om te leren parachutespringen, iets wat haar bijna nog banger had gemaakt dan het idee om zich te moeten redden in bezet Frankrijk. Hoe kon ze zichzelf zomaar uit een vliegtuig werpen? De gedachte alleen al bezorgde haar bijna een paniekaanval. Cora, haar metgezel tijdens een groot deel van de training, leek geen moeite te hebben met de sprong, en zij was degene die Adelaide de kracht gaf om door te zetten. Bijna verlamd van angst had Adelaide het gedaan, en toen was ze klaar... Of zo klaar als maar mogelijk was.

Cora en zij waren hecht bevriend geraakt tijdens hun training, hadden elkaar geholpen op gebieden waar ze zich onzeker voelden, maar aan het eind van de training was Cora verdwenen, op een eigen missie gestuurd. Adelaide wist niet waar ze heen was of wat ze moest doen. Niemand wist dingen die niet absoluut noodzakelijk waren; zelfs de moedigste persoon zou uiteindelijk gaan praten als hij of zij werd opgepakt en verhoord door de Gestapo. Kennis over een andere agent stelde die agent aan nog meer gevaar bloot. Nu was Cora weg, en Adelaide stond er alleen voor en zou leven of sterven afhankelijk van haar eigen gezonde verstand... en het zwijgen van anderen.

'Je wordt gedropt in de buurt van Albert, in het noordoosten van Frankrijk.' Kapitein Jenner, de officier die haar had gerekruteerd, briefte haar aan een tafel in een flatje in Londen. 'Je accent klopt met dat gebied en we hebben daar iemand nodig die speciale taken uitvoert.' Hij keek haar glimlachend aan. 'De rapporten over je training zijn heel goed, en we denken dat jij de juiste persoon bent.'

'Dank u, meneer,' was het enige wat Adelaide zei, zich afvragend wat er zou komen.

'Je codenaam wordt Antoinette,' liet Jenner haar weten. 'Je legt contact met een verzetsnetwerk dat wordt opgebouwd in de omgeving van de Somme. We hebben er al een telegrafist gedropt, codenaam Bertrand, die contacten heeft met het plaatselijke verzet om informatie te vergaren. We hebben informatie nodig over alles wat voor ons van nut zou kunnen zijn, nu en in de toekomst. We moeten precies weten wat de Duitsers uitspoken. Wat bouwen ze, wat produceren ze, waar zijn hun troepen en waarom. Luchthavens, luchtafweer, wegen en spoorlijnen, eventuele troepenbewegingen. Dat is allemaal essentieel, en het plaatselijke netwerk begint zulke gegevens voor ons te verzamelen. Maar hoewel je banden met hen zult hebben, hebben we ook een bijzondere taak voor je. Marcel, de plaatselijke verzetsleider, zal te horen krijgen waarom je daar bent en je helpen voor zover dat zijn netwerk niet in gevaar brengt. Die Marcel, ook een codenaam natuurlijk, is je contactpersoon. Hij, en alleen hij, zal met jou contact hebben. Jij kent niemand anders binnen het netwerk, behalve indien hij dat nodig acht, en dan alleen bij een codenaam. Als er dan iemand wordt opgepakt, kun jij of die ander niet het hele netwerk in gevaar brengen. Begrijp je dat?'

Adelaide knikte. 'Ja, meneer, maar –'

Majoor Jenner ging door alsof ze niets had gezegd. 'Marcel regelt zijn kant van je dekmantel. Die geef ik je voordat ik wegga, zodat je ermee kunt oefenen.'

'Leg ik verantwoording aan hem af?' vroeg Adelaide. 'Aan die Marcel?'

'Nee,' antwoordde Jenner, 'maar je zult hem nodig hebben en je zou je door hem moeten laten gidsen. Hij is degene die precies weet hoe het er in de omgeving aan toe gaat.' Jenner keek Adelaide scherp aan. 'Hoezo, is dat een probleem?'

'Nee, meneer,' antwoordde ze, 'ik wilde alleen zeker zijn van mijn status.'

'Je status, zoals jij het stelt, is dat je voor ons werkt. Je legt verantwoording aan ons af, maar om enige hoop te hebben op het voltooien van je taak zul je een goede werkrelatie moeten onderhouden met het plaatselijke *réseau*.'

'Sorry, meneer,' drong Adelaide aan, 'maar als het verzet al een netwerk heeft en ik daar geen deel van zal uitmaken, wat ga ik dan doen?'

'De boerderij waar je heen gaat, staat in de buurt van een dorp dat Sainte-Croix heet,' vertelde de majoor.

Adelaide keek hem verbaasd aan.

'Ja, ik weet dat je het daar kent. Ik weet dat je er voor de oorlog een paar dagen bent geweest. Daarom willen we jou sturen. In bepaalde opzichten vergroot dat het risico, maar we denken dat de voordelen daartegen opwegen.'

'Ik begrijp het,' zei Adelaide zwakjes.

'Nee, nog niet,' antwoordde Jenner monter, 'maar dat komt nog wel. Goed, het plan is als volgt. We willen dat je in het klooster gaat werken, als bediende of schoonmaakster of zoiets, zodat je kunt komen en gaan zonder dat het opvalt. Ze nemen wel vaker meisjes uit het dorp aan, geloof ik.' Jenner keek haar schattend aan. 'Zal daar iemand zijn die je zou kunnen herkennen?' vroeg hij.

Adelaide dacht even na. Behalve haar tante en oudtante betwijfelde ze of de nonnen haar als het nichtje van de moeder-overste zouden herkennen. Haar bezoek was bijna vijf jaar geleden, en ze was toen maar drie dagen in het klooster gebleven. Als ze daar nu heen ging, zou het in een heel andere rol zijn, totaal onverwacht. Met een ander kapsel, zonder make-up en in de kleren van een Frans arbeidersmeisje zou ze weinig overeenkomst vertonen met de chique jongedame die de moeder-overste al die jaren geleden had bezocht. Tegelijkertijd wist Adelaide dat ze een potentiële operatie niet in gevaar mocht brengen door daar te overtuigd van te zijn.

'Ik betwijfel het, meneer,' antwoordde ze, 'behalve mijn tantes. Maar ik neem aan dat de mogelijkheid bestaat.'

'Ik heb begrepen dat een tante van je daar de moeder-overste is,' zei Jenner, 'maar jij zei tantes, meervoud.'

Adelaide vertelde hem over haar oudtante Anne. 'Maar zij is vrijwel geheel aan haar bed gekluisterd. Eigenlijk weet ik niet eens zeker of ze nog wel leeft. Ik heb uiteraard niets meer van hen gehoord sinds Frankrijk is gevallen.'

'Hmm.' Jenner dacht na. Er was een grondige achtergrondcheck van Adelaide gedaan voordat ze uiteindelijk tot de training was toegelaten. Daarbij was geen informatie boven water gekomen over haar connectie met het klooster in Sainte-Croix. Het was puur toeval dat hij dat had gehoord van haar neef Andrew Driver, voordat die voor de laatste keer naar Frankrijk was vertrokken. Ze hadden een vlieger geïnterviewd die boven Frankrijk was neergehaald en op de een of andere manier thuis had weten te komen. Daarna had Driver opgemerkt: 'Dat klooster waar Ham het over had, ik denk dat dat de plek is waar Adelaides tante de baas is. U kent haar toch wel, mijn nichtje Adelaide Anson-Gravetty? Ze is nu in training.'

Vanuit dat snippertje informatie was er een idee ontstaan bij Jenner, en het was ontkiemd en gegroeid. Eerst had hij overwogen om Driver en Adelaide er samen heen te sturen, maar Driver was opgepakt door de Gestapo en verdwenen, dus dat plan moest worden verworpen.

Nadat het klooster nog eens was genoemd in een verslag van de plaatselijke verzetsleider, overwogen ze het plan weer nieuw leven in te blazen, maar Adelaide in haar eentje sturen...? Jenner was gekomen om haar nog eens te bekijken, aan de tand te voelen, misschien de weg te effenen. 'Vertel eens over die tantes,' zei hij. 'Hoe zijn twee Engelse vrouwen nonnen geworden in een Frans klooster?'

'Ze waren verpleegsters in het kloosterziekenhuis tijdens de Grote Oorlog,' legde Adelaide uit. 'Mijn oudtante was daar toen al non, en ik weet niet hoe zij daar gekomen was, maar tante Sarah ging met haar dienstmeisje naar Sainte-Croix om gewonden te helpen verplegen. Na de oorlog is ze gebleven.' Ze glimlachte droevig naar kapitein Jenner. 'Ik hoorde pas over hen in 1937, toen ik eenentwintig was geworden. Ze waren familie van mijn biologische vader, die was gesneuveld bij de Somme. En toen ben ik bij ze langsgegaan. Ik wilde meer weten over mijn biologische vader, Freddie Hurst. Sarah, moeder Marie-Pierre, is zijn zus.'

Jenner knikte om haar aan te moedigen.

'Dat jaar ben ik bij ze op bezoek gegaan, maar ik ben maar drie dagen gebleven. Sindsdien heb ik ze niet meer gezien, en ik denk niet eens dat ze me meteen weer zouden herkennen. De andere nonnen besteedden weinig aandacht aan me. Ze hebben een kleine gastenvleugel in het klooster waar mensen kunnen logeren voor retraites... stilteweekends... dus er komen wel vaker gasten. Als ik niet in het klooster zelf ga wonen, lijkt het me onwaarschijnlijk dat iemand daar me zal zien als iets anders dan een dorpsmeisje. Het risico op herkenning lijkt me minimaal.'

'Goed,' zei Jenner, en hij stond op. 'Ik ga nog even overleggen, en dan kom ik terug om je volledig te briefen, waarschijnlijk over een paar dagen. Jij blijft hier, in deze flat. Verlaat het gebouw alsjeblieft niet, want misschien moet ik je nog een keer spreken. Intussen' – hij overhandigde haar een stapel papier – 'ga jij je hierin verdiepen... en zorg ervoor dat je het uit je hoofd kent als ik terugkom.'

Hij zou verslag uitbrengen bij zijn team. Als ze niet geheel zeker van haar waren, was er nog tijd om haar terug te trekken en iemand anders te zoeken. Dat wilde hij liever niet. In de meeste opzichten was Adelaide ideaal voor de taak die ze in gedachten hadden, en er iemand anders voor trainen zou weer tijd kosten die ze zich eigenlijk niet konden veroorloven.

Adelaide wachtte de dagen erna ongerust af. Ze had gedacht dat al vaststond dat ze zou gaan, maar nu was het weer allemaal onzeker. Er waren rondom de vollemaan maar een paar dagen waarin een dropping kon worden gedaan. Als ze die miste, zou ze weer een maand moeten wachten, en het idee van zo'n uitstel vervulde haar met onrust. Nu haar training voltooid was, wilde ze gaan doen waarvoor ze opgeleid was. Haar tijd verspillen hier in dit flatje in Londen voelde claustrofobisch; haar onrust verergerde steeds meer en haar zenuwen voelden zo gespannen als een snaar.

Ze zag niemand behalve Monica, de vrouw die voor haar zorgde in de flat. Monica deed haar best. Ze oefende urenlang met Adelaide op de dekmantel die Jenner bij haar had achtergelaten, steeds opnieuw, om vragen te kunnen beantwoorden van bemoeizuchtige gendarmes of nieuwsgierige Gestapo-agenten. Op haar papieren heette ze Adèle Durant. 'Het is beter als je schuilnaam zo veel mogelijk op je echte naam lijkt,' hadden ze haar verteld, 'en je verjaardag ook, zodat je daar niet over na hoeft te denken.' Ze was het nichtje van Gerard Launay, een oude boer die met zijn vrouw Marie op een boerderij buiten het dorp Sainte-Croix woonde. Hun zoon Victor was gesneuveld in de begindagen van de oorlog, en zij kwam bij hen wonen om een handje te helpen op de boerderij en misschien ook plaatselijk een baantje te zoeken. Uitsluitend Frans sprekend ondervroeg Monica haar steeds opnieuw. Waar was ze geboren? Wie waren haar ouders? Wanneer waren ze overleden? Waarom was ze naar Sainte-Croix gekomen? Waar had ze eerder gewoond? Had ze nog andere familieleden? Hoe oud was ze? Altijd in het Frans.

'Je voldoet wel,' zei Monica uiteindelijk, maar als ze 's avonds backgammon speelden of schaakten, gooide ze er af en toe een vraag in het Engels tussendoor in een poging Adelaide te verrassen. Het drillen van haar verhaal gaf Adelaide wat zelfvertrouwen, maar toch, lang voordat majoor Jenner terugkeerde ijsbeerde ze door de flat als een gekooide leeuw.

Toen hij eindelijk terugkwam, zaten ze weer samen in de kleine woonkamer met uitzicht op het park.

'We hebben de informatie besproken die je me gaf,' zei hij, meteen ter zake komend, maar hij legde niet uit wie 'we' waren. 'En we hebben besloten dat we je er toch heen gaan sturen, hoewel het een extra risico oplevert als je naar een gebied gaat waar je voor de oorlog bekend was. Wat ik je van nu af aan vertel is alleen voor jouw oren bestemd. Je mag het met niemand bespreken, behalve met je tante de moeder-overste.'

'Met tante Sarah?' Adelaide was stomverbaasd. 'Wat heeft zij ermee te maken? U wilt haar toch niet bij het verzet betrekken?'

Jenner glimlachte om haar verontwaardiging. 'Ze is er al bij betrokken. Ze helpt al Joden en neergehaalde piloten ontsnappen uit het bezette gebied.'

Adelaide luisterde vol verbazing toen hij vertelde dat tante Sarah een vlieger met de naam Terry Ham had helpen ontsnappen door hem als non te vermommen.

'En hij is niet de enige. We hebben van contactpersonen in de omgeving gehoord dat ze ook een Joods gezin heeft helpen wegkomen. We willen dat je probeert een permanente ontsnappingsroute op te zetten, met het klooster als basis. Het is duidelijk dat je tante bereid is onze vliegers te helpen, maar we moeten erheen om een veilige ontsnappingsroute op te bouwen, zodat de mannen snel naar de veiligheid kunnen. Jouw taak is het organiseren van het gedeelte van de route in de Somme, en het klooster lijkt een uitstekende dekmantel. De Duitsers zullen niet gauw verwachten dat het een onderduikadres is. Terry Ham vertelde dat er kelders onder het klooster zijn, en zo te horen zouden die kunnen worden aangepast voor dat doel. Dat klooster staat me heel erg aan.' Jenner knikte in zichzelf. 'Jazeker. Het heeft mogelijkheden. Jij moet je tante overtuigen. Als jij daar eenmaal bent, zal ze zelf geen risico's meer hoeven nemen. Jij zoekt uit hoe je die mannen kunt verstoppen zolang ze in dat gebied zijn. Bedenk manieren om ze daar weg te krijgen, voorzie ze van wat ze nodig hebben... Papieren, kleren, geld.'

'Maar waar –' begon Adelaide, maar Jenner kapte haar af.

'Daarom zul je contact moeten onderhouden met Marcel. Hij zal je aan die noodzakelijke dingen helpen. Zoek uit hoe je tante het voor elkaar heeft gekregen om de Joden weg te krijgen zonder dat de Duitsers het merkten. Als je eenmaal op een rijtje hebt gezet wat je nodig hebt om dit plan in werking te stellen, kun je berichten versturen via Bertrand.'

'Wanneer vertrek ik?'

'Morgenavond, als het weer goed blijft,' antwoordde Jenner, en hij stond op. 'Monica zal ervoor zorgen dat je klaar bent voor vertrek.'

Samen met Monica reisde ze de volgende dag naar Bedfordshire, naar een landhuis buiten het dorp Sandy. Ze aten in een elegante eetzaal, en na een kopje van de beste koffie die Adelaide sinds het begin van de oorlog had gedronken, gingen ze naar de kamer die voor hen was gereserveerd.

'Nu is je kleding aan de beurt,' zei Monica. 'Trek alles uit. Alles wat je draagt moet van Franse makelij zijn. Ik heb een paar dingen voor je om te passen.'

Adelaide kleedde zich uit, en haar eigen ondergoed en kleding werden in een koffer gestopt die zou wachten op haar terugkeer. Ze trok het hemd en de katoenen onderbroek aan die Monica haar gaf, gevolgd door een donkerblauw mantelpak met een witte blouse, allemaal in de Franse stijl. Dikke kousen en een paar versleten leren schoenen voltooiden haar outfit. Aan de binnenkant van de schoenen stond de naam van de Franse *cordonnier*, en de jas en rok droegen het label van een winkel in de Rue de Ste Anne in Parijs. Toen ze tevreden was met Adelaides uitdossing, gaf Monica haar nog wat extra ondergoed, een flanellen nachthemd, twee blouses, een rok en een gebreid vest.

'En voor wanneer je oom Gerard op de boerderij helpt,' zei ze glimlachend, 'een overall en *sabots*.' Als laatste gaf ze Adelaide een grijze vilten hoed en een oude, enkellange grijze regenjas met een ceintuur. Ooit was hij van goede kwaliteit geweest, en hoewel hij betere tijden had gekend, zou hij haar toch tegen kou en regen moeten beschermen. 'Hij is zogenaamd van je moeder geweest,' merkte Monica achteloos op toen Adelaide hem aanpaste, 'daarom is hij een beetje te groot.'

Adelaide bekeek de andere kleren en vroeg zich af waar ze vandaan kwamen. Wie had ze eerder gedragen? Wie had die grijze vilten hoed opgezet of de ceintuur om die regenjas aangesnoerd? Waren ze hier gedragen, in Engeland, of op een eerdere missie in Frankrijk? Het was niet bepaald een grote garderobe, maar toereikend voor het arme plattelandsmeisje dat ze speelde. Ze stopte alles in het kartonnen koffertje dat Monica had meegebracht, samen met wat toiletartikelen... ook allemaal van Franse makelij.

'En nu je haar,' zei Monica, en ze zette haar voor de kaptafel. 'Ik denk dat er een andere stijl nodig is.' Ze pakte een schaar en begon Adelaides haar te knippen, zo snel en handig dat binnen tien minuten de hele vorm van haar hoofd leek te zijn veranderd. Weg was de gladde, dikke vlecht die Adelaide onder haar pet had gedragen bij de Women's Auxiliary Air Force en die ze had opgestoken tijdens haar training. Nu had ze een nogal slordig bobkapsel tot op de kraag. Het zag eruit, dacht Adelaide toen ze in de spiegel keek, alsof ze het zelf had geknipt met een botte tuinschaar. Monica lachte toen ze dat zei. 'Ik twijfel er niet aan dat als je je haar geknipt wilt hebben, je het van nu af aan zelf zult moeten doen. Adèle Durant zal zich geen kapper kunnen veroorloven.' Ze bekeek haar nog even kritisch in de spiegel. 'Hier, deze helpen misschien,' zei ze, en ze pakte een paar kammen en schoof die in Adelaides haar om het naar achteren te houden. 'Zo. Dat is beter. Er is geen kapper aan te pas gekomen, maar het is duidelijk dat deze meid moeite heeft gedaan om er chic uit te zien!'

Adelaide begon te lachen. 'Is dit chic?'

Ze kreeg nog een goede maaltijd voorgezet voordat ze vertrok: rundvlees en gebakken aardappelen met een dikke, hartige jus.

'Dat kan ik niet wegkrijgen,' mompelde ze, en ze keek naar het volle bord dat voor haar neus stond.

'Je moet het proberen,' moedigde Monica haar aan. 'Het kan een poosje duren voordat je weer wat krijgt en je moet alert zijn... En dat is lastiger als je honger hebt.'

Adelaide deed wat haar gezegd werd, en toen ze begon te eten, merkte ze dat ze meer trek had dan gedacht. Verbazingwekkend genoeg leek het eten de vlinders te bedaren die zo woest in haar buik hadden gefladderd.

Toen ze uiteindelijk naar het nabijgelegen vliegveld Tempsford werd gereden om in de Hudson te stappen die haar naar Frankrijk zou brengen, merkte ze dat ze weer bang werd voor de sprong uit het vliegtuig, en niet zozeer voor de gedachte aan wat haar wachtte als ze eenmaal landde.

Het licht boven Adelaides hoofd versprong van rood naar groen.

'Gaan!' brulde de stem om het gedreun van het vliegtuig te overstemmen. Adelaide sloot haar ogen en sprong de nachtlucht in, even in vrije val voordat de parachute boven haar hoofd met een geruststellende knal openging. Ze was zich bewust van andere parachutes die snel achtereen boven haar uitklapten, terwijl ook haar koffer en een paar kratten haar het vliegtuig uit volgden. En toen had ze geen tijd meer om nog aan iets anders te denken, want de grond suisde haar tegemoet. De instructies die in haar waren gedrild tijdens de korte training op Ringway kwamen haar te hulp, dus ze rolde door toen ze de grond raakte en probeerde de inslag niet op te vangen met haar benen. Even bleef ze hijgend liggen, en toen werkte ze zichzelf overeind en trok aan het sluitmechanisme van het parachutetuigje.

Een jongeman rende op haar af en sprak haar toe in het Frans. 'Alles goed?'

'Ja, help me hier even mee.'

Samen rolden ze de parachute op en sleepten hem naar de rand van het veld. 'We verstoppen hem hier,' zei de man, en hij begon de logge zijden bundel in een holte onder een paar struiken te proppen.

Adelaide pakte zijn arm. 'Nee, we moeten ze begraven, is ons verteld.'

'Niet nu. Dat wordt geregeld. Nu moeten we alles bij elkaar pakken en hier wegwezen voordat de Duitsers beseffen dat er een dropping is geweest. Kom mee... Opschieten.'

De ontvangstgroep die naar het vliegtuig had geseind, was al druk aan het werk. Schaduwen bewogen in het donker terwijl ze de pakketten en kratten verzamelden die uit het vliegtuig waren gegooid toen het over de droppingsplaats was gevlogen. Terwijl het vliegtuig brullend weer weg raasde, kwam de maan achter een wolk vandaan en werd het veld in helder, bleek licht gehuld.

'Opschieten.' Een lange man, die de leiding leek te hebben over de operatie, sprak Adelaide aan. 'Alles goed? Geen letsel?'

'Prima. Ben jij Marcel?'

'Ja.'

'Antoinette,' antwoordde ze kortaf, en ze speurde naar haar koffer.

De ontvangstgroep had de apparatuur verzameld en laadde die op een boerenkar, snel werkend in het maanlicht. Adelaide zag haar koffertje liggen en pakte het op.

'Oké, wegwezen,' zei Marcel tegen zijn mannen toen het laatste krat op de wagen werd gezet. 'Ik zie jullie morgen om zes uur.'

De wagen reed weg en Marcel wendde zich weer tot Adelaide. 'Welkom in Frankrijk. Kom mee.'

Hij hield er flink de pas in terwijl hij haar voorging door weilanden en een bos, en vervolgens om een dorp heen dat stil in het maanlicht lag. Adelaide had geen moeite om hem bij te houden, al was haar koffer lastig. Marcel bood niet aan hem voor haar te dragen, en daar was ze blij om. Ze wilde zichzelf bewijzen en wilde geen voorkeursbehandeling. Al dacht ze wel, terwijl ze het ding over een stenen muurtje hees, dat ze hem misschien beter op de wagen had kunnen laten meegaan.

In de verte blafte een hond. Marcel stak waarschuwend een hand op om haar tegen te houden. Er klonk geen ander geluid en uiteindelijk liep hij door, zo veel mogelijk in de beschutting van de heggen, met zijn oren gespitst. Hij troonde haar haastig mee over een weg en over een stenen muurtje aan de overkant. Ze volgden een zandpad langs de rand van een ander open veld, en toen waren ze een poort door en liepen ze naar een donker boerenhuis met bijgebouwen.

Marcel ging vol zelfvertrouwen voorop over het erf naar de achterdeur. Ze glipten naar binnen. Toen de deur eenmaal weer dicht was, ging er een lamp aan en stond Adelaide in een warme keuken met een stenen tegelvloer.

Marcel gebaarde naar een stoel aan de grote keukentafel. 'Ga zitten.' Terwijl Adelaide zich dankbaar op de stoel liet zakken, stak hij zijn hoofd om een binnendeur en riep: 'Maman!'

Een oudere vrouw verscheen. Ze begroette Adelaide met een glimlach en schonk koffie in uit een pot op het fornuis. Adelaide nam de beker dankbaar in ontvangst en warmde haar handen eraan. Ze droeg haar Franse burgerkleding, en ondanks de deken die ze om zich heen gewikkeld had gehad, was het ijskoud geweest in het vliegtuig.

Maman vroeg aan Adelaide of ze honger had. Inmiddels was het heel vroeg in de ochtend. Adelaide schudde haar hoofd. 'Nee, dank u, madame,' zei ze. 'Die koffie is alles wat ik nodig heb.'

'Is er nieuws van Rousseau?' vroeg Marcel aan de oude vrouw.

Ze schudde haar hoofd. 'Niets. Geen beweging.' Ze glimlachte naar Adelaide en verliet de keuken.

'Nu kunnen we praten,' zei Marcel. 'En kun je me vertellen welke bevelen je meebrengt uit Londen.'

'Londen wil een ontsnappingsroute opzetten voor neergehaalde piloten,' antwoordde Adelaide. 'Ze weten natuurlijk wat jullie groep doet, en hadden veel belangstelling voor een van je rapporten. Ze hebben mij gestuurd om het op te volgen.'

'Het klooster,' zei Marcel.

Adelaide knikte. 'Ja. Ik moet uitzoeken wat er precies gaande is.'

Marcel fronste zijn voorhoofd. 'Ik snap niet waarom ze alleen daarvoor iemand uit Engeland moesten sturen. We hadden zelf ook in het klooster kunnen infiltreren.'

'Ze hebben mij gestuurd omdat ik daar al een contactpersoon heb,' zei Adelaide gespannen. 'En als er iets misgaat, zal niet jullie hele netwerk in gevaar komen.' Ze glimlachte naar hem en voegde er wat vriendelijker aan toe: 'Mijn grootmoeder is Frans, en ik ben hier om Frankrijk te helpen.'

Er viel even een stilte. 'En je dekmantel?' vroeg Marcel.

'Ik ben Adèle Durant en ik kom mijn oom Gerard Launay helpen op zijn boerderij. Mijn ouders zijn overleden. Hij is al op leeftijd en hij en zijn vrouw kunnen het werk niet meer alleen aan... aangezien hun zoon is omgekomen tijdens de Duitse invasie.' Ze keek hem vragend aan. 'Londen denkt dat jullie die regelingen al hebben getroffen. Mijn papieren ondersteunen dit verhaal ook.'

Marcel knikte. 'Ik wilde alleen maar zeker weten dat we allebei hetzelfde verhaal hadden. Vannacht blijf je hier, en over een paar dagen, als ik nog een paar dingen heb geregeld, breng ik je naar het station in Albert. Daar zal je oom je van de trein komen ophalen en je meenemen naar zijn boerderij.' Marcel stond op. 'Nu stel ik voor dat je gaat slapen. Je zou hier veilig moeten zijn. Mijn mensen hebben het veld opgeruimd en het lijkt erop dat de dropping onopgemerkt is gebleven, in elk geval door de plaatselijke Boche. Iemand houdt daar een oogje in het zeil, dus we zouden gewaarschuwd moeten worden als ze zich laten zien. Morgenochtend begin ik met de regelingen om je bij je oom te krijgen. Bertrand' – hij gebruikte de codenaam van de telegrafist die enkele weken eerder was gestuurd om contact te leggen met het verzet – 'zal Londen laten weten dat je veilig bent geland en kan eventuele andere berichten van jou aan hen doorgeven.'

Adelaide kreeg een kamer boven de keuken, waar een groot bed stond, maar weinig anders. Toen ze alleen was, kroop ze onder het donzen dekbed. Hoewel ze doodmoe was, waren haar zenuwen gespannen als pianosnaren en kon ze de slaap niet meteen vatten. Binnenkort zou ze kennismaken met oom Gerard en tante Marie, moest ze zich installeren en ervoor zorgen dat ze geaccepteerd werd in het dorp. Van nu af aan moest ze denken en praten als Adèle Durant, een jong meisje dat was ontheemd door de wreedheden van de oorlog.

Geleidelijk drong de warmte van het bed in haar lichaam en viel ze in slaap, en haar geest was inmiddels zo geconditioneerd dat ze zelfs in het Frans droomde.

# 16

'Daar, hij komt nu binnen,' mompelde Marcel, terwijl hij en Adelaide opgingen in de mensenmassa die uit de trein uit Amiens stapte. 'Met die zwarte pet.'

Adelaide keek naar de oude man die het station in kwam lopen. Hij bleef staan alsof hij iemand zocht. Ze keek naar Marcel om na te gaan of haar identificatie klopte, maar hij was al verdwenen.

Nou, Adèle, dacht ze, het is zover.

Ze liep naar de oude man toe en riep vrolijk: 'Oom Gerard, oom Gerard, hier ben ik!'

De man tuurde naar haar, en toen verscheen er een glimlach op zijn gezicht. 'Kleine Adèle,' riep hij. 'Wat is dat lang geleden. Ik zou je amper hebben herkend als je niet zo op je moeder leek.' Ze omhelsden elkaar, en toen hield de oude man haar op armlengte om haar gezicht te bekijken. 'Sprekend je lieve moeder,' mompelde hij. Toen, wat zakelijker, pakte hij haar koffer van haar aan. 'Mijn paardenkar staat buiten. Herinner je je die lieve oude Zonnetje nog? Ze is nog steeds sterk, gelukkig. Zonder haar zouden we ons geen raad weten, want er is bijna geen brandstof voor de tractor of mijn oude auto. Tegenwoordig moeten we het vooral hebben van Zonnetje en de kar.'

Als er iemand meeluisterde, zou die er niet aan twijfelen dat de oude man dolblij was om zijn nichtje te zien... Adelaide onderdrukte de neiging om om zich heen te kijken of er niemand aandacht aan hen besteedde en kletste mee.

'Hoe is het met tante Marie? Gaat het al beter met haar rug? Heeft ze nog heel veel pijn?'

'Niet al te erg,' antwoordde de oude man. 'Natuurlijk heeft ze pijn, maar dat hebben we op onze leeftijd toch allemaal? Het zal een grote hulp zijn als jij er bent om wat van het zware werk over te nemen. Ze verheugt zich er echt op om je weer te zien. Hoe lang is het geleden? Tien jaar? Elf?'

Terwijl hij over zijn vrouw kletste, leidde hij haar mee naar de uitgang van het station. Bij de poort was een controlepunt. De politie bekeek de papieren van iedereen die het station uit wilde, en Adelaide voelde haar hartslag versnellen toen ze in de rij gingen staan. Dit zou de eerste test worden van de documenten die in Londen voor haar waren gemaakt.

Bij de poort overhandigde Gerard zijn papieren als eerste. De politieman keek er vluchtig naar voordat hij ze teruggaf. Toen was Adelaide aan de beurt. In haar papieren stond als haar geboorteplaats Vire, in Normandië.

'U bent ver van huis, mademoiselle,' zei de man, terwijl hij vragend naar haar keek.

'Ja, monsieur,' antwoordde ze, en ze hield ondanks de spanning haar stem gelijkmatig. 'Ik kom bij mijn oom logeren.' Ze gebaarde naar Gerard. Nooit meer dan minimale informatie geven, hadden ze haar in Engeland geleerd. Probeer uitspraken te vermijden die eenvoudig kunnen worden nagetrokken.

'Hoelang blijft u?' vroeg de man. Hij keek naar haar gezicht, dat knap was ondanks een gebrek aan make-up, en haar slanke figuur dat niet werd verhuld door de oude regenjas die ze droeg. Ze zag geen argwaan in zijn ogen, maar overduidelijke lust.

'Zo lang als hij me nodig heeft,' antwoordde Adelaide.

'Hmm, geluksvogel.' De man likte suggestief langs zijn lippen, gaf haar papieren terug en liet haar door.

'Wat een beest!' mompelde Gerard toen ze buiten gehoorsafstand waren, maar de dubbelzinnigheid en wellustige blikken van de man hadden Adelaide helemaal niet dwarsgezeten. Ze was alleen maar opgelucht dat haar papieren hun eerste inspectie hadden doorstaan. Van nu af aan zou ze ze met meer vertrouwen overhandigen.

'Papieren veranderen,' had Londen haar gewaarschuwd. 'Laat ze controleren door Marcel als je er bent, en als er recent eisen zijn veranderd, zorg dan dat wij ervan afweten.' Marcel had ernaar gekeken en gezegd dat ze actueel waren, maar toch besefte Adelaide dat er altijd iets kon zijn wat argwaan kon wekken.

Gerard ging voorop naar zijn wagen, niet ver van het station, waar zijn paard geduldig stond te wachten. Hij tilde Adelaides koffer achterin, ze klommen op de bok, en met een klap van de leidsels waren ze op weg naar Sainte-Croix.

Ze spraken onderweg weinig, en Adelaide had de kans om de man te bekijken die haar met gevaar voor zijn eigen leven en dat van zijn vrouw van een dekmantel voorzag. Hij was waarschijnlijk begin vijftig, maar zag er met zijn grijze haar en grijze stoppels ouder uit. Hij had het verweerde aanzien van iemand die het gewend is om in de buitenlucht te werken, en hoewel hij lang en mager was, leken zijn schouders ingezakt. En ze had gezien dat hij mank liep.

Adelaide wist niet precies in hoeverre Gerard en zijn vrouw van haar missie op de hoogte waren. Niet heel goed, hoopte ze. Het enige wat ze van hen nodig had, was een woonadres en een reden om daar te zijn. Dat leverde al risico genoeg voor die mensen op zonder dat ze precies wisten wat Adelaide uitvoerde.

De laatste anderhalve kilometer reden ze over een breed jaagpad langs de rivier. Bij een oude stenen schuur gingen ze rechtsaf een smaller pad in. Adelaide zag boerengebouwen verderop, laag en gedrongen achter een rij beschuttende bomen. Toen ze eindelijk bij de boerderij waren, reed Gerard het erf op.

'Tante Marie' kwam de achterdeur uit toen Adelaide van de kar klom. Ze was een kleine vrouw, gekleed in een overall en met haar haar onder een sjaal. Haar gezicht zag er afgetobd en moe uit, maar haar ogen waren nog helder.

'Hier is ze dan eindelijk, Marie,' riep Gerard, terwijl hij van de bok klom. 'De trein was mooi op tijd.'

'Adèle,' zei Marie. 'Wat heerlijk om je te zien! Ik ben zo blij dat je er bent.' Ze stak haar armen uit en omhelsde haar nichtje kort. 'Ik vond het zo erg toen ik het hoorde van je arme moeder.'

Voor de veiligheid moesten ze leven volgens hun dekmantel, en Adelaide was opgelucht te zien dat haar 'tante en oom' dat ook precies deden. Je kon onmogelijk weten wie er toekeek of afluisterde; misschien een collaborateur die informatie verzamelde om in zijn eigen voordeel te gebruiken.

'Ga er altijd van uit dat je wordt gadegeslagen,' had Monica haar op het hart gedrukt toen ze haar verhaal bestudeerden. 'Ga er altijd van uit dat er een informant aan een tafeltje verderop zit of naast je in de rij staat te wachten. Laat je waakzaamheid nooit varen. Die mensen zijn je tante en oom, en het is van groot belang dat jullie daar alle drie áltijd aan denken.'

'Wat fijn om terug te zijn, tante Marie,' zei Adelaide. 'Ik ben hier al zo lang niet geweest.' Ze keek om zich heen, zag een koeienstal en een halflege schuur waar een paar kippen door het hooi op de stoffige vloer scharrelden. 'Het is niets veranderd,' zei ze glimlachend. 'Alles is nog precies zoals ik het me herinner.'

In de dagen erna leerde ze de boerderij kennen en werkte ze enorm hard. Marie leerde haar melken, en hoewel het even duurde voor ze het onder de knie had, kon ze Gerard al snel helpen met zijn koeien. Ze zeulde met voer en mestte de stal uit. Ze haalde aardappelen van de akker en sleepte ze naar het huis. Ze sprokkelde hout en repareerde hekken. Ze haalde het vee naar binnen, liet het weer de wei in en veegde het erf. Op marktdag ging ze met haar tante mee naar het dorp, ze gingen samen naar de bakkerij om in de rij te staan voor het broodrantsoen, en ze bezochten de zondagsmis in de parochiekerk. Geleidelijk aan werd ze herkend als het nichtje van de Launays, uit Normandië. Aan het eind van elke dag viel ze uitgeput in bed. Maar in elk geval kreeg ze goed te eten. Er waren verse eieren en melk, en tante

Marie maakte kaas en boter. Adelaides dagen waren zo gevuld dat ze zich begon af te vragen of ze nog wel tijd zou hebben voor iets anders. Maar het was goed benutte tijd, want de buren van de Launays begonnen te zeggen wat een geluk ze hadden dat hun nichtje bij hen logeerde en hen hielp.

Ze vond een oude fiets in de schuur. De banden waren plat en het frame verroest, maar het zadel was redelijk, en er zat een mand voorop en een kinderzitje achterop. Ze haalde hem naar buiten en vroeg aan Marie of ze hem mocht gebruiken.

Marie haalde haar schouders op. 'Hij is heel oud,' zei ze aarzelend. 'Ik reed er vroeger op toen Victor nog klein was, maar als je wilt, probeer je hem maar te repareren.' Ze trok een gezicht alsof het haar een zinloze onderneming leek.

Adelaide maakte de fiets schoon, smeerde hem en probeerde de lekke banden te repareren. De buitenbanden vielen wel mee, maar de binnenbanden waren in slechte conditie. Gerard had een bandenplakset, en samen wisten ze de lekken goed genoeg te dichten om de banden gevuld te houden als ze ze maar regelmatig oppompte. Het duurde niet lang voordat Adelaide regelmatig werd gezien in de buurt, fietsend over de lanen met brandhout in de fietsmand en in het kinderzitje gepropt. De klusjes die ze voor haar tante deed, brachten haar naar het dorp en de markt als ze daar hun overtollige boter en eieren afleverde.

Ze werd vaak langs de weg gezien om de langzaam lekkende fietsbanden op te pompen, maar de fiets bracht haar overal en niemand stelde vragen over haar verkenningstochten in de buurt.

In de weken dat ze hier nu was, had ze de Launays goed leren kennen en hun geschiedenis gehoord. Gerard was in Verdun geweest in de vorige oorlog. Het grootste deel van zijn eenheid was gesneuveld bij de moedige verdediging van het Bois de Caures, maar Gerard had weten te ontkomen. Tijdens de aftocht was echter zijn been verbrijzeld. Toen hij in 1916 gewond terugkeerde naar de boerderij van zijn vader, was hij bijna overleden; als zijn geliefde Marie hem niet zo goed had verpleegd, zou hij beslist zijn been zijn kwijtgeraakt. Ze waren getrouwd zodra hij weer fit genoeg was, en tien maanden later was hun zoon Victor geboren.

'Victor sneuvelde bij de aftocht naar Duinkerken,' vertelde Marie aan Adelaide op een dag toen ze samen in de kaasmakerij werkten. 'Een bommenwerper met een machinegeweer.' Haar ogen verhardden. 'Een rij mannen en vluchtelingen, simpelweg afgeslacht vanuit de lucht, en niet alleen soldaten zoals onze Victor, maar ook vrouwen en kinderen.' Ze richtte een sombere blik op Adelaide en sprak op kille toon. 'Neergemaaid en stervend op de weg achtergelaten. Zulke mensen zijn eigenlijk geen mensen. Er is niet veel wat we tegen hen kunnen uitrichten, maar het weinige dat we kunnen doen, dat doen we.' Twee keer hadden de Duitsers het leven van de Launays verwoest, en nu waren ze bereid risico's te nemen om terug te vechten.

'Toen Victor overleed, dacht ik dat mijn leven voorbij was,' zei Marie. 'Nu heeft het een ander doel. We worden oud, maar we kunnen nog steeds op onze eigen manier vechten. Laat ons maar weten hoe we je kunnen helpen.'

Nu ze de redenen begreep waarom deze mensen haar onderdak en een dekmantel verschaften, voelde Adelaide zich wat zekerder. De Launays werden gedreven door wraak, en die wraak had extra kracht omdat ze de risico's kenden maar niet langer om hun eigen veiligheid gaven. Ze beschermden haar dekmantel als hun nichtje, en haar aankomst in de plaatselijke gemeenschap was begroet met weinig meer dan onverschilligheid.

Uiteindelijk besloot Adelaide dat het tijd was geworden om in actie te komen. Toen ze aan het eind van de dag aan hun avondmaal zaten, zo'n twee weken na haar aankomst, deed ze haar aankondiging. 'Binnenkort ga ik naar het klooster om te kijken of ik daar een baantje kan krijgen.'

'Als iemand ernaar vraagt, zeggen we dat we het ons niet kunnen veroorloven om je te onderhouden en dat je ook wat geld moet binnenbrengen.' Marie glimlachte gespannen. 'Ik heb de naam dat ik nogal voorzichtig met mijn geld omspring.'

Sinds haar aankomst op de boerderij had Adelaide geen pogingen ondernomen om contact op te nemen met Marcel. Ze wist niet eens waar hij woonde, maar nam aan dat het in Albert was. Ze was er vrij zeker van dat hij niet in de boerderij woonde waar hij haar die eerste keer mee naartoe had genomen; dat, dacht ze, was ook weer een onderduikadres. Het leek haar ook onwaarschijnlijk dat 'Maman' echt zijn moeder was.

Ze wist alleen dat als ze Marcel nodig had, ze naar café Le Chat Noir op het plein van Sainte-Croix moest gaan, met een rode sjaal om haar hoofd. Degene die dat teken zag, zou Marcel waarschuwen, en dan zou hij haar de volgende avond ontmoeten in het bosje achter de boerderij van de Launays.

De volgende keer dat ze met tante Marie naar de markt ging, wikkelde ze een rode sjaal om haar haar. Toen ze hun paar aankopen hadden gedaan, gingen ze in de lentezon aan een tafeltje op het terras zitten om een kopje surrogaatkoffie te drinken. Marie kletste ontspannen met de serveerster en Adelaide liet haar blik over het plein dwalen, zich afvragend wie er melding zou maken bij Marcel. Aan de andere kant van het plein was het dorpshuis, nu het Duitse hoofdkwartier, met een enorme swastikavlag tegen de gevel. Duitse soldaten kwamen en gingen, maar ze besteedden geen aandacht aan de twee vrouwen die even uitrustten na het winkelen. Toch was Adelaide zich doorlopend bewust van hun aanwezigheid. Het was één ding om een clandestien leven te oefenen terwijl je veilig thuis was in Engeland, maar iets heel anders om het echt te doen. Elke keer als er om haar papieren werd gevraagd, ze een Duits gesprek hoorde of opzij moest stappen voor een haastige Duitse soldaat, versnelde Adelaides hartslag. Ook al hield ze zich heel strikt aan haar dekmantel, het was maar al te gemakkelijk om een fout te maken en zichzelf te verraden... En de Launays.

Marcel wachtte in het bos toen ze daar de avond erop aankwam. Ze gingen op het gras zitten, met hun rug tegen een omgevallen boom, en leken gewoon een verliefd stelletje dat wat privacy zocht.

'Ben je al een beetje gewend?' vroeg hij.

'Ja, dank je,' antwoordde Adelaide. 'Ik heb geleidelijk aan de weg leren kennen, en voor zover ik weet zijn er geen vragen gesteld over de reden voor mijn komst. De Launays hebben ook niets gehoord. Jij wel?'

'Nee, alleen dat je uit Normandië bent gekomen om op de boerderij te helpen.'

'Dan ga ik morgen het klooster benaderen,' zei Adelaide. 'Ik hoop erachter te komen hoe ze onze vliegers hier weg hebben gekregen. Als ik weer nieuws voor je heb, zal ik een teken geven.'

'Doe dat alleen als je echt iets belangrijks te melden hebt,' zei Marcel. 'We moeten elkaar zo min mogelijk ontmoeten. Elke keer dat we het doen, lopen we risico.'

Adelaide zei daar niets op en veranderde van onderwerp. 'Vraag Bertrand alsjeblieft om mijn voortgang te melden in Londen.'

'Doe ik,' beloofde Marcel.

'Nog één ding,' zei Adelaide toen hij aanstalten maakte om op te staan. 'Kun je me een paar binnenbanden voor mijn fiets bezorgen? We hebben ons best gedaan met de banden die we hebben, maar ze zullen niet veel langer meegaan.'

Marcel knikte. 'Ik zal kijken wat ik kan doen.'

'Bedankt,' zei Adelaide, en ze wilde opstaan, maar op dat moment trok Marcel haar plotseling in zijn armen en begon haar te zoenen. Adelaide verstijfde en probeerde zich los te maken, maar Marcel was te sterk voor haar en hield haar stevig tegen zich aan. Hij drukte haar met zijn volle gewicht op het gras. Terwijl hij haar vastgepind hield, verplaatste hij zijn mond naar haar oor en mompelde: 'Zoen me terug! We worden bekeken.' Meteen ging zijn mond weer naar de hare en voelde ze zijn handen over haar lichaam dwalen. Ze verzette zich niet langer, maar ontspande zich. Ze voelde dat haar rok boven haar knieën werd gehesen en haar blouse eruit werd getrokken. Ze deed haar mond niet voor hem open, maar sloeg wel haar armen om hem heen, zodat als ze inderdaad werden bekeken, ze een gewillige deelneemster zou lijken.

Even later hief Marcel zijn hoofd, en zij gaf hem een zetje zodat hij wegrolde. Toen ze langs hem heen keek, zag ze aan de rand van de open plek iemand naar hen staan staren. Adelaide gaf een gilletje, trok haar rok over haar benen omlaag en streek haar blouse glad. Marcel draaide zich met een ruk om alsof hij verbaasd was om haar gil en zag de man ook staan, grijnzend om Adelaides overduidelijke schrik.

'Heb je het goed gezien?' sneerde Marcel, die opstond en een hand uitstak om Adelaide overeind te helpen. 'Kom je zó aan je trekken?'

De man liep naar hen toe. 'Ik hoorde stemmen,' zei hij. 'In het bos, laat op de avond...'

'Zo laat is het niet!' snauwde Marcel, maar de man negeerde dat.

'Had een verdachte persoon kunnen zijn, die iets in zijn schild voerde.' Zijn ogen glansden boosaardig. 'Je weet nooit wat mensen uitspoken, tegenwoordig.' Zijn lip krulde om. 'Maar ik had kunnen raden dat het een stelletje was, tekeergaand als de konijnen.'

Adelaide voelde dat Marcel zijn spieren spande. De man probeerde hem op te jutten, en ze was bang dat Marcel inderdaad zou doorslaan en iets zou doen waar ze allebei spijt van zouden krijgen. Ze barstte in huilen uit en drukte haar gezicht tegen Marcels schouder.

'Het is al goed, *chérie*,' zei hij sussend. Hij legde zijn arm om haar heen en streelde haar haar. 'Het is al goed, ik zal je naar huis brengen.' Hij keerde de man de rug toe.

'Ja, doe jij dat maar,' zei de man spottend. 'Je wilt niet buiten zijn na de avondklok, hè?'

Marcel hield zijn arm om Adelaides middel. 'Maak je geen zorgen, we gaan al. We wilden alleen een beetje privacy, meer niet.' Hij hield zijn arm stevig om haar heen en leidde haar het bos uit. Adelaide voelde de ogen van de man in haar rug terwijl ze wegliepen en merkte dat ze echt dankbaar was voor Marcels ondersteunende arm.

'Ik vraag me af wat híj daar deed, sluipend door het bos,' zei Marcel peinzend toen ze een heel eind weg waren.

'Ken je hem?' vroeg ze.

'Ja, hij heet Alain Fernand en is tuig. Een kleine crimineel die verklikker is geworden. Knapt graag het vuile werk van de Duitsers op voor een paar privileges. Denkt dat hij zich bij de winnende kant schaart.'

'Kent hij jou?' vroeg Adelaide ongerust.

'Nog niet,' zei Marcel, 'maar dat komt nog wel... op een dag. Als deze oorlog voorbij is, vil ik hem levend en zet zijn hoofd op een spies op het dorpsplein... En zelfs dat is nog te goed voor hem.'

Adelaide hoorde de amper ingehouden haat in Marcels stem en huiverde. Ze twijfelde er niet aan dat als hij aan het eind van de oorlog nog leefde, Marcel precies zou doen wat hij beloofde.

'Intussen,' ging Marcel door, 'moet je je ogen openhouden voor hem en andere figuren zoals hij. Ze zullen je verkopen aan hun Duitse meesters, of ze nu iets over je weten of niet. Bewijzen kunnen gefabriceerd worden, en kerels zoals hij zijn daar meesters in.'

Bij de poort van de boerderij van de Launays draaide Marcel haar naar zich toe. 'Je deed het goed, daarnet,' zei hij. 'Bewaarde je zelfbeheersing.'

'Ik was bang dat jij de jouwe zou kwijtraken,' kaatste ze terug.

Marcel glimlachte weemoedig. 'Tja, als dat was gebeurd zouden we één *collabo* minder hebben gehad om ons druk om te maken... Maar waarschijnlijk zou dat ook een hoop gedoe hebben opgeleverd.'

Hij nam haar gezicht tussen zijn handen en sprak grijnzend. 'Gewoon voor het geval hij ons is gevolgd en nog steeds toekijkt!' Hij kuste Adelaide weer, en toen hij een reactie bij haar bespeurde, nam hij er de tijd voor.

Toen ze eindelijk bij elkaar weg stapten, zei Adelaide een beetje buiten adem: 'We kunnen ons ontmoetingspunt beter veranderen.'

Marcel schudde zijn hoofd. 'Nee, nu hij denkt te weten waarom we daarheen gaan, hebben we de perfecte reden om het nog eens te doen.' Hij drukte haar hand tegen zijn lippen. 'Wees heel voorzichtig. Adèle. De volgende keer zal Fernand je herkennen.'

De volgende morgen fietste Adelaide tegen de heuvel op naar het Klooster van Onze Lieve Vrouwe van Genade, zette haar fiets tegen de muur en trok aan het oude schellekoord. Bijna meteen ging het luikje in de deur open en tuurde er een non naar buiten.

'Goedemorgen,' zei de non. 'Kan ik iets voor u doen?'

Adelaide haalde diep adem. Het was zover. 'Ik wil de moeder-overste graag spreken, alstublieft.'

'En waarover gaat het?' vroeg de non zonder de deur te openen.

'Ik zoek werk,' begon Adelaide.

Maar de non kapte haar af. 'Het spijt me, mademoiselle, maar ik vrees dat hier geen banen zijn.' Het luikje begon dicht te gaan.

Adelaide stak haar hand op. 'Wacht,' riep ze. 'Ik wil de moeder-overste spreken.'

'De moeder heeft het druk,' was het antwoord. 'Ze heeft geen tijd voor elke landloper die werk zoekt. Ik heb u al verteld dat dat er niet is.'

'Ik ben geen landloper,' zei Adelaide verhit. 'Ik ben het nichtje van monsieur en madame Launay. Zij kennen de moeder-overste en hebben me hierheen gestuurd.'

Het luikje ging weer helemaal open. 'Hoe zei u dat u heette?'

Adelaide had haar naam niet genoemd, maar nu deed ze dat wel. 'Adèle Durant. Monsieur Launays nichtje.'

Er klonk gerammel van grendels, de zware deur ging langzaam open en de portierster tuurde eromheen. Het was dezelfde zuster Celestine die Adelaide had begroet toen ze de vorige keer was gearriveerd. De kleine non bekeek de bezoekster, haar werkkleding, haar schoongeboende gezicht en handen, maar er was geen herkenning in haar ogen te zien. 'Kom dan maar binnen.'

Adelaide stapte de drempel over en moest in de hal wachten, terwijl zuster Celestine weg drentelde om te kijken of de moeder-overste tijd had voor deze persoon.

Ze was snel terug. 'De moeder kan u ontvangen,' zei ze op een toon die aangaf dat dit haar verbaasde. 'Deze kant op, alstublieft.'

Adelaide liep achter haar aan door de gang naar moeder Marie-Pierres kantoortje en wachtte buiten terwijl ze werd aangekondigd.

'Mademoiselle Durant, moeder.'

Adelaide stapte de kamer in en zag daar niet alleen haar tante, maar nog een zuster die naast het bureau stond. 'Het spijt me, moeder,' begon Adelaide. 'U hebt bezoek. Ik kan ook wachten tot u het minder druk hebt.'

'Geen probleem, mademoiselle,' antwoordde de moeder-overste. 'Zuster Marie-Paul en ik waren net klaar.' Ze wendde zich tot de non. 'Dank je, zuster, dan laat ik dat aan jou over.' Zuster Marie-Paul boog haar hoofd en verliet met een ongeïnteresseerde blik op Adelaide de kamer.

Toen de deur achter haar dicht was, keek moeder Marie-Pierre Adelaide aan. 'Goed, mademoiselle, wat kan ik voor u doen? Ik begrijp van zuster Celestine dat de Launays u hebben gestuurd.'

Het was Adelaide duidelijk dat noch haar tante, noch zuster Marie-Paul, die ze bij haar vorige bezoek een aantal keren was tegengekomen, haar had herkend, en dat was mooi. Heel mooi. Maar hoe lang zou het duren voor haar tante haar wel herkende? Het zou een goede test zijn. Ze bleef spreken als Adèle Durant.

'Ja, moeder,' antwoordde ze. 'Ik ben hun nichtje. Ik ben gekomen om te helpen op hun boerderij. Het werk is nu te veel voor hen alleen, maar ik moet ook wat geld verdienen om bij te dragen.'

Moeder Marie-Pierre trok één wenkbrauw op. 'Ik zou denken,' zei ze, 'dat u met uw werk op de boerderij wel voldoende bijdroeg.'

'Dat is ook zo, moeder,' voerde ze aan, 'maar ik heb wat contant geld nodig, weet u wel, voor een paar persoonlijke dingen. Mijn oom en tante geven me te eten, natuurlijk, maar er zijn altijd dingen die je nodig hebt, zelfs in deze oorlog.' Ze glimlachte, en het was haar glimlach, haar vader Freddies glimlach, die haar identiteit onthulde aan haar stomverbaasde tante.

'Adelaide?' fluisterde ze.

Adelaide knikte en legde een vinger tegen haar lippen.

Even staarde moeder Marie-Pierre haar nog aan, en toen kwam ze om haar bureau heen en omhelsde haar. 'Mijn lieve meisje,' zei ze, en ze hield haar op armlengte, ongeveer zoals Gerard Launay had gedaan op het station, om haar beter te bekijken. 'Mijn lieve meisje, ben jij het echt? Wat doe je hier in vredesnaam? Wat is die onzin over de Launays?'

Adelaide stapte naar de deur en keek of hij goed dichtzat voordat ze antwoordde. 'Ik ben hier vanwege u,' zei ze.

'Vanwege mij?' Haar tante keek geschrokken. 'Hier, kom even zitten, zodat we fatsoenlijk kunnen praten.' Net als de vorige keer zaten ze op de stoelen bij de open haard, maar nu was er geen vuurtje om de kamer te verwarmen. 'Goed, Adelaide, vertel me alles. Hoezo ben je ineens het nichtje van de Launays?'

'Tante Sarah...' begon Adelaide, maar toen stopte ze. Nu ze hier was, wist ze niet goed waar ze moest beginnen, hoeveel ze moest zeggen.

'Ja?' moedigde moeder Marie-Pierre haar aan.

Als ik tante Sarah niet kan vertrouwen met in elk geval een deel van het verhaal, dan heeft het ook geen zin om hier te zijn, dacht Adelaide. 'Ik ben hier vanuit Engeland naartoe gestuurd om undercover te werken,' zei ze, 'en mijn dekmantel is dat ik het nichtje van de Launays ben. Ik woon bij hen op de boerderij en help ze met veel van het zware werk dat zij nu lastiger vinden.' Ze lachte. 'Ik heb zelfs leren melken. Maar goed, ik ben hierheen gestuurd vanwege wat u hebt gedaan.'

'Wat ik heb gedaan?' Moeder Marie-Pierre keek haar ongelovig aan. 'Hoe bedoel je?'

'Sergeant-majoor-vlieger Terry Ham is thuisgekomen,' zei Adelaide, 'en hij vertelde ons hoe u hem geholpen had.'

Moeder Marie-Pierre begon te glimlachen. 'Terry? O, dat is prachtig. Ik ben dolblij dat hij het heeft gered. Ik had niets meer gehoord sinds ik hem bij vader Bernard achterliet.'

'We hebben ook gehoord dat u Joodse vluchtelingen hebt geholpen,' ging Adelaide zachtjes door.

Moeder Marie-Pierre keek scherp op. 'Waar heb je dat gehoord?'

'We hebben contact met het plaatselijke verzet,' antwoordde Adelaide. 'Er stond iets over in een van hun rapporten.'

'Aha,' verzuchtte haar tante. 'Tja, ik dacht al dat het uiteindelijk wel een keer zou uitkomen. Het hele dorp weet wat er met zuster Eloise is gebeurd.'

'Zuster Eloise? Wat is er dan met haar gebeurd?'

De moeder-overste vertelde het verhaal over de ontsnapte Joodse vrouw, Simone, de inval van de Duitsers en de arrestatie van zuster Eloise. Adelaide luisterde zwijgend.

'Ze is naar Duitsland gestuurd, naar een kamp ergens, waar ze volgens kolonel Hoch de vijanden van het Reich opsluiten.' Sarah keek haar nichtje aan. 'Ik voel me zo schuldig, want ik had zuster Eloise gevraagd om voor die vrouw te zorgen. Het is mijn schuld dat ze nu in zo'n vreselijk kamp zit.'

'Maar zuster Eloise en de andere zusters zouden die vrouw toch wel hebben verpleegd, wie ze ook was. Dat is toch wat jullie orde doet? De zieken verzorgen?'

'Ze lag niet in het ziekenhuis. We wisten dat ze Joods was, dus verpleegden we haar in het geheim.' Moeder Marie-Pierre zuchtte. 'Het klooster is heel erg verdeeld,' legde ze uit. 'Sommige zusters vinden het goed dat we die arme vrouw hielpen, maar andere vinden dat we niet betrokken moeten raken bij de politiek van de oorlog. Dat we de zieken moeten verplegen in ons ziekenhuis en ons leven van gebed in stand moeten houden, en geen "vijanden van het Reich" moeten herbergen.'

'Ik begrijp het.' Adelaide keek peinzend. 'Wat vonden ze dan van Terry Ham?' vroeg ze. 'Was hij geen vijand van het Reich?'

Haar tante lachte weemoedig. 'Ze wisten het niet. Slechts twee van ons waren daarbij betrokken.' Ze pakte Adelaides hand vast. 'Ik begrijp nog steeds niet waarom je hier bent, Adelaide.'

'Adèle, tante Sarah. Ik heet nu Adèle, zelfs voor u.'

Sarah glimlachte. 'Adèle, dan. Dus waarom ben je hier?'

'Ik ben hier om een echte ontsnappingsroute op te zetten voor mensen zoals Terry Ham,' antwoordde Adelaide. 'Er worden zo veel van onze vliegtuigen neergeschoten boven vijandelijk terrein, de bemanning springt eruit en zit vervolgens vast achter de vijandelijke linies. We proberen een manier te vinden om er zo veel mogelijk terug te helpen naar Engeland. Ik moet veilige adressen in de omgeving zoeken, waar ze verborgen kunnen worden totdat ze kunnen worden weggehaald.'

Ze glimlachte naar haar tante, die plotseling leek te beseffen wat er van haar gevraagd zou worden.

'Je kunt het klooster niet gebruiken,' zei moeder Marie-Pierre zachtjes. 'Te veel mensen lijden eronder als er iets misgaat. Na wat er met zuster Eloise is gebeurd, kan ik niet nog meer van mijn zusters riskeren.'

'Ik snap dat dat een gevaar is,' zei Adelaide, 'maar als we het plan kunnen implementeren dat ik heb uitgewerkt, hoeft geen van de andere zusters ervan af te weten.'

'Nee, Adelaide, het spijt me. Ik wil het niet eens horen.' Moeder Marie-Pierre was ferm. Ze vertelde haar nichtje over de dreigementen die kolonel Hoch had geuit. 'En hij zal ze waarmaken, weet je. Hij is een kwaadaardige man, die geniet van wat hij doet.' Ze boog zich weer naar voren en pakte Adelaides hand. 'Als het alleen om mij ging, zou het geen probleem zijn, maar ik ben verantwoordelijk voor de veiligheid van iedereen in deze gemeenschap.'

'Dat begrijp ik, tante Sarah. Het is een zware verantwoordelijkheid. Ik zal elders iets gaan zoeken. Maar Londen dacht dat een klooster wel de laatste plek zou zijn die de Duitsers zouden verdenken van verzetswerk.'

'Nou, dat hadden ze mis. Sinds ze Simone hier hebben gevonden, behandelen ze ons met grote argwaan, en vooral mij. Kolonel Hoch organiseert spontane controles. Doorzoekt de boel zonder waarschuwing. We hadden geluk dat hij dat niet deed toen Terry Ham hier was. Er zijn sindsdien drie invallen geweest. Het spijt me, lieverd, maar ik denk echt niet dat ik je kan helpen.'

'Terry had het over de kloosterkelders.' Adelaide was nog niet helemaal bereid het op te geven. 'Hij zei dat er een ingang van buitenaf was, een metalen rooster.'

'Ja, we zagen dat rooster van binnenuit, en zuster Marie-Marc heeft het later aan de buitenkant ook gevonden.'

'Zuster Marie-Marc?'

'Zij was degene die Terry Ham in de schuur vond. Toen hij weg was, is ze op zoek gegaan naar dat rooster.'

'Waarom?' vroeg Adelaide. 'En waar was het?'

'Ik denk dat ze ongeveer hetzelfde idee had als jij,' antwoordde moeder Marie-Pierre. 'Dat ze dacht dat we mensen voor de Duitsers konden verstoppen in onze kelders, maar ik vrees dat dat uitgesloten is... En dat heb ik ook tegen haar gezegd.' Ze keek Adelaide ernstig aan. 'Elke keer dat de Duitsers kwamen, werden de kelders grondig doorzocht. Als iemand zich daar verstopte, zou hij of zij gevonden worden.'

'En als we dat deel van de kelder nu dichtmaken?' opperde Adelaide. 'De kamer met dat rooster?'

'Dichtmaken?' Moeder Marie-Pierre lachte kort. 'Adelaide, hoe moeten we dat in vredesnaam doen zonder dat iemand het merkt? Het hele klooster zou het weten, en de Duitsers kort daarna. Het zou meteen worden ontdekt.'

Toen ze besefte dat ze zich voorlopig gewonnen moest geven, veranderde Adelaide van tactiek. 'Vertel eens over die vader Bernard,' zei ze. 'Hoe past hij in het plaatje?'

'Hij is de priester van de Kerk van het Heilige Kruis in Amiens,' antwoordde Sarah. 'Ik ontmoette hem heel toevallig toen ik met de kinderen naar ons moederhuis in Parijs ging.' Ze legde uit hoe vader Bernard destijds had geholpen. 'Hij was de enige die ik kon bedenken om te benaderen toen we probeerden Terry Ham weg te krijgen.' Ze zweeg even. 'Er is nog iemand die mogelijk bereid is jullie te helpen bij jullie onderneming. Madame Juliette, die het café op het plein heeft. Tenminste, dat deed ze... in de vorige oorlog. Haar dochter heeft het overgenomen, geloof ik. Maar goed, toen ik Margot redde, een van de

Joodse kinderen, verstopte zij ons een tijdje. Ik weet niet of ze betrokken is bij je verzetsgroep, maar wel dat ze een goed mens is dat bereid was haar leven te wagen om een klein meisje te redden. Misschien wil zij ook wel –'

Ze werden gestoord door een klop op de deur. Ze keken elkaar even geschrokken aan voordat moeder Marie-Pierre opstond en achter haar bureau ging zitten. Adelaide ging voor haar staan, en toen rinkelde de moeder-overste met haar belletje.

De deur ging open en zuster Marie-Paul kwam binnen. Ze negeerde Adelaide totaal en sprak tegen haar superieur. 'Kolonel Hochs auto staat voor de deur, moeder. Ik dacht dat u dat moest weten.'

Moeder Marie-Pierre stond op. 'Dank je, zuster, ik kom er meteen aan.' Ze wendde zich tot Adelaide en zei met vermoeide stem: 'Het is tijd dat u gaat, mademoiselle. Zoals ik al zei, ik vrees dat er momenteel geen banen zijn in het klooster. Als dat verandert, zal ik contact met u opnemen.'

Adelaide sloeg haar ogen neer. 'Dank u, moeder,' mompelde ze. Ze liep achter de twee nonnen aan het kantoortje uit en de hal in.

Kolonel Hoch stond er al, binnengelaten door een overduidelijk bange zuster Celestine. 'Ach, moeder-overste,' begon hij, en toen zag hij Adelaide. 'Wie is dit?'

De moeder-overste haalde haar schouders op. 'Een meisje uit het dorp, op zoek naar werk.'

'Jij daar, meisje.' Hoch bekeek Adelaide van top tot teen, alsof ze een paard was dat hij overwoog te kopen. 'Hoe heet je?'

'Adèle Durant, meneer.'

'Wat doe je hier? Papieren!' Hij stak zijn hand uit, en Adelaide haalde haar papieren uit haar jaszak en overhandigde ze. Hij keek er vluchtig naar. 'Wat doe je hier?'

'Ik kwam de moeder-overste om werk vragen,' antwoordde Adelaide. Ze hield haar ogen neergeslagen en daagde hem op geen enkele manier uit. Ze wist dat dit het einde van haar missie kon zijn nog voordat die goed en wel was begonnen.

‘Ik heb misschien wel een baantje voor je bij de Kommandatur,’ zei hij, en hij keek goedkeurend naar haar figuur, dat niet helemaal werd verhuld door haar oude grijze regenjas.

‘Het spijt me, kolonel,’ zei moeder Marie-Pierre voordat Adelaide tijd had om iets te zeggen, ‘maar ik heb mademoiselle Durant net een baantje gegeven in onze keukens.’ Ze legde zuster Marie-Paul, die haar had horen zeggen dat ze het meisje geen werk kon geven, met een frons het zwijgen op en ging door. ‘Er is daar te veel werk voor zuster Elisabeth alleen, en zuster Marie-Marc wordt te oud om veel hulp te bieden.’ Ze glimlachte naar Adelaide. ‘Een paar uur per dag een paar extra handen zal zeer welkom zijn. Meld je maandagochtend om halfacht bij zuster Elisabeth, Adèle, dan vertelt zij je wat je moet doen. Ga nu maar.’

Adelaide maakte opgelucht een buiginkje en sprak ingetogen. ‘Ja, moeder. Dank u, moeder.’

# 17

Toen Alain Fernand ontdekte waar de familie Auclon zich verstopte, was hij uitgelaten. Er was een grote zoektocht naar hen gehouden toen de andere Joden uit het dorp werden opgepakt, maar ze waren nooit gevonden. Uiteindelijk was aangenomen dat ze op de een of andere manier het gebied hadden weten te verlaten.

Fernand vond hen per ongeluk. Op een avond sprokkelde hij brandhout in een bosje achter het dorp toen hij dacht stemmen te horen. Altijd alert op iets ongewoons zette hij zijn zak met takken neer en liep geruisloos tussen de bomen door, speurend naar waar het geluid vandaan kwam. Voordat hij iemand zag, waren de stemmen al weggestorven, maar hij had het huisje gevonden. Het was verlaten en vervallen en de deuren zaten op slot. Toen hij zijn neus tegen de vuile ruiten drukte, zag Fernand geen teken van leven. Teleurgesteld pakte hij zijn brandhout en ging naar huis, maar zijn nieuwsgierigheid was niet bevredigd.

Een paar dagen later had hij weer stemmen gehoord en was hij dichterbij geslopen om te spioneren. Hij vond een vrijend stelletje op de grond, een meisje met haar rok opgesjord rond haar heupen en een man bijna boven op haar. Fernand keek een poosje naar hen voordat ze hem opmerkten. Het wond hem op; hij zou ook wel zo'n meisje willen. Plotseling besefte het stel dat hij daar stond en maakten ze zich van elkaar los. Het meisje begon te huilen en de man leek op ontploffen te staan, maar na een korte woordenwisseling waren ze weggegaan en was Fernand alleen achtergebleven in de schemering, zich afvragend of zij de mensen waren die hij eerder had gehoord.

De derde keer dat hij stemmen hoorde, was het raak. Hij sloop stilletjes tussen de bomen door en daar waren ze: een man en een vrouw met twee kleine jongens. Ze waren heel mager en bleek, hun kleren bijna lompen, maar ze zaten op een oud bankje met hun gezicht opgeheven in de laatste zonnestralen. De twee kleine jongens speelden met wat takken op het zand aan hun voeten. Nog terwijl hij toekeek, riepen de ouders de kinderen en liepen ze naar de achterkant van het huisje. Fernand wachtte een paar minuten, sloop geruisloos zijn schuilplaats uit en rende naar het huisje. Er klonken nu geen stemmen meer; de spookachtige stilte van de schemering omhulde het huis. Hij sloop naar een raam, tuurde naar binnen en zag een sombere keuken. Die leek verlaten. Hij zag alleen een grote oude keukentafel, een fornuis en een stenen gootsteen. Hij liep geluidloos de hoek om en keek door het volgende raam naar binnen. Hier was een slaapkamer, maar nog steeds geen spoor van het gezin. Aan de achterkant van het huis was een schuurtje aangebouwd.

Daar moeten ze zijn, dacht hij, maar toen hij tegen de deur duwde, ging die gemakkelijk open en lagen er alleen wat houtblokken tegen de wand en een paar zakken in de hoek. Een oude canvastas hing aan een haak aan de deur. Gretig bekeek hij de houtblokken. Brandstof was schaars, en hij zou ze voor een leuk bedrag kunnen verkopen. Hij liet ze nog even liggen en keerde terug naar het huisje, liep er nog een keer omheen, probeerde elke deur en tuurde door alle ramen naar binnen, maar zonder geluk. De familie leek te zijn verdwenen.

Fernand wist heel goed wie ze waren. Hij had Joseph Auclon en zijn vrouw Janine meteen herkend. Joden. Ze moesten op de een of andere manier zijn ontkomen bij de arrestatie van de andere Joden, afgelopen zomer. Nou, deze keer zouden ze niet ontsnappen.

Fernand haatte Joden. Iedereen wist dat ze zich altijd verenigden tegen de echte Fransen. Fernand was zelf een keer uit Josephs kapperszaak aan het dorpsplein gezet omdat hij had geklaagd dat Joseph hem belazerde. Iedereen wist dat Joden hun niet-Joodse klanten meer lieten betalen, en toen Fernand Joseph daarvan had beschuldigd, had de kapper hem weggestuurd en gezegd dat hij nooit meer terug hoefde te komen. Fernand had de winkel kwaad verlaten, maar hij had het laatst gelachen. Hij had helemaal niet betaald! Dat zou die graaierige Jood leren.

Hij ging terug naar de schuur, vulde een zak met wat houtblokken en nam zijn buit mee naar huis. Hij zou er later nog meer ophalen, beloofde hij zichzelf, en dan zou hij ook een breekijzer meenemen om te kijken wat hij in het huisje zelf kon vinden.

De volgende avond was hij terug. Toen hij niets hoorde, sloop hij naar het huisje en tuurde weer door de ramen. Het zag er allemaal nog net zo uit als de avond ervoor. De voordeur zat nog steeds op slot, en hij kon hem niet openbreken zonder behoorlijk wat lawaai te maken. Als de Joden zich binnen verstopten, wilde hij hen niet alarmeren, dus ging hij naar de achterdeur. Die was afgesloten met een dikke houten balk en een stevig hangslot. Fernand wilde net proberen het hangslot open te breken toen hem iets opviel. Hij legde zijn breekijzer op de grond en streek met zijn handen over de houten balk en erachter langs. Een sluwe glans verscheen in zijn ogen, en hij glimlachte. De balk was een los onderdeel, helemaal niet aan de deur bevestigd, maar alleen aan de deurposten. Van een afstandje zag het eruit alsof de balk en het hangslot de deur stevig afsloten, maar van dichtbij zag hij dat de deur kon worden geopend met de balk er nog voor. Hij tilde de grendel op en duwde. De deur bewoog niet. Hij moest van binnenuit zijn afgesloten. Fernand liep terug naar het raam om naar binnen te kijken, maar de hoek was verkeerd en hij kon niets zien.

Maar de Joden moeten ergens binnen zijn, dacht hij opgewonden. Ik hoef alleen maar te wachten tot ze zich weer laten zien.

Hij liep terug naar de dekking van de bomen, vond een dikke eik aan de rand van de open plek en klom erin. Vanaf dit uitkijkpunt keek hij recht naar de achterdeur, en hij maakte het zichzelf gemakkelijk om de wacht te houden. Hij wachtte tot het volledig donker was voordat hij het opgaf.

Misschien durven ze niet elke avond naar buiten te komen, dacht hij. Ik zal gewoon moeten blijven terugkomen totdat ze dat wel doen. Ik moet zeker weten dat ze hier echt zijn voordat ik naar Thielen stap, of beter nog naar Hoch. Ja, kolonel Hoch was degene die op Joden joeg. Fernands ogen glinsterden bij de gedachte aan de beloning die een hele familie van Joden zou kunnen opleveren.

Vier avonden later had hij geluk. Vanuit zijn boom hoorde Fernand een zacht gekraak en toen zag hij dat de achterdeur van binnenuit werd geopend. Joseph Auclons hoofd verscheen. Nadat hij had besloten dat het veilig was, kwam hij naar buiten, gevolgd door zijn vrouw en de twee jongens. Joseph liep naar de schuur en keerde even later terug met een zware zak. Hij liep meteen weer het huisje in en bleef heel even weg. Toen stapte hij met lege zak naar buiten en hing hem in de schuur terug.

Fernand was dolblij. Niet alleen zat het gezin in dit huis verstopt, ze kregen eten van iemand. Hij herinnerde zich dat hij de lege zak in de schuur had gezien toen hij er de eerste keer binnen had gekeken, maar het belang ervan was hem ontgaan. Hij bleef in de boom zitten gedurende de ongeveer twintig minuten die het gezin zichzelf in de frisse lucht toestond, maar zodra ze weer naar binnen gingen en hij de grendel aan de binnenkant van de deur hoorde schrapen, klom hij eruit en haastte zich terug naar het dorp.

Hij verliet net het bos toen hij een plaatselijke boer tegenkwam, Étienne Charbonnier, die over zijn akkers wandelde met zijn hond.

'Avond, Charbonnier.' Fernand probeerde nonchalant te klinken en liep door.

'Hé, Fernand, wat doe je op mijn land?' vroeg Charbonnier met een argwanende blik op de zak die Fernand bij zich had. De hond hoorde de toon van zijn baasje, legde zijn oren plat tegen zijn kop en begon te grommen.

Toen hij die grom hoorde, bleef Fernand staan en keek nerveus om.

Hij had nooit van honden gehouden. 'Hou dat beest onder controle, Charbonnier,' grauwde hij.

'Wat doe je op mijn land?' herhaalde Charbonnier, en hij maakte geen aanstalten om zijn hond tot de orde te roepen.

'Gewoon, lopen,' antwoordde Fernand, en hij keek naar de hond die dreigend zijn tanden ontblootte. 'Brandhout zoeken.' Hij gebaarde met de lege zak over zijn arm.

'Al het brandhout op mijn land is van mij,' grauwde Charbonnier. 'Rot op. Je hebt geen recht om hier te zijn.'

'Ik ga al, ik ga al,' mompelde Fernand, en hij keerde de boer en zijn hond de rug toe en haastte zich over het pad terug naar dorp.

Tegen de tijd dat Fernand het Duitse hoofdkwartier bereikte, had hij besloten dat zijn informatie beslist te belangrijk was voor majoor Thielen en vroeg hij naar kolonel Hoch. Hij moest wachten, maar uiteindelijk werd hij het kantoor van de kolonel in geroepen.

Hoch werkte achter zijn bureau toen hij hoorde dat Fernand hem wilde spreken, en hij was verbaasd. Meestal was Thielen degene die zulke types afhandelde. Hij vroeg zich af welke informatie Fernand hem kwam brengen. Hij verachtte die vent, een huichelachtige wezel, maar wel nuttig. Hij had ogen en oren waar Hochs mannen nooit konden komen en de informatie die hij tot dusverre had binnengebracht was betrouwbaar gebleken, al was het dan niet bijster belangrijk geweest. Nu had hij gezegd dat hij de kolonel wilde spreken, en dat hij hem iets heel belangrijks te vertellen had.

Hoch liet hem bijna een uur in zijn sop gaarkoken; hij was niet van plan die kleine collaborateur het idee te geven dat hij gewoon de tijd van de kolonel kon opeisen, maar hij was toch geïntrigeerd.

Toen er aan de deur werd geklopt, pakte Hoch een vel papier van zijn bureau voordat hij brulde: 'Binnen.' De deur ging open en Fernand kwam binnen. Hoch bleef het papier lezen zonder op te kijken, en Fernand moest voor het bureau blijven staan met zijn pet in zijn hand, wachtend tot de kolonel aandacht aan hem zou besteden. Toen

Hoch uiteindelijk opkeek, liet hij zijn blik afkerig over de man die voor hem stond gaan.

Fernand was klein, met een smal gezicht, waterige blauwe ogen die dicht bij elkaar stonden, een scherp gepunte neus en dun, pluizig haar dat hij over zijn kalende kruin kamde. Hij schuifelde opgelaten met zijn voeten en durfde de kolonel niet helemaal aan te kijken.

'Nou?'

'Ik denk dat ik nog een paar Joden heb gevonden,' zei Fernand. 'De Auclons. Ze zijn aan het net ontglipt bij de arrestaties van afgelopen jaar.'

'Aha, en waar zijn die Joden?' Hoch sprak zonder overduidelijke belangstelling, maar hij herinnerde zich dat de Auclons nooit waren gevonden en zijn blik verscherpte.

'Ik heb hun schuilplaats gevonden,' zei Fernand. 'Ik heb ze een poosje gadegeslagen.'

'O ja? En waarom heb je dit niet meteen gemeld?'

'Ik wilde het eerst zeker weten, kolonel. Wilde niet dat u er voor niets heen zou gaan.'

'Op die manier. En nu weet je het zeker?'

'Ja, meneer. Heel zeker.'

'Dan vraag ik je nog een keer, waar zijn die Joden? Hoeveel zijn het er?'

'Vier, meneer. De ouders en twee kinderen. Een tweeling.'

Hoch glimlachte. 'Het hele gezin, dus.'

'Ja, meneer.'

'Waar?'

'Er staat een vervallen huisje in het bos achter Étienne Charbonniers boerderij. Vroeger woonde daar een knecht, maar hij kwam niet terug van de vorige oorlog.'

'Laat zien!' Hoch stapte naar een grote kaart van het district die aan de muur hing. 'Wijs aan waar dat huisje staat.'

Fernand keek even naar de kaart voordat hij een vuile vinger op het bos achter Charbonniers boerderij legde. 'Hier ongeveer, meneer,' zei hij. 'Er is een open plek, en daar staat het huisje. De bomen zijn er in de loop der jaren hoog opgegroeid. Je ziet het huisje pas als je op de open plek bent.'

'En dat gezin...'

'De Auclons, meneer.'

'De Auclons... wonen in dat huisje?'

'Ja, meneer. Nou, niet in het huisje zelf. Ik denk dat er een kelder moet zijn.'

'En je hebt ze gezien?'

'Ik heb ze het huisje in en uit zien gaan.'

'Waarom zijn ze dan nog niet eerder gevonden?'

'Er moet een schuilplaats binnen zijn, meneer.'

'En jij denkt dat het een kelder is?'

'Ja, meneer.' Fernand haakte nerveus een vinger achter zijn vuile kraag. 'Soms komen ze 's avonds naar buiten, voor een beetje frisse lucht, zeg maar.'

'En hoe hebben ze zolang overleefd, met vier personen in die kelder?' vroeg Hoch zich hardop af.

'Weet ik niet, meneer. Iemand moet ze eten en zo hebben gebracht.'

'Wie?' vroeg Hoch.

'Dat weet ik niet, meneer. Maar ik zag Joseph Auclon een zak uit de schuur halen. Daar moet eten in hebben gezeten. Ik weet niet wie het daar had neergelegd, meneer.'

'Dan kun je dat maar beter gaan uitzoeken,' snauwde de kolonel. 'Ik wil weten wie ze geholpen heeft. Die pakken we ook op. Begrepen?'

'Ja, meneer.' Fernand knikte heftig.

'Intussen,' zei Hoch peinzend, 'pakken we morgen alvast die Joden op. Zodra het licht wordt.' Hij keek met priemende blikken naar de kleine man die voor hem stond. 'Kom bij me terug zodra je weet wie het is.' Toen Fernand aarzelde, grauwde de kolonel: 'Nou, wegwezen dan.'

'Ja, meneer.' Hij vertrok.

Hoch riep luitenant Weber naar zich toe. 'De vermiste Jood Auclon en zijn gezin zijn gezien. We pakken ze morgen op.' Hij wees op de kaart. 'Ik heb informatie dat ze hier zitten, in dit bos.' Hij vertelde over het vervallen huisje. 'Verzamel een groep om daar voor zonsopkomst heen te gaan. Omsingel dat huis en trap de deur in. Ze verstoppen zich mogelijk in de kelder. Haal ze allemaal hierheen.'

Weber salueerde. 'Ik neem aan dat u ze levend wilt hebben, meneer?'

'Uiteraard,' snauwde de kolonel. 'Ik moet uitzoeken wie hen heeft geholpen. Die ouders zullen snel genoeg praten als we hun kinderen hebben.'

Fernand verliet snel het kantoor en ging het plein op. Eenmaal buiten haalde hij diep adem en bleef even staan om zijn hart te laten bedaren, en toen liep hij met een tevreden glimlach door het dorp. Hij had wel een aardig idee wie de Auclons voedsel had gegeven en wist zeker dat het niet lang zou duren om zijn vermoedens te bevestigen.

Nog beter, dacht hij. De prijs voor een heel Joods gezin zou de moeite waard moeten zijn, en nog iets extra voor de idioten die hen hadden geholpen.

Hij ging naar huis en stopte een zaklantaarn en zijn zakmes in zijn zak. Hij wilde erbij zijn als de Duitsers de Auclons oppakten. Hij wilde de angst op hun gezichten zien. Hij wilde dat Joseph Auclon wist wie hem had gevonden. Die kapper moest weten dat hij niet ongestraft fatsoenlijke, echte Fransen kon besodemieteren.

Het was al na middernacht toen Fernand zijn huis uit sloop en weer naar het bos ging. Het dorp lag er tijdens de avondklok stil bij toen hij tussen de huizen door liep en het pad door de velden nam. Het bos was pikkedonker, en een paar keer moest hij het risico nemen om een dun straaltje licht van zijn afgeschermde zaklantaarn te gebruiken. Hij wist zeker dat niemand dat hier buiten zou zien, maar toch deed hij het ding steeds maar heel even aan, net lang genoeg om te zien hoe het pad liep. Eén keer dacht hij dat hij iets hoorde. Een voetstap? Het knappen van een takje? Hij dook snel de schaduwen in. Daar wachtte hij een paar minuten, ineengedoken in de struiken, maar er kwam niemand langs en hij hoorde verder niets. Het moest een dier zijn geweest, dacht hij, en hij stond op en liep geruisloos door naar het huisje.

Toen Fernand tussen de bomen vandaan stapte, gaven de sterren net genoeg licht om de omtrekken van het gebouwtje op de open plek te zien, het dak en de afgebrokkelde schoorsteen die donker afstaken tegen de nachthemel. Hij liep naar de vergrendelde deur en tilde de klink op om te kijken of hij nog van binnenuit afgesloten was. Tot Fernands verbazing ging de deur krakend open, met de balk en het hangslot er nog voor.

Hij deed zijn zaklantaarn aan, dook onder de balk door en stapte de keuken in. Daar bleef hij even luisterend staan. Het was doodstil. De dunne lichtstraal van zijn zaklantaarn onthulde niets anders dan de tafel en het fornuis die hij door het raam al had gezien, een diepe stenen gootsteen en een oude kachel. Er hingen spinnenwebben aan het plafond boven de deur die van de keuken naar de rest van het huis leidde. Er was geen mens te zien. Nergens was een plek waar iemand zich kon verstoppen. Verbaasd liep Fernand naar de andere deur en stapte erdoor.

Spinnenwebben plakten in zijn gezicht en hij veegde ze boos uit zijn ogen, maar terwijl hij dat deed besefte hij dat deze deur al tijden niet meer kon zijn gebruikt, anders zouden die spinnenwebben er niet hebben gehangen. Toch liep hij door naar het andere deel van het huis.

Er was een klein gangetje waar een vochtige lucht hing en nog een deur, ook met dikke grijze spinnenwebben ervoor. Fernand zwaaide er met zijn zaklantaarn doorheen om het pad vrij te maken en deed hem open. Erachter lag de enige slaapkamer van het huisje, en ook die zag er precies zo uit als hij via het raam al had gezien, met een oud ijzeren ledikant, één stoel, een inbouwkast in de hoek en een haardje vol met oud roet. Fernand rukte de kastdeur open. Leeg. Niemand. Geen teken dat hier ooit iemand was geweest.

Er gleed een koude vinger van angst langs zijn ruggengraat. Hij had Hoch verteld dat de Auclons hier zaten, maar nu waren ze er niet. Erger nog, niets wees erop dat ze hier ooit waren geweest. Hij scheen met zijn zaklantaarn in de haard en omhoog door de schoorsteen, maar meer uit wanhoop dan in de verwachting iets te vinden. Kolonel Hoch zou hier morgenochtend voor niets een arrestatieteam naartoe sturen. Hij zou woedend zijn omdat hij voor gek zou staan, en Fernand huiverde bij de gedachte aan zijn toorn.

Hij scheen met de zaklantaarn over de vloer. Stenen tegels zonder kleden. Haast radeloos keerde Fernand terug naar de keuken. Weer onthulde zijn zaklantaarn niets, want er was nergens een schuilplaats. De vloer was ook hier betegeld. Hij scheen met de zaklantaarn onder de gootsteen: alleen een toevoerpomp en een afvoerbuis naar buiten. Hij kroop onder de tafel en streek met zijn handen over de stenen in de hoop een luik of zoiets te vinden. Niets.

Op zijn hurken zittend dacht hij koortsachtig na. Hij had dat gezin nog maar een paar uur geleden dit huis in zien gaan. Hij had gehoord dat de deur van binnenuit was vergrendeld, maar nu was er niemand.

Die verrekte, smerige Joden! De gedachten raasden door zijn hoofd. Waar waren ze gebleven? Hij deed zijn zaklantaarn weer aan, trok de afplaktape van de voorkant en scheen met de hele lichtbundel nog een keer door de keuken.

En toen zag hij het: een schoenafdruk. Op tafel. Iemand had op tafel gestaan en een afdruk in het stof achtergelaten. Fernand richtte zijn zaklantaarn op het plafond. De zwarte dakbalken liepen over de hele breedte van de keuken, en tussen twee balken midden boven de grote oude tafel zat... Fernand wist niet goed wat hij zag. Hij klom op de tafel, scheen met de zaklantaarn recht omhoog en tuurde naar het plafond. Daar vond hij wat hij zocht. Onopvallend weggewerkt tussen de balken zat een luik. Fernand stak zijn arm omhoog. Hij kon het plafond aanraken, maar was niet lang genoeg om het luik omhoog te duwen. Hij sprong van de tafel en haalde de oude stoel uit de slaapkamer. Die zette hij op tafel, en toen klom hij er voorzichtig op en duwde het luik omhoog. Het was voorzien van scharnieren en klapte open. Fernand stak zijn hoofd erdoor en staarde stomverbaasd naar binnen. Er was een zolder onder het dak, over de hele lengte van het huis, met een plankenvloer. Hoewel er geen meubels stonden, lagen er dekens en kussens tegen de schoorsteen. Een beker en een paar borden lagen opgestapeld in een tinnen schaal. Op een schoteltje stond een kaarsstompje en een krat was op z'n kop gezet om dienst te doen als tafel. In een hoek stond een gegalvaniseerde emmer. Iemand had hier gewoond, en te oordelen naar de geur die van die emmer kwam was die persoon hier heel recent nog geweest.

Fernand werd overspoeld door opluchting. De Auclons waren hier niet, maar ze waren hier wel degelijk geweest.

Als Hochs mannen morgenochtend kwamen, zouden ze het gezin niet vinden, maar wel hun schuilplaats, en dan was het alleen maar een kwestie van tijd voordat ze hen opspoorden. Hoch zou kwaad zijn omdat ze hem weer waren ontglipt, maar als Fernand snel werkte, kon hij hen waarschijnlijk wel weer vinden voordat de Duitsers dat deden, en dan kon hij hen aangeven zoals gepland. Maar hij wilde liever niet dat het arrestatieteam hem in het huisje aantrof als ze aankwamen. Het was tijd om te gaan. Hij liet het luik open en de stoel op tafel staan, zodat de soldaten zouden vinden wat hij had gevonden, en toen trok hij de deur achter zich dicht en liep snel het bos in.

# 18

Toen Adelaide zich op haar eerste ochtend om precies halfacht meldde bij de deur van de kloosterkeuken, verwachtte zuster Elisabeth haar. Ze was een grote zuster, met een rood gezicht en de mouwen van haar habijt heel hoog opgestroopt.

'Nou, Adèle,' begroette ze haar ferm. 'De moeder zegt dat jij zuster Marie-Marc komt ontlasten van het zwaardere werk.' Ze bekeek Adelaide even en snoof, alsof ze er niet veel van verwachtte.

'Ik ben sterker dan ik eruitzie, zuster,' protesteerde Adelaide. 'Zeg maar wat u wilt dat ik doe.'

'Nou, als eerste kun je met die vaat beginnen.' Zuster Elisabeth gebaarde naar een stapel borden op een rolkar die door een oudere zuster de bijkeuken in werd gereden.

'Zuster Marie-Marc, dit is Adèle,' verklaarde zuster Elisabeth met het soort stem dat men meestal voorbehoudt aan hardhorende of domme mensen. 'Ze komt helpen met het werk hier in de keuken. Als jullie klaar zijn met de afwas, kan ze aardappelen en uien uit de kelder ophalen en kunnen jullie aan het middageten beginnen.'

'Ja, zuster,' antwoordde zuster Marie-Marc mild. Ze glimlachte naar Adelaide met ogen die fonkelden tussen de rimpels in haar gezicht en stapelde de borden in de diepe stenen gootsteen. 'Hallo, Adèle. We zijn heel blij dat je ons komt helpen.' Ze wees naar het enorme zwarte fornuis dat één wand van de keuken besloeg. 'Er staat een pan heet water op het fornuis. Zou jij die hierheen willen brengen? Als jij afwast, droog ik af.'

Adelaide haalde de zware pan en goot heet water in de gootsteen, terwijl zuster Marie-Marc de keukenkraan opendraaide om er koud water bij te doen.

Toen de afwas klaar was, knikte zuster Marie-Marc naar een deur achter hen. 'De kelder is daar. Er zou een zak aardappelen moeten staan, en wat uien.'

Adelaide had zich de vorige avond enige tijd afgevraagd hoe ze de kelder in zou kunnen komen om de mogelijkheden als schuilplaats te beoordelen. Hoewel de moeder-overste geen toestemming had gegeven om het klooster of de kelder ervan als onderduikadres te gebruiken, had Adelaide het idee nog niet opgegeven. Als ze een deel van de kelder kon gebruiken zonder de nonnen in gevaar te brengen, zou ze ofwel teruggaan naar Sarah om het haar nog een keer voor te leggen, of – en dat was een optie die ze liever niet koos, maar die wel waarschijnlijker was – die plek gebruiken zonder dat haar tante ervan afwist.

Dit was haar kans om er snel een blik te werpen. Ze opende de deur en keek in de duisternis beneden.

'Wees voorzichtig,' waarschuwde zuster Marie-Marc, terwijl ze haar een pan aangaf voor de aardappelen. 'Die treden zijn steil.'

'Ik zal oppassen,' beloofde Adelaide, en met een hand stevig om de leuning daalde ze de stenen treden naar de kelder af. Bij het licht dat omlaag filterde door de geopende deur zag ze rekken met groenten staan. Op een schraagtafel lagen nette rijen appels, en daarboven waren een paar planken met potten jam en honing, allemaal voorzien van een etiket. Een paar ronde kazen gewikkeld in katoenen doeken lagen op een marmeren plaat, en er waren stenen botervloten net zoals die in Marie Launays voorraadkast. Onder de appeltafel stonden uitpuilende zakken, en toen ze erin keek vond Adelaide wortels, rapen en aardappelen. Strengen uien hingen aan haken aan het plafond en op de vloer stonden nog meer grote stenen potten met meel en rijst. Terwijl haar ogen aan het weinige licht wenden, zag ze dat er verderop nog meer kelderruimten waren, met onderlinge doorgangen. Ze keek in de eerste en zag een berg kolen, maar daarachter was geen licht meer.

Ik zal hier een keer naartoe moeten met een lamp of een kaars, dacht ze terwijl ze de duisternis in tuurde. Ik moet het hier eens goed bekijken.

Bang dat er iets van gezegd zou worden als ze te lang deed over het ophalen van de groenten, vulde ze de pan met aardappelen uit een geopende zak, pakte een streng uien van een van de haken en haastte zich weer naar boven. Ze was vastbesloten later een manier te bedenken om de kelders verder te verkennen.

Toen ze de keuken weer in kwam, was zuster Elisabeth nergens te zien, maar zuster Marie-Marc stond bij het fornuis en roerde met een enorme ijzeren lepel in een ketel.

'Heb je ze gevonden? Mooi. Ik begin daar wel mee.' Ze nam de groenten van Adelaide over en legde ze op tafel. 'Zuster Elisabeth is weggeroepen, maar ze zegt dat je ook wat kolen uit de kelder moet halen, om die te vullen.' Ze wees naar drie grote ijzeren emmers in een alkoof bij het fornuis. 'Dat is écht een klusje voor een jongere rug.'

'Ja, zuster,' antwoordde Adelaide, en ze pakte een van de grote emmers.

'Ik betwijfel of zelfs een jonge meid als jij zo'n ding kan dragen als hij vol is,' zei zuster Marie-Marc. 'Meestal halen we kolen hierheen met een kleinere emmer die in de kelder staat en vullen dan die grote hier. Kom maar, ik zal het je laten zien.' De oude non roerde nog een keer stevig door de stoofpot, liet hem staan en ging voorop naar de kelder. 'Er is hier geen elektrisch licht,' zei ze monter, terwijl ze een olielamp pakte die Adelaide nog niet had zien staan, 'dus kijk uit waar je loopt.' Ze stak de lamp aan en ging haar voor naar de eerste zijkelder. 'De kolen, of wat ervan over is, liggen hier, en daar staat de kleine emmer om ze te dragen.'

'Prima, zuster, ik zal wat naar boven brengen.' Adelaide glimlachte. 'Vergeet uw stoofpot niet,' voegde ze eraan toe toen het erop leek dat de kleine non zou blijven rondhangen.

Met een kreet van wanhoop draafde zuster Marie-Marc de trap op, en Adelaide bleef in de kelder achter met de lamp.

Snel schepte ze kolen in de kleine emmer, liet hem klaarstaan om mee te nemen naar de keuken, pakte de lamp en begon te verkennen. Ze hield het licht hoog terwijl ze door de bedompte ruimten liep. In een ervan lag tuingereedschap, in een andere stonden oude meubels opgestapeld, in een derde wat lege kratten, een oude ladder waar een paar sporten van ontbraken en een fiets zonder voorwiel. Uiteindelijk kwam ze in de achterste ruimte aan en zag ze het heel vage daglicht dat door het rooster in het plafond naar binnen filterde.

Dit moet de plek zijn waar ze Terry Ham hadden verstopt, dacht Adelaide.

Ze bekeek de ruimte even. Hij had beslist mogelijkheden. Er was een stevige deur om hem mee af te sluiten. Er zat geen slot op, maar dat kon geregeld worden. Het rooster naar buiten was net groot genoeg voor een man om zich doorheen te persen... als hij ernaartoe kon klimmen. Het enige wat de kelder bevatte, waren een paar oude planken en een berg lompen in de hoek.

Ja, besloot Adelaide, dit heeft mogelijkheden. Maar eerst moet ik uitzoeken waar dat rooster uitkomt.

Ze had nu geen tijd meer, want zuster Marie-Marc zou zich afvragen waar ze met de kolen bleef, dus haastte ze zich terug naar de kolenkelder, pakte de klaarstaande emmer en droeg hem naar de keuken. Toen ze hem had geleegd in een van de grote emmers bij het fornuis, keerde ze terug naar de kelder om nog meer te halen. Bij elk tochtje nam ze een paar ogenblikken de tijd om zich vertrouwd te maken met de indeling van de kelder, om op die manier uit te vogelen waar het rooster mogelijk uitkwam. Voordat ze de laatste emmer naar boven droeg, hield Adelaide de lamp omhoog onder het plafond van de kolenkelder, en daar was wat ze al half had verwacht te zien: een stortkoker die op het pleintje boven moest uitkomen.

Als ik die kan vinden, dacht ze opgewonden, dan kan ik waarschijnlijk wel ruwweg bepalen waar het rooster moet zijn.

Toen Adelaide met de laatste emmer in de keuken aankwam, was zuster Elisabeth terug. De non keek goedkeurend naar de volle kolenemmers. 'Heel goed, Adèle,' zei ze. 'Dat zou genoeg moeten zijn tot morgen.'

'En morgen vul ik ze weer bij,' beloofde Adelaide.

Adelaide werkte elke ochtend vier uur in het klooster en bouwde geleidelijk aan een routine op. Ze wist wat er van haar werd verwacht, en toen de nonnen dat eenmaal beseften, lieten ze haar haar gang gaan.

Op haar tweede dag had ze buiten het rooster gevonden. De kolentrechter was eenvoudig te zien geweest in een hoek van het pleintje, en van daaraf had ze gegokt waar het rooster moest zijn. Dat was overwoekerd door een struik aan de rand van het veld, vlak buiten de kloostermuur, en was duidelijk al jaren niet meer open geweest. Dicht begroeid met onkruid was het rooster verborgen en vergeten. Adelaide knielde neer en deed alsof ze haar veter strikte zodat ze het rooster beter kon bekijken. Was dit het echt, of was het gewoon een afvoer? Ze pakte een takje en duwde het tussen de ijzeren tralies door. De volgende keer dat ze in de kelder kwam, lag het takje daar op de vloer.

Elke dag haalde Adelaide kolen voor het fornuis, en elke dag werkte ze aan de laatste kelder, Terry's kelder. Onder haar rok smokkelde ze een priem, een schroevendraaier en een metalen grendel mee, allemaal aangeleverd door Gerard Launay, en terwijl ze eigenlijk kolen moest scheppen, voorzag ze stapsgewijs de binnenkant van de deur van een grendel. Zo kon iemand die zich daar verstopte zichzelf insluiten, wat mogelijk voldoende tijd zou opleveren om indien nodig te vluchten via het rooster in het plafond.

Toen ze met die klus klaar was en zich omdraaide, stond zuster Marie-Marc ineens achter haar.

'Zuster!' Adelaide hield de schroevendraaier tussen de plooien van haar rok in de hoop dat de non niet goed had gezien wat ze deed. 'Had u me nodig? Kan ik iets voor u doen?'

Zuster Marie-Marc glimlachte. 'Nee, ik wilde gewoon kijken wat je hier uitspookte.'

'Uitspookte? Ik spook helemaal niets uit,' zei Adelaide glimlachend. 'Al moet ik toegeven dat ik nieuwsgierig was. Ik verkende alleen maar de kelder, meer niet.'

'Nee, dat is niet waar,' antwoordde zuster Marie-Marc rustig. 'De afgelopen paar dagen heb je het rooster losser gemaakt, je hebt hier een stoel heen gehaald vanuit de andere kelder en nu heb je een grendel op de deur gezet... aan de binnenkant.' De heldere ogen van de non bekeken haar onderzoekend. 'Dus wie ben je, Adèle, en wat doe je hier? Weet de moeder hiervan?'

Adelaide dacht snel na. Hoeveel kon ze toegeven tegenover de oude non?

Zuster Marie-Marc had al eens een Britse vlieger helpen ontsnappen aan de Duitsers, maar was ze echt bereid haar eigen leven en dat van haar zusters te riskeren om nog meer mensen te helpen ontsnappen? Wat er ook gebeurde, ze konden nu niet langer in de kelder blijven, anders zou dat argwaan wekken.

'We moeten weer naar boven. Zuster Elisabeth zal zich wel afvragen waar we blijven.'

Ze liep naar de hoofdkelder, maar zuster Marie-Marc stak een hand uit om haar tegen te houden. 'Nee, zij is naar het ziekenhuis geroepen om iets te bespreken met zuster Marie-Paul.'

'Maar we moeten die pastei nog afmaken voor de lunch,' merkte Adelaide op.

'Dat is waar,' beaamde zuster Marie-Marc, 'en terwijl we dat doen, kun jij me uitleggen waarom ik zuster Elisabeth niet zou moeten vertellen wat je hier aan het doen was terwijl je eigenlijk kolen moest halen.' Ze draaide zich om naar de keldertrap en sprak verder over haar schouder. 'Ik zou je gereedschap maar hier laten. Dat is lastig uit te leggen aan zuster Elisabeth.'

Zuster Marie-Marc bleek een geboren samenzweerder. Adelaide besloot dat ze haar in elk geval een deel van de waarheid moest toevertrouwen.

'Ik kom uit Engeland,' zei ze. 'Uw vriend Terry is weer thuis.'

Het gezicht van de non klaarde op. 'Is Terry veilig?'

'Ja.' Adelaide glimlachte om haar overduidelijke blijdschap. 'En hij vertelde ons hoe u en moeder Marie-Pierre hem hielpen ontsnappen. Ik ben hierheen gestuurd om een ontsnappingsroute op te zetten voor andere neergehaalde vliegers.'

'Weet de moeder dit?' vroeg zuster Marie-Marc.

'Ze weet waarom ik hier ben.' Adelaide zweeg even, niet goed wetend hoe ze het moest uitleggen.

'Maar niet wat je doet.' Zuster Marie-Marc knikte begrijpend. 'Het is beter als ze het niet weet. Ik zal het haar niet vertellen.'

'Dank u,' mompelde Adelaide een beetje geamuseerd.

'Want als ik dat doe,' ging zuster Marie-Marc monter door, 'mag ik je misschien niet helpen.'

'Helpen?'

'Natuurlijk, je hebt toch een "insider" nodig?' Haar ogen fonkelden van opwinding.

'Ik dacht dat jullie gebonden waren aan een eed van gehoorzaamheid,' merkte Adelaide op.

'Natuurlijk. Maar ik bén ook niet ongehoorzaam. De moeder heeft nooit gezegd dat ik je niet mocht helpen.'

Ze gingen door met het werk aan 'Terry's kamer' en rustten hem uit met een paar noodzakelijke dingen, waarvan zuster Marie-Marc de meeste uit andere delen van het klooster haalde. Er waren nu een paar kaarsen en lucifers, wat oude dekens, twee kannen voor water en de emmer die zuster Marie-Marc al had neergezet voor Terry Ham. Samen droegen ze de kapotte ladder erheen, waarmee een ondergedoken persoon het rooster in het plafond zou kunnen bereiken. Toen ze hem tegen de muur hadden gezet, keek Adelaide om zich heen.

'Nou, ik denk dat we niet veel meer kunnen doen. Laten we kijken of we die deur kunnen verbergen.'

Ze deden de deur dicht en sleepten er samen een oude boekenkast voor. Daardoor was de deur niet meteen meer te zien, en geleidelijk aan stapelden ze er de andere ongebruikte, kapotte meubels voor.

Elke keer als een van hen ergens voor naar de kelder moest, sleepte ze weer een oud meubelstuk voor de boekenkast, totdat er achter de stapel bijna niets meer te zien was. Ze hadden wat andere oude troep in de kelder gelegd waar de meubels hadden gestaan en de sleepsporen van de zwaardere stukken uitgewist, en voor een nietsvermoedend oog zag de kelder er nog min of meer net zo uit als altijd: een reeks ruimten gevuld met allerhande rommel.

'Als de Boche die deur toch zien, zullen ze eerst al die spullen moeten verslepen voordat ze kunnen binnenkomen,' merkte zuster Marie-Marc tevreden op. 'Dat zou iemand die binnen zit de tijd moeten geven om te ontsnappen.'

'Inderdaad,' beaamde Adelaide, 'maar als ze eenmaal binnen zijn, dan is het afgelopen. Het zal het hele klooster in gevaar brengen, dus gebruik ik die kamer alleen in noodgevallen.'

'Adèle, wakker worden! Je moet komen, snel.'

Adelaide schoot overeind toen Marie Launay haar wakker schudde. Het was nog donker, maar ze hoorde de urgentie in Maries stem.

'Tante Marie! Wat is er? Wat is er gebeurd?' Ze wilde het lampje bij haar bed aandoen.

Maar Marie pakte haar hand. 'Geen licht,' fluisterde ze. 'Kom naar beneden, Adèle, we hebben je nodig.' Marie was de deur al uit en stond op de trap. 'Kleed je aan.'

'Ik kom eraan.' Adelaide zwaaide haar benen uit bed en trok snel wat kleren aan.

Voordat ze Marie naar beneden volgde, trok ze de kousenband met haar vlijmscherpe mes erin over haar rechterbeen en verstopte hem onder haar rok. Het was de eerste keer dat ze het mes meenam, maar ze had geen idee wat het probleem was en wilde voorbereid zijn.

In de keuken trof ze niet alleen de Launays, maar nog vijf mensen, twee van hen kinderen. Een stel zat met bleke gezichten aan tafel en de kinderen stonden naast hen. Het kleine gezin keek met betraande ogen om toen Adèle binnenkwam, en ze zag tot haar verbazing dat de kinderen een identieke tweeling waren, jonge jongens met bleke, geknepen gezichtjes en grote, donkere ogen. De een hield zijn vaders hand vast, de moeder had een arm om de andere heen gelegd.

Een tweede man, die bij het raam stond, was aan het woord. 'Albertine zal zo goed mogelijk opruimen,' zei hij. 'Ik moet nu terug om haar te helpen. En trouwens, als ik hier in de buurt word gezien, is het voor ons allemaal afgelopen.'

Gerard knikte en gaf de man een hand. 'Je hebt gelijk, Étienne. Wees voorzichtig... en succes.'

De vrouw aan tafel pakte Étiennes hand toen hij naar de deur liep. 'God zegene je, Étienne,' zei ze met een stem die oversloeg van emotie, 'jou en Albertine. We zullen jullie nooit vergeten.'

Étienne klopte opgelaten op haar hand. 'Sorry dat we niet meer voor jullie kunnen doen,' zei hij bars.

Gerard deed het licht uit en Étienne glipte via de bijkeuken het donker in, waarna de achterdeur zachtjes achter hem werd gesloten.

Toen Gerard het licht weer aandeed, keek de vrouw hem met betraande ogen aan. 'En nu brengen we jullie in gevaar.'

'Maak je geen zorgen,' zei Marie Launay zacht. 'We zullen ons best doen om jullie weg te krijgen.' Ze wendde zich tot Adelaide. 'Dit is de familie Auclon. Joseph en Janine en hun zoontjes Jacques en Julien. Ze zijn Joden, maar hun familie woont hier al zo lang als ik me kan herinneren. Ze wisten vorig jaar te ontsnappen aan de arrestaties van de Gestapo, en mijn neef Étienne en zijn vrouw Albertine hebben hen sinds die tijd verborgen gehouden in een vervallen huisje op hun land. Maar vandaag zag Étienne die smeerlap van een Alain Fernand daar in het bos rondsnuffelen. Hij denkt dat Fernand op de een of andere manier lucht heeft gekregen van de schuilplaats. Als dat zo is, zal het niet lang duren voordat hij dat doorgeeft aan zijn Duitse meesters. Étienne had geen andere keus dan hen te verplaatsen, omwille van iedereen.'

'Waar kunnen we ze verstoppen?' vroeg Adelaide, al dacht ze het antwoord al te weten.

'Op jouw veilige plek,' antwoordde Gerard. 'Het is de enige kans die ze hebben. Als Étienne gelijk heeft over Fernand, zullen de Duitsers morgen overal rondzwermen. We hebben hier geen plaats om vier mensen te verbergen.'

'Ik weet niet hoe veilig die plek van mij echt is,' waarschuwde Adelaide. 'Hij is nog niet uitgetest. Er is geen Duitse inval meer geweest sinds hij klaar is.'

Gerard haalde zijn schouders op. 'Het is het beste wat we nu kunnen doen. Ze moeten vannacht nog worden verstopt. Daarna kunnen we plannen maken voor de langere termijn.' Hij gebaarde. 'Dit is Antoinette.' Hij gebruikte haar codenaam, al betwijfelde ze of dat onder de omstandigheden veel bescherming bood. 'We zullen proberen jullie naar een veilige plek te brengen, maar jullie zullen daar moeten blijven totdat we een plan kunnen verzinnen om jullie verder weg te krijgen.'

Hij wendde zich tot Marie. 'Kun jij ze wat eten en water meegeven?' vroeg hij. 'We kunnen misschien een paar dagen niet naar ze terug.'

Marie knikte en ging naar de voorraadkast om te kijken wat ze kon vinden.

'Jullie zullen ervoor moeten zorgen dat de kinderen stil zijn,' waarschuwde Adelaide de moeder. 'We moeten om het dorp heen lopen, en mogelijk zijn er patrouilles.'

Madame Auclon glimlachte vermoeid. 'Stil zijn is hun leven geworden,' zei ze. 'Ze zullen geen kik geven.'

Marie keerde terug met twee manden vol eten, en toen ze twee flessen water had gevuld bij de kraan gaf ze die aan monsieur Auclon.

'Klaar?' vroeg Gerard. 'Dan gaan we.' Hij glimlachte geruststellend naar de Auclons. 'Maak je geen zorgen, we krijgen jullie wel veilig verstopt.'

Ze haalden een stuk touw uit de schuur, dat Adelaide om haar middel wikkelde, en Gerard stopte een klein breekijzer onder zijn jas. Zo uitgerust leidde hij het groepje het erf af en langs de rivier naar het klooster. Monsieur Auclon droeg de manden met eten, zijn vrouw hield haar kinderen stevig bij de hand en liep achter hem aan. Adelaide sloot de rij af. Er stond geen maan, maar de hemel was helder en het vage licht van de sterren bescheen hun pad. Terwijl hun ogen wenden aan het donker, maakten ze goede voortgang. Gerard vond zonder moeite de weg over het bospad beneden het klooster. Er was niets te horen geweest toen ze in het donker om het dorp waren geslopen, met hun oren gespitst op het lichtste geluidje dat hen zou waarschuwen voor naderend gevaar.

De nacht bleef stil terwijl ze het pad tussen de bomen naar de kloostermuur volgden.

'Wacht hier,' fluisterde Gerard toen ze de rand van het bosje naderden. 'Blijf tussen de bomen en beweeg je niet. We komen jullie zo ophalen, goed?' Hij waarschuwde hen niet nog een keer dat ze stil moesten zijn; dat was niet nodig.

Adelaide en Gerard lieten het gezinnetje in de donkere schaduwen achter en betraden het open terrein bij de kloostermuur.

'Hoe ver is het?' mompelde Gerard toen ze bij de muur waren.

'Aan de rand van het veld,' fluisterde Adelaide. 'Tien passen voorbij de poort naar het pleintje.'

Ze bereikten het poortje en telden hun stappen tot ze het gedrongen struikje vonden. De wortels ervan groeiden door de ijzeren tralies, waarmee het rooster tegelijkertijd werd gemarkeerd en verborgen.

'Hier,' mompelde Adelaide, en ze gingen aan het werk met het breekijzer.

Het gekletter van ijzer klonk ontzettend luid in haar oren, maar samen kregen ze het rooster vrij gemakkelijk los en ze legden het opzij.

Gerard zette het breekijzer klem in de opening, bond het touw eraan vast en liet het andere eind in de verborgen ruimte beneden zakken. 'Ik hou hier wel de wacht,' mompelde hij. 'Ga jij ze maar ophalen.'

Adelaide liet hem achter en haastte zich terug naar het gezin. Ze stonden nog geduldig te wachten onder een boom. Op het moment dat ze bij hen aankwam, greep monsieur Auclon haar hand en sleurde haar dieper de schaduwen in. Hij bracht zijn mond dicht bij haar oor. 'Er komt iemand aan!'

Adelaide spitste haar oren, en toen hoorde zij ook iets. Er knapte een tak, waarop gedempt werd gevloekt. Ze verstijfde met haar rug tegen de boomstam om op te gaan in de duisternis. Roerloos tuurde ze het donker in om te zien wie er zo stiekem over het bospaadje aankwam. De Auclons waren net standbeelden, de kleine jongens met hun gezicht tegen hun moeders rokken gedrukt, de vader beschermend voor hen. Adelaide voelde aan dat ze klaarstonden om te vluchten en wist dat het fataal zou aflopen als hun zenuwen het nu begaven. Ze hoorde nog een geluid, een weggetrapte kiezel, en een mompelende stem. Er liep een koude rilling over haar rug toen ze besefte dat het er minstens twee waren en dat ze Duits spraken.

Ze greep monsieur Auclons arm vast, drukte haar lippen tegen zijn oor en mompelde: 'Beweeg u niet totdat ik het zeg!' Haar hand gleed onder haar rok en ze pakte het heft van haar kleine mes vast. Het was een geruststellend gevoel; ondanks het kleine formaat had het een scherp lemmet dat iemands keel kon doorsnijden. Ze wachtte gespannen. In elk geval had zij het voordeel van de verrassing, maar het laatste wat ze wilde was Duitse soldaten doden, hier, waar ze de lijken nergens konden verstoppen, waar ze onmiddellijk zouden worden gemist. Ze hield haar adem in en wachtte.

De Duitsers liepen op ongeveer een meter afstand langs, zich niet bewust van het trillende groepje, en gingen over het pad verder naar de kloostermuur.

'Blijf hier,' fluisterde Adelaide, en tot het uiterste gespannen sloop ze geruisloos achter de Duitsers aan. Haar gedachten draaiden overuren. Kon ze Gerard waarschuwen dat die mannen eraan kwamen? Maar dat idee verwierp ze meteen. Ze kon hem niet waarschuwen zonder hen allemaal te verraden. Ze zou maar moeten hopen dat hij alert was, hen hoorde aankomen en dekking zou zoeken.

De hemel begon lichter te worden, en toen ze bij de bomenrand was aangekomen, zag Adelaide de mannen bij de kloostermuur: twee donkerdere omtrekken tegen het grijze steen. Ze slopen naar het poortje toe. Het was duidelijk dat ze niet gehoord wilden worden, dus dit was geen normale patrouille.

Wat deden ze hier dan in vredesnaam? Adelaides hoofd liep om. Wat moet ik doen? Als ze veel verder doorlopen, vinden ze het gat niet alleen, ze vallen erin! Als dat gebeurt, is het allemaal afgelopen. Een geluid maken en ervandoor gaan? Ik kan ze wel afschudden in het donkere bosje, en als ze mij volgen, zou Gerard de Auclons veilig de verborgen ruimte in moeten kunnen krijgen.

Ze wilde zichzelf net bekendmaken om de mannen weg te lokken toen ze bleven staan. Ze hadden het gesloten houten poortje naar het binnenplein bereikt. Adelaide zag dat een van hen een opstapje van zijn handen maakte om zijn maat over de poort heen te helpen. De man wachtte even, en toen ging het zijpoortje open en verdween hij naar binnen.

Het geluid van boos gekakel in het kippenhok vertelde Adelaide wat ze uitspookten: ze stalen kippen. Even later ging de poort weer open en kwamen de twee mannen naar buiten, gedempt lachend en ieder met een kip onder zijn arm. Ze deden nu geen moeite meer om geruisloos te zijn, maar renden de heuvel af, en Adelaide hoorde ze door de struiken denderen terwijl ze ontsnapten met hun buit.

Die arme zuster Marie-Marc, dacht Adelaide terwijl ze hen hoorde wegrennen. Dat is al de derde inbraak in haar kippenhok.

De luidruchtige aftocht van de mannen vertelde hun dat ze even veilig waren, en Adelaide haalde het gezin op uit hun schuilplaats en leidde hen over het open terrein, waar Gerard hun al tegemoetkwam.

'Wat was dat allemaal?' siste hij toen ze bij hem waren.

'Duitse soldaten die kippen kwamen jatten,' antwoordde ze kort. 'Te druk met inbreken om ons op te merken.'

'Godzijdank!' Gerard wendde zich tot de Auclons. 'Kom, we zijn er bijna!' Hij ging voorop langs de muur en de houten poort naar de openstaande ingang van de verborgen kelder. 'U eerst, madame.' Hij stak zijn hand naar madame Auclon uit. 'Ga op de grond zitten, pak het touw vast en laat u zakken.' Madame Auclon deed wat haar gezegd werd, en de kinderen volgden haar om beurten naar de betrekkelijke veiligheid van de kelder.

Adelaide haalde het touw omhoog en liet er de manden met eten mee zakken die monsieur Auclon had gedragen. Ze boog zich naar voren, stak haar hoofd door de opening en sprak zachtjes. 'De zusters weten niet dat jullie hier zitten. De kinderen moeten zo stil mogelijk zijn, want jullie leven kan ervan afhangen. Elk geluidje in die kelder is misschien hier buiten te horen. We komen zo snel mogelijk terug. Succes.'

'God zegene u, mademoiselle,' klonk het fluisterend van beneden.

Adelaide stapte bij de opening weg zodat monsieur Auclon zich de kelder in kon laten zakken, maar hij bleef nog even staan. 'Dank u, monsieur Launay, mademoiselle Antoinette.'

'Het zou niet al te oncomfortabel moeten zijn als het maar voor een paar dagen is,' zei Adelaide zachtjes, terwijl ze zijn uitgestoken hand pakte. 'Als een van ons naar u toe komt, zullen we twee takjes door het rooster naar binnen gooien zodat u weet dat wij het zijn. U hoort misschien geluiden in de kelder, maar raak niet in paniek. Hou gewoon de kinderen stil. U kunt de deur aan de binnenkant vergrendelen, en dan zouden jullie veilig moeten zijn. Als iemand probeert de deur in te trappen, ga dan via het rooster naar buiten. Het zou vrij gemakkelijk in beweging moeten komen als u hard duwt. Denk eraan, jullie zullen uiterlijk drie tot vier minuten de tijd hebben om te ontsnappen.'

Jean Auclon knikte, pakte het touw en liet zich in de kelder zakken.

Gerard en Adelaide legden het ijzeren rooster terug, met het struikje nog door de tralies. Een paar dode takken voltooiden de camouflage, en ze lieten het gezinnetje achter en slopen door het grijze licht van het ochtendgloren terug naar de boerderij.

Er waren twee families van wie Fernand vermoedde dat ze de Joden konden hebben geholpen: de Launays en de Charbonniers. Beide families hadden meer dan de normale grieven tegen de Duitsers. Allebei hadden ze een zoon verloren tijdens de invasie, en Fernand had al een tijdje zijn twijfels over hen. Hij had nog geen gelegenheid gehad om bij hun boerderijen langs te gaan, maar zijn ontmoeting met Étienne Charbonnier eerder vanavond had hem erg argwanend gemaakt. Was Charbonnier op weg geweest naar het huisje met nog meer proviand? Fernand probeerde te bedenken of de man iets bij zich had gehad. Hij dacht van niet, maar wist het niet meer zeker. Had Charbonnier hem van iets verdacht? Misschien was hij op weg geweest om de Auclons te waarschuwen, hen naar een andere veilige plek te brengen. Maar waar? Naar zijn eigen boerderij? Onwaarschijnlijk. Dat was het dichtstbijzijnde huis, en dus het eerste dat zou worden doorzocht.

Wat zou ik doen als ik hem was, vroeg Fernand zich af. Waar zou ik ze heen brengen? Naar vrienden? Dat zouden dan wel heel goede vrienden moeten zijn om dat risico te nemen... Of familie. Familie. Is Étienne Charbonnier geen familie van Marie Launay? Een neef of zo? Het was de moeite waard om bij beide boerderijen langs te gaan en eens rond te snuffelen, besloot hij, en toen vroeg hij zich af welke hij als eerste zou bezoeken. Hij wilde net in de richting van de Charbonniers lopen toen hij zich de geluiden herinnerde die hij op weg naar het bos had gehoord. Konden dat de Auclons zijn geweest, bezig met hun ontsnapping? Als dat zo was, dan gingen ze niet naar de Charbonniers. Fernand bedacht zich en liep een ander pad in, in de richting van de boerderij van de Launays.

Het grijze licht van de heel vroege ochtend kroop de hemel al in toen hij de boerderij bereikte en het erf op sloop. Tot zijn verbazing was er een streepje licht te zien langs een rand van het verduisteringsgordijn in de keuken. Hij stak het erf over en tuurde door de spleet. Marie Launay zat met haar hoofd op haar armen aan de keukentafel en leek te slapen. Fernand staarde even naar haar, en toen draaide hij zich om en stapte naar de deur. Hij haalde zijn mes uit zijn zak, deed stilletjes de deur open en ging naar binnen.

Gerard haastte zich het huis in om Marie te vertellen dat ze veilig terug waren, terwijl Adelaide het breekijzer en touw teruglegde in de schuur. Toen ze bij de achterdeur aankwam, die nog op een kier stond, hoorde ze binnen stemverheffing.

'Wat is hier gaande? Wat doe jij hier? Marie?' riep Gerard.

Adelaide sloop naar binnen en wachtte in de bijkeuken, uit het zicht. Ze hoorde een andere man praten, een stem die ze niet herkende.

'Ik wil alleen maar wat informatie,' zei de man. 'Dan overkomt niemand iets. Je vrouw wilde me niet vertellen wat ik weten moet, dus heb ik op jou gewacht. Je wilt vast niet dat ik haar de ogen uitsteek, toch? Het leven is momenteel al moeilijk genoeg zonder dat je een blinde vrouw moet verzorgen.'

De stem klonk zacht, bijna spinnend, maar des te onheilspellender vanwege het totale gebrek aan emotie. 'Je hoeft me alleen maar te vertellen waar de familie Auclon verstopt zit. Wat kan jou het schelen? Het zijn immers Joden... tuig.'

'Jij bent het tuig,' liet Gerard zich ontvallen, 'met je collaboratie met de Duitsers.'

Er klonk een gedempte kreet van pijn, en Gerard schreeuwde: 'Nee, nee!'

Adelaide liep zachtjes naar de keukendeur en keek door de spleet bij het scharnier, waardoor ze ongezien een deel van de keuken in kon kijken. Marie zat met haar rug naar het raam op een stoel; ze was stevig vastgebonden met een touw en had een zakdoek in haar mond. Haar ogen waren groot van angst en ze boog zich weg bij de man die achter haar stond. Adelaide herkende hem meteen als Alain Fernand, de man die Marcel en zij in het bos hadden gezien; de man die rondsnuffelde bij Étiennes boerderij. Hij hield een mes bij Maries gezicht, en het lemmet streek over haar huid. Zijn dreigementen waren overduidelijk niet loos, want Marie had al een vurige rode streep over haar bleke wang. Er sijpelde bloed uit, dat langs haar hals omlaagliep.

'Vertel me gewoon waar je de Joden hebt verstopt, dan hoor je er niets meer over. Ik zal de Duitsers niet vertellen dat jij ze had verstopt.' Zijn stem verhardde. 'Dwing me niet om je vrouw nog erger toe te takelen, Launay. Uiteindelijk vertel je het me toch wel... Dus waarom zou je haar die pijn laten doorstaan? En peins er maar niet over om me te bespringen, want dan gaat mijn mes haar oog in... Rechtstreeks door naar haar hersens.'

Adelaide kon Gerard niet zien, maar ze vermoedde dat hij vlak voorbij de deur moest staan. Hij kon nooit op tijd bij Marie komen als Fernand bereid was zijn dreigement waar te maken, en aan zijn stem te horen vermaakte Fernand zich wel; hij genoot van de angst die hij deze mensen aanjoeg, de macht die hij had.

'Ik weet dat die dwaas van een Étienne ze al die tijd moet hebben verstopt.' Fernands stem klonk nu weer neutraal. 'Hoe hij dat zo lang voor elkaar heeft gekregen, kan ik me niet voorstellen! Maar goed, ik heb ze opgespoord, en hier zijn we dan. Verspil mijn tijd niet langer, Launay, anders zal je vrouw ervoor boeten.' Nog terwijl hij dat zei, haalde hij achteloos het mes over Maries andere wang.

Adelaides gedachten tolden. Ze moest die vent op de een of andere manier afleiden. Zij kon ook niet bij Marie komen, maar misschien kon ze iets doen om Gerard de kans te geven Fernand aan te vallen. Ze greep een van Maries stenen botervloten, stapte naar buiten en smeet het ding met al haar kracht door het keukenraam, dat ontplofte met een luide knal van rondvliegend glas. Nog terwijl de ruit verbrijzelde, was Adelaide al door de bijkeuken de keuken in gerend. Overal lag glas. Fernand had zich omgedraaid toen het raam achter hem ontplofte, en Gerard was door de keuken gedoken en had Marie met stoel en al omver geworpen.

Gerard worstelde met Fernand om het mes. Maar Fernand was jonger en sterker. Hij hield het mes stevig vast en dwong Gerard naar de vloer, en het lemmet ging steeds dichter naar het hoofd van de oude man. Adelaide was in een flits de keuken door, met haar eigen mes al in haar hand. Met een snelle, genadeloze beweging zette ze het tussen

Fernands schouderbladen. Fernand gromde en duikelde naar voren. Adelaide trok het mes los en stak hem nog een keer in zijn rug.

Fernand belandde op de vloer. Een donkere vlek verspreidde zich over zijn jas, zijn mes viel uit zijn hand en stuiterde over de tegelvloer. Gerard wierp één blik op hem, griste het gevallen mes op en rende naar Marie toe, die nog vastgebonden zat aan de omgekieperde stoel. Snel sneed hij de touwen door, trok de smerige zakdoek uit haar mond en nam zijn snikkende vrouw in zijn armen.

Gerard wiegde haar zachtjes en keek over haar hoofd naar Adelaide. 'Is hij dood?'

Adelaide had haar mes losgetrokken en stond ermee in haar hand, neerkijkend op het lichaam op de vloer. 'Ik denk het wel,' fluisterde ze. Verkild staarde ze naar het hoopje mens dat aan haar voeten lag. Ze had iemand gedood. Ze was getraind om te doden, maar ze had zich nooit voorgesteld dat ze het ook echt zou moeten doen.

'Als het hij of jij is,' had sergeant Grant benadrukt toen hij haar leerde omgaan met messen, 'aarzel dan niet. Als de keus gaat tussen doden of gedood worden, ben jij degene die doodt!'

Niet hij of ik, dacht Adelaide terwijl ze op Fernand neer staarde, maar hij of Marie, Gerard en de hele familie Auclon.

'Ja,' zei ze abrupt. 'Dus nu moeten we van zijn lijk af. Hij is waarschijnlijk nog niet naar de Duitsers gestapt, maar daar kunnen we niet van uitgaan. Kom mee, Gerard, we moeten hem hier weghalen, en snel.'

'Maar Marie...' begon Gerard.

'Marie maakt het prima,' zei zijn vrouw dapper. 'Adèle heeft gelijk. We moeten ons van dat zwijn ontdoen.' Ze kwam wankel overeind.

'Zullen er mensen naar hem zoeken?' vroeg Adelaide, terwijl ze haar mes afspoelde onder de keukenkraan. 'Familie? Vrienden?'

Gerard haalde zijn schouders op. 'Misschien. Ik weet het niet. Hij heeft waarschijnlijk nog niemand over de Auclons verteld. Ongetwijfeld wilde hij zelf de eer opstrijken.'

'Laten we het hopen,' zei Adelaide. 'Kom, er is geen tijd te verliezen.

We moeten alle sporen wegwissen dat hij hier ooit is geweest. We zullen hem moeten begraven. Weten jullie een plek? We kunnen hem niet ver verplaatsen.' Ze keek van de een naar de ander.

Marie, die weer gekalmeerd was, had een suggestie. 'In de oude put. Hij is heel diep, dus je zou helemaal naar de bodem moeten klimmen om hem daar te vinden.'

'Mooi.' Adelaide nam de leiding. 'Laten we beginnen. Gerard, pak jij zijn benen.'

Maar nu het acute gevaar geweken was, leek Gerards kracht hem te hebben verlaten en hij schudde zijn hoofd.

'Kom óp, Gerard,' spoorde Adelaide hem aan. 'Hij moet hier weg. Waar is die put?'

'Op het erf. Ik zal hem je laten zien.' Marie leidde haar naar buiten en wees naar de hoek, naar een grote platte steen met een ring erin. 'Toen we hem niet meer gebruikten, hebben we hem laten afsluiten. We zullen die steen moeten optillen.'

'Dan hebben we het breekijzer weer nodig,' zei Adelaide, en ze ging het meteen uit de schuur halen. 'Roep Gerard dat hij moet komen helpen.'

De ring was stijf en lastig op te tillen, maar Adelaide wrikte met het breekijzer en kreeg hem uiteindelijk rechtop, zodat ze hem konden gebruiken om de steen te verplaatsen. De steen was heel zwaar, maar samen, met behulp van het breekijzer en een hark, wisten ze hem omhoog te wrikken en van de bovenkant van de put te schuiven. Adelaide tuurde in de schacht die was blootgelegd. Marie had gelijk: de bodem was niet te zien, waarschijnlijk zelfs niet met een krachtige zaklantaarn.

'We doen het,' zei ze gespannen, en ze gingen terug naar de keuken. Fernand was zwaar, maar ze rolden hem op het haardkleed dat toch al besmeurd was met zijn bloed en sleepten hem over het erf naar de gapende put.

'Met zijn hoofd naar voren,' instrueerde Adelaide. Ze draaiden hem zo dat zijn hoofd over de rand lag, ze tilde zijn voeten op, en met verrassend veel gemak schoof hij de duisternis in. Even later kondigde een zachte plons aan dat hij op de bodem van de put was beland. Adelaide rolde het bloederige haardkleed op en gooide het achter hem aan.

'En nu de steen terugleggen.' Adelaide reikte weer naar het breekijzer, en samen schoven ze de steen weer over de put. Toen hij op zijn plek lag, knielde Adelaide op de grond neer en duwde de ring terug.

'We hebben een bezem nodig,' zei ze. Marie ging snel de tuinbezem halen. Adelaide pakte hem van haar aan. 'Begin jij maar aan de keukenvloer, dan maak ik dit af.'

Gerard en Marie gingen naar binnen, en Adelaide wiste de sporen van hun gesleep met het kleed uit. Ze veegde aarde over de afdeksteen, duwde het in de naden en drukte het met haar vingers rondom de ring aan, zodat er niets meer van te zien was dat de steen was verplaatst. Als morgenochtend eenmaal het vee het erf op kwam voor de melkronde, zouden alle sporen helemaal weg moeten zijn.

Toen ze terugkeerde in de keuken, zat Marie op handen en knieën de vloer te schrobben. Fernand was naar voren gevallen, en hoewel zijn wond had gebloed, was daar weinig van op de vloer terechtgekomen en verdwenen de vlekken al. Gerard raapte het glas van de gebroken ruit op. Door de kracht waarmee Adelaide de botervloot had gegooid, was het glas door de hele keuken beland. Adelaide hielp hem de grotere stukken op te rapen, veegde alles bij elkaar en bracht het naar buiten.

Het was helemaal licht toen ze alle sporen van hun nachtelijke werk hadden opgeruimd, en toen ze eindelijk klaar waren lieten ze zich op stoelen aan de keukentafel zakken.

Gerard sloeg zijn handen voor zijn gezicht toen de laatste restjes van zijn kracht wegebden.

Marie, verrassend genoeg de sterkste van de twee, keek Adelaide aan en glimlachte. 'Adèle, je hebt ons leven gered. Als dat zwijn zijn zin had gekregen, zou hij ons hebben aangegeven bij de Gestapo, en zo niet, dan had hij ons allebei vermoord. Dank je wel. Je bent heel moedig.'

Adelaide glimlachte terug. 'Jij ook.' Ze wist dat de adrenaline haar gaande had gehouden, en nu voelde zij zich ook uitgeput. 'Vertel eens wat er is gebeurd.'

'Hij kwam niet lang nadat jullie weg waren. Ik was zo dom geweest om de achterdeur niet op slot te draaien. Ik hoorde iemand in de bijkeuken en dacht dat een van jullie ergens voor was teruggekomen.' Marie grimaste. 'Ik ging kijken wat er was en' – ze haalde diep adem toen de angst haar weer overspoelde – 'en toen stond hij daar ineens en zette zijn mes op mijn keel. Ik gilde, maar hij sloeg me in mijn gezicht. Ik viel tegen de muur en hij greep me vast, dreigde me te steken als ik nog meer lawaai maakte. Toen bond hij me vast op die stoel. Hij vroeg naar de Auclons, en toen ik volhield dat ik niets over hen wist, zei hij dat we dan wel op Gerard zouden wachten.' Ze keek Adelaide aan. 'Ik denk niet dat hij wist dat jij hier ook woont, en godzijdank daarvoor.'

Adelaide kneep in haar hand. 'We moeten je gezicht schoonmaken, Marie,' zei ze, en ze bekeek de lange snee in Maries wang. Het bloeden was gestopt, maar het was een nare wond. 'Eigenlijk heb je hechtingen nodig... Je zou naar een dokter moeten.'

'En hoe moet ze dat uitleggen?' vroeg Gerard, die plotseling opkeek.

'Het gebroken glas van het raam,' opperde Adelaide. 'We zullen die kapotte ruit toch ook moeten verklaren. Je zult moeten proberen wat glas te krijgen om het te repareren.'

'Wat moeten we dan zeggen?' vroeg Gerard vermoeid.

Adelaide dacht even na. 'Als iemand ernaar vraagt, zeg je dat je hout stond te hakken op het erf, dat de kop van je bijl eraf vloog en door het raam ging.' Gerard keek haar glazig aan. 'Kom op, Gerard, het had best zo kunnen gaan. We moeten een verhaal paraat hebben voor het geval iemand ernaar vraagt. Zo niet, prima, maar zo wel, dan moeten we allemaal hetzelfde vertellen.' Ze stak haar handen over tafel en pakte de handen van allebei de Launays. 'Jullie zijn zo dapper geweest vannacht, door de Auclons op te vangen en je vervolgens te verzetten tegen Fernand. Jullie waren geweldig, maar we moeten nog even doorzetten. Als Marie niet naar de dokter gaat om die snee te laten hechten, zal het er alleen maar verdacht uitzien. Als je echt een ongelukje had gehad met de bijl, zou je haar ook meteen hebben gebracht.' Ze kneep zachtjes in hun handen. 'Jullie hebben de Auclons beschermd, en wij zullen een manier vinden om ze te helpen ontsnappen.'

Marie knikte. 'Adèle heeft gelijk, Gerard, we moeten zo normaal mogelijk doen. Ik ga straks wel naar dokter Monceau. Jij moet gaan melken, en Adèle moet naar het klooster. Alles moet normaal lijken.'

Alles moet normaal lijken, dacht Adelaide terwijl ze heuvelopwaarts naar het klooster fietste. Wat is normaal in deze verschrikkelijke tijden? Een gezin dat zich verstopt in een kelder, een man die dreigt met marteling en onder in een put eindigt? Dat ik iemand heb gedood door een mes in zijn rug te steken?

De herinnering aan het mes dat in het lichaam van de man zonk overmande haar, en Adelaide sprong van haar fiets en gaf over in de heg. Maar hoewel haar lichaam protesteerde tegen haar daad, deed haar geest dat niet. Hij of wij, bracht ze zichzelf in herinnering terwijl ze weer opstapte. Hij of wij.

# 19

De Duitsers vielen het klooster binnen tijdens de ochtendmis van de nonnen. Het gebons op de voordeur was door het hele gebouw te horen, en vader Michels ijle stem stierf weg. Zuster Celestine, de portierster, sprong met een asgrauw gezicht van angst overeind, maar moeder Marie-Pierre stond ook op. Ze mompelde tegen zuster Celestine dat zij wel zou opendoen en verliet rustig de kapel.

Ze twijfelde er niet aan wie er voor de deur stond. Alleen de Duitsers klopten zo aan, de soldaten onder bevel van kolonel Hoch.

Ze gooide de voordeur wijd open, waardoor de soldaat die de enorme klopper bediende bijna naar binnen tuimelde. Kolonel Hoch stond voor de deur, aan het hoofd van een groep mannen, maar moeder Marie-Pierre zag dat er al soldaten rondliepen tussen de struiken langs de oprit en ze twijfelde er niet aan dat er nog meer mannen op het pleintje waren om daar te zoeken.

Ze haalde diep adem. 'Goedemorgen, kolonel Hoch. Kan ik iets voor u doen?'

'Moeder-overste.' Hij bekeek haar van top tot teen. 'Wat ongewoon dat u zelf opendoet.'

'Mijn zusters en ik zaten in de mis,' antwoordde moeder Marie-Pierre koel. 'Ik ben gekomen zodat zij niet gestoord hoefden te worden.'

'Jullie worden allemaal gestoord,' merkte de kolonel op, 'als ik daartoe besluit.' Hij gebaarde naar de mannen die naast hem wachtten. 'Ga je gang, sergeant. En zorg ervoor dat er grondig wordt gezocht.'

De mannen stroomden de hal in en verspreidden zich door het gebouw. Een paar gingen de trap op, terwijl anderen naar de keukens liepen.

'Misschien kunt u me vertellen wat u zoekt,' zei moeder Marie-Pierre tegen Hoch, die nog in de hal stond en met kille ogen om zich heen keek.

Zijn blik keerde naar haar terug, maar hij beantwoordde haar vraag niet. 'Ga uw nonnen vertellen dat ze in de kapel moeten blijven tot ik zeg dat ze eruit mogen komen.'

Moeder Marie-Pierre knikte en draaide zich om.

Op dat moment kwam een van de soldaten uit de keuken, en hij duwde Adelaide voor zich uit. 'Deze heb ik in de kelder gevonden, meneer. Zegt dat ze het dienstmeisje is.'

Moeder Marie-Pierre begreep niet wat de man had gezegd, maar ze herkende het Duitse woord 'Keller' en vermoedde waar Adelaide was aangetroffen.

Kolonel Hoch bekeek Adelaide even en sprak haar aan in het Frans. 'Naam?'

'Adèle Durant, meneer.'

'Ik heb jou hier eerder gezien,' zei Hoch. 'Wat deed je in de kelder?'

Adelaide hoefde niet te doen alsof ze bang was; haar stem trilde toen ze antwoordde. 'Kolen halen voor het fornuis, meneer. Dat is elke ochtend mijn eerste taak.'

Haar handen waren zwart van het kolenstof, dus de kolonel leek dat antwoord te accepteren. Hij richtte zijn volgende vraag tot de man die haar had opgehaald. 'Heb je de kelder doorzocht, Schultz?'

'Nog niet, meneer. Dat wilde ik net doen toen ik dat meisje vond. Ik dacht dat zij een van de mensen kon zijn die we zoeken.'

'Nou, ga terug en doorzoek de boel. Jij, meisje, wacht in de keuken.'

Schultz pakte Adelaide bij de arm en duwde haar voor zich uit naar de keuken. Twee mannen waren daar al aan het zoeken, maar Schultz negeerde hen. 'Jij, meisje, haal licht.'

'Ik begrijp het niet,' jammerde Adelaide, die geagiteerd met haar handen wrong.

Schultz herhaalde zijn bevel, deze keer in gebrekkig Frans met een vet accent. 'Haal licht. Kom met mij mee.'

Hij negeerde de zoekende mannen en liep rechtstreeks door naar de kelderdeur. Het was Adelaide duidelijk dat deze man hier de weg kende, dat hij het gebouw al eerder moest hebben doorzocht. Zou hij zich nog precies herinneren hoe de kelder er de vorige keer had uitgezien? Zou het hem opvallen dat de meubels waren verplaatst?

Hij gooide de kelderdeur open en draaide zich om. 'Jij,' brulde hij weer tegen Adelaide, 'neem lamp mee.'

'Hij staat onder aan de trap,' zei Adelaide, naar beneden wijzend. 'Een olielamp.'

Weer gebaarde hij met zijn geweer. 'Ga, maak licht.'

Adelaide deed wat haar gezegd werd en hield de leuning van de keldertrap stevig vast terwijl ze naar beneden liep. Haar hart ging tekeer toen ze een lucifer afstreek om de lamp aan te steken, maar ze dacht koortsachtig na. Je moet rustig blijven, hield ze zichzelf voor. Je moet besluiten wat je gaat doen als hij de verborgen ruimte vindt.

Niets, besloot ze weemoedig. Ze kon niets doen als hij daadwerkelijk die kamer vond, maar misschien kon ze hem op de een of andere manier afleiden om dat te voorkomen.

Schultz liep achter haar aan haar naar beneden, bleef onder aan de trap staan en keek om zich heen. Zijn blik viel op de potten op de plank. Zonder commentaar pakte hij twee potten honing en propte ze in zijn zakken. Hij speurde nog even door de kelder op zoek naar iets anders wat hij mogelijk kon inpikken, maar zag niets wat gemakkelijk draagbaar was en richtte zijn aandacht op de rest van de kelder.

'Breng licht,' beval hij. Gehoorzamend aan zijn abrupte hoofdbeweging ging Adelaide hem voor door de rest van de kelders. Hij keek overal naar binnen tot ze uiteindelijk bij de stapel meubels aankwamen. Adelaide merkte dat ze haar adem inhield en dwong zichzelf weer te ademen toen hij er slechts vluchtig naar keek.

'Wat een hoop troep,' zei hij, en hij reikte naar een oude kruk met drie poten. Er klonk een schuifelend geluid, waarop hij achteruit sprong en zijn hand terugtrok. Een grote bruine rat kwam tussen de berg spullen vandaan en scharrelde weg. Adelaide gaf een luide gil en klemde haar rokken tegen haar benen.

Zijn aandacht was afgeleid van de meubels en hij lachte blaffend. 'Stom mens!' Hij duwde haar voor zich uit om de weg terug naar de trap te verlichten. Toen hij langs de tafel met appels kwam, hielp hij zichzelf aan een paar exemplaren, die hij ook in zijn zakken propte, en zijn blik daagde Adelaide uit om er iets van te zeggen. Ze sloeg haar ogen neer alsof ze bang voor hem was, maar vanbinnen genoot ze van het feit dat zijn hebzucht hem blind had gemaakt voor alles in de kelder wat hij niet kon stelen.

Toen ze terugkeerden in de keuken, was duidelijk dat zijn mannen niets hadden gevonden. De sergeant gooide de achterdeur open en ze beenden het pleintje op om daar verder te zoeken.

Adelaide liet zich op een stoel zakken, overmand door opluchting omdat de veilige ruimte tot nu toe niet was ontdekt. Als de Duitsers hier met lege handen vertrokken, zouden ze elders gaan zoeken, en misschien waren de Auclons dan weer een paar dagen veilig.

Maar het baarde haar zorgen dat de Duitsers nu al naar het gezin op zoek waren. Alain Fernand moest hun over de Auclons hebben verteld voordat hij naar het huis van de Launays was gegaan. Dat betekende dat het niet lang zou duren voordat ze beseften dat hij verdwenen was. Had hij ook iets over de Launays gezegd? Zouden ze daar gaan kijken? Adelaide moest er niet aan denken wat er met hen zou gebeuren als het lijk in de put werd ontdekt.

Toen de Duitsers uiteindelijk onverrichter zake waren vertrokken, ging moeder Marie-Pierre terug naar de kapel waar de hele gemeenschap wachtte. Vader Michel zat op de bewerkte eiken stoel naast het altaar, met zijn hoofd in zijn handen. Soldaten waren de kapel binnen komen zetten, waren achter het hoge altaar verdwenen, hadden met geweerkolven de fluwelen gordijnen opzij gemept, rond gestampt door de sacristie en in de biechtstoel gekeken voordat ze weer naar buiten waren gemarcheerd. Aangedaan door die invasie had vader Michel haastig de laatste gebeden van de mis gepreveld en zijn ambtsgewaad afgelegd, en was toen gaan zitten wachten. De nonnen zaten nog in hun nissen, sommige op hun knieën, andere op bankjes om in hun gebedenboeken te lezen. Niemand sprak. Allemaal keken ze op, sommigen verwachtingsvol, anderen angstig, toen de moeder-overste binnenkwam.

'Dank je, zusters, voor jullie geduld,' zei ze ferm. 'De Duitsers zijn weg, dus ik stel voor dat we allemaal zo snel mogelijk terugkeren naar onze normale taken.' De zusters liepen de kapel uit, en elk van hen maakte op weg langs het altaar een lichte buiging.

Vader Michel haastte zich met een bleek gezicht door het gangpad. Hij groette de moeder-overste niet terug, maar knikte alleen en liep door alsof hij niet kon wachten om weg te komen.

Moeder Marie-Pierre bleef bij de deur staan, en toen zuster Marie-Marc langsliep, sprak ze zachtjes. 'Zuster, zou jij de jonge Adèle Durant willen vragen naar mijn kantoor te komen, alsjeblieft?'

Zuster Marie-Marc neigde haar hoofd en mompelde: 'Ja, moeder, natuurlijk.'

De moeder-overste wachtte tot iedereen behalve de zuster met wachtdienst de kapel had verlaten, en toen ging ze op een bankje achterin zitten. Ze had behoefte aan een paar ogenblikken van stilte en rust om haar gedachten op een rijtje te zetten. Ze bad om kracht en om wijsheid, dat ze zou weten wat ze moest doen. De Duitse inval had haar bang en kwaad gemaakt.

Kolonel Hoch was zo kil geweest als altijd, met een totaal gebrek aan emotie in zijn koude ogen, maar ze wist dat hij had verwacht iets te zullen vinden... of iemand. Het was een grondige doorzoeking geweest. Elke kamer was doorzocht, meubels waren verplaatst, kasten leeggehaald. De kapel, de keukens, de kelder, de cellen van de zusters en zelfs haar kantoortje; overal was een groep soldaten geweest om te zoeken. Hoch was in de hal blijven wachten tot de groepen zich bij hem meldden, en de moeder-overste was teruggekeerd uit de kapel en was opstandig bij hem blijven staan, vastbesloten zich niet te laten intimideren, maar ze was bijna door haar knieën gezakt van opluchting toen het eindrapport binnenkwam. Niets te vinden.

'En nu het ziekenhuis,' had hij geblaft, en hij had zijn mannen meegetroond door de poort in de muur naar het ziekenhuis erbuiten. Ze waren de ziekenzalen in gestroomd en zuster Marie-Paul, zuster Jeanne-Marie en moeder Marie-Pierre konden alleen maar machteloos toekijken terwijl de kolonel en zijn mannen elk nisje, elk kastje en elke opslagruimte doorzochten.

'Wat zoeken ze?' mompelde zuster Marie-Paul toen een van hen een mand met wasgoed omkieperde.

'Ontsnapte gevangenen, denk ik,' antwoordde de moeder-overste zachtjes. 'Hij schijnt te denken dat ze in het klooster zijn.'

Elke naam boven een bed werd gecontroleerd aan de hand van de zaallijst, medische rapporten werden bekeken en papieren geïnspecteerd. Uiteindelijk, ervan overtuigd dat alle patiënten echt waren wie ze hoorden te zijn, was Hoch weer in zijn auto gestapt en waren zijn mannen verdwenen om elders verder te zoeken.

Zoals gewoonlijk deden de wierookgeur en stilte in de kapel hun werk. De moeder-overste had haar problemen altijd aan de voeten van haar Heer gelegd, en de momenten van rust die ze met Hem doorbracht kalmeerden en sterkten haar. Toen ze het heiligdom verliet, keerde ze met hernieuwde vastberadenheid terug naar haar kantoor.

Even later klopte er iemand aan, en ze wist dat het Adèle moest zijn. Moeder Marie-Pierre ging achter haar bureau zitten en rinkelde met het belletje om haar binnen te roepen.

'Ach, Adèle,' zei ze koeltjes toen het meisje binnenkwam. 'Kom binnen en doe de deur dicht.'

Adelaide sloot de deur en draaide zich naar haar tante om.

Moeder Marie-Pierre kwam meteen ter zake. 'Die doorzoeking van de Duitsers, Adèle, had die iets met jou te maken?' Haar ogen waren staalhard toen ze Adelaide aankeek. 'Heb je ontsnapte gevangenen in het klooster verborgen, ondanks wat ik had gezegd?'

Adelaide hoorde de serieuze toon van de moeder-overste en antwoordde formeel. 'Nee, moeder. Niet exact.'

'Hoe bedoel je, niet exact? Heb je het klooster in gevaar gebracht?'

Adelaide keek haar rustig aan. 'Ja, maar –'

'Hoe durf je!' De woede in moeder Marie-Pierres stem was onmiskenbaar. 'Nadat ik je uitdrukkelijk had gezegd dat het uitgesloten was?' Ze staarde haar nichtje even aan en ging toen wat kalmer door. 'Jij bent misschien bereid het hele klooster in gevaar te brengen, Adèle, maar ik niet. Waar zijn die gevangenen? Waar heb je ze verstopt? Ze moeten worden aangegeven als krijgsgevangenen. Dan worden ze opgesloten, ja, maar er zal hen niets overkomen.'

'Tante Sarah...'

'Moeder,' corrigeerde haar tante haar ijzig. 'Je maakt geen misbruik meer van onze relatie.'

Adelaide boog haar hoofd en accepteerde de berisping, maar ze sprak op ferme toon. 'Moeder... Luister, het is niet wat u denkt. Ik heb mensen in het klooster verstopt, ja, maar geen ontsnapte krijgsgevangenen.'

'Wie dan?'

'De familie Auclon.'

'Wat?' Moeder Marie-Pierre staarde haar ongelovig aan.

'De familie Auclon. Het zijn Joden en –'

'Ik weet wie ze zijn,' onderbrak de moeder-overste haar, nog steeds ongelovig. 'Zijn ze hier? In het klooster?'

'Nou, ze hebben ondergedoken gezeten, zijn maandenlang verborgen gehouden door goede mensen, maar nu is die schuilplaats onveilig geworden. Ze werden gisteravond naar onze boerderij gebracht met de vraag of wij ze konden verstoppen. We konden ze nergens anders naartoe brengen, dus heb ik ze hierheen gehaald. Vader, moeder en de twee jongens.'

'Maar waar heb je ze dan gelaten?' vroeg haar tante zwakjes. 'Waar zijn ze nu?'

'In de kelder.'

'Maar de Duitsers hebben de kelder doorzocht...'

'... en ze niet gevonden. Ik heb ze in dezelfde kamer ondergebracht waar Terry Ham zat. Die met het rooster.'

'Maar waarom hebben de Duitsers ze niet gevonden?'

'Ik had oude meubels voor de deur gesleept. Hij is niet meer te zien, behalve als je al die meubels verplaatst. De man die de kelders doorzocht wilde dat per se alleen doen, omdat hij onze voorraden wilde plunderen. Zijn zoektocht was vluchtig; hij had meer belangstelling voor het eten dat er lag dan voor Joden die hij toch niet verwachtte te vinden.'

'Maar wanneer dan?'

'Gisteravond. Gerard en ik hebben ze hierheen gebracht. We hebben het rooster aan de buitenkant verwijderd en ze zo naar binnen gekregen.'

'Nee, niet dat. Wanneer heb je al die meubels verplaatst?'

'Een paar dagen geleden,' bekende Adelaide met een droog glimlachje. 'Het spijt me, moeder, maar ik had een veilige plek nodig om in een noodgeval mensen te verstoppen. Gisteravond besloot ik dat dit een noodgeval was. Ik dacht eraan wat u vertelde, dat zuster Eloise tegen u had gezegd: "Je moet het kwaad bestrijden overal waar je het vindt."'

'Gebruik die arme zuster Eloise niet om je daden te rechtvaardigen,' snauwde de moeder-overste.

'Waarom niet?' Adelaide bond niet in. 'Dat is wat ze zei, en dat is wat ik heb gedaan.'

De twee vrouwen staarden elkaar nog even aan voordat Adelaide iets zachter sprak. 'U zou het zelf ook zo hebben gedaan, moeder. Wat moest ik met die kinderen aan? Ze zijn pas vier jaar oud. Ze hebben het afgelopen halfjaar in een vervallen huisje gewoond en nu zitten ze onder de grond, in een kelder. We konden hen niet zomaar door de

Duitsers laten afvoeren naar een of ander kamp. Maakt u zich geen zorgen, moeder, ik beloof u dat het maar voor korte tijd is. Ik ga ze hier weghalen.'

'Hoe dan?' vroeg de moeder-overste. 'Je moet vier personen verplaatsen. Ze zullen extreem opvallen, vooral monsieur Auclon. Hij heeft typisch Joodse gelaatstrekken en is hier in de omgeving een bekend gezicht. Ze zien hem al van een kilometer afstand.'

'Daar heb ik over nagedacht,' antwoordde Adelaide. 'Ik heb het begin van een plan, maar hoe minder u ervan weet, hoe beter het is. Ik moet de details nog uitwerken en het zal een paar dagen kosten om alles in werking te stellen, maar ik denk dat we ze wel veilig uit deze omgeving kunnen wegkrijgen.' Ze keek haar tante oprecht aan. 'Ik moet dat gezin naar uw vriend vader Bernard zien te krijgen. Niemand zal ze zoeken in Amiens. Hier zijn ze bekend, en hier zijn ze verraden.'

'Verraden?' De moeder-overste was geschokt. 'Door wie?'

'Een plaatselijke bewoner. Hij is een bekende collaborateur. We vermoedden dat hij hun schuilplaats had gevonden, en hij moet ook de Duitsers hebben getipt.'

'Hij moet je die familie hierheen hebben zien brengen, en daarom kwamen ze hier zoeken.'

'Nee, ik weet zeker van niet,' zei Adelaide overtuigd. Even zag ze Fernands lichaam voor zich, op de keukenvloer met haar mes in zijn rug, en haar maag draaide een paar keer, maar ze zette het beeld van zich af en richtte zich weer op het hier en nu. 'We waren heel voorzichtig. We zagen wel twee Duitse soldaten aankomen om het kippenhok van die arme zuster Marie-Marc te plunderen, maar zij hebben ons niet gezien. Ze hadden alleen oog voor de kippen.'

'En de mensen die hun onderdak hadden gegeven?' vroeg Moeder Marie-Pierre zachtjes. 'Wat is er met hen gebeurd?'

'Weet ik niet,' gaf Adelaide toe. 'De Duitsers waren daar misschien al geweest. We zullen proberen er later achter te komen, maar als ze nog niet zijn geweest, willen we geen aandacht op hen vestigen.'

'Het is niet logisch,' zei haar tante. 'De Duitsers zouden rechtstreeks daarheen gaan. Waarom zijn ze hierheen gekomen?'

'Toen ze ontdekten dat de familie niet was waar de verrader had gezegd, denk ik dat ze overal gingen zoeken,' zei Adelaide. In gedachten hoorde ze weer de plons van Fernand die onder in de put belandde. Ze kon alleen maar hopen dat hij niet gevonden zou worden wanneer de onvermijdelijke doorzoeking van de boerderij van de Launays begon. 'U had al eerder Joden onderdak gegeven in het klooster, dus was dit de voor de hand liggende plek om te beginnen.'

Moeder Marie-Pierre knikte en aanvaardde dat. 'Maar hoe krijgen we ze weg?'

Adelaide merkte haar gebruik van het woord 'we' op en glimlachte. 'Ik regel alles,' beloofde ze. 'Denkt u dat uw moederhuis in Parijs de kinderen indien nodig zou opvangen?'

'Ik denk van wel, maar niet de ouders.'

'Laat hen maar even zitten. Laten we beginnen met de kinderen. Ik heb uw hulp misschien nodig als het zover is.'

'Wat voor hulp?'

'Dat leg ik tegen die tijd wel uit. Hoe minder u weet, hoe veiliger u bent, echt. Ik moet alleen weten waar ik vader Bernard kan vinden.'

'Hij is de priester van het Heilige Kruis in Amiens. Zijn huis staat tegenover de kerk.' Ze beschreef de locatie van vader Bernards kerk, en Adelaide onthield de routebeschrijving zorgvuldig. 'Zeg maar dat ik je heb gestuurd.'

Adelaide glimlachte. 'Dank u, moeder. Dat zal hem vast geruststellen.'

'En hoe moet het intussen met de Auclons?' vroeg de moeder-overste. 'Hebben ze eten en water? Hoe laat je ze weten wat er gaat gebeuren?'

'Laat dat allemaal maar aan mij over; ze redden zich prima.' Adelaide probeerde geruststellend te klinken. 'Maar ik zal een paar dagen weg moeten. Ik stuur wel een boodschap dat mijn tante Marie ziek is en ik niet kan komen werken.' Ze stond op. 'Maar nu kan ik beter teruggaan naar de keuken.'

De moeder-overste stond ook op. 'Nog één ding, Adèle. Ik neem aan dat jij, ik en de Launays de enigen zijn die van die verborgen ruimte afweten?'

Adelaide glimlachte weemoedig. 'En zuster Marie-Marc,' gaf ze toe. 'Ze volgde me een keer naar de kelder en betrapte me.'

'Zuster Marie-Marc,' herhaalde haar tante. 'Ik had het kunnen weten. Ze is onverbeterlijk. Weet ze dat dat gezin daar zit?'

'Nee,' antwoordde Adelaide. 'We hebben misschien haar hulp nodig als het zover is, maar intussen is het beter als ze niets weet.'

De moeder-overste kon het daar alleen maar mee eens zijn. Ze stapte om haar bureau heen en stak haar handen naar Adelaide uit, en haar ogen verzachtten. 'Ik weet dat je vond dat je dit moest doen, Adelaide,' zei ze, 'maar je hebt het klooster en de gemeenschap in groot gevaar gebracht. Haal die mensen hier alsjeblieft zo snel mogelijk weg.'

Toen ze klaar was met haar werk in het klooster, ging Adelaide naar Le Chat Noir met een blauwe sjaal om haar hoofd, waarmee ze aangaf dat ze onmiddellijk hulp nodig had. Ze had geen idee wie er op het signaal zou reageren, want Marcel had alleen gezegd dat als er een noodgeval was, ze naar het café moest gaan met een blauwe sjaal om. 'Iemand zal je aanspreken met de woorden "je zou die kleur vaker moeten dragen, hij staat je goed," en dan kun je die persoon volledig vertrouwen.'

Het café was bijna verlaten toen ze aankwam, maar ze nam een tafeltje op het terras zodat ze gemakkelijk te zien was. Toen de serveerster naar buiten kwam, bestelde ze een kop koffie, en toen ging ze in de middagzon een krant zitten lezen terwijl ze van het bittere brouwsel nipte. Hoelang zou ze moeten wachten? Na een kwartier, bang dat het anders zou opvallen, stond ze op om te vertrekken. Ze zou later wel terugkomen en hopen dat er dan contact werd gelegd. Er zat weinig anders op. Ze had geen idee wie Marcel werkelijk was of waar hij woonde. Adelaide had hem zelfs nooit in het dorp gezien. Ze ging naar binnen om af te rekenen. Twee oude mannen zaten domino te spelen aan een van de tafels en twee Duitse officiers dronken een fles wijn aan een tafeltje bij het raam, maar geen van hen keek haar kant op toen ze naar de toog liep om te betalen. Er was geen spoor van het meisje dat haar de koffie had gebracht, maar er zat een oudere vrouw achter de kassa.

De vrouw keek op en glimlachte. 'Jij bent toch Marie Launays nichtje?' vroeg ze toen ze het geld aanpakte. Adelaide beaamde dat, en de vrouw ging door. 'Je zou die kleur vaker moeten dragen, hij staat je goed.'

Adelaide werd overspoeld door opluchting. 'Dank u, het is een van mijn lievelingskleuren.'

'Ik heb wat wol voor je tante,' ging de vrouw spraakzaam door. 'Ik weet dat ze van breien houdt, en ik kan het niet meer.' Ze liet haar vingers zien, vergroeid door artritis. 'Loop maar even mee naar achteren, dan pak ik het voor je.'

'Dank u, dat is heel aardig.' Adelaide liep achter de oude dame aan door een deur achter de kassa naar een kleine zitkamer.

De oude dame sloot de deur en draaide zich naar haar om. 'Je hebt een probleem,' zei ze nuchter.

'Ja, ik moet Marcel zo snel mogelijk spreken.'

'Daar was de rode sjaal genoeg voor,' snauwde de vrouw. 'Blauw is alleen voor noodgevallen.'

'Dit is ook een noodgeval,' kaatste Adelaide terug. 'Ik moet Marcel meteen spreken.' Ze zweeg even en vroeg zich af hoeveel ze aan de oude dame kon onthullen, maar Marcel had gezegd dat ze deze contactpersoon volledig kon vertrouwen, en dus ging ze door. 'Ik heb de familie Auclon in een schuilplaats zitten, maar ze kunnen daar niet blijven. We moeten ze weghalen, en snel. Ik moet Marcel spreken. Als hij niet naar mij toe kan komen, moet ik naar hem toe.'

‘Hij komt wel.’ De vrouw ontspande zich een beetje. ‘Ze zijn veilig, zeg je? De Auclons?’

‘Voorlopig,’ antwoordde Adelaide. ‘Maar er zijn andere complicaties. Het is van groot belang dat ik Marcel vandaag nog te spreken krijg.’

‘Ik begrijp het. Ik zal meteen een boodschap aan hem doorspelen. Ontmoet je hem op de gebruikelijke plek?’

‘Nee, te gevaarlijk. De Duitsers zijn overal, op zoek naar de Auclons. Ze hebben het klooster al doorzocht. We kunnen beter ergens uit het zicht afspreken.’

‘Kom vanavond terug,’ zei de vrouw. ‘Kom om acht uur naar de zijdeur in het steegje. Marcel zal hier zijn.’ Ze haalde een paar bollen wol uit een mand bij de kachel en gaf ze aan Adelaide. ‘Ga nu naar buiten door het café,’ zei ze, en ze opende de deur en ging voorop.

‘Dit is echt heel aardig van u,’ zei Adelaide toen ze het café weer in stapte. ‘Tante Marie zal dolblij zijn met wat extra wol. Ontzettend bedankt.’

Adelaide liep meteen naar huis. Ze kon niet wachten om te melden dat de Auclons niet waren ontdekt toen het klooster was doorzocht, maar zodra ze het erf op fietste, wist ze dat er iets mis was. Gerard had de koeien nu binnen moeten halen om te worden gemolken, maar het erf was verlaten. Haar ogen schoten meteen naar de steen over de put, maar die lag er nog, en er waren geen tekenen te zien dat hij was verplaatst. Ze zette haar fiets tegen de muur en ging de keuken in.

Marie en Gerard zaten aan tafel, allebei bleek en nerveus. De snee in Maries gezicht was gehecht en de hechtingen vormden een donkere, bobbelige naad over haar bleke huid. Het raam achter hen was dichtgetimmerd, waardoor er ondanks de zonneschijn buiten een somber halflicht in de keuken hing.

Marie sprong overeind. ‘Adèle, godzijdank ben je veilig terug.’

‘Wat is er gebeurd?’ vroeg Adelaide toen ze bij hen kwam zitten. ‘Problemen?’

'Dat weten we niet,' antwoordde Marie. 'Gerard ging vanmiddag naar Étienne en Albertine om te vertellen dat de Auclons voorlopig veilig waren, maar... Nou, vertel jij het maar, Gerard.'

Gerard nam het verhaal over. 'Toen ik bij de boerderij aankwam, was er niemand. Ik ben over het erf gelopen, maar zag geen mens. Toen zag ik dat de achterdeur openstond, dus ben ik naar binnen gegaan en heb ze geroepen, weet je wel. Binnen was ook niemand, maar er stond eten op tafel: brood en kaas en een fles wijn. Eén stoel was omgevallen, de andere naar achteren geschoven alsof er net iemand was opgestaan. Ik heb het hele huis doorzocht, maar er was niemand. Toen ik weer naar buiten ging om de bijgebouwen te doorzoeken, zag ik brede bandensporen in de modder.' Hij zuchtte. 'Alleen de Boche hebben trucks die zwaar genoeg zijn om zulke sporen achter te laten, dus ik ben bang dat Étienne en Albertine zijn gearresteerd.' Zijn stem klonk gespannen en haatdragend. 'Dat tuig van een Fernand moet toch de Duitsers hebben ingelicht voordat hij hierheen kwam.'

'Dat kan zijn,' beaamde Adelaide, 'maar het is niet echt logisch. Als hij de Duitsers al had verteld waar de Auclons waren, waarom kwam hij dan hiernaartoe?'

'Omdat hij ze weer kwijt was.' Gerard stond op en begon te ijsberen. 'Snap je het niet? Hij ontdekt waar de Auclons zich verstoppen en gaat terug om het aan zijn meesters te vertellen. In de tussentijd heeft Étienne hem daar zien rondsnuffelen en argwaan gekregen, dus verplaatst hij de familie hierheen. Fernand gaat terug om toe te kijken bij de arrestatie, om vervolgens te ontdekken dat de vogels zijn gevlogen. Als zijn vrienden de Duitsers arriveren, zullen ze niet blij met hem zijn, hè? Dus gaat hij weer naar ze op zoek, en omdat hij weet dat Étienne Maries neef is, komt hij eerst hierheen.'

'Het is mogelijk, neem ik aan,' zei Adelaide aarzelend.

'Het is het enige wat klopt met wat we weten.'

'Maar waarom kwamen de Duitsers niet meteen in actie?'

'Tactiek,' zei Marie. 'Ze vallen meestal bij zonsopkomst binnen, om mensen te overvallen voordat ze helemaal wakker zijn.'

‘Dat klopt,’ beaamde Gerard. ‘Ze zullen in het donker naar dat huisje zijn geslopen om het te omsingelen, maar ze zouden pas naar binnen gaan bij daglicht... om zeker te weten dat er niemand ongezien kon ontkomen.’

‘En nu hebben ze Étienne en Albertine,’ zei Marie somber.

‘En ze zullen op zoek zijn naar Fernand,’ merkte Adelaide op.

‘Ik neem aan van wel,’ zei Gerard.

‘Natuurlijk doen ze dat,’ zei Adelaide. ‘Ze moeten hem vinden. Zonder Fernand, en als Albertine op tijd dat huisje heeft weten op te ruimen, hebben ze geen bewijs dat de Auclons daar ooit waren.’

‘Sinds wanneer hebben de Duitsers bewijs nodig?’ vroeg Gerard bitter.

‘Adèle heeft gelijk, Gerard,’ zei zijn vrouw. ‘Ze hebben misschien geen bewijs. Mogelijk hebben ze hen alleen maar opgepakt om te verhoren.’

‘En we weten allemaal hoe de Duitsers mensen verhoren!’ mompelde Gerard.

‘Wat betekent dat ze misschien ook hierheen komen,’ zei Marie.

‘Ze zoeken al naar de Auclons, of naar iemand,’ vertelde Adelaide. ‘Ze hebben vanochtend het klooster doorzocht.’

‘Maar ze hebben ze niet gevonden?’ fluisterde Marie.

‘Nee. De geheime ruimte werkte goed. Maar we moeten ze daar wel zo snel mogelijk weghalen. Ik spreek vanavond iemand om plannen te maken.’ Adelaide stond op. ‘We moeten misschien morgen naar de markt in Albert,’ zei ze. ‘Kan Zonnetje ons brengen met de kar? We kunnen er een dagje uit van maken.’

Precies om acht uur die avond klopte Adelaide op de zijdeur van het café. Er werd meteen opengedaan.

‘Kom binnen,’ zei de oude dame, en ze keek snel door het steegje om te controleren of niemand Adelaide had zien aankomen. Het was nog niet donker, maar het was gaan motregenen en er was niemand op straat.

Marcel zat al aan de keukentafel. Hij stond op toen Adelaide binnenkwam. 'Antoinette, wat is er in vredesnaam gebeurd?' Zijn ogen gloeiden van onderdrukte woede. 'Het is een risico voor ons allemaal dat ik hier ben.'

'Weet ik,' antwoordde Adelaide, terwijl ze tegenover hem ging zitten, 'maar we zouden nog meer risico lopen als ik je niet meteen had kunnen spreken.' Ze keek even naar de oude dame, die in een stoel bij de kachel had plaatsgenomen.

Marcel volgde haar blik. 'Je kunt gewoon praten waar Juliette bij is. Ze hoort bij ons.' Hij pakte een fles wijn van tafel, vulde een glas en gaf het aan haar. 'Hier, neem iets te drinken, en vertel ons dan gauw wat er is gebeurd.'

Adelaide nam een slokje wijn, zette haar glas neer en stak van wal. 'Nou, ten eerste,' begon ze, 'Alain Fernand is dood.'

'Dood! Hemel, wat is er met hem gebeurd?'

'Ik heb hem gedood,' zei Adelaide. 'Hij dreigde Marie te vermoorden om informatie van Gerard te krijgen. Hij wist niet dat ik daar ook was. Ik heb hem neergestoken.'

'Neergestoken?' herhaalde Marcel.

'In zijn rug,' zei Adelaide. 'Hij hield een mes tegen Maries oog en dreigde haar blind te maken.' Haar blik hield die van Marcel vast. 'Hij wilde Gerard dwingen om hem te vertellen waar een Joods gezin verstopt zat.'

'De Auclons,' zei Juliette.

'Ja, de Auclons. Ze waren bij ons gebracht in de hoop dat wij ze konden verstoppen. Gerard en ik wisten ze naar een veilige plek te krijgen, maar bij thuiskomst had Fernand Marie vastgebonden op een stoel in de keuken.' Ze legde uit wat er precies was gebeurd.

Marcel luisterde zwijgend, en toen ze klaar was, keek hij haar met hernieuwd respect aan en zei zachtjes: 'Nooit gedacht dat je dat in je had.'

Adelaide lachte beverig. 'Ik ook niet,' gaf ze toe. 'Naderhand was ik misselijk. Maar het was niet alleen hij of ik, hè? Behalve ons drieën moest ik ook een gezin met kleine kinderen redden.'

'Je hoeft je acties niet aan mij te rechtvaardigen,' zei Marcel vrolijk. 'Ik juich ze toe. Maar het heeft ons wel een probleem opgeleverd. Wat heb je met zijn lijk gedaan?'

Adelaide legde uit hoe ze dat in de put hadden gegooid. 'Het was de enige plek die we zo snel konden bedenken.'

'Nou, het lijkt me dat hij daar wel veilig ligt.' Marcel proefde een slokje wijn en trok een vies gezicht. 'Het is zeer onwaarschijnlijk dat ze hem vinden, behalve als ze enig idee hebben waar ze moeten zoeken. Denk je dat nog iemand anders wist dat hij naar de boerderij van de Launays zou gaan?'

Adelaide haalde haar schouders op. 'Misschien dat hij het iemand had verteld, maar dat betwijfel ik, anders zou diegene al langs zijn gekomen.' Ze legde hem Gerards theorie voor. 'Hij zou best eens gelijk kunnen hebben,' voegde ze eraan toe. 'Het punt is dat Étienne en Albertine zijn verdwenen, dus we moeten aannemen dat die zijn gearresteerd. Dat betekent dat wij mogelijk ook een bezoekje van de Gestapo kunnen verwachten.'

'Ja, waarschijnlijk,' beaamde Marcel. Hij stak een sigaret op en dacht na.

'Maar er is niets te vinden,' ging Adelaide door, met meer vertrouwen dan ze voelde. 'Intussen wil ik dat gezin dit gebied uit hebben. Los van hun eigen veiligheid brengen ze ook te veel andere mensen in gevaar.'

Marcel schudde zijn hoofd. 'Dat zal de komende dagen bijna onmogelijk zijn met alle activiteit hier. Je zult moeten wachten tot het wat rustiger wordt.'

'Dat begrijp ik, maar ik wil de plannen alvast in gang zetten, zodat ik er klaar voor ben als het zover is.'

Ze zette haar plan uiteen om de Auclons uit het gebied weg te krijgen. Marcel luisterde aandachtig, en toen ze klaar was kneep hij zijn sigaret uit en stopte de rest in een blikje voor een andere keer. 'Nou, het is de basis van een plan, maar het laat nog een heleboel aan het toeval over.'

'Weet ik, maar als die priester' – ze sprak zijn naam niet uit, zelfs niet tegen Marcel – 'de kinderen wil opvangen, denk ik dat die in veiligheid kunnen worden gebracht. De ouders zijn een ander verhaal. We zullen ons best doen, maar voor hen zal het moeilijker worden om weg te komen.'

'De Boche zal uitkijken naar een gezin,' merkte Juliette op. 'Als je de kinderen afzonderlijk verplaatst, verkleint dat het risico voor hen, maar het verdubbelt het risico voor jou.'

'Ik kan ze niet tegelijk verplaatsen, om twee redenen,' bracht Adelaide haar in herinnering. 'Ten eerste zijn ze een eeneiige tweeling en dat maakt ze te opvallend, en ten tweede kan ik maar één kind tegelijk vervoeren op mijn fiets.'

Ze bespraken het plan verder, wogen mogelijkheden af, probeerden de problemen die zouden kunnen optreden te voorzien. Maar ze konden weinig voorbereidingen treffen totdat Adelaide bij vader Bernard was geweest.

'Het zou veiliger zijn als ik iets van papieren voor ze had,' zei Adelaide. 'Identiteitskaarten zijn lastig te krijgen, want we kunnen niet aan foto's komen, maar misschien als ik rantsoenkaarten voor ze had... Kun jij daarbij helpen? Ik hoef er maar één te hebben als ik de jongens afzonderlijk meeneem.'

Marcel haalde zijn schouders op. 'Ik zal het proberen. Geef me een dag of twee de tijd. Verder nog iets? Hoe zit het met de ouders?'

'Daarbij zouden rantsoenkaarten ook helpen,' zei Adelaide, 'maar we hebben hetzelfde probleem met identiteitskaarten. Doe gewoon je best. En Marcel, ik heb echt die binnenbanden nodig, anders mislukt het hele plan misschien wel vanwege een lekke fietsband!'

'Ik zal ervoor zorgen,' beloofde hij. Hij keek op zijn horloge en stond op. 'Ik kan beter gaan. Wil niet buiten gepakt worden na de avondklok. Ik ben overmorgen weer 's avonds in het café. Jij komt weer door de zijdeur, en als het veilig is zal Juliette me komen halen.' Hij gaf Juliette een hand, liep om de tafel heen, omhelsde Adelaide en kuste haar op beide wangen. 'Je bent een dappere meid,' zei hij. 'We krijgen ze hier wel weg.'

'En Fernand?'

'Ze zullen hem zoeken,' zei Marcel, 'dat is zeker, maar ze zullen hem niet vinden, hè? O, ze hebben misschien wel een vermoeden wat er met hem is gebeurd, maar ze weten niet waar ze hem moeten zoeken.'

'Misschien nemen ze vergeldingsmaatregelen,' zei Adelaide met een klein stemmetje.

'Als hij een vermiste Duitser was wel, maar niet voor een Fransman, zelfs al was hij een collaborateur.'

Marcel verdween via de zijdeur, en Adelaide wachtte nog eens tien minuten voordat ze ook het donker in stapte.

De volgende morgen spande Gerard Zonnetje voor de kar en waren ze al op weg naar Albert voordat de rest van het dorp de ogen had geopend. Het was een prachtige zomerochtend, de zon fonkelde op de dauw en liet de verborgen kleuren in de heggen bovenkomen. Het gefluit van vogels klonk overal, en Adelaide werd geraakt door de schoonheid om haar heen alsof ze het voor het eerst zag. Hoe kon er oorlog woeden in zo'n prachtige wereld? Het landschap spreidde zich aan weerskanten van haar uit: weiden met vredig grazend vee, een meanderende rivier met wilgen erlangs, akkers met het frisse groen van gewassen.

Ze dacht aan de familie Auclon, ondergedoken in de verborgen kelder. Ze vroeg zich af hoe ze zich redden met zo weinig ruimte en bijna geen daglicht. Hoe lang konden ze twee jochies van vier stil houden? Kinderen van hun leeftijd zouden buiten moeten spelen in dit prachtige zomerzonnetje, niet opgesloten zitten in een ondergrondse gevangenis en vrezen voor hun leven. Woede rees als gal omhoog in haar keel vanwege het kwaad dat hen dwong om daar te blijven, en de dag verloor zijn glans.

De vorige middag was ze teruggegaan naar de kloosterkeuken om zuster Elizabeth te vertellen dat haar tante ziek was en ze een paar dagen niet kon komen werken. De non had sympathie voor haar gehad en het verhaal geloofd. Zuster Marie-Marc had haar speculerend aangekeken, maar Adelaide had de vraag in haar ogen beantwoord met een nietszeggende glimlach.

Bij het verlaten van het pleintje door de poort aan de achterkant was ze even bij het rooster blijven staan, en terwijl ze deed alsof ze een steentje uit haar schoen moest verwijderen, had ze een briefje tussen de tralies van het rooster door gepropt. Ze had de mensen beneden weinig meer verteld dan dat ze snel zou terugkeren en dat haar plannen in werking waren gesteld, maar in elk geval wisten ze dat ze niet vergeten waren.

Haar gedachten werden terug gerukt naar het heden door het geluid van een auto achter hen. Gerard stuurde Zonnetje een zijpad in om een zwarte Citroën met swastika's erop te laten passeren. De auto verdween in een stofwolk. Ze hadden niet kunnen zien wie erin reed, maar Adelaide herkende de wagen van het Duitse hoofdkwartier in Sainte-Croix. 'Kolonel Hoch?' opperde ze.

'Misschien,' zei Gerard, terwijl hij de leidsels oppakte en Zonnetje het laantje weer op kloste.

Gelukkig had degene in de snelle auto geen belangstelling gehad voor een plattelandskar op weg naar de markt, dacht Adelaide. Ze kon alleen maar hopen dat er ook niemand zou opkijken van een fietsende vrouw met een kind in het zitje achterop.

Aan de rand van de stad liet Adelaide zich van de wagen glijden en ze liep naar het station, terwijl de Launays doorreden naar het centrum met wat groenten om te verkopen of ruilen op de markt.

Op het station ontdekte Adelaide dat er binnen een uur een trein naar Amiens zou vertrekken, dus kocht ze alvast een kaartje. Met een krant van de kiosk ging ze zitten wachten. Verrassend genoeg was de trein bijna op tijd, en samen met een menigte andere mensen stapte ze dankbaar in. Toen de trein een paar minuten later het station uit reed, zat ze in een coupé met zeven andere mensen op een kluitje. Ze sloeg haar krant open, verstopte zich erachter en liet hem alleen zakken om haar kaartje aan de controleur te laten zien.

Er waren geen onverwachte controles van identiteitskaarten, en in

Amiens kon Adelaide zonder problemen het station verlaten. Dankzij Sarahs aanwijzingen had ze weinig moeite om de Kerk van het Heilige Kruis te vinden.

Op het bord tegen de buitenmuur stond de naam van de priester: vader Bernard Dupré. De mis was elke morgen om acht uur en de biecht dagelijks tussen twee en vier.

Adelaide wilde bij het huis van de priester aankloppen, maar toen kreeg ze een beter idee. Ze keek op haar horloge. Het was halfdrie. Hij moest nu in de kerk zijn om de biecht af te nemen. Hoeveel beter zou het zijn als ze hem aansprak in het biechthokje? Daar kon ze hem onder vier ogen spreken zonder dat het opviel.

Ze duwde de kerkdeur open en glipte naar binnen. Het biechthokje was in een van de transepten. Een oude dame knielde op een bankje ervoor, maar de deur van het hokje stond open om aan te geven dat de priester klaar was om een volgende boeteling te ontvangen.

Adelaide knielde eerst even met gebogen hoofd neer, en toen stond ze op, stapte het biechthokje in en trok de deur achter zich dicht. Ze was al zo lang niet meer te biecht gegaan dat ze de woorden bijna vergeten was.

'Zegen mij, vader, want ik heb gezondigd.'

Ze hoorde een mompelende stem van de andere kant van het gordijn en ging zachtjes door.

'Vader Bernard, bent u dat? Moeder Marie-Pierre heeft me gestuurd.'

Even bleef het stil, en toen schoof het gordijntje opzij en keek de priester haar aan. 'Het spijt me, mijn kind, maar ik denk dat je je vergist. Ik ken geen moeder Marie-Pierre.'

'Ik begrijp het, vader... Maar toch stuurt ze u een boodschap. Sergeant Terry Ham is veilig thuisgekomen.'

De priester keek haar fronsend aan. 'Ik ben altijd blij te horen dat mensen veilig zijn,' zei hij behoedzaam.

Adelaide hield zijn blik vast en waagde het erop. 'Er is een gezin dat uw hulp nodig heeft, vader. Mag ik ze bij u brengen?'

‘Wat zou ík nu voor hen kunnen doen?’ vroeg hij.

‘Ze moeten naar een plek toe waar ze niet bekend zijn. U hebt contactpersonen.’ Toen de priester niet antwoordde, ging ze door. ‘Er zijn twee kleine jongens, een tweeling, pas vier jaar oud. Jacques en Julien. Als ik ze niet snel weg krijg, worden ze zeker gevonden.’

‘Waar zijn hun ouders?’ Vader Bernard leek een besluit te hebben genomen.

‘Momenteel nog bij hen, maar ze zijn veiliger als we ze niet als gezin verplaatsen. Ze gaan afzonderlijk reizen.’

‘Hoe zou u de kinderen hierheen halen?’

‘Een voor een, met de trein. Ze zijn een identieke tweeling. Ze zouden te veel opvallen als we ze samen lieten reizen.’

‘Dat verdubbelt wel het risico voor u,’ merkte de priester op.

‘Ja, maar het is de enige manier.’

‘En de ouders?’

‘Die kunnen in vermomming reizen. Moeder Marie-Pierre zal een nonnenhabijt regelen voor de moeder, en ik hoopte dat u me een soutane kon meegeven voor de vader. Met een beetje geluk zullen ze niet staande worden gehouden als ze zo gekleed zijn.’

‘En als u onderweg staande wordt gehouden, wat zegt u dan?’

‘Ik krijg een brief van een arts mee waarin staat dat het kind een oogspecialist moet bezoeken in het ziekenhuis hier in Amiens. Hopelijk is dat afdoende.’

‘We hebben hier nu lang genoeg gepraat,’ zei de priester. ‘Als u het biechthokje verlaat, blijf dan nog een poosje in de kerk alsof u boete doet, ga dan naar mijn huis en vertel madame Papritz dat ik heb gezegd dat u daar op me mocht wachten. Ik kom zodra ik hier klaar ben.’

In de priesterwoning werd Adelaide in de zitkamer geïnstalleerd door madame Papritz, die haar wat brood en een theelepeltje jam bracht zodra ze hoorde dat Adelaide niets te eten had gehad. ‘Het spijt me dat ik je niet meer kan aanbieden,’ zei ze verontschuldigend, ‘maar je weet hoe de situatie is.’

Dat wist Adelaide zeker. Voedsel was overal schaars, maar in de steden was het een stuk erger dan in plattelandsgebieden, waar mensen hun rantsoenen nog konden aanvullen met zelfgekweekte groenten. Ze bedankte de huishoudster, en na de maaltijd leunde ze naar achteren en wachtte op vader Bernard.

Toen de priester thuiskwam, nam hij Adelaide mee naar zijn werkkamer en sloot de deur. 'Goed dan, mademoiselle.'

'Antoinette.'

'Antoinette. Vertel me nu maar eens het hele verhaal, dan kijken we wat ik kan doen om te helpen.'

# 20

Adelaide keerde terug naar Albert met een kartonnen koffertje. De treinreis verliep zonder problemen en opgelucht trof ze de Launays zoals afgesproken in een café dicht bij de markt. Ze vroegen niet waar ze was geweest of wie ze had gesproken; ze wisten allemaal dat dat veiliger was. Gerard spande simpelweg Zonnetje voor de kar en ze reden in de invallende schemering naar huis.

Tegen de tijd dat ze Marcel zou ontmoeten in madame Juliettes café, had Adelaide haar hele plan voor zichzelf op een rijtje gezet. Marcel begroette haar met een kus op de wangen en schonk een glas wijn voor hen in, en gedrieën gingen ze om madame Juliettes keukentafel zitten. Adelaide vertelde hun hoe het gegaan was.

'De priester is bereid de kinderen op te nemen en heeft me een soutane meegegeven om Joseph Auclon te vermommen. Zodra ik de tweeling bij hem breng, zal hij ze doorverhuizen. Wat de ouders betreft, als die hem veilig kunnen bereiken, zal hij zijn best voor hen doen. Hij zal ze vertellen waar hun kinderen zijn, alleen kan het gezin voorlopig nog niet herenigd worden. Dat is te gevaarlijk.'

'En als de ouders hun kinderen niet willen laten gaan?' vroeg Marcel.

'Dat doen ze vast wel, als ze beseffen dat het de enige manier kan zijn om hun leven te redden,' zei Juliette. 'Ze zullen hun kinderen vooropstellen.'

'Ik ga het ze vanavond nog vertellen,' zei Adelaide. 'En dan hoop ik dat ik het eerste kind morgen al kan wegbrengen. Hoe is het met de rantsoenkaarten gegaan, Marcel? Is het gelukt?'

'Beter dan ik had verwacht,' zei Marcel. 'Al is het dan wrang. Een kleine jongen, Olivier Costeau, is een paar weken geleden gestorven aan difterie. Hij was pas vier. Toen ik uitlegde wat we nodig hadden, gaven zijn ouders me zijn identiteits- en rantsoenkaart. De foto lijkt waarschijnlijk niet erg veel op de jonge Auclons. Wat voor kleur haar hebben ze?'

'Donker,' antwoordde Adelaide.

'Mooi. Olivier had ook donker haar, dus dat is al iets.' Marcel gaf haar de documenten en Adelaide bekeek de foto aandachtig. Ze zette uit haar hoofd dat ze naar een overleden jochie van vier keek en concentreerde zich op het nut dat deze papieren nog konden hebben.

'Het is een korrelige foto van een kleine jongen,' zei ze, terwijl ze de kaart doorgaf aan Juliette. 'Als we net zo'n scheiding in het haar van de jonge Auclons maken en de voorkant omhoogzetten in zo'n kuifje, zal het mogelijk niet opvallen als er alleen maar vluchtig naar wordt gekeken. Het is in elk geval een poging waard.'

Juliette knikte. 'Het is het beste wat we kunnen doen, en beslist beter dan zonder papieren te reizen.'

Marcel overhandigde haar een pakketje met bruin papier eromheen. 'Deze heb ik ook nog gekregen. Kleren van Olivier. Zijn ouders spraken de hoop uit dat een ander kind er misschien nog iets aan zou hebben.'

Adelaide maakte het pakket open. Het bevatte twee sets goede, stevige kleding en twee paar schoenen. Ze herinnerde zich hoe haveloos de tweeling eruit had gezien toen ze in de keuken van de Launays zaten, en haar hart ging naar de ouders van de overleden Olivier uit.

'Bedank ze namens ons,' zei ze tegen Marcel. 'En namens madame Auclon. Ze zal zo blij zijn. Die jongens zijn gekleed in lompen.'

'Nu heb ik iets voor jou,' zei madame Juliette. Ze liep naar een bureautje aan de zijkant van de kamer en haalde er een vel papier uit. 'Ik ben vanochtend bij dokter Monceau geweest, en terwijl de receptioniste even in zijn praktijkruimte was, heb ik briefpapier van hem kunnen pakken. Het is maar één velletje, dus we zullen moeten oefenen voordat we het beschrijven.'

Adelaide keek de oude dame stralend aan. 'Madame Juliette,' zei ze bewonderend, 'u bent geweldig!' Ze bekeek het papier met dokter Monceaus naam, adres en kwalificaties bovenaan. 'Dit is perfect.'

Samen bepaalden ze de bewoording die nodig zou zijn in de doktersbrief, en nadat hij het spinnenpotige handschrift van de arts had geoefend met een recept van Juliette als voorbeeld, schreef Marcel de brief.

*Geachte dokter Aristide,*

*Ik verwijs deze jongen, Olivier Costeau, naar u door omdat ik me ernstige zorgen maak om zijn verslechterende zicht. Hoewel zijn ogen meestal behoorlijk helder lijken, worden ze af en toe troebel en verliest het kind zijn perifere zicht. Dit gebeurt met toenemende frequentie, en aangezien ik zoiets nog niet eerder ben tegengekomen, zou ik het op prijs stellen als u eens wilt kijken. Mogelijk kunt u een behandelwijze aanbevelen voordat zijn zichtverlies permanent wordt.*

*Met de meeste hoogachting,*
*Denis Monceau*

'Dat zou dekking moeten bieden als we staande worden gehouden,' zei Adelaide met meer overtuiging dan ze voelde. Zou een Duitse soldaat, of een Franse gendarme, die brief zomaar geloven? Ze kon alleen maar bidden dat het zo was.

'Met die identiteitskaart, een rantsoenkaart, die doktersbrief en de kinderen in nette kleding zou je veilig genoeg moeten kunnen reizen,' beaamde Marcel. 'Nu hoeven we alleen nog de Auclons te overtuigen dat ze de jongens moeten laten gaan.'

'En de jongens overtuigen om hun ouders te verlaten,' voegde madame Juliette eraan toe.

Dat probleem had Adelaide ook dwarsgezeten. Hoe zouden de kleine jongens reageren als ze bij hun vader en moeder werden weggehaald? Ze waren immers pas vier en hadden een groot deel van hun korte leventjes in angst geleefd. Hoe zouden ze zich gedragen als ze een voor een bij de zekerheid van hun ouders werden weggehaald? Het was van essentieel belang voor het hele plan dat ze zonder moeilijk te doen met haar meegingen, dat ze niets deden waarmee ze de aandacht op zichzelf zouden vestigen.

'Daarvoor zullen we op de ouders moeten vertrouwen,' zei Adelaide. 'Meer kunnen we niet doen. En ik kan maar beter voortmaken.'

'Ik ga met je mee,' verklaarde Marcel. Toen Adelaide daar een stokje voor wilde steken, voegde hij eraan toe: 'We vallen een stuk minder op als we als vrijend stelletje worden gezien.' Hij grijnsde. 'Dat heeft al eerder gewerkt!'

Adelaide glimlachte schoorvoetend. 'Goed dan, maar ik wil jou niet in gevaar brengen terwijl jij hier eigenlijk niets mee te maken hebt.'

'Ik doe alles om de Duitsers te dwarsbomen,' kaatste Marcel terug. 'Kom mee, tijd om te gaan.' Hij stopte het pakje kleding onder zijn jas en Adelaide verstopte Oliviers papieren in haar ondergoed.

'Ik heb hier ook wat te eten voor ze,' zei madame Juliette, terwijl ze een pakketje aan Adelaide gaf om in haar schoudertas te stoppen. 'Wat brood en kaas en hardgekookte eieren. Het is niet veel, maar misschien houdt het ze weer een paar dagen gaande.' Ze omhelsde hen. 'Wees heel voorzichtig, allebei,' zei ze. 'Er zijn overal spionnen.'

Ze opende de achterdeur en controleerde of het steegje verlaten was voordat Adelaide en Marcel de nacht in glipten en naar het bosje beneden het klooster liepen. Het was helemaal donker, maar er hing een smalle maansikkel aan de onbewolkte hemel waardoor ze genoeg konden zien; en zelf ook zichtbaar waren. De avondklok was nog niet ingegaan, dus liepen ze arm in arm als een verliefd stelletje. Ze kwamen niemand tegen, maar je wist nooit wie er toekeek. Eenmaal in het bosje liepen ze geruisloos heuvelopwaarts tussen de bomen door naar de kloostermuur. Daar wachtten ze een paar minuten en luisterden. De nacht leek verlaten en stil, en dus liepen ze door naar het struikje boven het rooster.

Adelaide duwde twee takjes door het rooster en even later tilden Marcel en zij het omhoog, waarop monsieur Auclon zijn hoofd naar buiten stak.

'We moeten jullie spreken,' fluisterde Adelaide. 'We kunnen het risico niet nemen om jullie naar buiten te laten, dus wij komen naar beneden.'

Joseph Auclon knikte en verdween. Adelaide liet zich door het gat zakken, gevolgd door Marcel, die het rooster weer omlaagtrok. De lucht in de kelder rook bedompt. In de stilstaande lucht vormde de geur van ongewassen lichamen, urine en uitwerpselen een bijna tastbaar miasma.

We moeten die mensen hier weghalen, dacht Adelaide terwijl ze het gezin begroette. Ze kunnen niet veel langer in zulke omstandigheden leven.

Joseph stak een kaars aan en zette hem in een kist, zodat de gloed van bovenaf niet te zien zou zijn. In het flakkerende licht zag Adelaide de ongeruste gezichten van de ouders en de grote ogen van de kinderen, allemaal bang voor wat zij zou gaan zeggen.

'We hebben nog wat eten meegebracht,' zei ze, en ze gaf het pakketje aan Janine Auclon. De handen van de vrouw trilden toen ze het openmaakte, een stukje brood aan haar kinderen gaf en de rest weer inpakte en opzijlegde.

'Dit is Marcel,' vertelde Adelaide. 'Hij gaat me helpen jullie hier weg te krijgen. Hij heeft ook een paar dingen voor jullie.' Marcel gaf het bundeltje kleding aan madame Auclon, die er met een mengeling van ongeloof en dankbaarheid naar staarde toen ze zag wat erin zat.

'We hebben een plan voor jullie ontsnapping,' ging Adelaide door, 'maar het moet in fasen worden aangepakt. We hebben maar één stel documenten voor de jongens, dus zullen ze afzonderlijk van elkaar moeten reizen.'

'O nee!' riep madame Auclon.

Haar man legde zijn hand op haar arm. 'Laat Antoinette uitpraten.'

'Ik neem vanavond de eerste mee,' zei Adelaide. 'Hij slaapt vannacht op de boerderij, en morgenochtend gaan we op de fiets naar Albert. Hij kan in het kinderzitje achterop. Eenmaal in Albert nemen we de trein. Er is een priester die hem kan opvangen tot ik zijn broertje op dezelfde manier bij hem breng.' Ze vertelde hun vervolgens over de brief van de dokter. 'Die gebruik ik alleen als het niet anders kan, want misschien gaan ze het na. Als beide jongens eenmaal veilig bij de priester zijn, verhuist hij ze naar een betere plek.'

'Waar?' vroeg madame Auclon, die niet meer stil kon blijven. 'Waar brengt hij ze dan naartoe?'

'Dat vertel ik u nog, madame,' beloofde Adelaide. 'Maar hoe minder mensen het voorlopig weten, hoe veiliger het voor ons allemaal is.'

'Dat begrijpen we,' zei Joseph. 'Maar als die mensen hun leven voor ons wagen...'

'U krijgt het nog te horen,' herhaalde Adelaide. 'Het risico voor hen is groter als u weet wie of waar ze zijn. Als u gearresteerd zou worden...' Ze maakte haar zin niet af.

'En wij?' vroeg Janine Auclon zachtjes. 'Wat gaan jullie met ons doen?'

'Zodra de jongens veilig zijn, kom ik jullie halen en probeer ik jullie bij dezelfde priester te krijgen. Daarna is het niet meer aan mij. Ik ken zijn contactpersonen niet, net zomin als hij die van mij kent.' Ze pakte Janines hand vast. 'Ik bezorg jullie allebei een vermomming. We spreken een signaal af, waarop jullie de binnendeur openen. Dan laten we jullie via het klooster naar buiten.'

'Wat voor vermommingen?' vroeg Joseph argwanend. 'En hoe moeten we reizen zonder papieren?'

'U wordt vermomd als katholieke priester,' antwoordde Adelaide rustig, 'en Janine als non. Als jullie op die manier samen reizen, vraagt er mogelijk niemand naar jullie papieren. Of misschien heb ik tegen die tijd wel papieren voor jullie, dat weet ik nog niet.'

'Moet je ons echt opsplitsen?' vroeg Janine. 'De jongens zijn nog zo klein. Wat gaat er met hen gebeuren? Hoe moet ik het verdragen?'

'De Duitsers zoeken jullie nog steeds,' zei Adelaide, 'en ze kijken uit naar een gezin. Als we jullie gezamenlijk verplaatsen, zal het mislukken. Dan worden jullie zeker opgepakt. Op deze manier hebben jullie de kans om allemaal te ontsnappen. Eenmaal bij de priester zijn jullie waarschijnlijk buiten acuut gevaar.'

'Maar moet je de jongens vanavond al meenemen?' vroeg Janine met bevende stem, terwijl ze haar kinderen tegen zich aan drukte.

'Ik moet er straks al een meenemen,' antwoordde Adelaide ferm. 'Het is de enige manier. En wie van de twee het ook wordt, hij moet begrijpen dat hij precies moet doen wat ik zeg. Ik weet dat ze pas vier zijn, maar het is van het allergrootste belang dat ze heel goed luisteren.'

'Ik zal met ze praten,' zei Joseph. 'Ze zijn dan misschien pas vier, maar ze hebben al geleerd dat hun leven afhangt van ogenblikkelijke gehoorzaamheid.' Hij wendde zich tot een van de jongens en stak zijn hand uit. 'Julien, kom eens hier.'

De kleine jongen maakte zich los van zijn moeder en pakte zijn vaders hand.

'Dit is Antoinette, Julien,' zei Joseph. 'Ze heeft nieuwe kleren voor je meegebracht. We gaan je zo meteen die vieze oude kleren uittrekken en dan kun je die nieuwe aandoen. Daarna neemt Antoinette je mee naar haar huis om daar te slapen. En morgen ga je met haar mee op de fiets... Is dat niet spannend? Daarna gaan jullie met de trein, en dan mag je bij een heel aardige meneer logeren totdat *maman* en ik jullie komen halen.'

'Mag ik ook mee?' vroeg een klein stemmetje. 'Ik wil niet dat Julien alleen gaat.'

'Jij gaat een dag later, Jacques,' beloofde zijn vader met een glimlach. 'Mademoiselle Antoinette heeft maar één kinderzitje op haar fiets. Julien en de aardige meneer wachten op je als je aankomt. Dan zijn jullie samen totdat *maman* en ik ook kunnen komen.' Hij stak zijn andere hand uit, en de tweede jongen kwam ook naar hem toe. 'Jullie moeten allebei heel dapper zijn en precies doen wat mademoiselle Antoinette zegt. Zij zal onderweg voor jullie zorgen.'

'We moeten gaan,' zei Marcel ineens. 'We zijn hier al te lang. Kleed de jongen om en zorg dat hij klaar is om te gaan, alstublieft, madame.' Hij klonk streng, maar Adelaide was blij dat hij de leiding nam. Het brak haar hart om die kinderen bij hun ouders weg te halen, zonder garantie dat ze ooit zouden worden herenigd.

Zij werd ook zakelijk, en terwijl Janine Auclon Julien omkleedde, sprak Adelaide met Joseph. 'Als we morgenavond niet rond dezelfde tijd terug zijn, raak dan niet in paniek. Er kunnen allerlei redenen voor zijn. Zorg gewoon dat Jacques dan op dezelfde tijd de avond erna klaar is om met me mee te gaan. Zodra ze veilig zijn, kom ik hier weer naartoe.' Ze spraken een signaal af, waarop zij de deur van de kloosterkelder zouden openen, en er was nog een laatste beveiliging. 'Als mij iets overkomt en ik ben niet binnen een week terug, dan zal Marcel contact met jullie leggen. Mochten jullie na tien dagen van geen van ons tweeën hebben gehoord, dan staan jullie er alleen voor en moeten jullie doen wat jullie het beste lijkt.'

'Als dat gebeurt, hoe vinden we onze kinderen dan terug?' vroeg Janine.

'Zodra ze veilig zijn en jullie hier ook weg zijn, geef ik jullie de naam van de volgende contactpersoon.'

'En als jou voor die tijd iets overkomt?'

'Madame... Janine.' Adelaide hield voet bij stuk. 'Dit is de enige manier waarop dit kan lukken. Als jullie de kinderen bij je willen houden, dan is dat jullie keus, maar in dat geval kan ik niet meer helpen en zullen jullie hier weg moeten.'

'Kun je me dan niet in elk geval vertellen naar welke stad ze gaan?' smeekte Janine. 'Ik moet weten waar ik kan beginnen met zoeken als we ze kwijtraken.'

'Als ik op enig moment niet terugkeer,' zei Adelaide met tegenzin, 'ga dan naar de moeder-overste. Zij zal jullie in de juiste richting wijzen. Nu moeten we gaan.' Ze stond op en stak haar hand uit naar de kleine jongen. Zijn schone, nette kleren waren hem een tikje te groot, maar Adelaide besloot dat dat niet veel uitmaakte. Elke verstandige moeder zou kleren nu een maat te groot kopen om ze zo lang mogelijk te laten meegaan, vooral aangezien ze op de bon waren.

Even hield de jongen zich nog vast aan zijn moeder, met zijn armen om haar middel en zijn hoofd tegen haar buik gedrukt, maar toen stapte ze rustig naar achteren en sprak zachtjes. 'Ga maar met Antoinette mee, Julien. We komen heel snel naar je toe, beloofd.' Ze kuste hem en wendde zich af voordat hij kon zien dat de tranen over haar wangen stroomden.

Joseph pakte de hand van zijn zoon. 'Wees een brave jongen voor Antoinette, Julien.'

Marcel had het rooster al opgetild en was naar buiten geklommen. Hij stak zijn hoofd weer naar binnen om het sein veilig te geven. Joseph gaf zijn zoon nog een laatste, stevige knuffel en tilde hem naar Marcels wachtende armen op voordat hij zich afwendde om zijn vrouw en Jacques te troosten, die allebei stonden te huilen. Adelaide klom ook tegen de ladder omhoog. Marcel en zij legden het rooster terug, controleerden of het struikje op zijn plek stond en verspreidden er weer losse takjes omheen.

De kleine jongen stond te rillen in het donker. Marcel tilde hem op. 'Kom, *mon brave*,' zei hij bemoedigend, en hij zette de jongen op zijn schouders en beende de heuvel af.

'De avondklok zal al wel zijn ingegaan,' waarschuwde Adelaide toen ze aan het eind van het bospad waren aangekomen.

'Weet ik. Neem jij hem nu maar over.' Hij liet het kind op de grond zakken. 'We gaan over het jaagpad, en ik loop voorop voor het geval er problemen zijn. Indien nodig zorg ik voor afleiding zodat jij hem veilig naar de boerderij kunt brengen, goed?'

'Goed.' Adelaide pakte Juliens hand en hurkte bij hem neer. 'We moeten nu heel stil doen, Julien, oké? Als we iemand tegenkomen, doe dan gewoon wat ik doe.' Ze kon hem nog net zien knikken in het vage licht van de maan. 'Brave jongen. Kom dan maar.'

Via het jaagpad liepen ze naar de weg naar de boerderij van de Launays.

Marcel ging niet mee naar binnen. 'Ik zie je morgen, als je terug bent.'

'Nee,' zei Adelaide ferm. 'Niet komen. Ik heb je niet nodig, en het is zinloos om het risico te nemen. Ik kan Jacques wel alleen ophalen. Nu laten ze hem wel gaan.'

'Je zult hulp nodig hebben om de ouders weg te krijgen.'

'Als alles goed gaat met de jongens,' zei Adelaide, 'dan ontmoet ik je overmorgen in het café. Als er iets misgaat, blijf dan weg. Dan kun je toch niets voor me doen.'

Marcel omarmde haar even. 'Goed, overmorgen. Wees heel voorzichtig, Adèle. Wat je doet is heel gevaarlijk.'

Adelaide glimlachte naar hem. 'Alleen al het feit dat ik hier ben is gevaarlijk.'

Ineens kuste hij haar, een vurige, bezitterige zoen, voordat hij losliet, zich omdraaide en in de nacht verdween.

Veilig in de grote keuken, met de deur dicht en op slot, zette Marie Launay Julien aan tafel en gaf hem een kom warme soep. De kleine jongen nam de kom in zijn handen, zette hem aan zijn lippen en liet hem pas weer zakken toen hij leeg was. Toen pakte hij het stukje brood dat ze erbij had gelegd en bleef ermee door de kom vegen tot die brandschoon was. Adelaide besefte toen pas hoeveel honger het gezin moest hebben gehad, dagenlang opgesloten in de kelder. Geen wonder dat dat kind zo klein was voor zijn leeftijd; klein en vies. Marie vulde een tinnen tobbe met warm water, zette hem erin en schrobde zijn magere lijfje van top tot teen, en toen hij schoon was legde Adelaide hem in haar eigen bed. Tot haar verbazing viel hij meteen in slaap, en terwijl ze naast hem lag en naar zijn zachte ademhaling luisterde, dacht ze aan de komende dag.

Kort na zonsopkomst de volgende morgen trof Adelaide de laatste voorbereidingen voor hun vertrek. Terwijl Julien een gebakken ei en een glas melk naar binnen werkte, verving Gerard de twee versleten binnenbanden van haar fiets door iets minder opgelapte exemplaren die Marcel had weten te vinden. Adelaide bestudeerde Olivier Costeaus papieren om zijn adres en geboortedatum uit haar hoofd te leren. Ze had al een scheiding in Juliens haar gemaakt en het naar voren gekamd in een kuifje, zoals op de foto.

'Er is wel enige gelijkenis,' zei ze toen ze de foto aan Marie liet zien, 'als je niet al te nauw kijkt!'

Ze had Julien ervan doordrongen dat hij vandaag Olivier zou heten. 'Ik noem je Olivier,' vertelde ze hem, 'en als iemand naar je naam vraagt, moet jij ook zeggen dat je Olivier heet. We maken er een spelletje van. Elke keer als ik zeg: "Oké, Olivier," dan moet jij zeggen: "Ja, tante." Oké, Olivier?'

Hij keek haar even aan en antwoordde toen aarzelend: 'Ja, tante.'

Adelaide lachte stralend naar hem. 'Bravo, Olivier.'

'Neem nog iets mee voor later,' zei Marie, en Adelaide nam twee appels mee uit de karige voorraad van de Launays en stopte ze in haar schoudertas.

Ze zette Julien in het kinderzitje en fietste over het pad dat om het dorp heen liep. Ook al was hij klein, zijn gewicht maakte fietsen over het hobbelige pad lastig. Adelaide hijgde al snel, maar ze durfde niet te stoppen. Hoe verder ze weg waren voordat iemand hen zag, hoe beter het was.

Toen ze het dorp eenmaal achter zich hadden gelaten en op de weg naar Albert reden, werd het gemakkelijker en schoten ze sneller op. Het landschap was betrekkelijk vlak, en hoewel ze af en toe moest afstappen om de fiets een helling op te duwen, waren de heuvels niet steil.

In het begin was er geen verkeer, maar dichter bij Albert kwamen ze boerenkarren, andere fietsers en zelfs af en toe een auto tegen.

Bij het treinstation stapte Adelaide af en ze tilde Julien uit het zitje. Ze bukte zich naar hem toe en sprak zachtjes. 'Oké, Olivier?'

Hij keek haar met ernstige grote ogen in een bleek gezicht aan en fluisterde: 'Ja, tante.'

'Brave jongen. Kom, we gaan naar de trein.' Ze zette haar oude fiets met een ketting vast aan een hek en liep naar het kaartjesloket.

Een trein kwam binnenstomen net toen ze op het perron waren, en Adelaide tilde Julien aan boord en klom achter hem aan. Ze ging in een hoek zitten en zette de kleine jongen op haar schoot. Met haar arm beschermend om hem heen fluisterde ze: 'Oké, Olivier?'

Het kind kroop tegen haar aan en mompelde: 'Ja, tante.'

Vandaag was de trein lang niet zo vol als de vorige keer dat Adelaide naar Amiens was gereisd. Tot haar ontzetting kwam er een Duitse officier hun wagon in, en door zijn insignes herkende Adelaide hem als een kapitein van de SS. Dat was voldoende om anderen die de coupé wilden betreden te ontmoedigen, dus toen de trein bij het station wegreed, waren zij de enige passagiers in de coupé.

Een poosje bleven ze zwijgend zitten, maar toen, in een poging zo natuurlijk mogelijk te klinken, begon Adelaide tegen Julien te praten, wijzend naar dingen buiten terwijl het landschap langsgleed. 'Kijk, Olivier, daar is een markt. Moet je al die mensen zien! Olivier, kijk, daar is iemand aan het vissen. Kijk, Olivier, die hond jaagt de schapen op. Wat een stoute hond!'

'Wil de kleine jongen misschien wat chocolade?'

De vraag rukte Adelaides aandacht weg van de wereld buiten de trein, terug naar de officier tegenover hen. 'Sorry, monsieur?' Ze hield haar stem gelijkmatig en beleefd.

'Ik vroeg of de kleine jongen misschien wat chocolade zou lusten. Ik heb hier wat.' Hij stak een chocoladereep uit, nog in de verpakking.

'Dat is heel aardig, maar...'

'Alstublieft, madame, neem het aan, voor hem.' De kapitein glimlachte en hield de reep naar haar uitgestoken.

'Dank u. Dat is heel gul.' Adelaide pakte de chocolade aan en brak er een stukje af. Terwijl ze het aan het kind overhandigde, herinnerde ze hem eraan dat hij beleefd moest zijn. 'Zeg eens dank u wel, Olivier.'

'Ja, tante,' antwoordde Julien plichtmatig, maar hij zei geen dank u wel.

Adelaide stopte het stukje chocolade in zijn mond zodat hij verder niets zou zeggen, en toen richtte ze zich weer tot de officier. 'Het spijt me, hij is heel verlegen.'

'Ik weet hoe het is,' zei de man. 'Ik heb een zoontje van ongeveer dezelfde leeftijd, Kurt. Als je wilt dat hij stil is, blijft hij doorratelen over van alles en nog wat, maar als je wilt dat hij praat, wordt hij ineens verlegen.'

Adelaide probeerde de rest van de chocoladereep terug te geven, maar de officier schudde zijn hoofd. 'Nee, hou het maar. Geef hem later nog wat... Of neem zelf een stukje.'

Adelaide glimlachte. 'Dank u. Ik zal het voor hem bewaren als speciale traktatie.' Ze schoof Julien wat comfortabeler op haar schoot en draaide haar hoofd weer naar het raam.

'Gaat u naar Amiens?' vroeg de Duitser.

'Ja.' Adelaide wilde echt niet in gesprek raken met die man, maar ze wilde ook niet zijn argwaan wekken. 'Ja, dat klopt.'

'Bij familie op bezoek?'

Adelaide aarzelde. Ze kon beter geen familie verzinnen en daarop vastlopen, maar zich gewoon aan de dekmantel houden. Die was immers volkomen geloofwaardig, en ze hoefde hem de brief niet te laten zien. 'Nee,' antwoordde ze. 'Ik ga met mijn neefje naar het ziekenhuis. Er is iets mis met zijn ogen.'

'O, arm kind, hij ziet inderdaad erg bleek. Mijn zoon Kurt is heel sterk, en groot voor zijn leeftijd.' Hij reikte in zijn zak en haalde er een verkreukelde foto uit van een vrouw die glimlachend in de camera keek. Ze had een jonge jongen in haar armen, die één hand naar de fotograaf uitstak en de andere stevig om de nek van zijn moeder hield. 'Binnenkort krijgt hij een broertje of zusje.'

Het was Adelaide duidelijk dat de Duitser naar zijn gezin verlangde, en ze moedigde hem aan over hen te praten om het gesprek bij haar en Julien weg te sturen. Toen de trein het station van Amiens binnenreed, had ze het idee dat ze bijna alles wist wat er over de familie van de man te weten viel en was ze erg opgelucht dat ze er waren.

Ze stond op en pakte Juliens hand stevig vast. 'Oké, Olivier?'

'Ja, tante.'

De officier stond ook op. 'Er staat buiten een auto op me te wachten,' zei hij. 'Ik zet u wel even af bij het ziekenhuis.'

'O, nee, dat is echt niet nodig,' protesteerde Adelaide. 'Die moeite hoeft u niet te doen...'

'Het is geen moeite, madame.' Hij stapte de trein uit en draaide zich om om Julien eruit te tillen.

De jongen klampte zich aan Adelaide vast, met zijn gezicht tegen haar rokken gedrukt, en ze voelde dat hij verstijfd was van angst. Heel zachtjes stelde ze hem gerust. 'Het is al goed, Olivier. Het is al goed.' Ze keek naar de kapitein, die nog steeds met uitgestoken armen klaarstond om de jongen op te tillen. 'Dank u, monsieur, maar ik red me wel.'

Alsof hij haar niet had gehoord, stapte de Duitser naar voren, tilde Julien op en zette hem op het perron voordat hij zijn hand uitstak om ook haar te helpen. 'Mijn auto staat al te wachten,' zei hij. 'Kom maar.'

Adelaide wilde weer protesteren, maar toen zag ze dat er documenten werden gecontroleerd bij de uitgang. Ze tilde Julien op. 'Dat is heel aardig van u.' Ze liepen achter de officier aan naar de uitgang, en toen de soldaten daar aannamen dat ze bij hem hoorde en hen door wuifden, liep ze snel achter hem aan. Buiten stond een gestroomlijnde zwarte auto, net zo een als waarin kolonel Hoch reed, en de aanblik verkilde haar. De wachtende chauffeur leunde tegen de motorkap, maar zodra hij de kapitein zag, sprong hij met een ferm 'Heil Hitler!' in de houding en opende het portier.

De kapitein dirigeerde hen voor zich uit. Omdat ze geen andere keus had, schoof Adelaide op de achterbank van de auto en trok Julien veilig in haar armen. Ze brak nog een stukje kostbare chocolade af en stopte het in zijn mond; de heerlijke smaak legde hem het zwijgen op.

Adelaide kon alleen maar bidden dat hij stil bleef totdat ze werden afgezet. De kapitein gaf een paar aanwijzingen aan de chauffeur en stapte ook in. Terwijl ze door de straten reden, wendden mensen hun blikken van de auto met swastikavlaggetjes af. Niemand wilde zien wie er nu weer was opgepakt.

'Dat was echt heel aardig van u,' zei Adelaide toen de auto voor het ziekenhuis stopte. Ze opende het portier en zette Julien op de stoep. Ze gleed zelf ook naar buiten, draaide zich om en glimlachte naar de kapitein, die godzijdank was blijven zitten. 'Heel erg bedankt, monsieur.'

Met enorme opluchting sloot ze het portier en ze zag de auto wegrijden en om een hoek verdwijnen. Ze pakte Juliens hand en liep snel weg bij de deur van het ziekenhuis, en toen ging ze een zijstraat in uit angst dat de auto misschien alleen maar zou keren om dezelfde weg terug te nemen.

'Het is niet ver, Olivier,' zei ze monter, terwijl ze door de smalle straat liepen. 'Oké?'

'Ja, tante,' was zijn plichtsgetrouwe antwoord.

En hij is pas vier, dacht Adelaide moedeloos.

Vader Bernard begroette hen hartelijk, en Julien zat al snel aan tafel in madame Papritz' keuken.

'Nog problemen?' vroeg de priester zachtjes, terwijl de kleine jongen op zijn eten aanviel.

Adelaide vertelde hem over de Duitser die zo aardig voor Julien was geweest.

'Het zijn niet allemaal monsters,' zei vader Bernard met een zucht. 'Velen van hen zijn gewoon fatsoenlijke mannen die veel liever thuis zouden zijn bij hun eigen gezin.'

'Nou,' antwoordde Adelaide, 'ik zat te denken hoe ironisch het zou zijn als we waren opgepakt vanwege de vriendelijkheid van een Duitse officier.' Ze dacht aan het duistere, meedogenloze gezicht van kolonel Hoch en huiverde. Dat waren twee heel verschillende mannen. 'Maar hij zou wel anders hebben gepiept als hij had beseft dat hij een ontsnapte Jood in zijn auto had.'

Hoewel ze de hele dag nog niet had gegeten, wilde Adelaide geen voedsel aannemen van madame Papritz. 'Ik eet wel als ik weer thuis ben,' zei ze, want ze wilde niet nog meer van de kostbare rantsoenen in het huis opmaken. 'Hier, houden jullie dit maar.' Ze gaf hun de twee appels en de helft van de overgebleven chocolade voor Julien. De rest hield ze om de volgende dag aan Jacques te geven.

'Als alles goed gaat, ben ik morgen weer terug,' beloofde ze de priester toen ze afscheid nam. 'Ik kan de papieren voor Julien niet hier achterlaten, want ik heb ze morgen weer nodig voor Jacques, maar als hij ook eenmaal veilig hier is, kunt u ze houden.'

Vader Bernard zegende haar en wenste haar een goede reis, en ze keerde terug naar het station.

Ze bereikte de boerderij van de Launays zonder problemen en ging in de keuken zitten voor een bord bonenstoofpot van Marie. Ze wenste dat ze naar Marcel toe kon om hem te vertellen hoe de reis was verlopen, over de kapitein en de chocolade. De Launays vertelde ze alleen dat Julien veilig was.

Maar zij hadden haar meer dan genoeg te vertellen. Zoals ze al hadden verwacht, waren Étienne en Albertine gearresteerd door de Duitsers, maar intussen waren ze alweer vrijgelaten. Gerard had Étienne in het dorp ontmoet en gehoord wat hun was overkomen.

'De Duitsers kwamen de boerderij doorzoeken,' had Étienne verteld, 'en toen sleepten ze ons mee naar het huisje in het bos. Ze hadden het zowat afgebroken, maar wij waren er al terug geweest en hadden de zolder leeggehaald, dus er was niets meer van te zien dat het recent nog was bewoond. Ze namen ons mee naar hun hoofdkwartier en die majoor Thielen stelde ons een paar vragen; of we daar iemand gezien hadden, dat soort dingen. We hielden vol dat we van niets wisten, en uiteindelijk liet hij ons gaan.'

'Wees maar dankbaar dat majoor Thielen degene was die de vragen stelde,' had Gerard tegen hem gezegd. 'Het zou anders zijn gegaan als het Hoch was geweest!'

'Zijn ze ook bij jullie geweest?' vroeg Étienne toen.

'Nog niet,' antwoordde Gerard somber. 'Maar dat komt ongetwijfeld nog.'

Toen Gerard thuiskwam, waren Duitse soldaten al bezig zijn boerderij en de bijgebouwen te doorzoeken. Marie zat op een stoel in de keuken, bewaakt door een jonge soldaat met een geweer. Ze sprong overeind toen Gerard binnenkwam, maar de jongeman brulde haar toe dat ze moest blijven zitten.

'Hij is mijn man,' legde Marie uit. De soldaat gebaarde met zijn geweer naar de andere stoel aan tafel, en Gerard ging zitten.

'Hoe lang zijn ze er al?' vroeg Gerard zachtjes.

'Niet praat!' schreeuwde de soldaat, zwaaiend met zijn geweer. 'Niet praat!'

De doorzoeking van de boerderij leverde niets op, en met de waarschuwing dat ze het moesten melden als ze vreemdelingen in de omgeving zagen, vertrokken de soldaten om elders verder te zoeken.

Diezelfde avond zat Adelaide weer op haar hurken bij de kloostermuur. Ze liet twee takjes door het rooster vallen, en meteen werd het van binnenuit omhooggeduwd.

'Hij is veilig,' zei ze toen Joseph Auclons hoofd verscheen. 'Is Jacques klaar?'

'Ja, hij is klaar,' antwoordde Joseph met een zucht. Hij verdween in de kelder en tilde even later zijn zoontje omhoog. Met de waarschuwing 'Denk eraan, doe wat mademoiselle Antoinette zegt,' liet hij zich weer zakken. De kleine jongen stond trillend en met betraande wangen naast haar terwijl zij de ingang weer verborg. Ze pakte zijn hand en nam hem snel mee.

Terwijl ze zich langs het klooster haastten, keek er een bleek gezicht uit een raam. Gericht op het bereiken van de beschutting van de bomen keek Adelaide niet op, en ze zag de ogen die haar vanuit het donker gadesloegen niet.

'We moeten heel stil zijn, Jacques,' fluisterde Adelaide toen ze eenmaal tussen de bomen waren. Ze hurkte bij hem neer. 'Niet bang zijn. Wees een brave jongen en hou mijn hand maar vast.'

'Ik wil *maman*,' jammerde het kind met een iel stemmetje, maar het klonk o zo luid in de duisternis.

Adelaide sloeg haar armen om hem heen en omhelsde hem stevig. 'Dat weet ik, *chéri*, en je ziet haar heel snel weer, ik beloof het. Maar nu moet je met mij meekomen en dan gaan we morgen naar Julien.' Ze haalde een stukje chocolade dat ze voor hem had bewaard uit haar zak. 'Hier, proef dit eens.' Ze stopte het in zijn mond, en zijn gehuil stopte zodra hij de zoetigheid proefde. 'Kom nu maar,' fluisterde ze.

Ze bereikten de boerderij zonder iemand tegen te komen, en opgelucht droeg Adelaide de kleine jongen over aan Marie. Zij gaf hem warm eten, iets wat hij al maanden niet meer had gehad, en daarna stopten ze hem in bad en in bed, waar hij net als zijn broertje meteen in slaap viel.

's Morgens kleedde Adelaide hem aan en deed zijn haar. Ze leerde hem het 'Oké Olivier?'-spelletje, en hoewel hij nog vaak op het punt van huilen stond, zette ze hem achter op haar fiets en vertrok. Op het station in Albert werden vandaag ieders papieren gecontroleerd. Adelaide kocht kaartjes en wachtte een eind bij de slagboom vandaan in de hoop dat het controlepunt gesloten zou worden voordat zij erdoor moesten. Het zat haar niet mee. De man van het kaartjeskantoor had gezegd dat de trein heel snel zou komen. Ze kon het risico niet nemen dat ze hem miste, want alleen de hemel wist wanneer er een volgende zou komen.

Ze knielde neer en sprak tegen Jacques. 'We gaan nu naar het perron, Olivier,' zei ze vriendelijk, en toen het kind niet reageerde, zweeg ze even. 'Hoe heet je?' vroeg ze.

'Jacques,' antwoordde hij.

'Nee, *chéri*, vandaag niet. Je heet Olivier, weet je nog? Olivier.'

'Olivier,' herhaalde het kind gehoorzaam. Hij keek naar de gendarmes die de papieren controleerden. 'Ik vind die mannen niet aardig.'

Adelaide voelde haar hart sneller slaan, maar ze probeerde zo kalm mogelijk te blijven. 'Dat zijn best aardige mannen. Ze doen je niets... Maar als ze vragen hoe je heet, wat zeg je dan?'

'Jacques,' antwoordde de jongen met enige verbazing in zijn stem.

Adelaide was ten einde raad. Ze moesten langs de slagboom en het controlepunt. Ze kon alleen maar hopen dat de mannen helemaal niet tegen Jacques zouden praten. Ze gaf hem nog een stukje chocolade.

Ze ging in de rij staan, en toen ze eindelijk aan de beurt was stond ze tegenover een oudere man met een bril, die haar nors toesprak. 'En wie hebben we hier?' Hij pakte haar papieren aan en bekeek ze.

'Hou mijn hand vast, Olivier,' zei ze scherp toen ze voelde dat de kleine jongen achter haar wilde stappen. 'Niet wegdwalen.'

De man keek op, nog steeds met hun papieren in zijn handen. 'Waar gaat u heen, mademoiselle?'

'Naar Amiens, monsieur.' Toen de man op meer leek te wachten, wist Adelaide dat ze het moest uitleggen. 'Olivier moet daar naar het ziekenhuis.'

'Waarom het ziekenhuis daar? Waarom niet gewoon hier?' De man tuurde naar haar door zijn dikke brillenglazen.

'Er is iets mis met zijn ogen,' antwoordde ze. 'Hij kan daar bij een oogspecialist terecht.' Ze wachtte. De man hield nog steeds hun papieren vast, maar ze hoorde de trein al achter hen het station binnenrijden. Toen hij ze niet teruggaf, spoorde ze hem aan. 'Alstublieft, monsieur, straks missen we de trein nog.'

De man gromde en gaf haar de papieren terug. 'Ga maar.' Hij zette zijn bril af en wreef in zijn roodomrande ogen. 'Breng hem naar die dokter, anders heeft hij straks net zulke slechte ogen als ik.'

Slap van opluchting sleepte Adelaide Jacques mee over het perron en duwde hem een coupé in die al bijna vol was.

'Er is geen ruimte voor twee,' morde iemand.

Adelaide reageerde meteen. 'Dat geeft niet, Olivier kan op mijn schoot zitten.'

Er gebeurde weinig op de reis naar Amiens. Adelaide zat tussen een oude vrouw met een enorme mand op schoot en een magere jongeman, wiens elleboog de hele tijd in haar zij porde. Mensen stapten in en uit bij verschillende stations, en tegen de tijd dat ze Amiens bereikten, had Adelaide een zitplaats bij het raam weten te bemachtigen en kon ze Jacques net zo bezighouden als ze bij Julien had gedaan, wijzend naar dingen buiten. Toen de trein het station in reed, stapte ze met Jacques op haar arm uit en liep naar de uitgang.

Er was vandaag geen controle. Adelaide slaakte net een zucht van verlichting omdat ze aan het laatste stukje van haar reis kon beginnen toen er een hand op haar arm belandde.

'Goedemorgen, mademoiselle. Bent u er alweer?'

Adelaide draaide zich om en stond tegenover dezelfde Duitse kapitein die ze de dag ervoor had ontmoet. Ze voelde dat de kleur uit haar gezicht wegliep, maar de kapitein bukte zich en sprak tegen Jacques. 'Hallo, jongeman. En hoe gaat het vandaag met jou?' Jacques staarde hem alleen maar aan, en de Duitser ging door. 'Nog steeds te verlegen om te praten, zie ik.'

Hij richtte zijn aandacht weer op Adelaide, die moeite moest doen om haar gezicht in de plooi te houden. 'Wat zei de dokter gisteren?'

'Hij... eh... heeft even gekeken en toen wat druppels in Oliviers ogen gedaan. We moesten vandaag terugkomen zodat hij nog een keer kon kijken.'

'Nou, laten we hopen dat hij deze keer iets kan vinden, want het is wel steeds een eind reizen voor u.' Zijn aandacht werd afgeleid door iets of iemand achter Adelaide. 'Excuseer me,' mompelde hij, en hij beende weg.

Adelaide pakte Jacques bij de hand en liep haastig met hem het station uit, en ze keek maar één keer achterom toen ze buiten stonden. De kapitein begroette een andere SS-officier die net uit de trein was gestapt. Het was kolonel Hoch. Hij leek Adelaide niet te hebben gezien en zou haar waarschijnlijk op die afstand toch niet herkennen, maar ze moest zich inhouden om Jacques niet op te tillen en weg te rennen. Dezelfde gestroomlijnde zwarte auto stond voor het station, met dezelfde chauffeur ertegenaan geleund. Adelaide liep zo rustig mogelijk en ging de eerste zijstraat in die ze tegenkwam. Ze weerstond de drang om achterom te kijken, een moment dat haar gezicht zou kunnen onthullen aan Hoch als hij ook het station uit kwam.

Zodra hij was herenigd met Julien, werd Jacques een heel ander kind. Hij glimlachte weer en kletste met hem in een soort eigen tweelingentaaltje.

Misschien, dacht Adelaide terwijl ze naar hen keek, missen ze elkaar wel meer dan hun ouders. Tweelingen hadden een hechte band. Ze hoopte dat het zo was, want ze was er vrij zeker van dat de jongens hun ouders nog een hele poos niet zouden zien... Of misschien wel nooit meer.

'Ze gaan zo gauw mogelijk naar het klooster in Parijs,' zei vader Bernard. 'Ik heb contactpersonen die dat voor me kunnen doen.'

'Ik heb alleen dat ene setje papieren,' bracht Adelaide hem in herinnering.

'Weet ik, maar het is een begin, en ik kan waarschijnlijk nog wel een setje regelen.'

'En wanneer hun ouders komen? Áls ze komen?'

'Die laat ik dan naar een onderduikadres brengen,' antwoordde de priester. 'We zullen proberen ze daar meteen heen te krijgen, maar eigenlijk is het nergens tegenwoordig echt veilig voor ze.'

Adelaide glipte weg zonder afscheid te nemen van de jongens. Ze zaten aan tafel met elkaar te kletsen, en ze liet hen achter bij madame Papritz, samen met het laatste van de chocolade.

# 21

Adelaide liep uiterst behoedzaam naar het station. Ze kon het zich niet veroorloven om door de kapitein gezien te worden zonder 'Olivier', of door kolonel Hoch. Het was vroeg in de avond en het was nog altijd druk op het station met mensen die huiswaarts keerden van hun werk. Er waren flink wat Duitse uniformen tussen de drukte op het perron te zien, en dus ging ze een wachtkamer voor dames in en bleef uit het zicht. Ze oefende een verhaaltje dat Olivier in het ziekenhuis had moeten blijven, voor het geval ze de pech had om de kapitein weer tegen te komen, maar uiteindelijk had ze dat niet nodig. Toen de trein puffend het station in reed, haastte ze zich naar het perron en bleef tussen de mensenmenigten, en hoewel ze scherp oplette of ze de Duitse officiers zag, was dat niet het geval. Ondanks een documentencontrole in de trein bereikte ze veilig Albert, haalde haar fiets op en reed rustig terug naar Sainte-Croix. Door de nerveuze energie die het haar had gekost om de twee kleine jongens naar Amiens te brengen, was ze doodop toen ze bij de boerderij aankwam.

'Veilig?' vroeg Marie.

'Veilig,' antwoordde Adelaide. 'Voorlopig.'

Die avond ging ze naar Marcel, zoals afgesproken. Toen ze op de achterdeur van het café klopte, liet madame Juliette haar binnen.

'Hij is in de bar,' zei de vrouw. 'Ik zal hem zeggen dat je er bent.' Ze verdween door de tussendeur naar het café. Even later werd er nog eens op de achterdeur geklopt, en toen stond Marcel daar.

'Alles goed gegaan?' vroeg hij. Toen Adelaide knikte, nam hij haar in zijn armen. 'Godzijdank. Godzijdank dat je veilig bent.'

Even liet Adelaide zich tegen hem aan zakken, voelde ze de kracht van zijn armen om haar heen, en toen stapte ze achteruit en liet zich op een stoel zakken. 'De kinderen zijn veilig, maar we moeten de ouders hier nog weghalen.'

'Vertel eens hoe het ging,' zei Marcel, terwijl hij tegenover haar kwam zitten. 'Waren er nog problemen?'

Adelaide had Marcel graag de details over de twee reizen willen vertellen om de opluchting van de geslaagde onderneming met hem te delen, maar ze hield zich in. Het was veiliger voor hen allemaal als hij niet precies wist waar de kinderen heen waren gegaan. Hij wist dat ze de trein hadden genomen, dus vertelde ze hem alleen dat ze een coupé had moeten delen met een SS-kapitein.

'Ze hebben gezocht in het dorp,' voegde ze eraan toe. 'Mensen opgepakt om te verhoren, maar tot nu toe hebben ze niemand vastgehouden.' Ze keek hem ernstig aan. 'Ze zijn ook bij ons op de boerderij geweest, maar ze hebben de put niet gevonden. Ze zijn vast ook naar Fernand op zoek. Ze moeten inmiddels beseffen dat hij verdwenen is.'

'Ik zou me maar niet zo druk om hem maken,' zei Marcel geruststellend. 'Ze kunnen misschien raden wat er met hem is gebeurd, maar ik denk niet dat ze er iets mee gaan doen. Ze rekruteren gewoon iemand anders om hem te vervangen.'

Madame Juliette verscheen met een karaf wijn en twee glazen, die ze op tafel zette voordat ze hen weer alleen liet. Marcel schonk twee glazen vol en trok een gezicht toen hij het had geproefd.

Adelaide lachte om zijn walgende uitdrukking en nam ook een slokje. 'Het is beter dan niets!'

'Dat weet ik zo net nog niet,' kermde Marcel.

'Ik ga morgen weer naar het klooster,' vertelde Adelaide, 'en zal voorbereidingen treffen om de ouders daar weg te halen. De moederoverste zal blij zijn als ze weg zijn. Ze zou ze niet verraden, natuurlijk, maar ze wil ze daar ook niet hebben. Toen Hoch zuster Eloise had gearresteerd, bedreigde hij het klooster met vergelding als hij zou ontdekken dat ze nog meer mensen verborgen.' Adelaide zweeg even peinzend. 'Kun je een boodschap naar Londen sturen? Zeg maar dat ik denk dat ik hier alles heb gedaan wat ik kan en vraag wat ze willen dat ik nu doe. Ik vind het niet erg om te blijven als ik nog iets kan doen, maar we zullen het klooster niet als onderduikadres kunnen gebruiken zoals we hadden gehoopt.'

'Ik zal Bertrand de boodschap meteen bij het volgende contact laten versturen,' beloofde Marcel. 'Vertel nu maar wat ik kan doen.'

'Dat weet ik nog niet,' antwoordde Adelaide. 'Ik heb genoeg hulp zolang ze in het klooster zijn. Het lastigste komt als we ze naar Albert moeten krijgen zodat ze de trein kunnen nemen. Ik weet dat ze erheen zouden kunnen lopen, maar dan worden ze bijna zeker opgemerkt. We hebben echt iets van vervoer nodig om ze het dorp uit te krijgen.'

Madame Juliette kwam weer binnen, en ze legden haar het probleem ook voor.

'Je kunt ze hierheen brengen,' zei ze. 'Als je ze onder dekking van de duisternis bij mij kunt krijgen, kunnen ze 's morgens de wekelijkse bus naar Albert pakken. Niemand zal aandacht besteden aan een non en een priester in de bus.'

'Dat zou heel gevaarlijk zijn,' zei Adelaide aarzelend.

'Het is beter om het stoutmoedig aan te pakken, zoals jij met die kinderen hebt gedaan,' zei madame Juliette. 'Jullie vallen minder op als jullie je openlijk bij daglicht verplaatsen.'

'Maar kunnen we ze die nacht hier verstoppen?'

Madame Juliette haalde haar schouders op. 'Wie zal hier nou zoeken?'

'Het is waarschijnlijk het beste wat we voor ze kunnen doen,' zei Marcel, en Adelaide ging schoorvoetend akkoord.

Op weg naar Marcel was Adelaide langs het klooster gegaan. Ze had haar veters gestrikt bij het rooster in de grond en had er een briefje doorheen laten vallen om de Auclons te laten weten dat hun kinderen veilig waren. Ze schreef ook dat de twee de avond erna moesten wachten op haar klopsignaal op de binnendeur.

Zuster Marie-Marc was in de keuken toen Adelaide bij de achterdeur aankwam en was blij om haar te zien. 'Kom je weer werken?' vroeg ze. 'Is je tante beter?'

Adelaide glimlachte om die enthousiaste ontvangst. 'Dat kwam ik vertellen. Ik ben er morgenochtend weer. Maar zuster' – Adelaide dempte haar stem – 'kunt u de moeder-overste vertellen dat ik haar morgen graag wil spreken?'

Zuster Marie-Marc knikte samenzweerderig. 'Ja, ik zal het haar zeggen.'

De volgende morgen liet moeder Marie-Pierre Adelaide naar haar werkkamer roepen. Toen Adelaide naar binnen stapte, had moeder Marie-Pierre één simpele vraag: 'Zijn ze weg?'

'De kinderen, ja. De ouders vanavond, als u me helpt.'

'Wat moet ik doen?'

Adelaide zette haar plan uiteen. 'Als alle zusters in bed liggen, kom ik naar de achterdeur en laat u me binnen. We gaan naar de kelder en halen de meubels voor de deur weg, zodat de Auclons daardoor naar buiten kunnen. Ik neem de soutane mee die vader Bernard me heeft gegeven, en u zei dat u een nonnenhabijt kon regelen voor madame.'

Moeder Marie-Pierre knikte. 'Ja, dat kan. En dan?'

'Dan vermommen we ze en nemen ze mee via de achterdeur, en dan zijn ze weg.' Adelaide glimlachte. 'Daarna kunt u zich ontspannen, want het klooster zal veilig zijn.'

'Waar ga ze je ze midden in de nacht heen brengen? Hoe komen ze naar Amiens?' vroeg haar tante.

'Het is beter als u dat niet weet. We zullen proberen dat habijt later weer bij u terug te bezorgen.'

'Ik heb deze nog.' Moeder Marie-Pierre opende een la in haar bureau en haalde er een paar documenten uit. 'De papieren van zuster Marie-Joseph. Ze is natuurlijk veel jonger dan madame Auclon, maar tot nu toe hebben de soldaten alleen naar het habijt gekeken, en niet naar de persoon die het droeg.'

Toen hun plannen waren gemaakt, voor zover dat mogelijk was, keerde Adelaide terug naar de keuken en maakte haar werk van die ochtend af. Zuster Marie-Marc bekeek haar peinzend, maar Adelaide glimlachte alleen en ging naar beneden om kolen te halen. Ze waren tot de conclusie gekomen dat ze nog iemand anders nodig hadden om te helpen, en de voor de hand liggende keus was zuster Marie-Marc.

Adelaide klopte die avond zachtjes op de achterdeur van het klooster en werd binnengelaten door een opgewonden kijkende zuster Marie-Marc, die meteen de deur weer achter haar sloot. Het was donker in de keuken, op een spoortje licht langs de kelderdeur na.

'Ik ga de wacht houden,' fluisterde de non. 'Moeder is al in de kelder.'

Adelaide knikte en liep de keldertrap af. Beneden trof ze moeder Marie-Pierre, die al bezig was om de meubels voor de verborgen deur weg te slepen. Ze begroette Adelaide met een vermoeide glimlach en een kus op de wang; het eerste teken van genegenheid sinds ze had ontdekt dat Adelaide de kloosterkelders voor haar eigen doeleinden gebruikte.

Samen verplaatsten ze de grotere meubelstukken, en daarna klopte Adelaide de afgesproken code op de deur. Ze hoorden de grendel verschuiven, en toen ging de deur open en kwamen de twee vogelverschrikkers tevoorschijn die Joseph en Janine Auclon waren geworden.

Moeder Marie-Pierre haalde scherp adem toen ze de toestand zag waartoe het echtpaar was gereduceerd. De Auclons hadden te lang ondergedoken gezeten. Ze waren half verhongerd doordat ze het meeste van het eten aan hun kinderen hadden gegeven. Hun ogen lagen verzonken in gezichten die ingevallen en grauw waren. Ze waren vuil, hun haar was vervilt, ze stonken en hun kleren waren lompen. Adelaide en Sarah moesten hen schoon genoeg zien te krijgen om bij daglicht de straat op te gaan.

'Adèle, snel, haal warm water van het fornuis.'

Adelaide knikte en rende terug naar de keuken, waar ze wat water uit de grote ketel schepte die altijd achter op het fornuis klaarstond. Ze keerde terug naar de kelder en zag dat moeder Marie-Pierre eten uitdeelde dat ze had meegebracht. Toen Adelaide nog een tweede kom water had gehaald, trok Joseph zich in een hoekje terug. Met een scheermes dat moeder Marie-Pierre uit het ziekenhuis had meegenomen viel hij op zijn inmiddels volle baard aan, al moest hij die eerst zo veel mogelijk wegknippen met een schaar. Adelaide gaf hem de soutane, en zij en moeder Marie-Pierre begonnen Janine Auclon in een non te veranderen.

Het kostte allemaal tijd. Te veel tijd, dacht Adelaide terwijl ze nog meer heet water ging halen zodat Janine het vuil van haar gezicht kon schrobben. Dit duurt te lang, veel te lang. Ze keek ongerust op haar horloge, terwijl ze hielp om Janines haar zo kort te knippen dat het onder de kap paste, en mompelde: 'We hadden hier al weg moeten zijn.'

'Staat er soep in de bijkeuken?' vroeg moeder Marie-Pierre zachtjes.

Adelaide knikte. 'Ja, meestal wel.'

'Ga dat dan opwarmen. Ze hebben iets warms in hun maag nodig.'

Adelaide vond de soep, en nadat ze het had opgewarmd bracht ze het naar de kelder in twee grote bekers. De Auclons waren er iets op vooruitgegaan. Joseph was nu gladgeschoren, zijn haar was kortgeknipt en hij droeg de soutane. Het ding was te kort voor hem, waardoor zijn benige enkels en versleten leren schoenen eronderuit staken. Maar in elk geval zijn die schoenen zwart, dacht Adelaide terwijl ze hem de beker gaf.

Janine droeg het habijt, met de kap strak om haar hoofd en gezicht. Ze pakte een beker soep aan en begon er gretig van te drinken.

Plotseling hoorden ze voetstappen de keldertrap af komen. Ze verstijfden allemaal, wetend dat ze geen kant op konden. Zuster Marie-Marc verscheen.

'Wat is er, zuster?' vroeg moeder Marie-Pierre scherp.

'Jullie bleven zo lang weg,' antwoordde zuster Marie-Marc. 'Ik was bang dat er iets was misgegaan.'

'Er is niets misgegaan,' snauwde haar superieur. 'Ga weer naar boven en hou de wacht.'

'Ja, moeder.' Zuster Marie-Marc verdween in de duisternis, en de moeder-overste richtte haar aandacht op Janines hoofdtooi. Ze had die net bij haar opgezet toen er opnieuw voetstappen klonken, rennende deze keer.

Zuster Marie-Marc verscheen met grote ogen weer in de kelder. 'Moeder,' riep ze, 'Duitsers. Ze sluipen allemaal om het klooster heen. Ik zag ze door het raam op de overloop. Het zijn er heel veel.'

Adelaide keek de moeder-overste aan. 'Ik moet zijn gevolgd.'

'Laat dat nu maar zitten,' antwoordde de non. 'We moeten nadenken.'

Ze bleef even stilletjes staan, met haar ogen dichtgeknepen, en toen wendde ze zich tot de doodsbange Auclons. 'Kom met mij mee. Zuster Marie-Marc, ga weer naar bed. Adèle, naar buiten via het rooster.'

'Waar gaat u heen?' vroeg Adelaide.

'Naar de kapel,' antwoordde haar tante. 'Het is onze enige hoop. En nu weg hier, allebei.'

Zuster Marie-Marc draafde gehoorzaam de trap op, en Adelaide keek toe terwijl moeder Marie-Pierre het aangeslagen stel bij de handen greep en hen snel meetrok naar de keldertrap.

'Ga nu,' zei de moeder-overste over haar schouder tegen haar nichtje. 'Ik zorg wel voor ze.'

Adelaide klom de ladder op naar het rooster. Ze spitste haar oren, maar er was buiten niets te horen. Behoedzaam tilde ze het rooster ver genoeg op om iets te kunnen zien, maar meteen dook ze weer omlaag. Een paar meter verderop, met zijn geweer op het poortje van het binnenplein gericht, stond een Duitse soldaat. Adelaide liet zich weer in de kelder zakken en keek omhoog naar haar ontsnappingsroute, nu effectief geblokkeerd. De soldaat had haar niet gezien, maar ze kon nooit langs hem heen komen. Als ze deze uitgang koos, zou ze hem moeten doden, en hoewel ze geen anderen had gezien, was hij vast niet alleen. Nee, via die kant kon ze niet ontsnappen. Ze zou terug moeten gaan door het klooster. Snel sloot ze de deur van de schuilplaats en sloop terug naar de keuken, waar ze de kelderdeur achter zich dichttrok.

Toen ze de keuken in kwam, werd er luid op de voordeur gebonsd, de deurbel rinkelde en een luide stem riep: 'Doe open! Doe open!'

Moeder Marie-Pierre had vier, hooguit vijf minuten de tijd gehad sinds ze de Auclons uit de kelder had gehaald. Wat had ze met hen gedaan? Ze had het over de kapel gehad, maar Adelaide wist dat daar net zo grondig zou worden gezocht als overal elders. Ze sloop naar de gang, terwijl ze koortsachtig nadacht en verschillende plekken afwoog waar ze zich kon verstoppen, en uiteindelijk dook ze de refter in. Er was nergens een schuilplaats in de sobere kamer, dus liet Adelaide de deur op een kier staan zodat ze daardoor de hal in kon kijken.

Even later gingen er lichten aan en verscheen zuster Celestine boven aan de trap, gekleed in een oude blauwe peignoir en met een sjaal om haar hoofd. Ze strompelde de trap af, en terwijl het gebons doorging begon ze de grendels en de dikke ketting los te maken waarmee de deur 's nachts werd afgesloten.

Zodra de ketting los was, werd de deur opengesmeten. De non deinsde achteruit toen kolonel Hoch de hal in beende en zijn mannen opdroeg het gebouw te doorzoeken. 'Zoek overal, in elke kast, elke hoek. Haal ze allemaal uit bed. En breng de moeder-overste bij me,' brulde hij, terwijl de soldaten die achter hem naar binnen waren gestroomd zich verspreidden.

'Goedenavond, kolonel.' De stem klonk zacht en rustig. 'Waarvoor stoort u ons midden in de nacht?'

De kolonel keek om en zag de moeder-overste bij de ingang van een gang staan. Ze keek hem aan zonder een spier te vertrekken. Hij beende naar haar toe. 'Wat ik wil? Ik zal u vertellen wat ik wil. Ik wil wie u hier dan ook verstopt, dat is wat ik wil.'

'Verstopt?'

'Hang niet de onschuld uit, mens,' grauwde Hoch. 'Waarom lag u niet te slapen, zoals alle anderen?'

'Ik was in de kapel, om de wacht te houden bij onze Heer,' antwoordde moeder Marie-Pierre rustig.

'In de kapel.' Hochs ogen boorden in de hare. 'Oké, dan begin ik daar. Ga maar voor.'

Moeder Marie-Pierre boog beleefd haar hoofd, alsof ze een keus had. 'Goed, kolonel. Als u mij dan wilt volgen.' Ze draaide zich om, en met de kolonel op haar hielen liep ze naar de kapel. Toen ze daar aankwam, duwde Hoch haar opzij en smeet de deur open. Het was donker in de kapel, op de flakkerende kaarsen op het hoge altaar en de rode gloed van de godslamp erboven na. Hoch draaide zich abrupt om. 'Doe het licht aan,' beval hij. Moeder Marie-Pierre stapte naar de schakelaars aan de muur en deed wat hij vroeg. Het elektrische licht dat aanging, leek hard na het zachtere licht van de kaarsen en onthulde een van de zusters, die op haar buik voor het altaar op de vloer lag, met haar armen gespreid.

'Wat doet zij?' vroeg Hoch.

'Boeten voor haar zonden,' antwoordde moeder Marie-Pierre. 'Ze blijft zo de hele nacht liggen.'

'Nee, dat blijft ze niet,' kaatste Hoch terug. Hij stapte naar voren en porde met de neus van zijn laars tegen de liggende gedaante. 'Jij, non, opstaan.'

De non ging bevend op haar knieën zitten en stond vervolgens op, met haar ogen neergeslagen en haar handen in haar mouwen.

'Hoe heet je?' vroeg de kolonel. De non antwoordde niet, waarop de man brulde: 'Geef antwoord! Ben je doof?'

'Nee, kolonel,' kwam de moeder-overste tussenbeide. 'Zuster Angelique is gebonden aan een stiltegelofte totdat haar boetedoening is voltooid. Wacht buiten op de gang, zuster,' voegde ze eraan toe. 'De kolonel wil de kapel doorzoeken.'

Zuster Angelique maakte een lichte buiging en stapte de gang op.

De kolonel begon zijn zoektocht. Bij de sacristie slaakte hij een tevreden brul toen de geopende deur een priester onthulde die op een bidstoel geknield zat. 'En wie is dit, verstopt in de sacristie? Kom naar buiten zodat ik je fatsoenlijk kan zien. Naam?'

'Vader Yves Belvoir,' antwoordde de priester.

'En wat spook je midden in de nacht uit in een kloosterkapel?'

'Ik bereid de mis voor, voor morgenochtend vroeg,' stamelde de priester nerveus.

'Vader Yves is een bezoekende priester,' legde moeder Marie-Pierre uit.

De kolonel staarde een poosje naar de priester, nam zijn te korte soutane en versleten schoenen in zich op, en toen beende hij naar de deur van de kapel en riep de twee mannen naar binnen die op de gang stonden te wachten. 'Kleed hem uit,' zei hij met een ijzig kalme stem, 'en kijk of hij een Jood is.'

De mannen grepen de priester vast en rukten zonder aarzeling zijn soutane open, waardoor de versleten broek en het vuile overhemd dat hij eronder droeg zichtbaar werden.

'Wacht!' Hochs stem was als een zweepslag. De twee mannen stapten naar achteren. 'Je bent niet erg goed gekleed voor een priester, hè?' merkte Hoch op, terwijl hij met een kritische vinger tegen zijn vuile overhemd porde. 'Doe je broek uit.'

De priester aarzelde, en Hoch sprak nu zacht en dreigend. 'Doe je broek uit, smerige kleine Jood, dan kunnen we allemaal bewijs zien van wat je bent.'

'Kolonel, dit is het huis van God,' protesteerde moeder Marie-Pierre, maar ze slaakte een kreet toen ze zag dat de kolonel zijn bevel kracht bijzette met zijn pistool.

'Dan nemen we hem mee. We trekken hem zijn kleren wel uit in de recreatieruimte, zodat alle zusters kunnen zien dat u een smerige Jood herbergt.'

Hij draaide zich om naar zijn mannen. 'Trek hem zijn broek uit en neem hem mee naar de recreatieruimte. Laten we de dames wat vermaak bieden.' Hij lachte, en zijn mannen lachten met hem mee terwijl ze Joseph Auclon niet alleen zijn haveloze broek uittrokken, maar ook het vuile ondergoed eronder, waardoor hij alleen nog in zijn overhemd stond en zijn genitaliën duidelijk zichtbaar waren.

Moeder Marie-Pierre wendde haar blik af, alsof ze zo de man zijn waardigheid kon laten behouden, maar die had hij niet meer; zijn vernedering was compleet. Hoch bekeek hem minachtend, en de soldaten grinnikten om het zielige schepsel dat ze hadden onthuld.

'Dit is de man die u verborg,' zei Hoch tegen haar. 'Dit tuig. Kijk niet weg, móéder-óverste. Daarvoor is het te laat. Je nonnen zullen allemaal naar dit stuk stront kijken voordat we hem afvoeren, zodat jullie weten hoe een Jood eruitziet. Zodat jullie dezelfde fout niet nog eens maken. Zodat jullie een smerige Jood niet aanzien voor een katholieke priester. Kom mee.'

Hoch beende de kapel uit, gevolgd door de mannen die Joseph Auclon meevoerden, nog steeds met ontbloot onderlijf en met zijn armen strak op zijn rug getrokken. Verdoofd volgde moeder Marie-Pierre hen, want er was niets anders wat ze kon doen. Ze had geweten dat er weinig kans was dat Joseph en Janine onopgemerkt zouden blijven, maar ze had haar best gedaan in de weinige momenten die ze had gehad. Ze zag Janine – zuster Angelique – in de schaduwen staan, pakte haar hand en trok haar zachtjes achter zich aan. De beste plek om haar nu te verstoppen was tussen alle andere nonnen. Zij zouden natuurlijk weten dat Janine hier niet thuishoorde, maar moeder Marie-Pierre dacht dat ze haar zusters goed genoeg kende om te weten dat niemand de vrouw aan de Duitsers zou verraden.

Bij de recreatieruimte aangekomen waren de andere nonnen daar al verzameld, opgetrommeld door Hochs soldaten. Er klonken kreten toen Joseph de kamer in werd geleid en op het podium voorin werd gezet. Bijna als één wendden de nonnen zich af of sloegen hun handen voor hun ogen, en moeder Marie-Pierre kon de doodsbange Janine de kamer in duwen naast zuster Marie-Marc.

'Pas op zuster Angelique,' siste ze. Zuster Marie-Marc knikte met grote ogen en stapte voor haar, zodat ze niet recht in het zicht stond.

Hoch bekeek de doodsbange groep. 'Zijn dit ze allemaal?' vroeg hij aan zijn sergeant.

'Op één na, meneer. Een geschifte, boven in bed.'

'Haal haar ook op. Ik wil haar erbij hebben.' Hij keek zuster Marie-Paul aan. 'Jij werkt toch in het ziekenhuis?'

'Ik heb daar de leiding, ja,' antwoordde zuster Marie-Paul, 'onder de moeder-overste natuurlijk.'

'Ach, ja, de moeder-overste. Nou, zij heeft nergens meer de leiding over. Zij gaat met mij mee.' Zijn blik dwaalde langs de bange gezichten in de kamer. 'Ik had jullie gewaarschuwd dat ik voor iedereen die ik in dit verrekte klooster verstopt zou vinden, twee van jullie tot voorbeeld zou stellen. Het is duidelijk dat jullie moeder-overste zich ervan bewust was dat deze Jood zich in de kapel verstopte, vermomd als priester... een heilige priester van God. Waar komen die kleren vandaan, vraag ik me af. Maar ongetwijfeld vertelt de moeder-overste me dat nog wel... uiteindelijk.'

Hij zweeg even om die woorden tot hen door te laten dringen. 'En nu moeten we besluiten wie er nog meer zal boeten voor deze' – hij gebaarde naar Joseph Auclon – 'stommiteit. Moeder-overste, u hebt me getart en vijanden van het Reich onderdak geboden. Nog een van deze nonnen moet daarvoor boeten... Dus wie zal het zijn?' Hij stapte naar de novices, die ineengedoken bij elkaar stonden. 'Een van deze jongedames? Mijn mannen zouden graag bereid zijn om een van hén te vermaken. Of dit oude wijf.' Hij wees naar zuster Sint-Bruno, die op dat moment naar binnen werd gedragen door twee potige soldaten en op de vloer werd gekwakt. 'Of die ene die boete deed? Ze kan ook boetedoen in een gevangenis in Duitsland. Waar is ze? Hoe heette ze ook alweer? Zuster Angelique?'

'Maar we hebben helemaal geen...' Zuster Marie-Pauls uitroep, duidelijk te horen, stierf weg in de stilte die daarop viel.

'O nee?' zei Hoch. 'Nou, dat is interessant. Laten we de presentielijst maar eens afgaan. Het schijnt dat er ook kinderen ontbreken. We waren een heel Joods gezin kwijt. Waar zouden die kinderen nou toch kunnen zijn?' Hij keek weer naar moeder Marie-Pierre. 'Ongetwijfeld zal de moeder-overste ons dat ook vertellen... uiteindelijk.' Hij wees naar zuster Marie-Paul. 'Jij lijkt wat gezond verstand te hebben. Jij wijst die onbekende zuster Angelique voor me aan... Want zo niet, dan stuur ik ál jullie novices naar de barakken in Albert en laat mijn mannen een beetje pret met hen maken.' Dat dreigement bleef in de lucht hangen.

Zuster Marie-Pauls blik dwaalde door de kamer en ze bekeek alle zusters die daar verzameld waren. Zuster Marie-Marc stond vastberaden voor 'zuster Angelique', maar het was zinloos. Zuster Marie-Paul zag haar meteen. 'Daar is ze,' zei ze zachtjes.

Hoch volgde haar blik, duwde ruw zuster Marie-Marc opzij, greep Janine Auclon vast en sleepte haar naar voren. 'Inderdaad.' Hij bekeek haar van top tot teen. 'Helaas geen overduidelijke manier om te zien of ze een Jodin is,' zei hij. 'Niet zoals bij haar man, maar misschien kunnen we toch een kijkje nemen.' Hij bracht zijn hand naar de halslijn van haar habijt.

Er klonk een woedende schreeuw, en Joseph rukte zich los uit de handen die hem nog vasthielden en dook op Hoch af, graaiend naar de keel van de kolonel met gekromde, klauwende vingers. Maar hij werd weer naar achteren getrokken en zijn arm werd zo ver op zijn rug gedraaid dat hij het uitschreeuwde van pijn. Kolonel Hoch herstelde zich snel van de plotselinge aanval en blafte: 'Voer hem af. Ik hou me later wel met hem bezig.'

De soldaten sleepten de beide Auclons de kamer uit, en Hoch draaide zich weer om naar de nonnen. Een paar van hen stonden openlijk te huilen, anderen waren bleek van angst, maar niemand sprak.

Zuster Sint-Bruno lag op een hoopje op de vloer aan de voeten van haar nicht. Sarah negeerde de kolonel, bukte zich en fluisterde tegen haar tante: 'Gaat het?'

Zuster Sint-Bruno knikte. 'Alleen een beetje beurs,' mompelde ze. 'Maak je geen zorgen om mij, Sarah.'

Hoch riep nog meer mannen naar binnen en zei dat ze moeder Marie-Pierre moesten afvoeren. 'En nog een,' begon hij.

'Neem mij maar mee,' riep zuster Sint-Bruno. 'Ik ga wel mee.'

'Hou je kop, oud wijf,' snauwde de kolonel, en hij gaf haar een trap. 'Niemand zou jou waar dan ook mee naartoe nemen.'

'Ik ga wel,' zei een stem achter hem, en zuster Marie-Marc stapte naar voren. 'Als u vastbesloten bent om twee van ons te arresteren, dan ga ik wel. Ik wist dat ze hier waren.'

Hoch lachte spottend. 'Jij voldoet wel. Voer ze af.'

Twee soldaten grepen de twee nonnen bij de armen en sleurden hen respectloos de kamer uit. Terwijl ze de gang op werd geduwd, hoorde Sarah haar tante nog roepen: 'Moed houden, Sarah, God is bij je. Het kwaad zal niet standhouden!' Ze begon te bidden: '"Al gaat mijn weg door een donker dal, ik vrees geen gevaar, want U bent bij mij; Uw stok en Uw staf, zij geven mij moed..."' Enkele andere zusters prevelden de psalm met haar mee.

Hoch draaide zich op weg naar de deur naar zuster Sint-Bruno om, die nog op de vloer lag. 'Ik zei dat je je kop moest houden,' grauwde hij, en hij schopte haar tegen het hoofd.

Zijn stevige laars raakte haar schedel met een misselijkmakend gekraak. Het gemurmel van de psalm stokte abrupt toen hij zich zonder omlaag te kijken weer omdraaide en de kamer uit beende.

Hoch zette al zijn gevangenen in cellen bij de gendarmerie, waar moeder Marie-Pierre zuster Eloise had bezocht voordat ze was afgevoerd. De nonnen werden samen in een cel gestopt, maar ze zagen de Auclons niet meer.

'Wat gaat er nu met ons gebeuren?' vroeg zuster Marie-Marc angstig.

'Ze zullen ons gaan verhoren, verwacht ik. Ze willen weten waar de kinderen zijn.'

'Weet u dat?'

'Nee.' De moeder-overste wist dat het van essentieel belang was dat zuster Marie-Marc geloofde dat ze geen van beiden wisten waar de kinderen waren.

'Waar is Adèle?' vroeg zuster Marie-Marc een beetje beverig.

'Dat weet ik niet, zuster. Veilig, hoop ik. Wij kunnen nu alleen maar bidden dat de Heer over hen waakt.'

Samen knielden de nonnen op de vloer van de cel en begonnen te bidden, en hun stemmen vermengden zich toen ze ook de psalmen begonnen te zingen. Een brul om stilte van de bewaker op de gang werd genegeerd terwijl ze hun Heer bleven aanroepen.

# 22

Adelaide had geweten dat de kans op ontsnapping heel klein was, maar ze was achter de deur van de refter gebleven in de hoop dat ze via de hal naar buiten zou kunnen glippen zodra die even verlaten was. Ze redde het bijna. Twee soldaten hadden de deur wijd opengegooid, waren de refter in gebeend en hadden de lichten aangedaan. Een van hen begon te zoeken onder de lange tafels in de kamer, terwijl de ander op de verhoging stapte en achter de lessenaar keek waar een non voorlas tijdens de maaltijden. Ze keken geen van beiden naar de deur, en Adelaide schuifelde eromheen. Ze was bijna in de verlaten hal toen de man bij de lessenaar opkeek en haar zag. Met een schreeuw kwam hij achter haar aan. Hij rende door de kamer en gooide stoelen om, en zijn maat zat vlak achter hem. Terwijl zij de hal in stormden, holde Adelaide door de gang. Een soldaat die uit een andere deur kwam wilde haar vastgrijpen, maar met een scherpe stomp tegen zijn middenrif, waardoor hij dubbelklapte en op adem moest komen, ontliep Adelaide hem. Ze rende de keuken in en gooide de deur achter zich dicht. Dat gaf haar de paar seconden respijt die ze nodig had.

De achterdeur, die eerder voor haar was opengedaan door zuster Marie-Marc, was nog onafgesloten, en ze gooide hem wijd open voordat ze de keldertrap af rende en zachtjes de deur achter zich sloot. Ze holde naar de geheime ruimte, sloot en vergrendelde die deur achter zich en klom weer tegen de oude ladder op. Ze luisterde aandachtig bij het rooster. Ze hoorde de twee soldaten naar buiten stormen, hoorde hen roepen tegen de wachters bij de poort en hoorde een stem die antwoordde. Ze nam het risico om het rooster een stukje op te tillen en naar buiten te gluren.

De wachters buiten waren naar de kloosterpoort gerend, roepend naar de mannen die achter haar aan waren gekomen en het binnenplein afspeurden.

Het was nu of nooit. Adelaide legde het rooster opzij, hees zichzelf door het gat omhoog en schoof er zo geluidloos mogelijk op haar buik bij weg, de beschuttende duisternis van de struiken erachter in. Ze wist dat ze hier snel weg moest; het zou niet lang duren voordat de soldaten de verborgen ruimte vonden en zouden beseffen dat ze verdwenen was.

Eenmaal om de hoek van de muur kon niemand haar meer zien. Ze stond op om ineengedoken weg te rennen bij het klooster, en weg bij het dorp. Een kilometer verderop stak ze de voetbrug over de rivier over en nam het jaagpad terug naar het kronkellaantje dat uitkwam bij Juliettes café. In de verte hoorde ze geroep, waardoor ze vermoedde dat haar ontsnappingsroute was gevonden. Er was niet veel maanlicht toen ze over het laantje sloop.

Na één keer kloppen werd de deur geopend. Toen de oude dame Adelaide zag, met een bleek gezicht en alleen, trok ze haar naar binnen.

'Het is allemaal fout gegaan,' zei Adelaide buiten adem. 'Een inval bij het klooster. Ik weet niet of ze de Auclons hebben, maar ze zijn beslist naar mij op zoek.'

'De kelder in,' zei Juliette, en samen rolden ze het kleed boven het luik op. 'Ik zal kijken of ik kan achterhalen wat er gebeurt,' beloofde de oude dame, terwijl Adelaide in de ruimte beneden afdaalde. 'Denk eraan, geen licht! Er is een klein raampje, en licht zal buiten te zien zijn. Ik kom terug.'

Adelaide knikte. De duisternis in de kelder leek volkomen toen Juliette het luik boven haar sloot, maar terwijl haar ogen eraan wenden, besefte ze dat ze de iets lichtere rechthoek kon zien van een raampje hoog in de muur. Met uitgestoken handen schuifelde ze door het kamertje, op de tast langs wat meubels. Ze stond nu bij het raam, maar het zat te hoog. Ze schoof er een stoel onder, ging erop staan en probeerde naar buiten te kijken. Het raampje, dat net boven de grond zat, was vuil en bovendien keek het op de steeg aan de zijkant van het huis uit, waardoor ze helemaal niets kon zien.

Gefrustreerd ging Adelaide op de stoel zitten wachten. Meer kon ze niet doen. Terwijl ze alleen in het donker zat, zich afvragend wat er in het klooster gebeurde, of de Auclons waren gevonden en of Sarah veilig was, proefde ze een fractie van de hel die het leven van de Auclons het afgelopen jaar moest zijn geweest, en de laatste paar dagen nog extremer. Niet weten wat er gebeurde. Niet weten of dierbaren veilig waren. De stilte was diep en onverstoord. Hoe hadden die mensen weken en maanden zo kunnen leven? Waren ze eraan gewend geraakt? Zou ík eraan kunnen wennen?

Ze voelde zich uitgeput en probeerde zich wat te ontspannen, maar ze was te geagiteerd om te slapen. De gebeurtenissen van de avond bleven zich maar afspelen in haar hoofd. Zouden ze de Auclons weg hebben kunnen krijgen als ze hen meteen uit de kelder hadden gehaald? Hadden ze hen hierheen moeten halen alvorens hen op te knappen? Waarom waren de Duitsers daarheen gekomen? Was ze naar het klooster gevolgd? Was de inval háár schuld? Hoe meer ze nadacht over de avond, hoe meer ze ervan overtuigd raakte dat ze niet was gevolgd. Waarom had Hoch dan juist díé avond een inval bij het klooster gedaan? Had hij de Auclons gevonden? Dat was bijna zeker. Zo ja, wat was er dan met Sarah en de andere nonnen gebeurd? Ze dacht aan zuster Eloise en rilde.

Hoch zou een moeder-overste toch niet uit haar klooster weghalen? Maar ze wist natuurlijk dat hij dat zou doen als hij dat wilde; en hij zóú het ook willen, om een voorbeeld te stellen, om mensen in het gareel te houden. Als de plaatselijke bevolking zich op wat voor manier dan ook tegen hem verzette, nam Hoch vergeldingsmaatregelen, en de mensen wisten dat. Het was de reden waarom ze ondanks hun gemor de Duitse bezetting met relatief weinig verzet tolereerden.

Adelaide begon haar eigen positie te overdenken. Wat moest zij nu doen? Ze kon hier niet blijven, dat zou gevaarlijk zijn voor madame Juliette. Had Sarah haar hulp nodig? Kón ze Sarah helpen, of zou ze haar dan alleen maar aan nog meer gevaar blootstellen? Moest ze teruggaan naar de boerderij? Zouden de soldaten die haar hadden achtervolgd haar weer herkennen? Als dat zo was, dan was niet alleen haar dekmantel om zeep, maar het zou ook meer risico opleveren voor de Launays. Kon Marcel haar weg krijgen, weg uit deze omgeving?

Dat alles tolde door haar hoofd terwijl ze ingesloten zat in de stille kelder, maar ze bereikte geen conclusies. *Als je in een penibele situatie zit, blijf dan kalm en denk na*, was tijdens de training in haar gedrild. Nou, ze zat nu in een penibele situatie... dus: kalm blijven en nadenken. Het hing allemaal af, besloot ze, van wat Juliette ontdekte. Als ze precies wist wat er was gebeurd, kon ze plannen maken.

Het duurde meer dan een uur voordat ze het luik hoorde opengaan en er licht in de kleine ondergrondse ruimte scheen.

'Adèle, je kunt naar boven komen,' fluisterde madame Juliette, en Adelaide klom dankbaar de ladder op. Knipperend in het gedimde licht dat Juliette aan had gedaan in de keuken wreef ze in haar ogen.

'Ze hebben vier gevangenen naar het Duitse hoofdkwartier gebracht,' vertelde madame Juliette. 'Bijna zeker de twee Auclons, en twee nonnen. Ik denk dat het de moeder-overste met nog een andere zuster was. Ik heb via het raam boven gekeken met een verrekijker, maar het was heel donker en ik ben er niet zeker van. Die arme Joseph, hij had geen broek meer aan. Janine droeg een nonnenhabijt, maar niets op haar hoofd.'

'Weet u zeker dat het de moeder-overste was?'

'Bijna zeker,' antwoordde madame Juliette. 'Maar die andere zuster... dat weet ik niet. Die arme moeder-overste, als ze eenmaal ontdekken dat ze Engels is, wordt het nog erger!'

Adelaide staarde de oude dame aan. 'Hoe wist u dat ze Engels is?' vroeg ze.

Madame Juliette haalde haar schouders op. 'Dat heb ik altijd al geweten. Ze kwam hier tijdens de oorlog... de vorige oorlog... om gewonden te verplegen samen met haar dienstmeisje. Ze kwamen naar mijn café voor koekjes en thee.'

'Maar wie zou de Duitsers vertellen dat ze Engels is?' vroeg Adelaide.

Madame Juliette glimlachte droevig. 'Bijna iedereen in Sainte-Croix, als ze denken dat het de moeite waard is. De mensen hier willen een rustig leven. Ze weten dat er vergelding komt als de Duitsers op wat voor manier dan ook worden aangevallen. Maar weinig mensen zullen zich verzetten, want ze willen geen bloedvergieten.'

'Dat betekent nog niet dat ze zullen klikken.'

'Dat is naïef, Adèle. In een oorlog probeert iedereen zijn eigen hachje te redden. Dat is de menselijke aard. Als iemand denkt dat de moeder-overste nog meer problemen zal veroorzaken, zal hij het vertellen. De Duitsers nemen haar mee en poef! Probleem opgelost.'

De twee vrouwen bespraken wat Adelaide nu het best kon doen.

'Je moet hier de rest van de nacht blijven,' zei madame Juliette. 'Ze zijn buiten naar je op zoek. Hebben ze je goed gezien?'

'Weet ik niet,' antwoordde Adelaide. 'Die gang is niet goed verlicht, en ik rende heel hard.'

Madame Juliette bekeek Adelaides zwarte broek en vest. 'Andere kleren zouden helpen. Iets kleurigs, en een sjaal voor over je haar.' Ze liep de keuken uit en keerde even later terug met een lichtblauwe katoenen jurk met madeliefjesprint, een wit vest en een witte katoenen sjaal. 'Van mijn dochter,' zei ze. 'Morgenochtend zie je er totaal niet meer uit als het meisje in het zwart dat wegrende. Maar nu kun je beter gaan slapen. Als ze hier vannacht nog naartoe komen, zeggen we dat je mij hielp, dat de avondklok al was ingegaan en dat je bent blijven slapen. Geef mij die kleren maar, dan moffel ik ze weg. Kom morgenochtend naar beneden in de jurk van Rose.'

Het enige kleine raampje in het kamertje boven het café keek uit op het plein, en voordat ze ging slapen deed Adelaide het licht uit, opende de verduisteringsgordijnen en keek naar buiten. Aan de overkant van het plein zag ze de donkere omtrekken van het dorpshuis, maar er was geen activiteit te zien. Waar hadden ze de gevangenen gelaten? Waren die nog in het Duitse hoofdkwartier, of waren ze voor de nacht opgesloten in de politiecellen, zoals zuster Eloise?

Tot haar verbazing was Adelaide in slaap gevallen. Ze werd vroeg wakker doordat een straal van de opkomende zon tussen de gordijnen door scheen, over haar kussen danste en haar gezicht beroerde. Ze gluurde weer tussen de gordijnen door naar het plein. Het was stil bij het dorpshuis, waarvan de ooit zo trotse gevel nu was voorzien van twee swastikavlaggen, en daaronder stonden aan weerskanten van de deur twee bewakers met geweren.

Adelaide en madame Juliette besloten dat ze om te beginnen veilig terug moest zien te komen naar de boerderij, zodat ze de Launays kon vertellen wat er was gebeurd. Als ze werden verhoord, moesten ze hetzelfde verhaal vertellen. Eenmaal daar kon ze zich weer omkleden en teruggaan naar het klooster om zich te melden voor haar werk alsof ze geen idee had van de gebeurtenissen van afgelopen nacht. Het zou een risico zijn, maar voor zover zij wist was er niemand buiten Sarah en zuster Marie-Marc – en de drie soldaten natuurlijk – die haar de vorige avond had gezien. Niemand daar zou weten dat zij erbij betrokken was, en dan kon ze precies uitzoeken wat er was gebeurd. Dus een halfuur later, gekleed in de katoenen jurk en met de sjaal om haar hoofd, glipte Adelaide madame Juliettes achterdeur uit.

'Neemt u contact op met Marcel? Kunt u hem naar de boerderij sturen?' vroeg Adelaide toen ze bij de keukendeur nog even bleef staan. 'Ik moet hem snel spreken zodat we onze volgende stappen kunnen bepalen.'

'Doe ik,' beloofde madame Juliette. 'Ga nu maar... En succes.'

De Launays begroetten Adelaide met opluchting, maar luisterden vol afgrijzen toen ze vertelde over de gebeurtenissen van afgelopen nacht.

'Je moet hier weg,' zei Gerard. 'We zeggen wel dat je het te stil vond op het platteland en bij familie in Parijs bent gaan wonen.'

'Nee.' Adelaide schudde haar hoofd. 'Ik moet naar het klooster alsof ik nergens van afweet. Het zou verdachter zijn als ik niet kom, en trouwens, ik moet uitzoeken wat daar is gebeurd.'

'Ze zijn gearresteerd,' zei Gerard. 'Dat heb je al van madame Juliette gehoord.'

Maar Adelaide hield voet bij stuk. 'Ik weet niet zeker of het de moeder-overste was.'

Zij waren het daar niet mee eens; ze wisten immers niets van de hechte band tussen hun 'nichtje' Adèle en de moeder-overste, maar ze accepteerden haar besluit, en toen ze zich eenmaal had omgekleed in haar normale werkkleding ging Adelaide naar het klooster.

Ze trof zuster Elisabeth in de keuken. De non leek opgelucht om haar te zien.

'Waar is zuster Marie-Marc?' vroeg Adelaide onschuldig.

Zuster Elisabeth schudde haar hoofd. 'Die is er vandaag niet. Zuster Marie-Joseph helpt me vanochtend. Goed, Adèle, wil jij wat kolen halen? De emmers bij het fornuis zijn bijna leeg.'

'Natuurlijk, zuster,' antwoordde Adelaide meteen. In de kelder haastte ze zich naar de verborgen ruimte. De deur, die was open gebeukt, hing scheef aan één scharnier en de oude ladder lag op de grond. Het rooster zat dicht en was van buitenaf met iets afgedekt, waardoor er geen daglicht meer binnenkwam. Het was overduidelijk dat de Duitsers hadden ontdekt hoe ze was ontsnapt... Maar wisten ze ook wie ze was?

Toen ze met de emmer kolen terugging naar de keuken, was zuster Elisabeth nergens te bekennen, maar Adelaide zag dat de novice, zuster Marie-Joseph, de ontbijtboel aan het afwassen was in de bijkeuken. Ze pakte een theedoek en begon met afdrogen.

'Is zuster Marie-Marc ziek?' vroeg ze onschuldig.

De novice schudde haar hoofd. 'Ze is met moeder meegegaan,' fluisterde ze.

'Met moeder mee? Waarheen?' Adelaide probeerde haar toon luchtig te houden.

'De Duitsers hebben ze meegenomen.' De stem van het meisje trilde en Adelaide zag dat er tranen over haar wangen liepen. 'En zuster Sint-Bruno is dood!'

'Dood!' Adelaide probeerde haar afgrijzen niet eens te verbergen. 'Hoe kan dat nou? Heeft ze een hartaanval gehad?'

'Nee,' fluisterde zuster Marie-Joseph. 'De Duitse kolonel, die met de schedels op zijn uniform' – haar ogen waren groot van schrik – 'hij gaf een trap tegen haar hoofd, en toen was ze dood.'

Ongeloof en razernij kwamen met kracht over Adelaide heen. Ze staarde zuster Marie-Joseph aan. 'Wat zeg je nou?'

'Ze was aan het bidden... Hardop... Psalm drieëntwintig. Hij schopte tegen haar hoofd, en toen liep hij gewoon naar buiten. De soldaten namen moeder en zuster Marie-Marc mee en ze gingen allemaal weg.'

'En toen?' wilde Adelaide weten. 'Wat gebeurde er toen? Zei niemand iets? Deed niemand iets?'

'Zuster Marie-Paul zei dat we niets moesten doen of zeggen. Ze zei dat we niet nog meer problemen wilden met de Duitsers. Ze zei dat we ons van nu af aan met onze eigen zaken moeten bemoeien.'

'En zuster Sint-Bruno?'

'Die ligt in de kapel. Haar begrafenis is morgen.'

'Zuster!' Zuster Elisabeths stem klonk scherp vanuit de deuropening. 'Je bent toch niet aan het roddelen, hoop ik? Je weet wat de moeder heeft gezegd. Jij blijft de rest van de ochtend zwijgen,' beval ze. 'Is dat begrepen?'

'Ja, zuster.' Het gezicht van de novice kleurde, en ze stak haar armen tot aan de ellebogen in de gootsteen en schrobde de borden alsof ze besmeurd waren met dikke lagen vuil.

'De moeder wil je spreken, Adèle,' ging zuster Elisabeth door, 'in haar kantoor.'

Nog stomverbaasd om het nieuws over zuster Sint-Bruno's gewelddadige dood draaide Adelaide zich met een bleek gezicht naar de non om. 'De moeder...' begon ze.

'... wacht op je in haar kantoor, Adèle. Opschieten!'

Wetend dat moeder Marie-Pierre werd vastgehouden in het dorp liep Adelaide met grote bezorgdheid naar haar kantoor. Toen het belletje haar binnenriep en ze de deur opende, verwachtte ze nog half om Sarah te zien, maar haar grootste angst kwam uit toen ze zag dat zuster Marie-Paul met een grimmig gezicht achter het bureau zat.

Adelaide verborg haar verbazing niet. 'Het spijt me, zuster,' zei ze, 'maar zuster Elisabeth zei dat de moeder me wilde spreken.'

'Dat klopt inderdaad,' antwoordde zuster Marie-Paul gladjes. 'Ik ben nu moeder-overste, Adèle...'

'Maar moeder Marie-Pierre...' begon Adelaide.

'Moeder Marie-Pierre woont niet meer in het klooster. In haar afwezigheid hebben de zusters mij gekozen om haar werk voort te zetten.' Ze liet een heel korte stilte vallen, alsof ze wachtte op commentaar, en toen ging ze door. 'Ik zal meteen ter zake komen, Adèle. Ik vrees dat jouw positie hier met ingang van vandaag eindigt. We hebben je hulp niet meer nodig. Ik ben ervan overtuigd dat moeder Marie-Pierre je had gewaarschuwd dat het maar tijdelijk zou zijn.'

Ze reikte in een geldkistje op het bureau. 'Hier is wat je nog tegoed had voor deze week.' Ze gaf Adelaide wat opgevouwen bankbiljetten. 'Verlaat het klooster alsjeblieft nu meteen. Ik wens je een goede dag, mademoiselle.' Zuster Marie-Paul pakte een vel papier van haar bureau en begon het te lezen; de audiëntie was overduidelijk voorbij.

Dit ontslag kwam Adelaide heel goed uit, maar ze slaakte een diepe zucht toen ze het geld in de zak van haar rok stak, en met een zacht 'goedendag, moeder' verliet ze de kamer.

Maar Adelaide verliet het klooster niet meteen. Ze liep stilletjes door de gang naar de kapel. Toen ze de deur opende, werd ze overspoeld door de geur van wierook en de warme gloed van de kaarsen. Ondanks de schaarste aan kaarsen in oorlogstijd hadden de nonnen niet beknibbeld voor zuster Sint-Bruno. Haar eenvoudige houten kist stond op een verhoging voor het altaar, met kaarsen bij haar hoofd en voeten, en nog meer op het altaar. Zuster Danielle zat op haar knieën en hield de wacht, maar ze keek niet op toen Adelaide stilletjes op een bankje bij de deur ging zitten. De stilte sijpelde in haar geest en in haar hart. Ze dacht aan Joseph en Janine, die de vorige avond uitgerekend hier waren opgepakt, en wat er met hen zou gebeuren. Ze dacht aan haar tante Sarah, die samen met de trouwe zuster Marie-Marc ook was gearresteerd. Wat zou er met hen gaan gebeuren? En ze dacht aan haar oudtante Anne, die in de houten kist voor haar lag, dood, alleen maar omdat een Duitse soldaat haar achteloos tegen het hoofd had geschopt.

Ze dacht aan Marcel en hoopte dat hij haar heel snel uit deze omgeving weg kon krijgen, maar voordat ze vertrok moest ze nog iets doen. Haar haat jegens Hoch stroomde door haar aderen als smeltwater, turbulent, ijskoud en sterk. Voordat ze wegging, zou ze haar uiterste best doen om ervoor te zorgen dat hij niemand meer opspoorde.

Een kapel was geen plek om wraakplannen te maken, dus nam Adelaide in stilte afscheid van haar oudtante, stond zachtjes op en glipte de kapel en vervolgens het klooster uit.

Eenmaal buiten haastte Adelaide zich terug naar het dorp. Het was een risico om zich daar te laten zien, maar ze moest uitvissen wat er met tante Sarah en die arme zuster Marie-Marc was gebeurd. Toen ze het plein bereikte, hoorde ze motorgeluiden achter zich, en ze keek om en zag een vrachtwagen met swastika's op het dekzeil de heuvel af komen denderen. Ze stapte haastig opzij en keek toe terwijl de wagen voor het dorpshuis stopte. Een kleine menigte toeschouwers verzamelde zich daar al. Toen de vrachtwagen tot stilstand was gekomen, sprong er een soldaat uit die het dorpshuis binnenging, terwijl een andere naar de achterkant van de wagen liep, met zijn geweer op het vastgesjorde canvas gericht.

Adelaide ging bij de groep toeschouwers staan toen er vier gevangenen uit de cellen achter het dorpshuis werden gehaald. Nog meer wachters volgden, die onder toeziend oog van hun kameraden het dekzeil van de vrachtwagen openmaakten. Er klonk geroep en geschreeuw, en toen het canvas werd opgetild zag Adelaide de bleke gezichten van de mannen en vrouwen die al opeengepakt in de vrachtwagen zaten. Sommigen schermden hun ogen af tegen het plotselinge zonlicht, anderen staken hun handen uit, smeekten om water of riepen om hulp.

Een van de wachters porde naar hen met zijn geweer en riep: 'Achteruit! Achteruit, anders schiet ik.'

Adelaide staarde vol afgrijzen naar de gevangenen die naar de vrachtwagen werden geleid. De Auclons, alleen gekleed in smoezelig ondergoed, liepen er strompelend naartoe, voortgedreven door de geweren van hun bewakers, met hun armen om elkaar heen voor steun. Ze werden gevolgd door twee zusters.

Moeder Marie-Pierre moest zuster Marie-Marc bijna dragen, die met haar mee strompelde op wankele benen en met glazige ogen van onbegrip. Allebei waren ze gehavend en beurs, hun gezichten opgezwollen en met bloed besmeurd, en hoewel ze hun habijten nog droegen, was bij hen allebei het hoofd ontbloot. Kolonel Hoch, besefte Adelaide terwijl het ijs weer door haar aderen stroomde, had hen die nacht verhoord.

Hoch had inderdaad een drukke nacht gehad. Hij was naar de cel gegaan waar de twee nonnen zonder plichtplegingen in waren gesmeten, had de deur opengegooid en tegen de muur laten knallen. Toen hij naar binnen stapte, vulde hij het kamertje met zijn aanwezigheid. De zusters, die samen op een smalle brits zaten, keken angstig op. Bij het zien van de angst op hun gezichten glimlachte hij. Hij genoot van angst; angst zou hem opleveren wat hij weten moest.

'Opstaan!' blafte hij. De twee nonnen gehoorzaamden, al wankelde de oudste een beetje op haar benen. De moeder-overste stak een hand uit om haar te ondersteunen en Hoch, die dat onwillekeurige gebaar zag, wist meteen op wie hij zich moest richten, wie er als eerste zou breken.

Hij wendde zich tot de soldaat die hem naar de deur was gevolgd. 'Doe de deur op slot en wacht buiten.'

De man salueerde en sloeg de deur dicht. Hoch wachtte tot hij de grendel ervoor hoorde schuiven voordat hij zijn aandacht op de gevangenen richtte.

Op zijn bevel waren ze van het Duitse hoofdkwartier naar de politiecellen gebracht, en daar had hij hen meer dan twee uur in hun sop laten gaarkoken. Dat had hun de tijd gegeven om na te denken over hun lot voordat ze werden verhoord, iets waarvan hij wist dat het een verhoor vruchtbaarder maakte.

Hoch was kwaad. Zijn inval in het klooster was maar deels succesvol geweest. Hij had informatie gekregen dat daar een gezin werd verstopt. Een jonge vrouw en een kind waren na de avondklok bij het klooster gezien, en daardoor was het vermoeden gerezen dat het mogelijk de familie Auclon betrof. Hij had gehoopt dat hij dat hele gezin in handen zou krijgen, en hoewel de ouders nu achter slot en grendel zaten, leken de kinderen te zijn ontkomen. Hij had die jonge vrouw tegelijkertijd willen arresteren, wie ze ook was. En hij had gelijk gehad, ze was daar inderdaad geweest, maar zijn idiote, incompetente mannen hadden haar door hun vingers laten glippen. De kelder was al snel ontdekt. Die onthulde waar de Joden verstopt hadden gezeten, hoe ze van voedsel waren voorzien, hoe de kinderen waren weggehaald en uiteindelijk hoe de jonge vrouw uit het klooster was ontsnapt. Hij had mannen achter haar aan gestuurd, maar in het donker op het platteland zoeken was tijdverspilling geweest. De vrouw was verdwenen en de soldaten in kwestie hadden slechts een heel vaag signalement kunnen geven. Maar het was voor Hoch goed genoeg, want hij herinnerde zich dat hij een jonge vrouw bij de moeder-overste had gezien tijdens een vorig bezoek aan het klooster, een jonge vrouw die mogelijk aan het signalement voldeed. Het was een van de dingen waar hij van plan was nu achter te komen, linksom of rechtsom.

Kijkend naar de twee nonnen die voor hem stonden, besefte hij dat hun habijt hun psychologische bescherming bood. Ze zouden zich op de een of andere manier altijd veilig voelen in hun zwarte robes en witte kappen; hun waardigheid zou behouden blijven, hun ik-besef.

'Begin maar met het afdoen van die belachelijke hoofdtooien,' zei hij scherp. 'Nu!'

Zuster Marie-Marc wilde protesteren, maar moeder Marie-Pierre begon simpelweg haar kap los te maken en zei bemoedigend: 'Toe nu maar, zuster. Doe wat de kolonel vraagt.'

Zuster Marie-Marc was het gewend om de moeder-overste te gehoorzamen, en zonder verdere protesten, maar met trillende handen, deed ze wat haar gezegd werd.

'En dat mutsje ook!' snauwde Hoch toen ze daar stonden zonder hoofdtooi, maar nog met de strakke kapjes op hun hoofd en hun brede gesteven kragen.

'Is dat echt nodig?' vroeg moeder Marie-Pierre. Ze herinnerde zich hoe zuster Eloise eruit had gezien, klein en kwetsbaar met haar kortgeknipte haar in een piekerige stralenkrans om haar hoofd, en ze wist dat dit deel uitmaakte van Hochs intimidatietactieken. Ze maakte zich geen illusies over zijn verhoormethoden en was bang. Maar ze moest sterk zijn voor zuster Marie-Marc, om haar de moed te geven die ze van nu af aan allebei nodig zouden hebben.

'Ik vraag het geen twee keer, móéder-óverste.' Hoch sprak zachtjes, dreigend. 'Denk eraan, ik heb mannen buiten staan die maar al te graag zouden willen kijken of een non onder al die zwarte bombazijn hetzelfde is als elke andere vrouw.'

Moeder Marie-Pierre deed haar kapje af, maar liet de kraag zitten, en zuster Marie-Marc deed hetzelfde. Moeder Marie-Pierres haar bestond uit kortgeknipte krulletjes, zuster Marie-Marcs hoofd was bijna geheel kaal, met alleen nog wat pluizig haar boven haar oren.

Hoch glimlachte toen hij dat zag: twee vrouwen, de ene oud en schriel, de andere van middelbare leeftijd, het mysterie van hun roeping afgelegd samen met hun kappen. Twee heel gewone vrouwen, allebei bang.

'Nu ik jullie fatsoenlijk kan zien,' begon hij, 'ga ik jullie een paar vragen stellen... En ik verwacht antwoorden.' Hij richtte zijn blik op de moeder-overste. 'Waar zijn de kinderen van de Auclons?'

'Ik heb geen idee,' antwoordde ze.

Hij kwam zo snel en onverwacht in beweging dat ze de volle kracht van de rug van zijn hand in haar gezicht kreeg. Ze wankelde naar achteren, en alleen zuster Marie-Marcs graaiende handen hielden haar overeind.

'Fout antwoord! Waar zijn de Auclon-kinderen?'

'Dat weet ik niet.' Deze keer was ze op de klap voorbereid, maar nu gebruikte hij een gebalde vuist en raakte haar wang en neus. Bloed spoot uit een snee onder haar oog. Moeder Marie-Pierre slaakte een kreet en haar hand vloog naar haar gezicht toen het bloed over haar kraag stroomde. Zuster Marie-Marc gilde. Ze zakte met een plof op het bed toen haar benen het begaven.

Hoch negeerde het gesnik van de oudere non. 'Wie had dat gezin bij jullie gebracht?'

Moeder Marie-Pierre haalde een zakdoek uit haar zak om het bloeden te stelpen, maar ze antwoordde niet.

'Jij!' brulde hij tegen zuster Marie-Marc. 'Sta op.'

Zuster Marie-Marc werkte zich met een asgrauw gezicht en grote ogen van angst overeind.

'Wie had dat gezin naar het klooster gebracht?'

De non schudde haar hoofd. 'Dat weet ik niet,' fluisterde ze.

Hoch hief zijn hand weer en zuster Marie-Marc deinsde achteruit, maar hij sloeg niet haar maar haar superieur, met een stekende klap tegen haar andere wang. 'Keer de andere wang toe!' spotte hij. 'Dat is toch wat jullie doen, jullie heilige nonnen? Maar nu zijn jullie niet zo heilig meer, hè? Jullie liegen. Liegen om een familie van smerige Joden te redden. Nou, ik zal jullie vertellen, heilige zusters, jullie leugens zullen ze niet redden. Jullie kunnen niets doen om die familie te redden. Ze zien hun kinderen nooit meer terug, en als ik ze vind, gaan ze achter hun ouders aan naar Duitsland. Maar ik moet weten waar ze zijn, en jullie gaan me dat vertellen.' Deze keer sloeg hij wel zuster Marie-Marc. Hij sloeg haar tegen de grond en schopte haar twee keer venijnig. De oude non kermde, rolde zich op en sloeg haar armen om haar hoofd.

'Hou op! Hou op!' gilde moeder Marie-Pierre. 'Ze weet niets!'

'Mogelijk,' beaamde Hoch, 'maar jij wel, en als je me niet vertelt wat ik weten wil, is zij degene die lijdt.' Hij deelde nog een trap uit, deze keer tegen zuster Marie-Marcs kale hoofd.

'Hou op! U vermoordt haar!'

Hoch keek naar de gedaante die nu stil op de vloer lag. 'Ja, mogelijk. Maar dat is helemaal aan jou. Zodra ik de informatie krijg die ik nodig heb, laat ik jullie met rust. Waar zijn nu die kinderen?'

Moeder Marie-Pierres hoofd liep om. Zuster Marie-Marc kon niet meer veel van Hochs bruutheid aan. Nog een paar trappen tegen het hoofd en ze zou inderdaad overlijden. Haar leven redden en de Auclon-tweeling in gevaar brengen? Ze had slechts seconden om te beslissen. Ze koos voor de gedeeltelijke waarheid. 'Ik weet niet waar de kinderen zijn,' zei ze met tegenzin. 'Ze werden weggehaald.'

'Wie kwam ze halen?' Hochs ogen glansden terwijl hij naar haar gezicht keek, op zoek naar de waarheid.

'Weet ik niet. Een man.'

Hoch gaf nog een trap tegen zuster Marie-Marcs hoofd; zijn laars raakte het met een misselijkmakende bons. 'Je liegt!' zei hij bijna neutraal. 'Het was een jonge vrouw. Ze is gezien. Wie is zij?'

Moeder Marie-Pierre verbleekte, maar hield het hoofd koel. 'Dat weet ik niet. Een man kwam ze brengen, een vrouw haalde ze op. Ik had ze allebei nooit eerder gezien.'

'O, dat denk ik toch wel,' zei Hoch. 'Ik denk dat het dat meisje was dat ik in het klooster zag toen ik er een keer langskwam. Ze is vannacht gezien toen ze wegrende. Ik heb een goed signalement. Ik denk dat het hetzelfde meisje is. Als je me niet vertelt wie ze is, ga ik het gewoon bij het klooster vragen. Er is daar één verstandige non. Ik heb al eerder met haar te maken gehad, en zij wil geen problemen meer.' Hij wachtte op een reactie, maar hoewel moeder Marie-Pierre ontdaan was door de gedachte dat Adelaide bijna was gepakt, was ze opgelucht te weten dat haar nichtje was ontkomen. Adelaide zou nu vast zo snel mogelijk deze omgeving verlaten. Ze moest weten dat hier geen toekomst meer was nu haar dekmantel het had begeven.

'Dus,' ging hij door, 'je kunt me net zo goed nu meteen vertellen hoe ze heet, dan hoef ik niet de moeite te nemen om terug te gaan naar het klooster.' Weer mepte hij haar in het gezicht; de zegelring om zijn vinger maakte een snee in haar huid. Hij keek neer op zuster Marie-Marc, stil en roerloos op de vloer, en porde haar met zijn laars. Ze kermde zachtjes. 'Ze leeft nog... Nog net,' zei hij. 'Goed, móéder-óverste, zullen we dan maar opnieuw beginnen? Stel mijn geduld niet langer op de proef. Wie heeft de Joden naar het klooster gebracht? Ze zaten eerst ondergedoken in een vervallen huisje, en toen heeft iemand ze bij jullie gebracht. Wie was dat?'

Zuster Marie-Marc kreunde weer. Hoch zei: 'Beantwoord mijn vraag, anders gaat je zuster dood.'

'Een man van het verzet. Ik ken zijn naam niet. Ik had hem nooit eerder gezien.'

'Als je hem niet kende, waarom bracht hij dat gezin dan bij jullie?'

'Het klooster is een christelijk huis,' antwoordde moeder Marie-Pierre. 'Ik neem aan dat hij dacht dat we elk gezin dat in gevaar verkeerde zouden helpen.'

'Omdat jullie het al eerder hadden gedaan!' snauwde Hoch. 'Daarom kwam hij naar jullie toe! Er was een geheime kamer ingericht in de kelder. Ik heb hem met eigen ogen gezien. Jullie wisten dat ze kwamen... Of iemand in het klooster wist dat. Iemand had die schuilplaats voorbereid... Als jij het niet was, wie dan wel? Dat meisje? Zij werkte in het klooster. Ze kwam er elke dag. Jullie moeten hulp van buitenaf hebben gehad. Wie is ze... Degene die die ruimte inrichtte?'

'Dat was ik.' De woorden waren niet meer dan een zacht gekras. Zuster Marie-Marc had haar ogen opengedaan en staarde naar de kolonel. 'Ik had die kamer ingericht. De moeder wist er niet eens iets van totdat de Auclons daar zaten.'

Moeder Marie-Pierre liet zich op haar knieën naast haar zuster vallen. 'Het is al goed, zuster,' zei ze, 'je hoeft niet meer te zeggen.'

'O, dat denk ik toch wel.' Hoch duwde de moeder-overste opzij. 'Ga door, zuster. Hoe zit het met dat meisje? Die jonge vrouw die de kinderen meenam en vanavond terugkwam voor de ouders? Wie is zij?'

'Weet ik niet,' mompelde zuster Marie-Marc, en haar ogen vielen weer dicht.

Hoch bukte zich, tilde zuster Marie-Marcs hoofd van de vloer en tuurde naar haar gezwollen gezicht voordat hij haar hoofd met een klap weer op de stenen vloer liet terugvallen. 'Ik denk niet dat ze de ochtend haalt,' zei hij, en hij keek naar de moeder-overste. 'Ik laat jullie nu nadenken. Morgenochtend gaan we door. Dan neem ik een mannetje van me mee, speciaal getraind in ondervraging. Misschien is hij overredender dan ik.' Hij liep de deur uit en keek nog een keer om naar de gedaante op de vloer. 'Jammer dat je niet hulpvaardiger was. Je had haar een hoop pijn kunnen besparen.'

Moeder Marie-Pierre hield zijn blik vast. 'Kunt u wat water laten brengen zodat ik haar gezicht kan schoonmaken?'

'Nee, moeder-overste, dat ben ik niet van plan.'

'En een emmer of zoiets... voor onze behoeften?'

'Hurk maar in de hoek,' antwoordde hij vrolijk, wijzend naar een open afvoergat. 'Iets waar jullie aan zullen moeten wennen, verwacht ik. Er zullen weinig gemakken zijn in de kampen waar we vijanden van het Reich heen sturen.' Hij klopte drie keer scherp op de deur, en moeder Marie-Pierre hoorde dat de grendel werd verschoven. De deur ging open, de kolonel vertrok, en zodra de deur achter hem gesloten was ging het licht uit.

Moeder Marie-Pierre bukte zich in het donker en probeerde zuster Marie-Marc van de vloer naar het smalle bed te helpen. Terwijl ze dat deed, mompelde de oude non: 'U hebt het hem niet verteld, toch? Over Adèle en de kinderen?'

'Nee, zuster, ik heb het hem niet verteld.'

'Godzijdank.' Ze kreunde bij elke beweging. 'Vertel het hem ook niet om mij te redden. Ik ben oud, zij zijn jong. Vertel het hem niet. Kwaadaardige, kwaadaardige man!'

'Het is al goed, zuster, blijf maar stil liggen,' zei de moeder-overste sussend. 'Als het licht wordt, zullen we je blauwe plekken bekijken. Het is al goed.' Ze legde het hoofd van de non op haar schoot. Er was weinig meer wat ze voor haar kon doen totdat ze iets kon zien, behalve bidden.

Het is al goed, had ze gezegd, maar het was helemaal niet goed. Moeder Marie-Pierre wist dat Hoch over een paar uur zou terugkomen en dat het verhoor dan opnieuw zou beginnen. Zou hij zuster Marie-Marc weer gebruiken om haar aan het praten te krijgen? Zou hij het proces omkeren en háár aanvallen om zuster Marie-Marc te laten vertellen wat ze wist? Tot nu toe waren ze alleen onderworpen aan de bullebaktactieken van Hoch, maar er waren nog andere manieren om informatie uit een onwillige gevangene los te krijgen. En dus bad ze, in de duisterste uren van haar leven. Ze bad om kracht en begeleiding, om verlossing voor hen allemaal.

We bevinden ons echt, dacht ze, in een donker dal.

Toen er ochtendlicht naar binnen kroop door het smerige raampje, kon moeder Marie-Pierre de schade bekijken die Hoch met zijn laars had aangericht. Zuster Marie-Marc sliep onrustig, haar gezicht was gezwollen, haar neus gebroken, en haar ene oog zat bijna dicht. De moeder-overste maakte met spuug een hoekje van haar met bloed besmeurde zakdoek vochtig en veegde wat bloedkorsten rondom de neus van de oude non weg. Zuster Marie-Marcs ademhaling was onregelmatig, en zelfs in haar slaap kermde en mompelde ze van pijn. Moeder Marie-Pierres eigen gezicht deed ook verschrikkelijk veel pijn. Haar rechteroog was dik van Hochs stomp, en ook zij had moeite om door haar neus te ademen.

Buiten hoorde ze de geluiden van een nieuwe dag, mannenstemmen en de zware tred van laarzen. Ze moest nodig plassen, en omdat ze daar liever geen publiek bij had, schoof ze voorzichtig de slapende zuster Marie-Marc van haar schoot en stapte naar de afvoer in de hoek. Toen ze terugkeerde naar het bed besefte ze dat zuster Marie-Marc niet sliep, maar bewusteloos was geraakt. Ze bonsde op de deur om de aandacht te trekken van een bewaker, om hulp te krijgen, maar als iemand haar al hoorde, werd ze genegeerd. Er kwam niemand. Niemand bracht hun eten of water. Ze werden in de koude stilte van de cel gelaten. Af en toe klonken er buiten geluiden; eenmaal hoorde ze een doordringende schreeuw en vervolgens het dichtslaan van een deur. Ze bonsde nog eens op de deur, maar het haalde niets uit.

Hoch had niet stilgezeten en was blij met de resultaten van zijn werk. Hij was begonnen met het verhoren van de Joden. Met dezelfde techniek als die hij bij de nonnen had gebruikt, had hij hen samen in een cel gezet. Joseph was met handboeien aan de muur geketend en werd gedwongen toe te kijken terwijl Hoch zich met Janine bezighield. Eerst kleedde hij haar uit, en toen dwong hij haar om op haar rug te gaan liggen, naakt op het smalle bed, met haar polsen en enkels aan de bedstijlen vastgebonden zodat ze uitgestrekt lag als een offer. Ze had zich wel verzet, maar hij was veel sterker, en na een stomp tegen het hoofd verzette ze zich niet meer. Bij haar gil van angst had Hoch zijn schouders opgehaald. 'Schreeuw zoveel je wilt,' zei hij. 'Niemand kan je horen... En zo wel, dan komen ze toch niet.'

Hij keek naar de bleek weggetrokken man. 'Je hoeft alleen mijn vragen maar te beantwoorden, Jood, en haar pijn is voorbij.' Hij had hier weinig van de verfijnde martelinstrumenten die voorhanden waren op het Gestapo-hoofdkwartier in Amiens, maar Janines gegil van pijn toen er brandende sigaretten op haar borsten en genitaliën werden gedrukt, liet haar echtgenoot al snel zingen als een nachtegaaltje. Binnen een uur had Hoch alle informatie die hij wilde. Zijn enige falen was dat hij de kinderen niet had. Zelfs het dreigement om de ogen van zijn vrouw uit te steken had die informatie niet aan Joseph ontlokt, die paniekerig was blijven schreeuwen dat hij het niet wist. Hoch was met tegenzin gaan geloven dat hij echt niet wist waar zijn kinderen naartoe waren gebracht. Maar Hoch wist nu wel al het andere. Van de Charbonniers, die het gezin hadden verstopt op de vliering van het vervallen huisje en van eten hadden voorzien. Van de Launays, die een of andere connectie hadden met een meisje dat Antoinette heette, dat hen naar de schuilplaats in het klooster had gebracht. Van ene Marcel die samen met Antoinette was gekomen om de kinderen op te halen, een voor een, en hen had meegenomen. Hoch had de diensten van zijn 'gespecialiseerde' ondervrager niet eens nodig gehad. Hij en alleen hij had deze informatie. Hij zou degene zijn die dit groepje *résistants* oppakte. Hij zou de eer opstrijken, niet die slapjanus van een majoor Thielen. Hij zou eens en voor altijd zijn gezagvolle stempel op deze plek drukken. En misschien, heel misschien, zou hij straks uit dit godverlaten gat weg mogen naar een prominentere baan, misschien wel in Parijs.

Hij had bewezen dat het verschrikkelijke feit dat zijn grootmoeder Joods was geweest hem er niet van weerhield om op Joden te jagen overal waar ze zich verstopten en ze naar de kampen te sturen waar ze thuishoorden.

Deze nieuwe informatie was alles wat hij nodig had. Hij verliet de cel van de Joden en ging in zijn kantoor zitten om te overdenken wat hij nu precies wist. De informatie over de voortvluchtigen in het klooster was in een anonieme brief gekomen. Hoch haalde hem uit zijn bureaula en bekeek hem nog een keer. Goedkoop, gelinieerd papier, een simpele boodschap gekrabbeld in potlood: *Ze verstopt ze in het klooster! Het meisje had een van de kinderen.* Natuurlijk was de brief niet ondertekend en gaf de afzender geen aanwijzingen over zijn of haar identiteit, maar Hoch had wel een vermoeden wie hem had gestuurd en had besloten actie te ondernemen.

De informatie was correct gebleken, en Hoch twijfelde er nu helemaal niet meer aan dat de 'ze' naar wie werd verwezen de moeder-overste moest zijn. Iemand in het klooster mocht haar niet, en de brief was verstuurd vanuit persoonlijke gronden; een informant die een beloning wilde zou zich zeker bekend hebben gemaakt. Dat paste bij zijn theorie dat de brief van de non was gekomen met wie hij eerder te maken had gehad, zuster Marie-nog-iets. Zij wilde het klooster leiden en zou indien nodig met de Duitsers samenwerken om dat voor elkaar te krijgen. Ze wilde misschien van de moeder-overste af, maar dat wilde hij ook. Hij zou geen subversieve elementen in zijn district tolereren, en dat was moeder Marie-Pierre zeker. Die andere non, wie ze ook was, had hij alleen maar meegenomen om zijn eerdere dreigement waar te maken. Hij had zijn punt gemaakt, en nadrukkelijk ook: de nonnen zouden niet meer deelnemen aan deze oorlog.

Hoch nam contact op met het hoofdkwartier in Amiens en regelde dat een van de transporten op weg naar Drancy, het transitkamp buiten Parijs, zou omrijden om zijn gevangenen op te halen. Hij had ze nu niet meer nodig. De Joden zouden over een paar uur naar Drancy gaan, en de nonnen gingen met hen mee.

Dan resteerde nog de kwestie van die Antoinette. Wie was zij? Was zij de jonge vrouw in het klooster? Dat was bijna zeker, dus kon hij haar naam eenvoudig genoeg achterhalen. Het zou geen probleem zijn om de Charbonniers en de Launays te laten oppakken, en die zouden al snel gaan praten. De enige over wie hij weinig informatie had was de mysterieuze Marcel. Ongetwijfeld kon Antoinette die informatie verstrekken, en wie weet waar dat weer toe zou leiden.

En dan was er nog de raadselachtige verdwijning van die wezel van een Fernand. Sinds de informant met die eerste tip over de Joden was gekomen, had hij geen contact meer gelegd. Waar was hij? Fernand, of eigenlijk zijn verdwijning, irriteerde Hoch. Hij wilde weten wat die vent uitspookte, dus had hij Weber naar Fernands huis gestuurd om Fernand op te halen of uit te zoeken waar hij zat. Weber keerde terug met Fernands hospita.

'Waar is monsieur Fernand, madame?' vroeg Hoch bijna beleefd.

Martine Reynaud was overduidelijk doodsbang, want haar stem trilde toen ze antwoordde. 'Dat weet ik niet, monsieur.'

'Wanneer hebt u hem voor het laatst gezien?'

'Dat weet ik niet precies, monsieur. Een paar dagen geleden. Hij komt en gaat wanneer hij wil.'

'Maar u weet het vast als hij thuis is.'

'Soms wel, soms niet. Hij is altijd onderweg, monsieur,' stamelde de vrouw.

Hoch wist dat hij verder niets nieuws van haar zou horen en stuurde haar weg. 'Als hij terugkomt, laat me dat dan weten. Maar denk eraan, madame, het is niet nodig om hem te vertellen dat u hier vandaag bent geweest.'

'Ja, monsieur, ik bedoel nee, monsieur,' hakkelde de vrouw, en ze haastte zich zijn kantoor uit.

Hoch dacht na. Fernand was overduidelijk verdwenen. Maar hij zou zich later nog wel met die kwestie bezighouden. Als Fernand dood was, ging hij nergens naartoe, en anders zou hij vroeg of laat wel weer opduiken. Misschien verstopte hij zich, was hij bang omdat zijn informatie achterhaald was gebleken. Of was hem misschien iets overkomen? Hoch besefte dat die kerel hier ter plaatse bekend moest staan als informant, en mogelijk nog veel meer. Had hij een ongeluk gehad? Het was meer dan mogelijk dat hem het zwijgen was opgelegd door een van zijn buren. Hoch zat er niet bepaald mee of die man leefde of dood was, maar als hij was vermoord door de cel van *résistants* die hij nu zocht, dan zou de moord op een Fransman hun arrestatie en terechtstelling meer dan rechtvaardigen.

Maar vandaag concentreerde Hoch zich op het meisje en Marcel. Als hij hen eenmaal had, zou hij weer tijd hebben voor andere dingen.

Toen Hoch na een paar uur terugkeerde naar hun cel, was zuster Marie-Marc er slecht aan toe. Ze lag zachtjes kermend op het bed, terwijl de moeder-overste probeerde haar te sussen. Ze had haar gesteven kraag afgedaan en haar gezicht zo goed en zo kwaad als het ging schoongemaakt met haar zakdoek. Toen Hoch naar binnen stapte, probeerde de moeder-overste nog een smeekbede. 'In godsnaam, kolonel, laat wat water brengen. Zuster Marie-Marc is koortsachtig, ze heeft drinkwater nodig en ik moet haar gezicht schoonmaken.'

Hoch keek onverstoord op hen neer. 'Je krijgt wat water,' zei hij, 'en dan kun je haar voorbereiden op jullie vertrek.'

'Vertrek!' Moeder Marie-Pierre sprong overeind. 'Waarheen? Ze kan in haar toestand nergens heen. Laat haar terugbrengen naar het klooster zodat de zusters voor haar kunnen zorgen.'

'Jij gaat naar een gevangenenkamp,' vertelde hij haar, 'en zij gaat met je mee.'

'In naam van God, hebt u geen medelijden?'

'Met vijanden van het Reich? Nee, moeder-overste, daarmee heb ik geen medelijden.' Hij liep naar de deur, maar bleef nog even staan. 'Trouwens, de Joden hebben me de informatie gegeven die ik nodig had. Binnenkort arresteer ik alle anderen die bij dit zaakje betrokken waren. Jullie worden opgehaald als het transport arriveert.' Hoch staarde nog even naar haar. 'Je bent een bemoeizuchtige vrouw, non, en je hebt dit over jezelf afgeroepen... En over haar.'

'En u bent een kwaadaardig man, kolonel,' antwoordde moeder Marie-Pierre zachtjes. 'Moge God genade met u hebben en u vergeven, want ik zal dat nooit doen.' Ze draaide zich weer om naar zuster Marie-Marc. Even dacht ze dat hij haar zou slaan, maar hij lachte alleen blaffend, verliet de cel, sloeg de deur achter zich dicht en ramde de grendel ervoor. Niet lang daarna kwamen de soldaten hen halen.

Adelaide keek smartelijk toe. Wat voor recht had iemand om een ander mens zo te behandelen als Hoch zijn gevangenen overduidelijk had behandeld, zoals de wanhopige mannen en vrouwen in de vrachtwagen werden behandeld? Haar woede dreigde over te koken, maar ze kon niets doen. Ze bad vurig dat haar tante haar kant op zou kijken, zodat ze zou weten dat Adelaide veilig was; zodat Sarah zou weten dat zij en zuster Marie-Marc niet waren vergeten. Zuster Marie-Marc, haar gezicht bijna onherkenbaar, hield zich aan Sarah vast en mompelde onsamenhangend.

Bij de achterkant van de vrachtwagen aangekomen greep een van de soldaten Janine Auclon vast en gooide haar achteloos over de achterklep heen. Er klonken weer kreten in de wagen toen ze boven op de mensen belandde die er al in zaten. Joseph Auclon werd achter zijn vrouw aan gesmeten, en toen wendden de soldaten zich tot de twee wachtende nonnen.

Sarah begon in het Engels te zingen, met een luide, heldere stem, als een klokje dat over het plein galmde. '*In death's dark vale I fear no ill, with Thee dear Lord beside me. Thy rod and staff my comfort still, Thy Cross before to guide me!*' Heel even ontmoette haar blik die van Adelaide, en toen ondersteunde ze zuster Marie-Marcs gewicht en sprak zachtjes tegen haar in het Frans: 'Kom, zuster, tijd om te gaan...'

Aangezien de soldaten nog aarzelden, wendde ze zich tot hen. 'Misschien zou u zo goed willen zijn ons in de wagen te helpen.' Twee van hen stapten naar voren, en hoewel ze zich overduidelijk opgelaten voelden, tilden ze eerst zuster Marie-Marc en toen de moeder-overste over de achterklep in de opeengepakte mensenmassa.

Op dat moment kwam kolonel Hoch het dorpshuis uit, zijn gezicht duister van woede. 'Waarom duurt het hier allemaal zo lang?' brulde hij, terwijl de soldaten in de houding sprongen. 'Doe die flappen dicht en ga rijden.'

De soldaten deden meteen wat hij zei, maar toen de flappen werden dichtgesjord en vastgebonden, hoorde Adelaide Sarahs stem, met nog een laatste, luide roep van 'God zegene je!' en ze wist dat die zegen voor haar was.

Ze zou helemaal niet op het plein moeten zijn, dat wist ze wel. Ze kon het zich niet veroorloven om op te vallen, maar ze kon zich er ook niet toe brengen om bij Sarah weg te lopen. Ze kon niets voor haar doen behalve hier zijn, en dus was ze gebleven.

Met de aankomst van Hoch op het plein was de toekijkende menigte weggesmolten. Adelaide liep langzaam met hen mee, vechtend tegen tranen terwijl de vrachtwagen met zijn ellendige lading klaar stond voor vertrek.

# 23

De Duitse soldaten keerden terug naar hun hoofdkwartier toen de vrachtwagen ronkend het plein afreed, en na nog een laatste blik om zich heen volgde Hoch hen naar binnen. Eenmaal terug in zijn kantoor riep hij luitenant Weber bij zich. Toen de luitenant binnenkwam, stond hij bij het raam dat op het plein uitkeek.

'U had me laten roepen, meneer?'

Hoch keek om. 'Kom hier, Weber. Kijk eens naar buiten. Zie je dat meisje dat het plein oversteekt? Ik wil weten wie ze is en waar ze naartoe gaat.'

'Moet ik haar laten oppakken, meneer?' vroeg Weber.

'Nee,' snauwde Hoch. 'Ik wil alleen dat ze gevolgd wordt. Ik wil weten waar ze woont, wie ze ontmoet, met wie ze praat, waar ze heen gaat. Maar pak het discreet aan, Weber. Ze mag niet merken dat ze in de gaten wordt gehouden. Begrepen?'

'Ja, meneer. Ik zal er iemand op zetten.'

'En Weber, als je dat gedaan hebt, kom dan terug. Je moet voor me naar het klooster gaan om met de nieuwe moeder-overste te praten.'

'Ja, meneer!' De luitenant salueerde scherp en vertrok. De kolonel bleef uit het raam staan kijken terwijl de jonge vrouw langzaam wegliep. Hij was er bijna zeker van dat zij degene was die in het klooster had gewerkt, maar was zij ook degene die vannacht aan zijn mannen was ontsnapt? Als zij die Antoinette was, die de Auclon-kinderen had weggehaald, dan was zij nu het belangrijkst. Ze had overduidelijk banden met een groter netwerk. Hoch had haar nodig om hem naar die Marcel te leiden, wie hij ook was, en ieder ander met wie ze had samengewerkt; misschien wel het hele netwerk. Met genoeg touw zou hij hen allemaal ophangen. Hij zou de kleine spelers, de Charbonniers en de Launays, voorlopig met rust laten. Zij gingen nergens naartoe. Als hij hen te snel arresteerde, alarmeerde dat die Marcel misschien, en dan zou hij onderduiken en zou Hoch hem nooit te pakken krijgen.

Zich niet bewust van Hochs blikken liep Adelaide langzaam over het plein. Na het vertrek van de vrachtwagen begonnen er weer langzaam mensen het plein op te komen. Een rij huisvrouwen stelde zich op voor de *boulangerie* voor hun dagelijkse broodrantsoen, arbeiders riepen naar elkaar terwijl ze een winkel met brandschade repareerden. Twee jonge vrouwen met kinderwagens gingen op de rand van de fontein zitten kletsen, een vrouw lapte de ramen van haar huis, een andere veegde haar stoepje. Een oude auto kwam pruttelend aanrijden vanuit een zijstraat, een man met een attachékoffertje haastte zich over het plein en keek op zijn horloge, de priester kwam zijn kerk uit. Het leven ging door.

Hoe kon alles zo normaal lijken, vroeg Adelaide zich somber af terwijl ze naar hen keek. Hoe kon het leven gewoon doorgaan zoals altijd terwijl er zo'n kwaadaardige aanwezigheid in hun midden was? Ze kon wel huilen. Machteloze woede en verdriet kolkten binnen in haar, verstrengelden zich met een tastbare pijn. Haar hart en gedachten waren in die verschrikkelijke vrachtwagen, die zijn wanhopige menselijke lading vervoerde naar God mocht weten waar, en hoewel ze wist dat haar eigen situatie penibel was, kon ze daar haar aandacht nu niet op richten.

Amper kijkend waar ze liep, botste Adelaide bijna op een jonge Duitse soldaat. Hij stak zijn hand uit om te voorkomen dat ze zou vallen en glimlachte.

'*Entschuldigung!*'

Adelaide werd terug gerukt naar het hier en nu. Ze neigde haar hoofd, mompelde 'Pardon!' en haastte zich weg.

Geschokt door haar stommiteit dwong ze zichzelf om in een gelijkmatig tempo door te lopen, al tolden haar gedachten. De soldaat keek nog even goedkeurend naar haar voordat hij het café in ging. Hij had haar niet herkend, maar, besefte Adelaide plotseling verkild, hij had net zo goed een van de mannen kunnen zijn die haar gisteren op de hielen zaten, en dan had zij ook in Hochs kwaadaardige web kunnen belanden.

Aandacht! Hou je aandacht erbij, berispte ze zichzelf. Er is nu geen tijd om aan Sarah te denken. Je moet haar uit je hoofd zetten en je concentreren op je volgende stappen.

Maar hoe ze haar best ook deed, ze kon de beurse, gehavende gezichten van de twee nonnen niet uit haar hoofd zetten. En zij was verantwoordelijk, zo simpel was het. Als zij de Auclons niet in het klooster had verstopt, zouden Sarah en zuster Marie-Marc nu veilig zijn en zou tante Anne nog leven.

Een klein stemmetje in haar hoofd herinnerde haar eraan dat ze wel de kinderen had gered. Ze dacht aan de twee kleine jongens die ze bij vader Bernard had afgeleverd en vroeg zich af waar zij nu waren. Waren ze veilig, of was dat ook voor niets geweest? En vader Bernard zelf? Als zij opgepakt werd, zou hij ook gevaar lopen. De kolonel was overduidelijk bruut geweest tijdens zijn verhoor van de vier gevangenen, en Adelaide besefte dat ze in acuut gevaar kon zijn. Ze had geen idee wat hij van hen had weten los te krijgen, maar ze vermoedde dat die mensen niet zouden zijn weggestuurd als ze nog informatie hadden achtergehouden. Ze moest aannemen dat Hoch alles wist. Nu, meer dan ooit, moest ze Marcel spreken. Ze kon niet rechtstreeks contact met hem opnemen, ze moest vertrouwen op madame Juliette. Dat was een veiligheidsmaatregel. Aangezien zij niet eens Marcels echte naam kende, zou hij veilig zijn als zij werd opgepakt, maar toch wist ze dat ze hier weg moest. Madame Juliette. Ook weer iemand die aan Hochs genade overgeleverd zou zijn als Adelaide in zijn handen viel, want als ze gepakt werd, wist ze dat ze weinig kans had om een verhoor lang te doorstaan. Als er geen boodschap was van Marcel, of als hij niet naar de boerderij kon komen, besloot Adelaide dat ze gebruik moest maken van het reserve-adres in Albert dat hij haar had gegeven.

Hoe langer ik in deze omgeving blijf, hoe meer gevaar ik oplever voor alle betrokkenen, dacht Adelaide. Verman je, meid, en zorg dat je hier wegkomt.

Het eerste wat ze moest doen, was uit het zicht verdwijnen. Er zaten Duitse soldaten aan de tafels voor het café. Ieder van hen kon bij de groep in het klooster zijn geweest, ieder van hen kon haar mogelijk herkennen. Wat er ook gebeurde, ze moest de Launays en de Charbonniers waarschuwen. Adelaide versnelde haar pas en ging het steegje in langs het café naar de rivier. Als Marcel niet snel kwam, moest ze haar eigen ontsnapping regelen.

Onderweg woog ze haar opties af. Ze dacht aan madame Juliettes kelder. Misschien kon ze zich daar verstoppen tot Marcel kwam, tot hij nieuws uit Londen voor haar had, maar dat idee stuitte haar tegen de borst. Ze wist dat ze het niet lang zou uithouden in die claustrofobische ondergrondse kamer, en ze zou dan alweer de oude dame aan gevaar blootstellen. Nee, dat moest echt een laatste redmiddel zijn. Marcel had haar verteld dat ze in een noodgeval naar Café Rousseau in Albert moest gaan, dat hij daar elke morgen om elf uur zou kijken of ze er was.

Ze kon beter daarheen gaan, besloot ze, dan Juliette in nog meer gevaar brengen.

Aan het eind van de laan kwam een jongeman in een werkoverall over het jaagpad aanrijden op een oude fiets. Hij stak in het voorbijgaan begroetend zijn hand op, en terwijl ze hem nakeek dacht ze aan de fiets waarmee ze de kinderen had vervoerd. Misschien kon ze gewoon opstappen en wegfietsen. Ze had haar fiets vandaag niet gebruikt. Na enige discussie hadden ze besloten dat Gerard het kinderzitje eraf moest halen voordat ze hem weer gebruikte, voor het geval iemand zich herinnerde haar te hebben gezien met een van de jongens achterop. Maar die fiets was een mogelijkheid. Ze kon misschien gewoon uit deze omgeving wegrijden... als de Duitsers niet al naar haar op zoek waren. Kon ze helemaal naar Albert komen zonder te worden opgepakt? En als ze daar aankwam, waar moest ze dan blijven tot elf uur de volgende morgen?

Adelaide bereikte de oude stenen schuur en ging het pad in naar de boerderij van de Launays. Verderop langs het jaagpad zag ze dat de fietser was gestopt en energiek zijn achterband stond op te pompen. Hij had vast een lekke band, dacht Adelaide met medeleven. Het pad was ruw, met scherpe stenen in de moddersporen. Als ze besloot inderdaad op de fiets te stappen, moest ze niet vergeten de bandenplakset en de pomp mee te nemen. Ze kon het zich niet veroorloven om langs de kant van de weg te stranden.

Terwijl de jonge vrouw het pad naar de boerderij in liep, kwam Horst Braun overeind van zijn fietswiel en keek achterom. Met de fiets aan de hand liep hij terug naar het eind van het pad en keek erlangs. Ze liep met ferme pas door, bijna hollend. In de verte zag Braun boerengebouwen tussen wat bomen, overduidelijk haar bestemming. Hij stapte weer op zijn fiets en reed snel terug naar het dorpshuis, via de rechtstreekse route in plaats van de omweg die hij had genomen om niet op te vallen.

'Ze is naar de boerderij in de bocht van de rivier,' meldde hij bij Hoch.

Hochs ogen glansden. 'Bij de rivier, zeg je?'

'Ja, meneer.'

'Aha.' Hoch dacht even na. Weber was naar het klooster geweest en had met zuster Marie-Paul gesproken, de nieuwe moeder-overste. Hij was teruggekomen met de informatie dat het meisje dat Hoch zocht daar niet langer werkte, want ze was net die ochtend ontslagen.

'Ze heet Adèle Durant,' had de moeder-overste gezegd. 'Ze woont bij haar tante en oom op een boerderij langs de rivier. De Launays.'

De Launays. Hoch had daar met grimmige tevredenheid om gegrijnsd. Launay was een van de namen die Joseph Auclon had genoemd in zijn pogingen om zijn vrouw te redden. Dus er was beslist een connectie. Joseph had gezegd dat dat meisje Antoinette heette, maar misschien had hij het mis. Adèle? Antoinette? Hoch was ervan overtuigd dat Adèle en Antoinette één en dezelfde persoon waren; het meisje dat hij vandaag op het plein had gezien. En nu had de jonge Braun haar over de laan naar de boerderij van de Launays zien lopen.

Het probleem zou zijn om haar onopvallend in de gaten te houden. Hoch twijfelde er niet meer aan dat zij de schakel was die hem uiteindelijk naar die Marcel kon leiden, en hij wist ook zeker dat Marcel een belangrijke figuur in de opkomende plaatselijke verzetsbeweging was.

Hij wilde hen allebei hebben: dat meisje – Antoinette of Adèle – en Marcel.

'Zullen we haar oppakken?' vroeg Braun.

'Nee!' snauwde Hoch. 'Ik wacht tot er iemand contact met haar opneemt. Voorlopig wil ik alleen dat ze in de gaten wordt gehouden.'

'Het zal lastig worden om dichtbij te komen en haar ongezien gade te slaan.'

'Hoe is het daar?' vroeg Hoch. 'Is er geen dekking?'

'Heel weinig, meneer, tot je bij de gebouwen zelf bent. Er staan een paar bomen om het huis heen, maar de velden zijn vrij open, met alleen wat lage heggen. O, en er staat een vervallen schuur aan het eind van het pad. Maar dat is niet heel dicht bij de boerderij zelf. Van daaraf kun je niet veel zien.'

'Maar je kunt er wel het pad zelf in het oog houden? De toegang naar de boerderij?'

'Ja, meneer. Dat is geen probleem.'

'Dat is voorlopig het enige wat er hoeft te gebeuren,' antwoordde Hoch. 'Neem twee mannen mee en blijf toekijken vanuit die schuur. Als er iemand naar die boerderij gaat, of als er iets verdachts gebeurt, meld je je weer bij mij. Gebruik één man als boodschapper om me op de hoogte te houden.' Hij dacht even na. 'Wie houdt de boel nu in de gaten?'

'Niemand, meneer. Er was geen tijd voor versterkingen.'

Hoch vloekte binnensmonds en snauwde: 'Nou, ga dan terug, man. Ga terug naar die schuur en hou de boel in de gaten. En Braun, denk eraan, hou niemand staande die naar de boerderij gaat, maar laat het me meteen weten als iemand zich laat zien.' Hij dacht weer aan Josephs beschrijving van Marcel. 'Ik zoek een man van een jaar of dertig. Lang, met donker haar en donkere ogen. Als iemand met dat signalement naar de boerderij gaat, stuur me dan onmiddellijk bericht.' Hoch glimlachte boosaardig. 'En dan kom ik zelf.'

'En als hij probeert weer weg te gaan, meneer? Voordat u daar bent?'

'Indien mogelijk moet je hem volgen, zo niet, dan arresteer je hem. En dat meisje ook, als ze bij hem is. Maar ik wil ze levend hebben, Braun. Gewond indien noodzakelijk, maar in leven.'

'Ja, meneer.' Braun salueerde scherp en verliet de kamer.

Toen Adelaide bij de boerderij aankwam, rende Marie naar buiten om haar te begroeten. 'Adèle, gaat het? Wat is er gebeurd?'

'Het is heel erg,' antwoordde Adelaide. 'Waar is Gerard?'

'Op het bovenste veld om een hek te repareren.'

'Snel, Marie, ga hem halen. We moeten praten.'

Marie knikte met bange ogen en liep het erf af. Adelaide ging het huis in en pakte haar weinige bezittingen in. Ze was nu rustiger. Ze wist dat ze er alleen voor stond. De Launays konden niets voor haar doen, en als de Auclons hadden gepraat, dan zouden ze binnenkort zelf al genoeg problemen hebben. Als Marcel niet binnen een halfuur kwam, moest ze alleen vertrekken. Ze stopte haar mes achter haar kousenband, waar het geruststellend tegen haar been rustte. Ze wist dat er geen ontsnapping mogelijk zou zijn als ze werd ingesloten, maar ze had geen zin om ongewapend en weerloos te zijn. Ze had geen pistool, maar het gevoel van het mes tegen haar been gaf haar een illusie van veiligheid.

Marie en Gerard kwamen aanlopen toen Adelaide haar oude fiets uit de schuur haalde. Gerard had het kinderzitje er al afgehaald, en achter het zadel had ze nu alleen een kleine bagagedrager waar ze haar koffertje op had vastgebonden.

'Adèle!' riep Marie. 'Wat is er gebeurd? Waar ga je heen?'

Adelaide vertelde het echtpaar snel wat ze die ochtend had gezien. 'We lopen nu allemaal gevaar,' zei ze. 'De Auclons moeten hebben gepraat, dus het is bijna zeker dat Hoch van mij afweet. Het is beter voor jullie als ik hier niet ben. Jullie kunnen zeggen dat ik vanochtend ben ontslagen bij het klooster en dat ik naar Parijs ben gegaan om daar werk te zoeken.'

'Maar waar ga je dan heen?' vroeg Marie.

Adelaide glimlachte. 'Naar Parijs, om werk te zoeken. Dat is alles wat jullie hoeven te weten. Het belangrijkste voor jullie is dat jullie niets van de Auclons weten. Hoch zal weten dat ik erbij betrokken was, maar jullie moeten onwetendheid veinzen. Jullie hadden geen idee wat ik aan het doen was. Onschuld en onwetendheid. Hou het gewoon bij het feit dat ik jullie kwam helpen op de boerderij en wat extra geld verdiende met een baantje in het klooster. Jullie hadden geen idee dat ik ook nog met andere dingen bezig was.'

'Denk je dat Hoch dat zal geloven?' vroeg Gerard spottend.

Adelaide haalde haar schouders op. 'Weet ik niet. Het hangt ervan af wat hij de Auclons heeft ontfutseld. Maar jullie zullen het daar gewoon op moeten houden en hopen dat hij het gelooft. We moeten de Charbonniers ook waarschuwen. Hij zal ook van hen op de hoogte zijn.'

'Als hij dat allemaal weet, waarom is hij hier dan nog niet?' vroeg Marie. 'Waarom heeft hij ons nog niet gearresteerd?'

'Geen idee,' bekende Adelaide. 'Laten we er maar gewoon dankbaar voor zijn, en gebruikmaken van de tijd die hij ons heeft gegeven. Een van jullie kan beter snel de Charbonniers gaan waarschuwen. Intussen ga ik weg. Als er een man komt die Marcel heet, zeg dan dat ik morgen op het afgesproken noodadres ben.'

Bij het geluid van een voertuig draaiden ze zich alle drie met een ruk om, en heel even dacht Adelaide dat het een Duitse stafauto was die het erf op kwam. De auto had inderdaad de bekende lange motorkap en het merklogo van Citroën, net zoals de auto die Hoch had gevorderd, maar in plaats van een Duitser achter het stuur zag Adelaide met grote opluchting dat Marcel erin reed. Achter de voorruit stond een bordje met de tekst ARTS.

Hij liet de motor draaien, sprong uit de auto en sloeg het portier achter zich dicht. 'Ik heb je boodschap gekregen,' zei hij. 'Tijd om te gaan.'

Adelaide keek naar de Launays, die naar Marcel stonden te staren. 'En zij? Zij lopen evenveel gevaar als ik.'

'Voor hen kunnen we niets doen,' snauwde Marcel. 'Ze kunnen hun huis niet verlaten. Ze zullen zich erdoorheen moeten bikkelen. De enige die zij kennen ben jij... Toch?'

'Ja, en de Auclons.'

'Hoch weet al van de Auclons. Ze kunnen hem niets nieuws vertellen.'

'Hij denkt misschien dat ze nog meer weten,' riep Adelaide.

'Adèle, we kunnen ze niet beschermen als hij het in zijn kop haalt om ze op te pakken. Maar het zal veel erger zijn als jij ook wordt opgepakt... voor iedereen. Stap nu in die auto!'

'Hij heeft gelijk, Adèle,' zei Marie. 'Wij zijn veiliger als jij weg bent. Het enige waar wij verder van weten zijn Étienne en Albertine, en als Hoch van ons weet, weet hij ook van hen. Dat is een risico dat we allemaal kenden, maar alsjeblieft, ga nu voordat het nog erger wordt. Maak je geen zorgen, we zullen hen ook waarschuwen.'

Adelaide keek haar nog even aan. Zoals altijd was Marie de sterkste van de twee Launays. Marie, die opstandig de dood van haar man op afstand had gehouden en hem had verpleegd tot hij weer gezond was, Marie die oog in oog met Fernands mes toch niets had verraden. Adelaide hield van haar om haar moed en omhelsde haar stevig.

'Opschieten,' spoorde Gerard haar aan, terwijl hij haar koffertje van de fiets haalde. 'Er is geen tijd te verliezen.'

Adelaide stapte in de auto. 'Bedankt allebei, en succes.'

Marcel keerde de auto op het erf en reed toen langzaam terug over het pad. 'Bericht uit Londen,' vertelde hij haar. 'Ze willen je thuis hebben. Morgenavond komt een vliegtuig iemand afleveren, en dat pikt jou dan meteen op.'

Plotseling stapte er voor hen een man in een werkoverall de weg op, die begon te gebaren dat ze moesten stoppen.

'Wat moet dit... Krijg nou wat!' riep Marcel toen twee mannen in Duitse uniformen achter de eerste vandaan kwamen en machinegeweren op hun auto richtten. 'Hou je vast,' zei hij raspend. 'Buk wanneer ik het zeg.'

Hij minderde vaart en stak zijn hand naar de drie mannen op alsof hij zou voldoen aan hun verzoek, maar toen hij het einde van het pad bereikte, brulde hij: 'Bukken!' Hij trapte het gaspedaal tot op de vloer in en de auto sprong naar voren, recht op de mannen af. Terwijl de drie Duitsers opzij doken, gaf Marcel een ruk aan het stuur en nam in volle vaart de bocht naar het jaagpad. Adelaide dook onder het dashboard en hield zich vast aan haar stoel toen ze bijna door de auto werd gesmeten. Achter hen ratelde een machinegeweer. Kogels ploften in de grond om hen heen terwijl ze wegscheurden. De achterruit verbrijzelde en besproeide hen met glas, en Adelaide sloeg haar armen om haar hoofd om zichzelf ervoor af te schermen. Op dat moment verdween de voorruit. Marcel greep een pistool tussen de stoelen vandaan en sloeg met de kolf de resten glas uit de sponningen. Ze zwabberden over het jaagpad de laan op, en er klonken ploffen en knallen terwijl kogels in de auto belandden. Op één moment zwenkten ze heftig doordat er een band klapte, maar Marcel wist worstelend met het stuur de wagen op de weg te houden, al hingen ze scheef doordat ze op één velg reden.

'Blijf gebukt!' riep hij toen Adelaide omhoog wilde komen. De machinegeweren bleven achter hen knetteren, maar de bocht in de weg onttrok hen aan het zicht en voorlopig waren ze veilig. Ze bereikten de hoofdweg en Marcel reed in de richting van Albert.

'Alles goed?' vroeg hij zonder zijn blik van de weg te halen.

'Ja.' Adelaides stem trilde. 'Ja, ik geloof van wel.' Ze ging behoedzaam rechtop zitten. 'Au! Er ligt overal gebroken glas, en het is scherp!' Bloed sijpelde uit sneetjes in haar gezicht, handen en armen, maar verder was ze ongedeerd. Ze keek opzij naar Marcel. Hij had bloed op zijn gezicht en hals, maar hij omklemde grimmig het stuur en hield de beschadigde auto op de weg. 'Marcel, je bloedt!' riep ze. 'Ben je geraakt?'

'Alleen maar glas, denk ik,' antwoordde Marcel met zijn kiezen op elkaar tegen de pijn. 'Ze komen vast achter ons aan, Adèle. We moeten de auto dumpen. Dat ding heeft het gehad!'

'Zij hebben geen auto,' zei Adelaide, 'en ook geen motorfiets, anders zouden ze er al zijn geweest. Rij door tot we een betere plek vinden om de auto te dumpen.'

Nog terwijl ze dat zei, zakte Marcel over het stuur, zijn voet gleed van het gaspedaal en de auto kwam schokkend tot stilstand.

'Marcel!'

Marcel kreunde en verschoof op zijn stoel. 'Mijn schouder!'

'Snel, we ruilen van plek. Ik rij wel!' Adelaide sprong uit de auto en rende naar de andere kant. 'Kom op, Marcel!' Ze opende het portier aan de bestuurderskant en trok hem eruit. Zijn jas was nat en plakkerig van het bloed, en Adelaide besefte dat het niet alleen afkomstig kon zijn van de wondjes in zijn gezicht en hals. Hij moest in zijn schouder zijn geraakt.

'Kom op, Marcel,' spoorde ze hem aan. 'Stap achterin!' Ze hielp hem op de achterbank en sloeg het portier dicht. Een blik achterom onthulde geen Duitsers die hen op de hielen zaten, maar wel een dikke plas olie op de weg; de auto was beslist geraakt.

Vloekend stapte ze achter het stuur en probeerde de motor te starten. Die kuchte en sloeg weer af. 'Kom op! Kom op, rotding!'

Ze dacht koortsachtig na. Ze moesten dekking zoeken. Als de auto niet verder kon rijden, zouden ze moeten lopen, en met Marcel in deze toestand zou dat echt een verloren zaak zijn. Hun arrestatie was dan onvermijdelijk. Adelaide trok nog een laatste keer wanhopig aan de zelfstarter, en wonder boven wonder kwam de motor sputterend tot leven. Voorzichtig liet ze de koppeling opkomen en trapte het gas in. De Citroën begon naar voren te kruipen, met zijn kapotgeschoten band hobbelend en hotsend over de weg. Het ging langzaam, maar in elk geval waren ze in beweging.

We komen zo niet ver, dacht ze, en die soldaten moeten vlak achter ons zitten. Ze keek achterom. Marcel lag nog zoals ze hem op de achterbank had gehesen. 'Marcel! Ben je bij kennis? Kun je me horen? Marcel! Marcel!'

Het enige antwoord van de achterbank was een grom en het geluid van raspende ademhaling.

Terwijl de auto verder strompelde, woog Adelaide hun opties af, maar die leken er niet te zijn. Ze trapte het gaspedaal wat dieper in. Ondanks de verscheurde band maakte de auto een beetje meer vaart.

'Kom op! Kom op!' mompelde ze om de auto aan te sporen, maar toen ze een bocht om gingen, klapte een tweede band en zwenkten ze opzij. Adelaide rukte aan het stuur, maar de auto reageerde niet. Ze botsten met een knal tegen een boom langs de weg en de motor sloeg af.

'Oef!' Adelaide werd naar voren gesmeten, haar ribbenkast dreunde tegen het stuur en de adem werd uit haar longen geperst. Even bleef ze zitten, vechtend tegen de stekende pijn in haar borst. Er kwam een onheilspellend getik van de motor en ze rook een sterke benzinegeur. Ze hees zichzelf uit de auto, rukte het achterportier open en trok Marcel naar buiten. Hij viel op de grond, en ze zag dat zijn schouder nu heftig bloedde. Dit was geen wond ontstaan door rondvliegende glassplinters; Adelaide wist dat het ernstig was. Hij was versuft maar bij kennis toen ze hem onder zijn armen beetpakte om hem bij de auto weg te slepen. Hij was zwaar, een dood gewicht, en ze had moeite om hem te verplaatsen.

'Kom op, Marcel,' snauwde ze. 'Help me! We moeten hier weg. Ze kunnen hier elk moment zijn!' Ze hees hem overeind, en toen hij iets van zijn eigen gewicht overnam liet ze hem op haar steunen en liepen ze langzaam naar een poort naar een akker. Hun achtervolgers konden niet ver weg zijn, en Adelaide wist dat ze in elk geval uit het zicht moesten zien te komen. Even leunde Marcel op de poort om op adem te komen, en toen liepen ze het veld op.

'We moeten een schuilplaats vinden,' zei Adelaide, 'en iets aan die schouder doen. Je verliest te veel bloed.'

'Bosje, daar,' zei Marcel raspend, wijzend naar een boomgroepje aan de overzijde van het veld.

'Te ver weg. Ze zijn hier zo.'

'Laat mij hier,' zei Marcel. 'In je eentje red je het wel.'

'Hou je kop en laat me nadenken,' snauwde Adelaide.

Nog terwijl ze dat zei, hoorde ze het geluid van een naderende auto. Het was te laat voor alles behalve wegduiken en bidden. Adelaide keek om zich heen en zag een droge greppel aan hun kant van de heg.

'Die greppel in!' Ze rolde Marcel erin, gaf hem het pistool dat ze uit de auto had meegenomen en duwde hem onder de dekking van de overhangende takken. 'Blijf hier. Ik ben zo terug.'

Het geluid van de motor vertelde haar dat het slechts één auto was, geen konvooi van troepen die kwamen zoeken. Ze bad dat het alleen maar een burgerauto was, en niet de Duitsers. Ze sloop langs de veldkant van de heg totdat ze terug was bij het wrak van hun auto, en toen sprong zij ook in de greppel en keek door de heg naar de naderende wagen die tot stilstand kwam.

Toen de Citroën dronken de bocht om zwalkte, brulde Braun tegen de andere twee: 'Stop met vuren. Ze zijn buiten bereik!' Hij keek om zich heen en zag dat alleen Schilde nog overeind stond. Taube lag roerloos in de berm, waar hij door de zwenkende auto in was gesmeten. Braun controleerde zijn hartslag. 'Buiten westen, maar in leven. Oké. Ik ga terug naar het hoofdkwartier en vertel kolonel Hoch wat er is gebeurd. Jij doet wat je kunt voor Taube, en ik stuur hulp.'

Braun liet Schilde voor zijn kameraad zorgen, haalde zijn fiets uit de schuur en racete naar het dorp. Hij keek er niet naar uit om verslag uit te brengen. Hij had gefaald, en kolonel Hoch tolereerde geen falen.

'Nou?' gromde Hoch toen Braun aarzelend zijn kantoor betrad.

'Ze zijn ervandoor gegaan, meneer,' zei Braun. 'Twee, in een auto. Een man en een vrouw, geloof ik.'

'Wat!' brulde de kolonel. 'En jullie hebben ze laten gaan? Wat voor auto? Waarom heb je het niet gemeld zodra die auto aankwam?'

'We hadden hem niet zien aankomen, meneer. Hij moet al op de boerderij zijn geweest voordat wij ons in de schuur installeerden.'

'Waarom hebben jullie hem niet tegengehouden toen hij wegreed?'

'Dat hebben we geprobeerd, meneer. Er stond "arts" op de voorruit, en hij remde af toen hij ons naderde. Schilde en Taube hielden ze onder vuur, en ik stapte naar voren om de bestuurder aan te spreken.'

'Hoe zag hij eruit?' vroeg Hoch.

'Lastig te zeggen, meneer. Ik zag hem maar heel kort. Donker haar. Geen oude man, waarschijnlijk ergens in de dertig.'

'Marcel!' Hoch sprong overeind. 'Waarom hebben jullie hem niet staande gehouden?'

'We dachten dat hij ging stoppen, meneer, maar op het laatste moment trapte hij het gas in en kwam recht op ons af. Hij raakte Taube, en die is nog steeds bewusteloos. Maar we openden het vuur en raakten de auto een paar keer.'

'En toch zijn ze ontkomen,' gromde Hoch.

'Ik denk niet dat ze ver zullen komen, meneer,' antwoordde Braun. 'Een van de banden klapte, en die auto was beslist geraakt.'

'Weber!' Hochs brul was door het hele gebouw te horen, en de luitenant kwam aanhollen.

'Kolonel?'

'Haal de auto!' blafte Hoch. Terwijl Weber wegrende om de auto te halen, stortte Hoch een tirade van verwensingen over Braun uit. Hij verdoemde hem vanwege zijn stommiteit, incompetentie, lafheid. 'Je had die auto koste wat het kost moeten tegenhouden!' brulde hij. '"Arts"! Dat was een gezochte verzetsleider!'

Braun herinnerde de kolonel er maar niet aan dat hij had bevolen om mensen te arresteren en levend terug te brengen. Daarvoor koesterde hij zijn eigen hachje te veel. 'Ze reden recht op ons af, meneer. Tegen de tijd dat we weer overeind stonden, waren ze weg. Maar die auto heeft schade opgelopen. Ze komen niet ver, meneer.'

'En dat meisje was bij hem, zeg je?'

'Er was een passagier –'

'Welke weg hebben ze genomen?' onderbrak Hoch hem ongeduldig.

'Ze gingen naar het noordoosten, meneer, naar Albert. U zou ze gemakkelijk moeten kunnen inhalen; hun auto klonk heel slecht. Zal ik versterkingen inroepen, meneer?'

Weber en de auto verschenen op het plein, en de kolonel beende naar buiten. 'Twintig man!' snauwde hij over zijn schouder. 'Zoek majoor Thielen en stuur hem met twintig man achter me aan, naar de weg naar Albert. Waarschuw hem dat ik geen blunders meer wil. Zeg dat hij de honden meeneemt. En jou,' voegde hij er onheilspellend aan toe, 'spreek ik wel als ik terug ben.'

Hij stapte in de auto. 'Rijden!' beval hij, en Weber gaf gas en scheurde het plein af.

Braun ging op zoek naar majoor Thielen, maar het duurde even voordat hij hem had gevonden, aangezien hij een vrije dag had en naar zijn logies was teruggekeerd.

'*Résistants*, zeg je?' De majoor luisterde verbaasd naar Braun. Hij dacht dat kolonel Hoch alleen belangstelling had voor het opsporen van Joden, en de manier waarop hij dat afgelopen nacht had aangepakt, had hem misselijk gemaakt. Thielen had gehoord over de nachtelijke arrestaties in het klooster, en hoewel het hem niet zo dwarszat dat er weer twee Joden waren afgevoerd, baarde het hem wel zorgen dat twee nonnen, een van hen nog wel de moeder-overste, met hen mee waren gestuurd. Thielen had hen niet zien gaan, maar hij had de roddels gehoord over de toestand waarin ze in de vrachtwagen waren geladen. Oorlog voeren tegen een klooster vol nonnen vond hij niet acceptabel, maar hij kon er weinig tegen doen. Hoch stond hoger in rang, en zelfs al was dat niet zo geweest, dan nog zou Thielen wel twee keer nadenken voordat hij de zwaarden kruiste met een SS-officier. Maar *résistants*? Die waren iets anders, en toen hij van Braun hoorde wat er bij de boerderij was gebeurd, gaf Thielen ferme bevelen. Binnen enkele minuten reed er een vrachtwagen het plein op en stapten er twintig mannen in.

'Jij blijft hier en bekommert je om je gewonde man,' droeg hij Braun op, terwijl hij bij twee mannen met honden in een pantserauto stapte. 'Rijden!'

Het kleine konvooi reed het plein af en scheurde naar de weg naar Albert.

Hoch en Weber waren al snel op de hoofdweg vanuit Sainte-Croix naar Albert aangekomen. Hoewel het de hoofdweg was, was hij smal en bochtig, en Weber minderde onwillekeurig vaart voor de bochten.

'Doorrijden, Weber!' snauwde Hoch.

'Er ligt olie op de weg, meneer,' zei Weber. 'Ze moeten zijn geraakt.'

Toen ze een volgende scherpe bocht om gingen, trapte Weber op de rem en kwamen ze met piepende banden tot stilstand.

Daar, voor hen, met de motorkap gekreukeld tegen een boom langs de weg, stond de Citroën. De portieren hingen open alsof de inzittenden haastig de auto waren ontvlucht.

'Kom mee,' zei Hoch, 'we gaan een kijkje nemen.' Hij trok zijn pistool en stapte uit.

Weber deed hetzelfde. 'Moeten we niet wachten op versterking, meneer?' opperde hij onbehaaglijk. 'We weten niet wat we zullen aantreffen.'

'We treffen een lege auto aan,' snauwde Hoch. 'Wie er ook in zat, ze gaan niet op ons staan wachten. Kom mee.'

Behoedzaam naderden ze de auto. Er klonk een drup, drup, drup van olie en ze zagen er een plas van onder de auto liggen. De ene achterband lag totaal aan flarden, met een gedeukte en gebogen velg, en de andere voorband was plat. Het was duidelijk dat de bestuurder in een te snel genomen bocht de macht over het voertuig was kwijtgeraakt en tegen die boom was gebotst.

Langzaam schuifelde Hoch naar de bestuurderskant, gebarend met zijn pistool dat Weber de andere kant moest nemen. De auto lag vol met scherpe glassplinters, en buiten lagen er nog meer. De binnenkant van de auto was bespat en besmeurd met bloed en op de achterbank was ook een donkere vlek te zien: overduidelijk bloed, en veel meer dan een veeg.

'Voorzichtig, meneer, misschien is er een boobytrap!' Weber vond dit niet leuk. Hij voelde zich kwetsbaar. Ze waren maar met z'n tweeën, achtervolgden wanhopige voortvluchtigen, *résistants*, die al soldaten hadden neergemaaid toen die hun ontsnapping in de weg stonden. Het leek hem veel beter om op versterking te wachten. Laat hen de omgeving maar afspeuren en die gevaarlijke voortvluchtigen vangen of doodschieten. 'Misschien ontploft hij wel, meneer!'

'Doe niet zo idioot, man,' spotte zijn kolonel. 'Daar hebben ze geen tijd voor gehad. Moet je dat bloed zien, hier op de achterbank. In elk geval een van hen is gewond. Ze komen niet ver.'

'Misschien zijn ze gewapend, meneer,' poogde Weber. Hij keek nerveus om zich heen, maar alles was stil en er was geen spoor van de *résistants*. Waar waren ze gebleven? Zaten ze verstopt in de heg en konden ze elk moment aanvallen? Bij een geritsel in de struiken draaide hij zich met een ruk om, met zijn pistool geheven, maar het was alleen maar een vogel die van tak naar tak sprong.

'Wat ben je toch een lafaard, Weber.' Hochs stem klonk ijzig van minachting, maar toch stapte hij bij de auto vandaan en keek om zich heen. Verderop maakte de weg een bocht, aan weerskanten stonden lage heggen en hoge populieren. 'Ze zijn die kant op gegaan,' zei hij. 'Kijk, een van hen bloedt.' Met zijn pistool in de hand volgde hij het bloedspoor langs de weg naar een oude poort naar het veld ernaast. Met een hoofdgebaar gaf hij aan dat Weber hem moest volgen, en dat deed de luitenant met tegenzin, terwijl hij met nerveus heen en weer schietende ogen bleef speuren naar enig teken van de voortvluchtigen.

Ze schuifelden langs de heg naar de oude houten poort. Hij was bijna dicht, hing scheef aan oude scharnieren alsof hij in haast over het pad was getrokken. Het bloedspoor stopte daar, maar er zat nog een veeg op de bovenste ligger, alsof iemand daar even op had geleund.

'Daar.' Hoch wees naar een bosje in de verte, met bomen die hoog opstaken uit de struiken die eronder groeiden. 'Daar zullen ze zich wel verschansen.'

Weber keek ook die kant op. 'U hebt vast gelijk, meneer. Maar we kunnen ze er niet uit jagen met z'n tweeën. We hebben meer mannen nodig om de boel te omsingelen.'

Hoch bekeek hem grimmig. 'Dat weet ik ook wel, Weber. Ik wacht wel bij de auto. Jij blijft hier en houdt een oogje op die bomen. Roep me als je beweging ziet.'

Adelaide had toegekeken terwijl de auto naast die van hen stopte. Het was een Duitse stafauto, maar er zaten maar twee mannen in, en toen ze uitstapten om een kijkje te nemen, kreeg ze een idee. Met genoeg tijd en een beetje geluk, dacht ze, kunnen we misschien alsnog ontkomen.

Ze keek toe terwijl de twee officiers met getrokken pistolen uitstapten, voorbereid op problemen. De ene was Hoch, die herkende ze meteen. De andere, een jongere man, had ze ook eerder gezien, maar ze wist niet hoe hij heette. Hij was overduidelijk slecht op zijn gemak, want zijn pistool trilde in zijn hand terwijl hij om zich heen staarde. De twee mannen bleven even staan praten voordat Hoch naar iets op de grond wees en ze langzaam doorliepen.

Adelaide wurmde zich onder de heg door de laan op. De stafauto was vlak achter hun wrak langs de weg gezet. Ze gluurde eromheen en zag de twee mannen behoedzaam naar de poort naar het veld sluipen.

Een snelle blik in de stafauto onthulde dat de sleutel nog in het contact stak. Ze griste hem eruit en stopte hem in haar zak voordat ze terug dook in de veiligheid van de heg.

De twee mannen hadden de poort bereikt en keken het veld over. Het zou waarschijnlijk niet lang duren voordat ze Marcel vonden, maar ze moest ervan uitgaan dat ze hem wilden arresteren, niet doden, en dus deed ze niets.

Hou je hoofd koel! hield ze zichzelf voor. Wacht je kans af!

Ze keek hen na toen ze het veld op gingen, en zodra ze uit het zicht waren rende ze achter hen aan, verborgen achter de heg, haar voeten geluidloos op het gras in de berm.

Bij de poort aangekomen hoorde ze hun stemmen, en daarna de voetstappen van iemand die terugkwam. Ineengedoken in de beschutting van de heg wachtte ze gespannen af, met haar mes in haar hand. Het verrassingseffect moest haar bondgenoot zijn.

Een van de mannen kwam de poort door; het was kolonel Hoch. Toen hij terugliep naar de auto's, sprong Adelaide op hem af, hief haar mes en liet het op zijn borst af suizen. Op hetzelfde moment dat zij in beweging kwam zag hij haar, draaide zich half om en probeerde haar te slaan.

Haar mes verdween in zijn schouder. Hij brulde van pijn en wankelde weg. Hij liet zijn pistool vallen, maar bleef overeind. Adelaide rukte haar mes los en viel nog een keer aan, mikkend op zijn kruis. Deze keer trof haar mes doel. Met een gekrijs van pijn sloeg Hoch dubbel, en Adelaide stak hem nog een keer diep in zijn zij. Er klonken schoten. Ze dook opzij toen luitenant Weber door de poort kwam rennen, met zijn pistool in zijn trillende hand. Zijn schoten gingen alle kanten op en Adelaide dook naar voren toen een kogel fluitend over haar hoofd ging. Met haar mes nog in haar hand maakte ze een felle draai, rolde weg en kwam weer overeind, maar Weber riep: 'Halt!' Eén blik vertelde haar dat hij haar onder schot had. Hij was bang... Zijn handen trilden, maar hij hield het pistool voor zich uit gestoken, en van die afstand kon hij niet missen.

'Laat nu dat mes vallen!' Hij sprak eerst in het Duits en daarna in schoolfrans. 'Laat dat mes vallen en ga op de grond liggen.'

Adelaide deed wat haar gezegd werd. Ze had nu even geen alternatief... Misschien later, als ze nu meewerkte. Haar blik schoot naar de plek waar Hochs pistool was gevallen, een paar meter verderop. Ze zou het nooit kunnen pakken voordat Weber haar doodschoot.

'Je bent een *résistant*,' zei de luitenant. 'Jij blijft hier tot mijn mannen aankomen, anders schiet ik je dood.' Hij bleef een eind bij haar vandaan staan, terwijl zij gestrekt op de grond lag. Hij hield zijn pistool op armlengte voor zich uit, in twee handen geklemd, wilde niet het risico nemen dat ze nog eens zou aanvallen. Zijn blik schoot naar het roerloze lichaam van kolonel Hoch. 'En een moordenaar. Daarvoor schieten ze je dood.'

'O, dat denk ik niet,' klonk Marcels lijzige stem, en toen Weber zich omdraaide, ploften er twee kogels in zijn borst. De luitenant ging neer en Marcel leunde wankel tegen de poort. 'Zo, dat waren die twee,' zei hij. 'Tijd om te gaan voordat de rest komt.'

'We nemen hun auto mee,' zei Adelaide. 'Kom, ik help je erin.'

'Alles op z'n tijd,' zei Marcel. 'Laten we hen eerst in die van ons zetten.'

'Wat?! Kom op, Marcel! Er komen soldaten aan!'

'Nou, dan vinden ze een verongelukte auto. De auto's zijn hetzelfde. Uiteindelijk krijgen ze het wel door, maar het geeft ons meer tijd.'

'Zijn de auto's hetzelfde –'

'Gebruik je ogen, Adèle,' snauwde Marcel. 'Kom op, we hebben geen tijd. Sleep ze in het wrak.'

Samen sleepten ze de twee lijken over de weg naar de verongelukte Citroën en hesen ze op de voorstoelen. Dat viel nog niet mee. De lichamen waren loodzwaar en Marcel had die wond in zijn schouder, maar op de een of andere manier kregen ze het voor elkaar en sloegen ze de portieren van de auto dicht om de scheefzakkende lichamen erin te houden.

'Rij hun auto alvast een stukje door,' droeg Marcel haar op. Zelf haalde hij een jerrycan met benzine uit de achterbak en goot het over de motorkap en in de auto. Toen streek hij een lucifer af en gooide die door het geopende raam aan de bestuurderskant naar binnen. De benzine ontbrandde met een *woesj*. Marcel sprong achteruit en viel bijna om voordat hij naar de wachtende stafauto strompelde. Adelaide had de motor al gestart, en toen Marcel zich op de passagiersstoel liet vallen, liet ze de koppeling opkomen en gaf ze gas.

'Ik wijs de weg wel,' zei Marcel met zwakke stem, terwijl hij zich achterover liet zakken.

Terwijl zij wegreden, kwam majoor Thielen aandenderen over de weg vanuit Sainte-Croix in zijn pantserauto, met de vrachtwagen vol mannen achter zich aan.

'Zo te zien is daar wat gebeurd, meneer,' zei de chauffeur. Thielen keek omhoog en zag dichte rook de lucht in wervelen.

'Gas geven, sergeant,' beval hij, en hij zette zich schrap toen de pantserauto een hoek om scheurde.

Voorbij de bocht botsten ze bijna boven op een brandend autowrak. Zijn auto en de volgtruck kwamen met piepende remmen tot stilstand. Soldaten stroomden de weg op en de twee mannen met honden sprongen uit de pantserwagen. Er werd 'Hou afstand! Hou afstand!' geroepen, maar majoor Thielen rende naar de brandende auto.

Hij zag er twee lichamen in zitten, zag de insignes op de brandende jas van de bestuurder. De hitte was intens en dreef hem achteruit, met zijn handen geheven om zijn gezicht af te schermen. 'Er zitten mensen in!' riep hij. 'Help me even!'

Hij werd inderdaad geholpen, maar alleen om weg te gaan bij de brandende auto. 'U kunt niets doen, meneer,' riep een van zijn jongere officiers. 'Het is te laat, ze zijn dood. Hou afstand!'

Nog terwijl hij de majoor wegtrok, ontplofte de benzinetank van de brandende auto en werden ze allemaal achteruit gesmeten toen een vuurbol de lucht in ging. Brokstukken kwamen naar beneden, en ze zochten snel dekking. Even was het een chaos terwijl soldaten vonken uitsloegen die op hun kleren smeulden en hun haar in brand zetten. Stukken droog gras in de berm vatten vlam, en de boom waar de auto tegenaan was gebotst brandde al als een fakkel.

Later, toen het vuur was gedoofd en de auto voldoende was afgekoeld om dichterbij te gaan, tuurde majoor Thielen in de resten van het uitgebrande omhulsel. De ontploffing en daaropvolgende vuurzee hadden de twee lichamen totaal onherkenbaar gemaakt, maar hij twijfelde er niet aan wie de slachtoffers waren. Braun had bevelen doorgegeven van kolonel Hoch om hem te volgen terwijl hij achter twee *résistants* aan ging.

Het was hem duidelijk, vertelde hij zijn mannen ernstig, dat in zijn haast om de *résistants* te vangen, de chauffeur van de kolonel de bocht te snel had genomen en tegen een boom was gebotst. Er lag olie op de weg, en daardoor moest hij zijn gaan glijden.

Hij geloofde het niet, natuurlijk, maar wat de oorzaak van het ongeval ook was, Thielen was blij dat hij van kolonel Hoch af was. Hij vond die man een schande voor het Vaderland. Thielen was bezig met een oorlog, maar hij wilde zich niet bezighouden met schurkerij, marteling en moord op burgers, en hij wist dat Hoch alle drie die dingen had gedaan. Hij was blij dat Hoch dood was en zou niet heel nauwgezet onderzoek doen naar de omstandigheden; hij was niet van plan te opperen dat de dood van de kolonel mogelijk meer was dan een verschrikkelijk ongeluk. Dat zou ook in zijn verslag staan.

'Moeten we de omgeving afzoeken, meneer?' vroeg Hartmann, de jonge officier die hem bij het brandende voertuig had weggetrokken.

'Zeker,' bevestigde Thielen. 'Laat de honden los en kijk of ze een geur oppikken.'

De hondenbegeleiders deden dat, en de honden renden in opgewonden kringetjes rond toen ze bloedsporen aantroffen in het stof op de weg.

'Bloed, meneer,' meldde een van de hondenbegeleiders. 'Ziet er vrij vers uit.'

‘Kijk of ze een spoor oppikken,’ droeg Thielen hem op. Misschien vond hij alsnog de *résistants* die de kolonel achterna had gezeten. De honden werden weer losgelaten, maar ze snuffelden een poosje door een droge greppel langs het veld zonder iets te vinden wat hun belangstelling wekte, en na een poosje werden ze teruggebracht naar de pantserauto.

‘Ik neem aan dat dit kolonel Hochs auto is,’ zei Hartmann, en hij keek naar de resten van de Citroën.

‘Natuurlijk is het dat,’ snauwde Thielen. ‘We hebben hem er honderd keer in zien rijden. Zorg voor het afvoeren van de lichamen, Hartmann, en regel de begrafenis. Ik ga me melden bij het SS-hoofdkwartier in Amiens.’

Hartmann leek op het punt te staan iets te zeggen, maar hij bedacht zich, salueerde ferm en draaide zich om naar zijn mannen om bevelen te geven. Hoch was door zijn eigen mensen bijna net zo gevreesd als door de plaatselijke bevolking. Die sadistische, ambitieuze man zou door niemand worden betreurd.

Thielen besefte dat de kennis die Hoch had verkregen door zijn meest recente gevangenen te martelen samen met hem was gestorven, maar toch was hij niet bang dat de *résistants* uiteindelijk niet opgepakt zouden worden. Braun had hen gezien, dus hij kon een signalement geven, en Thielen zelf had één contactpersoon ter plaatse die mogelijk meer informatie kon verstrekken.

Nee, Thielen was helemaal niet bang dat ze niet opgepakt zouden worden... En hij zou met de eer strijken.

‘Maak de weg vrij,’ droeg hij Hartmann op, ‘en meld je dan bij mij op het hoofdkwartier.’

Zich er niet van bewust dat de achtervolging er voorlopig op zat, gingen Adelaide en Marcel de weg naar Albert af, en terwijl Marcel de weg wees reden ze over lanen en zandwegen over het platteland tot ze bij een poort naar een boerenerf aankwamen. Toen ze het gebouw naderden, herkende Adelaide het als de boerderij waar Marcel haar mee naartoe had genomen in de nacht dat ze was geland. Ze stopte op het erf en de oudere vrouw, Maman, die zich de vorige keer om haar had bekommerd, kwam naar buiten. Samen wisten ze Marcel, die slap op de voorstoel van de auto zat, het huis in te slepen.

'Zet de auto maar zolang in de schuur,' zei Maman, terwijl ze heet water uit de ketel op het fornuis in een schaal goot en Marcel zijn overhemd begon uit te trekken. 'We verstoppen hem later wel fatsoenlijk. Goed,' zei ze, en ze richtte haar aandacht op Marcel, 'laten we jou eens bekijken.'

Adelaide reed de auto in de open schuur, zodat hij niet meteen zichtbaar was voor mensen die het erf op kwamen. De voorstoel zat onder het bloed. Marcels verwonding was ernstiger dan ze had beseft, en de inspanning van het verslepen van de twee Duitse soldaten en zijn vastberadenheid om hen naar een veilige plek te krijgen hadden zijn toestand nog verergerd. Ze vond een emmer op het erf, vulde hem bij de pomp en probeerde de bloedvlekken van de leren bekleding te poetsen. Het ergste ging eraf, maar er was meer nodig dan schoon water en een doek om ze helemaal weg te krijgen. Daarna vond ze een schroevendraaier in een gereedschapskist en ze verwijderde de kentekenplaten van de auto. Ze moesten de identificatie ervan zo lastig mogelijk maken. Iemand was zijn auto kwijt; de Duitse stafauto was bijna identiek, en met wat nauwgezet werk kon deze hem misschien vervangen.

Toen ze uiteindelijk terugging naar de keuken, verbond Maman net Marcels schouder. Marcel was bleek, zijn gezicht vertrokken van pijn, maar hij glimlachte zwakjes toen ze binnenkwam. 'Waar is de auto?' vroeg hij.

'Dat is geregeld, voorlopig.' Ze legde de kentekenplaten op tafel. 'We moeten alleen nog van deze af komen en ze vervangen.' Ze sprak tegen Maman. 'Hoe ernstig is het?'

'Niet zo best,' antwoordde de oude dame, terwijl ze de kom met bloederig water leeggoot in de gootsteen. 'Hij heeft veel bloed verloren, maar hij overleeft het wel. En hoe zit het met jou?'

'Met mij?' vroeg Adelaide verbaasd.

'Ga zitten en laat me kijken.' Maman schonk schoon water in de kom, pakte Adelaides handen en waste ze grondig. Door het water prikten de sneetjes van de glassplinters, maar ze waren geen van alle diep en Adelaide had er tijdens hun vlucht amper iets van gemerkt.

'En je gezicht. Hou je haar naar achteren.' Adelaide deed wat haar gezegd werd, en de oude dame maakte de sneetjes in haar gezicht en hals schoon en deed er zalf op. 'Je hebt geluk, je hebt alleen één diepe snee in je kin. Die moet eigenlijk gehecht worden, anders hou je er een litteken aan over.' Ze wendde zich tot Marcel. 'Misschien als de dokter komt...'

'Geen dokter totdat Adèle hier weg is,' zei Marcel ferm. 'Te riskant.'

'Maar jij...' begon Maman.

'Ik wacht wel tot Adèle weg is.'

'Maar je kunt dokter Clabot toch wel vertrouwen?'

'Natuurlijk, want ik heb zijn auto nog...' Hij lachte. 'Of nou ja, net zo'n auto. Maar er zijn nog meer ogen en oren, en ik neem geen onnodige risico's tot Adèle veilig weg is.' Hij probeerde op te staan, maar zijn benen leken niet te willen meewerken en hij liet zich weer op de stoel zakken. 'Ik moet contact maken met de ontvangstgroep,' zei hij. 'Er is morgenavond weer een dropping, en daar moeten we klaar voor zijn. Hetzelfde vliegtuig zal Adèle meenemen. Wil jij contact voor me opnemen met Rousseau? Ik moet hem spreken.'

'Morgenochtend,' beloofde Maman. 'Wat je nu nodig hebt, is wat warm eten en goed slapen... En geen discussie,' zei ze fel toen hij wilde protesteren. 'Morgen is er nog tijd genoeg voor Rousseau.'

Adelaide kreeg dezelfde slaapkamer als de vorige keer. Terwijl ze in bed lag en probeerde te slapen, overpeinsde ze alles wat er was gebeurd sinds de vorige keer dat ze in dit bed lag, tien weken geleden. Tien weken! Was het echt pas tien weken geleden dat ze met een parachute in Frankrijk was geland, in de bezettingsoorlog? Ze dacht aan de mensen die ze zou achterlaten, alledaagse mensen die probeerden een normaal leven te leiden; en de anderen die allesbehalve normale levens leidden terwijl ze zich verzetten tegen de lieden die hun dorpen en huizen hadden overgenomen, en in sommige gevallen hun families. Ze dacht aan Sarah, stilletjes moedig, en de dappere kleine zuster Marie-Marc. Ze dacht aan zuster Sint-Bruno die een voortvluchtige Jood onder haar bed had verstopt, aan vader Bernard die mensen verborg voor de Duitsers, mensen op de vlucht, vrezend voor hun leven. Ze dacht aan de Auclons, de ouders die bereid waren hun kinderen af te staan om hen te redden, aan de tweeling die zo bang was voor iedereen behalve elkaar. Madame Juliette, de Launays en de Charbonniers, eenvoudige mensen die bereid waren hun eigen leven te wagen in de strijd tegen het kwaad dat hun land had overgenomen.

En toen dacht ze aan kolonel Hoch, de belichaming van dat kwaad. Ze had zonder gewetensbezwaren haar mes in zijn lijf gestoken. De herinnering aan Sarah, beurs en gehavend, en aan zuster Marie-Marc, bijna niet meer in staat om te staan, overmande haar en de tranen stroomden over haar wangen. Zij had ervoor gezorgd dat dat monster nooit meer iemand zou martelen en vermoorden, maar voor zo veel mensen was dat te laat gekomen. Ze was getraind om te doden, om bereid te zijn te doden, en dat had ze gedaan. Fernand, rottend onder in de oude put van de Launays, en Hoch, die met glanzende ogen pijn toebracht; Adelaide voelde niet meer berouw om zijn dood dan bij het vernietigen van elk ander ongedierte.

De volgende dag leek het wat beter te gaan met Marcel, al was hij nog bleek en zwak van het bloedverlies. Adelaide zat met hem in de keuken toen er een jongeman arriveerde. Hij werd aan Adelaide voorgesteld als Rousseau.

'We moeten voorbereid zijn op een landing vanavond,' liet Marcel hem weten. 'Een andere marconist komt aan, Antoinette vertrekt. Kun jij de regelingen treffen?'

Rousseau knikte. 'Natuurlijk, laat het maar aan mij over.' Hij keek ernstig. 'Maar ik moet je vertellen, Marcel, dat ik me zorgen maak om de jonge Benoit. Hij doet de afgelopen paar dagen heel vreemd. Ik denk niet dat ik hem opneem in de ontvangstgroep. Je moet met hem praten, uitzoeken wat eraan scheelt.' Plotseling grijnsde Rousseau. 'Ik zag hem vanochtend nog. Hij kwam het café in en vertelde me een nieuwtje dat mijn hele dag goed maakte.'

'O?' Marcel keek belangstellend op. 'Wat dan wel?'

'Hij zei dat er gisteren twee Duitse officiers zijn verongelukt op de weg vanuit Sainte-Croix.' Hij lachte. 'Kan me niet schelen hóé ze doodgaan, als ze het maar doen!'

'Waar had hij dat gehoord?' vroeg Marcel scherp.

Rousseau haalde zijn schouders op. 'Dat zei hij niet, alleen dat hij het had gehoord. Hoeft niet waar te zijn, natuurlijk.'

'Hou een oogje op die jongeman,' waarschuwde Marcel. 'Hij is te loslippig. Weet hij van de dropping van vanavond?'

'Ik heb het hem niet verteld, maar dat wil niet zeggen dat hij het niet weet. Om eerlijk te zijn, Marcel, de hele groep kletst onderling te veel. Je zou met hen allemaal moeten praten.'

Marcel knikte. 'Zal ik doen. Jou zie ik later nog.'

'Je komt vanavond toch niet?!' riep Rousseau. 'We hebben niets aan je met die arm in een mitella, en het is een extra risico.'

'Ik kom wel,' zei Marcel met een stem die geen tegenspraak duldde.

Rousseau haalde zijn schouders op. 'Jij bent de baas,' zei hij, en toen vertrok hij om de regelingen te treffen.

Toen hij weg was, vroeg Adelaide: 'Wie is die Benoit? Is hij een veiligheidsrisico?'

Marcel haalde zijn schouders op. 'Iedereen is een veiligheidsrisico. Benoit is waarschijnlijk niet erger dan ieder ander, maar hij is jong en kan onvoorzichtig zijn.' Hij glimlachte naar haar. 'Maak je geen zorgen, *chérie*, risico's zijn er elke keer, en vanavond zijn ze niet groter dan anders.'

Nadat Maman zich discreet had teruggetrokken, bleven zij naast elkaar aan de grote keukentafel zitten.

'Toen je aankwam, vroeg ik me af waarom ze in vredesnaam zo'n jong, onervaren iemand stuurden,' bekende Marcel. 'Ik dacht dat je een gigantisch risico zou vormen voor ons allemaal.'

Adelaide grijnsde naar hem. 'Ja,' beaamde ze met een glimlach. 'Dat was ook wel overduidelijk!'

Hij pakte haar hand en drukte hem tegen zijn wang. 'Maar ik had het ontzettend mis! Je bent het dapperste meisje dat ik ooit heb ontmoet... en het mooiste.'

Adelaide voelde haar wangen kleuren en trok haar hand terug. 'Kom op, Marcel. We weten allebei dat zulke praat geen toekomst heeft.'

'O nee? Deze verrekte oorlog zal niet eeuwig duren, en als hij voorbij is kom ik naar Engeland en zoek ik je op.' Zijn ogen keken haar doordringend aan. 'Ik hou van je, Adèle. Dacht niet dat het mij kon gebeuren... Verliefd worden, op mijn leeftijd... Veel te cynisch... Maar het is zo. Ik hou van je, en als we die smerige Boche Frankrijk uit hebben getrapt, kom ik je opzoeken.' Hij sloeg zijn goede arm om haar heen en trok haar tegen zich aan. Adelaide leunde tegen zijn hartslag, voelde zich een kostbaar moment veilig in zijn omhelzing, en ze putten troost uit elkaars nabijheid.

'Ik meen het,' zei hij. 'Als deze oorlog voorbij is, kom ik je opzoeken, waar je ook bent.' Hij sprak Engels, en zijn accent, toen hij haar taal sprak in plaats van de zijne, gaf die woorden extra diepte. 'Kijk naar me uit na de oorlog, want als ik dan nog leef, kom ik.' Hij kuste haar, een beetje onhandig met slechts één arm om haar heen, maar de hartstocht in zijn kus onderstreepte de hartstocht van zijn woorden.

De avond was donker, met slechts af en toe wat maanlicht tussen de voorbijtrekkende wolkenflarden.

Adelaide stond met Marcel in de beschutting van een heg langs het veld dat de landingsbaan zou zijn voor het aankomende vliegtuig. Zijn arm zat in een mitella, maar hij wilde haar per se veilig uitgeleide doen.

Het geluid van de Lysander dreunde door de lucht en de ontvangstgroep schakelde de lampen in om de provisorische landingsbaan te verlichten.

De piloot vloog één keer over, en toen veranderde het motorgeluid doordat hij vaart minderde en bijdraaide om te landen. Marcel trok Adelaide nog één keer naar zich toe en kuste haar alsof hij haar nooit meer zou loslaten, en zij beantwoordde zijn kus met evenveel passie.

'Vergeet niet,' zei hij fel, 'en twijfel er nooit aan dat ik je kom opzoeken, *chérie*.'

Het vliegtuig landde, en al bijna voordat het tot stilstand was gekomen, ging de deur open en klom de arriverende marconist van de ladder. Hij draaide zich half om en zeulde de koffer met zijn radioapparatuur uit het vliegtuig.

Even staarde Marcel nog naar Adelaides gezicht alsof hij het zich voor altijd wilde inprenten, en toen gaf hij haar een zetje. Ze rende over het gras en klom de ladder op naar het vliegtuig. Zodra de deur achter haar dicht werd geslagen en zij naar een zitplaats dook, gaf de piloot gas en begon te taxiën om weer op te stijgen.

Terwijl hij dat deed, klonk ergens buiten het geknetter van machinegeweren.

'Hinderlaag!' brulde de piloot. Na één blik opzij door de boomkruinen werd het gezicht van de piloot een masker van grimmige vastberadenheid.

Het vliegtuig maakte snelheid en Adelaide werd tegen de wand gedrukt toen de Lysander over het veld hobbelde en opsteeg. Het geluid van geweervuur ging door, en terwijl ze een bocht maakten zag Adelaide vonken van geweerlopen op het veld beneden. De maan kwam achter een wolk vandaan. In het meedogenloze licht zag Adelaide gedaanten alle kanten op rennen, sommige struikelend en vallend, andere snel dekking zoekend in de bossen eromheen. En toen waren ze weg, want een wolk omhulde het vliegtuig en ze kon niets meer zien.

'Je bent net op tijd weg,' riep de piloot om het gedreun van de motoren te overstemmen. 'Alleen sneu voor die arme drommel die ik net heb afgezet! Hij is er waarschijnlijk geweest!'

Adelaide zakte ineen tegen de trillende wand van het vliegtuig. De tranen liepen onhoudbaar over haar wangen. Voor het eerst stond ze zichzelf toe te erkennen wat Marcel voor haar was gaan betekenen. Sterk en moedig was hij meegekomen naar de dropping om ervoor te zorgen dat zij veilig kon ontkomen... omdat hij van haar hield. En nu was hij neergemaaid door een machinegeweer. Zijn woorden galmden na in haar oren. *Kijk naar me uit na de oorlog, want als ik dan nog leef, kom ik.*

Terwijl de Lysander dreunend naar huis vloog over het Kanaal, wist Adelaide met een wanhopig, pijnlijk hart dat Marcel niet meer leefde en dat hij nooit zou komen.

# Epiloog

*Zomer 2006*

Adelaide Talbot leunde met een zucht achterover tegen haar kussens. 'En dat was het,' zei ze. 'Ik kwam terug in Engeland, en na mijn debriefing kreeg ik een marconistentraining en werd ik teruggestuurd. Naar een ander gebied, natuurlijk, waar niemand me kende. Normandië. Ik werkte met het plaatselijke verzet samen als koerier en tussenpersoon totdat de geallieerden landden.'

Ze glimlachte naar Rachel Elliott, verslaggeefster van de *Belcaster Chronicle*, die haar was komen interviewen. 'Ik had geluk dat ik het heb overleefd. Honderden anderen hadden dat geluk niet.'

De oude dame zweeg en sloot haar ogen. Zich afvragend of ze in slaap was gevallen, keek Rachel even naar James Auckland, die aan de andere kant van het bed zat en de hand van zijn grootmoeder vasthield.

'Wat een droevig verhaal,' mompelde Rachel. 'Droevig en dapper. Ik vraag me af wat er met hen allemaal is gebeurd, met Sarah, zuster Marie-Marc, Marcel en de kinderen.'

Ze wilde net haar hand uitsteken om haar taperecorder stop te zetten toen Adelaides ogen weer opengingen en ze zachtjes zei: 'Het is allemaal zo lang geleden, zo lang geleden.'

'Hebt u ooit ontdekt wat er met Sarah is gebeurd?' vroeg Rachel zachtjes, terwijl ze de tape liet draaien en weer achterover ging zitten.

'Ja,' antwoordde Adelaide. 'Dat kostte wat tijd, natuurlijk. Alles was een chaos aan het eind van de oorlog. De geallieerden ontdekten plekken zoals Bergen-Belsen en Auschwitz. Honderdduizenden mensen waren verdwenen, en degenen die het hadden overleefd waren op de vlucht; geen thuis, geen familie en nergens om heen te gaan. We ontdekten dat Sarah naar Ravensbrück was gebracht, een concentratiekamp voor vrouwen. Een paar overlevenden herinnerden zich haar en vertelden dat ze daar alles had gedaan om het lijden van de anderen te verlichten. Eén vrouw zei dat de "moeder" altijd verscheen waar ze nodig was, verplegend, bemoedigend, dat ze haar geloof sterk hield om anderen kracht te geven. Zelfs de meeste Duitse bewakers behandelden haar met een soort respect, gaven soms toe aan haar eisen om een extra voedselrantsoen voor mensen die te zwak waren om hun eigen portie op te halen.'

Adelaide glimlachte droevig. 'Ze stierf zoals ze had geleefd, altijd zorgend voor de anderen om haar heen, hun behoeften voorrang gevend. Uiteindelijk kreeg ze tyfus, en dat werd haar in haar verzwakte toestand al snel fataal.'

'En zuster Marie-Marc? Was zij daar ook?' vroeg Rachel. Ze was meegesleept door Adelaides verhaal en had het gevoel dat ze de mensen die erin voorkwamen had leren kennen.

Adelaide schudde haar hoofd. 'Dat heb ik natuurlijk gevraagd, maar niemand herinnerde zich haar. Ik denk dat ze onderweg naar het kamp al is overleden. Ze was er verschrikkelijk aan toe toen ze haar in die vrachtwagen laadden, en het is onwaarschijnlijk dat ze de tocht heeft overleefd. Ik stel me voor dat ze eerst naar Drancy gingen, het doorvoerkamp bij Parijs, waar de omstandigheden stuitend moeten zijn geweest.' Adelaide glimlachte weemoedig. 'Die lieve zuster Marie-Marc, ze was zo vastberaden om "*les sales Boches*" die haar kippen hadden gepikt te slim af te zijn.'

Er viel een stilte en de oude dame sloot haar ogen weer. Rachel sprak niet. Haar hoofd liep om van alles wat ze had gehoord. Er was hier zo'n geweldig verhaal; veel meer dan ze ooit had verwacht toen ze op aanraden van James Auckland de oude dame om een interview had gevraagd. James had het boek dat hij had geschreven, over de belevenissen van zijn grootmoeder in de oorlog, naar de *Chronicle* gestuurd om te recenseren, en Drew Scott, de redacteur, had het Rachel laten lezen.

Rachel was gefascineerd geweest en had James gebeld om een interview te regelen.

'Je moet niet met mij praten,' had hij gezegd, 'maar met mijn grootmoeder. Ik kan je aan haar voorstellen, als je wilt.'

Rachel had dat aanbod graag aanvaard, en nu zat ze hier en hoorde ze het verhaal uit de eerste hand.

'Hebt u niet overwogen dat boek zelf te schrijven?' had Rachel haar gevraagd.

Met een lach had de oude dame haar hoofd geschud. 'Nee, ik ben veel te oud. Ik word in september negentig. James stelde het voor. Ik dacht niet dat iemand er belangstelling voor zou hebben, maar hij zei van wel, en dus liet ik het aan hem over.'

'En u vertelde hem gewoon wat er was gebeurd.'

Adelaide haalde haar schouders op. 'Ik heb hem verteld wat ik wist. Ik was er natuurlijk niet bij toen Sarah werd gearresteerd en verhoord, maar,' voegde ze er grimmig aan toe, 'toen ik haar en zuster Marie-Marc en de Auclons zag nadat Hoch klaar met hen was, kon ik wel raden hoe het was gegaan.'

Ze zuchtte en verviel weer in stilte, die alleen werd doorbroken door het ronkende geluid van een grasmaaier buiten.

Nu al was Rachels journalistieke geest bezig met sorteren en catalogiseren wat ze had gehoord. Het verhaal dat ze zou schrijven begon al vorm aan te nemen in haar hoofd. De details over de angst en moed die waren bovengekomen terwijl ze de middag doorbracht met Adelaide waren veilig opgenomen op tape, klaar om weer te worden afgespeeld zodat Rachel haar verhaal kon uitwerken. Het was nu geen simpele boekbespreking meer, maar een diepgaand journalistiek stuk.

'Maar natuurlijk vond ik wel de tweeling,' zei Adelaide ineens, alsof er geen onderbreking was geweest in het gesprek. 'Jacques en Julien.'

'O ja?' Rachel werd weer naar het hier en nu getrokken. 'Wat prachtig! Waar waren ze?'

'In het klooster in Parijs. Vader Bernard had ze daarheen weten te krijgen. Moeder Magdalene gaf ze nieuwe namen en regelde nieuwe identiteitspapieren voor hen. Toen ik terugging, op zoek naar Sarah, ging ik naar het moederhuis in Parijs voor het geval ze daar nieuws over haar hadden. Dat hadden ze natuurlijk niet, maar moeder Magdalene zei dat de jongens daar nog waren en ik vroeg of ik ze mocht zien. Ze herinnerden zich mij niet meer, maar ik herkende hen meteen.'

'En hun ouders?'

'Er was navraag naar hen gedaan, maar er was niets over hen bekend. Ze waren bijna zeker naar een vernietigingskamp gestuurd, maar daar waren geen gegevens van. Ze waren simpelweg verdwenen, samen met duizenden anderen.'

'Wat is er met de tweeling gebeurd?' vroeg Rachel.

Tot haar verbazing lachten James en Adelaide allebei. 'Nou, dat kan ik je wel vertellen,' zei Adelaide. 'Ik heb ze geadopteerd en meegenomen naar Engeland. We hebben hun naam, Auclon, verengelst naar Auckland. James is Juliens zoon.'

'Wat?' Rachel staarde ongelovig naar James. 'Dat is een grapje!'

'Nee, geen grapje,' zei hij grijnzend. 'Mijn vader, Julien Auckland, is arts, en mijn oom Jacques is advocaat, of dat waren ze voordat ze met pensioen gingen.'

'En ze leven allebei nog?'

'Nou en of!' beaamde James vrolijk.

'Dit is echt een ongelooflijk verhaal.' Rachel keek weer naar Adelaide. 'En Marcel? Hebt u ooit ontdekt wie Marcel echt was? Hebt u ooit ontdekt wat er met hem gebeurde, die nacht dat u ontsnapte?'

Adelaide glimlachte. 'O ja,' zei ze. 'Hij heeft het me zelf verteld.'

'Maar ik dacht dat hij –' begon Rachel.

'Ik ook,' gaf Adelaide toe, 'gedurende de rest van de oorlog. Maar hij was niet dood. Omdat hij niet meewerkte met de ontvangstgroep, was hij niet buiten op het veld toen de Duitsers het vuur openden. Alleen hij en Rousseau overleefden die aanval. Het bleek dat Benoit, de jongeman over wie ze het hadden gehad, hen had verraden.' Adelaides stem verhardde. 'Net als Fernand wilde Benoit aan de winnende kant staan en had hij informatie verkocht aan de Duitsers.' Er trok een schaduw over haar gezicht toen ze eraan toevoegde: 'Nodeloos te zeggen dat Benoit de oorlog niet overleefde. Maar goed, Marcel wist te ontkomen en een andere groep om zich heen te verzamelen. Hij bleef strijden totdat Frankrijk werd bevrijd en de oorlog afgelopen was. En toen kwam hij me opzoeken.'

Haar gezicht klaarde op bij de herinnering. 'Hij was advocaat. Zijn echte naam was Antoine Talbot, en we zijn veertig jaar getrouwd geweest.'

*Lees ook deze hartverscheurende roman van Diney Costeloe:*

1921. In een dorpje op het Engelse platteland worden acht bomen geplant als monument voor acht soldaten die nooit terugkwamen uit de Eerste Wereldoorlog. Enkele dagen later blijkt er midden in de nacht een negende boom in het monument geplant te zijn. Wie is de 'onbekende soldaat' aan wie deze is opgedragen?

2001. Het monument voor de verloren soldaten dreigt te worden gekapt voor een nieuwe wijk. Journaliste Rachel Elliott raakt gegrepen door het verhaal achter de negende boom, en ze spant zich in om het mysterie op te lossen. Maar ze had nooit kunnen bedenken hoe persoonlijk dit verhaal zou blijken te zijn…

Paperback, 416 blz., ISBN 9789026149658 | E-book ISBN 9789026149665